KB260361

흑색광선

필자. 1956년 5월 25일.

<table><tr><td>①</td><td>②</td></tr><tr><td colspan="2" align="center">③</td></tr></table>

1. 1951년 육군본부 정훈감실 앞에서. 뒷줄 왼쪽이 필자. 오른쪽이 희곡작가 김영수.
2. 서울로 올라오기 직전 낙동강에서. 1954년.
3. 피난지 부산에서 서울로 돌아온 연희대학교의 대학신문 (연희춘추) 복간 때 임원들과 함께.
   앞줄 가운데 키 큰 이가 백락준 총장, 오른쪽 두 번째가 필자. 1954년.

<table>
<tr><td>①</td><td>②</td></tr>
<tr><td colspan="2">③</td></tr>
</table>

1. 유주현씨와 함께. 필자가 매일 들리던 가화다방 앞에서. 1958년. 겨울.
2. 수도여자사범대학 '문학의 밤'에서 작품을 낭독하고 있는 필자. 1958년.
3. 연희대학교 국어국문학과 3학년 학생들과 함께. 앞줄 왼쪽부터 최기준(현 연세대 상근이사). 허웅(한글학회장). 필자.

1. 1957년 신춘문에 단편소설 심사를 하고 있는 세 사람. 왼쪽부터 이무영, 필자, 최정희.
2. 한양대학교 재직 시절. 1959년.
3. 육군본부에서 화랑무공훈장을 받는 문인들. 필자, 그 옆이 구상, 김팔봉 등.

1. 단편소설 「푸른 치마」가 영화화된 것(영화제목: 아내만이 울었다)을 기념해 셋트 촬영장에서.
   감독, 주연배우 박암(왼쪽) 등과 함께. 오른쪽에서 두 번째 필자. 1958년 11월.
2. 문학강연차 남도를 순회할 때, 목포에서 오른쪽부터 필자, 김남조씨, 왼쪽 끝 조연현.
3. 정훈장교 이영치 대령(왼쪽, 예비역 준장)과 함께. 군 시절은 물론 군을 떠난 뒤에도 우정이 각별했다.

흑색광선

박영준 지음

『박영준 전집』을 내며

만우(晚牛) 박영준(朴榮濬) 선생이 가신 지 25년이 지났다. 선생이 돌아간 동안(1976~2001), 그처럼 지식인들이 두려워 떨던, 군사독재 정권도 무너졌고, 민간인 정권도 두 번째나 돌아와 있다. 우리는 선생의 생애가 일제의 가열한 민족 침탈기로부터 시작되었음을 기억하고 있다. 일제의 폭력이 혹독했던 1930년대에 문필 활동을 시작하여, 가장 민감했던 청년 시절에 글쓰기의 어려운 현실적 상황이 어떤 것인지를 몸소 체험하였다.

1934년 연희대학교 문과를 졸업하던 해에《조선일보》신춘문예에 「모범경작생」(模範耕作生)이, 같은 해《신동아》에 장편소설 『일년』(一年)과 꽁트 「새우젓」이 동시에 당선되어 일약 문단의 화제를 일으켰던 만우 박영준은 평생을 작품 쓰기와 모교 연세대학교에서 문학 가르치는 가운데 생애를 마감하였다. 1911년 3월 2일에 태어나 1976년 7월 14일 돌아가기까지, 66년 세월을 산 그는 일제 식민체험은 물론이고 해방정국에서의 좌우익 대립의 스산한 처신, 6·25 전쟁, 군사독재의 심란한 정국 등 소용돌이치는 역사의 현장에 놓여 있었다.

66년 그 생애의 시간 도막 위에는 지울 수 없는 국내외적 회오리바람들이 있었다. 유아기로부터 소년기에 이르는 기간은 일제 폭력의 억압 속에 있었고, 광복이 된 청년기에는 6·25 동족 전쟁이 그를 괴롭혔다. 전쟁이 끝나고 난 해로부터 모교인 연세대학교에서 후진들을 기르며 작품활동을 하던 시기가 그에게는 황금기였다. 글쓰고 가르치는 동안 틈틈이 등산과 낚시 운동경기 관람 등으로 비교적 여유 있는 생활을 누리던 시기에 그는 갔다. 그는 일생 동안 자신의 작품 속에서 인간의 윤리적 관계 거리 조절에 관한 긴장의 눈길을 멈추지 않았다. 제자들에게도 그는 엄격한 윤리적 규범을 글쓰기의 핵심이라고 가르쳐 왔다. 그러한 그의 원칙은 여러 편으로 남긴 작품 속에 고스란히 살아 있다.

문학 교육에 관한 한 엄격하고도 자상한 스승으로서, 때로는 어버이 같은 자애로움으로 그는 제자들을 가르쳐 왔다. 이제 그가 남긴 필생의 문학작품을 모아 뒤늦게나마 전집으로 묶어 후생들에게 보이고자 하는 뜻은 그의 문학적 발자취와 함께, 우리에게 보인 그의 사람에 대한 치열한 애정을 드러내 보여주고자 함에 있다. 살아 있는 것에 대한 치열한 애정 없이는 문학 할 생각을 말라고 가르쳤던 분이신 박영준 선생께 우리 제자들은 그 동안 전집 발간에 관한 마음을 짐을 지고 살아왔다.

마침 선생과 너무도 닮은 모습으로 살아가시는 선배이며 만우 선생의 큰 자제인 승렬 형이 우리에게 마음의 짐을 탕감할 방도를 알려주며 격려함으로써 이 전집 간행을 보게 되어 기쁘기 한량없다. 그의 재정적인 뒷받침이 없었다면 아직도 우리는 그 많은 분량의 전집 간행을 꿈도 못 꾸었을 것이다. 이것은 또한 우리의 부끄러움이기도 하다.

출판사정이 여러 면에서 어려운 시기에 근 2년 여의 과정을 거치면서, 각 선집이나 잡지에 실린 글들은 물론이고 신문에 실려 있어 읽기가 여간 어렵지 않았던 글들을 꼼꼼히 읽고 잘못 인쇄된 철자법을 바로잡고 인멸될 처지에 있던 작품들을 찾아내어 깨끗한 인쇄에 붙이도록 만들어 준 동연출판사 백규서 사장도 우리에게는 여러 면에서 여간 고마운 게 아니다. 이 자리를 빌어 깊은 고마움의 뜻을 표하는 바이다.

2001년 12월 5일
『박영준 전집』 편집위원 일동

차례
제3권 흑색광선 외 32편

일러두기

1. 『박영준 전집』은 박영준이 발표한 모든 작품을 대상으로 하여 <단편소설> 6권, <중·장편소설> 6권, 그리고 '박영준 문학연구'에 꽁트, 산문, 1차분 발간 후 찾은 단편소설을 한데 묶은 1권을 더해 총 13권으로 기획하였다.

2. 『박영준 전집』 1차분은 박영준 선생의 단편소설을 수집 망라하여 일반 독자에게 소개하는 것은 물론 문학사적인 연구·정리에 목표를 둔 것이지만 단편소설 가운데 찾지 못한 일부 작품과 기존에 단편소설로 분류되었으나 꽁트로 재분류한 작품은 제외하였다.

3. 『박영준 전집』에 수록된 작품의 배열 순서는 창작 연대나 발표 순서에 따랐다.

4. 각 작품이 처음 발표된 원발표지, 그리고 본 전집에서 정본으로 삼은 판본의 출전은 각각 (원), (출)로 표시하여 각 작품의 마지막 쪽에 발표년월과 함께 밝혔다. 그리고 현재 발표년도와 출전이 분명하지 않은 몇 작품은 비슷한 시기에 해당하는 권의 말미에 수록했다.

5. 『박영준 전집』에 수록한 모든 작품은 발표 당시 신문·잡지의 원문을 그대로 옮긴다는 원칙에 따랐으나, 단 작가가 직접 퇴고하여 단행본으로 간행하였을 경우에는 개작본을 정본으로 삼았다.

6. 맞춤법과 띄어쓰기는 현행 규정에 맞게 고쳤으나 대화에 나오는 구어체와 사투리는 그대로 살렸다.

7. 현대 독자가 이해하기 힘든 낱말은 편집자 주(*)로 설명하였다.

8. 외래어는 현재의 외래어 표기법에 맞도록 고쳤으며, 과도하게 쓰인 생략부호(……)나 장음 표시(──)는 읽기 편하도록 조절하였다.

9. 부호는 아래와 같이 사용했다.

대화	" "	인용과 강조	' '
단편 작품	「 」	책명(단행본)과 장편	『 』
신문, 잡지	《 》	영화, 노래제목	< >

눈물만이

　예식부에서 결혼식을 끝낸 뒤 요릿집에서 열린 피로연석상에 앉아 있건만 신부 인실(仁實)이는 남들이 느끼는 결혼식의 긴장성과 엄숙성 같은 것을 조금도 느끼지 못하고 있다. 옆에 앉아 있는 신랑 경구(京九)가 자기의 남편될 사람이라는 것을 부정하는 것은 아니지만 경구의 얼굴을 보아도 수줍음 같은 것을 느끼지 못했다. 수줍음을 느끼지 못해서 그런지 가슴이 두근거린다거나 그런 일도 인실에게는 있는 것 같지가 않았다.

　술잔이 돌고 몇 사람의 축사가 끝난 뒤 여흥이 시작된 지 얼마 안 되어 신부에게 노래를 청하는 박수소리가 장내를 뒤흔들 때 인실이는 대장부처럼 선뜻 일어섰다. 결혼을 축하하려고 미리부터 놀 준비를 해 가지고 갔던 신랑의 남자 친구와 같은 태도였다.

　독촉 한 번 아니 하고 신부의 노래를 듣게 된 것이 도리어 싱거운지 손님들은 넋을 잃은 얼굴로 신부를 쳐다볼 뿐이었다.

　인실은 일어서자 생각할 시간도 얼마 두지 않고 선뜻 '솔베이지의 노래'를 부르기 시작했다. 머뭇거리지도 않고 첫 절과 후렴까지를 매끈히 부르고 나서는 얼굴 하나 붉히지 않은 채 자기 자리에 도로 앉았다.

　박수소리가 요란했다. 박수소리가 끝나자 사회하는 사람이 인실에게 다음 노래부를 사람을 지명하라고 말했다. 인실은 사방을 돌아보다가 금시 남편 경구를 향해,

"신랑께서 불러 주신답니다."
하고 생긋이 웃었다.

장내에는 자기의 친구뿐 아니라 경구의 친구로 자기가 아는 사람도 없지 않았다. 그러나 인실은 신부로서 다른 사람을 지목하기가 안 됐다는 마음에서, 다시 말하면 신부의 예의를 지키기 위해서 남편을 지명했던 것이다.

그러나 손님들은 신부가 신랑을 지명했다고 해서 신부가 지명받았을 때보다 더 야단스럽게 손뼉을 쳤다.

그런데 박수소리가 끊어져도 신랑은 일어서지를 않았다. 두 번째 박수소리가 나고,

"신랑이 신부만 못해서야 되나……."
하는 소리가 경구의 귀를 금속성으로 울릴 때야 경구는 뻘개진 얼굴로 일어섰다. 일어서서도 한참 동안 머뭇거리다가 하는 노래가,

　　새나라의 어린이는
　　일찍 일어납니다
　　잠꾸러기 없는 나라
　　우리 나라 좋은 나라

라는 동요였다.

노래가 끝나자 장내는 참을 수 없어 터지는 듯한 웃음소리와 함께 발을 구르는 소리가 마루를 내려앉게끔 요란하게 울리어 나왔다.

인실이도 웃음을 참을 수가 없었다. 삼십이 다 되어 가는 남자가 부른다는 노래가 겨우 어린애들의 동요였기 때문에 웃지 않을 수 없었다. 명곡이라든가 대중가요를 부르지 않았다고 해서가 아니었다. 어린애 노래로써 자기의 취미를 나타내려는 그의 노쇠한 마음이 우스웠던 것이다.

"그런 것밖에 부를 줄을 모르세요?"

인실이가 창피할 것까지는 없지만 경구의 취미를 알았다는 듯이 작은 목소리로 빈정대어 물었다.

"그거 무난하지 않아."

경구의 솔직한 대답이었다.

그 뒤 얼마 동안 노래가 계속되다가 요리상을 치우고 댄스파티로 연회가 연장되었다. 그것은 신랑의 계획은 절대로 아니었다. 경구의 장난친구들이 꾸며 낸 것이었다.

어느새 밴드가 자리를 잡고 음악이 흘러나오기 시작했다. 느릿느릿한 왈츠였다.

이때 남자 쪽 들러리가 경구를 끌고 인실이 앞으로 다가왔다.

"신부께서 어서 나오시죠. 신랑이 모시러 오질 않았습니까?"

이 말이 떨어지자 경구는 얼굴까지를 붉히며 완강히 거절해 버리었다.

"난 정말 춤을 못 춥니다. 아, 왜 자네도 알지 않나?"

정말 경구는 난처한 모양이었다. 그래서 인실이는 그 남자 들러리에게,

"저도 춤은 못 추니까 빨리 음악을 멎게 해 주세요."

하고 거의 간청을 하다시피 하였다.

이때였다. 이때까지 듣고만 있던 신부 들러리가 펄쩍 뛰며,

"왜 그러는 거야! 어서 나가요. 너무 잘 춰서 그러는 게로군."

하고 사뭇 충동질을 하였다. 이 소리를 들은 남자 쪽 들러리는 됐다는 듯이 얼굴에 웃음을 띠며,

"자! 신랑 어서 일어나. 신부께서 못 추신다면 모르지만 그렇게 잘 추신다니 왜 그저 따라가면 되지 않나!……"

"난 정말 춤출 줄 모른다니까. 잘 알면서 왜 이래?"

역시 어쩔 줄 몰라하는 경구의 대답이다.

밴드는 어느덧 한 곡을 끝내고 다른 음악을 연주하고 있었다. 장내에 있는 손님들은 모두 신랑과 신부 쪽에만 시선을 모으고 있다. 인실은 계면쩍기도 하고 또 한편 창피하기도 하였다.

'만일 덕우 씨와 결혼을 할 수 있었다면 지금쯤은 저 가운데서 멋지게 춤을 출 수가 있었을 텐데…….'

이런 쓸데없는 생각까지 들었다. 이때였다. 일이 제대로 안 됨을 본 남자 들러리가 역정을 내다시피 하며 신부 인실에게 말을 하였다.

자기들의 성의도 성의지만 밴드를 불러 온 경비도 있고 하니 단 한 번이

라도 신랑을 데리고 추어 달라는 것이다.

이 이상 인실이도 내객들의 눈총을 받기가 싫었다. 그래서 무작정 신랑 경구를 끌고 가운데로 들어갔다. 이렇게 해서 신랑과 신부가 한 바퀴를 돈 뒤 다시 제자리에 와 앉았으나 인실에게는 덕우의 생각이 자꾸만 머리를 파고들었다. 그것은 덕우에게 자기 결혼식 청첩장을 주었을 때 덕우가,

"내게 무슨 즐거움을 주는 일이라구 구경을 간단 말요?"

하고 사뭇 기분이 나쁘다는 듯 거절하던 그 말이었다.

"즐거움을 주는 데만 갈 수 있나요? 싫어두 가야할 데는 가는 거지요."

"가야 할 거는 또 뭐요. 안 보는 게 좋은 건 안 보는 게 좋지."

"그럼 덕우 씨는 내가 결혼하는 것을 그렇게두 못마땅하게 생각하신단 말씀이지요?"

"못마땅하게 생각할 것까지는 없지만 유쾌한 일은 아니지."

"첫번부터 결혼 못할 사이라는 걸 알구 사귀었는데 지금 와서 그런 말씀 하시는 건 이상하지 않아요?"

"사리를 따져서 그대로만 행동할 수 있다면 본시부터 인실 씨를 사랑하지 말았어야 했겠지요."

그렇게까지 말한 덕우인 만큼 결혼식에 참석 안 했을 것은 분명한 일이었다. 결혼식에 참석 안 했을 뿐 아니라 어디선가 불쾌한 얼굴로 침울하게 앉아 있을 것이 또한 뻔한 일 같아 인실은 결혼식을 거행하는 마당에서도 결혼식에서 오는 긴장감보다는 덕우를 생각하는 불안을 더욱 크게 느끼는 것 같았다. 춤은 그냥 계속됐다. 그 틈을 타서 신랑 경구가,

"먼저 돌아갈까?"

하고 말했다. 인실은 아무렇게 해도 좋았다. 춤을 안 출 바에는 남편 경구의 의견을 좇는 게 가장 타당한 생각이란 마음도 들었다.

"좋두룩 하세요."

"집에 잠깐 들렀다가 온양으루 떠나야 할 테니까……."

신혼여행으로 온양온천엘 간다는 말을 들을 때 인실이는 경구와 정말 결혼생활을 하는 것이란 생각이 들었다. 약혼을 하고 결혼식을 거행하는 오늘

까지 경구와 결혼한다는 의식을 가지지 않았던 것은 아니었지만 그것은 정말 막연한 의식에 지나지 않았다. 결혼식을 거행한 뒤 곧 온양으로 떠난다는 말도 못 듣고 있었던 것은 아니었다. 그러나 정작 온양으로 간다는 계획이 눈앞에 벌어질 때 인실은 자기가 완전히 두 개의 인간으로 분리되고야 만다는 것을 느끼지 않을 수 없었다.

그래도 할 수 없었다. 자기가 결정한 운명이니 따르지 않을 수가 없었다.

인실은 경구를 따라 경구의 집으로 가서 간단한 폐백을 드린 다음 전세로 빌려 온 자동차를 타고 온양으로 떠났다.

본시 말이 적은 경구이기는 하지만 온양으로 가는 도중 단 두 사람만이 앉아 있는 자동차 안에서까지 입을 열지 않는 경구를 볼 때 인실은 혹시 경구가 자기의 마음을 들여다보고 있지나 않을까 하는 생각에 가슴이 약간 켕기는 것 같았다. 그래서,

"기분이 나쁘세요?"

하고 일부러 웃음까지 지으며 경구의 마음을 끌려고 했다.

"흥분해서 그래. 기분 나쁠 일이 뭐야? 오늘 같은 날……."

경구도 일부러 웃음을 짓는 것이 분명했다. 좋은 의미에서 흥분했다면 다른 것은 몰라도 인실의 손쯤이라도 잡아 줘야 할 것이 아니겠는가? 경구는 도리어 인실과 사이를 두고 앉아 그 거리를 단축시킬 생각도 안 하고 있었다.

"그렇게 써 있는 것 같지 않은데요, 여기 말야요."

인실이가 경구 옆으로 다가앉으며 그의 이마를 손가락으로 눌렀다.

그때야 경구는 고개를 돌리고 이때까지 눌렀던 감정을 폭발시키는 듯 인실의 손을 힘주어 잡고,

"나는 오늘부터 마음놓구 행복을 느낄 수 있어. 오늘부터는 인실이가 내 아내거든……."

하며 인실의 손을 잡은 자기의 손을 부르르 떨었다.

"언젠 마음 못 놓구 행복을 느끼셨던가요?"

인실이가 천만뜻밖이란 듯 물었다.

"이때까지야 당신을 놓치지나 않나 해서 밤낮 불안했지……."

“나 같은 걸 가지구 뭘 그렇게 걱정하셨어요. 여자가 얼마든지 있을 텐데……..”

“아냐. 나는 당신하구 결혼을 못하면 죽을려구까지 생각했어……..”

“그만두세요. 남이 들을까 부끄러워요. 남자가 뭐 그런 생각을 하세요.”

“정말야. 내가 연애라는 걸 한 번두 못해 봐서 그런지는 몰라두 당신이 과연 나하구 결혼해 줄지가 의심스러웠어……..”

“아무려믄 삼십이 거의 되도록 연애 한 번 못해 본 남자가 있을라구…….”

“못나서 그런지는 몰라두 못해 본 걸 어떡해……..”

“좌우간 이젠 그런 소리 마세요. 당당한 남편으루 자신 있게 행세를 하세요.”

“정말?”

경구는 믿어지지가 않는 듯이 다짐을 하고 나서 인실이가 턱으로 ‘으응’ 하는 대답을 들었을 때야,

“이젠 내일 죽어도 한이 없을 거야.”
하고 한숨을 내쉬었다. 그리고는 제법 상쾌한 얼굴로 정말 행복을 붙잡기나 한 듯 이때까지의 긴장을 풀어 버리고 앞으로의 살림 이야기 같은 것을 꺼내기 시작했다.

평소에 말이 적은 경구이기는 하지만 단 둘이서 신혼여행을 가면서까지 이야기를 꺼내지 못한 것은 결혼식에서 오는 긴장에서뿐이 아니었다. 결혼식 피로연에서 신부가 노래를 부르고 춤을 추었다는 사실이 그의 머리를 어찔하게 했던 것이다.

경구는 인실의 성격을 모르지 않는다. 그러나 결혼식 날 손님들이 그득한 데서까지 부끄럼을 모르고 노래와 춤을 출 줄은 정말 몰랐었다. 그것은 하나의 놀람이 아닐 수 없었다. 그 놀람이 그의 입을 막고 있었던 것이지만 인실이가 상냥하게도 가슴을 터놓고 이야기하는 데는 막았던 입을 열지 않을 수 없었다.

경구가 며칠만 마음놓고 놀다가 가자고 했으나 인실은 공연히 돈을 쓸 필

요가 무엇이냐고 돈을 핑계로 하여 온양에 내려간 지 사흘 만에 서울로 돌아오고 말았다.

서울에 돌아오자 일주일 만에 인실은 경구가 미리 얻어 두었던 셋방에서 새 살림을 시작해야 했지만 그는 새 살림을 시작한 다음 날로 덕우를 만나러 가야 할 생각에 머리를 쓰지 않을 수 없었다.

남편이 휴가를 넉넉히 맡았으니까 며칠 더 나가지 않아도 좋다고 하면서 출근을 하지 않을 때 인실은 가슴이 서늘했다. 물론 덕우와의 관계는 끝까지 숨기어야 한다고 생각하고 있지만 결혼 직후부터 남편을 속이고 나가야 한다는 것이 께름칙했기 때문이다.

온양에서 일찍 돌아온 것도 결국은 덕우를 만나기 위한 것이었지만, 서울에 돌아온 이상 남편이 출근을 안 한다고 해서 덕우를 만나러 안 갈 수도 없는 일이었다. 그러니 결국 남편을 속이는 수밖에 없었다.

"나 오늘 친정에 좀 갔다 올게요."

남편도 반대할 수 없는 이야기를 꾸며 댔다. 그랬더니 남편은 뜻밖에도,

"갔다 와야지. 나두 함께 가서 놀다 와야겠군……."

하고 인실의 말에 찬성을 하며 같이 나가자고 했다. 인실은 금시 혼자 가야 빨리 돌아올 수 있다고 꾸며 댔다. 그러자 경구는 할 수 없다는 듯이 빨리 다녀오라고 승낙했다. 그때 인실은 입술을 내밀었다. 경구는 내밀고 있는 인실의 입을 힘있게 빨아 주고,

"오후에는 극장구경이나 갈까?"

했다.

"그래요. 그 동안 신문을 보시구 어디가 좋은가 정해 두세요. 열두 시 안에는 꼭 돌아올게……."

그래서 인실은 집을 나와 덕우가 근무하는 관청으로 찾아갈 수가 있었다.

손님이 왔다는 말에 현관 앞으로 나온 덕우는 인실을 보자 놀라는 표정으로,

"어떻게 이렇게 나왔수?"

참으로 뜻밖인 모양이었다.

인실은 그 말이 싫었다. 마치 찾아오지 않으리라고 생각했던 사람이 찾아온 때와 같은 말이었다.

"못 올 사람이 왔다는 말씀인가요?"

"아니, 신혼여행을 떠난 줄 알았는데……."

"보구 싶은 사람이 있어서 빨리 돌아왔지요."

"그래요?"

인실은 화가 치밀었다. 그러나 남의 사무실 현관 앞에서 싸울 수도 없고 해서,

"신혼 이야기를 듣구 싶지 않으세요?"

하고 다방에라도 가자는 눈치를 보였다.

"그런 이야기가 내게 흥미 있을 것 같소?"

덕우는 그새 마음이 변한 것 같았다.

"흥미 있는 이야기만 듣구 살아 오셨던가요?"

인실은 정말 싸움이라도 걸 것처럼 쏘아붙였다.

"최소한도 그렇게 노력했지요."

인실은 더 말하고 싶지가 않았다. 간다 온단 말 한 마디 안 하고 현관 앞을 뛰쳐 나왔다.

그러면서도 덕우가 뒤따라오려니 생각하며 발걸음을 서둘렀으나 마음은 뒤에만 두고 걸었다. 그러나 덕우는 종시 따라오지를 않았다.

인실은 슬펐다. 덕우가 결혼생활을 하고 있는 동시에 그 결혼생활을 파괴할 수가 없기 때문에 인실은 서로 결혼할 수 없는 사람들끼리 사랑을 한 것이니 자기가 경구와 결혼을 한다 해도 두 사람의 사이는 변함이 없을 것이라고 몇 번이나 자기의 마음을 토로했던 것이다. 덕우 역시 자기가 자기 아내와 이혼을 할 수 없는 한 인실의 결혼을 반대할 수 없다고 하며 결혼 뒤에라도 전과 다름없는 관계를 맺자고 도리어 인실에게 당부하듯 말해 왔었다. 그런데도 불구하고 인실이가 결혼한 뒤 찾아간 첫날의 덕우는 이때까지의 약속을 짓밟고 만 것이 아닌가?

'남자란 지나친 욕심을 가진 동물이야.'

인실은 이런 생각을 하면서도 속은 자꾸만 떨렸다. 남편으로 생각하기에 부족함이 없는 경구가 자기를 기다리고 있음을 알면서도 인실은 자기 가슴에 구멍이 펑 패인 것 같음을 느꼈던 것이다.

동시에 앞으로의 자기는 암흑 속에서 살아야 한다는 절망 같은 것도 느꼈다.

인실은 경구를 진실로 사랑하기 때문에 그와 결혼을 한 것은 아니었다. 그렇다고 해서 앞으로나마 사랑을 하려고 한 것도 아니었다. 다만 자기의 이중생활을 유지해 나가는 데 누구보다도 적임자일 것 같은 생각에 결혼 대상자로 결정했을 뿐이었다.

그러나 덕우의 태도가 돌변한 이상 자기는 할 수 없이 경구만을 사랑하며 살아가야 할 것이 아닌가? 경구는 자기를 전적으로 만족시켜 줄 만한 사람이 못 됨을 잘 알고 있다. 그 사람만을 사랑해야 한다면 자기는 애당초 그와 결혼부터 하지 말았어야 할 일이다.

암담한 마음으로 인실은 집으로 돌아왔다. 사실은 거리라도 헤매고 싶었으나 그는 곧바로 경구에게로 돌아가고 말았다.

그것은 자기의 마음이 경구에게서 더 멀어질 것 같은 위험성에서는 아니었다. 도리어 경구를 만남으로 경구에게서 멀어질 마음이 구체적으로 생겨나기를 바라는 마음에서였을지도 모른다.

그러니까 그것은 인실의 희망이 달성된 셈인지도 모른다.

경구가 자기를 기다리고 있은 것만은 사실이었지만 인실이가 들어가자 즉시로,

"참 야단났는데. 회사에 급한 일이 있다구 좀 오라는군 그래. 구경 가기루 약속을 했는데 어떻게 하면 좋지?"

하는 것이었다. 무슨 일로 불렀는지는 모르지만 꼭 가야만 할 것 같은 태도였다. 아니 이미 가기로 결정지은 태도였다.

"급히 오랬는데 안 갈 수 있어요?"

인실은 부른다는 이유를 물어 볼 생각도 안 했다. 가고 싶거든 얼마든지 가라는 태도였다. 경구가,

"될 수 있는 대루 빨리 올게……."

사뭇 미안하다는 얼굴로 나가 버렸다.

인실은 그저 울고 싶었다. 둘을 가지려던 마음이 하나도 가지지 못하게 된 슬픔이었다.

경구에게는 그리 큰 것을 기대하지 않고 있는 인실이었다. 그러한 자기를 잘 알고 있으면서도 급한 일이 있다고 해서 결혼한 뒤 첫 약속까지 깨쳐 버리는 경구를 볼 때 경구가 사랑하는 사람이 아니라 남편으로도 상대할 사람이 못 된다는 생각이 깊이 들었다. 그런 것은 덕우를 만나고 돌아오는 길에 스스로 바랐던 생각이었다. 그런데도 불구하고 경구가 약속을 안 지키고 나갔다는 것을 슬퍼하는 것은 또한 무엇 때문인가?

역시 한 사람의 애정만으로 부족을 느끼는 인실인지도 모른다.

인실이는 그러한 자기를 생각해 본다. 덕우에게는 사랑하는 사람으로서의 애정을 그리고 경구에게서는 남편으로서의 애정을 제각기 받아들이어야만 만족해할 수 있는 자기를 생각해 보는 것이었다.

생각이 여기에 미치자 인실은 자기가 꿈 속에 살고 있었던 것 같은 마음이 들었다. 현실에는 있을 수 없는 꿈을 실현시키려고 헛된 노력을 해 온 여자 같았다.

그렇게 생각하니 자기의 꿈이 일찌감치 깨진 데 감사를 드리고 싶어지기도 했다. 따라서 깨어진 꿈의 대가를 좀더 크게 받아야 마땅할 것 같기도 했다.

며칠 동안 남편은 계속해서 바빴다. 회사에 사무감사가 있다고 해서 그 준비를 하느라고 매일처럼 밤이 늦게야 돌아왔다.

인실은 그것을 자기의 운명이라 생각 안 할 수 없었던지 남편이 늦게 돌아와도 얼굴살 하나 찌푸림이 없이 집 안에 앉아 그를 기다리려고 했다. 집에 돌아와서까지 회사 장부를 뒤적이며 옆에 앉았는 것을 꺼려할 때에도 인실은 그것이 남편을 위한 부덕(婦德)이란 생각을 의식적으로 강요함으로써 혼자 앉아 일이 끝나기를 기다리기도 했다.

그러면서도 바쁜 일만 끝나면 경구의 태도가 조금 달라지려니 하고 그때만을 기다렸으나 그때가 좀체로 돌아오지를 않았다. 사무감사가 끝났지만 그 뒤에는 회사경영법이니 장부학(帳簿學)이니 하는 책들을 읽기에 밤 시간도 가까이 할 수가 없게 되었다.

그래서 하루는,

"날 어떻게 할려구 데려다 놓은 겁니까?"

하고 항의를 했다.

"어떻게 하다니?"

"집이나 지키라구 갖다 놓은 물건인가요?"

"왜 그런 말을 하우?"

"난 부부생활이 이런 거라구는 생각지 않았어요. 무슨 재미가 있어야 살지 않아요?"

"조금만 참아요. 내가 빨리 출세를 해야 당신두 사는 보람이 있구 또 우리두 행복해질 게 아니오?"

"미래보다도 현재가 더 중요하지 않아요. 숨맥히는 생활을 하면서 미래만 생각하는 것은 현재를 속이는 것뿐이에요."

"그럴 수가 있나? 우리는 백 년을 같이 살아갈 사람들인데 현재보다 미래가 더 중요하지!"

"그럼 당신이 성공할 때까지 나는 집에 가 있다 올게요."

"무슨 그런 말을 다 하오. 그래 내가 당신을 사랑하지 않는다는 거요?"

"사랑 안 한다는 건 아녜요. 그렇지만 이런 생활은 싫어요."

경구는 인실을 힘주어 껴안고 자기의 사랑을 보아라는 듯이 정열적인 키스를 해 주었다.

그러나 다음 날 인실은 거리로 뛰쳐 나오고야 말았다. 거리 구경이라도 해야만 가슴이 시원해질 것 같았던 것이다. 사실은 가슴이 답답한 것뿐만은 아니었다. 태도가 변한 덕우의 심경을 한 번 다시 타진이라도 해 보고 싶은 마음이 싹트고 있었던 것이다. 그러기에 거리에 나오자 인실은 덕우의 사무실 근처를 거닐었던 것이다.

　자존심 때문에 사무실로 찾아갈 수는 없었다. 다만 우연하게라도 만나면 하는 생각에 현관 속을 들여다보며 사무실 앞길을 지나갈 때였다. 뒤에서 인실을 부르는 소리가 들리었다. 틀림없는 덕우의 목소리였다. 인실은 못을 박은 듯 선 채로 움직이지를 못했다.

　"한 번 그랬다고 아주 잊을 작정이오?"

　덕우가 앞으로 와서 얼굴을 붉히었다. 인실은 말문이 막혔다. 자기가 말도 못 꺼내게 해 놓고는 지금에 와서 찾아 안 온 것을 도리어 나무람하니 그런 횡포가 다시 있을 것인가?

　그러나 자기를 나무란다는 것은 결국 자기를 잊지 않고 있다는 뜻이다. 인실은 도리어 고맙게 생각지 않을 수 없었다.

　"찾아가고 싶어두 주소를 알아야지……."

　덕우는 자기가 잘못한 것은 송두리째 잊어버리고 만 모양이었다.

　"그래서 오늘 이렇게 찾아온 게 아녜요."

　인실은 그를 만나려 사무실을 찾아 들어가던 것처럼 꾸며 댔다.

　그 뒤 그들은 어떤 다방에 서로 마주 앉아 있었다. 거기서야 인실은,

　"일부러 찾아간 사람을 그렇게 대하는 법이 어디 있어요?"

하고 덕우가 먼저 입을 열지 못하도록 공격 태세를 취했다.

　"그때 감정은 그럴 수밖에 없으니까 할 수 없지 않아요?"

　덕우는 사과하는 태도가 아니었지만 처음보다 훨씬 누그러진 것만은 틀림없었다.

　"신혼한 여자의 몸으로 한 번 나오기가 얼마나 힘든지 아세요?"

　"그런 건 알구 있지만 그때는 할 수 없었어."

　"지나간 이야기는 그만하십시다. 오늘 저녁엔 바쁘세요?"

　"퇴근 뒤에는 바쁠 거 없어……. 그때는 인실 씨가 들어가야지 않나?"

　"안 들어가두 괜찮아요. 구경이나 가세요."

　"그러다가 시집에서 쫓겨나믄 어떡허지요?"

　"쫓겨나믄 그뿐이죠. 그렇지만 섣불리 쫓겨나두룩은 안 할 테니 걱정 마세요."

“기술이 상당하시군!”

“그런 기술도 없어서야 어떻게 부부생활을 해요? 덕우 씨두 부인을 속이는 데는 누구에게 지지 않을 걸……”

덕우는 웃기만 하고 대답을 안 했다. 그 대신,

“가만 있어. 과장한테 이야기하구 곧 나올 테니까 여기서 그냥 기다려!”

하고는 사무실로 갔다.

덕우를 기다리는 동안 인실은 덕우와 자기의 남편 경구와를 비교해 보았다.

사랑에 적극성이 있는 덕우와 사랑에 불감증인 경구.

역시 자기의 생리에는 덕우가 맞는다. 그러나 결혼할 수 없는 사람이니 또한 어찌할 수가 없는 일이 아닌가?

인실은 덕우가 빨리 들어와 주기를 바랐다. 기다리는 시간이 초조했던 것이다.

덕우가 십 분도 못 되어 씨근덕거리며 돌아왔지만, 인실은,

“남 기다리는 생각은 통 안 하시나 봐……”

하고 그를 나무랐다.

“손님이 와서 통 가야지. 화가 나서 그냥 나오고 말았어……”

그 말을 듣고 나니 인실은 더 할 말이 없었다. 덕우를 나무라 보기는 했지만 덕우가 어물어물하는 성격이 아님을 아는 만큼 과장에게 말도 안 하고 나왔을 것이 수긍되었기 때문이었다.

“실!”

인실이가 결혼하기 전에 부르던 버릇대로 덕우가 인실의 이름 한 자만을 불렀다.

“네.”

인실은 결혼하기 이전의 그 다감하던 눈초리로 대답을 했다.

“우리 한 주일에 두 번씩만 만나지……”

“그걸 어떻게 정하구 만나요. 만나고 싶으면 아무때라두 만나는 거지.”

“그래두 그런 게 아냐. 전처럼 자유스런 몸이 아니란 걸 알아야지 않나?”

"그래두 형식적인 건 싫어요."

"형식적이 싫은 게 아니라 한 주일에 두 번이 잦다는 말이겠지?"

"남자가 그렇게 속이 까부라져서 어떻게 해요. 참, 남은 생각지두 않은 건데……."

"우리는 가능한 한도에서 살아가야 하는 거야. 일주일에 두 번 아니 매일이라두 만나구 싶지만 어디 그럴 수가 있어? 그저 내 말대루만 해요. 정한 날 나올 수 없으면 다음 날 만나자구 전화를 걸어두 좋으니까……."

"약속하지 않은 날 보구 싶으면……."

"차곡차곡 쌓아 두었다가 한 번에 만나면 되지 않아……."

"그래두……."

"글쎄 내 말대루만 해요. 틀림없을 테니까……."

인실은 그런 약속이 마음에 맞지 않았지만 그 이상 더 반대할 수가 없었다.

"자 —— 구경이나 가요."

그들은 S극장으로 갔다. 극장에서 그들은 남이 보지 않게 손을 잡기도 했고, 서로 꼬집기도 했다.

극장에서 나오자 그들은 음식점으로 가서 저녁을 먹었으며 저녁을 먹은 뒤에는 춤을 추러 갔다.

춤을 출 때는 뺨에 뺨을 대고 발만을 움직이며 눈을 감고 있었다.

춤을 다 추고 덕우가 인실이를 그의 집 골목까지 바래다 줄 때는 서로가 미진했던 키스를 했다.

"그럼 다음 월요일 전화걸게요."

인실이가 집으로 돌아가자 책상에서 책을 읽던 경구가,

"어딜 갔다 이렇게 늦었어?"

하고는 대답도 기다리지 않고 ,

"저녁은 먹었어?"

하는 것이었다. 인실은 지나치게 너그러운 남편이 도리어 불만스러운 것 같으면서도,

"동창생네 집엘 가서 저녁을 먹구 노느라구 늦었어요. 내 결혼식에 참석

을 못했다구 하며 저녁이나 먹구 가라는데 뿌리치구 올 수가 있어야지요.”

“대학 동창인데?”

“고등학교 동창이예요. 대학은 K대학인 걸요.”

“결혼한 사람인가?”

“벌써 어린애가 둟이나 되는 걸요.”

“우리 집에두 한 번 오래지 왜?”

“이제 오래지요. 뭐 바뻐요?”

인실은 생각지도 않았던 이야기를 이렇게까지 능난하게 꾸며 댔다. 원체 남을 의심할 줄 모르는 경구이기도 했지만 속아 넘어가지 않으려야 않을 수가 없었다.

이런 식으로 해서 인실은 일주일에 두 번씩 마음놓고 덕우를 만날 수 있었다. 덕우를 만날 때마다 극장 구경이나 춤을 추러 갔다.

그렇게 몇 달을 지나는 동안 번번히 속아 넘어가는 줄만 알고 있던 경구가 하루는,

“내게 무슨 불만이 있는 게 아니오?”

하고 묻는 것이었다.

인실은 뜻밖이라는 듯,

“불만은 무슨 불만이예요? 가장 행복하다구 생각하며 살구 있는데…….”

“안 그런 것 같은데…… 아무래두 내가 재미 없는 것 같아…….”

“재미가 있으면 어떻게 있어야 해요? 살림하는 사람들이 우리만큼만 살면 다 행복한 거지…….”

“그럼 왜 자주 나가 돌아다니는 거야?”

“친구들은 만나야 하지 않아요. 결혼했다구 친구들을 잊으면 욕먹는다는 걸 모르시는가 봐…….”

“찾아오는 친구는 하나두 없나 부던데…….”

“아이 참, 당신두. 일부러 못 찾아오게 내가 찾아가는 거예요. 친구들이 오면 그냥 돌려 보낼 수 있어요? 그 경비는 누가 당하구…….”

인실은 남의 마음을 몰라 준다는 듯이 눈을 한 번 샐쭉했다. 인실은 그렇

게 함으로 경구의 마음이 풀리리라고 생각했다. 그러나 경구는 마음이 풀리지가 않는지 새침한 채 자기 책상 있는 데로 갔다.

인실은 그의 뒤를 따라가서,

"왜 화가 났어요?"

하고 경구의 몸을 뒤로 돌이키었다. 그리고는,

"돈 안 쓸려구 그러는 건 몰라 주구 되려 화를 내셔."

하고 아랫목으로 와서 돌아앉았다. 화가 나서 못 살겠다는 태도였다. 그때에야 경구가,

"돈을 애끼는 마음은 좋아두 너무 나가지는 말어. 내 마음을 알겠어? 그리구 정 써야 할 때는 돈두 써야지 애끼기만 하면 돼?"

하고 인실이 옆으로 와서 인실의 화를 풀어 주려고 했다.

"그만두세요. 당신은 나를 의심하는 거예요."

인실은 한 번 더 퉁겨 보는 것이었다.

"천만에, 내가 왜 당신을 의심해? 그런 말은 하지두 말어……."

경구는 인실의 마음을 풀어 주려고 그런 말을 했으나 내심으로는 얽매인 마음이 풀리지가 않았다.

그런 일이 있은 뒤에도 인실이가 여전히 외출을 하고 외출만 하면 으레 늦게야 돌아오는 것을 볼 때 경구는 인실을 더욱 의심하지 않을 수 없었다. 그러나 다른 남자와 만나리라는 그런 의심은 아니었다. 자기에게 불만이 있으니까 외출을 자주한다고 생각하는 것이었다.

경구는 자기를 돌아볼 때 인실이 같은 여자가 전적으로 좋아할 수 있는 자기라고는 생각되지 않았다. 같이 놀러도 다니고 같이 즐기기도 해야만 인실이가 만족해하리라는 것을 안다. 그러면서도 경구는 그런 것을 못해 주었다. 같이 산다는 것 그 자체가 애정의 표현이라고 생각했고 애정이 있는 한 큰 불만은 없으리라고 믿어 왔다. 그래서 시간만 있으면 공부를 하려 했고 그것이 또한 인실을 진심으로 위하는 길이라고도 생각했다.

그러면서도 때로는 미안한 생각이 들어 일요일이면 산책이라도 가자고 말해 보았지만 인실이가 사람이 욱실거리는데 가면 무엇 하느냐고 하며 나

가는 것을 도리어 즐겨하지 않는 눈치를 보일 때 경구는 인실이가 자기의 진심을 이해해 주는 것이라 믿고 그 말을 곧이 들어 왔던 것이다.

그러나 혼자서 외출하는 날이 늘면 늘었지 조금도 줄지 않는 것을 볼 때 경구는 인실의 자기에 대한 불만이 적지 않음을 느꼈다.

그뿐 아니라 인실이가 놀러 간다는 곳이 반드시 자기의 여자 친구네 집만이 아닐 것 같은 육감이 들었던 것이다. 그렇게 생각할 근거라고는 하나도 없었다. 근거가 없는 생각이었지만 그것이 그의 신경을 적지 않게 자극하고 있는 것 또한 숨길 수 없는 일이었다.

결국 인실이가 외출한다고 하는 날 경구는 회사에서 일찍 나와 골목길에 숨었다가 인실을 미행하고야 말았다.

어떤 남자와 다방에서 만나 저녁을 먹은 뒤, 같이 어떤 댄스 홀로 들어가는 것을 본 경구는 오랫동안 속아 온 자기를 슬퍼하지 않을 수 없었다.

결혼한 지 몇 달도 안 된 아내가 자기를 속이고 딴 남자와 춤을 추러 다닌다는 것은 정말 상상할 수도 없는 일이었다.

경구는 결혼하기 전까지 인실을 불안한 상태에서 사랑했다. 손 안에 쥐고 있는 작은 새를 바라보듯 잘못 건드리면 도망을 갈 것 같은 그런 불안이었다. 그러나 일단 결혼을 하자 경구는 인실을 작은 새처럼 바라보지는 않았다. 저녁때만 되면 밖에 나갔다가라도 돌아오고야 마는 닭처럼 믿었던 것이다.

그러나 믿었던 닭에게 주인이 쪼이고 말았다.

경구는 댄스 홀까지 따라가서 어떻게 노는가를 보고 싶었다. 그러나 그것은 차마 할 수 없는 일이었다. 무엇보다도 자기 자신을 괴롭히는 일 같았기 때문이었다.

보통 같으면 뒤따라가서 인실을 꼬인 남자와 결투라도 하고 싶은 것이지만 경구는 그런 생각을 품어도 보지 못한 채 집으로 돌아왔다.

분하기도 하고 슬프기도 하고 기가 막히기도 했지만 경구는 혼자서 앓기만 하는 것이었다. 인실이가 돌아오기만 하면 무슨 결단이라도 낼 것처럼 혼자서 주먹을 쥐어 보기도 했다. 그러다가는 방바닥에 벌떡 누워 눈물을 홀리기도 했다.

'정말 그 남자와 마음이 맞아 자기를 버리는 것이나 아닐까?'

경구는 이런 생각이 무엇보다도 무서웠다. 어쩐지 그럴 것만 같은 생각이 들었다. 그리고는 인실이가 자기를 버리고 나간 뒤의 일을 생각해 보는 것이었다.

'자살.'

자기에게는 그 길밖에 없을 것 같았다. 어째서 자살까지 해야만 할 만큼 인실을 사랑하는지 그것은 자기도 모른다. 그저 그가 없으면 자기는 죽어야 할 것 같은 그런 생각이었다.

경구는 먹지 못하던 것이지만 술을 사다가 마시고 혼자 울었다. 얼마나 울었는지 눈이 다 부었을 때에야 인실이가 들어왔다. 돌아오자 인실은 묻지도 않는데 오늘은 동창생들이 다섯 명이나 모여서 참 재미가 있었다고 수다를 떨었다. 그리고는,

"당신이 기다리실 것 같아 빨리 돌아올려구 했지만 얘들이 놔 줘야 말이지요. 많이 기다리셨지요?"

하고 누워 있는 경구 옆에 누우며 손바닥으로 경구의 뺨을 쓸었다. 그때야 경구의 눈이 부은 것을 발견했는지,

"눈이 왜 부셨수? 응…….."

하고 경구의 얼굴을 흔들었다.

아무 대답도 안 하는 경구를 보자 인실은 다시,

"그렇게 기다리기가 힘드셨어요? 다음부턴 빨리 들어올게. 자, 날 봐요. 어린애처럼 울기는……."

그래도 경구는 대답이 없었다. 한참 뒤에야 다시 눈물을 글썽이며,

"인실이! 내가 춤을 배우면 외출을 안 하지?"

하고 물었다.

"아니 당신두, 내가 춤추러 다니는 줄 아세요?"

"글쎄 말이야, 좌우간 내가 춤을 배우면 나하구 추러 다니지?"

"정말 춤추러 다니지 않아요. 동무들이 그냥 모여 노는 거지……."

“딴 말은 말구 대답만 해 줘. 나하구 다닐 테야 안 다닐 테야?”

“당신하구 춤을 추면 얼마나 좋을까? 가만 계세요. 당신하구 춤추는 장면을 좀 생각해 볼게……”

“됐어, 그럼 내일부터라두 배울게……”

이 말을 들었을 때 인실은 가슴이 뜨끔했다. 어떻게 알았는지 덕우와 춤추러 다니는 것을 알고 있는 게 분명했지만 남편이 춤을 배워 가지고 자기하고만 추러 다니자고 한다면 덕우와는 만날 수가 없게 될 것이 분명했다.

다음 날부터 남편은 매일처럼 밤늦게야 돌아왔다. 춤을 배우러 다니는 모양이었다.

인실은 장차 자기가 어떻게 되는지 참으로 막연했다. 어떻게 되고간에 지금과는 생활이 달라질 것이 틀림없었다. 그러나 어떻게 달라질는지 알 수가 없었다.

그래서 어떻게 되든 간에 남편이 늦게 돌아오는 틈을 타서 덕우를 더 자주 만났다. 자칫하면 덕우와 못 만나게 될지도 모른다는 생각에서였다.

그런데 하루는 덕우가,

“실! 아무래두 이혼을 해야겠어. 그러니 실두 이혼해!”

하는 것이었다. 정말 뜻밖이었다. 이때까지는 이혼하겠다는 말을 해 본 적이 없는 덕우였다. 그리고 자기도 덕우와는 결혼할 생각을 당초부터 가지고 있지 않은 터였다. 아내가 있는 사람이지만 그저 좋아서 사귀어 왔을 뿐이었다.

“왜요?”

“아무래두 실이와 결혼을 해야겠어, 그래야 내가 행복할 것 같어!”

“부인은 어때서요?”

“이젠 싫증이 났어, 나하구 맞지두 않구……”

인실은 잠시 대답을 안 했다. 맞지 않는 여자라면 어째서 결혼을 했으며 또 이때까지 아무 말 없다가 이제 와서야 싫증이 난다고 할 것인가?

“그래, 이혼을 하셨어요?”

“아직 안 했지만 실이가 승낙을 하면 곧 해 버릴게……”

"내가 승낙 안 하면 이혼을 안 하시구?"

"실이 나와 결혼 안 한다면 이혼을 해서 무엇해……."

"좀 생각해 봐야겠는데요……."

인실은 그 날 밤 춤도 안 추고 일찌감치 들어와 자기의 장래를 생각해 보았다. 누구와 같이 사는 것이 행복할 것인가도 생각해 보았다.

그러나 결론은 쉽사리 내려지지 않았다. 덕우에게도 좋은 면이 있고 경구에게도 좋은 면이 있다. 가능하다면 두 사람을 지금과 같이 그대로 가까이 하며 살았으면 거기서 더 좋은 일이 없을 것 같았다. 그러나 그러고만 지낼 수는 없게 되고야 말았다.

인실은 남편이라도 빨리 돌아왔으면 했다. 더불어 의논할 사람은 못 되지만 그 얼굴이라도 보면 자기의 결심이 빨리 설 수 있을 것 같았다. 그러나 남편은 열두 시가 되어도 돌아오지 않았다.

결혼 이후 몇 달이 지나도록 술을 마시고 들어온 일이 없다. 열 시 후에 들어온 일도 없다. 춤을 배우기 시작한 뒤에도 열 시를 넘겨 본 일이 없다.

무슨 일일까?

인실은 잠을 못 이루었다. 잠을 못 이루며 생각한 것은 교통사고가 나서 다치지나 않았을까 하는 것이었다. 그것 밖에는 달리 생각할 것이 없었다.

인실은 자기 자신을 후회하는 도리밖에 없었다. 춤을 배운다고 할 때 그것을 반대하지 않은 것이 잘못이었던 것이다. 그때는 반대하기가 난처해서 마음대로 하라고 했지만, 지금 생각하면 남편의 춤으로 말미암아 남편은 물론 자기의 생활까지 장차 아주 달라질 것이 분명했다.

밤을 새며 기다렸으나 아침까지도 남편은 소식이 없었다.

아홉 시가 지나서야 인편에 기별이 왔다. ××병원에 입원하고 있으니 빨리 오라는 것이었다.

인실은 소식을 가져온 사람에게,

"돌아가시지는 않았어요?"

라고 물었다. 어쩐지 꼭 죽었을 것만 같았기 때문이었다. 그것만이 자기에게 돌아올 업보(業報) 같기도 했다.

"생명에는 관계가 없습니다."

인실은 한숨을 내쉬었으나 병원으로 달려가는 동안 남편이 시체실에 누워 있을 것만 같은 환각을 느꼈다.

그리고 시체 앞에서 눈물을 흘리며 참회하는 자기를 생각하는 것이었다.

그러나 병원에 도착했을 때 뜻밖에도 경구가,

"대단치 않아, 걱정 말어."

하고 침대에 누운 채 웃는 얼굴로 손을 내밀었다.

인실은 쓰러지듯 달려가 남편의 손을 잡고 어디를 다쳤느냐는 말도 묻기 전에,

"이제부터 당신이 하라는 대루 할게⋯⋯."

하고 울기 시작했다.

"울지 마. 대단치 않으니까 곧 나을 거야."

남편이 인실을 위로하기 시작했다.

"춤을 배우구 오다가 하수도 구멍에 빠져 다리를 좀 다쳤지만 아주 부러지지는 않았대⋯⋯."

그리고 나서는,

"빨리 나아서 그놈을 마저 배워야겠는데⋯⋯."

하고 한숨을 후 내뿜었다.

그때야 인실은 이불을 들추고 경구의 상처를 살펴보았다. 붕대를 칭칭 감아 어느 정도 다쳤는지 짐작도 할 수 없었다. 왼편 종아리가 전부 붕대로 덮여 있었다.

다시 눈물이 솟구쳤다. 모두 자기가 잘못했기 때문인 것만 같았다.

"다리가 나아두 춤을 배우지 마세요. 죽어두 춤추러 다니지 않을게⋯⋯."

인실은 자꾸만 우는 것이었다. 남편에 대한 순결은 눈물 하나밖에 없다는 것처럼.

"울지 말라니까⋯⋯."

경구가 인실의 손을 잡아 흔들었다.

"눈물만은 흘려 본 일이 없었어요. 당신 앞에서만 흘리는 거예요."

인실은 남편 앞에서만 흘리는 눈물이 자기가 모르던 자기의 자랑인 것 같기도 해서 그칠 생각을 않고 계속 우는 것이었다.

(원)《새벽 13》1956. 9.

질풍

감정의 면역성이란 있을 수 없는 모양이었다. 삼 년 동안 집 안에 파묻혀 태양을 모르며 살아 온 것은 결국 감정의 면역성을 얻기 위함이었다. 움직이는 뭇 여성들 사이에 한몫 끼여 보려고 삼 년 만에 처음 거리로 나온 것은 자기가 감정의 면역성을 얻은 것이라 자신했기 때문이었다.

그러나 거리에 나온 첫날로 창규를 만나야 했다는 것은 무슨 일이며 설사 창규를 만났다고 하기로서니 삼 년 전 창규와 헤어질 때의 바로 그 감정이 되살아나올 것이 무엇인가?

자기를 보지 못하고 백화점으로 들어가는 창규의 뒷모습이 눈에 띄었다고 해서 그 뒤를 밟을 생각이 일어날 필요는 조금도 없다.

학교에서 나오는 길인지 가방을 한 손에 든 채 드라이 밀크를 사 드는 창규의 무표정한 얼굴을 보고 그새 결혼한 여자의 몸에서 어린애를 낳았으나 젖이 부족한 모양이라는 질투 비슷한 추리를 계속할 필요는 없는 일이다.

삼 년 동안이나 들어앉은 것이 도를 닦노라고 한 것은 아니었지만 삼 년 만에 처음으로 거리에 나올 때의 심정은 십 년 이상 수도(修道)하고 마음을 닦아 버린 듯한 그것이었다.

그러나 모두가 도루아미타불이 되고 만 것이 아니겠는가?

윤일초(尹一草)는 한편 구석에 서서 창규의 행동을 샅샅이 살피고 있는 자기 자신에 염증 같은 것을 느꼈으나 그것도 순간적인 느낌에 지나지 않았다. 창규가 드라이밀크를 사 가지고 백화점을 나와 어떤 다방으로 들어갈 때까지 그의 뒤를 따르고야 말았다.

저편에서 본 척을 해도 아는 척하지 않겠다는 것이 집을 나올 때의 일초의 심정이었을지 모른다. 그런데도 창규가 모르게 그의 뒤를 따른다는 것은 무슨 까닭일까?

일초는 또 한 번 자기 자신에게 염증 같은 것을 느끼고 발길을 돌려 버렸다. 그리고는 예정하고 나왔던 동무의 집은 찾아갈 생각도 않고 어떤 극장으로 향해 버렸다.

극장은 어떤 극장이라도 좋았다. 움직이는 화면을 앞에 두고 혼자 앉아 있을 장소라면 상영하는 영화가 무엇이라도 상관없었다.

일초는 앉는 자리가 가장 좋다는 S극장으로 갔다. 극장에 들어가서 자리를 잡고 앉을 때까지 어떤 영화를 상영하고 있는지도 알지 못했다. 알려고 하지를 않은 것이었다.

일초는 자기가 구경하러 온 사람이라는 의식을 갖기 위하여 스크린으로 눈을 보내고 있기도 했지만 무엇 때문에 사람들이 움직이고 있는가를 알려고 하지 않았다. 사람이 화면에서 뛰쳐 나오는 것처럼 보이는 입체영화라 할지라도 그는 눈 깜짝 안 하고 스크린을 바라볼 수 있었을 것이다.

얼마를 바라보고 있었는지도 모른다. 회중전등을 들고 온 소녀가 표를 보자고 한 뒤 횟수가 지났으니 나가 달라고 할 때까지 앉아 있었다.

일초는 앉을 자리가 없어졌음을 알고 극장을 나왔다. 극장을 나오자 지나가는 택시를 부르려고 했다. 그때였다.

"바쁘신가요?"

확실히 일초에게 하는 말이었다. 일초는 목소리가 들리는 쪽으로 고개를 돌렸다. 전혀 알지 못하는 남자였다.

"차나 한 잔 하실까요?"

대답도 안 하는 여자에게 두 번째 건네는 말이었다.

"저를 아시나요?"

일초는 상대편은 자기를 아는데 자기만 상대편을 못 알아보는 실례가 연상되었다.

"기억이 안 나십니까?"

상대편은 확실히 자기를 알고 있는 모양이었다. 일초는 어떻게 해서 자기를 아느냐고 따져 묻기가 싫어 대답을 주저하고 있을 때 상대편이,

"조용한 데서 이야기를 하십시다."

하고 앞장을 섰다.

일초는 극장 바로 건너편에 있는 다방까지 따라갔다. 자리를 잡고 앉아 차를 주문할 때까지 일초는 그 남자가 먼저 입을 떼기만 기다리고 있는데 담배를 피운다, 머리에 빗질을 한다 하여 잠시도 몸을 가만두지 않던 상대편이 불쑥,

"김 선생이시죠?"

하고 물었다. 일초는 그 남자가 착각을 일으키고 있는 것이라고 생각하고

"전 윤갑니다."

하고 착각을 오래 계속하지 않도록 자기의 성을 밝혔다.

"네, 윤 선생이시군요. 많이 뵀는데두 인사를 못 드렸습니다. 나는 최거석이라구 합니다."

최거석이란 남자가 머리를 끄덕하고 인사를 했다.

일초는 그때야 그 남자가 거리의 깡패임을 알았다. 리젤형으로 깎은 머리에 번지르하게 기름칠한 것이라든가 허리띠에 색안경 갑을 단 것이라든가 샌들식 여름 구두를 신은 것 모두가 진실한 청년이 아님은 분명했다. 그리고 알지도 못하며 아는 척 자기를 다방까지 데리고 왔다는 그 엉터리 사기술이 깡패가 아니고서는 도저히 있을 수 없는 행동이라고 생각되었다.

"나한테는 일이 없으실 테니까 실례하겠습니다."

일초는 불쾌한 표정을 짓지 않으려고 노력하면서 자리에서 일어섰다.

"시켜 놓은 차나 자시구 가셔야잖아요?"

거석이가 일초 앞을 가로막고 섰다. 집을 뛰쳐 나가려는 아내를 가로막고 눈을 부릅뜨는 험상궂은 남편의 태도와 흡사했다. 잘못하다가는 봉변을 당하고야 말 것 같았다.

일초는 대꾸를 안 하고 주저앉아 거석의 행동만 살폈다.

"뱃속에서부터 알구 지내는 사람이 있소? 알면 친해지기두 하는 거지……."

거석은 벌써부터 반말질을 시작했다. 나이를 따져도 일초보다 한두 살쯤 아래가 될 남자가 당치도 않은 이론을 주워섬기며 반말질하는 것이 비위를 거슬리게 했다.

"친할 수 없는 사람을 알아선 뭣 해요?"

"친할 수 있는 사람이 따루 있소?"

그때 레지가 와서 차를 부었다. 일초는 차도 마실 생각이 없어서 찻잔을 바라보기만 하고 있을 때 거석이가 스푼을 들어 일초의 차까지 저어 놓고서는,

"빨리 들어요"

했다. 아무래도 만만하게 본 모양이었다.

일초는 싸우느니보다 빠져 나갈 기회나 바라보는 것이 현명한 일일 것 같아서 거석의 비위를 건드리지 않으려고 차를 마시고 있을 때 거석이가,

"무슨 수심이 그리 많습니까?"

하고 교양이 없는 사람의 상투 수단인 상식 이하의 질문을 했다.

"난 수심이란 걸 모르구 사는 사람입니다."

일초는 말꼬리가 잡히고 싶지 않아 단정적으로 대답했다.

"바루 뒤에서 끝까지 보구 있었는데 나를 속이려는 거유?"

"그럼 보신 대루 생각하시면 되지 않아요."

"그러지 말구 좀 사궙시다. 나는 미스 윤 같은 여잘 참 좋아합니다."

무엇을 보고 미스라고 하는지 또 무엇을 가지고 자기와 같은 여자를 좋아한다는 것인지를 알 수 없었다. 도대체 엉터리 청년의 엉터리 수작이었다.

일초는 대답할 홍미도 느끼지 못했다. 잠자코 앉아 있을 때 거석이가 호주머니에서 종이 쪽지 몇 장을 꺼내며,

"이런 구경 하신 일 있어요?"

했다. 권투시합 초대권이었다.

일초는 이때까지 운동 구경이라고 해 본 일이 없다. 더구나 원시적이라고 생각되는 권투 같은 데 관심을 가져 본 일도 없다.

"안 가겠어요."

일초는 초대권을 받으려고도 하지 않았다.

"남은 목숨을 내걸구 싸우는데 와서 구경두 해 줄 수 없단 말이지요?"

"뭐 나를 위해 싸우시는 건가요?"

"거야 그렇지요. 언제 미스 윤을 알았다구…… 설사 오래 전부터 미스 윤을 알았다기로서니 여자를 위해 목숨을 바치구 싸울 시러베 자식이 어디 있겠소."

일초는 거석의 얼굴을 한 번 쳐다본 뒤 아무 말 없이 초대권을 핸드백 속에 집어 넣었다. 그리고는,

"가야겠어요."

하고 또 일어섰다. 이번에는 거석이도 그를 막지 않았다. 차값을 치르고 뒤따라오면서,

"집에까지 바래다 드리지요."

하고 나섰다.

일초는 추근추근 뒤따르려는 거석의 심보가 밉기도 미웠지만 집을 가르쳐 준다는 것이 위험한 것 같아,

"혼자 갈 테에요."

하고 절대로 같이 가지 않을 태도를 보였다.

그러나 거석은 택시를 불러 세우고 일초를 밀다시피 태우고는 자기도 차 안으로 올라탔다. 힘으로도 밀어 치울 수가 없는 일이었다.

일초는 할 수 없이 거석이가 하는 대로 내버려 두었다. 그 대신 집으로 가지를 않고 아는 친구의 집으로 가서 내리리라 마음먹었다. 그래서 자동차가 을지로 입구에 이르렀을 때 운전수에게,

"서대문 쪽으로 가세요."

하고 동대문 쪽과 아주 반대편 방향을 가리켰다.

거석은 아무 말 없이 헤드라이트가 비치는 거리만을 내다보고 있다가 시

청 앞 컴컴한 길을 접어들 때 무슨 발작이나 일으킨 사람처럼 일초의 몸을 휙 돌이켜 안고서는 키스를 했다. 순간적인 행동이었다. 일초로서는 대항할 여유조차 가질 수 없을 만큼 민속한 행동이었다.

키스가 끝난 뒤에야 일초는 몸을 빼고 물러앉을 수 있었다. 물러앉은 순간 일초는 거석의 얼굴을 향해 침을 탁 뱉았다.

침을 뱉아 주고 나니 가슴이 후련한 것 같았다. 거석이가 무례한 행동을 했다는 불쾌감보다도 그 무례에 몇 갑절 나는 복수를 해 주었다는 통쾌감이 컸던 것이다.

그러나 그 통쾌감이란 상대방이 흥분하는 것을 볼 때 날개를 돋히는 것인데 거석이가 조금도 흥분하지를 않았다. 침이 묻은 얼굴을 손바닥으로 쑥 문지르고는 아무 일도 없었다는 듯이 창 밖만을 내다보는 것이 아닌가?

일초는 조금 화가 치밀었다. 그래서 거석을 한 번 더 모욕해 주고 싶어졌다.

"재수가 없을라니까 별 친굴 다 만나……."

그래도 거석은 돌아보지도 않았다.

도리어 만족한 듯 빙긋이 웃으며 거리만을 내다보고 있었다.

자동차가 세종로를 지나 서대문을 달리고 있었다.

일초는 갑자기 자동차를 세우고 내렸다. 거석과 같이 있는 시간이 싫었던 것이다. 아무 골목으로라도 들어가는 척했다가 뒤돌려나와 자동차를 타리라 마음먹고 내렸으나 내린 곳이 골목길 없는 서울중학교 근처였다. 거석도 뒤따라 내렸다. 일초는 거석이가 대문 앞까지 바래다 준다고 하며 부득부득 따라올 것이 겁났다. 그러나 거석은 그럴 생각은 가지지도 않았다는 듯이 선 자리에서,

"내일 어디서 만날까요?"

하는 말만을 했다. 마치 만나기로 내약이 있기나 한 듯한 태도였다.

"만나기는 뭣 하러 만나요?"

일초는 무서울 정도로 냉정하게 말했다. 그래도 거석은 나무라는 표정 하나 짓지 않고,

"아까 그 다방에서 기다리겠습니다. 내일 오후 다섯 시……."

하고는 세종로 편으로 걸음을 옮겼다.

일초는 속으로 '흥!' 하고 코웃음을 쳤다.

그러니까 다음 날 다섯 시 거석이가 말하는 다방으로 거석을 만나러 가지 않는 것만은 사실이다. 그러나 다음 날 다섯 시가 되자 일초는 그 다방에서 자기를 기다리고 있을 거석의 모습을 그려 보지 않을 수만은 없었다. 일방적으로 결정해 놓고는 상대방의 대답도 듣지 않고 약속이나 한 것처럼 기다리고 있을 거석. 거석은 그만큼 단순한 사람이다. 그러나 명령처럼 말해 놓고도 그것을 완전히 잊어버리고 말았을 거석의 모습이 달리 머릿속에 떠올랐다. 그럴 수도 있는 거석일 것 같았다. 장난 삼아 한 번 희롱을 하고는 그것이 전부였다는 것처럼 두 번 다시 생각도 하지 않는 무책임한 남성들의 습성…….

일초는 거석이가 그 두 타입 중 어떤 남자인지를 알지 못했지만 속으로는 후자에 속하는 남자이기를 바라는 것이 자기의 본심이라고 생각했다.

그것은 다섯 시라는 시간이 어제 창규를 만난 시간이란 데서 오는 반항의 작용일지도 모른다.

어제 다섯 시에 해월(海月)다방으로 들어간 창규는 오늘도 그 시간에 그 다방을 찾아갈는지 모른다. 누구를 만나러 가는지 모른다. 어쨌든 일초는 창규가 지금쯤 어디 있으리라는 것을 안다는 사실로써 창규를 생각지 않을 수 없다. 창규가 어디서 무엇을 하고 있을까 하는 그런 궁금증에 속하는 생각에서는 아니었다. 그런 종류의 관심은 절대로 가지지 않으려는 것이 일초의 노력이다. 미워할 것도 없고 원망할 것도 없으며 또 저주할 것도 없다고 생각하는 일초다. 그저 잊어버려야만 자기가 살 수 있다는 생각을 삼 년 동안 계속 해 왔다. 그러나 창규의 생활 한 토막을 알고 또 창규가 지금쯤 소재(所在)하고 있을 장소를 안다는 그 사실이 이때까지 정리해 놓은 가슴을 어지럽게 하는 것은 무엇 때문일까?

일초는 관심조차 가지지 않으려고 생각한 창규를 찾아 해월다방으로 달려가고 싶은 생각이 자기 가슴 속에 솟아오름을 깨닫고 몸서리를 쳤다.

요망스러운 생각이다. 꿈에도 생각지 않았던 마음이 아무런 예고도 없이 솟아오른다는 것은 자기가 자기를 배반하는 것 이외에 아무것도 아니다.

창규가 자기를 배반한 것 이상으로 사리에 맞지 않는 배신이다.

그런 만큼 일초는 자기 자신을 배신하지 않기 위하여 거석을 생각했는지 모른다. 창규를 생각지 않게 하는 방법은 그것이 아무리 사악한 방법이라고 해도 자기를 배반하는 일만은 아닐 것이다.

세상 모든 사람에게 배신을 해도 자기 자신에게만은 배신을 하고 살 수가 없을 것이 아니겠는가?

일초는 다섯 시가 훨씬 지난 것을 알고도 집을 뛰쳐 나와 거석이가 기다린다는 다방으로 달려갔다.

거석은 거기에 있지 않았다. 일초는 거석이가 처음부터 와 있지 않았으리라고 생각했다. 그러면서도 한 시간 동안을 앉아 기다렸다.

무슨 취미인지를 몰랐다. 거석이가 제 입으로 약속을 했는데도 일초는 거석이가 그 약속을 저버릴 것이라 생각했고 한편 그래야만 거석에 대한 기대가 살 것 같은 마음을 가지면서도 또 거석을 기다리고 있는 자신의 모순된 심정 ——.

그럴 때 거석이가 나타났다면 일초는 거석에 대한 결정적인 실망을 느낄지도 모른다.

며칠 뒤 일초는 서울운동장 권투링으로 갔다. 그의 손에는 꽃다발이 들려 있었다. 거석을 찾아가 인사도 하지 않았다. 이기라고 응원하러 왔다는 인상을 주고 싶지 않았기 때문이었다.

그러나 거석이가 링에 나타날 때 일초는 응원하려 온 사람처럼 가슴의 고동을 느꼈다. 그러나 그것도 한때였다.

상대편을 두들기기도 했지만 상대방에게 얻어맞는 것을 볼 때 일초는 가슴이 시원해짐을 느꼈다. 자동차 안에서 키스를 당하던 그때의 자기와 같은 심정으로 거석을 바라본 것이다.

거석은 때리는 것보다 맞는 것이 더 많았다. 그래도 허덕이지를 않고 달려붙는 용기가 가상스러웠다.

일초는 거석이가 넉아웃이 되어 쓰러지는 장면을 연상했다. 그러나 쓰러지지는 않았다. 지기는 졌지만 넉아웃이 아니고 판정(判定)으로 졌다는 것이 기대에 어긋나는 듯한 실망을 주었다.

그래도 꽃다발은 줄 만하다고 생각했다. 일초는 거석이 있는 데로 가서,

"잘 구경했습니다."

하고 꽃다발을 내밀었다. 져서 섭섭하다는 표정은 조금도 없었다.

거석은 꽃다발을 받자 잘 됐다는 듯이 생긋 웃는 일초의 얼굴을 홀겨보는 순간 그 꽃다발을 발 밑에 던져 버렸다. 꽃대가리가 분질러져 여기저기 흩어졌다.

"누가 꽃다발을 가지구 오랬어?"

거석은 마치 그런 것을 가져왔기 때문에 지기라도 한 것처럼 분개하는 얼굴로 소리질렀다.

일초는 사람들이 보는 가운데서 그런 변을 당한다는 것이 약간 창피하기는 했으나 그렇게 부끄러운 것 같지만은 않았다. 그러기에,

"이게 얼마짜리라구요?"

하고는 돈이 아깝다는 듯 대가리가 부러진 꽃 하나를 집어 들고 거석의 가슴에 대 보였다. 그리고는,

"이기는 것보다 지는 것이 어울릴 때두 있잖아요."

하고 한 번 더 웃었다.

그때야 거석은 속이 좀 풀리는 듯,

"내가 지는 게 그렇게 어울려요?"

하고 약간 주름이 펴진 얼굴로 일초를 바라보았다.

"이기기만 하면 스릴이 없지 않아요?"

"나두 지는 게 분하기만 한 건 아냐. 분한 그 기분에 취하는 게 통쾌하기는 하지만 진 것을 통쾌하게 생각하는 사람은 기분이 나쁘지 않아……."

일초는 거석을 골려 주고 싶은 생각까지는 가지지 않았다.

"오늘은 바쁘시겠군요?"

저녁이라도 사고 싶은 생각이었다. 거석도 일초의 마음을 알았던지

“내 목욕하구 갈 테니 그 다방에 가서 기다려요.”

하고는 일초의 손을 잡아 흔든 뒤 친구들과 어울려 운동장을 나가기 시작했다.

일초는 거석이가 목욕을 하고 오는 시간이 한 시간 이상 걸리리라 생각하면서도 곧장 다방으로 갔다.

우두커니 혼자 앉아 있는 한 시간이었지만 지리한 줄을 몰랐다.

거석이가 들어와,

“많이 기다리진 않았지요?”

하고 옆에 앉을 때는,

“오래간만에 사람을 기다리는 맛두 나쁘지 않은데요.”

하고 생긋이 웃었다.

“그럼, 요 전날은 약속 안 지킨 게 잘 됐게?”

거석은 지난 번에 약속을 해 놓고도 나오지 않았던 것을 유쾌한 어조로 말했다. 그러나 일초는 혼자 와서 기다라고 있었다는 말이 하기 싫어,

“누가 오기나 했겠나요?”

하고 자기도 오지 않았던 것처럼 거짓말을 했다.

“그래요? 그럼 피차에 잘 됐게…….”

일초는 그런 이야기가 조금도 중요한 것이 아니라는 듯 화제를 돌려 버렸다.

“지셨으니까 내가 한턱 내지요. 저녁이나 잡수러 가십시다.”

“여자한테 저녁을 얻어먹어요? 창피하게스리…….”

“권투에는 질지 모르지만 그 밖에는 거석 씨한테 지지 않을 걸요?”

거석도 싫지는 않은지 일초를 따라나섰다.

일초는 거석을 데리고 호텔 양식부로 갔다. 먼저 술이 들어왔다.

서양 위스키였다.

일초는 술잔을 들고 거석에게 술잔 들기를 독촉했다. 일찍이 먹어 본 일이 없는 술이었지만 어쩐지 이 날만은 자기가 술을 좋아하는 사람이라고 생각하고 싶었다.

거석이가 자기의 술잔으로 일초의 술잔에 소리를 내고 그것을 들이킬 때 일초도 서슴지 않고 양주를 쭉 마셨다. 가슴이 찌르르했다. 속이 떨리는 것 같기는 했으나 냉수 한 모금을 마시자 속이 아무렇지도 않았다.

두 번째 잔을 기울였다. 역시 대단치는 않았다. 그러면서도 술을 마셨다는 기분이 홍그러운 것 같았다.

"저 거석 씨, 양복이 꼭 구제품 같아요."

술 마신 기분을 내고 싶었던 것이다.

"허, 사람을 다 놀릴 줄 알아. 첫번 보기하구는 딴판인데……."

"내가 멋진 양복을 한 벌 사 드린다면 더 놀라겠군요? 깡패 같은 구두두 같아야겠는데요."

"애인보다두 걱정이 더 하군 그래……."

일초는 술잔을 또 한 번 비우고 사환에게 눈짓을 했다. 사환이 술병을 들고 와서 술잔을 채울 때 거석이가,

"취해두 집에 갈 수 있소?"

하고 일초를 위해 걱정을 해 주었다.

"엄마가 칭찬은 안 하겠지요. 그렇지만 칭찬을 바라구 살 나이는 아니니까요."

일초는 나중에야 어찌되었든 취할 때까지 먹으면 그뿐이 아니냐고 타박을 주고 싶었다. 그러나 그런 말을 하기에는 아직 덜 취한 것 같아 입을 다물어 버렸다.

"그럼 식사를 한 뒤 술을 마시러 갑시다. 내가 한 잔 내지. 권투에는 지구 여자는 술이 마시구 싶다 하구. 꼭 됐군……."

식사를 하는 둥 마는 둥 하고 그들은 어떤 술집으로 갔다. 고급 요리집은 아니었지만 방들이 따로 되어 비교적 조용한 집이었다.

거석은 안내받은 방으로 들어서기가 바쁘게 일초를 껴안았다. 자동차에서처럼 적극적은 아니었다. 껴안고 일초의 얼굴을 내려다보다가 키스를 했다.

일초는 거석에게 안긴 채 손이 닿는 거석의 등허리 살을 꼬집었다. 거석을 아프게 해서 떼 버리려는 행동이 아님을 알았던지 거석은 팔에 힘을 더

주어 일초를 끌어안았다.

"그만!"

일초는 가슴이 눌려 터지는 것 같아 얼굴을 돌려 버렸다. 거석도 팔의 힘을 빼고 일초를 슬그머니 놓아 주었다.

술상이 들어왔다. 그러나 그때는 술 마시고 싶은 생각이 사라지고 말았다. 취하고 싶은 고비가 지난 모양이었다.

거석이가 억지로 먹이려고까지 했으나 일초는 입으로 넘어가지가 않아 끝내 마시지를 않고 말았다. 거나하게 취한 거석이가 비틀거리며 일초를 잡아끌었다. 그리고는 호텔로 가자는 것이었다. 그때도,

"좀더 취하고 싶을 때……."

하고는 거석의 요구를 거절했다.

"역시 여자는 여자군……."

거석이가 비양하듯이 말했다. 일초는 그 말이 아주 귀에 거슬렸지만,

"개꼬리가 황모는 될 수 없잖아요?"

하고 거석의 말을 긍정해 버렸다.

거석도 일초의 의사를 존중하려는 듯이 한 번 끌어안고 키스를 한 뒤에는 가려면 가라는 듯이 그를 놓아 주었다. 그러나 술집을 나올 때는,

"내가 오늘 권투시합에 졌지요?"

하고 자기가 패배했다는 사실을 강조하고 나서,

"안 되겠는데, 역사적인 날을 만들 수는 없어……."

하고 일초의 손목을 잡아끌었다.

"무엇이 역사적이에요?"

"좌우간 싫어. 한 번 지는 건 좋지만 모두가 지기만 한다는 건 싫어. 내게는 그런 날이 있을 수 없어……."

거석이가 고집을 부리기 시작할 때는 어찌할 도리가 없었다.

어떤 호텔까지 끌려가고야 말았다.

며칠 뒤 일초는 거석을 데리고 가서 새 양복과 새 구두를 맡겼다. 그리고 새 양복과 새 구두를 찾는 날에는 그를 데리고 해월다방으로 갔다.

그 동안의 심경이 창규에 대한 보복으로 변했던 것이다. 멋진 남자와 함께 다닌다는 것을 창규에게 보임으로 자기가 창규에게서 받은 타격이 털끝만큼도 없다는 것을 보이고 싶었다.

그러나 다방에 앉은 거석이가 시중에서 가장 비싼 것으로 골라 지어 준 양복과 구두를 살펴보면서

"입기는 입었지만 창피해서 못견디겠는데…… 정말 내가 좋아서 지어 준거요? 똑바루 말해 봐요?"

하고 몇 번이나 물은 말을 되풀어할 때 일초는,

"그럼 나는 돈이 썩어서 만들어 드린 줄 아시우?"

하고 자기의 본심을 조금도 비치지 않았다.

"미스 윤은 허영이 상당한가 봐. 내 옷두 그렇게 빠지는 건 아닌데……."

"그것이 나쁘대서가 아냐요. 나하구 같이 다니는 사람이 남보다 못한 옷을 입는다는 게 싫어서 그렇지요."

"괴상한 허영인데."

"남의 눈에 띠도록 괴상망칙하게 꾸미는 것이라든가 분에 맞지 않는 사치를 즐기는 게 허영이지 남보다 못지않게 보이려는 게 무슨 허영이에요."

"쓸 수 있는 것을 쓰지 않으려는 것두 허영은 허영이거든……."

"그런 허영은 좋아요. 하고 싶은 걸 하다가 죽으면 되잖아요. 내가 하구 싶어 하는데 누가 무슨 말을 해요."

"글쎄 그런 건 나두 동감이야. 남에게 구애될 필요는 없지만 필요 이상의 것은 할 필요가 없지 않느냔 말이야."

"필요 이상의 것이래두 내가 좋아하면 그뿐 아냐요. 남의 눈만을 무서워하며 산다는 것이 싫어졌어요."

이런 말을 하면서도 일초는 내심으로는 창규가 나타나기만 기다렸다.

창규와 이야기를 할 필요도 없다. 자기를 살리기 위해서 저지른 일을 가지고 그것을 하나의 죄악처럼 꺼려한 나머지 이혼까지 하고 지금은 다른 여자와 결혼하고 있는 창규에게 거석의 얼굴만 보이면 그뿐이었다.

이혼을 당하고 삼 년 동안이나 괴로움 속에 파묻혀 있을 때 창규는 양심

의 가책을 받았을지 모른다. 그러나 자기가 창규 때문에 일생이 희생될 것이라 믿고 있을 것이 또한 남성들의 공통된 심정일지 모른다.

일초도 자기가 창규 때문에 일생이 희생된 것이라 생각했다. 그래서 삼 년 동안 문 밖에도 나오지 않고 그 희생을 적게 하는 방법을 생각해 왔다.

그러나 삼 년이 지난 뒤 처음으로 거리로 나오던 날 뜻밖에도 창규를 만났을 때의 심정이란 삼 년 아니 십 년을 두고 연구한댔자 자기는 창규에게 희생되었다는 관념에서 해방될 수 없다는 것이었다.

그러나 거석을 안 뒤 일초는 과거보다도 현재가 중요하며 현재에 비하여 과거가 종이장만큼도 무겁지 않다는 생각을 갖기 시작했다.

의식적으로라도 과거를 종이장처럼 가볍게 생각해야만 할 것 같기도 했다.

그래서 일초는 창규에게 과거가 종이장만큼도 무겁지 않다는 것을 보여 주고 싶었고 또 그러기 위해서 거석을 데리고 해월다방까지 나왔던 것이다.

그러나 창규가 좀체로 나타나지 않을 때 일초는 조금씩 초조감을 느끼기 시작했다.

자기는 과거를 아무것으로도 생각지 않는다 해도 그러한 자기를 보지 못한다면 창규가 언제까지나 자기를 하나의 제물처럼 생각할 것이 아닌가? 그것은 자기가 진짜로 제물이 된 것보다도 더 불쾌한 일이 아닐 수 없다.

"어디 놀러나 갈까요?"

거석은 다방에 오래 앉아 있는 것이 무의미한 듯 장소를 옮기고 싶어했다.

일초는 거석의 말을 듣자 잘못하다가 자기의 계획이 발각되지나 않을까 하고 생각했다. 그렇게 되면 거석이가 반대로 이용당했다는 불쾌감을 가질지도 모른다.

다음 날 다시 기회를 만들기로 생각하고 자리를 일어서려 할 때였다.

창규가 어떤 친구와 같이 다방으로 들어오고 있는 것이 보였다.

"갑자기 현기증이 나는데요."

일초는 이렇게 돌려 꾸미고 자리에 주저앉았다. 거석은 정말 현기증을 일으킨 줄 알고 일초의 머리에 손을 대고는 황급히 물었다.

"대단해?"

일초는 자기도 모르는 새 현기증이 난다고 돌쳐 앉기는 했지만 창규가 자기 때문에 현기증을 일으킨 것이라 생각한다면 그것은 치명적인 역효과를 가져오게 되고 말 것이다.

일초는 금시 머리를 들고,

"아무렇지도 않아요."

라고 거석에게 웃음을 웃어 보였다.

"정말?"

"정말!"

일초는 정말 아무렇지도 않다는 것을 보이기라도 하려는 듯이 다방 안을 한 바퀴 둘러보았다.

창규가 자기의 등을 보면서 앉아 있다.

일초는 차라리 잘 되었다고 생각했다. 등 뒤로 사람을 본다는 것은 확실히 그 사람을 경멸하는 뜻이다. 경멸은 아니라 해도 무시하는 태도임에 틀림없다.

창규를 보고도 인사 한 마디 없이 본척만척하고 나올 때의 통쾌감을 생각하며 앉아 있을 때 창규가 옆으로 와서,

"나 좀 만날 수 없소?"

하고 말했다.

일초는 뜻밖이었다. 보고도 못 본 척해야 할 사람은 자기보다도 창규여야 할 텐데 그 창규가 이야기를 하고 싶다는 말을 한다는 것은 뜻밖이 아닐 수 없었다.

그렇다고 해서 무식스럽게 내가 언제 당신을 알았더냐는 식의 말은 할 수가 없어서 잠시 머뭇거리고 있을 때 거석이가 벌떡 일어나며,

"너는 어떤 놈이냐?"

하고 소리를 질렀다.

'나 좀 만날 수 없소' 하고 말할 때의 창규 얼굴이 심상치 않은 것을 본 때문이었을 것이다. 거석은 금시 펀치라도 넣을 것처럼 무서운 얼굴로 창규를 바라보았다. 내버려 두면 다방 아니 그보다 더한 곳에서라도 능히 사람

을 칠 수 있는 거석이다.

"창피하게 소릴 지르지 마세요. 나하구는 하등 관계가 없는 사람이니까요."

일초는 거석을 제지시키고 난 뒤 창규를 향해,

"나한테 할 이야기는 내 무덤 앞에서나 하시죠. 그때밖엔 할 기회가 없을 겁니다."

내뱉듯 한 마디를 해 주고는 거석을 끌고 다방을 나왔다.

거석은 연방 기분 나쁜 자식이라고 하며 창규를 몇 번씩이나 돌아보았다.

그러나 일초가 억지로 잡아끄는 바람에 끌려 나오기는 하면서도,

"어떤 자식이야? 대체…… 왜 때리질 못하게 하는 거야? 응."

하면서 이번에는 일초를 향해 큰 소리를 지르기 시작했다.

"내 자세한 것을 이야기할 테니 오늘 밤엔 거석 씨 집으루 가 주세요."

일초는 거석을 달래어 거석의 집으로 갔다. 거석을 사랑했건 안 했건 오늘 저녁 그를 이용했다는 것만은 사실이다. 그렇다면 나중에야 어찌되었건 이용하지 않을 수 없었던 자기 사정을 말하지 않을 수 없는 일이 아니겠는가?

자기 사정 이야기를 하면 거석이가 두 번 다시 보지 않으려 할지 모른다. 말하자면 마지막 밤일지도 모른다.

마지막 밤이라면 거석을 거석의 집까지 바래다 주고 홀로 돌아오는 것이 마음 홀가분한 일일 것 같았다. 나에게 버림을 받거나 남을 버리거나 어쨌든 이별이라는 것을 구차하게 하고 싶지 않은 것이 일초의 심정이었다.

거석은 일초를 자기 집으로 데리고 가자마자 창규에 대한 이야기를 물었다.

그러나 일초는 그 말에 대답하기 전 키스를 한 번 해 달라고 눈을 감았다. 마지막일지 모른다는 마음에서였다.

"기분 나쁘게…… 이야기나 해요"

거석은 자리에 앉으며 대답만을 재촉했다.

일초는 대답하지 않을 수 없었다. 그러나 무턱대고 자기 이야기부터 하고 싶지는 않았다.

"거석 씨는 한 사람이 연애를 한 번밖에 못한다구 생각하시나요?"

거석은 한참 동안 대꾸를 안 했다. 대답할 묘안이 생각나지 않는 모양이었다.

"도대체 연애란 어떤 것인데……."

"정신적으루 또는 육체적으루 사랑하는 거 말예요."

"그런 걸 누가 세 보며 한담……."

"거석 씨 애인이 전에 딴 남자와 연애한 일이 있다면 어떡하겠어요?"

"할 일이 없어서 그런 걸 조사하구 다녀?"

일초는 잠시 쉬었다가,

"아까 그 남자는 나하구 결혼했던 사람이에요."

하고는 6·25 전에 결혼했던 이야기부터 시작하여 6·25 당시 공산군이 침입해 들어왔을 때 남편을 숨기느라고 자기 몸을 공산군에 내맡겼던 일 그리고 그 사건이 화근이 되어 남편에게 버림받은 이야기를 쭉 설명했다.

그러나 남편이 학생 때 종합대학을 반대하는 좌익분자들과 싸웠다는 죄명으로 체포당하게 되었을 때 6·25 당시 공산군에 자기 몸을 맡기지 않았다면 남편이 사형당하고야 말았으리라는 이야기와 자기 목숨을 구하기 위해 육체까지 희생시킨 것을 가륵하게 생각하던 남편이 9·28 수복 이후부터 점점 거리를 멀리하다가 1·4 후퇴 때는 이혼을 강요했다는 이야기를 할 때도 일초는 얼굴살 하나 찌푸리지 않았다. 정말 아무것도 아니었다는 얼굴로 이야기를 했던 것이다.

그 이야기를 다 듣자 거석은,

"난 또 미스 윤을 따라다니는 놈팽인 줄만 알았지."

하고 마치 흥미 없는 이야기를 흥미 없이 들은 것처럼 입은 채 앉았던 옷을 벗어 벽에 걸었다.

거석의 김빠진 듯한 말을 듣자 일초는 이야기한 자신이 싱거운 것 같아

"남편을 위해 희생됐다가 도리어 버림을 받았으니 불쌍한 여자가 아냐요?"

하고 뜻이 있는 듯한 웃음을 웃었다. 그러나 거석의 동정을 살려는 것이 아

니라 자기 역시 김빠진 이야기를 했다는 그러한 웃음이었다.

"아무리 자기를 위해 희생이 됐대두 딴 놈하구 관계했다는 걸 알면 불쾌할 게 사실이지. 안 그래."

거석은 별반 흥미가 없다는 듯이 바지와 웃내복까지 벗으며 혼잣말 비슷하게 말했다.

"그럼 희생된 사람만 불쌍하지 않아요?"

"그러니까 자기한테 불리한 희생이란 있을 수 없는 거지."

거석은 벌거벗은 몸에 운동 팬츠를 입으면서 이야기를 계속했다.

"좌우간 그 자식이 미스 윤한테 미련이 있어 추근추근 따라다니면 가만두지 않을 테니까 그럴 줄 알아. 모가지를 뽑아 놓구야 말 테야……."

운동화를 신고 가죽 글러브까지 낀 거석은,

"내 잠깐 운동하구 올 테니 기다려요."

하고 혼자서 마루방으로 걸어가는 것이었다.

마루방에는 모래 자루가 매달려 있었다.

거석은 몸을 굽혔다 폈다 하며 준비운동을 하고 난 뒤 주먹으로 모래 자루를 쥐어박기 시작했다.

일초는 발소리를 죽여 가며 거석의 뒤를 따라 마루방까지 나가 모래 자루를 쥐어박고 있는 거석의 등허리를 한 대 쥐어박았다.

거석이처럼 껑충껑충 뛰지만 않았을 뿐 꼭 거석이의 펀치식 그대로였다.

그렇다고 해서 거석이가 아파했을 것은 아니다.

그러나 거석은 잽싸게 뒤로 돌아서며 글러브 낀 두 손으로 일초의 양손을 붙잡은 뒤 권투 시합에서 승리를 거둔 선수가 관중을 향하여 인사를 할 때처럼 손을 머리 위로 몇 번이나 흔들어 보는 것이었다.

(원)《신태양 49》 1956. 9.

태양 뒤에 숨은 사랑의 대화

다방 '살어리'는 근우(近佑)의 단골집이었다.

"지배인이 왔는데 커피를 가져와야지."

레지들과 이러한 농담을 걸 수 있을 만큼 자주 다닌 때문이기는 했겠지만 차 한 잔 마시고 몇 시간이든 앉아 있을 수 있는 '살어리'라 근우는 퇴근하기가 바쁘게 찾아다니는 것이었다.

어둡기 전에 집에 들어가 본 일이 절대로 없는 근우인 만큼 '살어리'는 그의 도피처일지도 모른다.

이 날도 근우는 '살어리'에 앉아 있었다. 그리고 날이 어둡기를 기다리고 있었다. 어둠이 찾아오기만 하면 근우는 태양광선 밑에서 받아들이던 불안을 제거할 수 있는 것 같은 안도감을 느낀다.

날이 어둡기만 하면 거리를 가도 좋다는 말하자면 구속 가운데서 해방되는 듯한 즐거움도 맛본다.

근우는 시계를 들여다보았다. 아직도 어두우려면 삼십 분은 더 있어야 했다.

삼십 분——. 그것은 근우에게 있어서 아슬아슬한 시간이었다.

태양광선이 직사(直射)하는 일이 없는 지하실 다방이라 그것은 더했다. 바깥을 내다볼 수 없기 때문에 시계로만 어둠을 잴 수밖에 없다는 것은 눈을 감고 방 안을 더듬다가 책상머리 같은 데 이마를 맞부딪칠 그런 불안감을 주었기 때문이었다.

어두워졌으려니 하고 나갔다가 아직 어둠이 깃들지 않았다면 채 어둡지 않았다고 해서 도로 들어올 수는 없다. 나갔다가 다시 들어온다고 해서 레지들이 이상한 눈초리로 그 이유를 물어 볼 일은 없을 것이다. 쭉 둘러앉아 있는 손님들이야 두말 할 나위도 없다.

그러나 근우는 어둠이 왔다는 것을 확신하기 전에는 발을 떼지 못한다. 밝음을 무서워하는 자기를 인식한다는 그 자체가 무서웠을지 모른다.

근우는 연방 출입문만을 바라본다. 마치 새로 들어오는 손님의 몸에서 어둠을 발견이나 하려는 듯.

삼십 분이 거의 지났다. 근우는 층층다리를 올라가 바깥을 나서며 주저함이 없이 어둠 속을 거닐 수 있는 자기를 생각하며 자리에서 일어섰다. 그리고 찻값을 치르고 층층다리로 올라가려고 할 때였다.

"아직 계셨군!"

층층다리로 내려오던 희숙(熙淑)이와 맞부닥쳤다.

근우는 아무 대답도 안 하고 앉았던 자리로 도로 걸어갔다. 그리고는 가슴 속으로 가느다란 한숨을 내뿜었다.

'일 분만 늦었더라면 나는 오늘 또 술을 마던든가 춤을 추러 가야 했을걸.'

아슬아슬하게 만난 희숙이를 보자 가슴 속으로 가는 한숨을 쉬었다는 것은 희숙을 기다리고 있었음이 분명했다.

"어딜 가시던 길이죠?"

희숙이가 반가운 표정도 성난 표정도 아닌 얼굴로 물었다.

"그저 나가는 거지."

"일찍 집으로 들어가시면 안 돼요?"

"글쎄 —."

"우리 집에는 들를 생각두 않으셨겠지?"

"약속을 안 했으니까……."

"약속 안 하구는 못 오시나요?"

“내일 만나기로 약속했으니까 하루쯤 참아야 할 것 같아서…….”

희숙이가 다방으로 찾아올 것을 기대하지는 않으면서도 그래도 찾아 주었으면 하고 기다리던 근우였으나 그는 그런 말을 입 밖에도 꺼내지 않았다.

“그만둬요. 또 춤추러 갈려던 거겠지…….”

희숙은 이러한 말을 할 만큼 확실한 단서를 잡고 있는 듯한 표정이었다.

“예정은 없었어. 그렇지만 거리로 나간 뒤 발길이 어디로 향할지는 나도 몰라.”

“오늘 저녁에는 나하구 춤추러 가요.”

“그래두 좋아.”

“그래두 좋아가 뭐예요. 그럼 나하구는 추고 싶지가 않단 말인가요?”

“희숙이하구는 반드시 춤만 춰야 하는 것은 아니니까!”

“그럼 춤추는 여자는 따루 있구요?”

“그렇지. 춤만 상대해 줄 여성과 술만 상대해 줄 여성이 따로 있으니까.”

“많은 여자와 친해야 하겠군요?”

“그렇지만은 않어! 내 전부를 상대해 줄 여자가 있다면 한 여자루두 족하겠지!”

“그럼 나는 근우 씨 전부를 상대해 줄 수 없는 여자란 말씀이죠?”

“내가 희숙에게 그렇듯 희숙도 내게 그럴는지 모르지…….”

“그게 무슨 말이지요?”

“희숙이가 나 한 사람에게 만족 못하고 있지 않아?”

“그건 만족의 한계가 달라요. 일반적인 교제와 이성적인 교제와는 성질이 다르지 않아요?”

“나는 일반적인 교제도 못하고 있어. 돈을 주고 상거래(商去來)를 하는 것뿐이니까…….”

“돈을 주었다고 해서 같이 춤추는 여자에게 감정이 움직이는 일이 없단 말씀이군요?”

“있을 수도 있겠지. 그렇지만 앞날을 계산에 넣고 행동하는 교제와는 달라. 순간에 그치는 행동이니까…….”

"그럼 내가 더 나쁘다는 거로군요?"

"나쁘구 좋구 그런 것을 말하는 게 아니야. 내가 조금 더 불쌍하다는 뿐이겠지. 희숙이가 늘 내 옆에 있어만 준다면 나는 시간을 허비하기 위하여 일부러 헤매이지는 않아도 좋을 거야."

이 말을 하자 희숙은 근우의 얼굴을 말끔히 바라만 보다가,

"좌우간 오늘 밤 나하구 춤추러 안 가면 내일부터 안 만날 테야……."
하고 일어섰다.

"가자니까."

근우는 아무런 불만도 없다는 듯이 뒤따라 일어섰다.

바깥은 완전히 어두었다. 어둠 속을 걸어갈 때 희숙이가 근우의 팔을 꼬집으며,

"어젯밤엔 재미가 좋았댔지요?"
했다.

근우는 그러한 희숙이가 좋았다. 근우에게는 관대할 것을 요구하면서도 자기는 질투 같은 감정을 속이지 못하는 희숙이가 귀엽기도 했다.

"그건 또 어디서 들었어……."

"정보원을 각처에 배치해 뒀거든요."

"그놈의 정보원들은 공분 안 하고 춤만 추러 다니는 거로군……."

근우는 처음으로 웃음을 웃었다.

"학생들은 공부만 해야 하나요?"

"공부에 중점을 둬야지. 직업이 뭔데……."

근우와 희숙은 밤공기를 마시며 유쾌한 걸음을 옮기고 있었다. 근우는 밤하늘을 쳐다보며 입을 벌렸다. 물고기가 물을 마시듯 입으로 호흡을 하면서 밤공기를 들이키는 것이었다. 낮공기에 비해서 밤공기가 설탕이라도 가미한 듯 맛이 나는 것 같았던 것이다.

"공기가 맛있지?"

"공기에 무슨 맛이 있어요?"

"입맛에 따라 밥두 맛이 다르지 않아?"

“그거야 입맛이지 밥맛인가요?”

“나는 희숙이와 같이 있으면 공기맛이 확실히 좋은 것 같아. 더구나 밤공기는!”

“다른 여자와 같이 있을 때는요?”

“무미하지…….”

“거짓말…… 특수한 맛이 있겠지요?”

“여자에게는 신선한 맛과 흐린 맛이 있을 뿐이야. 특수한 게 있을 게 없어—.”

“처음 보는 여자는 신선해 뵈겠지요?”

“천만에. 처음 봐두 흐린 여자가 있구 오래 봐두 신선한 여자가 있어.”

근우는 대답을 하면서도 멘탈 테스트를 받는 것 같은 생각이 들어,

“저녁은 무얼 먹을까?”

하고 화제를 돌려 버렸다.

“비빔밥.”

희숙은 생각할 새도 없이 대답했다.

“그래.”

근우는 반가운 듯 승낙했다. 정말 반가웠던 것이다. 저녁을 먹으러 가자고 할 때마다 희숙은 곰탕이나 설렁탕 같은 것만을 이야기했다. 돈 많은 집 딸로서 먹는 데까지 사치를 할 것같이 보였으나 그렇지 않은 면이 좋았던 것이다.

어떤 음식점에 들어가 비빔밥을 먹고 있을 때였다. 희숙이가 숟가락을 놓고 입을 혹혹 불었다.

“매워?”

“응—.”

“다른 걸 하나 청해 먹지.”

“좋아요. 입두 가끔 흥분해 보는 것이 좋으니까요.”

희숙은 매워서 혹혹하면서도 비빔밥 한 그릇을 다 먹었다.

식사를 마치고 일어서려 할 때 근우가,

“나하구야 춤출 맛이 날까?”
하고 희숙의 의견을 물었다.

그 말을 듣자 희숙은 생각지 못했던 것을 그때야 깨달은 듯이,

“참, 남이 창피해서 어떻게 추지…….”
하고는 눈살을 찌푸리었다. 그리고는,

“그런 말을 왜 해요? 생각 않구 갔으면 그대루 출 걸…….”
하며 다시 자리에 주저앉았다.

생각하니 차마 갈 용기가 나지 않는 모양이었다.

“그럼 다방에나 갔다가 집으루 가요.”

희숙이가 다시 일어나서 음식점을 나올 때 근우가 한 마디를 했다.

“남은 꼽추하구두 추드만…….”

근우는 자기의 키가 희숙이보다 작다고 해서 같이 걸어다니는 것까지 꺼려하는 희숙을 나무라는 것이었다.

“자기가 병신이란 것을 남한테 광고하고 다니는 사람이 부러워요?”

“그런 게 부러운 것은 아니지만 내가 병신이 아닌 이상 수치스러울 것두 없지 않아?”

“남보기에 흉한 짓은 안 하는 게 좋아요.”

근우는 본시 희숙의 마음을 알고 있기 때문에 우겨서까지 춤을 추려고는 하지 않았다.

“그럼 차나 마시고 가.”

이렇게 걷고 있을 때 희숙이가 갑자기 근우의 팔을 두 손으로 잡아 흔들었다.

“배추꼬리── 뭣이 못 되어 하필 배추꼬리람!”

“배추꼬리라구 남 하는 일을 못하는 게 있어.”

근우는 웃음을 띠고 희숙의 옆구리를 툭 찔렀다.

“그래두 안 아픈 걸 뭐!”

희숙은 찔리었으나 아프지가 않다고 어린애들이 용용 죽겠지 하는 투로 근우를 골려 주었다. 사실은 골려 주는 것도 아니었다. 하나의 애교라고나

할까. 근우는 희숙의 손을 잡아 힘을 주면서,

　"그래도 안 아파?"

했다. 희숙은 손을 빼려고 하지는 않았다. 그러면서도,

　"배추꼬리가 힘은 센데……."

하고 밉지 않은 웃음을 웃었다.

　다음 날 아침이었다.

　그것이 직업인 만큼 이 날도 근우는 아침부터 영화 선전문을 쓰고 있었다. 영어로 된 선전문을 번역하여 우리 나라 말로 프로그램을 만드는 일이었다.

　영화 줄거리를 번역하고 해설을 번역하기 시작하던 근우가 갑자기 붓을 놓고는 사방 벽에 걸려 있는 외국영화 포스터에 눈을 멈추었다. 말을 타고 권총을 뽑아 든 카우보이가 광야를 달리는 서부활극의 포스터였다.

　한 번 보지도 못하고 그러니까 좋은지 나쁜지도 모르는 영화를 무척 좋다고 하며 초특작(超特作)이니 불후의 명편이니 하는 어휘를 골라 가며 선전문을 써야 하는 자기와 혼자서 백 명과 싸워도 절대로 죽는 일이 없는 서부활극의 주인공과를 대조해 보는 것이었다.

　비록 영화 속에 나오는 배우라 할지라도 포스터의 주인공은 신개간지를 발견하거나 황무지를 개척하기 위하여 악당들을 수백 명씩 죽이면서 용감하게 싸우고 나중에는 생활의 개가를 올린다.

　그러나 자기는 자기의 의지로 죽인 것도 아닌 하나의 생명 때문에 평생을 불안 속에 살아야 한다. 빛을 꺼려하며 종일토록 방 안에 처박혀 앉아 기계만도 못한 허위의 글자들을 골라 붙여야 한다.

　환도 후 근우는 희숙을 알게 되었고 지금은 모든 소망을 희숙에게 걸고 있다. 그래서 희숙 이외의 사람에게는 아무런 기대도 가지지 못하고 있다. 만나고 싶은 사람이 하나도 없다. 그러나 희숙은 자기를 사랑하면서도 자기만을 생각하고 있지 않다. 자기의 생활이 따로 있지 않느냐 하며 삼사 일 만에야 겨우 한 번씩 만나 준다.

때로는 키가 작다고 자기를 경멸까지 한다.

근우는 희숙과 빨리 결혼이라도 했으면 하고 생각한다. 그렇게만 되면 자기는 불안도 덜해질 것 같고 생활에 대한 회의도 적어질 것 같았다.

그러나 희숙은 내년 봄이 졸업이니까 그때까지는 기다려야 한다고 고집을 세우고 있다. 그러니 내년 봄까지라면 적어도 팔구 개월은 남았다. 그 동안을 어떻게 기다릴 것인가? 그 동안에 희숙의 마음이 변하지 않는다고는 누가 보증할 것인가?

근우가 멍청하니 앉아서 포스터만 쳐다보고 있을 때,

"빨리 끝내구 이걸 또 해야지 않어?"

하고 과장이라는 사람이 외국영화 자막을 근우 책상 위에 내던지었다.

근우는 다시 붓을 들지 않을 수 없었다. 한참 동안 일을 하고 있을 때 우연스럽게도 희숙에게서 전화가 왔다.

"나 오늘 작약도에 갔다 오겠어요, 이삼 일 걸릴 거예요. 여럿이 캠핑을 가니까……."

근우는 우선 가지 말란 말을 하고 싶었으나 그 말을 할 수가 없었다. 희숙의 성격을 아는 만큼 한 번 한다는 일에는 반대를 해야 소용이 없기 때문이었다.

"누구들하구 가는데……."

여자 동무들하고나 가기를 바라는 마음이었다.

"남자 세 명 여자 세 명 모두 한 학교 학생들이예요."

남자와 여자가 쌍이 맞도록 짝을 지어 야영생활을 떠난다는 말이 유쾌하게 들릴 까닭이 없었다. 그러한 계획을 꾸민 사람이나 그 계획에 추종하는 사람이나 할 것 없이 그들은 이성 간의 향락을 맛보기 위해 야영생활을 떠나는 것이라고밖에 말할 수 없다. 아무리 단체를 지어 간다고 하고 또 그 기간이 짧다고 해도 그들 남녀는 며칠 동안이나마 서로 짝을 지어 쌍쌍이 놀 것만도 사실이다.

"축음기두 가지구 가겠구만……."

근우는 그런 것이 알고 싶었다.

"물론 그게 없으면 무슨 맛이 나게요?"

희숙은 그런 것을 묻는 근우가 도리어 어리석다는 듯이 대답했다.

근우는 한 마디만이라도 해 주고 싶었다. 그러나 자기는 희숙을 믿는 척이라도 해야 했다. 의심한다는 것, 그것은 희숙이와의 관계를 스스로 부정하는 것처럼 생각되었다. 의심스런 사람을 사랑할 필요가 어디 있느냐고 자기에게 반문하고 싶을 정도로 의심이라는 것이 싫기도 했다.

그뿐만이 아니었다. 어디를 가거나 가기 전에는 자기에게 보고를 하고야 떠나는 희숙이다. 돌아와서는 다녀온 경과를 보고하는 희숙이기도 했다. 그것은 희숙이가 어떤 일을 하고 다닌다 해도 결국에는 자기에게로 돌아온다는 것을 말해 주는 것이다.

그렇다면 희숙을 의심함으로 또 하나의 불안까지 마련할 필요가 어디 있을 것인가? 의심하는 것을 내색함으로 도리어 희숙의 감정에 반발 작용을 일으키는 결과만 초래할지도 모른다.

"잘 다녀와."

근우는 좋은 말로 작별인사를 했다. 그리고 전화를 끊으려고 할 때 희숙이가,

"내가 없는 새 춤추러 가지 말어요. 알았지요? 그러면 돌아와서 목숨만 내놓구 죽여 버릴 테니까……."

하고 저편에서 먼저 전화를 끊었다.

근우는 웃을 수밖에 없었다. 자기는 수영복만을 입고 밤낮을 가림없이 사람이 없는 한적한 곳에서 춤을 추러 떠나면서 남에게는 홀에도 가지 말라는 희숙이가 순진하다고나 할까, 욕심이 세다고나 할까!

근우는 상대방이 끊어 버린 전화통에나마 입을 대고,

"나는 죄수가 아니야."

하고 말해 주었다.

전화를 끊고 일을 시작하려니 희숙이가 무사히 돌아오기나 했으면 하는 마음이 그의 가슴을 빽빽하게 했다. 여자가 셋이 갔으니 별일이 있을 것 같지 않았지만 같이 간 남자들이 불량성을 띠었다면 어떤 일을 저지를지도 모

른다.

가지 말라는 말을 한 마디라도 했으면 하는 생각이 들었다.

그러나 이미 떠난 사람이다. 근우는 근우대로 희숙이가 비워 놓고 간 시간의 공간을 자기대로 메울 궁리나 하는 수밖에 없었다.

다시 일이나 시작하려고 할 때였다. 근우의 눈에는 조금 전에 바라보던 영화 포스터의 카우보이가 다시 클로즈업되었다.

말을 듣지 않을 때는 그것이 여자라 해도 언제나 총을 사양치 않는 카우보이, 그러면서도 여자의 애정을 빼앗고야 마는 카우보이의 순정. 그러나 현대인에게는 통하지 않는 순정이다. 단순한 것만이 순정일 수 없다는 현대인.

그러기에 자기는 단순해야 할 감정도 복잡한 굴레 속에 집어 넣고 거꾸로 옆으로 뒤흔들어 놓아야만 한다.

"에익!"

근우는 혼자 중얼거리고 일을 계속하기 시작했다. 일을 하는 것도 시간의 공백을 메우는 하나의 수단이기 때문이었다. 얼마 동안 일을 하는데 어느덧 점심때가 되어 사무원들이 모두 빠져 나갔다. 남은 것은 근우 혼자뿐이었다. 누구 한 사람 친하게 사귀고 있지 않기 때문에 점심 먹으러 갈 때도 같이 가자는 사람이 없었다.

근우는 그런 것을 바라고 있는 사람인 만큼 그런 데 대한 불만이 있을 리 없었다. 혼자 나가 혼자 식사를 하고 또 혼자 돌아왔다.

아직도 다른 사무원들은 돌아오지 않아 방 안이 텅 비어 있었다.

혼자서 일하기도 싫어 우두커니 앉아 있을 때였다.

노크소리와 함께 문이 열리며 어떤 여자의 얼굴이 쑥 들어왔다.

근우는 알 만한 그 얼굴을 물끄러미 바라만 보았다. 무척 애를 쓰며 찾아 다니다가 이제야 겨우 발견했다는 듯한 얼굴이었다.

잔발잔을 뒤쫓아다니는 것을 자기의 평생 사업으로 생각하고 있는 자베크로 보이기도 했다.

'악귀(惡鬼).'

여자의 얼굴을 보는 순간 이런 생각이 가슴에서 솟아올랐다.

66

"안녕하셨어요?"

여자는 갈쿠리 같은 발톱을 감추기는 했으나 역시 숨길 수 없는 고양이로만 보였다.

"무슨 할 말이 있어서 찾아온 거요?"

근우는 성주(星珠)가 밉기만 했다.

"얼마나 찾았는지 아세요? 찾는 사람은 만나기가 왜 그렇게 힘든지 모르겠어."

성주는 능글맞게 근우 옆으로 다가오면서 말하는 것이었다.

"무엇 때문에 찾아다니느냐는 말이요, 응?"

"그럼 안 찾아다니구 어떻게 해요?"

"만나야 아무 소용이 없어, 할 말두 없구……."

"왜 그러세요. 아직 결혼 안 하셨다면서요?"

"그새 결혼을 하구 어린애까지 있는데."

"다 알아요. 공연히 속일려구 그러셔."

"정말 결혼을 했어. 우리 집엘 가 볼래?"

"가 봐요. 자, 빨리 가 봐요."

성주는 그새 정신에 이상이 생긴 모양 같았다. 어쩐지 눈동자가 이상한 것 같고 얼굴 표정이 이야기하는 것과 어울리지 않는 것 같았다.

그래서 근우는 성주를 달래기 시작했다. 화를 낸다고 해야 하등의 효과가 없을 뿐 아니라 도리어 심술을 부릴 것 같았기 때문이었다. 언성을 낮추고

"오늘은 바쁘니까 다음에 가두룩 해요. 다음에 오면 우리 집에 가서 내 아내를 소개해 줄게……."

그래도 성주는 그 말을 곧이 들으려 하지 않았다.

"아직두 내가 싫어요?"

"싫지 않아두 할 수 없지 않아? 그러지 말구 빨리 돌아가. 이제 사람들이 돌아올 때가 됐으니……."

그래도 성주는 돌아갈 생각을 안 했다.

"예쓰냐 노냐 그것만 대답해 주세요. 나와 결혼해 줄 테에요? 안 해 줄

테에요?”

이건 확실히 정신이상이 생긴 여자의 말이었다.

“그건 물어서 뭣 해? 결혼을 했다니까…….”

“공연히 그러지 마세요. 다 같이 미혼 남녀인데 결혼을 하면 어때요? 내가 근우 씨를 찾아 몇 해나 헤맸는지 아세요?”

“글쎄 좀 일찍 만났드라면 좋았을 걸 이미 늦었단 말이야.”

이 말을 하자 성주는 책상 위에 이마를 대고 울기를 시작했다.

근우는 무엇보다도 사무원들이 들어올까 겁이 났다. 누가 보든지 두 사이를 범연하게 생각지 않을 것이 분명했다.

“자, 갑시다. 내 바라다 드릴게…….”

근우는 성주 뒤에서 초조하기만 했다.

성주는 대답할 생각도 않고 울기만 하고 있었다. 생각 같아서는 붙잡아 일으켜서라도 밖으로 끌어 내고 싶었다. 그러나 등에나마 손을 댔다가는 봉변을 당할지도 모른다는 겁이 들었다. 왈칵 덤벼들어 껴안을지도 모를 일이오, 그렇지 않으면 생사람을 죽인다고 고함을 지를지도 모른다.

근우는 멀찌감치 서서 성주가 엎드리고 있는 책상만 두들기며,

“빨리 일어나요. 사람들이 오면 어떻게 해!”

했다. 그리고는 또다시 손바닥으로 책상을 두들기었다. 그때였다. 성주는 몸을 일으키며,

“나는 어떻게 해야 좋지요? 당신은 나를 싫다구 하구 나를 좋아하던 사람은 당신이 죽여 놓구…….”

성주의 입에서는 그 말이 나오고야 말았다. 근우는 머리가 아찔해졌다. 더군다나 그 말이 끊어지는 순간 식사하러 나갔던 직원 두 명이 방 안으로 들어왔다. 성주의 말을 들었을지도 모른다.

“에익!”

근우는 이를 악물었다. 될 대로 되라는 자포자기였다.

“빨리 나가지 못해?”

나중에야 어찌되었든 우선 성주를 내쫓아야 했다. 그래서 다른 사람이 있

건 없건 소리를 바락 질렀던 것이다.

그때 성주는 눈물을 닦으며,

"나를 버리구 잘 살 줄 알아?"

하고 근우를 쳐다보면서 야릇한 웃음을 지었다. 표정의 돌변이었다. 그리고는,

"나를 버리고 가시는 님은 십 리도 못 가서 발병이 나는 거야."

하고 독기가 어린 눈으로 근우를 노려보았다.

틀림없이 미친 여자지만 근우는 성주가 보기 싫었다.

"발병나두 좋아. 빨리 가기나 해."

하고 성주의 뒤를 밀어 방 밖으로 내밀었다.

어떻게 된 일인지 성주는 아무 말 없이 가 버렸다.

성주가 돌아가자 성주를 보고 있던 직원들이,

"김 형도 대단하군! 여자를 미치게까지 하고⋯⋯."

"어쩌면 미치기까지 할까?"

하고 번갈아 가며 근우를 바라보았다.

근우는 아무 대꾸를 안 했다. 성주가 어째서 미쳤는지 근우는 그 이유를 모른다. 미친 이유가 자기에게 있다 하더라도 자기가 책임질 것은 하나도 없다. 어쨌든 성주가 미쳤다는 데 대해서는 관심조차 가질 필요가 없었다. 다만,

'나를 좋아하던 사람은 당신이 죽이구⋯⋯.'

하던 말이 그의 몸을 떨게 했다. 죽음이란 개념과 번득이는 칼날이 하나가 되어 공포라는 의식을 자아냈던 것이다. 머릿속에 잠재해 있던 죄의식이 갑자기 머리를 들고 일어섰는지도 모른다.

근우는 낭하로 뛰쳐 나갔다. 필요 이상의 공포를 떨쳐 버리고 싶었던 것이다.

그러나 사람의 왕래가 없는 복도는 너무나 조용했다. 의식을 전환시킬 아무런 매개물이 없었다. 근우는 눈이 쉴 수 없는 복잡한 거리로라도 나가고 싶었다. 건물이 있고 사람이 있고 움직임이 있는 거리에서 그 움직임에 공

포라는 의식을 흘려 버리고 싶었다. 그러나 바깥으로는 나갈 수가 없었다. 무엇보다도 공포의 의식을 강하게 하는 태양광선이 있기 때문이었다.

'빨리 어둠이나 찾아왔으면…….'

근우는 어둠이 그리워졌다. 어두워지기만 하면 어둠처럼 자기는 아무데나 스며들어갈 수 있을 것 같았다. 어둠을 막을 수 있는 물건이 하나도 없다. 어둠 속에 있으면 자기는 고정된 하나의 물체라고 생각지 않아도 좋을 것 같았다. 어둠처럼 유도하는 기체(氣體)라고 생각할 수가 있다.

그러나 어둠은 아직 멀었다.

근우는 할 수 없이 사무실로 다시 들어갔다.

'미칠려거든 아주 미치거나 그렇지 않으면 죽어 버리기라도 하지.'

근우는 성주를 미워하는 마음이 다시 일어났던 것이다. 이때까지는 성주가 살아 있다는 것을 생각할 필요가 없었다. 성주가 그 사내의 죽음을 그렇게 알고 있으리라고는 생각지 않았기 때문이었다.

그러나 의식을 고쳐 줄 수도 없게 미쳐 버린 성주는 자기가 그 사내를 죽인 것이라 믿고 있다. 자기가 죽이지 않았다고 해도 성주는 그 고정된 관념을 버리지 못할 것이다.

'차라리 내 손으로 죽였더라면…….'

근우는 이런 생각도 해 본다. 자기 손으로 그 사내를 죽였다면 살인범으로 자기를 처리하기가 간단할지도 모른다. 그 반대로 사람을 죽이고도 붙잡혀 가거나 죄를 받지 않았다고 하면 도리어 통쾌함을 느낄지도 모른다.

사람을 죽인 것도 아니고 그렇다고 해서 죄의식을 떨쳐 버릴 수 있는 것도 아니고 이것은 대체 무슨 운명이란 말인가. 성주가 살아 있는 한 자기는 이때까지보다도 더 강렬한 공포 속에서 살아야만 할 것 같았다.

근우는 희숙이가 그리워졌다. 희숙이 옆에 있기만 하다면 의식 속에서 떨고 있는 그 공포증을 잊어버릴 수가 있을 것 같았다. 자기를 도와 줄 사람은 오직 희숙이뿐인 것처럼 생각되었던 것이다.

그러나 즐거움을 느끼러 남녀들과 함께 여행을 떠난 희숙이다. 자기의 존재까지도 잊어버리고 즐길 수 있다는 그 호화로운 순간을 가지기 위하여 일부러 서울을 떠난 회숙이다. 멀지는 않다고 하지만 찾아갈 수가 없는 곳이다.

자기의 욕망을 채우기 위하여 남의 멋진 순간을 빼앗을 수는 없다. 그것은 비열이다.

근우는 하던 일이나 계속하려 했다. 펜을 들어 잉크칠을 했다. 그러나 몇 자도 쓰기 전에 펜이 번득이는 칼로 변해 보였다.

성주를 사랑한다던 사나이. 근우를 사랑한다고 따라오던 성주. 근우를 죽이겠다고 칼을 뽑던 사나이. 부산 초동산 꼭대기. 근우의 가슴에다 꽂으려던 칼을 근우가 피하는 바람에 자기 가슴에다 꽂은 사나이. 그래서 자기의 죽음을 자살이란 명의로 처리하고 가 버린 이름도 모르는 사나이.

근우는 펜을 놓았다.

법의 권위로 보아서도 그 사나이의 죽음을 자살로 처리하여 부당하다고 할 일이 없다. 그러나 죽은 사나이는 자살이라고 생각지 않을 것이다. 가능만 하다면 아직까지도 그 칼날을 근우의 가슴에 꽂고야 만다고 울분에 차 있을지 모른다. 근우를 죽이지 않고서는 자기의 죽음을 긍정도 하지 않으려 할지 모른다.

근우는 일을 할 수가 없었다.

밤이 되기만 기다렸다. 밤이 되어도 자기 몸을 처리하지 못했다. 술도 마시러 가지 못했다. 춤도 추러 가지 못했다. 태양만이 아니라 어둠까지 무서워졌는지 모른다. 어둠까지 무서워졌다는 것은 산다는 것 자체가 불안으로 변했다는 것을 뜻할지도 모른다.

다음 날 회사에 출근했을 때 근우는 억지로라도 명랑해지려고 했다. 누가 강요하는 불안이 아니라 없애려고 노력만 한다면 능히 없앨 수 있을 것 같았기 때문이었다.

그 사나이는 자살로 인정이 되었으며 누구 하나 자기를 의심하는 사람이 없다.

사실에 있어서도 그 사나이에게 손 하나 댄 일이 없다. 법률적으로나 도의적으로나 책임질 바 못 될 것 같았다. 성주만이 자기더러 그 사나이를 죽인 것처럼 이야기하고 있지만 성주는 이미 정신에 이상이 생긴 여자라 문제 삼을 아무것도 못 된다.

근우는 외국영화의 자막을 번역하다가 옆자리에 앉아 일하고 있는 동료에게

"조금 손해를 봐두 가끔 좋은 영화를 들여왔으면 좋겠어……."

하고 제법 회사 운영에 대한 의견도 말해 보았다.

"손해 볼 장사를 왜 할래나요?"

"장사는 장사지만 그래두 문화사업이란 걸 잊지 말아야지. 밤낮 서부영화만 수입해 오면 회사의 위신은 뭣이 돼요?"

"간부들이 하는 일을 누가 알아요?"

"글쎄, 나두 할 수 없다구는 생각하구 있지만……."

그런 이야기라도 하며 일을 하니 능률이 나는 것 같았다.

점심때가 되자 근우는 옆엣 친구에게 먼저 말을 걸고 같이 점심을 먹으러 가자고 했다. 의식적 노력일지는 모르지만 그렇게 해야만 자기는 살 수 있을 것 같았다.

옆엣 친구는 근우에게 그런 때도 있었던가 하는 식으로 근우의 얼굴을 쳐다보고는 같이 가자고 했다.

점심을 먹고 돌아오는 길에 옆엣 친구가 어제 점심때 본 성주 이야기를 물었다. 무척 궁금했던 모양이었다.

근우는 그 말에도 웃어 가면서 대답을 할 수가 있었다. 자기를 좋아한 모양인데 정신에 이상이 생겨 그러고 돌아다니는 것이라는 설명을 하자 옆엣 친구가,

"불쌍한 여자군요!"

하고 빙긋이 웃었다.

"말하자면 불쌍한 여자지요."

"동정해서라두 결혼을 하시지……."

"말하자면 병잔데 병자와 결혼을 어떻게 합니까?"

"그런 여자는 결혼만 하면 병이 낫는 수도 있지요."

"병을 고쳐 주기 위해서 결혼을 해 볼까……."

근우는 절대로 그럴 수 없다는 뜻으로 말했다. 그러나 그럴 수 없다는 뜻으로 한 말이 가슴 속에 반영될 때는 자기가 성주를 미치게 한 것이나 아닌가 하는 의혹을 품게 했다. 더구나 그 친구가,

"어쨌든 미칠 만큼 좋아해 주는 여자가 있으니 행복하시군요."

할 때는 머리를 들 수 없으리 만큼 이마가 무거워졌다.

사무실로 돌아와서 일을 시작하려 했으나 다시 일이 손에 붙지가 않았다.

단어를 찾으려 하는 것이 아니면서도 공연히 사전만 뒤적거리고 있을 때 뜻밖에도 희숙에게서 전화가 왔다.

사흘 여정이었지만 미리 왔다고 하며 퇴근하자 곧 자기 집으로 들러 달라는 전화였다.

근우는 참으로 반가웠다. 이유는 물어 보지 못했지만 어쨌든 다른 남자와 엔조이하려던 계획을 단축시켰다는 것은 자기에게 좋은 결과라고 생각지 않을 수 없었다. 더구나 희숙을 만나면 자기의 불안이 어느 정도 해소될 것 같은 생각에 그 자리에서라도 희숙에게로 달려가고 싶은 마음이 일어났다.

근우는 퇴근하기가 바쁘게 희숙에게로 갔다. 희숙을 만나자 그는 그저 반가운 생각에 희숙을 덥석 껴안았다.

"역시 내가 보고 싶었지?"

근우는 그랬다는 대답이 듣고 싶었다.

"정말 보고 싶었어!"

희숙이가 기다렸던 것처럼 진정이라는 표정을 보여 줄 때는 한술 더 뜨고 싶었다.

"배추꼬리두 보구 싶을 때가 있군?"

"배추꼬리가 문제 아냐."

희숙은 근우를 앉게 하고 이야기를 꺼내는 것이었다.

"이번에 내가 내 마음을 알았어요."

희숙은 그 동안 근우를 사랑하면서도 사랑한다는 것을 잊어버리고 있은 때가 적지 않았다는 것을 고백했다.

같이 춤을 추거나 같이 거리를 걷거나 할 때는 자기보다 사 센티나 작은 근우가 자기의 남편이 될 수 없다는 생각을 안 한 바 아니었다는 말도 했다.

사실 희숙은 고등학교 다닐 때부터 결혼 상대는 자기보다 삼 센티 이상 큰 남자라야 한다는 것을 첫째 조건으로 삼아 왔다. 근우를 사귀는 동안 근우가 좋아지기는 했지만 일 미터 오십구 센티밖에 안 되는 그 작은 키가 마음에 걸리곤 했던 것이다.

그러나 희숙은 그것이 문제 안 된다는 것을 결정적으로 말했다.

"키 큰 남자들을 많이 사귀어 봤지만 모두 시시해요."

그리고 나서는 이번 작약도에 놀러 갔다가 자기는 근우 밖에 사랑하는 사람이 없다는 것을 굳게 깨달았다고 말했다.

마음껏 즐기려고 떠났지만 여섯 사람이 한방에서 자려고 할 때 잠이 통 오지 않았다는 것이었다. 아무 일이 없으리라고는 생각하면서도 다른 남자들과 한방에서 잔다는 것이 못할 노릇만 같아 꼬박 밤을 새웠다고 하고 나서는,

"눕지도 못하고 쪼그리고 앉아 밤을 샜어요."
했다.

"잠까지 못 잘 것은 뭐야?"

근우가 빈중거리며 물었을 때 희숙은,

"자면 안 될 것 같은 걸 어떡해요?"

"희숙이답지 않은 말인데……."

"어떤 게 진짜 희숙인지 아세요?"

"건 모르지."

"나두 그걸 몰랐댔어요. 이번에야 알았지만……."

"같이 갔던 친구들에게 감사를 해야겠구만. 그들이 소크라테스보다도 위대한 철인이 아니야?"

"나를 알게 해 줬으니까……."

"하하……."

이런 이야기를 하고 있을 때 희숙이가 갑자기 근우의 가슴에 안기며

"많이 속 씨웠지요? 이젠 안 그럴게……. 나 내일 아버지한테 이야기해서 졸업 전에라두 결혼하게 해 달라구 그럴래. 결혼한다구 학교에 못 다닐 게 어디 있어요? 안 그래요?"

하는 것이었다. 이때까지 한 번도 보지 못했던 희숙의 진실한 고백이었다. 그리고는 두 팔을 어깨 위로 넘겨 근우의 목을 힘주어 끌어안았다.

"키 큰 사람 가운데서 시시하지 않은 사람을 발견하면 내가 또 싫어질 게 아니야?"

근우는 가슴이 두근거리기까지 했다. 행복감을 느꼈기 때문이었다. 그러나 또 한 번 빈정거려 보았다.

"깍쟁이! 그래 내가 그럴 사람 같아요? 만약 그럴 때는 나를 죽여 줘요. 목숨두 살리지 말구……."

그때야 근우는 만족한 듯한 웃음을 웃었다.

"그래, 정말 죽여 줄 테야. 그렇지만 목숨만은 살려 주지."

"아이구 누가 목숨까지 죽이라구 내버려 두기는 하는데……."

희숙은 근우의 목을 안은 채 방바닥에 누워서 뒹굴었다.

그 순간 근우는 희숙의 팔을 뿌리치고 벌떡 일어났다. 날이 어두워 오고 있는지 전깃불이 번쩍 켜졌던 것이다.

동시에 성주를 좋아하면서 자기 뒤를 따르다가 자기 칼에 자기가 죽은 그 사나이 얼굴과 '나를 좋아하던 사람은 당신이 죽이구……' 하던 성주의 얼굴이 눈앞에 떠올랐다.

"왜 일어나요?"

희숙이가 다가앉으며 근우의 손목을 잡았다.

"가 봐야겠어."

근우는 바깥을 멀거니 내다보며 대답했다.

"집에서 저녁을 잡숫구 아버지를 만나요. 조금 있으면 돌아오실 테니까……. 오늘 밤으로 이야기해 버리는 게 좋을 것 같아."

희숙이가 대답을 기다렸다. 그러나 근우는 역시 바깥만 내다보며,

"오늘 밤엔 가 봐야겠어."

했다.

"갑자기 내가 싫어졌어요?"

희숙이가 의아스러운 눈으로 바라보았다.

"아니야 절대루 좋아……."

"그럼 왜 그러세요?"

"모르겠어. 그냥 가 봐야 할 것 같아."

"어디루요? 약속이 있어요?"

"어디루 갈지두 모르겠어. 그냥 가야 할 데가 있는 것만 같아……."

근우는 자리에서 일어났다. 그리고는 마루로 나와 신을 신었다.

희숙은 돌변한 근우에게 화가 난 모양이었다. 따라나오지 않고 방 안에서,

"이젠 안 만날 테야."

하고 돌아앉았다.

근우는 대답도 않고 뜰을 지나 대문 밖으로 나왔다.

'사랑한다는 것을 안다는 것이 무서운 일일까?'

근우는 이런 것을 생각하며 어두워 가는 길을 걷는 것이었다.

그는 사랑한다는 확신을 가진다는 것이 정말 두려운 것 같았다.

가슴이 떨려 왔다. 머릿속의 골이 안개에 싸인 듯 생각이 몽롱해지는 것 같기도 했다.

'차라리 그 사나이를 죽이기나 했더면.'

근우는 이런 것도 생각했다. 그렇기만 하다면 자기가 갈 곳은 뻔할 것 같았다.

'가기는 가야겠는데 어디로 가야 할 것인가…….'

그는 사방을 돌아보았다.

밝은 것도 아니오, 어두운 것도 아닌 짙은 안개 속만 같은 황혼이었다.

근우는 밝음이 있는지 어둠이 있는지도 모르는 태양 저편에 숨어 있는 듯한 자기를 생각하며 어디론가 걷고 있는 것이었다.

(원) 《현대문학 24》 1956. 12.

범상(凡像)

"아버지! 오늘 시계줄 하나 사다 주세요, 네!"

"아니 산 지가 몇 달이나 됐다구…… 벌써."

"그래두 끊어졌는 걸 어떡해요."

경옥(敬玉)이가 두 동강이로 끊어진 시계줄을 명규(明奎)에게 보여 주었다. 늘었다 줄었다 하는 금빛 나는 쇠줄이었다. 명규는 시계줄을 만져 보다가,

"고장이 난 것이니까 시계를 산 백화점에 가면 거저 고쳐 줄 게다."

하고 시계줄을 경옥에게 돌려 주었다.

"피아노 연습을 안 하고 어떻게 거리엘 나가요? 아버지, 응?"

경옥이가 명규의 소매를 붙잡고 늘어지며 아양을 떨었다. 명규는 할 수 없다는 듯이 경옥이 빰을 한 번 꼬집어 주고는 시계줄을 받아 양복주머니에 집어 넣었다.

경옥이가 학교에 간 뒤 명규가 가게로 해서 출근을 하러 집을 나설 때 가게를 지키고 있던 아내가,

"오늘은 이발이나 좀 하세요. 거 뭐예요. 그러니까 출세를 못하지."

하고 명규의 뒤를 향해 불만스럽게 말했다.

"한 달밖에 안 됐는데……."

명규는 뒤도 돌아보지 않고 목덜미의 머리털을 만져 봤다. 상당히 길게 자라 있었다. 그래서 속으로,

"머리털이 자라나지 못하게 하는 약은 없나."

혼자 웅얼거리며 걷기를 시작했다.

명규의 직장은 종로에 있었다. 그곳 금융조합(金融組合) 한 모퉁이에서 서무일을 보는 것이 명규의 사무였다.

그는 사무실에 들어가자 출근부에 도장을 찍고는 자기 자리로 가서 방 안을 한 번 빙 둘러보았다. 아직 출근 안 한 사람이 출근한 사람보다 많았다.

명규는 우선 담배를 한 대 피워 물었다. 그리고는 출근시간이 다 되어서야 허둥지둥 몰려들 직원들을 생각해 보는 것이었다. 한 오 분만 일찍 일어난다면 서두를 것 없이 여유 있게 출근들을 할 수 있으련만 사람들은 어찌해서 오 분을 게을리하여 아침부터 초조하게 지내는 것일까? 개중에는 오 분이나 십 분쯤 늦게 출근을 하고도 아무렇지 않게 생각하는 이가 있다. 늦게 출근을 하는 사람은 언제나 늦는 버릇을 가지고 있다.

명규는 그런 취미나 성격을 이해하지 못한다. 이왕 목줄을 달아 놓은 곳이라면 싫어도 해야 할 일을 해야 한다. 죽지 못해 출근하는 것처럼 남에게 좋지 못한 인상을 줄 필요가 어디 있을 것인가?

명규는 금융조합에 근무한 지 이십여 년 동안 한 번도 지각한 일이 없다. 근무하기 시작하던 날부터 오늘에 이르기까지 매일 아침 지각하는 사람들의 얼굴을 보고 또 그 심중을 살펴보고 있으나 명규로서는 그들의 마음을 이해하지 못하고 있다.

"오 분이란 시간이 아무것도 아닌 것 같으면서 몹시 중요하다는 것을 어째서 알지 못할까."

출근시간 정각이 되자 빈 책상들이 거의 메워졌다. 이사(理事)도 부이사도 출근을 했다. 그러나 일 분이 지나도 오 분이 지날 때까지도 그제서야 출근하는 이가 계속 있었다.

"제기랄 것들!"

명규는 이사도 아무것도 아니다. 평서기(書記)에 지나지 못한다. 분개할 것 하나 없을 것이지만 시간이 늦어서 고개도 들지 못하고 기어들어오는 직원들을 볼 때마다 혼자서 혀를 찼다.

"앞으로 무엇들이 될려구들……."

그러나 그 순간 그는 갑자기 고개를 숙인 채 일만을 했다. 쓸데없는 남의 걱정이라는 생각에서였다. 이십여 년 동안 하루도 지각을 안 했지만 자기는 이때까지 서기에서 승급해 본 일이 없다. 지각이나 결근을 예사로 하는 사람들도 척척 승급을 해서 지금은 모두가 자기의 윗자리에 앉고 있다. 결과로 보아 지각이 나쁜 게 하나도 없었다.

명규가 맡은 일은 그리 힘들지가 않았다. 부 내의 서무인데다가 서류만을 취급하고 있기 때문에 시간을 다투어 가며 빨리 처리해야 할 일도 아니다. 손님을 세워 놓고 하는 일처럼 빨리빨리 해야 했다가는 도리어 일에 공간이 생겨 놀게 되는 수가 많다. 명규는 놀게 되는 시간을 없애기 위하여 천천히 일을 한다. 그 대신 담배를 피는 시간 이외에는 붓을 놓고 쉬는 일이 없다.

얼마 동안 일을 하고 있는데 대부(貸付)에 있는 최상익이가 옆으로 와서,

"뭣이 밤낮 그렇게 바쁘시오?"

하고 어깨를 툭 쳤다.

십 년이나 차이가 있는 손아랫사람이 어깨를 툭 친다는 게 어이없는 일이었지만 명규는,

"왜 그래?"

하고 빙긋 웃었다. 생각하면 웃음이 나올 수 없는 일이었다. 아무리 계급을 가지고 상하를 따진다 해도 나이는 나이다. 십 년이나 차이가 있는 사람이 같은 서기라 해서 어깨를 치며 벗을 한다는 것은 지나친 일이 아닐 수 없었다.

그러나 명규는 그런 것을 따지지 않고 살아 왔다. 젊은 사람이지만 급이 조금만 높으면 명규더러 으레 '손 서기' 하고 불렀다. 그럴 권리가 있는 사람들이니까 그렇게 부를 것이 아니겠는가? 그러니까 명규는 '네' 하고 대답하지 않을 수 없다. 그런 것이 습관으로 되어 있는 만큼 젊은 친구들이 같은 서기라 해서 농을 거는 것을 탓하여 살 수 없는 터였다. 그것이 하나의 민주화(民主化)인지 하나의 불감증(不感症)인지 어쨌든 명규는 누구하고나 벗을 하면서 지내는 것이었다.

"내가 차를 사지요."

최상익이가 다방으로 가자고 했다.

"일하는 시간인데 어디를 나가?"

"좀 쉬기두 해야지 밤낮 일만 하겠수……."

"볼상 사납게 자리를 비구 나다닐 게 뭐람. 좀 있다 점심시간에나 사시오."

"아따, 영감두 겁은! 누가 목 자를 줄 아시오."

하기야 시간 중에 다방에 나가는 사람들이 얼마든지 있다. 그런 것쯤 탓하는 사람도 없다. 그러나 명규는 그럴 필요가 없다고 생각했다. 할 이야기가 있으면 사무실에서도 얼마든지 할 수가 있다. 차가 마시고 싶으면 점심시간을 이용하면 된다. 목이 달아날까 두려워서는 아니었다. 성격의 생활화라고나 할까?

"목두 무섭지 않은 건 아니지. 한 번 내쫓기면 어디 가서 취직할 수도 없구……."

명규는 농담조로 웃음을 섞어 가며 대답했다. 이십여 년 근속해 온 사람을 내쫓기까지야 하련만 그런 말을 해야 최상익이가 말을 못할 것 같았기 때문이었다.

"몇십 년이나 더 서기 노릇을 해 먹으실래나 보군요."

최상익이가 소리를 내며 웃었다. 그리고는 안 될 줄을 알았는지 자기 자리로 가면서,

"좀 할 말이 있어서 그래요. 좀 있다 점심시간에 만납시다."
하고 말했다.

명규는 최상익이가 무슨 말을 하려는 것인지 짐작할 수가 없었다. 자기 같은 사람에게 부탁할 일이 있을 리도 없다. 대학교에 다니는 딸이 있다는 것을 알고 있으니까 혹시 중매를 서려는 것이나 아닌가 생각했다. 그러나 딸 시집보낼 걱정을 한 번도 해 본 일이 없는 만큼 그런 이야기일 것 같지도 않았다.

대단한 이야기는 아니겠지 정도로 생각할 수밖에 없었다.

그러나 최상익은 중요한 이야기가 있는 것처럼 점심시간이 되기가 바쁘

게 명규에게로 와서 빨리 나가자고 했다.

명규는 최상익을 뒤따라나섰지만 최상익이가 가자는 다방이 아니라 단골 식당인 음식점으로 들어갔다.

음식점에 들어가자 최상익은 무엇을 먹겠느냐 하며 자기가 점심을 낼 것처럼 말했다. 그러나 명규는 최상익의 말은 들은 척도 안 하고 외상전표에다 우동 한 그릇이라고 적어 사환애에게 주고는,

"내 걱정은 말고 최 형 점심이나 시켜 자시우."

했다.

최상익은 어처구니가 없는지,

"점심 한 그릇 사겠다는데 그러실 것까지는 없지 않소?"

하고 사뭇 불쾌하다는 투로 말했다.

"제 것 제가 먹는 게 제일 편해. 신세를 지면 갚아야 하지 않어, 귀찮게스리."

명규는 불쾌할 것 하나 없다는 듯이 말했다.

그러한 생활태도가 몸에 젖어서 그런지 깍쟁이라는 야박한 인상이 들 만큼 얄밉지도 않았다.

최상익은 할 수 없이 자기 먹을 우동만을 적어 따로 주문을 했다. 우동을 먹기 시작할 때 명규는,

"할 이야기가 있다구 그랬지?"

하고 물었다. 그랬더니 최상익은,

"다방에 가서 이야기합시다."

하고 이야기를 꺼내려 하지 않았다. 한 푼이라도 자기 돈을 써 가며 꺼내야 할 이야기인 모양이었다.

"난 시간이 없어. 백화점엘 좀 가야겠어."

명규는 자리를 옮겨야 한다는 것이 싫었다. 그리고 차 한 잔이라도 얻어 먹는다는 것이 싫었다.

최상익은 불쾌감을 느꼈던지 아무 말도 아니 하고 단도직입적으로 용건을 꺼냈다. 자기의 호의를 도리어 의심하는 듯한 명규를 괘씸하게 생각하는

태도로 ──.

　"어제 이사(理事)를 만났는데 손 서기 이야기가 나왔어요."

　최상익은 다른 이야기가 아니라 바로 명규 자신에 대한 이야기라는 것을 밝혔다.

　"그래서?"

　"손 서기 승급을 걱정하는데 한 번 찾아가서 부탁만 하면 될 것 같습니다."

　"나를 승급시켜 준대?"

　"이십여 년 동안 근속을 했는데 한 번도 승급이 안 됐다구 퍽 안된 것처럼 이야기하던데요."

　"이제 승급은 해서 뭣 해. 금융조합이 며칠 안 돼 없어질 텐데……."

　"그러니까 승급을 해야지요. 농업은행으로 넘어가게 되면 거기서는 좀체 승급이 없을 테니까!"

　"농업은행에 넘어갈 사람이 몇 명이나 될라구. 나라구 정리 안 된다는 법이 있나?"

　"이십 년 근속한 사람이야 면직을 시킬라구요?"

　"누가 알어? 그런 걸 생각해 주는 사람이 있다면 그새 승급 한 번 못했을라구……."

　"그건 걱정 말어요, 절대루. 내가 보장하지요. 그러니까 한 번 이사나 찾아가 보란 말예요."

　"가서 승급시켜 주십시오 하고 굽실거리란 말이지?"

　"꼭 굽실거려야 하나요? 물건이나 하나 사 들고 가서 인사만 하면 되는 거지."

　"글쎄 그런 재간이 있다면 벌써 재주를 부려 봤을 거야……."

　"고집 그만 부리구 나 하라는 대루 한 번만 해 보십시오."

　명규는 그 이상 더 이야기하고 싶지 않았다. 승급이 싫은 건 아니다. 너무나 오랫동안 그것을 바라 왔기 때문에 이제는 그만 지쳐 버렸는지 모른다. 너무나 여러 번 속아 왔기 때문에 이제는 자기 마음을 속이고 싶지 않아졌는지도 모른다.

그러나 최상익은 자기의 일이기나 한 것처럼 열을 올리며,

"저편에서 먼저 걱정을 하구 있는데 이편에서 찾아가지 않아 승급 안 된다면 손해는 누가 봅니까?"

하고 계속해서 명규를 설복시키려 했다.

"해 줄 일이면 찾아가구 안 가구 문제될 게 없겠지."

"세상을 모르시는군요. 우는 애에게 떡 한 개 더 주란 말이 있지 않습니까? 저절루 굴러 오는 떡이 어디 있어요?"

"나는 굴러 오는 떡이나 기다리겠수."

"손 서기하구 동기들두 지금은 이사가 된 사람, 연합회 부장이 된 사람, 심지어는 정부의 국장이 된 사람까지 있지 않습니까? 손 서기는 그 사람들만큼 인물이 못났나요? 그건 손 서기가 그들만큼 활동을 안 했기 때문이야요."

"글쎄 나는 그 재간이 없다니까……."

"조금만 쓰세요. 그럼 그 뒤는 다 내가 해 드릴게요."

"돈두 없구……."

명규는 우동도 다 먹은 참이라 그만 일어서려 했다.

그래도 최상익이가 명규를 붙잡고 놔 주지를 않았다.

"이 사람 내가 싫다는데 왜 이 야단일까?"

명규는 약간 화를 냈다. 그러자 최상익은,

"그럼 선사품은 내가 사서 드릴 테니 한 번 찾아가 주시기만 하십시오."

하고 늘어졌다. 남의 승급에 몸이 달아 자기 돈까지 쓰겠다는 최상익의 마음을 알 수가 없었다.

"정말 내 걱정을 그렇게까지 해 주는 거요?"

그때야 최상익은 자기 본심을 실토했다. 자기 조카 취직을 부탁하러 갔는데 금융조합이 얼마 안 있어 없어진다고 채용 거절을 당했다는 것이었다. 그러나 꼭 취직을 시켜야만 할 사람이기 때문에 임시로라도 일을 보게 해 달라고 조른 결과 명규가 승급이 되면 명규 자리에 앉힐 수 있다는 언질을

받았다는 말을 했다.

'그렇겠지.'

명규는 속으로 혼자 중얼거렸다. 그런 이유가 있다면 자기 승급을 걱정해 주는 것도 무리한 일은 아니라고 생각했다.

"나를 승급시켜 주겠다는 것이 아니라 해고를 시키겠단 말이 아닐까?"

명규는 최상익의 입을 막기 위해서 이런 말을 했다. 그러나 최상익의 입을 막기 위한 말만은 아니었다. 그러한 예감이 들었던 것이다.

"천만에요, 그건 절대 아닙니다."

"알았소. 나두 꼭 그럴 거라구 생각하는 것은 아니오."

명규는 그만 자리에서 일어나고 말았다.

최상익은 명규가 오해할까 두려웠는지 명규 뒤를 따라오며,

"이사를 만나 보시면 알 겁니다. 절대루 해고 말은 하지도 않았습니다."
하고 변명을 했다.

명규는 설마 자기를 해고시키리라고는 생각지 않았다. 최상익을 떼 버리고 싶을 뿐이었다.

명규는 식당을 나와서 백화점이 있는 쪽으로 걷기를 시작했다. 딸의 시계줄이나 고치자는 것이었다.

명규는 백화점 시계부로 가서 시계줄을 꺼내 놓고 그것을 고쳐 달라고 했다. 시계줄을 받아 든 여점원이 한 번 슬쩍 보기만 하고는

"새결루 가시지요. 고쳐야 또 금시 끊어집니다."
하는 것이었다.

명규는 피가 머리로 솟구치는 것을 느꼈다.

"이거 바루 이 집에서 산 거요."

목소리가 사뭇 거칠었다.

"아무데서 사신 거라두 가실 때가 됐는 걸요."

명규는 시계를 살 때 받았던 소위 보증표라는 것을 꺼내 보였다.

"석 달밖에 안 됐지요? 당신네 시계줄은 석 달밖에 못 쓴단 말이오?"

"석 달이면 많이 쓰셨지요. 미제(美製)두 아닌데……."

"왜 그런 물건을 좋다구 판 거요?"

"판 사람이 나쁜 게 아니라 만든 사람이 나쁘겠지요."

명규는 어이가 없었다. 여점원의 얼굴만 바라볼 뿐이었다. 그러나 여점원은 아무렇지도 않다는 듯이 시치미를 떼고 명규를 맞바라보고 있었다. 할 말이 있거든 해 보라는 태도였다.

"그럼 못 고쳐 주겠단 말이오?"

"정 그러시다면 고쳐는 드리지요."

"좌우간 고쳐 주시오."

하루를 쓰다 버려도 고치기는 해야 할 것 같았다. 그러나 하루 맡겨 두라는 말을 듣자,

"시계는 빼서 주시오."

하고 말했다. 시계까지 맡겼다가는 시계줄을 고치는 동안 시계를 망가뜨릴 것 같았기 때문이었다.

시계줄을 맡기고 사무실로 돌아왔지만 명규는 산술 문제를 풀지 못했을 때처럼 가슴이 답답했다. 풀 수 있는 문제일 텐데도 풀 수가 없다는 것은 결국 자기가 그만큼 실력이 부족하다는 것을 말하는 것이겠지만 풀어 본댔자 신통한 대답도 나올 것 같지 않음이 더욱 답답할 것 같았다.

푸노라고 애쓸 필요가 없을 만큼 중요하지도 않은 문제들이 사람의 머리만 아프게 너저분히 널려 있다.

명규는 흐린 날씨처럼 흐리더분한 머리로 일을 하다가 퇴근시간이 바쁘게 집으로 돌아왔다. 집이 제일이었다. 자식들을 바라보기만 하면 아무 하는 일이 없이도 지루한 줄을 모른다.

경옥은 피아노 연습을 한다니까 늦게야 돌아오겠지만 중학교에 다니는 경우(敬佑)는 벌써 와서 장난을 하고 있었다. 뜰에서 줄뛰기를 하는 것이었다. 계속해서 여러 번 뛰는 연습을 하다가는 빨리 뛰기도 하고 또 한 번 껑충 뛰는 사이에 줄을 두 번 넘기는 연습도 했다. 퍽 재미가 있는 모양이었다. 재미 이외에 딴 것을 느끼려고도 하지 않는 것 같았다. 뛰다가 줄이 걸리면 금시 새로 시작을 한다.

얼마 동안 줄을 넘던 경우가 그 재미에 권태를 느꼈는지 이번에는 야구 볼을 들고 밖으로 뛰어나갔다. 아마 동무들과 볼 던지기를 하며 시간을 보낼 작정인 모양이었다.

명규는 경우가 나가는 바람에 심심함을 느꼈던지 아내가 있는 가게로 나갔다. 월급만으로는 살 수가 없다고 해서 대문간을 뜯어 구멍가게를 벌려 놓은 뒤 아내는 밤낮 할 것 없이 가게에서 살고 있다.

명규는 심심할 때면 곧잘 가게로 나가 앉는다. 거기에 앉아 있기만 하면 오고 가고 하는 사람, 그리고 벌려 놓은 상품들을 바라보기에 시간 가는 줄을 몰랐다.

가게로 나가자 아내가,

"또 이발을 안 했구만. 출근할 때 그렇게까지 다짐을 했는데……."
하고 못마땅한 얼굴로 명규를 보았다.

명규는 구태여 이발할 생각도 해 보지 않고 집으로 돌아온 자기를 속으로 웃었다. 바쁜 일도 있는 것이 아닌데 어찌해서 이발할 생각을 하지 않았을까? 그러나 명규는 중요한 일이라고 생각되지는 않았다.

"내일하지 뭐!"

"그러니까 출세를 못하는 거예요. 남보기에두 꾀죄죄하게 하구 다닐 게 뭐란 말이우?"

아내는 사뭇 불만인 모양이었다.

"이발 자주 안 해서 출세를 못했군……."

"남에게 어떻게 뵐까 하는 걸 생각지 못하는 사람이 어떻게 출세를 해요."

"이젠 출세하기두 틀렸으니까 되는 대루 살지."

"보기 싫어요. 빨리 가서 하구 와요."

명규는 이발하기 싫달 이유도 없었다. 그렇게까지 신경을 쓰는 아내를 거스르고 싶지가 않아 근처에 있는 이발소를 찾아갔다. 문을 열자,

"어서 오십시오."
하고 이발사들이 합창하듯이 말했다. 그러나 그 뒤에는 본 척도 안 하고 머

리 깎는 데만 정신들을 잃고 있었다. 미리 와서 기다리는 사람들이 의자를 전부 차지하고 있었다. 앉을 자리가 없었다.

명규는 엉거주춤하고 서 있었지만 얼마를 기다려야 할지 모르는 초조가 그를 불안하게 했다. 이발소 안에 있는 사람들의 시선이 모두 자기에게로 쏠리는 것 같음을 느끼기도 했다. 덥수룩한 머리를 보고 무엇이라 흉을 보는 것 같기도 했다. 그런데 이발사들은 걸려든 고기라고 생각했는지 명규에게 앉으란 말도 조금만 기다리라는 말도 안 했다. 사방이 거울이라 얼굴만 들어도 불안해하는 자기 얼굴이 눈 안에 들어온다. 불안해하는 자기 얼굴을 자기 눈으로 보는 것처럼 불안한 일도 없을 것이다. 명규는 이발소를 뛰쳐나오고야 말았다.

이발을 안 하고 그냥 온 것을 본 아내가 무엇이라고 쫑알거릴 때 명규는,

"출세하는 것이 쉬운 일이 아니야……."

하고 방 안으로 들어가 버렸다.

방 안에 앉아 있을 때 밖에 나가 놀던 경우가 들어오는 걸 봤는지 뒤이어 아내의 목소리가 가게에서 들려 왔다.

"공부는 안 하구 장난만 치는 자식이 어디 있니? 나중에 뭣이 될려구."

명규는 아내가 자기에 대한 화풀이를 경우에게 쏟아 버리는 것처럼 들렸다. 오십이 다 되도록 서기로만 늙고 있는 남편을 변변치 못하게 보는 것도 무리는 아닐 것이다. 남편이라고 눈이 멀뚱멀뚱한 사내가 있는데도 밤낮 가게에 앉아 구차스런 장사를 해야 하는 자기를 만족해할 수도 없을 것이다.

"공부를 좀 해라, 놀지만 말구."

명규는 아내의 걱정에 공감하는 듯 경우를 타일렀다.

"낙제나 했다가는 큰일나겠네."

경우는 사뭇 불평인 모양이었다. 그래도 책을 펼치려고 하지 않았다. 사실 경우는 장난을 좋아해도 늘 우등을 하고 있다. 극성스럽게 공부를 시키지 않아도 좋다. 그러나 명규는 부모로서의 권위를 지키려는 듯이,

"방심을 하면 못쓰는 거야. 성적이 좋을수록 공부를 열심히 해야지."

하고 말했다.

"공부만 하면 도리어 바보가 된대요. 높은 사람들두 우등하던 사람들이
아니라던데 뭐……."

"누가 그러던?"

"다 알아요, 나두 이젠 높은 사람이 좀 돼 봐야지."

"높은 사람이 될려구 공부를 일부러 안 한단 말이냐?"

"높은 사람들은 어려서 싸움을 참 잘했대요."

"그래 너두 앞으로 싸움을 할 작정이냐?"

"오늘두 한 놈 눕혀 놓고 왔는데요 뭐."

명규는 웃을 수밖에 없었다. 공부를 잘해서 높은 사람이 되겠다는 생각을
가지지 않고 싸움을 잘해서 높은 사람이 되겠다고 생각하는 것은 결국 아버
지인 자기의 무능을 비웃는 것 같기도 했다. 아내는 자기가 무능하다고 언제
나 그 무능을 비난하고 있다. 표독스럽지가 못하고 어수룩하기만 하여 자기
몫을 찾아 먹지도 못하는 무능인으로 간주하고 있다. 그런 만큼 어린 아들이
어머니의 교화를 받아 무능아가 되고 싶어하지 않을 것도 당연한 일이다.

그러나 어린것이 높은 사람이 되겠다는 야심을 가졌다는 데 명규로서는
기특하게 생각지 않을 수 없었다.

"그래, 너는 한 번 높은 사람이 되어 봐라."

명규는 웃으면서 경우의 머리를 쓰다듬어 주었다. 그리고는 '승어부(勝於
父)라니 자식이 아버지보다 나아야지'라고 속으로 중얼거리기까지 했다. 그
때 경우가,

"아버지는 어렸을 때 쌈 안 했수?"

하고 물었다. 마치 어렸을 때 싸움을 못했으니까 높은 사람이 못 된 것이 아
니냐는 듯한 질문이었다. 명규는 쓴웃음을 웃으며,

"쌈두 한 번 못해 봤다."

하고 솔직하게 대답했다. 명규는 자기 자신에게 솔직하지 않을 수 없었다.
어렸을 때부터 싸움도 해서 남에게 지지 않으려는 성격을 길렀다면 패기도
있을 것이요 교활해질 수도 있었을 것이다. 그러나 명규는 패기라든가 교활
이라든가 그런 것을 모르며 살아 왔기 때문에 언제나 남에게 뒤떨어지고 있

음을 알고 있다.

그렇기 때문에 경우가,

"아버지는 사람이 너무 좋아."

하고 말할 때도,

"그래서 바보 노릇을 하구 살지."

하고 웃으며 대답을 했다.

그러고 있을 때 학교 갔던 경옥이가 돌아왔고 저녁 밥상이 들어왔다. 밥상을 대하고 앉자 경옥이가 시계줄을 고쳐 왔느냐고 물었다. 내일 찾기로 되었다고 대답하자 이번에는,

"이번 음악대회에서 일등상을 타면 무엇을 사 주시겠어요?"

하고 물었다.

"상을 타면 그걸루 한턱 낼 생각이나 할 것이지, 그래 상을 받구 또 무얼 사 달라는 거야? 욕심두……."

"상 타느라 수고했다구 기념품을 사 주는 법이야요."

"그건 네 엄마한테 말하렴. 내가 무슨 돈이 있니……."

"아버지두 그러니까 권위가 없어지는 거야요. 아버지가 명령을 해서 엄마더러 돈을 내게 하셔야지."

그때 식모와 교대해서 방 안으로 들어온 아내가,

"얘, 명령이구 나발이구 돈이 없다. 명령하면 돈이 어디서 떨어진다든……."

하고 눈을 흘겼다.

그만 경옥의 이야기는 쑥 들어가 버렸다.

식사를 끝마치고 아내가 다시 가게로 나가자 경옥이가 바깥을 한 번 내다보고 난 뒤 책가방에서 봉투 하나를 꺼내 놓으며 이야기를 시작했다.

"오늘 또 이런 편지가 학교루 왔어요. 어디서 봤는지두 모르는 남잔데 꼭 한 번 만나고 싶다나요."

경옥이는 남자들한테서 편지가 올 때마다 그것을 아버지에게 갖다 보였다. 명규는 경옥이 마음을 알고 있기 때문에 편지 볼 생각도 안 하고

"세상에는 싱거운 자들이 많기두 하군. 한 달에 평균 몇 장이나 오는 셈
이냐?"
하고 빙긋이 웃었다.
"몇 장이건 그까짓 게 무슨 상관 있어요."
"하기야 나라 우표를 많이 팔게 하니까 좋은 일이기는 하지만……."
명규와 경옥이가 같이 소리를 내어 웃었다. 한참 웃다가 명규가 새삼스럽게
"참, 너두 대학 삼 년이니까 이제는 신랑감두 골라야 하지 않겠니?"
하고 경옥의 얼굴을 바라보았다. 지금은 연애도 결혼도 안 한다고 하지만
어차피 해야 할 일임에는 틀림없다. 그리고 그새 경옥의 마음이 또 어떻게
변했는지도 모른다.
"성공하기 전까지는 절대루 결혼을 안 해요."
경옥의 대답은 여전했다.
명규는 그것이 잘하는 일이라고 격려할 수는 없었다. 여자는 빨리 결혼을
해야 한다고 생각하고 있는 명규였기 때문이었다. 그러나 딸의 굳은 의지가
대견스러워 마음이 흡족했던 것만은 사실이었다. 아들이나 딸이 모두 자기
에게 없는 것을 타고났다는 것을 생각할 때 그들의 인생에 대하여 자기의
인생 이상의 기대를 가질 수 있다는 즐거움을 어찌 안 느낄 수 있을 것인가?
"마음대루 해라──."

다음 날 명규는 역시 출근시간 십 분 전에 사무실에 도착했다. 그리고 전
과 같은 일을 그대로 반복하는 것이었다. 그런데 일을 시작한 지 한 시간도
못 되어 이사(理事)가 부른다는 전달이 왔다.
명규는 무슨 용건일까 생각해 보았다. 최상익의 말대로 자기를 승급시켜
주려는 것일까? 그렇지 않으면 최상익의 조카를 취직시키기 위하여 자기를
면직시키려는 것일까? 알 수 없는 일이었다. 그러나 좋은 이야기가 아닐 것
만 같은 생각이 들어 가슴이 공연히 두근거렸다. 어쨌든 안 들어갈 수는 없
었다. 이사실 문을 노크하고 방 안에 들어섰을 때까지도 명규의 가슴은 그
냥 두근거리고 있었다.

90

이사의 입이 열리기만 기다리고 있을 때 뜻밖에도 이사가 소파를 가리키며 앉으라고 했다. 명규는 의외의 친절에 도리어 불안을 느끼며 앉지도 못하고 있을 때 이사가,

"앉으세요. 좀 부탁드릴 일이 있어서 오시랬는데."

하는 것이었다. 절대로 상사가 부하를 대하는 태도가 아니었다. 명규는 그저 떨지 않아도 좋을 것 같아 소파에 앉아 이야기를 기다렸다.

"××부 ××국장과 동기시라지요."

"네! 옛날 같이 일하던 분입니다."

"손 형두 빨리 승급을 해야겠는데 이번엔 어떻게 되겠지요."

승급 문제로 부른 것이 아님을 알기 때문에 명규는 그 말을 귀담아 들으려고도 안 했다. 더구나 정부의 국장 이야기를 꺼내는 판에서 자기 승급 문제를 이야기한다는 것은 체면 문제가 아닐 수 없었다. 남은 국장까지 되었는데 나는 겨우 서기나 면해 보려고 하다니…….

명규가 말을 못하고 있을 때 이사가,

"사실은 나 개인으로 벌목(伐木) 신청을 냈는데 한 번 자리를 같이하고 싶어서요. 수고스럽지만 한 번 찾아가서 저녁식사라도 같이할 기회를 만들어 주었으면 고맙겠소."

하고 말했다.

명규는 자기가 그런 청을 들어 줄 수 있는 것인지 알 수가 없었다. 그 국장이란 사람이 과연 자기를 만나 줄는지도 모르는 터이다. 설사 만나 준다고 해도 청을 들어 줄지는 또한 의문이다. 만나 보겠다고 승낙을 했다가 아무런 효과도 나타내지 못한다면 창피한 것도 우선 자기 자신이다.

"제가 무슨 힘이 있겠습니까?"

명규는 거절하는 수밖에 없었다.

"되든 안 되든 한 번 가 보기나 해 주시오."

이사는 그것이 중요한 일이기는 하지만 그렇다고 해서 그렇게까지 힘든 일이라고는 생각지 않는 모양이었다. 그리고 명규를 통해서 만날 수 없다면 다른 길도 있다는 듯한 여유 있는 태도였다.

명규는 그런데도 못 가겠다는 말을 할 수가 없었다. 되든 안 되든 가 봐 주기는 해야 할 것 같았다.

그러나 ××부를 찾아가서 그 국장실 앞에 이르렀을 때야 딱 잘라 거절하지 못한 자기를 **후회했다.**

남들보다 낙후(落後)했다는 동정의 미끼를 가지고 옛날 동기를 찾아 청을 드리려 한다는 것이 병신을 팔아 동정을 구하는 거지 같은 감을 주었기 때문이었다. 높은 사람을 찾아다닌 일이 한 번도 없는 명규인 만큼 그런 일이 서툰데다가 청을 하러 왔다는 자격지심이 그의 가슴을 떨게 했다.

"외출하고 없기나 했으면——."

명규는 자기를 살려 주기 위해서 그 국장이 외출하고 없었으면 하고 빌었다.

명규는 혹시 사환애가 없는가 하고 두루 살폈다. 국장이 없다고 말해 줄 사환애가 나타날 것 같았던 것이다. 그러나 사환애는 나타나지를 않았다. 할 수 없이 문을 노크하는 수밖에 없었다. 안에서 들어오라는 말이 있은 뒤 문을 열고 고개를 쑥 밀어 보았다. 없었으면 하고 바랐던 국장이 정면으로 앉아 있지 않은가?

명규는 할 수 없었다. 저편에서 먼저 말을 꺼내 주기나 기다리며 걸어갈 수밖에 없었다. 그런데 국장이란 사람이 명규를 쳐다보고,

"이게 누구요?"

하며 따라와 악수를 했다. 옛날 학교 동창이나 만난 듯 기뻐하는 표정이었다.

"오래간만입니다."

자기의 상사도 아니지만 상사에게 대하던 버릇이 있어서 그런지 명규는 깍듯이 경어를 썼다.

"그래 지금은 어디서 무얼 하구 있나……."

국장은 친한 친구로서 조금도 간격이 없는 친밀감을 보여 주었다. 그러나 명규는 국장이 자기에 대한 관심이 그만큼 적다는 것을 느꼈다. 어디서 무엇 하구 있는지도 모르다니…….

"아직 거기서 그 일 하구 있지."

"뭐? 아직두 그래 서기란 말인가?"

"그럼 별 수 있어……."

그때야 국장은 자기 말에 무사려(無思慮)했다는 것을 느꼈는지,

"그래 어떻게 여길 다 왔어?"

하고 화제를 돌렸다.

명규는 용건을 그대로 말했다. 그러자 국장은 명규의 입장을 이해할 수 있다는 듯이,

"오늘 밤에라두 만나지. 여섯 시에는 틈을 낼 수 있으니까……."

하고 시원시원히 대답해 주었다.

명규는 가서 다시 전화를 걸겠노라 하고 국장실을 나왔다.

국장실을 나와 사무실로 돌아오는 길에 명규는 그가 능히 국장까지 될 수 있는 사람이라는 생각을 했다. 반가울 것 없는 사람에게도 반가운 척할 수 있다는 것이 얼마나 힘든 일인가? 옛날에 같이 일을 했다는 정으로 얼굴살 하나 찌푸림 없이 부탁을 시원하게 들어 주는 사내다움에 놀라지 않을 수 없었다.

"역시 높은 사람이 되려면 남보다 좀 다른 점이 있어야 할거야."

혼자 감복을 하며 사무실로 돌아와 이사에게 다녀온 경과를 보고했다.

이사는 참으로 좋아했다. 계획했던 일이 성공하여 수많은 이익금이 굴러 들어오기나 할 것처럼 어쩔 줄을 몰라했다. 그러면서 국장을 모실 만한 고급음식점으로 전화를 걸고 몇 시에 몇몇 사람이 간다고 특별요리를 주문하기까지 했다.

장소가 결정된 만큼 명규는 그 국장에게 전화를 걸지 않을 수 없었다. 국장은 전화도 친절하게 응대를 하며 여섯 시에는 틀림없이 온다고 대답했다.

명규도 불쾌하지는 않았다. 자기 때문에 이사가 만족해하고 있다. 그리고 자기도 남에게 도움을 줄 수 있는 사람이란 생각이 들었다. 자기는 과거 이십여 년 동안 말석에 끼여 남의 눈에 띄지 않는 존재로서 일을 해 왔다. 말하자면 남에게 그리 필요한 인물 노릇을 못해 왔다. 그러다가 오늘 높은 사

람을 아는 덕분으로 해서 한 번 남에게 필요한 존재가 되어 보았다는 것은 비명(碑銘)에라도 올릴 만큼 유쾌한 일이 아닐 수 없었다.

"참 수고했소. 그리고 저녁때도 합석을 해 줘야겠는데……."

이사는 저녁식사에까지 자기가 필요한 것처럼 말했다. 명규는 서기가 그 자리에 합석함으로 말미암아 국장이 이사의 부탁을 더 잘 들어 준다면 가도 좋을 것 같았다. 그러나 높은 사람 앞에서는 말도 잘 못하는 자기로서 그런 자리에 앉는다는 것이 우선 불안해서 간다는 말을 할 수가 없었다.

"저야 뭐 그런 자리에까지 가겠습니까?"

명규는 사양을 했다.

"아니야. 손 서기가 몇 마디 해 주면 일이 쉽게 될 거야. 그러지 말고 같이 갑시다. 일이 잘 되면 나두 가만 있지 않을 테니까……."

명규는 귀가 솔깃했다. 같이 가 주기만 하면 돈벌이가 될지도 모른다. 돈벌이는 고사하고 승급쯤은 문제가 없을 것 같았다. 명규는 못견디는 척하고,

"정 그러시다면 뫼시고 가지요."

하고 승낙을 했다.

이사실에서 나온 명규는 사환애에게 백화점으로 가서 시계줄을 찾아오게 했다. 퇴근하고 요릿집에 가는 도중에 들러서 찾을 수도 있는 것이었지만 여점원의 얼굴을 다시 보고 싶지가 않아 사환을 시켰던 것이다. 사환이 시계줄을 찾아오자 명규는 주임에게 승낙을 얻고 이발소로 갔다. 근무시간 중에 자리를 비워 본 일이 없는 명규였다. 그렇지만 아내에게까지 여러 번 독촉을 받을 만큼 덥수룩한 머리를 해 가지고 높은 사람들이 모이는 자리에 나갈 수는 없었다. 더구나 이사를 위해서 연회에 나가려고 이발을 하는 것이니까 근무시간 중이라 해도 한 시간쯤 빼어도 죄될 리가 없었다.

이 날 찾아간 이발소에는 손님이 적어서 그런지 무척 친절했다. 들어가기가 무섭게 빈 자리에 앉히고는 대뜸 깎기를 시작했다.

오랜만에 거울 앞에 비치는 자기 얼굴을 유심히 들여다보니 머리가 반백이 되었지만 아랫도리를 치켜 깎아 올라감에 따라 한결 말쑥해지는 자기 얼굴이었다.

이발하고 나올 때마다 거울 속의 자기 얼굴을 보고 그렇게 못생긴 얼굴이 아니라는 생각을 가지지만 이 날은 그 못생기지 않은 얼굴이 한 번 사람 구실을 해 보는 것 같다는 생각까지 했다.

이발을 다 하자 이발사가 머릿기름을 바르느냐고 물었다. 명규는 평생 머릿기름을 바르지 않지만 이 날만은 한 번 발라 볼까 하고는 생각했다. 기름칠을 하면 그만큼 인상이 더 좋아질 것 같았기 때문이었다. 그러나 급기야는,

"안 바릅니다."

하고 대답하고야 말았다. 기름칠까지 하고 간다는 것이 낯간지러운 일 같았기 때문이었다.

이발을 끝내고 백 환짜리 두 장을 내주었다. 이발료가 일백삼십 환인 줄 알지만 잔돈이 없었던 것이다. 돈을 내고 거스름돈 주기를 기다리고 있을 때 이발사는 돈 넣는 서랍을 뒤지다가 백 환짜리 한 장을 들고,

"잔돈을 바꿔 와야겠는데요."

하면서 어물어물했다. 바꾸려거든 빨리 나가서 바꿔 와야 할 텐데 나갈 생각은 하지도 않고 있었다. 명규는 눈치를 채고,

"그만두시오."

하고 그만 이발소를 나와 버렸다. 따지면 칠십 환이 그리 큰 돈은 아니지만 그것을 가지고 자기의 인간성을 시험해 보려는 듯이 어물거리던 이발사가 괘씸하여 두말도 않고 나왔던 것이다.

친절의 대가를 노리는 장사꾼의 불순한 태도에까지 묵인으로 대하여야 한다는 것은 불쾌한 일이 아닐 수 없었다. 그것은 묵인도 아니었다. 장사꾼이 저울질하는 저울에 자기의 인간성이 가볍게 다루어지지 않게 하기 위한 자기 기만에 지나지 않는다.

명규는 사무실로 돌아와 퇴근할 때까지 계속해서 사무를 보았다. 퇴근을 한 뒤 회식장소로 갈 준비를 하고 있을 때 이사가 국장에게 한 번 더 전화를 걸어 달라고 했다.

명규는 그것이 예의려니 하고 하라는 대로 전화를 걸었다. 그런데 어찌된 일일까? 국장은 방금 퇴근을 하고 사무실에 있지 않다는 것이었다.

“네?”

명규는 한 번 놀란 소리로 물었으나 상대편에서 연회에 갔다고 대답하는 말에 겨우 안심을 했다. 자기와 약속한 장소로 떠난 것으로 생각했던 것이다. 그래서 이사에게로 가서,

“벌써 떠났다고 합니다.”

하고 보고를 했다.

“아직 한 시간이나 남았는데…….”

이사도 약간 의아스럽다는 표정을 지었건만 손님보다 늦게 가서는 안 된다고 하며 자동차를 부르게 했다.

이사와 같이 자동차로 회식장소에까지 갔으나 국장은 오지 않았다. 시간이 되려면 아직 삼십 분이나 남았으니까 어디 들렀다 오는 것이려니 생각하고 먼저 언약한 방으로 들어가 앉았다.

그러나 정각이 되어도 국장은 나타나지 않았다.

명규는 불길한 생각이 들어 국장실로 다시 전화를 걸었다. 그리고 국장이 출석한 연회가 어떤 연회냐고 자세한 것을 물었다. 전화를 받는 사람이 이쪽이 누군가를 확인한 다음 ○○부와의 연회가 있어서 갔다는 사실을 알려 주었다. 명규는 그것이 정말이냐고 따져 물었다. 상대방은 정말이라고 대답했다. 명규는 그러면 손 아무개와 만나기로 한 약속 이야기는 없었느냐고 물었다. 그런 말은 들은 일이 없다고 대답했다.

명규는 어처구니가 없어서 ○○부와의 연회는 언제 결정된 것이냐고 물었다. 전화는 이삼 일 전부터 결정된 것이라고 대답한 뒤 끊어졌다.

명규는 다리에 힘이 풀렸다. 그러나 들은 대로 보고를 안 할 수가 없었다.

“바쁘신 분이니까 그런 일두 있겠지.”

이사는 너그러운 태도로 말했으나 명규에게는 그 너그러운 태도가 가슴 아프다. 이사는 아무때라도 만나야 할 사람이니까 일부러 너그러운 태도를 보이는 것이겠지만 명규에게는 ‘너 같은 친구의 하는 일이 그런 정도이지’ 하는 것처럼 해석되었던 것이다.

“죄송합니다.”

명규는 자기를 죄인처럼 생각지 않을 수 없었다.

이사가 예약했던 것이라 먹지도 않은 요릿값을 치르느라고 돈을 세고 있을 때 명규는,

"오늘 비용은 제가 물지요."

하고 머리를 벅벅 긁었다.

높은 사람들에게 나쁜 인상을 주지 않으려고 이발한 목덜미의 면도 자리가 유달리 깔끄러웠다.

집에 돌아와 저녁을 먹고 난 명규는 육체의 권태를 느꼈다. 높은 산을 넘고 있는데 아무리 걸어도 자기의 위치가 변동되지 않은 것 같은 그런 권태였다. 뒤를 돌아보면 상당히 올라온 것 같으면서도 앞을 내다보면 그것이 아무것도 아닌 오직 출발에 지나지 못한 것 같은 권태였다. 오르기는 올라야겠으나 자기 육체로서는 도저히 올라갈 수 없는 것 같은 권태였다.

누워서 담배를 피우며 권태로움을 씹고 있을 때였다. 저녁을 먹고 밤 세수를 하고 들어온 경옥이가 라디오를 틀어 놓고 명규의 몸을 흔들었다.

"아버지 일어나세요, 내가 춤을 배워 드릴 게……."

명규는 어리둥절해서 딸의 얼굴만 쳐다보고 있었다.

"현대인은 춤을 출 줄 알아야 해요."

명규는 웃을 수밖에 없었다.

"내가 무슨 현대인이냐? 다 늙어빠진 게."

"현대 속에서 살면 현대인이지 뭐예요."

"현대인이 비웃겠다. 나 같은 게 다 현대인이라면……."

"아버지는 왜 자기를 비하(卑下)하세요? 아직 육십도 못 됐는데 이제부터가 한참 아니세요."

"기력이 없다. 기력을 다 뺏겼으니까 빨리 늙을 수밖에."

"빨리 일어나세요. 꿈을 가져야 해요. 꿈을 가지지 않으니까 빨리 늙는 거예요."

"글쎄, 이제 춤을 배워야 한단 말이냐?"

“제가 음악콩쿨에서 일등을 타거든 축하파티에 나가야 하지 않아요. 그땐
아버지하구만 출래, 딴 남자는 싫어…….”
“누가 파티를 열어 준다든?”
“선생님하구 또 동무들이…….”
그러나 명규는 자리에서 일어나지도 않았다. 자기와 춤, 그것은 너무나
어울리지 않는 세대적(世代的)인 차이 같았다.
“아버지는 우리들의 꿈까지 무시하실래요?”
경옥이가 샐쭉했다. 그래도 명규는 대답을 안 했다.
“그럼 난 피아노도 그만둘래요.”
명규는 그때야 경옥의 손목을 잡고 왜 그런 말을 하느냐는 듯이 얼굴을
노려보았다.
환상이 깨진 때의 실망이 그대로 드러나 있는 얼굴이었다.
명규는 언젠가 서양영화에서 가족들끼리 춤추며 즐기던 장면을 연상했다.
수염이 허연 늙은이도 홍이 나서 춤을 추었던 것이다.
“나하구 꼭 춰야 하겠니?”
명규는 부시시 일어났다.
환상 속에서 살고 있는 딸이다. 환상을 아름답게 길러 줄 수는 없을망정
그것을 깨뜨려 줄 수야 없을 것 같았다. 구세대가 신세대에 범하는 죄악이
란 그 환상을 깨뜨려 주는 데 있는 것이 아닐까?
“딸이 아버지와 춤을 춘다는 것이 얼마나 아름다운 일이에요?”
명규는 경옥이가 하라는 대로 했다. 하나 둘 셋 넷 하고 손을 잡아끄는
대로 발을 끌며 걸었다. 경옥은 한참 동안 손목을 잡고 걷는 연습을 시키다
가 명규더러 혼자 걸어 보라고 했다. 명규는 혼자서 슬로 슬로 퀵 퀵 소리를
내며 걷기를 시작했다.
그때였다. 가게에 나가 있던 아내가 들어와서,
“이게 무슨 지랄들일까?”
하고 쏘아붙였다.
“남이 볼까 겁난다. 썩 못 치워!”

명규는 아내를 말끔히 내다보았다.

"당신은 나보다두 더헌 사람이야, 나가 장사나 해."

"소문이 나면 장사두 못해 먹게 돼요. 갑자기 무슨 망령이 났을까?"

"망령이 아니라 젊어지는 거야."

"젊어져서는 뭐할라구요?"

"글쎄 나가 있기나 하라니까……."

아내가 투덜거리며 나간 뒤에도 명규는 슬로 슬로 퀵 퀵 하며 발걸음을 옮겨 놓았다. '젊어져야지…….' 자기가 젊어지려는 것은 딸과 아들과 호흡을 같이하며 살기 위함이다. 그들과 거리가 너무 멀어서는 그들과 같이 살 수가 없다. 자기에게는 자식을 바라보며 사는 길밖에 남은 것이 없다.

젊어져야 할 것이 아닌가?

명규는 슬로 슬로 하며 발을 옮겨 놓는 자신이 우스운 것 같기도 했지만 딸의 얼굴을 봄으로 웃음을 죽였다.

"어디 소질이 있니?"

"운동신경이 그리 둔하지 않으신가 봐요."

경옥이가 만족한 듯 웃었다.

"얼마나 배우면 되지?"

"한 달만……."

"한 달을?"

"한 가지만 배우세요. 트로트만 추면 되니까요. 그럼 한 열흘 걸리지요."

명규는 열흘 뒤 딸 경옥이와 함께 손목을 잡고 춤출 것을 머릿속에 그리며 그냥 발걸음 내딛는 연습을 계속했다.

몇 달 뒤였다.

경옥이가 학생음악콩쿨에서 정말 일등상을 탔다. 명규는 진심으로 기뻐했다. 수많은 학생 가운데서 일등을 탄 경옥이가 기특하기도 했지만 그보다도 경옥이가 앞으로 자기보다 잘 살 것 같은 생각이 들어 마음이 흡족했던 것이다.

"잘 살아야지."

자식들만은 자기보다 잘 살아야 할 것만 같았다. 그런데 지금 경옥이는 자기보다 잘 살 수 있다는 소질을 보여 주었다.

명규는 자기의 기쁜 마음에서 경옥에게 기념품을 사 주고 싶었다. 아내에게 꾸지람을 듣는 한이 있다 해도 월급을 몽땅 털어 경옥이가 즐거워할 물건을 사 주려고까지 했다. 하기야 월급도 이 달이 마지막일지 모른다. 이 달 안으로 금융조합이 없어진다고 한다. 자기는 면직이 안 된다는 말이 있기는 하지만 그것은 그때에 보아야 할 일이다. 그러나 마지막 월급으로 딸의 기념품을 사 준다면 그것은 더욱 기념이 될 것 같기도 했다.

그러나 무엇을 사 주어야 할지가 생각나지 않았다. 몇 푼 안 되는 월급을 가지고는 옷 한 벌도 살 수가 없다. 학용품을 사 준다면 자기의 성의가 너무나 부족한 것 같고!

그래서 명규는 할 수 없이,

"뭘 사 줄까?"

하고 경옥의 의견을 물었다. 경옥은 아버지가 정말 기념품을 사 줄 것처럼 말하는데 도리어 놀란 모양이었다.

"아버지가 무슨 돈이 있어요?"

"왜 나는 돈이 없나?"

"돈이 있으면 엄마를 드려야 하지 않아요?"

"그런 걱정은 말구 가지고 싶은 물건이나 말해 봐."

경옥은 잠시 입을 다물었다가 웃음을 띠며,

"그럼 피아노를."

하고 말했다.

"피아노가 얼만데……."

"백만 환만 주면 살 수 있어요."

"뭐 이년!"

명규는 경옥의 무릎팍을 한 대 쥐어박았다. 기념품 사 주기를 기대하지도 않았던 것 같은 경옥이가 더욱 대견스러웠던 것이다.

“이제 파티가 있을 테니까 그때 같이 가서 춤이나 춰 주세요.”

“그럴까…….”

명규는 이렇게 대답하고 말았다. 대학교 교수들에게 경옥이 아버지라고 소개받는 자기, 그리고 경옥의 동무들이 부러워하는 눈으로 바라보는 가운데 경옥이와 같이 춤을 추고 있는 자기 —— .

명규가 황홀한 환상에 잠길 수 있는 순간이었다.

명규는 그 뒤 며칠 동안 경옥에게 줄 기념품을 사기 위하여 매일처럼 백화점엘 다니었다. 월급만 나오면 사리라 마음먹고 돌아다녔으나 돈에 알맞고 눈에 드는 물건이 그리 쉽게 보이지 않았다.

기념품을 채 결정도 못 지은 어떤 날이었다.

이사가 명규를 불렀다.

명규는 가슴이 뜨끔했다. 국장의 약속 위반 사건 이후 만나기를 더욱 꺼려하던 이사다. 무슨 일일까 하고 조마조마한 가슴으로 이사실에 들어갔을 때 이사는 냉정한 얼굴로,

“손 서기는 농업은행이 발족함과 동시에 은행 본점 조사부 근무가 될 거요.”

하고 선언하듯 말했다.

“고맙습니다.”

명규는 고개까지 숙였다. 그럴 수밖에 없었다. 오늘부터 면직이라는 명령이 내려졌다 해도 머리를 숙이지 않을 수 없는 것이니까.

면직당하지 않은 것만은 다행한 일이겠지만 가장 한직(閑職)인 조사부로 돌렸다는 것은 기가 막힌 일이 아닐 수 없었다. 조사부라고 해서 일이 없을 것은 아니겠지만 아무래도 은행의 핵심(核心)적인 존재는 아니다. 이때까지 실제 업무만 맡아 보고 있던 명규로서는 좌천이라고 생각지 않을 수 없었다.

‘이십 년 동안 근속한 사람에게 이러한 대접을 해야 마땅하다는 말인가?’

명규는 당장에 사표를 내고 싶은 생각이 들었다. 그러나 결국은 말 한 마디도 못하고 그냥 집으로 돌아왔다.

집에 돌아오자 명규는 유달리 집 안이 텅 빈 것 같음을 느꼈다. 언제나처

럼 아내는 가게에 있고 딸은 학교에서 늦게야 오고 아들은 놀러 나가 집이
빌 것이 정한 일이었지만 이 날따라 가족의 얼굴이라도 보고 싶은 명규의
심정이었다.

"경우란 녀석은 또 놀러 나갔수?"

뻔히 알고 있는 일이지만 명규는 가게를 향해 큰 소리를 질렀다. 경우만
이라도 있으면 조금 나을 것 같았다.

그때였다. 밖에 나갔던 경우가 코를 부여잡고 울면서 들어왔다.

명규는 달려나가며 경우의 손을 잡아 줬다. 코피가 나고 있었다. 아내와
식모가 달려나와 코피를 씻고 뒤통수를 치고 야단했다.

"싸우다가 얻어맞았구나?"

명규가 아들에게 물었으나 아들은 대답도 안 했다.

"자 ── 식, 싸움을 해야 높은 사람이 된다드니 코통만 터지구 다니누
나……."

명규는 방 안으로 들어갔다. 코피가 멎었는지 경우도 뒤따라 들어와 방바
닥에 누웠다.

명규는 누워 있는 아들을 바라보며 혼자 생각하는 것이었다.

"높은 사람이 될는지는 모르지만 고생줄은 많이 넘어야겠구나……."

자기보다는 낫게 살려니 하고 막연하게 생각해 온 아들의 장래가 갑자기
캄캄해 보이는 것 같았다. 어떻게 잘 살지는 모르지만 자기보다 몇 배의 고
생을 하여야 할 것 같은 생각이 머리에 떠올랐던 것이다.

"이놈아, 쓸데없는 생각 말구 공부나 열심히 해!"

명규가 이렇게 말하자 아들은 아버지의 말에 불복이라는 듯 눈을 똑바로
뜨고 아버지를 흘겨보았다.

"그래, 얻어맞는 재미가 좋단 말이냐?"

경우는 대답을 안 하고 외면해서 저쪽으로 누워 버렸다.

매맞고 분해할 것을 생각하니 어린 아들이라 해도 그 이상 더 꾸짖을 수
가 없었다.

명규는 가슴이 좀 시원해질 일이 없을까 하고 그런 것을 궁리하고 있을

때였다. 전과 달리 경옥이가 일찌감치 돌아왔다. 경옥을 보자 명규는 춤이라도 추고 싶었다. 라디오를 틀자 때마침 가요곡이 흘러나왔다. 그것도 트로트였다.

"경옥아 춤이나 한 번 추자."

경옥은 선뜻 앞으로 다가왔다.

라디오에 맞추어 춤을 추고 있을 때 명규가,

"그 파티는 언제 있지?"

하고 물었다. 경옥의 축하파티가 기다려졌던 것이다.

"이번 토요일 저녁으로 결정되었어요."

"그래…… 아직 사흘이 남았군."

그때 경옥이가 얼굴을 들어 명규를 쳐다보며,

"참 아버지! 그 날은 딴 사람하구 같이 가기루 했어요."

하는 것이었다.

"딴 사람이라니?"

"콩쿨에 입상두 했구 그래서 남자 동무를 하나 사귀었어요."

"결혼은 안 한다구 그러더니……."

"결혼은 안 해두 사귈 수는 있지 않아요?"

그때 라디오의 음악이 그치었다. 뒤를 이어 탱고가 들려 왔다. 명규가 출 줄 모르는 음악이었다.

명규는 방바닥에 주저앉으며 한숨 섞인 어조로,

"그래?"

하고 눈을 경옥에게서 떨어뜨렸다.

몹시 권태로운 날이었다.

(원) 《사상계 43》 1957. 2.

흐름 속에서

1

광치(光治)가 사오일째 집으로도 '홀'로도 찾아오지를 않았다. 거의 반 년 동안 같이 살아 오면서 사오 일을 계속해서 찾아오지 않은 일이라고는 이것이 처음이었다. 그런 만큼 혜명(慧命)으로서는 궁금하지 않을 수 없었다.

혜명은 무슨 까닭일까 하고 혼자 생각하는 것이었다. 아무런 이유도 발견할 수 없었다. 최근에는 싸운 일도 없다. 사오 일 전 광치가 자기 집으로 갈 때도 전처럼 곧 온다는 말을 했다. 전과 조금도 다른 표정을 보이지 않았다.

어디 아픈 것이나 아닐까? 무슨 사고가 생긴 것이나 아닐까? 이렇게도 생각해 보았지만 그것이 꼭 들어맞는 생각일 것 같지가 않았다.

웬일인지 몰랐다. 광치가 사오 일 동안이나 찾아오지 않는 것은 병이 생겼거나 사고가 있어서만은 아닐 것 같았다. 그저 그렇게 생각되었다.

막연하기는 하지만 광치가 다시 못 볼 사람인 것만 같았다.

혜명은 전보다 늦게까지 집에 있었다. 혹시 광치가 찾아올까 해서였다.

출근해야 할 시간이 약간 지나서야 집을 나서면서도 광치가 혹시 '홀'에 가서 댄서들과 앉아서 손님이 부를 때를 기다리면서도 혜명은 혹시나 하는 생각을 가졌다.

전깃불이 꺼지고 음악이 시작될 때까지 혜명을 불러주는 사람은 없었다. 혜명은 손님이 없어서 하룻밤을 허탕치지나 않나 하는 걱정보다도 광치가 정말 자기를 잊어버리고 말지나 않았나 하는 생각을 정리하는데 여념이 없었다.

광치가 자기를 싫어하는 표정을 조금도 보이지 않았으나 혜명은 광치가 다시는 만날 수 없는 사람이라고 단정했다.

그래야만 할 것 같았는지도 모른다. 혜명은 반 년 동안 광치를 사랑했다. 광치도 사랑해서 안 될 자기를 사랑해 왔다. 그러나 일 년이란 것이 자기에게는 너무나 긴 세월인 것 같았다. 자기의 행복이 반 년 이상 계속할 수가 있으랴 하는 것이었다.

정말 혜명은 자기의 행복이 길게 계속되는 것이라고는 생각되지 않았다. 행복을 느끼려고 할 즈음에 그 행복이 사라져야 할 것이 자기 숙명인 것처럼만 생각되었던 것이다.

혜명은 앞으로 광치를 기다리지도 말아야 한다고 생각했다. 그래서 어떤 사람이 파트너로 불러 주기만 기다리며 광치의 생각을 머리에서 지우려고 할 때 보이가 찾아 왔다. 손님이라는 것이었다.

혜명은 오늘도 삼천 환은 벌었구나 하는 생각을 하며 머리를 만진 뒤 거울을 한 번 들여다보고 보이의 뒤를 따랐다.

손님은 혼자였다. 고개를 돌리고 담배를 피우고 있었다.

혜명은 손님 맞은편에 앉아서 손님의 모습을 한 번 살펴보고는 고개를 숙이고 인사를 했다.

손님은 혜명을 바라보기만 할 뿐 얼굴 표정 하나 움직이지 않았다. 그리고는,

"혜명 씬가요?"

하고 물었다.

"네, 혜명이라고 불러요."

"나는 춤을 추러 오지 않았습니다."

손님은 담뱃불을 끄고 혜명의 얼굴을 한 번 더 유심히 보았다. 혜명도 춤을 추러 온 것이 아니라는 말에 손님의 얼굴을 차근차근 들여다보았다.

그럴 즈음 손님이 먼저 입을 열었다.

"혜명 씨가 아니라 명혜 씨가 아니오?"

혜명도 손님의 얼굴을 알아 볼 수가 있었다. 절대로 잊을 수 없는 사람이었다.

"명혜를 거꾸로 혜명이라 고쳤지요. 그새 안녕하셨어요?"

손님은 잠시 말이 없었다.

"명혜를 만나러 찾아오신 것은 아니지오?"

혜명이가 물었을 때야 손님은,

"네 혜명 씨를 만나려 왔습니다. 용건은 옛날과 비슷하지만……."

혜명은 그가 광치의 일 때문에 온 것이라 직감했다. 그는 몇 해 전 소실로나마 혜명이 어떤 사람과 동거생활을 할 때 그 사람의 아들이노라고 하며 찾아와서 자기 아버지와의 동거생활을 못하게 한 명주(明周)였다. 그러니 용건이 옛날과 비슷하다는 것은 결국 광치와의 관계를 끊게 하려고 온 것이라는 말과 다름이 없었다.

"광치 씨하고 친구지간이신가요?"

혜명이가 앞질러 물었다.

"네 친한 친군데 혜명 씨 때문에 집안이 난리가 났습니다."

명주는 우연히나마 두 번씩이나 혜명에게 꼭 같은 문제를 가지고 대하게 된 것이 거북한 것처럼 머리를 긁어가며 말했다.

"벌써 광치 씨는 나를 찾아오지 않고 있는데 무슨 걱정들이세요. 나도 잊어 버렸구요."

"말하기는 곤란합니다만……."

"걱정 말고 이야기하세요. 나는 광치 씨에게 아무 미련도 없으니까요……."

"광치 군은 아직 혜명 씨를 못 잊고 있습니다. 그러니까 앞으로 광치가 다시 찾아오는 일이 있다 해도 만나지를 말아 주십시오."

"친구에게까지 걱정을 끼치는 그런 사람이 되지 않게 그이 걱정이나 해 주세요."

명주는 전과 아주 달라진 혜명에게 압도를 당한 듯 말을 계속하지 못했

다. 한참 뒤에야,

　"많이 달라졌군요?"

하고 감탄하듯이 말했다.

　"달라졌지요. 모두 명주 씨 덕택일 걸요. 그때 명주 씨 때문에 내쫓기지만 않았더라면 나는 운명이라든가 그런 것을 모르고 시골에서 나를 지키며 사는 것만을 본성으로 알다 죽을 것이었으니까요……."

　"이런데 나온 지가 오랜가 보군요?"

　"쫓겨난 뒤부터 쭉이지오."

　"하필 나와는 이런 일 때문에만 만나게 될까요?"

　"글쎄요. 좀더 일찍 나타나서 내가 광치 씨를 잊지 못해할 때 만났더라면 더 재미가 있었을 텐데 시간이 좀 늦어서 유감스럽군요."

　"미안합니다."

명주는 얼떨떨해서 말을 잘 못하고 담배만 피우고 있다가,

　"좌우간 광치 군을 다시는 만나지 않겠지요?"

하고 한 번 더 다짐을 한 뒤 자리에서 일어섰다.

　"이미 결말이 난 일이니까 더 이야기를 마세요."

혜명도 따라 일어섰다. 그러나 명주가 걷기를 시작할 때,

　"이왕 오신 김이니 한 번 추고 가시지요. 아버지의 여자였다고 못 출 건 없지 않아요?"

　그 말에 명주는 무슨 생각이 났던지 도루 돌아와 앉았다.

　"잘 추지를 못하는데요."

　"나는 직업이니까 잘 추는 사람만을 상대하지는 않아요."

　혜명이가 먼저 일어서서 명주가 나오기를 기다렸다. 춤을 출 때도 혜명이 먼저 포즈를 취했다.

　명주가 첫 스텝을 내디디었을 때 혜명은 명주의 아버지이고 동시에 자기의 첫 남편이었던 사람의 이야기를 물었다.

　"아버지는 안녕하신가요?"

　"지금 서울에 와 계시지요."

"아직도 하시는 일이 없으신가요?"

"그새 어머니가 돌아가셨지오. 그 뒤부터는 서울 내 집으로 와서 두문불출이십니다."

"많이 늙으셨지요?"

"늙으셨지요."

이런 이야기를 주고받을 때 음악이 끊어졌다.

서로 허리를 굽신하고는 테이블로 돌아왔다.

"술을 안 하시나요?"

혜명은 술이 마시고 싶었다.

"참 맥주라도 청할까요?"

"광치 씨의 갱생을 위해서 축배를 들어야 하지 않아요?"

맥주를 청해 한 잔씩 마셨다. 그리고는 다시 시작한 음악을 따라 춤을 추었다. 블루스였다.

천천히 스텝을 밟으며 혜명이 또 입을 열었다.

"그때는 대학 졸업반이었지요? 지금은 뭘 하실까?"

"외국회사에 취직해 있지요."

혜명은 알 것을 다 알았다는 듯이 악단이 연주하고 있는 음악을 따라 휘파람을 불기 시작했다. 그러다가 낮은 목소리로 가사를 부쳐가며 노래를 부르기 시작했다.

"들어갑시다."

명주가 발을 멈추고 혜명을 끌었다.

"창피해요. 그냥 둬요."

혜명은 명주의 팔을 잡아끌고 다시 포즈를 취했다. 눈물만은 끊었다. 다시 스텝을 밟기 시작했을 때 혜명은 웃음을 지으며,

"좋아하는 노래가 돼서 눈물이 났어요."

하고 아무렇지도 않게 말했다.

"좋아하는 노래를 부르면 눈물이 나나요?"

명주가 속으로 웃으며 물었다.

“반가운 사람을 만나면 눈물이 나오는 거나 마찬가지 아니에요?”

“그렇겠지요?”

음악이 끝나서 그들은 또 테이블로 돌아 갔다. 맥주를 마시고 있을 때 이번에는 명주가,

“그 동안 지난 이야기나 들려 주시지요.”

하고 혜명의 과거를 듣고 싶어했다.

“지저분한 과거를 알아서 뭣 해요? 책임감을 느끼시게?”

“책임감을 느껴도 할 수 없는 일이지만…….”

“그러니까 알려고도 하지 마세요. 아버지가 아셔도 유쾌하시지는 않을 테니까…….”

혜명은 자기의 과거를 이야기할 필요가 없다고 생각했다. 자기에게 있어서도 기억에 아로새겨 두어야 할 것이 못되는 것이라 생각하고 있기 때문이었다. 과거는 많았다. 그것들을 일일이 치부해 놓아야 한다면 자기는 앞으로 올 과거와 같은 일을 되풀이하기가 힘들다.

명주도 구태여 들어야할 일이 없었겠지만 억지로 듣자고 할 면목이 없었으리라.

몇 번 춤만 더 추다가 돌아가고 말았다.

2

다음 날 혜명은 청량리 밖에 있는 C보육원을 찾아갔다.

가끔 찾아가는 곳이지만 이 날만은 유달리 가고 싶었던 것이다.

보육원 보모들은 혜명이를 6·25 때 가족을 잃고 동생을 찾아다니는 여자로만 알고 있건만 어쨌든 이제는 친한 친구처럼 사귀고 있는 사람들이었다.

혜명은 사무실에 들러 인사를 한 다음 어린애들이 놀고 있는 뜰로 나왔다. 서너 살부터 여나무 살까지 되는 사내, 계집애들이 여기 저기 모여 장난들을 하고 있었다.

혜명은 그 애들 속에서 자기의 딸을 찾는 것이었다. 단 한 명밖에 없는 검둥이기 때문에 유달리 눈에 잘 띄는 애지만 어디 있는지 좀체로 보이지

않았다. 필경 방안에 있거나 그렇지 않으면 개천으로 나갔을지 모른다. 그러나 방안을 들여다보면 보모들이 수상하게 여길지도 모르기 때문에 그는 대문 밖으로 나왔다.

바로 집 앞으로 흘러내리는 조그마한 개천에는 세수를 하거나 물장난 치는 애들이 적지 않게 있었다. 혜명은 개천으로 가는 길가 나무 밑 의자에 앉아있는 원장을 보고 개천까지 가는 것을 단념했다. 대문 밖에 선 채 먼 데를 바라만 보는 것이었다.

개천서 놀다가 들어오는 애들이 있었다. 옷을 깨끗이 입었다. 영양도 나빠 보이지 않았다. 그런데도 기운은 하나도 없어 보였다. 걷는 것도 얌전하게만 걸었고 이야기도 가는 목소리로 소근거리기만 했다. 무서운 계모 밑에서 마음을 못 펴고 자라나는 애들과 같았다.

혜명은 그러한 애들 가운데서나마 자기의 딸을 찾아 내려고 잠시도 눈을 쉬지 않았다.

한참 동안 서서 애들을 하나 하나 살피고 있을 때였다. 새까만 살색을 한 정숙이가 혼자서 살금살금 걸어오고 있었다. 한참 걸어오다가 원장이 앉아 있는 것을 보자 다른 애들처럼 풀밭을 돌려고 했다. 그때 원장이,

"정숙아 이리 와."

하고 정숙을 불렀다.

정숙은 아무 말도 안 하고 원장에게로 발길을 돌렸다. 그리고는 고개를 숙인 채 눈치만 살피며 살금살금 걸어왔다. 다른 애들보다 팔목이 유난히 가늘고 길어 봤다. 얼굴에는 살이 한 점도 없었다. 누가 빗어 주었는지 물칠한 새까만 머리털에는 아직까지 빗자국이 남아 있었다.

정숙은 원장 옆에까지 와서는 발을 멈추었다. 원장을 쳐다보지도 못하며 분부를 기다렸다.

"누가 머리를 빗겨 줬지?"

정숙은 뭐라고 대답을 하는 모양이었건만 목소리가 적어 들리지가 않았다.

"애들이 너하고는 같이 놀지를 않던?"

"너는 왜 새까만지 알지?"

더구나 길 한가운데 원장이 앉아 있어서 그런지 그 앞을 지나지 못하고 모두들 길 없는 풀숲을 빙 돌아오고 있었다.

"숯을 먹어 팔두 얼굴두 까만 거야."

"왜 숯을 먹었을까 참."

정숙의 목소리가 들리지 않았기 때문에 혜명이가 들을 수 있는 것은 원장의 목소리뿐이었다. 오십이 다 된 여자다. 일생을 고아들에게 바치고 산다는 기특한 여성이다.

정숙이가 검둥이라고 해서 다른 애들과 섞여 놀지 못하는 것을 보고 위로해 주는 말이었겠지만

"숯을 먹어 팔두 얼굴두 까만 거야."

할 때는 혜명의 눈에서는 눈물이 떨어지지 않을 수 없었다.

혜명은 얼굴을 돌리고 눈물을 닦은 뒤 아무렇지도 않은 척 다시 그들을 바라보았으나 금시 눈물이 흘러내렸다. 또 돌아서서 눈물을 닦고 정숙을 바라보았으나 말없이 서 있는 정숙을 그대로 볼 수가 없었다.

더 할 말이 없을 줄 알면서도 가란 말을 안 하기 때문에 그대로 서 있는 정숙이가 불쌍해 견딜 수가 없었다.

"가서 놀아."

원장이 정숙의 머리를 한 번 쓸어 주고 가라 할 때야 정숙은 첫날 색시처럼 발소리도 안내고 대문께로 걷기 시작했다.

혜명은 자기 앞으로 걸어오는 정숙을 보자 그만 담을 끼고 보육원 뒤로 달려갔다. 아무도 없는 돌담 밑에서 한참 동안 울다가야 애들이 놀고 있는 뜰 안으로 돌아왔다.

뜰 안에 들어오자 정숙이가 첫눈에 보이었다. 딴 애들은 그래도 한두 명씩 패를 지어 놀고 있는데 정숙이만은 혼자 따로 앉아 땅에 금을 그으면서 놀고 있었다.

혜명은 그만 사무실로 들어왔다.

"깜둥이는 어델 앓았나요?"

혜명은 자기가 지어 준 이름이 아니라 보육원에서 지어 준 이름이라 해도

정숙의 이름을 부르지 못하고 그 대신 깜둥이라 불렀다. 몇 번씩이나 왔으니까 이름을 기억한다 해도 이상스럽게 생각할 것이 아니겠지만 혜명은 어디까지나 자기와 상관없는 애라는 것을 보이려 했던 것이다.

"설사를 했어요."

보모의 대답이었다.

"그래서 상했군."

혜명은 이어서,

"깜둥이를 왜 본국으로 돌려 보내지 않지요?"

하고 물었다.

"깜둥이는 데려다 기를 사람이 적은가 봐요. 그래서 백인애들은 다 보내구 혼자만 남지 않았어요?"

"한국에서 살 수가 없을 텐데."

"멀지 않아 데려갈 사람이 오겠지요. 한국에서야 살 수 있나요……."

혜명은 얼마 동안 딴 이야기를 하다가 보육원을 떠나 집으로 돌아왔다.

막연하게 보고 싶어 갔던 것이지만 안 갔던 것만 못했다. 전에도 갔다 오면 가슴이 쓰린 것 같았지만 이번에는,

"숯을 먹어 팔두 얼굴두 까만 거야."

하던 원장의 말이 귀에서 떠나지가 않아 자꾸만 눈물이 나오려 했다.

그러나 혜명은 저녁을 먹고 또 홀로 나가지 않으면 안 되었다.

이 날은 처음부터 불리었다. 월급쟁이 같은 남자였다. 그러나 춤도 곧잘 추는 사람이었다.

혜명은 그 남자에게 몸을 내맡기고 리드하는 대로 끌려 다니었다.

"춤을 잘 추는데……."

남자의 말이었다.

"직업인걸요."

"나온 지 얼마나 오랬는데요?"

어떤 남자나 꼭같이 물어 보는 말이다. 혜명이가 백 명의 남자를 만났다면 아흔아홉 번은 그런 질문을 받았을 것이다. 혜명은 대답하기가 싫었다.

"그런 걸 알아야 맛이 나나요."

남자는 그때야 자기의 질문이 쑥스러웠다는 것을 느꼈는지,

"술이나 한 잔 하지?"

하고 술잔을 내밀었다.

"권하지를 않아서 못 먹었어요."

"권하지 않으면 달래지는 못하나?"

"처음 대하는 손님에게는 예의를 지켜야 하는 직업이니까요."

남자는 소리를 내며 웃었다.

끝날 시간이 거의 되었을 때 손님이,

"일찍 와야 만날 수 있겠군?"

하고 물었다.

"그렇게 잘 팔리는 축은 못 되요."

"추다가도 만나자면 가야 하는 그런 사람이 있겠지요?"

"없다고 해야 마음이 편하시겠지요."

"낮에두 바뻐?"

"왜 물으시지요?"

"차라도 마시고 싶어서"

남자는 혜명을 꾀어볼 심산인 모양이었다.

자금이 많이 들지 않는 차 한 잔을 투자하여 여자의 마음을 떠 보겠다는 남자들의 상투 수단을 혜명이가 모를 까닭이 없었다.

"차나 마시자고 신경을 소비하고 싶지는 않아요."

혜명은 태도를 조금 더 명확히 하고 싶었다. 속으로는 뻔히 알면서도 모르는 척 따라가 주는 여자들의 상투 수단을 버리고 싶었던 것이다.

"신경을 소비하다니?"

"여자가 한 번 외출을 할려면 얼마나 신경을 쓰는지 아세요? 아침부터 그것만 생각하게 되는 거예요. 그리고 화장하며 복장에는 얼마나 신경을 쓰는데요."

"그럼 점심을 한턱 내지."

"투자액이 점점 많아지는군요. 그렇지만 여자를 노리는 데 많은 투자를
할 필요는 없어요."

"그럼 어떻게 할까?"

"차니, 점심이니, 그러지 말고 우선 내일 한 번 만나자구 그래 보세요. 그
게 솔직하고 좋지 않아요. 만나자는 약속이 성립만 되면 그땐 차도 좋고 맹
물도 좋을 거 아녜요."

손님은 벙벙해진 모양이었다. 그러나 속으로 웃고 있는 것으로 보아 마음
이 당기는 것만은 틀림없었다.

"그럼 내일 만나."

혜명은 그 말이 마음에 들었다. 만나 달라고 애원을 하든가 만나 주지 않
겠느냐고 마음을 떠 본다든가 그러한 말투가 아니라 어느 정도 명령조로 말
하는 것이 좋았던 것이다.

"그러세요."

"몇 시에?"

"아무때나요."

그들은 다음 날 오후에 어떤 다방에서 만나기로 약속했다.

그러나 손님은 자기의 이름을 알리지 않은 채 돌아가려 했다.

"저 이름이나 알아야 하지 않아요?"

혜명은 최소한도 이름만은 알아야 할 것 같았다. 그밖에는 아무것도 알
필요가 없다해도…….

"참 김달구야. ××은행에 있는……."

3

다음 날 아침 조반을 먹고 앉아 있을 때였다. 같은 홀에 있는 댄서 최희
숙이가 찾아왔다.

희숙은 방안에 들어서자,

"너 요새는 민광치 씨를 안 만나니?"

하고 물었다.

114

혜명은,

"응."

하고 긴 설명을 안 했다.

"상당히 오래 사귀었지 그만하면……."

희숙은 이런 말을 하면서 핸드백을 열고 쪽지 한 장을 꺼내 놓았다.

"지금 길에서 만났는데 이걸 주더라."

광치의 편지였다. 할 이야기가 있으니 한 번 만나자는 사연이었다.

"왜 오지를 못하구 이런 걸 보낼까?"

혜명은 그 자리에서 쪽지를 찢어 휴지통에 집어넣었다. 밤낮 찾아오던 집이다. 집으로 오기 싫으면 '홀'로 올 수도 있었다.

"왜? 만나지를 않을래?"

"응, 만날 필요도 없어."

이제는 만날 일도 없는 사람이다. 명주가 일부러 와서 그런 이야기를 한 이상 만날 수도 없는 사람이지만 이유를 말하기 전에 이미 발을 끊은 사람이니 만날 필요조차 없는 사람이다.

"또 생겼니?"

"물고기가 한신들 물 없이 살 수 있니? 남자의 냄새로 사는 족속인데……."

"나는 남자가 시들해졌어."

"욕심 사납게 너무 많이 먹어서 체한 거겠지."

"사랑에도 분량이 있니?"

"있구 말구. 모두 한량이 있는 거야. 있는 걸 전부 털어 놓으면 껍질만 남구 한꺼번에 전부를 뺏으려 하면 상대방이 거절을 하구……."

혜명은 정말 그렇게 살아 왔다. 맨 처음 명주의 아버지와 살림을 시작할 때 명주의 아버지와 연령의 차이가 있는 것도 잊어버리고 그를 사랑했다. 사랑했다기보다도 그것을 자기의 운명이라 생각하고 그를 의탁함으로써만이 자기는 사는 것이라 여기었다. 처녀로서의 순진성이었을지 모른다. 그러나 그것이 깨진 뒤부터 적지 않은 외국 군인을 만났다. 외국 군인이 적어지자 직업을 전환하여 댄서가 된 이후에도 적지 않은 남자를 사귀었다. 너무도 많은 남자를 사귀어서 그런지 뼈에 사무치게 기억에 남는 남자가 하나도 없었다.

"그럼 지금 교제하는 남자는 어떤 사람인가?"

"모르지. 그저 얼굴이나 알 뿐이야. 그 이상은 차차 알게 되겠지."

"애두……."

"희숙은 어이가 없는 모양이었다."

"보고 싶으면 좀 있다 나하구 같이 가. 소개해 줄께……."

"좋아하는 사람 만나러 가는데 내가 왜 가……."

희숙은 말끝을 흐리고는,

"너 계 하나 안 들래?"

하고 화제를 돌렸다. 그것 때문에 찾아온 모양이었다.

"계? 얼마짜린데……."

"백만 환짜리야. 나중 번호를 가지면 매달 육만 환쯤 물면 돼."

"그런 돈이 어디 있어. 매일 먹고 살기도 힘든데……."

"그래 그 사람 돈 있는 남자가 아니니?"

혜명은 깜짝 놀랐다. 희숙의 생각이 너무나 엉뚱했기 때문이었다.

"돈이 있는지 없는지두 몰라. 어젯밤 처음 만난 사람이니까……."

혜명은 이렇게 해서 거절하고 말았다.

그러면서도 돈을 생각할 수 있는 여유나마 있다면 하고 한편 희숙을 부러워해 보았다.

4

십여 일 지나서였다.

달구가 집으로 찾아와서 정식으로 결혼식을 거행하자고 말했다.

혜명은 사귄 지 아직 십여 일밖에 안 되었는데 어떻게 결혼을 하느냐고 반대했다. 그러나 달구는 오랫동안 사귀어야 사랑할 수 있느냐고 말했다. 하루를 사귀고도 사랑할 수 있다면 사랑하는 사람끼리 결혼을 못할 이유가 어디 있느냐는 것이었다.

"남자들은 흥분하기를 좋아하니까 오랫동안 사귀면서 무슨 일이 있더라
도 흥분이 안 되도록 분비 공작을 해야 해요. 모르면서도 아는 척 알면서도
모르는 척 흥분 잘하는 것이 남자니까요."

혜명은 달구가 머지않아 후회할 것을 뻔히 알고 있기 때문에 결혼만은 반
대했다. 사실 달구는 혜명의 과거를 모른다. 단순치 않으리라는 것만은 짐작
할지도 모른다. 그러나 구체적인 이야기를 안다면 펄쩍 뛸 것이 분명한 일
이었다.

"그럼 내가 지금 흥분해서 말하는 줄 알어?"

달구는 혜명의 말에 불복이었다.

"흥분이 오십 이상일 걸요."

"나도 과거가 단순하지 않아. 숱한 여자들에게 속아도 봤어. 혜명이가 나
를 속인다 해도 나는 큰 타격을 받지 않을 테니까 걱정 말어."

달구는 혜명의 말귀를 알아듣지 못했는지 엉뚱한 소리를 했다.

"내가 달구 씨를 속이겠다는 것이 아니에요. 무슨 말을 그렇게 하세요."

"글쎄, 그래도 좋다는 말이야. 어쨌든 나는 당신과 결혼을 하고야 말 테
니까."

혜명은 달구가 더 좋아지는 것 같았다. 그러나 결혼만은 위험한 것 같아
그 이야기는 천천히 결정 짓자고 말했다.

하기야 며칠 동안이라도 정식으로 결혼식을 거행하고 남과 같이 부부생활
이라는 것을 해 보고 싶은 마음이 없는 것은 아니었다. 거리를 지나다닐 때
에도 어엿한 부인으로 떳떳한 얼굴을 쳐들고 다닐 수 있을 것이 아니겠는가?

그러나 혜명에게는 그것이 위태로운 것 같이만 생각들어 달구의 말을 그
대로 따를 수가 없었다.

더구나 결혼식이란 일생 동안 남편만 의지하고 살겠다는 약속을 거행하
는 의식인 것이다. 일생을 남편만 의지하겠다고 약속하면서 자기의 과거는
깊은 구렁 속에 묻어 두고 털끝도 보이지 않겠다고 한다면 그것은 죄를 짓
고도 무죄가 되기만 바라는 죄수나 다름이 없는 말이다. 그런 일을 얼굴이

뜨거워서도 차마 할 수 없을 것 같았다.

달구가 불안스러운 얼굴로 돌아간 뒤 혜명은 술병을 꺼내 혼자서 술을 따라 마셨다. 빨리 '홀'에 나가 신바람이 나게 춤이라도 추었으면 하는 생각까지 들었다.

그러나 '홀'에 손님과 춤을 추고 있을 때 뜻밖에도 명주가 찾아왔다.

명주의 얼굴만 보아도 불길한 생각이 들어 만나고 싶은 마음이 내키지 않았지만 만나지 않을 수도 없는 일이라 명주를 보자 무엇 때문에 왔느냐고 찾아온 용건부터 물었다. 기껏해야 광치에 대한 이야기려니 생각하면서…….

그러나 명주는 뜻밖의 말을 했다.

"아버지가 위독하신데 한 번 만나 주실 수 없을까요?"

혜명은 놀랐다. 아버지와 살지 못하게 자기를 내쫓은 명주가 아버지의 임종에 자기를 대면시키려고 하다니…….

"내가 여기 있는 줄을 아셨던가요?"

"내가 말씀을 드렸지요."

"그럼 아버지가 저를 찾으십디까?"

"제가 보기 딱해서 자진 찾아온 것입니다."

혜명은 한참 동안 대답을 안 했다. 그리고 명주의 아버지와 만났던 1·4 후퇴 때의 자기를 돌아보는 것이었다.

서울서 피난을 가다가 가족들을 전부 잃고 영동(永同) 부근을 헤매일 때였다. 배는 고프고 몸은 추위로 떨고 금시 죽을 것만 같아 어떤 술집에서 밥 띠기 노릇을 하고 있을 때 명주의 아버지가 혜명을 자기 집으로 데려갔다. 진정으로 고맙게 해 주었다. 그러나 혜명이보다 나이가 많은 아들(명주)을 가지고도 명주 어머니는 혜명을 보통 눈으로 보지 않았다. 남편과 혜명을 의심했던 것이다. 그래서 명주 아버지는 방을 하나 따로 얻어 혜명을 그리로 내보냈다. 거기서 혜명은 그만 잘못되고 말았지만 명주 아버지의 그 친절이 고마워 뛰쳐 나갈 수가 없었다. 하루 이틀 지나는 동안 혜명은 명주 아버지에게 복종하지 않을 수 없는 사람이 되고 말았지만 일 년쯤 지난 뒤 부산서 '피난 대학'에 다니던 명주가 와서 두 사이를 떼 버리고 말 때 명주 아버지는 말없는 눈물을 흘렸다. 혜명은 그곳을 떠나야 할 자기임을 잘 알면서도 명주 아버지의 눈물을 볼 때 자기도 그를 사랑한 것을 느꼈다. 명주나 명주의 어머니만이 아니라면 명주 아버지가 죽을 때까지 같이 살았을지도 모른다고 생각했다. 그리고 명주 아버지 곁을 떠남으로 자기의 운명이 등잔 밑의 버러지 같은 것이 될 것 같은 위협을 받았다. 과연 그때의 예감이 지금까지의 생활을 지배하고 왔다…….

혜명은 눈을 몇 번 깜벅거리다가,

"주소를 가르쳐 주십시요."

하고 말했다.

명주는 주소를 가르쳐 준 다음,

"오늘 내일 돌아가실 것 같지는 않지만 내일 안으로 와 주시면 고맙겠는데요."

하고 황송하다는 듯이 말했다.

혜명은 명주의 마음을 보아서라도 찾아가야겠다고 생각했다. 살았을 때는 같이 있지를 못하게 했지만 죽을 때나마 만나게 하려는 그 아들의 마음이 그를 감격시켰던 것이다.

"내일 아침 찾아 뵙지요."

5

다음 날 아침 혜명은 명주의 집을 찾아갔다. 명주 아버지는 아주 죽지만 않았을 뿐 이미 의식을 잃고 있었다.

혜명은 옆에 꿇어앉아 그의 손목을 잡고 편히 돌아갈 것을 기도드렸다. 눈물이 나오려고 했으나 거기서 울고만은 싶지 않았다. 그래서 슬며시 나와 버렸지만 마음이 울고 싶어하는 것 같아 견딜 수가 없었다.

혜명은 어떤 다방에 앉아 마음을 정리시키고 있었다.

명주 아버지에 대한 애정이 마음 한구석에 남아 있는 것은 아니었다. 죽을 때나마 자기를 생각하며 죽는 그가 애처로울 따름이었다.

따지고 보면 그것뿐이었다. 그렇다면 울고 싶어하는 것은 무엇인가?

혜명은 달구라도 만나러 갈까 생각했다. 그것이 가장 재미스러운 일일 것 같았다. 그러나 그는 자기도 모르게 청량리로 발길을 옮기고 있는 것이었다.

정숙이가 보고 싶었던 것이다. 혹시 앓지나 않나 하는 생각이 그의 머리를 지배했던 것이다.

청량리행 버스를 타고 있을 때 그의 머릿속에는,

"숯을 먹어서 팔두 얼굴두 까만 거야."

하던 보육원장의 말이 떠올랐다. 그리고 동무 하나 없이 외톨이로 돌아다니는 정숙의 얼굴이 눈앞에 보였다.

"깜둥이라 해도 어머니만 있다면……."

버스에서 내려 보육원으로 걸어가는 혜명의 중얼거림이었다.

보육원에 이르자 혜명은 보모들 앞에서,

"오늘 정숙이를 데리고 가겠어요!"

하고 말했다. 정숙이를 낳아서 피도 마르기 전에 보육원 마당에 갖다 내버린 혜명으로서 하기 힘든 말이었다. 그러나 혜명은 그래야 할 것 같았던 것이다.

달구가 그것만은 싫다고 해도 할 수가 없을 것 같았다.

그러나 보모들은 혜명과 정숙의 관계를 알아보려는 생각도 않고

"정숙이는 뇌염으로 죽어 어제 매장을 했는데요."

하고 쌀쌀히 대답했다.

"뭐요?"

혜명은 절망 같은 것을 느꼈다.

소망이라든가 그러한 것을 생각해 본 일이 없는 혜명이었다. 그러나 어딘가 자기 모르게 숨어 있던 그러한 것이 송두리째 무너지는 것 같음을 느꼈던 것이다.

몇 분 뒤 혜명은 보육원 뒷산에 있는 정숙의 무덤을 찾아 걷고 있었다. 그의 눈에서는 눈물도 나오지 않았다.

(원제) 유화, (원) 《신태양 54》 1957. 3, (개작). (출) 『방관자』 창신문화사, 1960.

아내의 낭만

1

새해 들어 갓 쉰.

치숙(致淑)은 자기가 아내로서나 어머니로서 한 고비를 아주 넘긴 나이라고 생각하지만 앞으로 닥쳐올 일들을 생각하면 아내로서나 어머니로서의 생활이 이제부터 시작되는 것이라는 불안도 느끼고 있다.

남편이 자기보다 두 살 위인 쉰둘이라 아내에게 걱정을 끼칠 나이가 이미 지났다. 딸은 대학교 졸업반, 아들은 중학교 2학년이니 어머니로서 다 기른 자식들이다.

이만하면 여자로서 넘길 고비는 다 넘기고 앞으로 딸아들 시집 장가 보낼 궁리나 하며 즐거운 꿈을 꾸면 그뿐일 것이지만 치숙은 남편과 딸의 생각을 하며 자기의 수난기가 이제부터 다가오는 것이라 마음먹고 있다.

남편은 근 삼십 년 간이나 계속해 오던 교원생활을 청산하고 무슨 사업을 해 보겠다는 야심으로 매일처럼 뛰어다니고 있다. 일이 잘 되지가 않는지 사회에 대한 불평 또는 친구들에 대한 욕설이 점점 늘어 가고 있다. 그것도 사회에 대한 정의감에서가 아니라 자기의 일이 잘 되어 가지 않는다는 불만 밑에서 나오는 불평과 욕설이었다.

전에는 즐겨서 먹던 술이 요새 와서는 화풀이로 먹는 술로 변해 가고 있다. 이렇게 변해 가는 남편을 볼 때 치숙은 남편이 미지의 세계로 들어가는 듯한 불안과 따라서 옳지 않은 세계로 첫걸음을 내디디고 있는 듯한 위험성을 느끼지 않을 수 없었다.

이렇게 남편에 대한 걱정이 새로 생긴 데다가 또 딸이 뜻하지 않은 풍문을 퍼뜨리고 있다.

남자와 교제한다는 것과 춤을 배웠다는 것은 딸 삼미(三味)에게서 직접 들어 알고 있지만 딸에 대한 소문은 자기가 알고 있는 정도 이상 극히 좋지 않다는 것이었다. 학교에는 가지도 않고 다방에서 남자들과 놀기가 일쑤요 그것도 한 남자가 아니라 여러 남자들을 상대로 해서 놀기 때문에 절조가 없다는 것이었다.

치숙은 며칠 전 옆집 인호 어머니에게서 그런 말을 들었을 때 딸을 믿는 나머지 인호 어머니를 불쾌한 낯으로 대했었다. 그러나 그 뒤 시동생 집엘 갔다가 동서에게서 그 비슷한 말을 들었을 때는 자기가 딸을 지나치게 믿고 있기 때문에 딸을 자세히 모르고 있는 것이라 생각했다. 동시에 딸이 잘못하다가는 일평생 불행해질 것 같다는 예감으로, 뜻하지 않았던 불안이 생겨났다.

결혼하던 해 남편이 광주학생사건으로 경찰서에 붙잡혀 가 치숙은 졸도를 한 일이 있다. 자식을 낳아 기르기 시작한 뒤부터 오늘까지 치숙은 아들 딸 다섯을 잃어버렸다.

과부가 된 설움을 맛보지 않았을 뿐 쓰라린 경험을 적지 않게 겪어 왔다.

앞으로 닥쳐올 불행이 얼마나 큰 것일지는 모르지만 남편이 감옥에 붙잡혀 들어가는 일이나 딸이 죽는 것보다는 그래도 가벼울 것이 분명했다.

그러나 불행을 예감한다는 것은 큰 불행이 예고 없이 닥쳐올 때보다도 마음의 동요를 더 크게 일으키는 모양이다.

치숙은 오늘도 앞으로 다가올 불행에 대하여 한숨을 짓고 있다.

2

학교에 갔던 딸이 저녁때 돌아왔다. 옷을 갈아 입고는 자기 방에 들어앉아 책을 읽기 시작했다. 학교 대신 다방이나 돌아다니다가 돌아온 것이라고는 믿을 수가 없을 정도였다.

치숙은 소문이 귀찮아서라도 한 번쯤 귀띔을 해 주고 싶기는 했지만 책읽기에 열심인 딸을 공연히 건드렸다가 자기가 부실한 어머니가 될 것 같은 생각에 다른 기회를 기다리기로 했다.

아무 죄도 없는 딸을 가지고 소문이 어떠니저떠니하고 이야기를 한다면 딸은 거기에 대해서 도리어 반발을 할지 모른다. 그뿐 아니라 자기는 딸보다도 뜬소문을 더 믿는 것처럼 보여 딸에 대한 위신이 땅에 떨어지고 만다.

설사 소문이 무시 못할 것이라 해도 그것을 함부로 입 밖에 낼 수가 없었던 것이다.

그렇다고 해서 소문을 묵살해 버릴 수도 없을 것 같아 어떤 기회에 그런 이야기를 할까 하고 그 시기를 생각하고 있을 때 딸 삼미가 읽던 책을 들고 안방으로 들어오며

"엄마! 이거 봐요. 내 동문데 근사하지!"
하고 잡지책을 치숙 앞에 내밀었다.

삼미가 근사하다고 감탄하는 것은 잡지 맨 첫머리에 있는 사진 화보 가운데서 현대 여성미라는 제목 밑에 찍혀 있는 말 탄 젊은 여자의 사진이었다.

야구 모자 같은 승마 모자에 가죽 장화를 신고 가죽 채찍을 든 젊은 여자가 말 위에 올라앉은 모습이란 과연 유쾌한 포즈라 아니 할 수 없었다.

"네 동무라니? 어떤 학교엘 다니는데……."

"엄마두! 덕수 아냐? 내 한 반 동무 말야! 언젠가 우리 집에두 한 번 왔댔는데……."

"오, 바루 그 애루군. 어떤 은행 지점장 딸이라는……."

"참 멋쟁이지?"

"좋다. 너두 말을 타구 사진이나 한 번 찍어 보려무나……."

"엄마두. 승마를 하려면 돈이 얼마나 드는지 아세요? 적어두 십만 환은 가져야 시작을 해요."

일은 제대로 잘 되었다. 사진을 보고 그런 말을 한 번 해 보았을 뿐인데 삼미가 그리 큰 흥미를 느끼지 않는 것 같으니 다행일 수밖에 없었다.

더구나 집안 형편을 알고 돈걱정부터 하는 것을 보니 삼미가 그만큼 허영에 들떠 있지 않은 애라는 생각에 도리어 대견스럽기까지 했다.

치숙은 대답을 않고 삼미의 얼굴을 바라보았다. 세상 여자들이야 어떻게들 되든 자기의 딸 삼미만은 잘못되는 일이 없을 것 같았던 것이다.

그런데 잡지를 뒤적이던 삼미가 무슨 생각이 났는지 라디오를 틀고는 음악에 맞추어 발끝을 놀리기 시작했다.

치숙은 삼미가 춤추는 것을 알기 때문에 춤이 추고 싶어진 것이라 생각했다.

"너 요새두 춤추러 다니니?"

삼미는 치숙을 쳐다보며,

"요새는 추러 가자는 사람이 별루 없어요."

하고 대답했다. 추고 싶기는 한데 가지를 못한다는 표정이었다.

이야기가 그런 데로 흘렀으니 치숙으로서는 그 기회를 붙잡지 않을 수 없었다.

"춤추는 것을 반대하지는 않지만 사고가 나지는 않도록 해라."

그 말에 삼미는 의외라는 듯 치숙을 다시 한 번 쳐다보며,

"엄마두! 사고는 무슨 사고가 나요?"

하고 반발하듯 대꾸를 했다.

"한참 감수성이 강할 때 이성과 육체적으루 접근하는 기회가 많으면 아무래두 사고가 나기 쉽지 뭐냐?"

"춤춘다고 사고가 나면 춤출 사람이 어디 있어요. 엄만 춤을 춰 보지도 못하구 뭘 안다구 그러셔?"

"손바닥을 자꾸 부벼 봐라. 아무래도 열이 나게 마련이 아니냐?"

"열이 나야죠. 그게 싫으면 팔 하나를 짤라 버려야 할 테니까요."

"자기 손끼리야 열보다 더한 것이 나두 무방하겠지만 남의 손과 남의 손이 그런 짓을 해서야 어떻게 하니?"

"부빌 때는 열이 나지만 떼 놓으면 다시 차지니까 걱정 없어요. 언제나 차 가지구만 있으면 무슨 재미루 일생을 살아요?"

치숙은 삼미가 춤추는 것을 금하지 않아 왔다. 그런 만큼 춤에 대한 견해에 대해서도 삼미를 무턱대고 나무랄 수만은 없었다. 알 것을 다 알면서 춤을 추고 있으니까 도리어 실수가 없으려니 하고 생각을 돌리는 수밖에 없었다.

그러나 아직 결혼도 안 한 처녀가 열을 받아들이기 위하여 남자들이 끄는 대로 이 남자 저 남자와 춤을 춘다는 것을 생각하니 알지도 못하는 남자에게 '추파를 던지는 얼빠진 처녀가 연상되어 가슴이 석연치가 못했다.

"너는 사고를 일으키지 않을 줄 알지만 사고를 일으키지 않으려니 얼마나 긴장을 해야 하니? 아무래두 난 위험한 일 같기만 하다."

"재미에는 위험성이 동반해야 스릴이 있지 않아요? 스릴이 없으면 재미가 없으니까……."

그 말 자체가 어쩐지 아슬아슬하다.

"엄만 나를 믿지 못하시는가 봐? 그렇지만 나는 나를 나대루 믿으니까 엄마두 나를 믿어요."

"글쎄 믿기는 한다마는……."

"믿기는 믿는데 안심이 안 된단 말씀이죠? 무슨 나쁜 소문이라도 떠돌고 있는가 보군요?"

치숙은 삼미의 입에서 뜬소문 이야기가 나온 것을 다행하게 생각했다. 그래서 들은 이야기를 그대로 전하고 싶었지만 자신만만한 삼미에게 그런 말을 들려 준대야 아무런 효과가 있을 것 같지가 않았다. 도리어 반발할 것 같은 겁이 들었다.

"소문이 있어서가 아니라 있을 것 같아 걱정해서 하는 말이다. 소문이란 언제나 신경을 소모시키는 것이니까 미리 조심하는 게 좋다."

"그러니까 현대인은 살기가 더 힘들어요. 현대인을 이해 못하는 사람들은 반드시 현대인을 조소하고 야유하고 못마땅히 여길 거니까요. 그렇다구 그걸 무서워할 수도 없지 않아요."

"현대인이라구 전부가 옳고 현대인이 아니라고 전부가 그릇되다는 말은 안 된다. 그 대신 옛날 사람은 전부가 옳고 현대인은 전부가 나쁘달 수도 없지만."

"옛날 사람은 도대체 생리에 맞지가 않는 걸 어떡해요."

"옛날 사람과 현대 사람의 차이는 자기를 해방하고 안 하고에 있다고 말할 수 있다. 해방이란 물론 좋은 것이지. 그렇지만 요새 사람들은 위험체에 부딪치는 것을 해방이라 생각하는 것 같더라."

"현대인두 자기를 애낄 줄 아니까 걱정 마세요."

"자기를 보호하며 애끼는 것이 아니라 자기를 함부로 굴리며 애끼려 하니까 위험하지!"

"위험 속에서 자기를 애끼고 있으니 그것이 얼마나 소중한 일이에요."

치숙은 이야기를 중단했다. 이야기만으로 삼미를 감화시킨다는 것은 불가능에 가까운 일 같았기 때문이었다.

삼미는 미숙하나마 하나의 신념 속에서 자기를 살리려 하고 있다. 신념이란 이론을 무기로 삼고 있으면서 이론에게 지기를 싫어하는 것이다.

치숙은 삼미에 대한 현재의 소문이 무섭다기보다는 차라리 삼미의 앞날이 걱정스러웠다. 현재까지 삼미는 걱정할 일을 저지르지 않았다고 생각되었다. 그러나 앞날이 위험 속에 싸여 있는 것만 같았다. 걸음을 처음으로 걷는 어린 자식을 보듯 삼미의 앞날이 위태롭게 보였던 것이다.

그것은 딸을 믿지 못해서가 아니었다. 그리고 실수할 것이 겁나서도 아니었다. 잘못해서 실수를 해도 그 실수를 실수로 생각지 않고 도리어 자기를 정당화시키려고 할 것 같은 위험성을 느끼기 때문이었다.

여자나 남자나 할 것 없이 다 마찬가지겠지만 특히 여자에게 있어서는 자기의 실수를 정당화시키려고 할 때 그만 파멸되고 마는 것이라 생각했다.

삼미에게는 그러한 가능성이 있어 보였다.

그렇다고 해서 하루 이틀에 그 위험성을 제거시킬 수 있는 문제가 아니다. 치숙은 또 다른 기회를 기다리는 수밖에 없었다.

식모가 저녁상을 보았다. 남편이 들어오지 않았지만 세 식구가 둘러앉아 저녁을 먹기 시작했다.

남편이 학교를 그만두고 사업을 해 본다고 나가 다니기 시작한 지 서너 달 동안 남편은 하루도 제때에 들어와 저녁을 먹은 일이 없다. 그렇기 때문에 요새 와서는 남편이 없어도 치숙은 남편을 기다리지 않고 애들과 함께 저녁을 먹는 것이 습관처럼 되어 있다.

그러나 남편이 학교생활을 하고 있을 삼십 년 동안 하루도 남편 없이 혼자 저녁을 먹어 보지 못한 치숙이었다. 가끔 예고 없이 연회에 가는 일이 있다고 해도 남편은 집에 돌아와서 저녁 먹는 것을 잊지 않았다. 정신 잃을 정도의 술을 마셔 본 일이 없기도 하지만 술을 마신다고 해도 저녁만은 집에 와서 먹곤 했다. 그래서 아무리 늦는다 할지라도 남편이 들어오기를 기다려 남편과 같이 저녁을 먹었던 것이다.

그런 만큼 요새 남편이 저녁까지 먹고 들어오게 되었다 해도 밥상을 혼자 대하면 남편 생각에 밥이 잘 넘어가지를 않았다.

혹시 늦게나마 돌아와서 저녁을 내놓으라고 하지나 않을까 그런 것을 생각하고 있을 때 삼미도 아버지 생각이 났던지,

"아버진 되지두 않는 일을 가지구 공연히 고생만 하시는 게 아네요?"
하고 치숙의 눈치를 살폈다.

"글쎄. 훈장질하던 사람이 사업을 하려는 것이 잘못이지. 그게 어디 아버지한테 어울리겠니? 매일처럼 될듯 될듯 말은 하시더라만 아무래도 다시 학교루 돌아시는 게 좋을 것 같더라."

"글쎄나 말예요. 난다 긴다 하는 사람들도 파산을 하구 꺼꾸러지는 판에 아버지처럼 어수룩한 사람이 사업을 어떻게 해요."

"그래두 싸우구 나온 델 어떻게 다시 들어가느냐구 학교 이야기는 꺼내지도 못하게 하니 탈이지……."

그때 중학교 다니는 명호가,

"아버진 학교에 있어야 국물도 없어요. 무역회사를 하면 자동차두 사구 문화주택두 산다던데……."
하고 말참견을 했다.

"아버지가 장사나 하실 줄 알 것 같으니? 자동차 탈 생각은 꿈에두 하지 말어."

삼미가 명호에게 핀잔을 주었다.

"자동차를 사면 맨 먼저 탈려구 할 사람이 누군데? 난 누나 보기 싫어 자동차 안 탈 테야."

"내가 언제 자동차를 탄다구 그러던?"

"요즘 여자들은 자동차 바람에 망한다던데 뭐? 누난 안 그럴 줄 알아?"

치숙은 남매 간의 이야기를 막고,

"밥들이나 먹어라."

말했다. 삼미와 명호는 밥을 먹으면서도 서로 눈을 흘겼다. 명호는 아직 나이가 어리지만 요새 젊은 여자들에 대한 감정이 그리 좋지 않은 모양이었다.

볼이 부어서 밥을 먹던 명호가 갑자기,

"아버진 외삼촌이나 찾아가지 뭣 하러 혼자 고생을 하는지 몰라."
하는 것이었다.

치숙은 명호가 맹랑한 녀석이라고 생각했다.

"고생을 해두 제 손으로 돈을 벌어야지 남을 의지해서는 못쓰는 거야."

치숙은 명호가 어릴 때부터 남을 의지하려는 마음을 가지면 어떻게 하나 걱정을 했다. 그러나,

"빽만 있으면 아무거라두 다 한대는데 외삼촌만한 빽이 어디 있어……."

명호는 자신만만한 얼굴로 말했다.

"사람이란 자기 실력으로 살아야지 빽을 믿구 살다가는 망하기가 쉬운 거야. 그러구 빽이란 있다가도 없어지기 쉬운 거구."

"그러니까 빽이 있을 때 평생 먹고 살 것을 벌어 놓으면 되지 않아요?"

못하는 소리가 없었다. 치숙은 어이가 없어서,

"학교에서 그런 걸 배워 주던?"
하고 윽박질렀다.

명호는 잠시 대답을 못하다가,

"학교에서 그런 것까지 배워 줄려구……."
하고는 고개를 숙여 버렸다.

3

이 날도 남편은 밤늦게야 돌아왔다. 술이 얼근히 취한 탓인지 옷도 벗을 생각을 않고 치숙을 불러다 앉힌 뒤,

"좋은 자리가 생겼어. 이놈만 붙잡으면 팔잘 고치게 된단 말이야."
하고 신이 나서 말했다.

"무슨 자린데요?"

치숙은 남편 팔자를 고칠 그 자리가 무엇인지 궁금하지 않을 수 없었다.

"어업조합 이사장이야. 요새 내부 분쟁으로 이사장이 사표를 냈거든. 그 자리만 차지하면 돈 안 들이구 팔자를 고칠 수 있단 말이야. 어때?"

남편은 그제서야 옷을 벗어 치숙에게 던지며 노다지라도 발견한 듯 벙긋거렸다.

치숙은 자기도 모르게 냉정해졌다.

"팔자 고칠 자리를 누가 당신 준답디까?"

남편은 치숙을 못마땅하게 쳐다보았다.

"주기는 누가 줘? 내 손으루 뺏어야지……."

"뺏을 재간이나 있수?"

그랬더니 남편의 태도가 갑자기 누그러지며 다정한 눈으로 치숙을 보았다.

"그러니까 당신 오빠를 한 번 찾아가야겠어. 알았지? 지금 그 자리를 노리는 친구가 몇 명이나 되는지 몰라. 다들 빽이 있는 모양이지만 당신 오빠만한 빽은 없거든. 언제 서울엘 갈래?"

치숙은 아들 명호의 말이 생각났다. 어린 아들과 꼭 같은 생각을 하는 남편이었다.

치숙은 대답을 안 했다.

"그걸 오늘에야 알았단 말이야. 조금 일쩍만 알았더라면 떼 놓은 당상인데. 그렇지만 처남의 힘이면 이제라두 문제 없어."

남편은 다 된 일이기나 한 것처럼 수다를 피웠다.

"처남이 미국 시찰을 다녀왔을 때 인사라두 한 번 갈 걸 그랬어. 얼마나 섭섭하게 생각했을 거냐 말야? 안 그래? 그렇지만 남매 간인데 그런 걸 가

지구 감정을 사지는 않았겠지."

남편은 담배를 꺼내 피워 물고는 다시 중얼거렸다.

"니야 바빴으니까 가지 못했지만 당신은 왜 가지를 못했느냐 말이야. 그런 때 내조(內助)라는 게 필요치 않아? 해야 할 일이면 남편의 눈치를 봐서 아내가 대신 해야 하는 거거든……."

치숙은 듣고만 있었다. 승세하다고 생각할 때는 자기의 잘못을 남에게 떠맡기는 것까지 자기의 위신으로 생각하는 남자들의 행세를 잘 알고 있기 때문이었다.

오빠가 국회를 대표로 미국 시찰을 갔다 올 때 치숙은 남편에게 이런 기회에나 한 번 찾아가 보라고 말했었다. 그러나 남편은 학교 일을 보는 사람이 하루인들 어떻게 결근할 수 있느냐고 첫마디에 거절을 했다. 두 번째 다시 권했을 때는 국회의원이면 제일인 줄 아느냐고 하며 권하는 치숙을 도리어 꾸짖었다. 매부는 처남이 국회의원이라고 찾아가야 하고 처남은 매부가 중학교 교감 나부랭이니 찾아올 필요가 없다는 법은 누가 만들었느냐고 시비까지 했었다.

그런 것을 지금 와서는 도리어 치숙에게 탓을 하려고 하니 될 말이겠는가?

그렇다고 해서 치숙은 자기 책임을 남에게 전가시키려는 남편을 이상스럽게 생각지는 않았다.

올바로 살다가 올바로 죽는다고 하면서 권세 있는 사람이나 돈 있는 사람들을 티끌만큼도 생각지 않던 남편이 자기의 생각을 굽히기 시작했다는 데 우선 허망함을 느꼈던 것이다.

치숙은 교육자로서 가지는 자기 남편의 우월감을 때로는 지나친 것이라고 생각한 적도 없지 않았지만 그렇다고 해서 그런 우월감을 가진 남편을 허망되다고는 한 번도 생각해 본 일이 없었다. 그러기에 이때까지는 남편을 존경하며 신뢰감을 가지고 살아 왔다.

그러나 남편에 대한 허망함을 느끼자 치숙은 이때까지 가졌던 남편의 신뢰감이 일시에 무너져 버리는 것 같았다.

치숙은 역증을 누를 길이 없어 남편의 자리를 깔아 주고는 잘 자라는 말을 한 뒤 자기 방으로 돌아왔다.

삼미는 이미 잠이 들어 있었다. 치숙은 옷도 갈아 입지 않고 자리에 앉아 남편을 생각했다.

아내의 신뢰감을 잃은 남편은 과연 어떤 길을 걸어갈 것인가? 사회에서 영예를 차지하고 재산을 얻는다 한들 그것이 무슨 영광스런 일일 것인가?

치숙은 울고 싶은 심정이었다. 누구에게도 하소할 수 없는 마음의 고독을 느낀 것이었다. 동시에 남편에 대한 실망감을 가지면서도 그 남편과 같이 살아 나가야 할 자기가 불쌍한 것 같기도 했다.

"양단 부인이 되어 버리고 말까?"

죽을 때까지 가슴에 못을 박은 듯한 마음으로 사느니보다는 차라리 시세 여자들처럼 무슨 짓을 해서라도 옷치장이나 하고 거리를 헤매는 편이 마음 편할 것 같기도 했다.

"그렇게 되면 남편에 대한 실망도 느낄 줄 모르고 살아 나갈 수가 있지 않은가?"

그러나 그것은 자기 얼굴에 침을 뱉는 것과 다름이 없을 것 같았다.

자기가 도도하게 살아 왔대서는 아니었다. 여자로서 한 고비를 넘은 자기가 이제 허영에 뜬 생활을 새삼스럽게 시작할 수가 있을 것 같지 않았다. 자식들을 바라보며 그들의 장래나 걱정해 주는 것으로 일을 삼아야 할 자기인 것이다.

다음 날 아침 남편의 방으로 가서 이불을 개고 있을 때 남편이,

"언제 서울 갈래?"

하고 물었다. 그때 치숙은,

"학교루 다시 가게 해 달라는 청이라면 당장에라두 떠나지요."

치숙은 서슴지 않고 대답했다.

"그래, 냄새두 나지 않나? 이제 그 노릇을 또 한단 말이야?"

"냄새가 난다구 맞지두 않는 사업을 해 보세요. 당신이 길러 낸 수천 명의 제자들이 당신에게 실망을 느끼구 말 테니까……."

"남을 위해 사나? 나를 위해 살지!"

"어떤 것이 자기를 위하는 길인가를 잘 생각해 보세요."

"그래, 서울엔 안 가겠단 말이야?"

"안 가는 것이 좋을 것 같아요."

"흥! 남편이 거지가 돼두 좋단 말이지? 그럼 자식들 데리구 떼거지 노릇을 해야겠군. 당신은 암거지가 되구……."

"이때까지 거지 노릇은 안 했으니까 학교루 다시 돌아가세요."

"그만둬!"

남편이 신경질을 부리며 휙 나가서 세수를 하고 들어왔다.

"내가 가서 만나구 올 테니 자빠져 있어."

남편이 무서운 표정을 지으며 불량한 언사를 썼다. 그 이상 더 건드릴 수가 없었다.

그 날로 남편은 서울로 떠났다.

남편을 서울로 보내자 치숙의 가슴은 더욱 떨렸다. 오빠가 남편의 말을 녹녹히 들어 줄 것 같지는 않았다. 고기잡이에 대한 경험이 조금도 없는 사람을 자기의 매부라고 해서 어업조합 이사장으로 추천해 줄 그런 오빠가 아니다. 그러나 남편이 주책없게 오빠를 괴롭힌다면 어떻게 할까 하는 걱정이 앞섰던 것이다.

나이 오십이 넘어 친척들에게까지 주책없는 사람이란 말을 들어 가며 어떻게 살아 나갈 것인가?

그러다가 주책없이 떼를 쓰는 바람에 할 수 없이 남편의 말을 들어 준다고 하면 그때는 오빠의 꼴이 또 무엇이 될까? 십만의 선량(選良)이라고 한다. 그러한 오빠가 매부의 개인 일로 발을 벗고 나서게 되면 십만의 선량까지 주책없는 사람이 되고 말 것이 아니겠는가?

그렇게 해서 남편이 어업조합 이사장 자리를 얻는다고 해도 남편이 그 자리를 얼마나 유지할 수 있을 것인가? 반드시 수명이 오래지 못할 것이다. 바다에서 자라고 바다에서 늙은 사람들이 빽의 힘으로 얻은 자리를 그대로 내버려둘 리가 없다.

　오래 할 수도 없는 일을 가지고 오빠까지 주책없는 사람으로 만든다는 것은 죄 되는 일이라 아니 할 수 없다.

　치숙은 학교 가는 삼미에게 서울 오빠에게 보낼 전보를 부탁했다.

　남편이 상경하지만 요구를 들어 주지 말라는 전문이었다. 그 전문을 보자 삼미가,

　"그러실 것까지야 없지 않아요?"

하고 사뭇 불만이란 듯이 말했다.

　"남편의 일을 간섭하는 것 같아 나도 죄스럽기는 하다만 이런 때일수록 여자가 강해야 할 것 같다. 우리 나라 남자들이 강한 것 같으면서도 약한 것은 부인들이 약하기 때문이야. 허영에 뜬 부인을 가진 남편치고 사고를 일으키지 않는 사람이 어디 있던? 아버지가 잘못 든 길을 바로잡을 사람은 에미밖에 없다."

　"도와는 드리지 않는다 해두 방해는 해서 안 되지 않아요. 남들은 여자들이 앞장을 서서 남편을 도와 주기까지 한다는데……."

　"너는 남편 앞장을 서서 돌아다니는 외교 마담들이 보기 좋던? 그건 여자들 존중한다는 풍조를 미끼로 해서 부당한 이득을 보려는 브로커 이상의 협잡꾼이야. 필요 이상의 내조는 도리어 남편을 망치게 하는 법이다."

　"누가 엄마더러 외교 마담이 되랬어요."

　"네 아버지가 다시 학교로 가시겠다면 나도 앞장을 설 수가 있다. 그렇지만 이번 일은 안 돼. 부당한 일인 줄 알면서 내버려 두는 것은 앞장서는 것보다도 더 나쁜 것이니까……."

　"그래두 한 번 해 보시겠다는 것을 내버려 두세요. 사람은 어떤 자리에 앉혀 놔도 저 할 일을 한다는데 아버지라고 못해 나가시겠어요? 그리고 평생 직업을 하나만 가지구 살라는 법도 없을 테니까요?"

　"모르는 소리를 말아라. 좋은 직업이라면 백 번이라도 갈아 상관없을 게다. 그렇지만 네 아버지가 그 일을 하시게 되면 모든 사람에게 실망을 주고야 말 테니 두고 봐라. 심지어 너나 명호까지도 실망을 느끼게 되고야 말 테니. 사람이 자식들에게까지 실망을 느끼게 하면서 살아서야 하겠?"

"그래두 이 전보만은 치지 않겠어요."
"그만둬라. 내가 나가서 치지."

4

몇 달 뒤였다.

혼자서도 넉넉히 갈 수 있는 치과병원이지만 첫날부터 같이 가 버릇을 해서 그런지 치숙은 이 날도 성칠이를 기다리고 있었다.

"오늘은 바쁜 일이 있는가?"

치숙은 십 분만 더 기다려 보리라 생각했다.

십 분이 다 지나도 성칠이가 나타나지 않자 치숙은 혼자서 가지 않으면 안 된다고 생각했다. 혼자서 간다고 생각을 하니 공연히 허젓해지는 것 같았다.

자동차도 자기가 불러야 하고 치료를 끝낸 뒤 회계로 가서 치료비가 얼마냐는 것도 자기가 물어 봐야 한다. 전 같으면 그런 것을 남에게 시킬 생각도 못했던 치숙이었지만 어쩐지 그런 것이 짐스럽게 생각되는 치숙이기도 했다.

오 분만 더 기다리기로 했다. 아무래도 성칠이와 같이 가는 것이 편리할 것 같았기 때문이었다.

오 분이 거의 되었을 때 과연 성칠이가 왔다.

"안 올 사람은 아니지——."

치숙은 성칠에 대한 기대가 어긋나지 않은 데 안도감 같은 것을 느꼈다. 늦은 이유를 물어 볼 필요도 없이 성칠을 앞장 세우고 병원으로 떠났다.

밖으로 나오자 성칠은 지나가는 택시를 불러 세우고 문을 연 다음 귀부인에게 하듯 치숙이더러 먼저 올라타라고 했다. 차에 올라앉은 뒤에야 성칠이가,

"바쁜 일이 있어서 좀 늦었습니다."

라고 사과를 하듯이 말했다. 치숙은 괜찮다고만 대답했다. 상당히 기다렸으니까 바쁜 일이 어떤 일이냐고 캐서 물을 만도 했지만 성칠이가 거짓말 할 사람이 아니라는 믿음에서 그런 것을 묻는 것이 도리어 실례될 것 같았던

것이다.

병원에 가서 치료를 하고 집에 돌아올 때까지 성칠은 치숙이가 조금도 불편을 느끼지 않도록 치밀한 친절을 베풀어 주었다. 먼저 와서 치료하는 환자가 있기 때문에 기다려야 할 때 성칠은 의사에게 가서 얼마를 기다려야 하느냐고 물어다 주었으며 치료를 시작할 때는 치료대에까지 데리고 가서 치료가 끝나도록 옆을 떠나지 않았다.

어금니 하나를 뽑고 그 자리에 금니를 해 박는 일이었다. 그런 일에 남자 한 사람이 품을 놓고 따라다녀야 할 필요는 없었다. 그러나 남편이 치과병원을 안내해 주라고 보낸 사람이기 때문에 그를 따라다니기 시작한 것이 이제는 없어서는 안 될 사람처럼 되어 버렸던 것이다.

치료를 끝내고 돌아올 때 치숙은,

"내일도 오시지요?"

하고 으레 올 사람인 것처럼 물었다.

"내일은 늦지 않게 오겠습니다."

나이가 십여 년이나 아래요, 또 남편 밑에서 일하고 있는 사람이니 그렇지 않을 수도 없을 것이지만 성칠의 대답은 공손하기 짝이 없었다. 원체 사람이 순량하기 때문일지도 모른다.

"귀찮으실 텐데……."

"몇 달을 계속해두 좋습니다."

성칠은 빙그레 웃었다.

그 웃음은 성칠이가 돌아간 뒤에도 치숙의 가슴에 남아 있었다. 잔일을 하다가도 성칠의 웃는 얼굴이 눈앞에 떠오르곤 하는 것이었다.

더구나 늦게 돌아온 남편이,

"그 자식이 나를 자기 부하루 아는 모양이야. 명령을 할려구 대들거든, 내 손에 쫓겨날 줄은 모르고……."

하고 이사장에 대한 불평을 터뜨려 놓을 때 치숙은 남편이 어째서 성칠이처럼 순량하지가 못할까 하는 생각과 동시에 아무런 티도 없이 빙그레 웃던 성칠의 얼굴을 하나의 그리움처럼 그려 보았다.

남편이 이전에는 그렇게까지 표독스럽지가 않았는데 학교를 그만둔 뒤로는 옛날의 모습을 송두리째 던져 버리고 말았다. 이제는 남을 모함하는 데도 선수가 되어 버렸다.

"악한 일은 하지 마세요. 왜 남을 내쫓아요?"

치숙은 남편을 간섭하지 않을 수 없었다. 이사장을 노리다가 비록 그 밑의 자리를 얻었다 해도 그것으로 만족해야 할 남편이다. 왜 남을 모해하는 무서운 사람까지 되려고 하는 것일까?

"되지 못한 인간을 그냥 앉혀 둬?"

남편은 사뭇 흥분한 어조였다.

"당신이 그 자리를 노리지 않는다면 왜 내쫓아요? 그보다 더한 일을 해도 괜찮을 거야요. 당신 속이 들여다보이지 않아요?"

"간섭 말구 내버려 둬!"

치숙은 남편이 죄라든가 악이라든가 그런 것을 조금도 무서워하지 않는 인간이 되고 말았다고 생각했다. 사람이 그렇게 되면 나중에는 못할 일이 없게 된다. 정말 무서운 일이었다.

치숙은 자기 방으로 돌아와 이런 경우 자기는 아내로서 어떤 행동을 취하여야 하는가를 생각했다.

그냥 슬퍼하고 있기만 해야 할 것인가? 그렇지 않으면 쫓겨날 각오를 하고라도 남편의 마음 속에 들어 있는 악을 내쫓아야 할 것인가?

치숙은 이럴 수도 저럴 수도 없는 것이라 생각했다. 슬퍼만 하기에는 가슴이 너무나 좁다. 반대로 남편의 마음을 돌리기에는 남편의 사심(邪心)은 너무나 크게 자랐다. 자기의 힘으로는 움직여질 것 같지가 않았던 것이다.

그러니 결국은 혼자서 마음을 앓는 도리밖에 없었다.

"세상에는 순량한 사람도 적지 않은데 ——."

치숙은 빙그레 웃던 성칠의 얼굴을 또 한 번 그려 보았다. 모르기는 하되 성칠이 같은 사람은 자기를 살리기 위하여 남을 모해하는 그런 일은 안 할 것 같았다. 그런데 자기 남편은 어째서 그런 순량을 잃어버리고 말았을까?

치숙은 서울 오빠를 찾아가서 의논하고 싶은 생각이 들었다.

돈이나 세력을 갈망하는 사람은 무엇보다도 힘을 무서워한다. 오빠를 통하여 힘을 빌리는 것이 가장 효과적일 것 같았던 것이다. 시청이나 경찰서의 힘을 빌려서 어업조합의 감독을 물샐틈 없이 한다거나 그렇지 않으면 부정 행위가 있는 직원을 조사하여 엄벌을 하도록 하게 하면 남편은 무서워서도 사심을 먹지 못하게 될 것이 아니겠는가?

치숙이 이런 궁리를 하며 잠을 못 이룰 때였다. 자기 옆에 누워 있어야 할 삼미가 아직 돌아오지 않은 것을 비로소 발견했다.

치숙은 시계를 보았다. 이미 열두 시가 지났다.

그는 식모에게 가서 삼미가 아직 들어오지 않았느냐고 물었다. 그리고 나갈 때 무슨 말을 하지 않았느냐고도 물었다.

식모는 아무 말도 듣지 못했다고 대답했다.

이러쿵저러쿵 소문이 번거롭기도 하나 한 번도 외박을 해 본 일이 없는 삼미였다. 춤을 추러 가거나 동무의 집에 놀러를 가거나 미리 말하고 나가던 삼미가 이 날만은 아무런 예고도 없이 나갔다.

밤이 깊었으니 어디로 찾아 나갈 수도 없고 그저 답답해하기만 해야 하는 치숙이었다.

혹시 교통사고나 일어나지 않았을까 하고도 생각해 보았으나 그렇게까지 정신이 흐린 삼미는 아니다.

동무네 집엘 가서 시간 가는 줄을 모르고 놀다가 그 집에서 자는 것이겠지 하고도 생각해 보았으나 그건 외박을 해 본 사람이나 하는 실수다. 외박의 경험이 없는 만큼 시간에 대한 관념이 누구보다도 강해야 할 삼미다. 그런데도 집에 돌아오지를 않았다는 것은 필경 어떤 사고를 일으킨 게 틀림이 없다.

치숙은 가슴이 떨렸다. 요즘 처녀 가운데 진짜 처녀가 없다고들 하지만 자기 딸도 그런 말을 들어야만 하게 되다니…….

잠이 올 턱이 없었다.

'죽지만 않았다면 차라리 교통사고나 났으면…….'

치숙은 이런 생각까지 했다.

남편 걱정 딸 걱정에 잠 한숨 못 이루고 날을 샌 치숙은 그래도 딸의 이야기를 남편에게 알리지 않았다.

남편에게까지 걱정을 시키고 싶지 않다는 마음에서는 아니었다. 남편은 딸을 걱정할 자격조차 없는 사람 같은 생각이 들었기 때문이었다. 그래도 아버지라고 해서 흥분할지는 모르나 흥분할 남편의 얼굴이 아름다울 것 같지가 않았다. 진정한 애정에서 우러나오는 걱정이 아니라 아버지란 의무 관념에서 만들어 내는 흥분일 것이 분명했다.

설사 삼미가 불미한 행동을 했다 해도 어디까지나 삼미 편이 되어야 할 것 같았다. 그런 만큼 남편에게 알린다는 것이 삼미를 자기 편에서 떼어 남편에게로 옮겨 주는 일 같이도 생각되었던 것이다.

남편은 세수를 하면서까지 삼미가 들어왔는지 안 왔는지를 모르고 있었다. 그런 것은 알려고도 하지 않는 것 같았다. 명호란 녀석만이 누나가 어디를 갔느냐고 치숙에게 물었다.

"볼일 보러 잠깐 나갔다."

치숙은 명호의 걱정이 길면 남편의 귀에까지 들어가고야 말 것 같아 거짓말을 꾸며 댔다.

그런데 조반상이 들어오려고 할 때 삼미가 들어왔다.

"기다리셨지요? 암만 올려구 해두 애들이 놔를 줘야지……."

어머니가 기다리고 있었을 것만이 걱정이었다는 듯 삼미가 치숙을 붙잡고 어젯밤 놀던 이야기를 설명하려고 했다.

"애! 아무도 모르니 잠자코 있어. 모르는 척하고 조반이나 먹어라."

치숙은 삼미에게 어떤 일이 있었던 간에 남편이 모르게 돌아온 것만을 다행하게 생각했다.

그것은 마치 이편의 약점을 적군(敵軍)에게 알리고 싶지 않은 그런 심정이었다.

조반을 먹은 뒤 치숙이 방으로 돌아왔을 때 삼미는 다시 어젯밤의 이야기를 꺼내려고 했건만 치숙은 그때도,

"빨리 학교나 가거라."

하고 이야기를 들으려 하지 않았다. 이야기가 듣고 싶지 않아서는 아니었다. 남편 없을 때 남편 모르게 듣고 싶었던 것이다.

"참 재미있었어요."

삼미는 이야기를 안 하고 그냥 가기가 미안했던지 치숙에게 걱정을 말라는 듯 어리광을 부리며 한 마디를 또 했다.

"오늘 밤에 이야기를 하렴."

치숙은 웃으며 삼미를 보냈다. 삼미를 의심 안 해도 좋을 것 같은 생각까지 들었던 것이다.

남편도 출근을 했다. 출근을 할 때 오늘도 성칠이를 보낼 테니 병원엘 부지런히 다니라고 하며 은근히 치숙을 걱정해 주었다.

남편에 대해서 실망을 느끼고 있는 치숙이었건만 일부러 성칠이를 보내기까지 하며 자기 걱정을 해 주는 남편을 볼 때 치숙은 남편에 대한 적개심 같은 것이 그 자리에서 무너지고 마는 것 같음을 느꼈다.

역시 남편은 남편이란 생각이 들었다.

세상 모든 사람에게는 악한 마음을 가진다고 해도 아내에게만은 악할 수가 없는 것. 그러기에 아내에게는 언제나 약하기만 한 것이 남자라는 생각도 해 보았다.

'남의 힘을 빌릴 것 없이 내 힘으로 남편의 마음을 돌려야지.'

이런 마음이 안 들 수 없었다.

5

몇 시간 뒤 성칠이가 찾아왔다. 늘 오던 시간에서 일 분도 늦지를 않았다. 그러면서도 성칠은,

"기다리셨지요?"

하고 좀더 일찍 오지 못한 것을 미안해하는 듯 말했다.

"꼭 제 시간에 오셨는데 뭘!."

"바쁜 일은 없는데두 일찍 오게는 안 되거든요."

성칠이가 빙그레 웃었다. 부끄러운 듯 외면을 하면서 웃는 그 웃음이 또

치숙의 마음을 끌었다. 사십이 다 된 사나이의 수줍음이 커피 맛과 같은 매력을 주었던 모양이다.

병원에 가서 치료를 하고 돌아올 때 치숙은 성칠에게 점심을 먹자고 권했다.

성칠의 웃음을 또 한 번 보고 싶은 마음이었는지 모른다.

남편이 보내서 오는 사람이기는 하지만 자기의 심부름을 해 주는 사람이라 자기가 점심을 산다고 해도 명분에서 벗어난 일 같지가 않았다.

성칠은 굳이 사양했다. 그러나 치숙은 명분이 서는 일이라 끌다시피 성칠을 데리고 어떤 식당엘 갔다.

치숙은 반주 정도의 약주까지 주문했다.

약주 한 잔을 마시자 성칠이가,

"선생님이 아시면 저를 꾸중하실 텐데요."

하고 마치 못할 일을 하는 듯이 말했다.

"점심 한 끼 대접하는데 꾸중은 무슨 꾸중이에요."

"제 일을 하면서 도리어 대접을 받으니까 말씀이죠."

"선생은 너무 색시 같아……."

성칠은 대답 대신에 또 빙그레 웃었다.

치숙은 식사를 하면서도 빙그레 웃는 성칠의 얼굴을 바라보기에 여념이 없었다. 살벌한 세상을 잊어버리고 안온한 마음을 가질 수 있는 순간이었다.

그런데 식사를 한참 하던 성칠이가 문득,

"요즘 선생님 태도가 달라지지는 않았어요?"

라고 요령부득의 말을 꺼냈다.

"태도가 달라지다니요?"

치숙이가 무슨 뜻인지를 모르겠다는 표정을 짓자 성칠은 갑자기 당황해하며,

"아니 아무것두 아닙니다."

하고 이야기를 묵살시키려 했다.

"무슨 일이 생겼나요?"

치숙은 모른 척 지나칠 수가 없었다.

"아녜요."

"바람이라도 피우기 시작한 거로군요?"

그때 성칠은,

"걱정하실 정도까지는 아니겠지요."

하고 힘들게 대답을 했다.

"어떤 여잔데요?"

성칠은 공연한 말을 시작했다고 후회를 하듯 머리를 벅벅 긁었다.

"내가 모르면 어떻게 해요? 잘못되기 전에 손을 써야지 않아요."

"글쎄 그래서 저두 말씀을 드린 것입니다만……."

"황 선생에게 누를 끼치지는 않을 테니까 말씀을 해 보세요."

"………"

"기생인가요?"

"예. 기생인가 본데 요새 매일처럼 회사엘 찾아옵니다."

남편에 대한 실망의 재료를 또 하나 얻는 셈이다.

예상했던 일이 제대로 맞아 가는 것 같아 놀랄 것이 없다고 다짐하면서도 치숙은 하늘이 노래지는 것을 느끼었다. 남편에 대한 실망에서 느끼던 슬픔은 환자를 보고 느끼는 동정의 슬픔 같은 것이었다. 그러나 지금 느끼는 슬픔은 자기 가슴에 바늘을 꽂는 듯한 슬픔에서 한 걸음 더 나선 고통이었다.

그렇다고 해서 성칠이에게 자기의 마음 움직임을 보이기 싫어,

"변변치가 않아서 미안하군요."

하고 음식으로 화제를 돌렸다.

"맛있게 잘 먹었는데요."

성칠이도 화제가 다른 데로 옮기는 데 안도감을 느끼는 듯 빙긋이 웃었다.

음식을 다 먹고 일어설 때는 그래도 자기가 치숙의 가슴에 파문을 던졌다는 책임감을 느꼈던지,

"걱정하실 것은 없습니다. 선생님이 사리를 분간치 못하는 분이 아니니까

요.”

하고 안심하란 듯이 말했지만 치숙은,

“걱정할 나이가 있지, 아무나 그런 걱정을 하나요?”

하고 마치 그런 것은 문제도 삼을 것이 못 된다는 듯한 태도를 보였다.

그러나 치숙은 돌담이 무너지듯 무엇이 자꾸만 무너져내리는 것 같음을 느꼈다. 오십 년 동안 무엇인가를 쌓아올렸다. 무엇인지는 모르나 오십 년 동안 쌓아올렸던 것이 한꺼번에 소리를 내며 무너지고 있는 것 같았다.

딸은 딸대로 외박하기 시작하고 남편은 남편대로 기생과 접촉하고 ——.

치숙은 음식점을 나오자 성칠이더러,

“바쁘지 않으면 극장 구경이나 갈까요?”

하고 성칠의 눈치를 살폈다.

텅 빈 집에 들어가고 싶지가 않았다. 대낮에 혼자 집을 지켜야 하는 고역을 감내할 수가 없을 것 같기도 했다.

“가 봐야지요.”

성칠이가 사양을 했다. 바쁜 일이 있어서 들어가야 한다는 것이 아니라 근무시간에 구경을 다녀서 되겠느냐는 표정이었다. 치숙은,

“하루쯤 어떨라구요.”

하고는 성칠의 손목을 잡아끌었다.

그러나 자기 손이 성칠의 손에 닿는 순간이었다. 지나가던 사람들의 시선이 자기에게 총집중하는 것을 느꼈다. 카메라맨들의 카메라가 초점을 향해 움직이듯 뭇 시선이 자기의 손으로 집중함을 느낄 때 치숙은 얼굴이 화끈 달아올랐다.

“바쁘실 텐데 공연히…….”

치숙은 성칠의 인사도 받을 새가 없이 뒤돌아서 걷기를 시작했다.

도둑에게 쫓기는 사람처럼 치숙은 다리에서 불이 나게 걸어 집으로 돌아왔다. 그리고는 한숨을 길게 내뿜었다. 높은 벼랑 위에서 아래를 내려다볼 때처럼 현기증이 나는 것 같음을 느꼈다.

“한 걸음만 잘못 내디뎠더라면 그만 아슬아슬하게 떨어지고 말았을 텐

데……."

치숙은 하늘의 도움을 받았을 때처럼 감사를 드리고 싶은 심정이었다.

6

저녁때 삼미가 돌아와서 아침에 미진한 이야기를 계속하려 했다. 하룻밤 외박한 것이 무척 가슴에 걸리는 모양이었다.

"덕수 오빠의 생일이라나요. 남자 여자 한 여남은 명이 모여 밤을 새며 춤을 췄어요. 돈이 많으니까 먹을 것두 많던데요."

치숙은 삼미가 하고 싶은 이야기를 마음껏 하라고 내버려 두었다. 그래야 시원할 것 같다면 구태여 안 들으려고 할 필요가 없었던 것이다.

그러나 속으로는 삼미가 자기를 속이는 것이 무엇인가 있을 것이라고 생각했다. 자기가 성칠의 손목을 잡았던 일이 영원한 비밀일 것처럼 삼미에게도 비밀이 없을 수 없을 것 같았던 것이다.

그렇다고 해서 그 비밀을 바꿔 놓아야 한다고는 생각지 않았다. 모녀 간이라 해도 서로 말할 수 없는 비밀이라면 그것은 가슴 속에만 지니고 있어야 할 성질의 것이다. 이야기하지 않음으로 괴로움을 느낄 수 있다. 괴로움을 느낌으로 구속 없는 반성을 할 수가 있다.

치숙은 삼미의 이야기를 액면 그대로 듣는 척했다. 그랬더니,

"늦어서 못 들어와두 너무 걱정을 마세요, 네?"

하고 삼미는 마치 그 말이 하고 싶어 이때까지 지껄인 것처럼 치숙의 대답을 기다렸다. 비밀을 계속해서 만들려는 눈치 같았다. 그래서,

"너 그렇게 놀 때 아슬아슬한 것을 느낀 적은 없니?"

하고 물었다.

"아슬아슬하기는 무엇이 아슬아슬해요. 자기를 믿는데 왜 그런 위험성을 느껴요?"

"너무 자신을 가지지 마라. 남에게 절대적인 신임을 얻고 있다는 자신을 가질 때 그리고 자기를 믿을 수 있다는 자신을 가질 때 실수하기가 쉬운 법이다."

"엄만 나를 위험 인물로 보시는가 봐."

"위험 인물로 보는 것이 아니라 아슬아슬하게 살지를 말라는 것이다. 행복은 하나밖에 없다더라. 차라리 어떤 한 남자와 죽음처럼 슬픈 연애라도 하렴."

"한 남자만 생각한다는 건 시시해요. 뭇 남자가 내 애인 같은 생각인데 그것이 얼마나 멋있어요."

"그건 방랑이야. 화려한 방랑 같지만 절대로 아름다운 방랑은 아니야. 요즘 여자들은 그런 방랑을 여성의 해방이니 인간의 해방이라고들 말하지만 그런 건 방랑도 아니고 순전한 오입이야."

"참 엄마두. 그럼 엄마처럼 평생 장판 바닥만 들여다보구 살아야 한단 말예요."

"장판을 들여다보며 살든 천장을 바라보며 살든 자기를 붙잡고 살아갈 수 있는 것이 가장 행복하지 않겠니?"

"나는 나를 지키며 살구 있으니까 걱정 마세요."

"서커스를 하는 사람이 자신 없이 모험을 하겠니? 그러나 그 자신이 무너지는 순간 그는 낙상을 하고야 말지."

치숙은 그 이상 더 이야기하지를 않기로 했다. 이야기가 너무 길면 결국 삼미를 의심하는 것처럼 보일 것이 싫었기 때문이었다.

방랑하는 사람을 구하려면 절대로 의심하는 빛을 보이지 말아야 한다. 언제라도 자기 편이라는 생각을 가지게 하여야만 쉽게 돌아올 수가 있다.

그런데 이 날 남편이 들어오지를 않았다.

성칠이가 이야기하던 기생을 만난 모양이었다. 치숙은 틀림없이 그럴 것이라고 생각했다. 말하자면 남편은 갈 데까지 가고 만 셈이다.

그러니 자기는 어떻게 해야 하는 것일까?

삼미가 외박을 할 때 치숙은 잠을 이루지 못하며 걱정을 했으나 다음 날 아침 삼미가 돌아왔을 때는 냉정할 수가 있었다. 그런데 남편이 다음 날 아침 돌아올 때 삼미에게처럼 냉정해질 수가 있을 것인지?

치숙은 남편에게 냉정해질 수가 없을 것 같은 자신을 두려워했다.

남편을 경멸하고 원망하게 되면 결국 남편과 싸우게 되고 마는 것이다. 나이 오십이나 되어서 여자를 가지고 집안을 뒤숭숭하게 만들다니……. 생각만 해도 몸이 떨리는 일이었다.

치숙은 길을 잘못 든 남편보다도 자기가 더 위태로운 처지에 놓여 있는 것이라 생각했다.

자기가 조금만 실수를 하면 남편은 반발심을 가지고 일부러라도 나쁜 길을 걸어가게 될 것이다. 동시에 집안은 패가망신을 한다. 그렇게 되면 피해자는 남편 혼자만이 아니게 된다. 자식들은 물론 자기가 으뜸 가는 피해자로 뽑혀야 한다.

치숙은 분한 생각에 잠을 이루지 못하면서도 밤새도록 자기 자신이 흔들리지 않아야 한다고 다졌다. 자기가 흔들린다면 결국은 남편에게 개심할 기회를 주지 않게 되고 마는 것이다.

지금쯤 남편은 젊은 기생을 끼고 누워 있겠지 하고 생각하면 치가 떨려 견딜 수가 없었지만 그래도 치숙은 참아야 한다고 생각했다. 호랑이에게 물려 갔을 때는 정신을 차려야 산다고 한다. 우선 자기를 살리기 위해서라도 정신을 차려야 할 것 같았다.

아침이 되자 치숙은 다른 때보다도 일찌감치 세수를 하고 머리를 빗었다. 옷을 단정히 입고는 남편의 방을 말끔히 치웠다.

조반을 먹을 때 삼미와 명호가 아버지 걱정을 했다. 그때도 치숙은,

"사정이 있어서 못 들어오셨겠지."

하고 냉정히 대답했다.

"아버지가 바람난 것은 아닐까요?"

삼미가 말했다. 그러나 걱정하는 말은 아니었다. 그럴 수도 있는 일이라는 표정이었다.

치숙은 약간 불쾌했지만,

"바람을 피워 보지 못했으니까 한 번 피워 보는지도 모르지."

하고 응수를 했다.

"남자들은 좋겠어. 아무런 짓을 해도 흠이 되지 않거든……."

치숙은 삼미를 한 번 눈 흘겨보았다.

"나쁜 일이라도 자유스럽게 할 수 있는 것이 좋단 말이지? 나는 나쁜 일을 자유스럽게 할 수 없는 여자가 차라리 좋은 것 같다. 모든 자유를 다 가진다 해도 나쁜 일에 대한 자유만은 가지지 말아야 하지 않겠니?"

삼미는 치숙을 말끔히 바라보다가,

"아버지가 첩을 얻으시면 엄마는 어떻게 하시지요?"

하고 물었다.

"어떻게 하긴 무얼 어떻게 해. 돌아올 때를 기다려야지."

"왜요?"

"왜라니? 그럼 내가 집을 박차고 나가야 한단 말이냐? 아버지는 내가 미워서 그런 일을 하시지는 않을 거다. 못해 본 일이니 한 번 해 보는 것이지. 그런 걸 용서 못한다면 나는 그야말로 줏대가 없는 사람이 된다. 좋으면 웃고 슬프면 울다가 마는 그런 인간이 뭐 그리 좋단 말이냐?"

삼미는 다시 치숙을 말끔히 쳐다보았다. 그리고 한참 있다가,

"나는 엄마가 좋아!"

했다.

"엄마가 제일이거든——."

이런 말을 연거푸 하고 난 뒤 삼미는 학교엘 갔다.

치숙은 삼미가 자기를 굴욕적이라고 비난할 줄 알았던 것이 예상외로 자기를 좋다고 한 데 대하여 생각을 깊이 해 보았다.

거짓을 꾸며 한 말 같지는 않았다. 여성의 인권을 가장 신경질적으로 생각하는 삼미가 어찌해서 치숙의 경우에는 참는 것을 좋은 일이라고 말했을까?

치숙은 삼미가 여성이라는 개념과 어머니라는 개념을 달리 가지고 있지나 않는가 생각했다. 아무래도 그런 생각에서 나온 말 같았다.

그렇게 옳은 생각은 아닐지 몰라도 그만큼이라도 생각하는 삼미가 믿음직스러웠다.

삼미만이라도 자기 편이 되어 준다면 자기는 마음이 흔들리지 않고 배겨

널 수가 있을 것 같았다.

조반상을 물리쳤을 때 남편이 돌아왔다.

"기다렸지?"

어색한 표정이었으나 그래도 위엄을 지키려는 말투였다.

"오래간만에 옛친구들을 만났더니 뿌리치구 올 수가 있어야지. 술을 어떻게나 마셨는지……."

그것은 삼미가 외박하고 들어왔을 때와 꼭 같은 변명이었다.

치숙은 그것이 거짓말임을 대번에 알 수가 있었다. 밤을 새우며 술을 마셨다면 취기가 조금이라도 있어야 할 것이다. 그런데 남편의 몸에서는 술내 하나 나지가 않았다. 그러나,

"학교서 같이 일 보던 분들인가요?"

하고 남편의 말을 조금도 의심하지 않는 태도로 물었다.

"그래. 어떻게 해서 대여섯 명이나 같이 만나게 됐어."

"반가우셨겠군요."

"반갑다마다. 창가를 안 했나 춤을 안 췄나 별 지랄을 다했지."

"곤하시겠군요."

"좀 피곤한데……."

"그럼 오늘은 하루 결근을 하구 쉬시지."

"그럴 수야 있나. 나가는 봐야지."

치숙은 남편이 거짓말을 그럴 듯하게 꾸밀 줄 안다고 생각했다. 그러나 치숙은 속는 데까지 속아 보리라 마음먹었다.

"세수를 하고 조반을 자셔야지요?"

"밥 생각두 없는데."

"그러시다가 몸이 축가시면 어떻게 할려구요?"

"하루쯤 어떨라구……."

남편은 세수를 하고 온 얼굴이었다. 조반까지 먹고 온 사람이 세수를 안 했을 리가 있을 것인가? 그러나 그는 세수를 한 번 더 했다.

세수만을 하고는 그냥 나가 버렸다. 치숙이가 완전히 속았다고 안심을 한

모양이었다.

치숙은 마음이 든든함을 느꼈다. 속지는 않았지만 속은 체를 할 수 있었다는 자기가 마음 든든했던 것이다.

"어디까지나 마음이 흔들리지 않아야지."

치숙은 남편이 앞으로 어떠한 거짓말을 해도 무서울 것이 없을 것 같았다.

그래서 자기는 남편을 약하게 만드는 아내가 아니라 남편을 강하게 만드는 아내가 될 수 있다는 즐거움을 느낄 수 있었다.

아내의 낭만이었다.

치과병원에 갈 시간에 성칠이가 쫓아왔다.

"기다리셨지요?"

매일처럼 하는 꼭 같은 말이었으나 이 날의 성칠은 전보다 유들스런 말투를 썼다. 극장 구경을 가자고 손목을 잡아끌기까지 했으니까 만만히 본 모양이었다.

치숙은 약간 불쾌했으나,

"오늘은 바쁜 일이 있어서 못 가겠는데요."

하고 듣기 좋게 말했다.

"그럼 내일 오지요."

"가게 될 날은 바깥 양반한테 말씀드리지요."

"병원엔 계속해서 다니셔야 할 텐데요."

성칠은 병원에 같이 가는 것을 즐겁게 생각하는 것이 분명했다. 그러나 치숙은,

"길을 잃지는 않을 테니까 앞으로는 혼자 가겠어요."

하고 성칠을 돌려 보냈다.

성칠을 돌려 보내자 치숙은 자기가 꿈을 꾸고 있는 사람 같은 생각이 들었다. 악몽이 아니라 자기 마음대로 할 수 있는 감미로운 꿈에 도취되고 있는 것 같았던 것이다.

(원) 《문학예술 24》 1957. 4.

어떤 노화가

　백광사(白光社) 사장 정진태(鄭眞太)가 독일제 오프셋 인쇄기를 구입해 온 뒤 구 화백(具畵伯)을 찾아와서 인쇄기의 첫 작업을 구 화백의 화집(畵集) 인쇄로 시작하겠다는 말을 할 때 구 화백은 육십 년 동안 살아 온 보람을 이제 처음으로 느끼는 것 같은 즐거움에 밤잠을 이루지 못했다.

　구 화백은 한국 화단(畵壇)에서 첫째 둘째로 꼽히는 노대가의 한 사람이지만 그의 일생은 하루같이 불우하기만 했다.

　평생 화실 같은 화실을 꾸며 놓고 거기서 그림을 그려 본 일이 없다. 어렸을 때부터 지금까지 한결같이 경제에 쪼들리며 살고 있다.

　그림을 조금이라도 싸게 사려는 사람이 이따금씩 찾아오긴 하지만 적지 않은 제자 가운데서도 문안을 드리려고 찾아오는 사람은 별반 없을 만큼 구 화백은 평생을 고독하게 살아 왔다.

　십 년 전 아내가 앓아 누웠을 때 그는 치료를 충분히 해 주지 못해 아내를 죽이고 말았다. 아내가 죽은 뒤에도 장례식에 참석해 준 친지가 손으로 꼽을 만큼 몇 명도 안 되었다. 해방 직후의 혼돈기라 그렇기도 했겠지만 구 화백으로서는 아내가 죽은 것 못지않게 세상의 냉정을 슬퍼했다.

　그래서 재취할 생각도 안 하고 오늘까지 혼자 살고 있지만 구 화백의 마음 속에는 고독이라는 것이 사라진 날이 하루도 없었다.

　그런 만큼 기억에도 남아 있지 않는 정진태가 나타나서 이십여 년 전에 그림을 잠시 배운 일이 있다고 하며 구 화백의 화집을 출판해 준다고 할 때 구 화백은 세상에 이런 일도 있을 수 있나 하고 감탄하지 않을 수 없었다.

정진태는 절대로 무계획성의 말을 하는 것이 아니었다. 구 화백을 존경하는 나머지 채산을 떠나 새 기계의 첫 인쇄를 구 화백의 화집으로 하겠다는 진정한 마음을 몇 번이나 뇌이었다.

구 화백은 고마울 뿐이었다.

자기도 고독하지만은 않다는 생각이 그를 감격케 하여 하룻밤을 뜬눈으로 새우고 말았다.

'나쁜 일을 안 했으니까 죽기 전에 한 번 보답을 받는 것일까?'

구 화백은 날이 훤하게 밝아 오는 창문을 바라보며 자기 자신을 안위시켜 보는 것이었다.

그림의 구상(構想)을 하며 밤을 새우다가 그 그림을 그리고 싶은 의욕에 좀더 찬란한 태양이 빨리 솟아오르기를 바라던 때처럼 빨리 밝아 오기를 바라며 창문을 몇 번이나 바라보았는지 모른다.

구 화백은 해가 솟을 때까지를 기다리지 못했다. 옷을 입고 책상머리에 앉았다.

부엌에서 밥짓는 식모의 기침 소리가 들렸다. 화백의 유일한 식구다. 그릇 부딪치는 소리가 달그락거릴 때 화백은 부엌으로 뛰어가고 싶은 충동을 느꼈다. 이때까지 한 번도 느껴 보지 못한 감정이었다.

자기를 위해 아무 다른 생각 없이 밥만 짓고 있을 식모가 고맙게 생각되었던 것이다. 한 달에 돈 몇 푼을 바라고 일해 주는 여자지만 자기를 위해 일해 주려고 이 세상에 태어난 사람처럼 생각되기도 했다.

가서 불이라도 때 주고 싶은 심정이었다.

구 화백은 자기가 고독할 수 없는 사람이란 생각을 했다. 자기를 위해 희생하고 있는 사람이 있는데 어찌하여 고독할 수 있겠는가 하는 것이었다.

생각하면 아내도 목숨을 갉아먹듯 고생을 하면서 생명의 한 조각 한 조각을 자기에게 바치다가 죽어 갔다.

돌아간 부모들도 자기 하나를 세상에 남겨 놓았을 뿐 아무것도 남긴 것이 없으니 결국 그들도 자기를 위해 희생되었을지 모른다.

그런 만큼 어렸을 때부터 오늘까지 살아 온 생활을 전부 고독이라고만 말할 수가 없다. 그러면서도 구 화백은 고독만을 누리려 했었다. 고독을 느낌으로 말미암아 비로소 자기의 생명을 감지(感知)할 수 있는 것 같은 그런 심정으로 살아 왔다.

구 화백은 그러한 자기가 결국은 욕심이 너무나 컸기 때문이 아니었을까 생각했다. 자기만을 포만(飽滿)케 하려는 욕심 ——. 그러나 배부를 줄 모르는 욕망 ——.

구 화백은 부엌에서 들려 오는 밥짓는 소리가 자기의 이름을 부르는 소리처럼 생각되기도 했다. 자기가 자기를 발견하면 세상 모든 사물도 자기를 알아 주는 것처럼 생각됐는지 모른다.

세수를 하러 나갔을 때 대야에 담겨 있는 물을 보고도 그 물이 자기의 세숫물이 되기 위해서 땅에서 솟아 나온 것 같음을 느꼈다.

얼마 뒤 식모가 밥상을 들고 들어왔다.

"반찬이 없어두 많이 잡수세요."

언제나 하는 꼭 같은 말이지만 이 날에는 그 말이 뼛속에 사무치는 것 같았다.

"많이 먹지요."

구 화백은 정성들여 만들어 준 밥이니 많이 먹지 않을 수 없지 않느냐는 듯이 대답했다. 정말 많이 먹어야 할 것 같았다. 끼니마다 쌀알을 골라 내듯 숟가락을 끼적이기만 하던 그였다. 그러나 이 날만은 농사꾼의 밥숟갈처럼 소담스럽게 밥을 떠서 입에 넣었다. 억지로라도 먹어야 할 것 같아 몇 숟갈 퍼먹었으나 원체 식량이 적은 사람이라 밥이 반 사발도 줄기 전에 숟가락을 놓고야 말았다. 전과 조금도 다름이 없었다. 화백은 밥상을 그냥 내놓을 수가 없었다.

그는 신문지를 펴고 남은 밥의 절반은 쌌다. 다 먹은 것처럼 꾸미는 것이었다.

밥이 든 신문지를 책상 밑에 밀어 놓고는 상을 내가라고 식모를 부른 뒤

"오늘은 밥맛이 좋아서 많이 먹었는데……."

하고 사뭇 만족스러운 눈으로 식모를 쳐다보았다. 식모는 "네" 할 뿐 아무 다른 말은 안 하고 밥상을 내갔다. 밥을 많이 먹었다고 했으니 얼마나 많이 먹었는가 하고 주발 뚜껑이라도 열어 봄직 하건만 식모는 일만 다하면 그뿐이라는 듯이 무표정한 얼굴로 밥상을 들고 나가 버렸다.

자기를 위해 희생을 하고 있으면서도 그 희생의 효용(效用)을 계산하려 하지 않는 사람이라고밖에 해석할 도리가 없었다. 희생이 되고 있다 해도 그 희생의 효용을 계산하면서 희생한다고 하면 희생의 아름다움을 발견하고 거기서 즐거움을 느낄 수도 있을 것이다.

구 화백은 식모가 희생을 하면서도 너무나 적은 대가(代價)에 만족하고 있기 때문에 희생을 받고 있는 자기도 그 희생의 고마움을 느끼지 못하고 있을 것이라 생각하였다.

그러나 식모가 자기의 희생을 의식하지 못하고 따라서 그 희생의 효용을 계산하지 못한다고 해서 그 희생이 무의미한 것이라고는 생각하고 싶지 않았다.

많이 먹은 척하기 위해서 밥을 신문지에 싸서 책상 밑에 숨겨 놓았다는 것부터가 그 희생의 효용을 발휘시킨 것이라 말하지 않을 수 없다.

구 화백은 자기의 행동을 잘한 것이라 생각했다. 다만 문제는 그 밥을 어떻게 처리해야 할 것인가 하는 것이었다. 식모가 모르도록 처치를 해야겠는데 어떤 방법으로 처치를 할 것인가?

변소에 내다 버릴까?

음식을 변소에 버릴 수는 없다.

거지라도 왔으면…….

그러나 거지도 오지를 않았다.

구 화백은 하는 수 없이 천장 한 모퉁이를 뚫고 신문지에 싼 밥을 그 속에 집어넣었다.

밥 문제를 해결 짓자 구 화백은 오늘부터 진행시킬 일을 계획하기 시작했다.

백광사 사장 정진태가 자기 화집을 출판해 주겠다고 하니 우선 그림들의 행방을 찾아보는 일부터 착수해야 할 것이다.

자기가 그린 그림으로 자기가 가지고 있는 것은 한 점도 없다. 그 동안 개인 전람회를 열 번쯤 열었으니 한 번에 삼십 점씩만 전시를 했다고 해도 최소한도 삼백 점은 될 것이다. 전람회에 전시한 작품보다 전시하지 않고 판 작품이 더 많을지도 모른다.

그런데도 자기는 자기의 작품을 하나도 가지고 있지 못하기 때문에 화집을 출판하려면 자기 그림을 가지고 있는 사람의 집을 찾아다녀야 한다.

자기 작품을 가진 사람들의 이름을 전부 기억할 수도 없다.

구 화백은 우선 머리에 떠오르는 사람의 이름부터 하나하나 적기 시작했다. 그 중에는 고관이 된 사람, 갑부가 된 사람도 있었지만 요새 무엇을 하고 있는지 통 소식을 모르는 사람도 있었다. 어쨌든 자기 그림을 샀다고 생각되는 사람의 이름을 모조리 적어 갔으나 한 시간 동안이나 기억을 더듬어도 열댓 명밖에 그 이름이 생각되지 않았다.

구 화백은 자기의 기억력이 노쇠했는가 해서 잠시 동안 머리를 쉬기로 했다.

담배를 꺼내 불을 대었다.

담배를 피우면서 생각하니 화가라고 하는 예술가의 숙명이 다른 여러 예술가의 숙명에 비하여 가장 비참할 것 같은 마음이 들었다.

작곡가는 자기의 작품을 수많은 음악가와 음악 애호가와 더불어 언제까지나 같이 즐길 수가 있다. 문학가의 작품은 활자화가 되어 얼마든지 많이 찍어 낼 수가 있다.

영화 예술인들은 필름 속에 자기들 예술을 집어넣어 영원히 보존할 수가 있다. 그러나 화가는 자기 손으로 만든 작품이라 해도 자기가 자기의 그림을 가지고 있을 수 없다. 알지도 못하는 사람이라 해도 돈을 가지고 그 작품을 아주 빼앗아가고 만다. 그래서 판 뒤에는 화가가 한 번도 구경하지 못하는 그림이 대부분이다.

외국처럼 좋은 그림이면 개인이 소유하지 않고 미술관에 보관해 두는 제도가 있다면 얼마나 다행할 것인가?

그러나 그런 것만 한탄하고 있을 수는 없었다. 자기 그림이 한 장도 남지 않고 전부 팔렸다는 것만을 고맙게 생각하면서 자기 그림 산 사람들의 이름이나 생각해 내지 않을 수 없었다.

몇 시간을 두고 생각했으나 대여섯 명밖에는 더 머리에 떠오르지 않았다.

죽어 없는 사람, 이북에 납치되어 간 사람, 어쨌든 만날 수가 없을 뿐 아니라 그 후손까지 알 수 없는 사람이 몇 명 있기는 했으나 그런 이름은 적어 보아야 아무 소용이 없다.

그러니 찾아갈 만하다고 생각되는 사람이란 결국 스무 명 정도였다.

그러나 그 사람들도 오래 전의 그림을 아직 그대로 가지고 있는지 모를 일이다. 6·25 동란에 폭격을 받은 사람도 있을 것이고 패가를 해서 살림살이까지 팔아먹은 사람도 없으란 법이 없다.

이름 적은 스무 사람이 전부 자기 그림을 그대로 보관하고 있다 해도 그것을 가지고는 화집이 될 수 없는데 그 중에도 미심쩍은 사람이 없지 않으니 화집을 편집한다는 것이 어쩐지 허망된 일 같은 생각이 들었다. 구 화백은 공연히 고생만 하지 말고 미리 단념하는 것이 옳지 않을까 생각했다. 수소문하고 돌아다니면 생각지도 않았던 곳에서 그림이 뛰쳐 나올지도 모른다. 그러나 그러면서 돌아다닌다는 것이 얼마나 구차스런 일이겠는가?

화집을 내기 위해서 또는 작품을 보관하기 위해서 그림을 그린 것은 아니다. 좋은 작품을 그려 보겠다는 것만이 일평생의 염원이었다. 자기의 그림은 어떤 사람에게만 팔고 어떤 사람에게는 팔지 않겠다는 생각을 해 본 적이 없다.

말하자면 자기는 작품을 창조하는 것만으로 만족해 왔다. 그렇다면 이제 와서 화집을 내야만 한다는 법도 없다. 화집을 내지 않는다고 해서 자기의 예술이 세상에서 자취를 감춘다거나 자기의 이름이 땅 속에 묻히는 일은 없을 것이다.

화집을 낸다고 해서 이 사람 저 사람 찾아다닌다는 것이 도리어 예술가로서의 인격을 깎아 내는 것이나 되지 않을까?

구 화백은 화집 출판에 대한 의혹을 품기 시작했다.

피곤에서 오는 것인지 갈증을 느꼈다. 그는 식모를 불러 숭늉 한 그릇을 가져오라 했다.

식모는 대접에 받친 숭늉그릇을 들고 와서 구 화백 앞에다 놓았다. 나이가 오십이 넘은 식모지만 처녀처럼 수줍은 태도로 화백의 얼굴도 보지 못한다.

화백은 갈증도 잊어버리고 식모의 뒷모습만을 바라보았다. 십 년 동안이나 과수로 지낸다는 여자다. 몸 하나 의지할 데가 없어 식모살이로 떠돌아다니다가 자기 집에 발을 들여놓은 뒤부터 삼사 년 동안 다른 데는 갈 생각도 안 하고 있다.

식모는 식모지만 살림을 맡아보고 있는 여자다. 구 화백의 살림을 경영해 나가는 데 있어서 구 화백에게 없어서는 안 될 공동 경영자라고 말하지 않을 수 없다. 집안에 쓸 만한 물건이 무엇 무엇이라는 것은 구 화백보다도 더 잘 알고 있는 여자다.

그러나 그는 식모다. 자기가 죽으면 누구보다도 슬퍼해 줄 사람이지만 그는 식모라는 위치에서 언제나 스스럽게 지내야만 한다.

이제 나이 육십이니 생리적 욕망이 간절한 것도 아니다. 그저 한방에서 자기만 하면 부부라고 해도 무방할 것 같았다.

부부라고 하나 식모라고 하나 이름이 다를 뿐 생활에 변동이 일어날 것은 아무것도 없을 것이 아닌가?

구 화백이 이런 것을 생각하고 있을 때 백광사 사장 정진태가 찾아왔다.

그림이 어디 있는지 있는 장소만 알려 주면 사진사를 보내어 사진을 찍게 하겠다는 것이었다.

"그래서 그림 가지고 있는 사람들을 생각해 봤는데 그게 몇 명두 안 돼. 화집이 안 될 것 같은데……."

구 화백이 실망한 듯한 말을 하자 정진태는,

"그럴 리가 있겠습니까? 선생님이 모르시는 데 있는 그림이 더 많을지 모르지만 신문광고만 내면 다들 연락해 줄 것입니다."

하고 자신 있게 말했다.

"글쎄, 한때는 돈을 받아먹고 팔아먹은 것을 화집을 낸다고 해서 빌려 달라는 광고를 낼 수 있을까?"

구 화백은 신문광고 낸다는 것을 그리 탐탁하게 생각지 않았다. 더구나 그런 광고를 낸다는 것은 자기가 화집을 낸다고 선전하는 것이 된다.

"단념하는 것이 좋을 것 같아. 화집을 낸다고 하면 이러쿵저러쿵 말할 사람들도 있을 것 같구……."

그 말에 정진태가 펄쩍 뛰었다.

"누가 뭐라고 합니까? 외국에까지 알려진 선생님이고 또 우리 나라 서양화에서 선생님 위에 갈 사람이 없다는 것을 누구나 다 알고 있는 일인데 화집을 낸다고 말할 사람이 누굽니까?"

"그래도 원체 말이 많은 세상이라 남을 곱게 보려고들 해야지."

"별 걱정을 다 하십니다. 제가 선생님을 존경하는 마음에서 해 드리는 것인데 누가 뭐라고 말합니까? 화집 하나 없는 우리 나라에서 그런 것이 나온다는 것만도 반가워해야 할 일인데……."

"사실이야 그렇지만 그렇게들 생각하는가? 자기 것이 못 나오는 것만 생각하고 질투 같은 것을 하게 되지. 두고 봐요. 돈이 어디서 나왔을 것이거니, 누구에게 가서 공작을 했을 것이거니 당치도 않는 말들이 나오고야 말 테니까……."

"그것이 뭐 두렵습니까? 말하고 싶은 사람들은 마음대로 말하라고 내버려두세요. 선생님의 양심만 부끄럼이 없으면 되지 않습니까? 모르기는 모르지만 선생님의 일생을 아는 사람치고는 그런 말할 사람이 없을 것 같습니다."

그래도 구 화백의 마음은 썩 내키지가 않았다. 남 안 하는 일을 하게 되면 아무래도 화제를 일으키게 된다. 화제에 오르게 되면 칭찬받는 것보다 험구를 듣게 되는 것이 십상팔구인 세상일이다. 화집을 내겠다는 것도 일종의 욕심인 만큼 욕심이란 것을 안 가지는 것이 제일 편할 것 같았다.

그러나 정진태는 그렇지가 않았다. 세상에 없는 것이니 꼭 해 봐야겠다는

것이었다. 그리고 화집을 내는데는 구 화백 것을 누구 것보다도 먼저 내야
한다는 것이었다.

그래서 당장에 신문광고를 내고 사진을 찍기 시작할테니 구 화백은 가만
앉아 있기나 하라고 했다. 그러면서,

"다방이나 요릿집에서 본 그림두 적지가 않습니다. 그림을 찾아 내지 못
해서 화집을 못 내지는 않을테니 두구 보십시오."
하고까지 말했다.

구 화백은 그 이상 더 반대할 수가 없었다. 더 반대를 한다면 결국 자기
는 비굴한 사람이 되고 만다. 세상의 말이 무서워 사지도 펴지 못하고 사는
사람이 되고 만다.

"그럼 마음대로 하시오. 나도 그림 있는 데를 찾아볼 테니까……."

구 화백은 자기가 메모한 사람들만은 자기가 찾아가기로 했다. 안면이 있
는 사람에게까지 사진사를 보낸다는 것은 실례가 될 것 같았기 때문이었다.
남에게 실례를 함으로 건방지다는 인상을 주는 것을 무엇보다도 꺼려하는
화백이었다.

정진태가 돌아가자 구 화백은 메모를 보고 가장 자신이 있는 집부터 찾아
가기로 했다.

맨 처음 찾아간 집이 옛날 신문사 편집국장으로 있다가 지금은 집에서 글
이나 쓰고 있는 S씨의 조그마한 주택이었다.

구 화백은 S씨의 집에 이르자 마루에 들어서면서 S씨의 방안에 들어갈
때까지 담벽만을 두리번거렸다. 자기의 그림이 붙어 있는가를 살피는 것이
었다.

마루에는 동양화 한 폭이 걸려 있었다. 동양화로 유명한 R씨의 그림이
었다.

구 화백은 R씨의 그림을 보자 우선 안심이 되었다. S씨가 아직 그림을 좋
아한다는 생각에서였다. S씨가 그림을 아직 좋아한다면 자기의 그림도 보존
하고 있을 것이 아니겠는가?

마루를 지나 S씨의 방안으로 들어설 때 구 화백은 첫눈에 자기 그림을 발

견했다. 한편 벽에는 서화가 두 폭 걸려 있고 한편 벽에는 자기의 옛날 그림이 높다랗게 걸려 있었다.

구 화백은 자기 그림이 바깥 마루에 걸려 있지 않고 방안에 걸려 있다는데 더 만족을 느꼈다. S씨가 자기 그림을 좀더 소중히 여기고 있는 것 같았기 때문이었다.

S씨가 어려운 걸음을 옮겼다고 하며 우선 담배를 한 대 권했다. 구 화백은 담배를 받아 피우면서도 눈을 그림 있는 데로만 돌리었다.

이십 년도 넘은 그림이다. 그림을 한 장 달라고 자꾸만 졸라 돈을 제대로 받지도 않고 거저 주다시피 준 그림이다. 어떻든 오랫동안 보지 못하던 자기 그림을 대하니 가슴까지 울렁거리는 것 같았다.

만져 주면서 이야기라도 해 주고 싶은 심정이었다.

잠시 지나가는 인사를 주고받은 뒤 S씨가,

"사변 통에 책은 한 권도 남김없이 잃었는데 그림만은 두 폭이 남았지요. 참 기적 같은 이야기지만 우리 나라니까 있을 수도 있는 일일 겁니다."

하고 우선 그림 이야기를 화제로 꺼냈다.

"그림이야 가져가두 돈이 안 되니까 그렇겠지요."

"글쎄나 말입니다."

그들은 서로 바라보며 소리를 내어 웃었다.

"그러니까 다행이지요. 저 그림을 잃었더라면 구 화백 뵐 낯이 없었을 텐데……."

S씨는 담벽에 걸린 그림을 보면서 말했다.

구 화백은 고마운 생각이 들었다. 자기 그림을 소중히 여겨 주는 사람이니 앞으로도 그 그림을 아껴 주리라는 마음까지 들었던 것이다. 그래서 화집 출판에 대한 것을 서슴지 않고 이야기할 수가 있었다. 그리고 나서는,

"다음에 사진사를 보낼 테니까 사진을 좀 찍도록 해 주십시오."

하고 용건을 말해 버렸다.

"거 참 기쁜 소식입니다. 우리 나라에서도 화집들이 자꾸 나와야겠는데 우선 구 화백 것이라도 출판이 된다니 다행한 일이로군."

"고마운 사람이 있으니까 그런 걸 생각이라도 하게 됐지요. 돈이 얼마나 드는데 개인으로야 그런 걸 출판할 생각이나 할 수 있습니까?"

"참 세상에 고마운 사람도 있군요. 팔릴 물건도 아닐 텐데……."

"정말 몇 권도 팔리지 않을 겁니다."

"몇 부나 인쇄하는가요?"

"자세히는 모르지만 몇백 부 찍겠지요."

"우리 나라에 화집을 살 만한 사람이 몇 명이나 될까요? 공짜라면야 가지고 싶어할 사람이 적지 않겠지만…… 그런데 정가는 얼마나 붙이실 작정인데……."

"그건 잘 모르겠습니다."

구 화백은 자기 화집에 대해서 너무나 지식이 없는 것을 깨달았다. 그것을 출판하는데 전체로 돈이 얼마나 들 것이며 정가는 얼마나 되리라는 것쯤 알아야 할 것인데 몇 부를 출판하는지조차 모르고 있다.

몰라도 상관은 없는 일이지만 정진태에게 미안한 생각이 들었던 것이다.

S씨에게 용건을 마치고 나오려 할 때 S씨가,

"참, 내가 가끔 나가는 다방이 있는데 거기두 구 화백의 그림이 한 장 있습디다. 시청 근처에 있는 ××라는 다방이지요."

하고 묻지도 않는 말을 가르쳐 주었다.

"그래요? 거기두 가 봐야겠군요."

구 화백은 S씨에게 고마운 인사를 하고 S씨가 말해 준 다방으로 갔다.

조그만한 다방이었다. 장치도 시원치 않고 그림이라고는 한 장밖에 붙어 있지 않는데 그 그림이 바로 자기 것이었다. 누구에게 팔았던 것인지 기억할 수가 없는 나체화였다.

'어떻게 저 그림이 여기까지 와 있을까?'

구 화백은 우선 궁금한 생각이 들어 카운터에 서 있는 주인 마님을 불렀다.

"저 그림은 누가 그린 거지요?"

구 화백은 아무것도 모르는 척해야 할 것 같았다.

"구천배 씨라는 사람의 그림이라나 봐요?"

마담은 손님들에게서 구천배라는 이름을 들은 모양이었다.

"참 좋은데요. 어디서 사셨지요?"

"환도한 뒤에 어떤 고물상에서 샀지요. 다방에 그림 한 장 없어서야 어디 초라해서 쓰겠어요, 한 장쯤 더 있었으면 좋겠는데 이제는 원체 비싸서 살 수가 없군요. 저건 천 환을 주었댔지요 아마. 손님들이 그러는데 다들 공짜라구 하더군요. 구천배 씨란 우리 나라에서 유명한 화가래요."

"그래요?"

"침침한 방안에 빨가벗은 여자가 혼자 누워 있는 그림이니까 탐내는 손님이 적지 않아요. 며칠 전에는 돈을 많이 줄 테니 팔라는 손님까지 있었어요."

"왜 팔지 않으세요?"

"우리 집에 오시는 손님은 우선 저 그림부터 보는데 그걸 팔 수 있어요? 요즘은 손님을 끄는 데도 저런 그림이 필요하답니다. 앞으로는 여자 나체 사진을 구해다 걸까 해요."

장사를 오래 해서 그런지 마담은 무척 수다스러웠다.

구 화백은 자기 그림이 춘화도처럼 취급받는 것이 불쾌해서 그림을 쳐다볼 수가 없었다.

화려한 빛깔을 즐겨하지 않는 구 화백의 그림이라 방안이 침침하다. 여자의 육체도 색정적으로 그려 있지는 않지만 무슨 꿈을 꾸고 있는 것만은 완연히 드러나 있다. 그런데도 일반 사람들은 춘화도처럼 생각하고 있는 모양이다.

그러나 다시 그림으로 눈을 돌리었을 때 구 화백의 눈에는 불똥 같은 무엇이 스치고 지나가 그 그림을 더 쳐다볼 수 없게 했다.

이십여 년 전 그 그림의 모델이 되어 준 설하(雪河)가 생각났던 것이다.

비록 기생이기는 했지만 자기에게 순정을 바친 나머지 모델까지 되어 주었던 여자다. 지금 어디서 어떻게 살고 있는지는 모르지만 필시 정숙한 생활을 하고 있을 여자다.

그 여자의 육체를 춘화도처럼 취급하다니……

“돈을 많이 드릴테니 파시지…….”

구 화백은 비싼 값으로라도 그 그림을 사들이고 싶었다.

“장사 밑천인데 걸 팔 수 있어요. 십만 환이나 준다면 모르지만. 사실은 저 그림을 팔고 누드 사진을 걸어 놓으면 손님들이 더 좋아할 것 같기는 해요.”

마담은 그림을 팔 의사가 없지도 않았다. 그러나 십만 환을 어디서 구할 수가 있는가? 자기 입으로는 더 싸게 해 달라는 말도 할 수가 없다. 사실은 십만 환, 아니 이십만 환이라도 주고 사고 싶은 그림이다. 다시 그런 그림을 그릴 수가 있을 것인가?

구 화백은 다방을 나오면서 십만 환을 구해 보리라 생각했다.

설화에 대하여 미안한 생각도 없는 것이 아니지만 자기 그림이 춘화도처럼 취급된다는 것은 정말 참을 수 없는 일이었다.

예술이 사회의 천대를 받고 있는 것이 숨길 수 없는 현실이라 해도 자기 그림이 그렇게까지 인식되지 못하고 있다는 사실을 볼 때 그는 자기가 사회의 학대와 경멸을 받고 있다는 놀라움을 느끼지 않을 수 없었다.

어떻게 해서든 그 그림만은 다방에서 떼도록 해야 했다.

그러나 십만 환을 어디서 구할 것인가?

최근에는 그림을 그려 달라는 사람도 별반 없다. 그림을 그려 가지고 나가 팔려고 하면 사오만 환 받기도 힘이 드는 판이다.

구 화백은 정진태를 생각해 보았다.

그라면 자기의 심정을 이해해 줄 것이다. 그리고 그가 사는 것처럼 하고 교섭을 하면 십만 환에서 얼마를 깎을 수도 있을지 모른다.

그러나 구 화백은 그런 생각을 그만두기로 했다. 자기 그림값을 깎는다는 것은 결국 자기 자신의 예술을 에누리하는 것이 된다. 다른 사람이라면 모른다. 자기가 어찌 자기 그림값을 깎자고 다른 사람을 내세울 수가 있단 말인가? 자기가 자기를 모독하는 일이다.

구 화백은 그림 말고 달리 팔 것이 없는가 생각해 보았다. 양복, 시계, 의장, 이러한 것들이 머리에 떠올랐다.

그 다음에는 집을 생각했다.

그것이 좋을 것 같았다. 지금 집을 팔아, 조금 작은 집을 사면 십만 환쯤 떨어질 수가 있다. 혼자 사는 신세에 집이 크고 작고가 문제될 것인가?

구 화백은 이런 생각을 하며 메모에 적혀 있는 다음 사람을 찾아가기로 했다.

이번에는 어떤 국책 회사의 사장 A씨였다. 옛날에는 중학교 선생 노릇을 하던 이로 해방 뒤부터 실업계에 나선 사람이다.

회사로 A씨를 찾아가자,

"이거 구 선생님이 웬일이십니까?"

A씨는 벌떡 자리에서 일어나 두 손으로 구 화백의 손을 잡고 공손히 인사를 했다.

정말 손윗사람을 모시는 것과 같은 정중한 태도로 자리까지 권하는 것이었다.

"바쁘시지요?"

구 화백이 형식적인 인사말을 했지만 A씨는,

"저는 밤낮 그렇습니다만 선생님이야 늘 바쁘시겠지요? 한번 찾아가 뵈야 할 것인데 이거 면목이 없습니다."

A씨가 이렇게까지 머리를 숙일 필요가 없는데도 상관을 대하듯 머리가 가벼운데 구 화백은 도리어 의아스러운 생각이 들었다. 국책회사니만큼 정부의 고급관리들을 자주 대하는 관계로 생활태도까지 변한 것이라고밖에 해석할 도리가 없었다.

"별 말씀을 다 하시는군요. 찾아오시기는……."

구 화백은 도리어 송구스러워 대답을 잘 못할 정도였다.

"국보적 존재이신 선생님을 저한테까지 오시도록 제가 찾아가지 못한 것이 부끄럽습니다."

"천만의 말씀을 다 하십니다. 내가 볼일이 있으니까 찾아온 건데요……."

구 화백은 공연히 인사만 길어질 것 같아 용건을 말하기 시작했다.

A씨는 화집 출판한다는 말과 사진을 찍게 해 달라는 말을 듣자,

"거 참 반가운 소식입니다. 언제쯤 책이 출판되어 나오는가요?"

하고 나서는,

"사실은 우리 회사에서 선생님의 그림을 한 폭 살까 하는데 틈이 계실지요?"

하고 딴 이야기를 꺼냈다.

"바쁜 일도 없으니까 곧 그려 드리지오. 그런데 제 그림은 어디다 걸어두고 계신지 그걸 말씀해 주시면 사진사를 보내겠는데……."

A씨는 잠시 머뭇거리다가,

"그게 풍경화(風景畵)였지요? 가을 풍경이었다고 생각하는데요……."

"네, 낙엽이 깔린 교외를 그린 그림입니다."

"그걸 제가 가지고 있지 않은데요……."

"그럼 딴 사람에게……."

"할 수 있습니까? 사람을 많이 대하는 직업이라 좋은 물건은 지니고 있을 수가 없습니다. 선생님 그림은 가보루 남겨 두려고 했지만 눈총들이는 이가 너무 많아서 그만 그렇게 되었습니다."

"누가 가지고 계시다는 것만 알려 주시면 사람을 그리루 보내지요."

"참말 죄송합니다. 제가 연락을 해 드리지요."

"직접 찾아가면 안 될까요?"

"그럴 수가 있습니까? 사진사를 제게 보내시면 제가 데리고 가서 사진을 찍도록 하겠습니다."

"그렇게까지 수고를 끼칠 수 있습니까? 선생도 바쁘실 텐데. 누구 댁이라는 것만 말씀하십시오."

A씨는 이마를 쓰다듬으며 머뭇거리다가,

"사실은 전 ××장관 ×× 씨 댁에 있는데 사진을 찍겠다고 사진사를 보내기가 좀 거북할 것 같아서 하는 말씀입니다."

"그렇습니까?"

구 화백은 신경이 날카로워졌다. 출세하기 위한 선물로 자기 그림을 사용

했다는 것부터가 불쾌했지만 장관 하던 사람이라고 해서 사진사 보내는 것
까지 꺼려하는 비굴성에 얼굴살을 찌푸리지 않을 수 없었다.

A씨는 미안해서 어쩔 줄을 몰라했다. 지금은 하는 일이 없다 해도 앞으로
다시 장관이 될 물망에 오른 사람에게 번거롭게 할 수는 없다고 하며,

"그 그림은 잃어버린 셈치시고 새로 하나 그려 주시지오. 그러면 값은 얼
마든지 드리겠습니다.

하고 사정을 하는 것이었다.

선사한 그림 때문에 사람이 왔다갔다 하면 자기의 체면이 서지 않는 모양
이었다.

"잘 알았습니다."

구 화백은 그만 자리에서 일어섰다.

"차나 한 잔 드시고 가시지오. 곧 가져올 텐데……."

A씨는 한구석에 앉아 있는 여비서를 보고 차를 빨리 가져오라고 독촉했
다. 구 화백은 좋은 낯으로 화집 핑계를 대고 사무실을 나서려 했다.

"바쁘실 텐데 시간을 허비해 드려 죄송합니다."

하고 아무렇지도 않은 듯이 말했다.

"차두 한 잔 대접하지 못해서 어떡헙니까? 다음에 한번 댁으루 찾아뵙겠
습니다."

A씨는 당황하는 표정을 지으며,

"잠깐만 기다려 주십시오. 자동차가 있으니까 가시는 데까지 모셔다 드리
지요."

하며 여비서를 불러 자동차 준비를 명령했다. 그러나 여비서가,

"자동차는 지금 외출했는데요."

하는 말을 하자 A씨는 누가 자동차를 타고 갔으며 또 언제 돌아오느냐는 말
을 한 마디도 물어 보는 일이 없이,

"구 선생님을 푸대접해서 될 수가 있나……."

하고 자동차 이야기도 그 자리에서 중단해 버리었다.

구 화백은 속으로 웃음이 나왔으나 꾹 참고

"멀리 가지 않으니까 걱정 마십시오."

하고 작별의 악수를 청했다.

A씨는 다시 두 손으로 구 화백의 손을 잡고는,

"죄송합니다. 그런데 그림은 언제까지 그려 주시겠습니까?"

하고 새로 그릴 그림의 독촉을 시작했다.

구 화백은 그 자리에서 그림 그릴 시간이 없다고 거절해 주고 싶었으나,

"기한은 정할 수 없지만 그리는 대루 갖다 드리지요."

하고 대답했다.

"이번에는 회사에서 살 작정이니까 값은 얼마든지 드리겠습니다. 꼭 그려 주십시오."

"잘 알았습니다."

구 화백은 A씨와 작별하고 나오자 그만 기운이 빠져 다른 데를 더 찾아 갈 용기가 나지 않았다.

구 화백은 집으로 돌아오고 말았다. 웃을 갈아입자 화실(畫室)로 들어가 의자에 걸터앉았다. 담배를 피우는 것이었다.

담배를 피우며 두 칸도 안 되는 화실 안에 너저분히 널려 있는 화구(畫具)들을 돌아볼 때 구 화백은 무엇 때문에 그림을 그리기 시작했던가 하는 생각을 했다.

한 번 그려서 팔고 그 뒤에는 자기 그림에 대해서는 말 한 마디 할 수 없는 것이 화가의 숙명이다. 그러한 숙명이 슬펐던 것이다.

구 화백은 바닷속의 어족(魚族)들을 생각했다. 알을 낳아 놓기만 하면 새 끼고기들은 마음대로 흩어져 버린다. 한 번 흩어지기만 하면 그것이 자기 새끼인지도 구별하지 못하게 된다.

말하자면 어미 고기는 알을 낳아 놓는 것으로 자기의 일을 다하는 것이다.

상품이 아니라 예술작품으로 자기의 생명을 부어 넣은 그림이지만 한 번 팔면 그 그림은 자기와 관계가 없는 것이 되고 만다.

산 사람은 아궁이 속에 처넣고 싶으면 아궁이 속에 넣을 수도 있다. 화가 날 때는 그림을 내동댕이칠 수도 있다. 내동댕이칠 뿐만 아니라 발로 밟아

도 그림을 그린 사람은 그것을 보지 않는 한 말할 수가 없다.

자기의 생명을 부어 넣어 만들었다 해도 한 번 자기 손을 떠나고 나면 자기와 아무런 관계도 없어지고 마는 그림——그 그림을 그리기 위해 자기는 일생을 바치어 오지 않았는가?

그래도 좀더 좋은 그림을 그리려고 화실을 꾸미기도 했었다. 채광이 잘 들어오게 유리창을 새로 내기도 했고 분위기를 만들기 위하여 꽃병을 사다 놓은 일도 있었다.

구 화백은 자기가 공연한 짓을 하며 살아 온 것이라 생각했다.

그는 갑자기 화실이 싫어졌다. 내실로 돌아오고 말았다.

그러나 책상을 대하고 한참 동안 앉아 있으려니 문득 ××다방에 걸려 있던 나체화 생각이 났다. 그것만은 사야 할 것 같았다. 수많은 사람들에게 춘화로 취급받는 생각을 하니 얼굴이 뜨거워 견딜 수가 없었다.

더구나 모델이 되어 준 설하 생각을 하면 죄를 지은 듯 몸이 비틀어졌다.

자기에게 순정을 바친 설하의 육체를 차 마시러 다니는 사람들의 눈요기감으로 만들었다면 자기는 설하의 순정을 상품으로 이용한 사람밖에 되지 않는다.

구 화백은 A씨를 생각했다. 그림을 그려 달라고 부탁할 때는 상대도 하지 않았던 A씨였다. 그러나 누구보다도 돈을 많이 줄 수 있는 사람이란 생각을 하니 그 사람에게라도 그림을 그려 주어야 하지 않을까 생각했다.

집을 판다든지 정진태에게 부탁을 한다든가 하는 것보다는 역시 자기 손으로 그림을 그려 파는 것이 구차스럽지도 않고 또 마음 편할 것 같았다.

치사스럽기는 하지만 할 수 없었다. A씨가 자기 그림을 사서 또 자기 출세의 미끼로 사용한다 해도 그런 것을 생각지 않으면 그뿐이 아니겠느냐는 마음이 들었다. 자기 새끼지만 한 번 낳아 놓은 뒤에는 어떤 놈에게 잡혀 먹히거나 어디서 어떻게 죽거나 상관하지 않는 물고기처럼 살면 될 것이 아니겠는가?

구 화백은 화집에 대한 것은 잊어버리고 다음 날부터라도 착수하지 않으면 안 될 그림을 구상하기 시작했다. 무엇을 그릴까?

정물(靜物), 풍물(風物), 인물(人物), 이러한 것들을 둘러 생각했다.

여러 가지로 생각했지만 정물이라든가 풍물 같은 그림은 그리고 싶지가 않았다. 어쩐지 인물이 그리고 싶었다. 인물 가운데서도 아름다운 인물이 아니라 험상궂은 인물이 그리고 싶었다.

험상궂은 인물은 어디서 고를 것인가?

구 화백은 여러 가지 얼굴들을 눈앞에 그려 보았다. 그러나 모두가 마음에 들지 않았다.

그가 고르는 얼굴이란 최고로 피곤한 쇠잔의 상징이었을지 모른다. 그렇기에 그의 눈앞에 비치는 얼굴이란 지게를 뒤집어 놓고 그 위에서 낮잠 자는 지게꾼 같은 것이었다. 먼 길을 가다가 지쳐서 그만 길가에 쓰러져 있는 노인이기도 했다.

그러나 그런 얼굴들도 필경에는 그의 마음에 들지가 않았다.

무엇을 그리나?

빨리 그려 빨리 돈을 받아야 한다는 생각이 들어서 그런지 그의 마음은 초조하기 짝이 없었다. 며칠을 두고 구상해야 할 일이지만 당장에 생각해 내야만 할 것 같은 심정이었다.

그래서 자기 상상력을 비틀어 짜면서 피곤한 얼굴들을 생각하고 있을 때 구 화백은 불현듯 그 순간의 자기 얼굴을 눈앞에 그려 보았다.

어쩐지 자기의 얼굴도 피곤한 사람 축에 한몫 끼일 것 같은 생각이 들었다.

"소재는 가장 가까운 곳에 있었군."

구 화백은 자화상(自畵像)을 그리기로 했다. 자기 얼굴이 지금의 자기 화상(畵想)을 만족시켜 줄 유일한 소재가 될 것 같은 마음에서였다.

구 화백은 거울을 가져다가 자기 얼굴을 비춰 봤다.

육십이라고 하지만 나이에 비하여 상당히 늙은 얼굴이다. 기름기가 하나도 없다. 잔주름이 얼굴 전체에 나무 뿌리처럼 얽혀 있다. 눈 가장자리는 생기를 잃고 퍼르스름하다. 눈꼬리에만은 아직도 어떤 의욕이 숨어 있는 것 같지만 눈동자는 힘이 풀려 있다. 병이 든 것도 아닌데 숨이 차하는 것 같은

코. 가물어 마르고 땅바닥처럼 건조한 살결——.

구 화백은 그러한 얼굴에서 피곤이라는 것을 찾을 수 있었다.

하나의 희열(喜悅) 같은 것을 느낀 구 화백은 거울을 놓았다. 쇠잔하고 피곤한 얼굴이었지만 그 얼굴에서 구 화백은 자기의 쇠잔과 피곤을 슬퍼하기 이전에 그림 소재(素材)를 발견했다는 즐거움을 먼저 느꼈던 것이다.

자기가 만들어 놓은 작품이 불우한 운명 속에 휩쓸려 들어간다고 해도 하나의 작품을 창작해 낸다는 그 순간의 창조적 즐거움이란 절대적인 슬픔까지도 이겨 낼 수 있는 모양이었다.

구 화백이 내일부터라도 그림을 착수할 생각으로 그림 그릴 준비를 하고 있을 때 정진태가 다시 찾아왔다.

"신문에 났습니다."

정진태는 구 화백을 보자 가지고 온 신문을 펴 놓고 광고란을 가리켰다. 그리고는

"사진도 일류 사진예술가에게 부탁해 놓았습니다."

하고 일이 제대로 되어 간다는 만족한 웃음을 웃었다.

구 화백은 자기가 겪은 하루의 일을 이야기하려 했으나 그만 입을 닫아 버리고 말았다.

"나도 내일부터나 좀 나가 볼까 생각합니다."

사실은 그림 가진 사람들을 찾아다닌다고 한댔자 결국은 환멸밖에 느낄 것이 없으리라고 생각되었지만 그래도 정진태가 그렇게까지 성의를 보여 주는데 자기만은 모른 척하고 있을 수가 없었다.

오늘은 나가지 못한 것처럼 하고 내일부터나 나갈 것처럼 말을 했다.

"오늘 ××신문사에 들렀더니 그 신문사 사장실에도 선생님의 그림이 있더군요. 그리고 사장이 자기가 아는 사람으로 선생님의 그림을 가진 이가 몇 사람 있다고 하여 주소까지 적어 주었습니다."

정진태는 수첩을 꺼내 구 화백의 그림을 가졌다는 사람들의 이름을 보여 주었다.

대부분이 모르는 사람들이었다. 그러나 어디 있을지도 모르던 그림의 소

재를 안다는 것은 즐거운 일이 아닐 수 없었다.

"그림의 다리가 상당이 긴 모양이군……."

그때 정진태가,

"그림만 좋으면야 자꾸만 돌아다니게 마련이지요."

하고는,

"참 나가십시다. 뵈여 드릴 게 있는데요."

하고 구 화백의 의견도 묻는 일이 없이 일어섰다.

"무슨 일인데?"

"선생님 그림인데 석 장이나 가지고 있는 사람이 있습니다."

"누군데?"

"글쎄 가시기나 하세요. 이건 아무나 볼 수 있는 것이 아닙니다. 저만이 발견한 것이지요."

정진태가 서두는 바람에 구 화백은 뒤따르지 않을 수 없었다.

정진태는 자동차에 올라앉아서야,

"제가 단골로 다니는 요릿집인데 그 집 마담이 글쎄 선생님의 그림을 세 개나 가지고 있지 않아요. 그것도 객실에 건 것이 아닙니다. 다른 사람이 못 보는 내실에다 걸어 놨지 않았겠어요."

하고 특종 기사거리를 발견한 신문기자처럼 혼자 좋아했다.

정진태의 말을 듣자 구 화백의 머리에는 설하의 이름이 떠올랐다. 요릿집 마담이라는 것과 자기 그림을 석 장이나 가지고 있는 여자라는 것이 설하를 연상케 했던 것이다.

"윤설하라는 여자가 아닙니까?"

구 화백이 이렇게 묻는 말에 정진태는 깜짝 놀라며,

"선생님이 그 여자를 어떻게 아십니까?"

하고 물었다. 구 화백은 아무 대답도 안 했다.

"아니 그 여자를 언제 만나 보셨나요?"

"옛날에……."

"그런 요릿집 하는 줄은 어떻게 아시지요?"

“정 형 이야기를 들으니 그저 그 여잘 것 같아 물어 본 것이지…….”
“그 여자는 선생님을 아는 것처럼 말하지 않던데요.”
“하두 오래된 이야기니까 잊어버렸겠지요.”
이런 말을 주고받는 동안 구 화백은 설하에게 가는 길이 옳은가 그른가를 생각했다.

우연이기는 하지만 그래도 설하의 소식을 듣고 찾아가는 셈이 된다. 삼십 년이나 지난 오늘 옛 사람이라고 해서 제 발로 찾아간다는 것은 아무래도 어색한 일이 아닐 수 없었다.

‘만나면 무슨 이야기를 할 것인가?’

사실 할 이야기도 없을 것 같았다. 얼굴이나 쳐다보며 옛일을 회상하는 수밖에 없다. 이제 옛날과 같은 감정이 다시 일어날 것도 아니고…….

“난 그만 돌아가지요.”

구 화백은 정진태의 태도를 살폈다.

“아시는 여자면 더 좋지 않습니까? 가서 저녁이나 잡수며 그림 구경을 하십시다.”

정진태는 안 간다는 구 화백의 심정을 알 까닭이 없었다. 설사 안다고 해도 억지로나마 끌려고 했을 것이다.

구 화백은 아무 말도 안 했다. 정진태의 의견대로 하겠다는 태도였다.

실은 오래간만에 설하의 얼굴이라도 한 번 보았으면 싶었다. 아무런 일도 없을 것이니 만나도 무방하다는 생각이 더욱 그런 마음을 만들었는지 모른다.

커다란 여염집을 고쳐 만든 요릿집이었다. 간판도 붙어 있지 않았다.

구 화백은 정진태의 뒤만 따라 어떤 방으로 들어갔다.

그 방에도 그림이 한 장 걸려 있었지만 이름도 잘 모를 사람의 것이었다.

설하는 아직도 그림을 좋아하고 있다는 생각이 들었다.

구 화백이 앉자 정진태가 잠깐만 다녀온다고 나갔다가 얼마 안 있어 혼자 돌아왔다.

“마담이 손님방으로는 안 오겠답니다. 선생님이 가서야겠는데요.”

구 화백은 얼굴이 화끈 달아옴을 느꼈다. 손님방에서 자기를 만나지 않겠다는 설하의 마음이 들여다보이기 때문이었다. 아무것도 모르는 만큼 정진태가,

"그림도 보실 겸 안방으로 들어가시지요."
하고 말했다.

"나를 반가워할 것도 아닐 텐데……."
구 화백은 한 번 등을 쳤다. 설하가 자기를 어떻게 생각하든지 좀더 똑똑히 알고 싶었던 것이다.

"선생님 말씀을 했더니 얼굴빛이 달라지던데요. 지금 옷을 갈아입노라 야단일 겁니다."

"그럴 까닭이 없을 텐데."
더 이야기하면 정진태가 눈치를 챌 것 같아 구 화백은 정진태가 하자는 대로 안방으로 들어갔다.

설하는 새 옷을 갈아입고 단정히 앉아 있었다. 구 화백이 들어서는 것을 잠시 바라보고는 얼굴을 떨어뜨렸다가 구 화백이 자리잡고 앉았을 때 앉은 채로 허리를 숙여 절을 했다.

"선생님, 오래간만입니다."
새색시가 남편에게 절하듯 하는 설하를 볼 때 구 화백은 가슴이 두근거렸다.

그러나 나이 육십에 옛 여자를 만났다고 해서 얼굴을 붉힐 수는 없었다.
"참 오래간만이군. 삼십 년 거의 됐지!"
구 화백은 설하의 얼굴을 바라보며 다만 감개무량하다는 표정만을 지었다.

설하도 상당히 늙었다. 오십이 다 되었을테니 그렇기도 하겠지만 몸집도 상당히 부한 편이었다. 그러나 옷을 깨끗이 입고 화장을 잘해서 그런지 주름살이 밉지가 않고 곱게 보이었다.

너무나 갑작스런 일이 되어 그런지 설하는 나이에 맞지 않게 수줍음을 탔다. 말도 잘 못하고 구 화백의 얼굴만을 쳐다보고 있었다.

구 화백은 그러한 설하를 그냥 볼 수가 없어 눈을 사면 벽으로 돌리고 거기에 걸려 있는 자기 그림만을 보았다.

하나는 삼십 년 전에 자기가 준 그림이다. 둘은 누구에게 팔았는지도 기억하지 못하는 그림이었다. 그러나 그림마다 셀로판 종이를 곱게 덮어 놓고 있었다. 유리는 낄 수가 없으니까 그 대신 종이로라도 먼지가 앉지 않게 하려 한 것이다.

"저 그림들은 어디서 났지요?"

구 화백이 화제를 그림으로 돌렸다.

"여기저기서 샀습니다."

설하도 달았던 가슴이 조금 식은 모양이었다. 탁자에 놓인 담배를 집어 권하기까지 했다.

구 화백은 담배를 받아 불을 붙이고 나자,

"그새 돈을 많이 벌었군!"

하고 딴전을 부렸다. 그러나 내심은 설하가 살아 온 과거를 알고 싶은 것이었다. 그때 정진태가 말참견을 했다.

"성공한 셈이지요. 집도 마담의 소유니까요. 6·25 뒤부터 시작한 장사를 그새 이만큼 크게 만들기가 쉬운가요."

구 화백은 설하의 가정적인 생활이 알고 싶었다. 그래서 무관한 척하고,

"바깥양반은 무얼 하시는데……."

하고 슬쩍 말문을 터놓았다.

설하도 조금 대담해졌는지,

"돈이 제일 아닙니까? 남편보다두 돈이 좋은 것 같아요."

하고 혼자 살고 있다는 것을 암시했다.

구 화백은 설하의 생활이 평탄치 못했다는 것을 짐작했으나 그 이상 더 물을 수도 없었다. 그런데 설하가,

"선생님도 이제는 돈이나 버세요. 혼자서 무얼 믿고 사세요. 하기야 그림을 그리시니까 마음 붙일 곳은 있겠지만……."

하고 자기 생활을 정당화시키려 했다.

구 화백은 무엇보다도 자기가 혼자라는 것을 알고 있는 데 놀라,

"내가 혼잔 줄 어떻게 알지?"

하고 물었다.

"벌써 돌아가셨지요? 사모님이 돌아가신 뒤 금시 알았어요."

"그래?"

아내가 죽은 줄 알았으면 왜 그새 한 번도 찾아오지 않았느냐고 물어 보고 싶었다. 그러나 속이 들여다보이는 말은 하기가 싫었다.

"저도 결혼을 했다가 실패를 했지만 혼자 사는 것이 편한 것 같아요. 그래서 돈이나 벌 생각이죠."

설하도 차기가 과거나 현재나 행복하지 못하다는 것을 암시하고 싶어서 하는 말이리라.

구 화백은 그 이상 더 물을 수가 없었다. 불행하다는 것을 알면 또 어떻게 할 것인가?

설하가 안방에서 술상을 차려 왔다. 구 화백은 술이나 마실 따름이었다.

정진태가 벽에 걸린 그림이 어쩌니저쩌니 하며 두 사람의 관계에 대해서는 애써 모르는 척하려 했으나 구 화백은 그런 정진태가 싫어 설하와의 이야기는 될 수 있는 한 피했다.

만나지 못한 동안의 이야기를 좀더 시원히 주고받았으면 하는 생각도 없지 않았지만 그래야 별 수도 없는 일이 아닌가? 그러나 일부러 입을 막아야 한다는 생각을 가져서 그런지, 구 화백은 자기도 모르게 가슴이 답답해 옴을 느꼈다.

정진태가 없다면 설하의 태도가 그리 서먹서먹하지는 않을 것인데 하는 생각도 들어 정진태가 가시 같은 존재처럼 보이기도 했다.

무엇인가가 가슴에 맺힌 것 같을 때 흔히 술을 마시게 된다.

구 화백은 정진태와 설하가 권하는 대로 술을 마셨다.

술이 얼근해지자 구 화백은 넋두리 같은 것이라도 해야만 할 것 같았다. 그래서 한다는 소리가,

"환쟁이처럼 불쌍한 것은 없어. 한 번 그려 팽개치면 그 그림은 내 것이

아니거든. 자식이면 효자건 불효건 애비가 죽을 때는 감투를 쓰는 것이 아니야? 이놈의 환쟁이는 자식을 낳아두 감투 씌워 줄 자식은 하나두 없거든…….”

이 말에 정진태가,

“그러니까 화집을 출판하시자는 것이 아닙니까?”

하고 대꾸를 했다.

“그만둬. 내 오늘 지난 이야기를 할까? 사실은…….”

구 화백은 다방에서 본 그림과 A씨를 만났던 이야기를 꺼낼 뻔했다. 그러나 정신이 아주 나갈 만큼 취하지 않았던지 그는,

“아니야, 아무것두 아니야…….”

하고 이야기를 흐려 버렸다. 이야기를 중단하고는 정신을 수습하노라고 안주 한 점을 집어먹었다. 안주를 먹으면서 생각을 해도 자기가 완전히 취한 것 같지가 않았다. 완전히 취하지도 않고서 지각없는 이야기를 해서 쓰나 하는 자책을 했던 것이다.

만약 다방에 걸려 있는 나체화 이야기를 꺼낸다면 설하와 정진태가 꼭같이 흥분할 것이다. 그들은 제각기 그 그림을 산다고 덤빌지도 모른다.

그러니 술 한 잔을 하고 그런 이야기를 꺼낸다면 그것은 설하나 정진태에게 그 그림을 사라고 강요하는 것이나 마찬가지의 일이 된다. 그렇게 비굴할 수가 있는가?

구 화백은 취중에도 비굴하고 싶지는 않았다.

“자, 술이나 마셔!”

구 화백은 정진태에게 술잔을 내밀었다. 그리고 설하에게도 가끔 술잔을 권했다. 권한 술잔은 반드시 구 화백에게로 돌아왔다. 얼마를 마셨는지 구 화백은 정신이 혼몽해졌다. 정진태가,

“이제는 돌아가시지요.”

하고 구 화백의 모자를 벽에서 내렸다. 더 취하면 데려다 주기가 곤란한 모양이었다.

구 화백은 정진태의 말을 가려 들을 수 있었지만 일부러 취한 척하고 싶어

“모자 안 쓰면 못 가나…….”

하고 모자를 잡아 한편 구석으로 내동댕이를 쳤다.

오래간만에 주정이라도 하고 싶은 심정이었다. 주정하는 자기를 설하가 어떻게 취급할지 그것이 보고 싶었는지도 모른다.

“가셔야지요.”

정진태가 모자를 집어 들고 다시 옆으로 왔다.

“누가 안 간대?”

그러면서도 구 화백은 취한 척하고 방바닥에 누워 버렸다.

그때였다. 설하가 구 화백의 몸을 일으키며,

“선생님은 체면을 생각하시며 사셔야 하지 않아요?”

하고 정말 주정뱅이를 달래듯 말했다.

“체면? 체면이 무슨 소용 있어? 체면이 사람을 먹여 살리나?”

구 화백은 자리에서 일어나려 하지 않았다.

“선생님! 섭섭하실지 몰라두 선생님은 체면을 생각하셔야 할 나이가 아냐요? 다음에 또 오세요. 술은 언제라도 대접해 드릴게…….”

설하가 나이 이야기를 하자 구 화백은 그만 술이 일시에 깨는 것 같았다. 그는 자리에서 벌떡 일어났다.

“그렇지. 내 나이 육십이야. 육십이거든. 이제 술주정이나 할 수 있어…….”

구 화백은 정진태가 주는 모자를 받아 썼다. 그리고 정진태가 부축하는 대로 끌리어 현관 앞까지 나와 자동차에 오를 때,

“설하. 고마워!”

하고 절을 꾸벅했다. 자동차가 움직이기 시작하자 그때는 정진태에게,

“설하가 나더러 체면을 생각하며 살라고 했지. 내가 위험해서 그런 말을 한 건 아니야. 설하는 옛날에 나를 좋아한 여자거든…….”

하고 말했다. 취했으니까 한 말이겠지만 취중에라도 하고 싶은 말이었을 것이다.

“짐작은 했습니다.”

"짐작을 해? 누가 짐작을 하라구 그랬어……."

구 화백은 정진태의 죽여 가며 웃는 웃음소리를 들었다. 구 화백은 기분이 나빴다. 남의 비밀을 알았으면 알고도 모른 척해야 할 것인데 게다가 기분 나쁜 웃음까지 웃다니 될 말이냐 말이다.

"정진태, 너 이 놈. 내가 그렇게 우스우냐?"

"천만의 말씀입니다. 선생님 취하신 것을 처음 뵈니까 그저 웃음이 나왔지요."

정진태는 조금도 취하지가 않은 모양이었다. 정진태가 취하지 않은 것을 알자 구 화백은 더 주정하고 싶어졌다.

"정진태! 화가를 어떻게 보지? 응? 화가를 어떻게 보느냐 말야?"

"존경합니다. 유명한 화가들의 그림은 일반 가정에서도 볼 수 있게 만들어야 한다고 생각합니다."

"옳아, 정진태가 옳아. 그림은 가정생활에 필요한 것이야. 일반 가정에서 필요하게까지 되지 않으면 그림은 귀족적 예술이거든……."

"그래서 저는 이번에 선생님의 화집을 출판하는 한편 선생님의 그림을 원색 사진판으로 해서 낱장으로 팔아 볼까 합니다."

정진태의 말에 나무랄 것이 없었다. 사진판으로 인쇄해서 한 장씩 따로 판다면 그림을 좋아하는 사람들이 큰 부담을 느끼지 않고 사 볼 수가 있다. 구 화백의 말대로 귀족적인 예술에서 한 걸음 나아가 일반 가정에서도 즐길 수 있는 대중적 예술이 될 수 있다.

그러나 구 화백은 주정을 하고 싶어하던 참이라 그림을 판다는 말에 신경을 돋우고 소리를 질렀다.

"이놈, 너는 결국은 장사치로구나. 그래 화집을 낸다는 것도 결국은 그런 장사를 염두에 두고 한 계획이지? 이 돈밖에 모르는 놈아……."

"선생님, 그게 무슨 말씀입니까? 취중이라도 섭섭한 말씀은 마십시오."

"알았어. 네 놈의 뱃속을 알았단 말이야. 섭섭하기는 개똥이 섭섭해."

정진태는 어이가 없는지 아무 대꾸도 하지 않았다.

자동차가 멎었다.

“선생님 다 왔습니다.”

정진태가 구 화백의 팔을 잡아끌었다. 그리고는 구 화백을 방 안에까지 데리고 가서,

“내일 찾아뵙겠습니다. 안녕히 주무십시오.”

하고 공손히 인사를 했다.

“정진태! 잘 가라 응! 잘 가.”

구 화백은 정진태가 돌아가는 것을 보고 웃음을 지었다. 자기 주정을 고스란히 받아 준 충직한 사람이란 생각이 들었던 것이다.

구 화백은 자기가 오래간만에 주정을 했다는 사실 그것이 유쾌했다. 술 마신 동기와 주정의 내용이 문제되지 않았다. 그런 것은 생각할 필요도 없는 것 같았다. 그저 술을 마셨다는 것과 주정을 했다는 것이 유쾌할 뿐이었다. 식모가 들어와 걱정스런 눈으로 구 화백을 바라보았다.

구 화백은 식모에게까지 주정을 하고 싶었다.

“옷을 좀 벗겨 주지 못해!”

식모는 술이 취한 사람이니 어쩔 수 없는 모양이었다. 구 화백의 옷을 벗겨 벽에 걸어 놓고는,

“빨리 주무세요!”

하고 말했다.

“나 물 좀 줘.”

이때까지 써 본 일이 없는 말투였다.

식모는 자리끼로 떠다 놓았던 물대접을 구 화백의 입에다 대 주었다.

“고마워, 우리……”

구 화백의 입에서는 우리 마누라라는 말이 나올 뻔했고 물대접에 대려던 손이 식모의 손을 붙잡을 뻔했다. 구 화백은 설하가,

“체면을 생각하며 사셔야지요.”

하던 말이 번개처럼 머리에 떠올랐다. 순간 물도 채 마시지 못하고 쓰러지듯 자리에 누워 버렸다.

주정이나마 체면 없는 주정을 할 수가 없었던 것이다.

"걱정 말고 가서 자시오."

구 화백은 식모를 보내고 잠이 들었다.

다음 날 아침 눈을 떴을 때 구 화백은 자기 손으로 자기 이마를 몇 번 두들겼다.

머리가 떵한 것이 정신을 차릴 수가 없었던 것이다.

술을 마시고 주정을 한 것이 생각났다. 머리가 떵해서 그런지 술 마시고 주정했다는 사실 전체가 혼몽한 상태에서 불쾌감을 가져왔다. 주책없는 일을 했다는 후회가 머리를 들기 시작했다.

나이 육십에 옛날 여자를 만났다고 해서 술이 마시고 싶어지다니…… 그리고 주정까지 하다니.

자기 자신에 대한 환멸을 느꼈다. 자기의 인생이 겨우 그런 것이었던가 하는 허무를 느꼈다.

구 화백은 찬물로 세수를 했다. 머리가 조금 깨끗해지는 것 같았다.

방안으로 들어와 자리를 개고 책상 앞에 앉으니 어젯밤 주정한 가운데서 정진태를 장사치라고 욕하던 말이 생각났다.

좀 심한 말이었다고 생각되었다. 그러나 정진태를 장사꾼이라고 한 말 자체를 부정하고 싶지는 않았다. 그는 산판(算板)을 놓고 있다. 결코 밑지는 장사를 하지 않을 것이다. 화집에서 손해를 보면 사진판 그림을 낱장으로 팔아서라도 그 손해를 보충할 것이다. 그렇다고 해서 정진태를 나무랄 것은 못 된다. 어떤 생각으로서든 화집을 만들어 준다는 것만은 고마운 일이다.

그러나 자기가 그림 가진 사람을 일일이 찾아다니는 것만은 중지하리라 생각했다. 서로가 서로를 이용함으로써 사회생활이 성립되는 것이기는 하겠지만 세상에 처음 나오는 자기의 화집마저 남의 이용물로서 출판된다는 생각을 갖고 싶지가 않았기 때문이었다.

더구나 그림 가진 사람들을 찾아가서 그들에게 받아야 할 굴욕감!

식모가 조반상을 들고 들어왔다.

"좀 깨셨어요?"

식모는 적이 걱정을 했던 모양이었다. 구 화백은 갑자기 부끄러움을 느졌다. 식모에게까지 주정을 했던 자기가 주책없는 인간으로 느껴졌던 때문이다.

"깨다니……."

구 화백은 취하지 않았던 것처럼 말했다.

"국에 말아서 한 술 잡수세요."

밥상에 놓여 있는 동태국에서 김이 올라오고 있었다.

구 화백은 숟가락을 들어 국물을 한 숟가락 떠서 입에 넣었다. 입안이 시원해지는 것 같았다. 식모를 고맙게 생각하는 순간 그는 설하를 생각했다. 자기 그림에 셀로판지를 곱게 싸서 그것을 정성스레 간직하고 있는 아름다운 설하! 다시 술을 마시러 가고 싶은 생각이 들었다.

구 화백은 식모의 말대로 국에 밥을 말아 몇 숟가락 먹었다.

죽은 아내는 자기가 밥을 먹을 때 밥상 옆에 앉아 식사가 끝날 때까지 자기를 지켜 주었다.

밥맛이 없다고 하면 없는 반찬으로라도 밥을 많이 먹이려고 고추장 찌개를 먹어 봐라, 나박김치를 먹어 봐라 하며 젓가락질할 때마다 반찬을 지적해 주기까지 했다.

식모도 자기가 밥맛이 없을 줄 알고 국에 말아 먹으라고 했지만 자기 옆에 앉아 식사가 끝날 때까지 자기를 지켜 줄 사람은 못 된다. 설하도 그럴 수 있는 사람은 아니다.

자기를 위해 정성을 다해 주는 사람들이고 동시에 자기에게 없어선 안 될 사람들 같기는 했으나 지금의 위치에서 한 걸음도 더 가까이 갖다 놓을 수 없는 사람들이다. 구 화백은 자기가 죽을 때까지 고적해야 하는 사람이라고 생각했다. 모든 사람이 자기에게 친절하다 해도 그 고적만은 메울 수 없는 것이라고 생각했다.

숟가락을 놓자 그는 전날 아침 천장 위에다 숨겨 놓았던 밥뭉치를 내리었다.

자기의 센티멘털을 비웃으며 그 밥뭉치를 쓰레기통에 내다 버리리라 마음먹었다.

식모가 밥상을 치우러 들어와서,

"왜 많이 잡숫지 않으시고……."

하며 사뭇 걱정하는 표정을 지었다.

"많이 먹었소."

하고 극히 냉정한 어조로 대답을 했다.

자기를 위해 희생하고 있는 사람이지만 주인과 식모와의 거리를 단축시키지 않으려는 마음이었다.

식모가 나간 뒤 얼마 안 되어 정진태가 찾아왔다. 지난 밤 취한 것을 보고 돌아갔기 때문에 그 뒤가 걱정이 되어 왔다는 것이었다. 정말 걱정이 되어 찾아온 것이 분명했다. 그러기에 구 화백이 주정한 이야기는 한 마디도 꺼내지 않고 구 화백이 무사하다는 것만을 안심하는 것이 아니겠는가? 구 화백이 계면쩍기도 하고 미안하기도 해서,

"내가 어제 실수를 많이 했지요?"

하고 사과하는 뜻의 말을 해도 정진태는 취중의 이야기는 문제도 삼지 않는 태도였다.

"천만의 말씀입니다. 선생님이 취하신 것을 보니 제가 유쾌해지던데요."

"아니야. 정 형한테 실수를 한 것 같아……."

"취기에 그만한 말씀쯤 무슨 문제가 됩니까?"

"본심이 아니었을테니까 용서하시오."

"용서가 다 뭡니까? 그런 말씀 아예 하시지도 마십시오."

참으로 고마운 사람이었다.

정진태는 돌아갈 때쯤 해서 설하의 집엘 다시 가자고 말했다.

구 화백도 가도 무방하다고 생각했다. 그러나 안 가도 또한 무방하다고 생각했다.

"또 취해서 주정을 하게?"

"간혹 취하시면 어떻습니까? 며칠 있다가 모시러 오겠습니다."

"좋도록 하시오."

정진태가 돌아가자 구 화백은 화집에 대한 것을 완전히 잊어버린 듯 외출

할 생각을 안 하고 화실로 들어가 A씨에게 그려 주기로 한 자기 자화상을 그리기 시작했다. 정말 화집 같은 것이 문제될 것 같지 않았다. 내주면 다행한 일이겠지만 안 내주어도 무방하다는 생각이었다.

그러나 자기의 그림이 어떠한 운명의 길을 걷든 그림을 그리는 것만이 자기라는 생각만은 버릴 수 없는 모양이었다.

다방에 걸린 나체화를 사야겠다는 생각도 희미해졌다. 만약 돈이 모자라 그 그림을 살 수가 없게 된다면 설하더러 사라고 해도 무방하리라 생각했다. 그것이 비굴한 아무것도 아니란 생각이 들었던 것이다.

캔버스를 대하고 앉은 구 화백은 피곤하고도 고독한 하나의 인간상을 그리려고 눈을 감았다. 거울에 비추어 보던 자기의 얼굴을 생각해 내는 것이었다. 아직 데생을 착수하기도 전에 식모가 들어와서 손님이 찾아왔다고 말했다. 구 화백은 뒤도 돌아보지 않고 외출했다고 말하라 했다.

"처음 오신 손님인데요. 한 오십쯤 나 보이는 여자입니다."

설하가 분명했다. 정진태처럼 걱정되는 마음에서 찾아왔을 것이리라.

그러나 구 화백은,

"아무 탈 없이 돌아와서 잘 잤다고 말해. 그리고 오늘은 그림을 시작해서 만날 수가 없다고……."

한 뒤 다시 눈을 감았다. 그림에 대한 이미지를 깨뜨리지 않으려 함이었다.

(원)《현대문학 29》1957. 5, (출)『한국단편문학전집 6 고호』정음사, 1964.

모상(母像)

아내가 임신을 할 때마다 기도를 드리다시피 사내자식을 낳아 주었으면 하고 빈 것은 딸보다도 아들이 소중하다는 생각에서만은 아니었다.

어머니 때문이었다. 삼대 독자인 자기가 아들만 낳는다면 맏손자가 귀여운 마음에서라도 자기의 아내를 며느리라 불러 줄 것 같았던 것이다.

그러나 아내는 두 번이나 딸을 낳았다. 그래서 결혼을 한 지 십 년이나 되는 오늘날까지 석재(錫宰)는 아내를 며느리로서 어머니에게 상면시킬 기회를 얻지 못했었다.

세 번째 임신을 하고 해산을 오늘내일 하고 있는 요즘 석재의 초조는 말할 나위가 아니었다. 이번마저 딸을 낳는다면 아내는 어머니가 승낙한 며느리 노릇을 평생 해 보지 못할지도 모르기 때문이었다. 칠순이 가까워 오는 늙은 어머니는 넷째 번 애를 낳을 때까지 살아 있을 것 같지가 않게 건강이 좋지가 못하다. 그래서 석재는 아내를 산부인과에 몇 번이나 보냈는지 모른다. 정확하게는 모른다 해도 혹시 이번만은 사내아이라는 진단을 듣고 싶어서였다. 의사는 물어 보는 사람의 심정을 짐작해서 그러는지 사내애일 것 같다는 말을 해 주었다.

그러나 석재가 보기에는 어린애의 위치라든가 뱃속에서 까부는 푼수라든가가 모두 계집애를 임신했을 때와 그 징후가 조금도 다름이 없었다.

하기야 결혼한 지 십 년이 지나도록 자기가 승낙하지 않은 여자라고 해서

며느리라는 말 한 마디 안 한 어머니가 아들을 낳는다고 며느리로 맞아들일
지 그것도 의문은 의문이었다.

그러나 어머니가 죽기 전에 며느리를 며느리라고 부르게 할 수 있다고 생
각되는 기회가 이번뿐이니 아들 낳기를 기다리지 않을 수도 없는 석재였다.

이 날도 출근을 하기 전 석재는 어머니에게 문안을 드리러 가서 어머니의
표정을 살피었다. 세상을 떠날 날이 얼마 멀지 않았으니 웬만한 일만 있으
면 이때까지의 고집이 풀릴 여유가 있을지도 모른다는 생각에서였다.

그러나 늙은 어머니의 표정은 조금도 다름이 없었다. 석재가 결혼을 하고
분가를 해 나간 뒤 매일처럼 문안을 드리며 쳐다보는 그 얼굴 그대로였다.
웃는 일도 없이,

"응."

하고는 창 밖을 내다보는 것이었다.

"가 보겠습니다."

그래도 어머니는 여전히,

"응."

이었다.

석재는 아내가 해산날이 가까웠다는 말을 귀띔이라도 해 주고 싶었지만
아무 말도 안 하고 어머니의 집을 나왔다. 어머니를 떠나 회사로 가는 도중
석재는 맏손자를 낳는다 해도 어머니가 자기 고집을 꺾지는 않을 것이라고
생각했다.

그렇다면 아내를 어머니에게 상면시키려고 애쓸 필요가 없는 것이 아닐
까 생각지 않을 수 없었다.

회사에 도착해서 사무를 보기 시작할 때 석재는 아들이건 딸이건 나오는
대로 나오라지 하고 생각했다. 초조해할 아무것도 없다고 생각했다.

점심때가 거의 되어 아내가 진통을 시작했다는 전달이 왔을 때도 속으로
는 아들을 낳아 주었으면 하고 바랐다.

집에 이르자 아내가 석재의 손목을 잡고 울기를 시작했다.

"또 계집애면 어떡해요."

다시 딸을 낳으면 자기는 죽기라도 해야겠다는 표정이었다.

"딸이면 어때?"

이렇게 아내를 실망치 않도록 말했지만 아내가 또 딸을 낳을 것 같은 예감에 눈물 흘리는 것을 보자 석재는

'손자도 못 보고 돌아가시는군…….'

하는 생각이 들어 어머니가 불쌍해졌다.

불쌍한 어머니였다. 귀족(貴族) 가문에 태어났으나 몰락하는 비참한 집안에서 어지럽게 자라났다. 그래도 가문을 본다고 석재 아버지에게로 시집을 왔건만 석재네 집안 역시 몰락 과정에서 허덕이고 있었다. 조상에게서 물려받은 유산으로 그럭저럭 살아갈 수는 있었지만 시대를 뒷걸음치는 집안의 음산한 분위기는 어머니의 마음을 하루도 편케해 주지 않았다. 그러다가 아버지가 죽은 뒤 어머니는 외아들 석재를 기르는데 법도를 잃지 않으려고 애썼다. 위엄 —— 그것은 어머니가 선조로부터 대를 물려받은 것이오, 어머니가 죽을 때까지 가지고 있을 오직 하나의 재산이다. 그 위엄을 가지고 석재를 길렀다. 배경 없는 위엄이 얼마나 고독한 것이었으랴.

사회가 그를 배반했고 아들 석재마저 그를 배반했다. 자기를 배반한 것에 대하여는 절대로 타협지 않으려는 어머니였으니 그의 고독은 얼마나 컸을 것인가?

여명이 멀지 않은 어머니는 고독 가운데서 생명을 바치는 것이다.

석재는 어머니가 죽기 전 그 고독을 한 번만이라도 풀어야 할 것 같았다.

'제발 아들만 낳아 주었으면…….'

그는 이런 생각을 다시 하지 않을 수 없었다. 그것으로나마 어머니의 고독을 풀고 며느리에 대한 실망을 잊어버리게 해 주고 싶었던 것이다.

"여보!"

아내가 고통과 실망이 겹친 애절한 목소리로 석재를 불렀다. 무엇 때문에 그런 목소리로 자기를 부르는지 그 뜻을 알고 있는 만큼 석재는 아내의 입을 막듯이,

"괜찮다니까…… 좌우간 낳아 놓고 봐야지 않어……."

라고 자기는 아들이건 딸이건 무관심하다는 태도를 보였다. 아내는 진통이 참을 수 없을 정도로 심해 가는지 다음부터는 단순한 신음소리만 연발했다.

석재는 까무라칠 듯 고통을 느끼는 아내를 보자 아내가 또 불쌍한 생각이 들었다. 해산하는 고통에 아들을 낳아야 한다는 정신적 고통이 겹쳐 그만 분만도 못하고 죽는 것이 아닌가 하는 겁이 들었다.

아들이든 딸이든 나오는 대로 낳는다고 생각하는 여자라면 고통이 하나밖에 없을 것이지만 아들을 낳아야 한다는 의식이 아내를 이중적으로 괴롭게 하고 있다.

만약 자기 아닌 다른 사람과 결혼을 했더라면 이러한 이중적 고통은 받지 않을 수 있었을 것이 아닌가?

십오 년 전 석재는 지금의 아내와 결혼할 결심을 하고 오 년 동안이나 어머니와 싸워 왔다. 어머니가 자기가 죽기 전에는 그런 여자와 결혼을 시킬 수가 없다고 해서 오 년이나 끌어 왔지만 실상은 아내가 자기와 결혼할 자격이 없다는 것을 끝까지 고집했었기 때문이다. 그것은 자격지심에서 우러나온 말이 아니었다.

기생 노릇을 하던 여자인 만큼 남자의 체면 같은 것을 잘 알고 있기 때문에 석재와 결혼 안 하려 한 것이 거짓은 아니었다. 더구나 재혼이라면 모른다. 첫장가 드는 양반집 석재와 결혼할 생각을 과연 가질 수가 있었을 것인가?

만약 그때 아내의 뜻을 받아들여 석재가 아내와의 결혼을 단념하고 다른 여자와 결혼을 했더라면 아내는 지금과 같은 고통을 느끼지 않았을지 모른다.

누구하고라도 결혼은 했을 것이다. 결혼을 해도 자유스러운 가정생활을 할 수 있는 남자와 결혼을 했을 것이다.

"힘을 한 번 주어 보시오."

옆에 앉아 있던 조산원이 서둘러 대기 시작했다. 분만할 시간이 가까운 모양이었다.

"너무 걱정 말구 순산이나 해 ——."

석재는 아내의 손을 힘있게 잡고 아내 얼굴에 자기 얼굴을 대었다. 아내를 안심시키려는 석재의 애정 표현이었다.

그리고는 방을 뛰쳐 나와 자기 방으로 들어갔다.

낯선 곳 어떤 여관방에 들어앉은 감이었다. 모든 사람과 격리된 듯한 외로움이 엄습해 왔다.

"순산만 해 주었으면……."

나중에야 어찌되었건 산모나 무사해 주기를 바라는 마음이었다.

삼십 분도 못 되어 어린애 울음소리가 들리었다.

울음소리를 듣고 산모 방으로 뛰어갔을 때 조산원이,

"사냅니다."

하고 큰 소리로 떠들었다.

석재는 아내의 얼굴을 바라보았다.

격전을 끝내고 난 뒤 승부도 모르고 기절한 운동선수처럼 아내는 피곤한 눈을 감고 있었다.

석재는 아내의 얼굴을 손바닥으로 쓸어 주었다. 아내는 눈을 감은 채 석재의 손으로 자기 얼굴을 쓸었다.

"수고했소."

"………"

석재는 마음이 흡족했다. 바라던 일이 한꺼번에 이루어진 것이다.

다음 날 아침 석재는 전보다 일찌감치 어머니께 문안을 드리러 갔다.

석재는 아침 인사를 끝내자 금시 생남한 이야기를 꺼내려 했으나 역시 어머니의 표정을 살피지 않을 수 없었다.

언제나처럼 화를 내고 있는 듯한 얼굴이었다. 웃음을 웃으면서도 위엄을 갖출 수 있을 것이지만 어머니는 세상이 못마땅하게만 여기는지 웃는 얼굴이라고는 좀체 짓지를 않았다. 못마땅하게 생각하는 듯이 자기의 감정을 표현해야만 위엄이 서는 것으로 여기는 사람의 고독성——.

석재는 생남한 이야기를 한다고 해도 어머니가 웃음을 지으리라고 생각되지 않았다.

바위처럼 움직일 줄 모르는 그 얼굴을 움직여 보려는 자기의 노력이 헛된 것이나 아닌가 하고도 생각되었다. 그렇다면 차라리 움직여 보지 않은 얼굴을 그대로 가지고 세상을 떠나게 하는 것이 어머니를 생각하는 아들의 효성이 아니겠는가…….

석재는 어머니가 반대하는 결혼을 했다. 막심한 불효였다. 그리하여 어머니의 얼굴을 더욱 굳어 버리게 만들었다.

굳어진 얼굴을 펴지 않으려는 것은 어머니의 자존(自尊)이다. 어머니의 자존을 꺾으려고 하는 자기를 어찌 효자라고 말할 수 있을 것인가?

어머니를 위하여 또 자기를 위하여 생남한 이야기를 안 하는 것이 옳은 일이라고 생각했다. 그래서,

"또 오겠습니다."

하고 자리를 뜨려고 할 때,

"그래, 아직 산고가 없느냐?"

하고 어머니가 엄격한 음성으로 물었다.

솔직한 보고를 안 할 수가 없었다.

"어젯밤 순산 득남했습니다."

"손자를 낳어?"

뜻밖에 어머니의 얼굴이 움직였다. 놀라는 표정이었다.

"네……."

"손자를 보구 죽게 됐구나……."

말소리는 약간 부드러웠으나 얼굴은 다시 굳어졌다.

석재는 손자를 마음 속으로 기다리고 있었던 어머니의 마음을 짐작하고

"손자를 보시러 한 번 가시지요."

했다.

어려운 말이었다. 결혼한 지 십 년 동안 한 번도 가 본 일이 없는 길을 손자가 생겼다고 해서 찾아 주기를 바라다니…….

어머니는 얼굴을 창으로 돌렸다. 역시 못마땅한 모양이었다.

"가서 일이나 해라."

"네. 가 보겠습니다."

석재는 말을 더 하지 못하고 어머니 곁을 떠났다.

그 뒤 문안을 드리러 갈 때마다 어머니는 손자의 안부를 물었다. 그러나 데리고 오라거나 보러 가겠다거나 그런 말은 통이 하지 않았다.

석재도 어린애가 잘 자란다는 말 이외에 다른 말을 안 했다.

어린애 삼칠일이 지나 산모가 기거를 하기 시작한 어떤 날 어머니가 문안 간 석재에게,

"손자 이름은 뭐라고 졌냐?"

하고 물었다.

역시 엄격한 얼굴이었으나 향수에 어린 어린애 같은 얼굴이었다.

"철규라고 지었습니다."

"철규…… 철규……."

어머니는 손자의 이름을 두 번이나 되풀이해 불렀다. 그리고는,

"규(奎) 자(字) 돌림이지……."

하고 다시 창으로 얼굴을 돌렸다.

석재가 다시 오겠다는 인사를 하고 자리를 일어서려 할 때,

"철규 녀석의 얼굴을 봐야 하지 않겠니?"

어머니가 손자의 얼굴을 마음으로만 바라보려는 것이 아님을 알자 석재는 그저 반갑기만 한 생각에,

"내일이라도 데리고 오겠습니다."

하고 대답했다.

"그래라."

어머니 곁을 떠나 회사로 가는 도중 석재는 천재일우의 기회가 왔다고 생각했다.

손자를 보고 싶어하는 어머니의 마음을 이용하여 아내를 상봉시키겠다는 마음이었다. 갓난 어린애를 엄마 품에서 뗄 수 없다는 구실로 아내를 같이 데리고 간다면 어머니도 어쩔 수 없을 것이 아니겠는가?

다음 날 아침 문안을 가는 시간에 석재는 아내더러 어린애를 업으라고 했다. 아내가 어머니의 승낙을 받았느냐고 걱정을 했지만 석재는 자기만 따라

오면 된다고 말했다.

"갔다가 뵙지도 못하고 돌아올 바에는 미리 말씀드리고 가는 게 좋지 않아요?"

아내는 아내대로 걱정이 아닐 수가 없었다. 6·25 동란 때 석재가 단신으로 피난을 가며 아내더러 어머니를 찾아뵈라고 부탁했다. 남편의 당부가 아니라도 혼자 사시는 어머니가 근심스러워 몇 번이나 찾아갔지만 대문 안에도 들어가지 못하게 한 어머니였다.

"글쎄 말씀드렸으니까 걱정 말구 따라오기나 해."

이렇게 해서 아내를 데리고 어머니의 집 대문 안에까지 이르렀지만 석재는 자기의 고집에 대해서 한낱 회의를 느끼지 않을 수 없었다.

생존해 계시는 동안 아내를 며느리로서 어머니와 상봉시키겠다는 것은 아내를 위한 마음이었다. 아내를 위한 마음을 자존에서 살고 있는 어머니에게 강요(强要)한다는 것은 어머니를 위한 행동이 아니다.

자기가 지금의 아내와 결혼을 하고야 만 것은 얼마 오래 살지 못할 어머니보다도 오랫동안 같이 살 아내를 크게 생각한 나머지의 일이었다.

비록 기생이었다 해도 자기에게 동정(童貞)을 바친 여자다. 그리고 자기에게 순정을 통틀어 바쳐 준 여자다. 어찌 늙어 가는 어머니를 위해 두 젊은 사람의 순정을 희생시킬 수가 있을 것인가!

그러나 지금에 와서는 입장이 다르다. 아내가 어머니에게 며느리라는 인정을 받건 안 받건 자기와 평생을 살 수가 있다. 살면 그뿐이다. 그런데 어머니는 멀지가 않다. 멀지 않은 어머니의 그 자존을 꺾어 어머니의 최후에 한 됨이 있게 해서야 될 말인가?

석재는 혼자 들어가서 우선 어머니의 의견을 타진하리라 생각했다. 만약 손자만 보고 며느리는 보지 않겠다고 한다면 어머니의 뜻에 거역치 않으리라 마음먹었다.

그래서 아내를 문 밖에 기다리게 하고 어머니에게로 들어가 아침 인사를 한 뒤 아내가 어린애를 업고 왔다는 말을 하려 할 때였다. 어머니가 고함을 질렀다.

“철규를 어째 안 데리고 왔느냐?”

석재는 긴 설명을 할 수가 없어서,

“데리고 왔습니다.”

하고 조금만 기다리라는 뜻을 표명했다.

“알았다. 네 놈의 그 더러운 생각을 알았다. 빨리 돌아가거라. 잔소리 말고 썩 썩 물러가거라.”

어머니는 이미 석재의 마음을 안 모양이었다.

“그런 간교한 생각으로 에미를 넘어뜨리려는 거지? 불효 망칙한 놈 같으니…… 빨리 나가지를 못해?”

석재는 어안이 벙벙했다. 어떻게 해야 좋을지 판단이 내려지지 않았다. 그러나 별 도리가 없었다. 어머니에게 거역할 수는 없었다.

석재는 인삿말도 못하고 어머니 곁을 떠났다.

방문을 나서려고 할 때 어머니가 뒤에서,

“간교한 놈 같으니…….”

하는 소리가 다시 들렸다.

석재는 얼굴이 화끈 달아올랐다.

밖에서 기다리던 아내가 눈치를 채고,

“내 그럴 줄 알았어요.”

하고 당연한 일이라는 듯이 혼자 중얼거렸다.

“잔소리 말구 빨리 나가기나 해!”

석재는 어머니가,

‘간교한 놈 같으니…….’

하던 말을 머릿속에 조각을 하듯 새기기에 정신을 잃었다.

(원) 《자유문학 6》 1957. 8.

손 교장

계속해서 내리는 비 때문에 공사를 임시로 중단시켰지만 손 교장(孫校長)은 이 날도 날이 어두워서야 학교를 나왔다. 그것도 하나의 타성일지 모른다. 일이 있건 없건 그는 날이 어두워야 학교를 떠나기 마련이었다.

오늘은 그 동안 신축공사에 지출한 경비를 계산해 보았다. 그리고 앞으로 지출해야 할 경비를 따지는 동시 학부형들에게서 들어올 기부금의 액수를 계산해 본 것이다. 이런 것은 회계를 담당한 선생에게서 보고를 들으면 간단히 알 수 있는 일이었지만 손 교장은 손수 장부를 뒤지고 기부금 명부를 살펴야만 했다. 회계 선생을 믿지 못해서가 아니었다. 손수 살펴보지 않으면 직성이 풀리지 않기 때문이었다.

수지 계산을 하는 것만도 아니었다. 만약 기부금이 예정대로 들어오지 않을 경우에는 어떤 방법을 써야 하는가 하는 것까지 생각하는 것이었다. 사실 그것은 한 문제였다. 돈이 들어오는 대로 그것을 경비에 충당시키고 있으니 기부금의 성적이 좋지 않을 경우 곤경에 빠질 사람은 손 교장 한 사람뿐이다.

그러나 지금의 현상으로 보아서는 그런 것을 걱정할 필요는 없었다. 기부금 성적이 예상보다도 좋을 뿐 아니라 사친회 간부들의 열성이 이만저만 아니었다. 그들은 손 교장이 걱정을 안 해도 좋을 만큼 일을 열심히 해 주었다. 학급에 대표 한 사람씩을 정해 놓고 그 대표는 매일처럼 학교에 나와 기부금을 독촉하고 또 받아들였다. 그뿐 아니라 기부금을 승낙하고도 그것을 내지 않는 학부형이 하나도 없을 만큼 사친회 간부들은 기부금 징수에 여러 가지 수단과 방법을 강구하고 있다. 학생들에게 신축 교사의 입체도(立體圖)와 수업시간표가 들어 있는 그림엽서 같은 것을 주어 학생들로 하여금 자기네 돈으로 학교가 건축되고 있다는 생각을 가지게 하는 동시, 기부금 내는 것을 하나의 자랑처럼 생각토록 유도하고 있었다. 기부금을 내지 못한 학부형들에게는 언제까지 내겠다는 약속도 받는다. 그것은 구두로 학생들에게 전하는 것이 아니라 서면으로 회답을 하도록 인쇄된 용지를 학생들에게 돌려 준다. 거기에는 납부하겠다는 날짜와 학부형의 이름만 적으면 되는 만큼 아무리 게으르고 또 편지 쓸 줄 모르는 학부형도 회답을 안 할 수 없는 방법이다.

그러나 손 교장은 그래도…… 하는 생각을 버리지 못한다. 그래도 기부금이 예정대로 들어오지 못할 경우가 없으란 법이 없다는 것이다. 그런 경우에 닥친다 해도 결국은 사친회 간부들에게 매달리는 도리밖에 없을 것이지만 그런 사태에 이르렀을 때의 자기 곤경을 생각하는 것이 결국 손 교장 자기 자신에게 충실한 태도처럼 느껴지기 때문이다.

어떤 대책을 강구하는 것이 아니라 곤경에 빠졌을 때의 자기를 걱정하는 것으로 시간을 보냈다는 것이 옳을지도 모른다.

어쨌든 손 교장은 장부를 뒤적이며 여러 가지 생각에 잠긴 채 날이 어둡도록 교장실을 지키고 있었다. 교장실을 나와서도 공사 터를 한 바퀴 돌아보았다. 비 때문에 공사를 며칠째 중지하고 있는 만큼 공사장에 변화가 있을 리 없다. 그래도 2층까지 쌓아올린 건축물의 교실을 하나도 빼지 않고 살피었다. 마치 이때까지 찾아 내지 못했던 무엇을 새로 발견이라도 하려는 것처럼 교실로 들어가서는 구석구석까지 살피는 것이었다. 2층 시멘트 바닥이 새지나 않나 해서 천장을 쳐다보기도 했고 비에 젖은 시멘트 벽돌이 약해지지나 않았나 해서 손가락으로 담벽을 찔러 보기도 했다.

공사장을 한 바퀴 돌고 내려와서도 그래도 무엇이 미진한지 이번에는 멀찌감치 서서 공사장을 바라보는 것이었다. 무슨 말이라도 있을 듯한 기대를 가지고 건축물을 바라보는 것이었다. 그러나 우산을 두드리는 빗방울 소리이외에 귀에 들려 오는 것이라고는 아무것도 없었다. 어둠 속에 자취를 감추려는 회색 건축물은 피곤을 느낀 듯 꼼짝도 안 한다.

손 교장은 더 서 있고 싶었으나 건축물이 자기를 필요로 하지 않는 것 같음을 느끼고야 겨우 발을 옮기기 시작했다. 집으로 돌아오자 아내가 현관까지 나와 우산을 받아 쥐었다. 그러면서도 비가 오는데 왜 늦었느냐고 약간 불평 띤 얼굴이었다. 남편이 학교일 외에는 아무 다른 잡념을 가지고 있지 않다는 것도 잘 아는 아내다. 알 뿐만 아니라 그렇게 신뢰하여 조금의 의심도 안 하는 아내다. 그런데 비가 오는데도 늦게까지 학교에 있다가 돌아오는 남편을 향해 왜 늦었느냐는 불평 비슷한 말을 한다는 것은 손 교장으로는 심외의 일이 아닐 수 없었다. 비가 오는 날까지 늦게 온다고 걱정해 주어야 할 아내다. 사실 늦으면 늦을수록 몸을 돌보라고 걱정해 주던 아내다.

그러나 한 번 그런 것을 가지고 탓할 수도 없어 손 교장은,

"비 온다구 일이 없나?"

한 마디를 했을 뿐 아내의 표정을 더 살필 생각도 않고 방 안으로 들어갔다. 아내는 방 안에까지 따라 들어와 양복을 받아 의장에 넣었다. 옷을 갈아입자 아내는,

"시장하시겠군요?"

하고 빨리 식사를 하라는 뜻의 말을 하고는 안방으로 걸어갔다.

역시 화를 낸 것은 아니었다. 비가 오는 날에도 여전히 늦게야 들어오니 남편의 건강을 걱정하는 나머지 그런 말이 나온 모양이었다.

손 교장은 아내를 뒤따라 안방으로 가서 밥상을 마주 앉았다.

"애들은 다 들어왔수?"

손 교장이 밥상을 대할 때마다 으레 한 번씩 물어 보는 말이었다.

"네."

손 교장은 딸과 아들 때문에 별로 걱정해 본 일이 없다. 아무 말을 안 해도 자기 일은 자기들이 하리라 믿고 있는 것이다. 지금쯤 자기들 방에서 공부를 하고 있을 것이 분명했다. 그래도 손 교장은 집에만 들어오면 으레 자

식들에 대한 것을 한 번 물어 보고야 마는 버릇을 가지고 있다.

손 교장이 자식들에 대한 이야기를 한 마디씩 물어 보는 습관이 있듯이 자녀들은 귀가한 아버지의 얼굴을 한 번씩 대하는 버릇이 있다.

손 교장이 밥을 뜨기 시작하자 맏딸과 맏아들이 번갈아 안방으로 들어와,

"지금 오셨어요?"

한 마디씩을 하고 앉지도 않고 자기들 방으로 돌아갔다.

자식들이 나간 뒤 아내가,

"비가 너무 오래 계속 하누만요?"

하고 입을 열었다. 비가 와서 학교 공사에 지장이 있을 것을 짐작하기 때문에서다.

"글쎄 소용 없는 비가 너무 많이 오는데 ── ."

손 교장도 건축에 지장이 있다는 뜻으로 대답을 했다.

그 뒤에는 식사가 끝날 때까지 별반 말이 없었다. 말이 없다는 것은 생활에 변화가 없다는 것을 뜻하기도 하겠지만 서로들 너무나 신뢰하기 때문일지도 모른다.

밥상을 치우고 나서야 아내가 석간신문을 남편 앞에 갖다 놓고,

"이번 인사 이동에 별 불평은 없습디까?"

하고 생각지도 않았던 화제를 꺼냈다.

"불평이라니?"

교내의 학급 담임 결정과 급료 인상 정도의 인사 문제였던 만큼 그것이 선생들 간에 어떤 불평이 있으리라고는 꿈에도 생각지 않았던 손 교장이었다.

"오늘 오 학년 삼 반 담임 김 선생의 부인이 찾아왔댔는데 불만이 있는 모양 같던데요."

아내가 이런 말을 할 때에야 현관 앞에서 어딘가 불평이 있는 듯한 얼굴을 보여 준 이유를 짐작할 수 있었다.

손 교장은 학교선생의 부인이 찾아와서 하고 간 말을 그대로 듣고 그 선생의 부인과 합세를 하여 자기에게 화살을 던지려는 아내의 태도를 의심하면서도

"그래 뭐랍디까?"

하고 물었다.

"자기 남편이 아첨할 줄 모르는 사람이 되어 언제든지 손해를 본다더군요."

아내는 김 선생의 부인이 찾아왔었다는 그 사실에 불쾌를 느꼈는지 모른다. 그렇지 않으면 손해를 보았다는 사람에게 동정이 갔는지도 모른다.

손 교장은 김 선생이란 사람을 생각해 보았다. 언제나 화가 난 듯이 혼자 있기를 좋아하는 사람이다. 그러나 성적이 나쁜 선생은 절대로 아니다. 그런데 어째서 그 사람에게 불평을 갖도록 인사 처리를 했을까? 그랬을 것 같지가 않았다. '손 교장은 인사 문제에서 공정을 기하려 하고 있다. 직접 간접의 청이 적지 않으나 그런 청을 한 번도 들어 본 일이 없다. 자기 마음 속에서 공정하다고 생각하는 일만을 해 왔다. 교장생활 이십여 년 동안 죽 계속해 온 일이다.

그렇게 하노라 해도 언제나 불만을 말하는 사람이 한둘쯤 생긴다. 어쩔 수 없는 일이다.

김 선생이란 사람이 어떤 불만을 가졌는지 모르지만 그런 불만을 일일이 받아들이다가는 한이 없는 일이었다. 그래서 손 교장은 자신 있게

"손해 보는 사람두 있어야 이익을 보는 사람두 있지."

하고 말했다.

남편을 의심해 본 적이 없는 아내였지만 이 날만은 남편에게 거역하고 싶어진 아내였다. 며칠 전에도 어떤 선생의 부인이 찾아와 자기 남편의 억울한 사정을 말했다. 그때는 그런 이야기를 남편에게 전하지도 않았지만 그런 일이 두 번째 거듭됨을 보자 아내는 남편에게 역시 맹점(盲點)이 있음을 시인하지 않을 수 없었다. 더구나 손해를 보는 사람이 있어야 이익을 보는 사람이 있다는 말을 자신 있게 하는 남편의 태도에서 그 맹점이 의식적인 것처럼 보여,

"김 선생은 당신의 제자라면서요? 그래서 누구보다도 충실하게 일하려구 한다는데 그런 사람을 알아 주지도 못하면 어떡해요?"

하고 눈살을 찌푸렸다.

그런 말을 들으니 김 선생이라는 이가 옛날 자기에게 배운 제자라는 기억이 머리에 떠올랐다. 그러나 손 교장은 자기에게 거역하려는 아내가 어디까지 거역하는가를 보고 싶었다.

"친제자라구 특별 대우를 하란 말이오? 그거야 말루 나를 정실에 끌리는 사람으루 만들려는 말이지 뭐야?"

"특별히 대우하라는 것이 아니라 실수가 없다면 남보다 나쁘게 해 주지는 말아야 하지 않느냐 말이에요."

"그럼 내가 일부러 나쁘게 대우했단 말이오? 어떻게 하는 말인지 모르겠군!"

"그 선생보다 몇 해나 늦게 들어온 선생을 학년 담임으루 맡겼대면서요? 김 선생은 월급두 올려 주지 않구?"

구체적인 이야기가 나올 때 손 교장은 자신이 없어졌다. 김 선생이라는 이가 제자라는 것을 잊고 있었다는 것은 부끄러워할 일이 아니다. 그러나 연조가 많은 사람을 두고 무엇 때문에 연조가 얕은 사람을 학년 담임으로 결정했던가 하는 그 이유를 모른다는 것은 떳떳한 일일 수가 없다. 그렇다고 해서 그것을 자기의 약점으로 돌린다면 자기는 공정한 사람이 못 되고 만다.

"이유가 있으면 감봉도 시키는데 무엇 때문에 여자들이 간섭이야?"

"간섭을 하자는 건 아녜요. 당신이 하시는 일 가운데두 실수가 있으니 하는 말이지."

"무엇이 실수라는 거요? 도대체 이십여 년 동안 교장 노릇을 하면서두 당신한테 그런 말 듣기가 처음인 것 같은데……."

"다 잘하니까 그런 것이 말썽될지두 모르지요. 그렇지만 당신한테 자주 드나드는 사람만이 덕을 본다는 비평을 듣게 된다면 당신은 인덕이 없는 사람이 될 게 아녜요?"

"내가 언제 나한테 드나드는 사람만 생각했던가?"

"김 선생 같은 사람의 처지에서 보면 그렇게 생각할 거 아녜요? 사실은 며칠 전 딴 선생의 부인도 와서 그런 말을 하구 갔어요. 그런 말을 자주 듣게 되면 당신은 뼈가 으스러지게 일을 하면서도 결국은 당신을 두둔해 주고 당신을 뒷받쳐 줄 사람이 없게 되지 않아요? 결국 인덕이 없다는 말밖에 듣지 못할 거예요?”

손 교장은 대꾸를 안 했다. 자기에게도 결점이 없달 수가 없다. 자기가 모르고 있는 단점을 아내가 발견하고 이야기해 준다면 우선 그 말을 솔직하게 받아들여야 할 것이 당연한 일이기 때문이었다.

대꾸가 없는 남편을 보자 아내는 남편이 불쾌해하는 것이나 아닌가 걱정이 되었는지,

“인덕이 없는 것처럼 외로운 것이 없을 거예요. 아무리 세력이 좋구 지위가 높다 해두 인덕이 없는 사람은 언제나 혼자 살아야 하니까요.”
하고 자기의 진심을 알아 달라는 듯이 부드러운 음성으로 말을 끝마쳤다.

다음 날도 비는 그치지 않았다. 우산을 받고 학교까지 걸어가는 동안 그는 건축 공사가 늦어지는 것을 안타깝게 걱정했다.

운동장에 들어섰을 때 그는 어린애들이 여기저기 모여 비를 피하고 서 있는 광경을 보았다. 현관은 물론 나무 밑에까지 모여 있다. 눈을 돌리니 새로 짓고 있는 건축물 1층에도 적지 않은 어린애들이 모여 있었다.

오전 수업이 없는 오후반 애들에 틀림이 없었다.

손 교장은 가슴이 뭉클해짐을 느꼈다. 아무리 시간을 맞추어 오라 해도 오전반 학생들보다 더 일찍 등교하는 오후반 학생이 적지 않다. 시간 관념이 없이 아무때나 학교에 오는 어린애들이라고 해서 나무랄 수는 없는 일이다. 다만 밖에서 몇 시간씩이나 기다리다가 제 시간이 되어야 교실로 들어갈 수 있는 어린애들이 불쌍해 보였던 것이다.

현관에 들어섰을 때 비를 피하며 모여 섰던 애들이,

“선생님 — .”
하고 목소리를 높여 자기를 부르고는 허리를 굽혀 인사를 했다.

선생님 소리를 안 하고 절만 해도 얼굴을 돌린 채 들어갈 수가 있겠지만 선생님, 선생님 하고 불러 놓고야 절을 하니 어린애들의 얼굴을 안 볼 수가

없었다. 어린애들의 얼굴을 보면서 인사를 받자니 결국 그 애들의 얼굴에서
    '비가 오니 운동장에서두 놀 수가 없어요.'
하고 호소하는 듯한 표정을 읽지 않을 수 없었다.
    '빨리 비가 개야겠는데…….'
    손 교장은 이런 생각을 하며 교장실로 들어갔다.
    빨리 비가 개어 공사를 계속해서 교사를 완성시키는 것이 손 교장의 가장
중요한 업무이지만 그것만이 그의 일 전부랄 수는 없다.
    그는 어젯밤 아내에게서 들은 선생들의 대우 문제를 오늘 안으로 살펴보
기로 했다. 그래서 선생들의 조회를 시작하기 전에 교감선생을 불렀다. 우선
교감에게서 선생들의 불평이나 불만을 알아 보려는 것이었다.
    교감을 불러 인사 문제의 결함을 물으려 할 때 교감이 그렇지 않아도 할
말이 있었다는 것처럼,
    "저, 김익수 선생이 사표를 제출했습니다."
하며 먼저 입을 열었다.
    어젯밤 아내가 말하던 바로 그 사람이었다. 손 교장은 김익수 선생이 사
표를 제출할 만큼 그렇게까지 불평이 컸었다는 데 대해서 놀라지 않을 수
없었다.
    "사표를 제출한 이유는 뭡니까?"
    "교장선생님을 뵐 낯이 없답니다."
    "볼 낯이 없다니? 비꼬는 말인가?"
    "글쎄 자세히는 모르겠습니다만 자기 부인이 교장선생님 사모님께 가서
쓸데없는 말을 했다나요? 그것이 이유라고 하지만 정말인지 거짓말인지 자
세히 모르겠습니다."
    손 교장도 그것이 정말인지 거짓말인지를 알 수 없었다. 정말이라면 괘씸
하기 짝이 없었다. 직접 말할 수가 없어서 간접으로 말을 했다고 하면 그것
이 무슨 허물이 될 것인가? 만약 그것을 불쾌하게 생각한다면 그것은 자기
를 무시하는 태도 이외에 아무것도 아니다. 더불어 이야기할 상대가 못 된
다는 뜻일 것 같았다.

아침 조회를 간단히 끝내자 손 교장은 김익수 선생을 불러 왔다.

"사표를 제출했다는 게 사실인가?"

"네."

"이유는?"

"비굴한 인간이 되어 버렸기 때문입니다."

"무엇 때문에 비굴한 인간이 되었단 말이오?"

"저 개인의 문제를 본인도 모르게 아내가 돌아다니며 발설했습니다."

"그것을 그렇게까지 비굴하다고 생각해?"

"그보다 더한 비굴이 어디 있겠습니까? 무능한 인간이기는 하지만 실제의 무능보다 몇 배의 무능이 폭로되고 말았으니까요."

"김 선생은 자기 자신을 무능한 인간이라 생각하나?"

"자인합니다. 무능하기에 남보다 뒤떨어지는 것이 아니겠습니까?"

"그렇게 자인을 한다면 부인에게도 불평을 이야기할 아무것이 없을 게 아니오?"

"무능한 사람은 자기 이외 사람에게서 따뜻한 손길을 바라게 되는 것입니다. 무능하기 때문에 그런 것을 바라는 것이겠지만 제게는 그러한 것이 필요하다고 생각합니다. 필요한 것이 결핍될 때 불만도 생기고 슬픔도 생기는 것이 아니겠습니까?"

"그러니까 내가 너무 냉정했다는 말인가?"

"결국은 그렇습니다. 제가 성의껏 일을 하는 한 개인 접촉을 안 한다 해도 선생님은 저를 알아 주실 줄 믿었습니다. 개인 접촉을 못하는 저의 성격을 이해해 주실 줄 알았습니다. 그러나 결국 손해 보는 것은 저 자신뿐이 아니겠습니까?"

사표를 제출했기 때문인지 김익수는 하고 싶던 말을 다 해 버린다는 태도로 말했다. 전에 볼 수 없던 용기였다.

손 교장은 그의 태도가 마땅치 않았다. 그러나 그렇다고 해서 그를 나무라는 말을 할 수는 없었다. 더구나 김익수가 그렇게까지 말하게 된 데는 자기의 책임이 전혀 없다고 할 수가 없지 않은가?

"과거지사는 잊어버리고 그대로 일해 주시오. 앞으로는 그런 일이 없을 테니까!"

이렇게 무마하는 도리밖에 없었다.

"한 번 낸 사표를 어떻게 철회할 수 있겠습니까."

김익수가 뜻밖에도 강경한 태도를 보였다.

"내가 접수하지 않으면 그뿐 아닌가?"

"천만의 말씀입니다. 사표를 제출한 것은 저의 의사입니다. 한 번 냈던 것을 철회한다면 저는 더 비굴한 인간이 되고 말 것입니다."

"그런 일도 있을 수 있지 않소? 그게 무슨 비굴이오?"

"교장선생님의 의사를 타진하려고 사표를 제출했던 것이 아니니까 선생님이 무어라 하시던 저는 그만두어야 합니다."

손 교장은 여러 말로 그를 만류했으나 끝내 듣지를 않았다. 고집이 여간 아닌 모양이었다.

손 교장은 우울했다. 교원생활 삼십 년, 교장생활이 이십 년에 자기에 대한 불평으로 사표를 제출한 선생을 처음 보았기 때문이었다. 더구나 김익수가,

"선생님에게 불만이 있어서가 아니라 제가 비굴한 인간이 되기 싫어서 그러는 것이니까 달리 생각지 말아 주십시오."

하던 김익수의 마지막 말이 귀에서 사라지지가 않았다.

이유야 무엇이든 자기가 그만큼 말했으니 타협하는 태도를 보여 주어야 할 것이련만 김익수는 자기의 비굴만을 주장하여 끝내 타협을 아니 했다. 결국 자기를 무시하는 태도라 말하지 않을 수 없었다.

"그만두라지."

김익수 한 사람만을 아까워할 것이 없다고 생각했다.

가는 사람은 가고야 마는 것이니까…….

그러나 김익수가 그만둠으로 말미암아 사십여 명의 다른 선생들이 불만과 불안을 크게 가지지나 않을까 하는 생각이 연달아 일어났다.

죄 없는 선생에게 불평을 갖게 하여 사표를 제출하게까지 했다면 선생들이 자기에 대한 인상을 어떻게 가질 것인가? 불평을 가졌다가는 김익수처럼

사표를 제출하게 되고 만다는 공포 관념을 주는 것이 하나의 정책으로 좋은 효과를 가져올지 모르지만 그 반대 효과를 생각할 때 참을 수 없는 고통을 주었다.

'독재자!'

자기에게 지워질 별명은 분명 그런 것이 되고 말 것이 아닌가? 손 교장은 '독재자'라는 말을 적지 않게 들었다. ××초등학교 교장도 그렇고 ○○초등학교 교장도 그러한 별명들을 가지고 있다.

손 교장은 삼십 년 동안을 한 학교에서 일 보고 있다. 일제 시대 사립학교였을 때는 교감과 교장으로 있었고 해방 뒤에는 공립학교로 개편되면서 그대로 교장 자리를 차지하게 되었었다. 교감으로 있을 때나 교장으로 있는 지금이나 손 교장은 인사의 공정을 무엇보다도 중요하게 생각해 왔다. 불공평한 인사로 선생들의 불평을 산다는 것은 학교 운영을 그릇되게 하고 나아가서는 자기의 교육생활을 명예스럽게 끝맺지 못하는 결과가 될 것을 예견했기 때문이었다. 아내의 말처럼 인덕이 없는 고독을 맛보기도 싫었다. 아무리 학교를 위해 성심껏 일을 한다고 해도 부하 직원의 불평을 사게 되면 종말에 가서는 자기가 불리한 위치에 놓이게 된다는 것을 손 교장은 누구보다도 잘 알고 있었다.

지금 김익수가 사표를 제출하고 나간다면 다른 선생들은 동료의식에서 그를 동정하면 했지 자기를 비호해 줄 까닭이 없다. 그리고 앞으로 사소한 일이 생기기만 해도 그들은 전체가 자기를 색안경으로 볼 것이 분명하다.

손 교장은 교감을 불렀다. 그리고 김익수 선생의 사표를 철회시키도록 애써 달라고 부탁했다.

교감에게 부탁해 놓기는 했으나 불안하기 짝이 없었다. 과연 김익수가 사표를 철회해 줄려는지…… 그리고 설사 철회를 해 준다 해도 자기가 미처 살피지 못하여 김익수에게 잘못 대우한 것을 다른 선생들이 흠잡지 않아 줄려는지…….

빗방울이 유리창을 두들기고 줄지어 미끄러져 내리고 있었다. 연속적인 빗방울…… 손 교장은 물방울들을 하나 하나 세고 싶은 심정으로 유리창을 응시하고 있었다.

그럴 때 교감선생이 들어와 다시 교육위원회에서 잠깐 다녀가라는 전화가 왔다는 것을 전갈했다.

손 교장은 교육위원회에서 오라는 이유가 무엇일까 하는 것을 생각하기 전에,

"잠깐 다녀올 테니 김익수 선생을 잘 부탁합니다."

하고 학교를 나섰다.

무시로 출입하는 교육위원회라 호출을 했다 해도 호출한 이유가 몰라 궁금할 지경은 아니었다

그러나 교육위원회에 들어갔을 때 자기의 전근을 암시하는 데는 놀라지 않을 수 없었다.

한 학교에 한 교장이 오래 머물러 있으므로 해서 생기는 폐단을 설명하며 시내 중요 초등학교 교장들의 인사 교류를 암시했다.

그것은 전근을 시켜도 놀라지 말라는 사전 경고임에 틀림없었다.

"학교 증축도 끝나지 않았는데……."

손 교장은 어안이 벙벙하여 한다는 말이 고작 이런 것이었다.

그러나 이미 방침이 서 있고 구체적인 계획이 짜여져 있는 것으로 보였다. 그러기에 손 교장의 이유 같은 것은 들으려고도 하지 않고 이야기를 구체적으로 돌렸다.

때는 내달 초순, 전근 학교는 변두리의 ××초등학교.

손 교장은 그 자리에서 전근 반대를 설명할 도리가 없었다. 아무 말 못하고 학교로 돌아왔다.

기가 막히는 일이었다. 삼십 년을 지켜 온 학교다. 처음에는 자기가 창설한 학교다. 지금은 자기 개인의 학교가 아닐망정 오늘의 이 학교가 있기까지 피와 같은 정성을 바쳐 왔다. 자기의 살림집인들 그렇게 아끼고 가꿀 수가 있었을 것인가.

정말 자기 집보다도 아끼고 사랑해 왔다. 자식들에게처럼 무관심한 태도를 한시도 가질 수 없었던 손 교장이다. 삼사백 명밖에 수용할 수 없던 교사

를 증축하여 삼천여 명을 수용할 수 있는 학교로 만들었고 삼천 명을 수용할 수 있는 강당도 지어 놓았다.

금년에 들어서는 지역별로 아동을 입학시켜야 하기 때문에 그것도 모자라 지금 다시 증축 공사를 진행시키고 있다. 그뿐인가? 학생들의 성적이 어떤 학교보다도 떨어지지 않아 매년 중학교 입학 성적이 학부형들의 마음을 끌고 있다. 증축비 같은 돈을 잘 내는 것도 그런 데 원인이 있다고 말할 수가 있다. 그런데도 불구하고 자기를 다른 학교로 전근시킨다는 것은 자기의 의욕을 끊어뜨리려는 행동으로밖에 해석되지 않았다. 하기야 교육자가 학교를 가릴 것이 없다고 하지만 애정과 정열이 상반하는 것이라면 개인적 사정을 어찌 무시할 수가 있을 것인가?

내 자식인 줄 알고 기르던 것이 내 자식이 아니라는 것을 알았을 때의 슬픔 같은 것이었다.

손 교장은 정신을 잃고 여전히 유리창을 두들기는 빗줄기를 내다보았다. 빗줄기가 회초리로 변하여 자기 몸을 두드리는 착각 같은 것을 느낀 때였다.

교감이 들어왔다. 교육위원회에 갔던 일이 알고 싶었던 모양이었다.

그러나 손 교장은,

"그래, 김익수 선생은 어떻게 되었습니까?"

하고 교육위원회에 갔던 일은 아무것도 아니라는 듯 김익수에 대한 이야기만 물었다.

"아무 말도 안 하고 돌아갔습니다."

"………"

손 교장은 고개만 끄덕이었다. 자기를 배반한 사람 —— 그는 영원히 가고만 것이다.

"제가 집으로 찾아가서 한 번 더 말은 해 보겠습니다만 고집이 여간 아닙니다."

그때 손 교장은 교감을 똑바로 쳐다보며 말했다.

"내가 전근이 되는 모양입니다. 그러니 떠나는 사람의 마음을 어지럽게 하지 않는 의미에서라도 나와 달라고 말해 주시오."

그것도 하나의 애원이었을지 모른다.

"전근이라니오?"

교감이 놀라는 눈으로 물었다.

"교육위원회의 방침인 모양입니다."

"그럼 이미 결정이 됐단 말씀입니까?"

교감이 좀더 구체적인 이야기를 알고 싶어 이것저것 물어 보고 있을 때였다.

남선생 한 사람과 여선생 한 사람이 마루를 울리며 뛰어들어왔다.

"어린애가 이 층에서 떨어졌습니다."

"뭣!"

손 교장은 내용을 물어 볼 사이도 없이 밖으로 뛰쳐 나갔다. 우산도 쓰지 않고 현관 밖으로 나가 선생과 학생들이 모여 섰는 곳으로 달려갔다. 그리고는 학생들을 떠다밀고 속으로 들어가 이미 기절을 하여 정신을 잃고 있는 어린애를 두 손으로 안아 올렸다.

손 교장은 어린애를 안은 채 운동장을 걸어가며 자동차를 빨리 부르라고 소리질렀다.

어떤 선생이 손 교장 앞을 달려갔고 손 교장이 운동장 출입문에 이르렀을 때는 택시 한 대가 와서 멎었다.

자동차에 앉자 그때야 손 교장은 어린애의 호흡과 맥박을 검사했다. 벌써 입술이 싸늘해져 있었다. 눈은 비뚤어져 있었다.

다쳐서 출혈한 곳은 별반 없는데도 어린애는 이미 죽은 것이었다.

손 교장은 가슴이 서늘해짐을 느꼈다. 자기가 학생 하나를 죽였다는 생각이 머리를 스쳤기 때문이었다.

언젠가 여름에는 학생이 한강에 가서 수영을 하다가 물에 빠져 죽은 일이 있었다. 그때 손 교장은 슬픔을 느꼈다. 다시 또 그런 일이 생길까 그런 것만 걱정했다. 그래서 조회시간 때 학생들에게 어린애들끼리만 절대로 강에 나가지 말라고 신신 부탁을 했다. 하루만이 아니었다. 여름이 다 갈 때까지 조회시간마다 그 이야기를 했었다.

그러나 지금 학교 구내에서 더구나 교사 2층에서 떨어져 죽은 학생의 시체를 안고 있는 손 교장은 마치 자기 손으로 그 학생을 죽인 것 같은 생각을 했다. 자기의 감독 부족, 학교 시설의 불충분.

손 교장은 전부터 창 밖에 난간 같은 것을 만들어야 한다고 생각했다. 그런 시설이 없기 때문에 애들이 장난하다가 떠다밀기만 하면 아무 걸리는 데가 없이 그냥 땅 위에 떨어지지 않을 수 없었다.

그래서 새 집을 지을 때는 유리창 뒤에 철망을 치도록 설계를 꾸미게 했지만 예산 관계로 구교사에는 그것을 만들지 못하고 있다. 그런 만큼 생각을 하고 있으면서도 실시하지를 못하였으나 그것은 알고도 학생을 죽게 만들어 놓은 결과가 된다.

'부모들에게 무엇이라고 사죄를 해야 하나?'

살인범이라고 육박을 해도 대답할 말이 없을 것 같았다.

자동차가 적십자병원 앞에 멎었다.

손 교장은 그래도 어린애의 시체를 안고 병원으로 들어갔다. 그리고는 의사를 붙들고 빨리 좀 진찰을 해 달라고 부탁했다. 어쩌면 도로 살는지도 모를 것 같았다.

의사가 진찰하는 동안 손 교장은 눈을 감고 기도했다. 정말 도로 살아나게 해 달라는 기도였다. 그러나 의사는 간단히 진찰 결과를 알려 주었다. 뇌진탕으로 이미 절명했다는 것이었다.

손 교장은 곧 학교로 전화를 걸었다. 빨리 그 부모에게 연락하라는 것이었다. 늦으면 늦을수록 자기의 범죄 사실을 숨기고 있는 것 같은 자책을 느낌에서였다.

부모들이 달려올 때까지 손 교장은 혼자서 가슴을 떨었다. 자기의 죄는 아무리 사과해도 용서받을 것이 못 된다는 생각이 들기 때문이었다. 부모들은 병원에 이르자 와락 달려들어 어린애 시체를 쓸어안고 울기 시작했다. 차마 눈으로 볼 수 없는 정경이었다. 손 교장은 돌아서서 눈물을 훌렸다

"빨리 시체를 가지구 돌아가십시오."

의사의 말이 있을 때까지 손 교장은 울었다.

어린애의 집으로 가서도 그 부모들이 울음을 그칠 때까지 손 교장은 눈물을 멈추지 못했다.

부모들이 울음에 지쳐 정신없이 멍하니 앉아 시체만 바라보고 있을 때야 손 교장은,

"제가 죄가 많아서 이런 일이……."

라고 처음으로 입을 열었다.

부모들은 아무 대꾸도 안 했다. 그저 슬프기만 한 모양이었다.

다음다음 날 비가 개인 학교 운동장에서는 죽은 민옥희의 장례식이 거행되었다.

수천 명 학생 앞에서 손 교장은 다음과 같은 조사를 읽었다.

"제 삼 학년 이 반 민옥희 그는 우등생이었다. 그의 부모에게 있어서는 하나밖에 없는 귀여운 딸이었다. 이 귀여운 민옥희 어린이가 창 밖으로 떨어지는 책보를 붙잡으려다가 그만 이 세상을 떠나고 말았다. 삼천 명 어린이의 교육과 신변 보호의 책임을 맡고 있는 이 늙은 손치훈은 무엇으로 이 죽음에 보답해야 할 것인가? 나는 이 슬픔을 어떻게 표현해야 할 것인가? 민옥희, 너는 머리가 허연 이 손치훈의 눈물을 보고도 못 본 척하리라. 현실이라는 것이 너무나 어처구니없기 때문에…….

옥희야——. 네가 살아 삼천 명의 어린이 속에 휩싸여 있을 때 나는 너의 이름도 얼굴도 기억하지를 못했다. 그러나 삼천 명 가운데 한 명 네가 없어진 오늘 나의 가슴은 너의 이름과 얼굴로 가득 차 있다. 삼천 명이 한 덩어리가 되어 네 얼굴로 나타나는구나……."

손 교장은 조사를 다 읽지 못하고 울기를 시작했다. 선생 학생 할 것 없이 수많은 사람들이 손 교장을 따라 눈물을 흘렸다.

민옥희의 장례식이 끝난 뒤 손 교장은 누워 앓기를 시작했다. 전부터 가지고 있는 신경통이 재발되었던 것이다. 그뿐 아니라 통 잠을 자지 못했다. 그리고 밥맛을 잃었다.

206

먹지 못하고 잠을 못 자니 몸은 점점 더 쇠약해져 갔다.

김익수는 끝내 사표를 철회하지 않았고 민옥희는 무참히도 죽어 버렸다. 그 두 사람이 손 교장의 잠과 입맛을 뺏어 갔던 것이다.

자기를 용서하지 못하는 사람들! 자기가 용서받지 못할 사람이라는 것을 너무나 엄청난 사실로 지적해 주는 사람들!

그뿐만도 아니었다. 애정을 박탈당한 마음의 쓰라림이 또한 적지 않았다. 삼십 년 동안 키워 온 학교에 대한 애정을 아무런 보상도 없이 뺏겨 버리고 말다니…….

손 교장은 일주일 동안에 얼굴이 아주 달라지고 말았다. 큰 병을 치르고 난 사람처럼 얼굴이 핼쓱해졌다.

그러나 학교 신축 공사가 계속되고 있음을 알고 있는 그로서 누워만 있을 수는 없었다.

그는 자동차를 불러다 타고 학교로 나갔다. 아내가 그의 뒤를 따랐다.

아내의 부축을 받아 교장실로 들어갔을 때 교감 이하 여러 선생이 인사를 하러 찾아왔다. 그리고 인사하러 왔던 선생들이 전부 돌아갔을 때 교감이 교육위원회에서 온 서류를 손 교장에게 내밀었다.

인사 이동의 발령이었다. 부임일자는 일주일 이내로 되어 있었다.

손 교장은 얼굴을 떨어뜨렸다. 명령이니 가지 않을 수 없다는 생각을 했다. 그러나 부임하는 학교로 가서 그 학교에 대한 애정을 느낄 때 다시 또 떠나라는 명령이 내려질 것이 미리부터 겁이 났다. 애정을 부식하고 그것을 접탈당하고…… 이러한 것이 인생일까 싶었다. 손 교장은 교감에게 사무 인계할 준비를 부탁했다. 그리고는 아내의 부축을 받아 신축 공사장으로 나갔다.

공사장에 이르자 손 교장은 뒤따라 나온 교감에게,

"유리창에 그물을 치기로 되어 있지요?"

하고 물었다.

그것은 공사 설계에 이미 들어가 있는 일이었다.

"틀림없이 그물을 치기로 되어 있습니다."

"내가 없어도 그것만은 잊지 마시오."

손 교장은 잠시 말을 그쳤다가,

"헌 교사에두 난간을 만들거나 그물을 치거나 하시오. 그놈만 있었던들……."

하고 한숨을 길게 내뿜었다.

손 교장은 2층에서 공사하고 있는 인부들을 바라보다가 매일처럼 하던 버릇으로 현장에까지 올라가려 했다. 그러나 아내가 말렸다. 교감도 말렸다. 신경통으로 잘 걷지도 못하면서 층층계를 올라가는 것은 위험한 일이라 했다.

손 교장은 그런 말을 들은 척하지 않았다. 현장에 가 보지 않으면 직성이 풀리지 않는 것 같았기 때문이었다.

아내와 교감의 부축을 받아 가며 완성되지 않은 층층계를 걸어 2층으로 올라가고 있을 때였다. 몇 걸음 올라가지도 않았는데 하반신이 갑자기 힘을 잃었다. 하반신의 힘을 잃고 쓰러지는 바람에 아내와 교감의 팔에서 떨어진 손 교장은 층계에서 굴러떨어졌다.

아내와 교감이 달려와서 그를 안아 일으켰다.

손 교장은 정신을 잃은 것이 아니지만 몸을 가눌 수가 없었다. 빈혈증에 걸렸을 때처럼 전신을 옴짝도 못했다.

집으로 돌아가 자리에 누운 손 교장은,

"부임을 해야겠는데……."

하는 걱정만 했다. 박탈당하고야 말 애정이지만 새로운 애정을 만들지 않고서는 살아 나갈 수가 없을 것 같았던 것이다.

건강이 회복되어 자리에서 움직이기 시작한 어떤 날 손 교장은 아내에게 교감을 불러다 달라고 말했다.

시키는 대로 아내가 교감을 데리고 왔을 때 손 교장은 체경 열 개만 사다가 학교 2층과 3층 복도에다 매달아 달라고 부탁을 했다.

"선생들과 학생들에게는 민옥희의 부모가 기증한 것처럼 말해 주시오."

"체경을 열 개씩이나 해서 무엇합니까?"

"체경을 볼 때마다 학생들은 민옥희를 생각할 게 아니오? 그러면 민옥희와 같은 사건이 일어나지 않을 거거든……."

"새 교사처럼 창문에 그물을 치면 되지 않겠습니까?"

"그런 예산이 언제 생기겠다구…… 아무 소리 말구 내 부탁을 들어 주시오."

손 교장은 아내에게 교감이 청구한 대로 돈을 주라고 말했다.

"돈이야 차차 주면 어떻습니까? 우선 상점에 가서 물건부터 가져오지요."

교감이 돌아가자 이번에는,

"김익수 선생을 좀 불러다 주시오."

하고 아내에게 말했다.

그때 아내는 부질없는 일은 생각지도 말라고 대답했다.

"아니야 한 번만 만나야겠어……."

"제가 몇 번 찾아갔었는지 아세요? 그래두 고집만 부리는 사람을 무엇 때문에 또다시 생각하시는 거요?"

"글쎄 할 말이 있다니까. 꼭 한 번만 왔다 가라구 전해 줘."

남편의 마음을 잘 아는 아내인 만큼 그새도 몇 번이나 김익수를 찾아갔었다. 그러나 마지막으로 부탁하는 일을 안 갈 수가 없어 아내는 또 시키는 대로 했다.

손 교장의 병상으로 찾아온 김익수는 손 교장을 배반한 사람 같지 않게 공손한 인사를 했다.

사실 김익수 자신은 자기가 손 교장을 배반했다거나 손 교장을 용서 안 했다거나 하는 그런 생각을 가지지 못했을 것이다. 도리어 자기 자신을 용서하지 못했을 뿐이었는지 모른다.

"편찮으시다는 말씀을 듣고도 찾아뵙지를 못해 죄송합니다."

이런 말을 진심으로 하는 것으로 보아 손 교장에게는 아무런 불평도 가지지 않고 있는 사람 같았다.

손 교장은 잠시 동안 아무 말도 안 하고 있다가,

"김 선생 ——, 나하고 ××초등학교로 가지 않겠소. 내가 이번 전근하게 된 학교인데……."

하고 입을 열었다. 김익수가 대답을 못하자 손 교장은,

　"내 맘을 알아 준다면 같이 가 주시오."

하고 말했다. 그때 김익수가,

　"사실은 저도 취직이 안 되어 걱정하던 중입니다."

했다.

　"이번에도 김 선생을 잊어버리는 일이 있으면 사표를 제출하기 전에 먼저 이야기를 해 주시오."

하고 손 교장은 빙긋이 웃었다.

(원) 《사상계 51》 1957. 10.

별 없는 성좌

　　정옥을 사랑하기 시작한 지 대여섯 달이 지나서야 연호는 옥섭이와의 관계를 이야기했다. 그것도 앞으로 백 년을 같이 살 사람이라고 해서 의무감이라든가 또는 양심의 가책이라든가 그러한 스스로의 의사에서 이야기를 꺼낸 것은 아니었다. 화제가 그런 데로 흘러가 자기도 모르게 그런 이야기를 꺼냈을 뿐이었다.

　　하기는 그런 이야기는 정옥에게 들려 주지 않는 것이 좋을 것이라고 생각했던 연호였다. 연호는 옥섭을 진심으로 사랑했었다. 그것이 첫사랑이었기 때문인지는 몰라도 앞으로나마 그런 사랑이 다시 있을 것 같지 않을 만큼 지독하게 사랑했었다. 지금 정옥을 사랑하고 있지만 사실 옥섭이를 사랑하던 때 같은 불꽃은 일어나지 않고 있다. 앞으로도 그만한 애정이 정옥에게 기울여지리라고는 생각되지 않는다.

　　그것은 아직도 옥섭을 사랑하고 있다는 데 대한 하나의 증명일지는 모르나 어쨌든 정옥이 이상으로 사랑하던 사람의 이야기를 정옥에게 들려 준다는 것은 반대 효과를 가져오게 할 것 같았던 것이다.

　　숨김없이 이야기함으로 솔직해질 수 있다는 자기 자신의 만족감보다도 정옥이가 느끼는 환멸의 역효과가 더 크다고 하면 구태여 고백하지 않는 편이 현명한 일이 아닌가?

　　그러나 정옥이를 포용하고도 키스를 안 했을 때 정옥이가 삼십이 다 되도

록 연애를 못해 보았느냐고 묻는 바람에 연호는,

"누가 연애를 못했어?"

하고 경멸하는 말이 아니었는데도 공연한 반발을 해 버렸다.

정옥도 키스를 안 해 준다고 해서 불만스럽게 한 말이 아니었다. 그 동안 자기는 남자들과의 대단치 않은 사교 관계를 숨기지 않고 말했다. 그러나 연호는 여자들과의 사교 관계를 한 번도 말해 주지 않았다. 그저 그것이 알고 싶었다. 그러다가 두 사람이 포옹까지 하게 되었으니까 이제는 그런 말을 물어도 좋게 되었고 또 말해 주어도 좋을 것 같다. 솔직한 이야기를 해 보라는 투로 물어 보았던 것이다.

"어떤 여자하구 연앨 해 보셨어요?"

연호가 연애를 했다고 해도 질투의 감정까지 일으키지는 않았다.

"옥섭이라구 대단치 않은 여자였어. 한 일 년 연애를 하다가 그만둬 버렸지."

"왜 그만두셨어요?"

"딴 남자를 좋아하는 것 같아 찾아오질 못하게 했어."

"찾아오지 말라니까 안 찾아오구 말았어요?"

"좋은 사람이 새루 생겼는데 무엇 때문에 찾아와!"

숨길 필요도 없기 때문에 이런 정도로 이야기를 그쳐 버렸다. 그래도 정옥은 연호를 믿었기 때문인지 연호의 말이 조리에 닿았기 때문이었는지 질투하는 기색은커녕 도리어 재미있다는 표정을 지었다.

그런 정도라면 연호도 잘 된 일이라고 생각했다. 감추고 있다는 양심의 가책만은 최소한도 면할 수 있을 것 같았기 때문이었다.

말을 꺼냈던 김에 사실 그대로를 털어놓고 이야기했다면 그것이 과거지사라 해도 정옥이가 불쾌를 느끼거나 질투를 느낄 것만은 틀림없는 일이었다.

사건의 윤곽에 지나지 않지만 그 윤곽만이라도 정옥에게 표명하고 또 긍정함으로 숨기고 있는 것이 없다는 것을 말했다는 뜻하지 않은 수확에 연호는 미소를 띠며 집으로 돌아올 수 있었다.

그러나 집으로 돌아오자 그 동안 잊어버리려고 했던 옥섭의 이름을 자기

의 입으로 그것도 현재의 애인 앞에서 말했다는 사실이 연호의 기억신경을
날카롭게 자극해 주었다. 옥섭에 대한 추억이 머리에 떠올랐던 것이다. 그렇
다고 해서 영화의 장면처럼 한 장면 한 장면의 추억이 따로따로 생각난 것
은 아니었다. 옥섭에 대한 모든 추억이 한 덩어리로 뭉치듯 옥섭의 얼굴로
머리에 떠올랐던 것이다.

하나도 아낌없이 모든 것을 바쳐 주었던 옥섭. 그러나 자기로 하여금 죽
음을 택하지 않을 수 없게 했던 옥섭——.

가장 상반되는 두 개의 '이미지'로 혼동이 된 옥섭의 얼굴이 아직까지도
증오의 눈으로 보이지 않음은 어찌된 일일까?

연호는 털끝 만한 시간적 간격으로 말미암아 자살을 이루진 못했지만 원
칙적으로 생각하면 자기는 죽었어야 할 목숨이다. 죽기로 결심을 하고 그
무서운 독약을 무서움 없이 마시기까지 했던 것이니까 그 뒤의 일은 자기의
책임에 속하는 일이 아니다.

자기는 옥섭이로 말미암아 죽었던 것만은 사실이다. 그것도 독약을 먹은
자리에 와서 주사를 놓고 죽지 못하게 한 것이 옥섭이가 아닌 이상 옥섭은
자기를 죽게 한 사람임에 틀림없다.

그러나 연호는 지금 머릿속에 떠오른 옥섭의 환상이 하나의 괴로움이기
는 하나 증오 그 자체는 아니라는 듯 주먹으로 옥섭의 턱을 올리는 장면을
생각해 본다. 옥섭은 연호가 시키는 대로 얼굴을 쳐들고 그 동그란 눈을 똑
바로 떴다.

그것은 사진을 보는 것보다도 더 똑똑한 얼굴이었다.

연호는 그만 눈을 감고 옥섭의 환상을 지워 버렸다. 그 이상 더 그 환상
을 보고 있다면 자기는 옥섭을 증오하거나 원망하거나 그렇지 않으면 그리
워하거나 좌우간 자기의 감정을 결정짓고야 말게 될 것이 분명했다. 자기의
의사인지 자기의 의사가 아닌지도 모를 감정이 새롭게 자기를 지배한다는
것은 두려움 속에 속하는 일이 아닐 수 없다.

그것은 확실히 하나의 의식적 노력에 속하는 일이 아닐 수 없었다.

연호는 옥섭의 환상을 지워 버리고 그 대신 정옥의 얼굴을 그리는 데 고

통이 섞인 노력을 기울였다. 연호가 정옥을 사랑하기 시작할 때 그는 옥섭에게서 받은 커다란 구멍을 정옥에게서 메우려고 했던 것과 같이 옥섭의 환상을 지우는데도 정옥의 얼굴로 대신하려고 했다.

사랑이란 고역(苦役)이 아닐 수 없다.

정옥의 그 의젓하고 침착한 얼굴을 눈앞에 그리자 그때는 정옥의 따뜻한 가슴을 안고 싶다는 충동보다는 가까이 오는 정옥을 멀리해야 한다는 생각이 들었다. 따라서 옥섭에 대한 이야기를 그 정도로 그친 자기를 현명하다고 생각했던 것이 불현듯 어리석은 일처럼 생각되었다.

무엇 때문에 자기는 껍질을 덮어 놓은 자기를 현명하다고 생각했을까 하는 회의도 들었다.

그것은 정옥을 사랑하는 태도가 아니다. 그리고 옥섭을 아주 잊어버리지 않았다고 비난받아도 할 수 없는 일이었다. 연호는 아무래도 정옥을 사랑할 바에야 껍질을 벗긴 자기를 있는 그대로 보여 주어야 할 것이라 생각했다.

껍질을 벗긴 자기를 보고도 좋다면 좋아하는 것이고 싫다고 하면 그만두는 것이 정당할 것 같았다.

싫다고 하면 그만둘 수밖에 없다고 미리 생각한다는 것은 결국 정옥을 그만큼 사랑하지 못한다는 뜻이 될지 모른다.

어쨌든 자신을 깎아 내리면서 사랑한다는 것이 싫어져 연호는 종이를 꺼내 들었다. 말로 못한 사연을 붓으로라도 써서 보내고 싶었던 때문이다.

'펜'을 들고 '잉크'병의 마개를 열었다. 마개를 연 '잉크'병을 제자리에 놓으려고 할 때 '잉크'병이 겹쳐 놓은 종이에 걸려 쏟아졌다. 그 자리에서 '잉크'는 종이를 적시고 책상 위에 흘러내렸다.

연호는 딴 종이를 꺼내어 동그랗게 접어가지고 흐른 '잉크'를 담아 '잉크'병에 도로 넣으려 했다. 그런데 종이를 쥔 손이 떨려 '잉크'가 담기지 않았다. 웬일인지 몰랐다. 손에 힘을 주어 담아 보려 했지만 역시 손은 그대로 떨렸다.

연호는 동그랗게 만 종이를 쥔 채 '잉크' 담을 생각을 단념하고 '잉크'병만 바라보았다.

극히 얇은 종이에 걸려 '잉크'를 있는 대로 쏟아 버린 병이다.

그것은 하나의 역학적(力學的) 작용일지 모른다. 커다란 돌로 조그마한 고임을 빼면 굴러내린다. 복잡하고 굉장한 기계도 작은 먼지나 기름의 부족으로 총스톱을 한다.

그러나 인간은 껍질을 씌우고 또 씌워야 잘 돌아간다.

연호는 껍질을 씌울 수 있는 것을 도리어 다행한 일이라고 생각했던 자기를 다시 한 번 후회했다.

그는 벌떡 일어나 정옥을 찾아갔다.

하루에 두 번씩 찾아오는 연호가 이상하다는 듯이 그러나 두 번씩 찾아올 때에는 무슨 용건이 있으려니 하는 냉정한 얼굴로 맞이해 주었지만 연호는 그러한 정옥의 표정도 살필 수가 없었다.

"나 이야기를 채 못한 것이 있어서 다시 왔어!"

"무슨 이야긴데요?"

"옥섭의 이야기야."

"아이 참, 그런 이야기는 그 정도루 해 두세요. 누가 듣구 싶대요."

정옥은 그 이상의 비밀이 있다 해도 그것을 아는 것이 자기에게 유리할 게 없다고 깨달은 모양이었다.

"아냐. 톡톡 털어 놔야 하겠어. 그렇지 않으면 내가 정옥 씨를 속이는 게 되구 마니까."

"글쎄 그만하면 이야기 안 해두 알겠어요. 그만두세요. 안 듣겠다는 것을 말해서 나를 괴롭힐 게 없지 않아요."

정옥은 연호가 하려는 말이 옥섭과의 육체관계라는 것을 알았다. 듣지 않아도 뻔한 일 같았다. 그렇다면 이왕 저지른 일을 어떻게 할 것인가? 고백하려는 그 솔직한 마음만 알았으면 용서하는 것이 도리어 현명한 일일 것 같았다.

"아냐. 나는 껍질을 씌운 내가 싫어. 껍질을 벗긴 나를 봐 줘. 그래서 싫으면 싫다구 말해 줘. 우리는 솔직한 것을 좋다구 그러지. 어린애를 솔직해서 좋다구 천진난만하다는 거 아냐. 왜 솔직하려는 나를 막아?"

"그만두시라니까요. 안 알아서 좋을 건 듣지 않는 게 좋아요."

"그건 알면서 껍질을 씌우는 거야. 그 껍질은 결국 우리의 자유를 속박하는 것이 되지 않나? 우리는 솔직한 가운데서 자유를 찾아야 할거야."

"아무래두 좋으니까 저를 괴롭게 할 재료를 제공하시지 마세요. 저를 사랑하신다면."

"나는 정옥 씨를 사랑하기 위해서 내 껍질을 벗기려는 거야. 정말 정옥 씨를 사랑할 수 있도록 내 껍질을 벗기게 해 줘."

"저는 이미 연호 씨의 속을 알았어요. 잘 알구 있으니까 더 말하지 않아두 좋아요. 저는 연호 씨를 사랑해요."

"그건 거짓이야."

"아녜요. 거짓이 아녜요. 전 무슨 일이 있어두 연호 씨를 사랑하기루 결심했어요. 연호 씨에게는 껍질이 없어요."

"쪽 빨가벗구두 부끄러워할 줄 모르는 어린애를 내놓구는 껍질 없는 사람이 없어. 수천 수만의 껍질로 자기를 싸고는 그 껍질 때문에 마음대루 움직이지들을 못하구 있지 않나."

"그건 형식이라는 게 아녜요. 형식 없이 사람이 어떻게 삽니까?"

"껍질이 좋단 말이지?"

"좋구 싫구할 게 어디 있어요. 좌우간 그 이야기는 그만하세요. 그러다가 제가 연호 씨를 사랑하는 데 틈이 생기면 어떡해요. 저는 그것만이 두려워요."

연호는 단념하는 도리밖에 없었다. 자기가 씌우는 껍질이 아니라 정옥이가 씌워 주는 껍질이니 죄가 있어도 자기에게 있는 것이 아닐 것 같았다.

그러나 그 뒤 며칠 동안 연호는 정옥을 찾아가지 못했다. 털어 버리려던 것을 털어 버리지 못한 꺼림직한 마음이 정옥을 만나러 가려는 의욕을 꺾어 주었다.

그 대신 정옥이가 찾아오기는 했지만 정옥이가 찾아와도 아기자기한 이야기 한 마디를 못했다. 하나가 거짓이면 전부가 거짓처럼 생각되는 것과 같이 하나를 털어놓지 않은 자기인 만큼 그 밖의 다른 말도 자기 마음의 전부를 털어놓고 말하는 것이 아니라는 생각이 들었던 것이다. 마음의 일부라고 생각하면 그것이 정말 마음의 일부인지 아닌지를 자기 자신이 의심하게 된다. 그렇게 되면 자연 이야기에 흥미도 느낄 수 없다.

그러면서도 몇 달을 두고 아무런 사고 없이 정옥과의 관계를 유지할 수 있었다. 도리어 정옥은 말이 적은 연호를 묵직한 사람이라 생각하고 믿음직하게 여겼는지 연호가 입 밖에 꺼내지 않는 결혼을 독촉하기 시작했다.

여름방학이 얼마 남지 않았으니 방학 동안에는 결혼식을 하자는 것이었다. 결혼식은 어떤 절간 같은 데로 가서 야단스럽지 않고 간결하게 친척들만 모아 놓고 하자는 구체적 의견까지 말했던 것이다.

연호는 아무렇게나 하자고 했다. 자기 역시 떠들썩하게 그러는 것을 좋아하지 않았다. 하루에도 몇 쌍씩 거행하는 결혼식장에서 자기네 차례를 기다리며 남의 결혼식까지 견학하여야 하는 예식부의 결혼식은 더욱 싫었다. 꽃줄을 늘어뜨린 고급 자동차를 타고 어떻게 시내 복판을 달릴 순들 있을 것인가?

부끄러운 것도 없겠지만 일부러 자랑할 것도 없는 일이었다.

그렇다고 해서 옥섭이가 어디서 보지나 않을까 하는 생각에서는 아니었다. 그런 생각은 털끝만큼도 없었다. 옥섭이가 본다고 해서 부끄러워할 것도 없으며 꺼려야 할 것도 없다. 옥섭은 자기가 싫다고 간 사람이다. 춤을 배우는 바람에 연인이 생겨 자기를 경멸해 버린 사람이다. 그 연인이 싫어지면 딴 연인을 만들어 경멸받을 대상을 계속적으로 만들고 있을 옥섭이다. 그런 옥섭 때문에 일부러 결혼식의 형식까지 변경시킬 필요는 없었다.

그러나 옥섭을 꺼리거나 못 잊었다고는 할 수 없을망정 옥섭으로 말미암아 받은 마음의 타격이 모든 일에 적극성을 잃게 한 것만은 연호도 부인하지 못할 것이다.

아무렇게나 결혼식을 하고 살림을 살면 그뿐 아니냐고 생각하게끔 된 연호였다.

그러나 결혼 날짜를 정하는 일만 남았을 때 정옥의 발이 뚝 그쳤다. 날짜만은 부모네가 정해야 한다고 하며 부모들과 의논하기로 하고 간 뒤 삼사 일을 두고 찾아오지 않는다는 것은 이상스런 일이 아닐 수 없었다.

연호는 정옥의 마음이 변했는가 생각했다. 이때까지 발견 못했던 자기의 결점이 어디서 드러나 환멸을 느꼈을지도 모른다.

연호는 그것이 사실이라면 결혼식을 거행하기 전에 일어난 것을 차라리 다행으로 생각했다. 결혼 뒤에 그런 일이 생긴다면 싫어도 같이 살아야 한다고 할 것이니 그 꼴을 어떻게 볼 것인가? 싫어도 할 수 없이 살아야 한다는 것은 정말 지옥이다.

벗겨야 할 껍질이라면 일찌감치 벗겨 버리는 것이 깨끗하다.

그러니까 일부러 찾아가서 무슨 일이 생겼느냐고 묻기도 쑥스러워 두고 보자는 식으로 기다리고 있을 때 뜻밖에도 정옥의 어머니가 찾아왔다. 찾아와서는,

"정옥이를 학교루 찾아왔던 여자가 있다는데 그게 누군지 알구 있나?"

하는 것이었다.

연호는 단번에 알 수 있었다. 옥섭이밖에 정옥의 마음을 움직이게 할 여자는 없다.

사실은 옥섭을 사랑할 때 옥섭의 언니와 남편 없는 옥섭의 올케가 자기를 좋아했다. 그러나 연호는 모른 척하고 옥섭만을 사랑했으니 그들도 정옥의 마음을 움직이게 할 소지가 많은 사람들이다. 그러나 연호는 그들이 안중에 있지 않다. 오직 옥섭만이 그의 마음 속에 자리를 잡고 있었기 때문에 좋은 일에거나 나쁜 일에거나 옥섭 하나만을 생각한 것이다.

"알지요. 옥섭이가 찾아왔던 거군요?"

"옥섭인지 누군진 몰라두 글쎄 학교 사무실루 찾아와서 자네 이야기를 입에 못 담도록 욕설을 했다지 않아? 사실이라구는 들리지 않지만……."

"뭐랬는데요?"

"자네가 그 여자를 좋아하면서두 그 여자의 올케와 언니를 겁탈했다든가……. 세상에 그런 일이 어디 있겠는가? 누가 그걸 곧이 듣겠다구……."

"그래요?"

연호는 아연할 따름이었다.

　"정옥이두 곧이 듣지는 않아. 그래두 부끄러워서 학교엘 못 나가겠다구 며칠째 누워 있네. 자네가 가서 한 번 말이라두 해 주게."
　연호는 한참 동안 말을 못했다. 생각이 엇갈려 진정한 자기의 생각을 골라 낼 수가 없었던 것이다. 한참 만에야,
　"그게 정말이라면 어떡허시겠어요?"
하고 물었다.
　"이 사람아. 사내가 한 번쯤 오입하는 거야 어떻겠나. 그렇지만 아무리 악한 사람이래두 세 식구를 한 번에 그럴 수는 없는 거야. 더구나 자네 같은 사람이……."
　"겉보구 '사람을 압니까?"
　"말 말게. 난 절대 곧이 듣지 않네. 곧이 들을 말이 따루 있지……."
　"그렇다면 정옥 씨에게 가서 일부러 변명할 필요두 없는 일이 아니겠습니까?"
　"그래두 당자의 마음은 또 다를 게니까 자네가 풀어 줘야 할 게 아닌가."
　연호는 정옥의 어머니가 시키는 대로 정옥을 찾아가기로 승낙했다. 그리고는 정말 정옥을 찾아가서,
　"내가 모든 것을 밝히려 할 때 왜 말을 못하게 했지요?"
하고 자기에게는 책임이 없다는 듯 말했다.
　정옥은 대답을 안 했다.
　"나는 옥섭이와 육체 관계가 있었습니다. 그 밖에는 없었어요. 그렇지만 그걸 믿구 안 믿는 건 정옥 씨 자유입니다. 마음을 결정지으십시오. 그때까지 기다리죠."
　"전 연호 씨를 믿어요. 그렇지만 분해서…… 뭐 연호 씨가 자기 때문에 자살까지 할려구 했었대나요?"
　정옥은 오직 옥섭에 대한 분노만이 남았다는 듯이 눈물을 흘렸다.
　"사실입니다. 그것을 말할려구 하다가 말을 못하게 해서 못했지요. 그만큼 그를 사랑했었습니다."
　"………"

“그래서 정옥 씨를 뜨겁게 사랑하지 못한다는 것까지 말하려구 했었지요.”

“그만두세요. 다 지나간 이야긴 걸⋯⋯.”

“그래두 잘 생각하세요. 나중에 후회하지 마시구.”

연호는 정옥의 대답을 숙제로 남겨 놓고 돌아왔다. 대답을 강요한다면 뒤에 가서 책임질 것이 싫었기 때문이었다.

그러나 집으로 돌아온 지 몇 시간도 안 되어 정옥이가 뒤따라와,

“지난 일은 생각지 말기루 해요. 저두 학교를 그만두면 그뿐이니까 걱정할 게 없어요.”

하고 연호 가슴에 안기었다.

연호는 고마웠다. 그렇게까지 너그러운 정옥인 줄은 몰랐던 것이다. 그리고 자기도 정옥이와 결혼하지 않을 수 없다는 것 그리고 그것만이 자기의 갈 길이라는 것을 느꼈다.

“정옥 씨는 마음이 너무나 좋아⋯⋯.”

연호는 정옥을 껴안았다.

그러면서도 또 키스만은 안 했다. 안 한 것이 아니라 면구스러운 것 같아 할 생각을 먹지 못했다.

다음 날 연호는 옥섭의 집을 찾아갔다. 옥섭이가 가족들과 같이 연호보다 먼저 환도를 해서 다른 남자와 사랑하게 된 이야기를 듣고 쫓아 올라와 찾아갔던 바로 그 집이었다. 불쾌한 기억만이 남아 있는 그 집을 이번에는 자기가 복수를 하기 위해서 찾아간 것이었다.

“내가 죽을래다가 죽지 못한 게 한스러워?”

연호는 자작적인 사실을 가지고 자기를 욕뵌 옥섭에게 대들었다.

“누가 그런 걸 생각한댔어요?”

옥섭은 눈썹 하나 까닥하지 않고 반항하듯 반문했다.

“그럼 모멸적인 사실을 조작해서 창피를 준 이유는 뭐냐?”

“행복한 사람에게두 조작적인 말이 귀에 들어가나요?”

“들어가구 안 들어가뜨는 건 둘째루 왜 그런 소릴 하구 다니느냐 말야?”

"목이 간지러워서요. 아직 술만은 못 배웠으니까 간지러운 목을 축일 수가 있어야지요."

"옥섭이가 그렇게두 악한 인간이었던가?"

"깨끗하지 못한 사람이야 누구나 다 악하지요. 악하지 않을 수 있어요?"

"그럼 옥섭은 자기의 마음이 깨끗하지 못한 것을 지금 깨달았단 말인가?"

"천만에요. 왜 남을 죄인으루 몰려구 그러십니까? 우리가 서루 사랑하지 못하게 된 것은 서로의 운명이 아녜요? 누구 혼자의 책임이 아니지 않아요?"

"내 책임은 절대 아냐."

"천만에요. 연호 씨의 운명이 나에게 작용을 한 건데 연호 씨가 책임 없다는 말이 성립되나요. 그게 위험한 생각입니다. 책임을 느끼지 않는다는 것이 위험하다는 것입니다. 그것은 결국 저만을 원망한다는 뜻이지요. 사랑에 배반을 당했다구요. 그러한 생각은 옥섭이하고 다른 사람에게까지 미칠 위험성이 많습니다. 원망하는 마음이 자라면 복수심이라는 것이 생기기 쉬운 법입니다. 더구나 자살까지 하려던 연호 씨니까. 그 복수란 무섭기 짝이 없는 것이지요."

"건방진 소리 말어!"

"건방져두 좋습니다. 그렇지만 저한테 향한 원망을 생뚱한 사람에게 복수로 갚아선 안 되는 거야요."

"………"

"연호 씨는 왜 미운 사람을 죽이려 하지 않구 미운 데가 없는 연호 씨 자신을 죽이려구 했어요?"

"듣기 싫어. 살인할 가능성이 있는 줄 알구 살인을 교사(敎唆)하는 거야?"

"호호호. 그런 용기가 있다면 달게 받지요. 그렇지만 나 아닌 사람에게는 안 됩니다."

연호는 벌떡 일어났다. 그리고 주먹을 불끈 쥐었다. 나불거리는 입이라도 한 대 갈겨 주고 싶었던 것이다. 그러나 결국은 주먹의 힘을 풀고 돌아서는 수밖에 없었다.

사람을 어떻게 때릴 수 있을 것인가?

그러나 연호가 돌아서서 걸으려고 할 때,

"찾아두 못 오실 줄 알았는데 찾아오신 것을 보니 조금은 발전하신 것 같은데요."

옥섭이가 비웃는 웃음을 웃었다.

"뭣이 어때!"

연호는 더 참을 수가 없어 옥섭에게로 달려가 쓰러지도록 그의 머리를 밀어 버렸다. 그러나 옥섭은 금시 일어나 앉으며,

"이게 겨우 나를 아프라고 하는 행동인가요?"

하고는 다시 쓴웃음을 웃었다.

연호는 도망치듯 그 집을 뛰어나왔다. 저주하고 싶은 사람에게 희롱까지 당하고 말았다는 것이 참을 수 없었던 것이다.

모욕감 같은 것을 느끼며 걷잡을 수 없는 심정으로 돌아오기는 했지만 집 안에 들어서자 연호는 우선 자기의 무기력에 부끄럼을 느꼈다.

주먹에서 불이 나도록 따귀를 갈겨 줘도 시원치 않을 옥섭이에게 가렵지도 않게 슬쩍 밀어 넘어뜨리고 따끔한 말 한 마디 못하고 돌아온 자기의 무기력 ──.

만약 자살을 하려다가 실패한 일이 있기 전이라면 그런 일은 절대로 있을 수 없었을 것 같았다. 자기를 배반하고 게다가 자기를 중상한 뒤에 희롱까지 한 여자를 그냥 내버려둘 수가 있을 것인가?

자살하려고 했을 때는 자기가 배반을 당하리 만큼 못생긴 것으로만 생각했었다. 옥섭을 원망하면서도 미워하지를 못했었다.

그러나 중상과 희롱으로 대하는 사람에게는 얼마든지 마음으로 대할 수가 있다. 자격지심을 가질 근거가 조금도 없다. 그런데도 따끔한 욕 한 마디 못하고 돌아오다니…….

자살하려다가 못한 뒤 연호는 무기력해졌다. 모든 일에 자신(自信)을 잃었으며 모든 일에 의욕을 잃었다. 자신과 의욕을 잃게 만들어 준 옥섭. 그는 죽을 때까지 자기를 병신으로 만든 것이다.

무기력한 연호는 자기의 무기력을 분개했지만 또 그 무기력 때문에 분개를 개탄으로 옮기는 슬픔을 피할 도리가 없었다.

연호는 옥섭을 원망하고 자기를 분개하는 대신 옥섭의 이야기들을 음미하면서 옥섭의 진심을 탐지해 내려고 했다.

정옥을 찾아 학교로 가서 자기를 중상한 이유도 생각해 보았다. 모든 것을 종합해 볼 때 옥섭은 진심으로 자기를 경멸하고 미워하는 것이 아닌 것 같았다. 허위를 날조해서 중상을 한 것도 단순한 질투만이 아닌 것 같았다.

말하는 투로 보나 그렇게 단정을 내려도 무방할 것 같았다.

'아직까지 나를 사랑하구 있어.'

연호는 이렇게까지 생각했다. 그렇게 생각을 하니 그런 것을 있는 그대로 말해 주지 않은 옥섭이가 무심한 것 같았다.

사랑하니까 자기와 결혼해 달라고 하면 될 것이 아닌가? 그렇게 하면 자기는 억지로라도 끌려갈 것이 아닌가?

연호는 옥섭을 다시 찾아갈까 생각했다. 옥섭이가 하고 싶으면서도 못한 말을 대신 해 주고 싶었던 것이다. 그러면 옥섭은 뛸 듯이 좋아할 것이다. 그리고 옛날의 몇 배로 자기를 사랑해 줄 것이다.

그러나 생각을 행동으로 옮기는 데는 시간이 필요했다. 그리고 자기의 생각이 옳은가 그른가를 몇 번이고 되풀이하지 않으면 안 되었다.

역시 무기력했던 것이다.

혼자 망설이고 있을 때였다. 정옥이가 찾아왔다.

"오늘 학교에 가서 사직원을 제출했어요. 선생들두 옥섭을 미친 여자라구 하며 저를 동정해 줬어요. 도리어 마음이 개운해졌으니까 제 걱정은 마세요."

하고 연호에게 용기를 주었다.

연호는 아무 말도 못하고 결혼만 하면 모든 문제가 해결된다고 생각하는 듯한 정옥의 얼굴을 멍하니 바라보았다.

모든 것을 자기에게 유리하도록 생각할 줄밖에 모르는 정옥이가 불쌍한 것 같으면서도 어딘가 순수한 것 같기도 했다.

“이젠 웃으세요. 제가 아무렇지두 않은데 그런 얼굴을 하구 계시면 제가 우울해지지 않나요.”

정옥은 연호의 팔을 잡아당겼다.

“정옥 씨가 우울해서는 안 되겠지…….”

연호는 할 수 없이 웃음을 지었다. 그리고는 정옥을 포옹함으로 자기의 구슬픈 얼굴을 정옥의 어깨 뒤로 감추어 버렸다.

한 달이 조금 지난 어떤 날 그들의 결혼식이 시외 작은 절간에서 거행되었다. 양가의 친척 몇 명과 본인들의 친구 몇 사람만을 초청한 간소한 결혼식이었다.

식이 거행되기 얼마 전이었다. 대합실에 앉아 있던 신부 정옥이가 너울을 쓴 채 신랑 대합실로 뛰어왔다. 얼굴이 백짓장 같았다.

“마당을 보세요. 옥섭이가 왔어요.”

연호는 정옥의 시선을 따라 절간 마당을 내다보았다. 틀림없는 옥섭이었다.

연호는 가슴이 뭉클했다. 학교로 찾아가서 허위 중상을 한 옥섭인 만큼 청하지 않은 결혼식장을 찾아온 이유가 달리 있으리라는 것을 지각했던 것이다.

결국은 아무것도 되지 않고 마는가 보구나.

연호는 수라장이 되고 말 결혼식장을 눈앞에 그렸다.

그러나 다음 순간 연호는 옥섭의 손에 꽃다발이 들려져 있는 것을 발견했다. 동시에 악의를 가지고 온 것이 아니란 생각이 들었다.

“내가 만나 보구 쫓아 보내지.”

연호는 정옥을 안심시키는 말을 해 놓고 옥섭에게로 나갔다. 연호를 보자 옥섭이가 달려오며,

“축하합니다.”

하고 진심으로 축하하는 듯 꽃다발을 내밀었다.

연호는 더 말할 필요가 없었다.

“아무래두 정옥이와 결혼을 해야겠어…….”

옥섭의 승낙을 구하는 듯한 말로 옥섭을 바라볼 뿐이었다.

“그래야지요. 저를 아주 잊구 행복하세요.”

연호는 잠시 입을 다물었다가,

“옥섭 씨두 껍질을 많이 씌우구 사는 사람이야.”

하고는 꽃다발을 든 채 신부에게로 뛰어갔다.

“결혼을 축하하려 왔어. 이 꽃다발을 봐.”

“정말요?”

“정말인가 봐. 아니 정말일 거야.”

“그래두 난 싫어요.”

“싫을 거 있어? 구경꾼이 한 사람 더 늘었다구 생각하면 되지.”

“남의 속을 어떻게 안대요?”

연호는 대답을 안 하고 옥섭이가 훼방을 놓아 결혼식이 아주 깨지는 장면을 눈앞에 그려 보는 것이었다.

결혼식은 예정대로 무사히 끝을 내고 말았다.

(원)《현대 1~6》 1957. 11~58. 4.

소요(騷擾)

  살결도 희고 윤곽도 미끈하게 생겼지만 오직 곰보가 흠이었다. 멀리서 보면 누구에게도 떨어지지 않을 만큼 신수가 훤하다. 체격도 날씬하다. 늘씬한 허리 길쭉한 다리 불룩한 앞가슴 무엇 하나 젊은 여자로 손색이 없다. 그러기에 밤거리에 나가기만 하면 남자들이 으레 한 번 쳐다보고야 지나간다. 그냥 쳐다보는 것만이 아니다.

  "근사한데……."

  한 마디씩 하고야 만다. 짓궂은 청년은 가까이로 와서 일부러 어깨를 툭 치고 지나가기까지 한다.

  밤에는 가까이서 보아도 곰보라는 것을 알아 낼 수가 없기 때문에 지분거리는 남자들도 곰보라는 것을 알아 내지 못한다. 그러나 낮에 만나는 남자들은 으레,

  "곰보로구나……."

하고는 얼굴을 돌려 버린다. 체격과 얼굴 윤곽에 정신을 잃었다가 그만 그 곰보에 실망을 느끼는 모양이었다.

  그래서 윤실은 낮보다 밤을 좋아한다.

  사실은 윤실 자신도 실망할 만큼 곰보가 너무 심하다. 깊이가 이삼 밀리는 될 것이다. 그것도 옴두꺼비 가죽처럼 다닥다닥 붙어 패어져 있다.

  윤실은 그 패인 자리를 조금이라도 메우려고 화장할 때마다 크림과 파우

더를 몇 배씩이나 바른다. 많이 바른다고 해서 그것이 메워지는 것은 아니겠지만 그래도 남들이 대여섯 달씩 쓰는 코티분 같은 것을 두 달도 못 가서 다 써 버린다.

남들이 그를 오렌지라고 별명 짓고 있는 것을 그도 잘 알고 있다.

그런 만큼 윤실은 자기 얼굴에 대해서 유달리 신경을 쓰고 있는 것이지만 남 앞에서만은 부끄러워하는 기색을 안 보이려고 노력하고 있다. 그런 것쯤 아무것도 아니라는 듯이 대범하고 그리고 명랑하게 사람을 대하고 있다. 그렇기 때문에 누구든 그를 곰보 때문에 비관하는 여자라고는 생각지 않는다.

그러나 무슨 일이 닥치기만 하면 그는 으레 상대방이 자기를 곰보라고 해서 경멸하는 것이란 생각을 가지게 된다.

윤실은 국군으로 입대하여 간호병으로 있은 일이 있다. 군대에서 제대하자 지금 근무하고 있는 방직회사의 위생계원으로 취직을 했지만 군대생활의 경험이 그 회사 여직공의 지휘관처럼 그를 활동하게 만들어 주었다.

무슨 모임만 있으면 으레 선두에 나서 구령을 부르며 여직공들을 지휘한다.

한 주일에 한 번씩 있는 조회 때에도 윤실은 중대장 같은 위엄을 지니고 선두에 나서 차렷 쉬엇 또는 사장님에게 경롓 등 구령을 멋지게 부른다.

오늘 아침에도 바로 그 조회가 있었다.

집합이 끝나자 차렷 쉬엇을 몇 번씩 거듭할 때 맨 뒤에 섰던 몇 명 안 되는 남자 직공들이 구령소리는 듣지도 않고 자기들끼리 수군덕거리는 것이 보였다.

윤실은 자기를 두고 오렌지니 뭐니 하고 지껄이는 것이라 생각했다. 그래서 목이 터질 만큼 큰 소리로 차렷 쉬엇을 몇 번이나 더 거듭했다. 그래도 그들은 구령을 들은 척도 않고 저희들끼리 킥킥거리고 있었다.

윤실은 단상에서 뛰어내려 잡담하며 킥킥거리고 있는 남자 직공들에게로 달려갔다.

"귀가 없어요? 차렷인데 이게 뭐예요."

남자 직공들은 그때야 차렷 자세를 취하고 정면을 내다보았다.

윤실은 단상으로 돌아가려고 했다. 수백 명의 여자 직공들 앞에서 그 이상 더 면박을 줄 수가 없기 때문이었다.

그러나 뒤돌아서서 한 걸음 내딛었을 때였다. 차렷은 했으나 속으로 픽픽 웃고 있을 남직공들의 얼굴이 눈앞에 나타났다. 참을 수가 없었다. 윤실은 발길을 되돌리고 남직공들에게,

"다시 또 그러면 기압이야, 기압. 알았지요."

하고야 단상으로 돌아갔다. 단상으로 올라간 윤실의 태도는 위풍이 당당했다. 수백 명의 직공들을 위압하듯 한 번 빙 둘러보고는 목청을 높여,

"쉬엇!"

하고 구령을 했다. 그리고는,

"지휘에 복종하지 않는 사람은 군대식 기압을 준다."

하고 호령을 했다. 그리고 나서는 아무 일도 없었다는 듯이 아침체조를 시작했다.

윤실은 곰보라는 것이 사회생활에까지 영향을 주는 것이라고는 생각지 않았다. 곰보, 아니 그보다 더한 추물이라 해도 자기가 활동만 하면 장관도 될 수 있고 대통령도 될 수 있다고 생각했다.

그러나 개인생활만은 어쩔 수 없는 것이라 생각했다. 그는 스물여섯되는 오늘까지 자기의 결혼을 걱정 안 해 본 날이 별로 없다. 때로는 결혼도 못해 보고 죽는 것이나 아닌가 하는 불안까지 가지게 되는 것이다. 그러나 그것은 자기 혼자 있을 때만 가질 수 있는 불안이었다. 회사에 나가 일을 할 때는 그런 불안이 어디론가 사라져 버린다. 그저 일에 충실할 따름이었다.

지휘관으로서의 위신을 조금도 손상시킴이 없이 조회를 끝냈다. 조회를 끝내고 직공들이 공장 안으로 들어간 뒤 윤실은 자기 방으로 돌아왔다. 그의 머리에는 남자 직공들이 킥킥거리던 일이 벌써 도망가 버렸다.

전기곤로에다 물을 끓이며 오늘 할 일을 준비하는 데 여념이 없었다.

윤실이 주사기들을 소독하고 있을 때였다. 사장실에서 일하고 있는 사환 계집애가 와서

"비서께서 좀 오시래요."

했다.

"그래."

윤실은 냉큼 자리에서 일어섰다. 그러나 사환애를 먼저 나가게 하는 것을 잊지 않았다. 윤실은 핸드백을 열고 화장도구를 꺼냈다. 오렌지 같은 얼굴을 분으로 메우는 것이었다.

아무리 손질을 해도 그 얼굴은 그 얼굴이었다. 거울을 대할 때마다,

"뻥키 같은 화장품은 왜 없을까?"

하고 중얼거리지만 사장실에 올라갈 때는 거울 보기가 더 겁나는 것이었다.

요즘 사장 비서의 눈치가 조금 다르다. 자기에게 관심을 가지고 있는 것이 확실하다. 그런데도 자기 얼굴만은 어찌할 도리가 없지 않은가?

윤실은 한 번 더 파우더로 얼굴을 두드린다. 그리고 거울을 다시 들여다본다. 역시 들어간 얽은 자리는 메워지지가 않는다.

윤실은 거울을 외면해 버린다. 아무리 신경을 써도 소용이 없다고 생각했기 때문이었다.

사장실로 올라갔다. 비서 앞에 서자,

"부르셨어요?"

하고 용건을 물었다.

"네."

사십이 거의 된 비서는 입 속으로 대답을 하고는 얼굴도 들지 않았다. 바쁜 일에 정신이 없는 모양이었다.

윤실은 비서의 일이 다 끝날 때까지 기다리고 있기가 싫었다.

"무슨 일인데요?"

할 말이 있거든 빨리 하라는 투였다. 윤실은 어물거리는 사람을 제일 싫어한다. 어물어물하며 딴 궁리를 하는 사람은 반드시 자기를 곰보라고 경멸하는 것이라 생각하기 때문일지도 모른다.

그런 만큼 아무리 사장의 비서라 해도 윤실은 용건을 독촉하지 않을 수 없었다.

"다른 일이 아니라."

사장 비서는 그때야 얼굴을 쳐들고 윤실을 바라보며 입을 열었다.

"오늘 국회 손님들이 시찰을 오시는데 접대를 맡아 달라고요."

그 말을 듣자 윤실은 그 자리에서,

"하지요."

하고 쾌히 승낙했다.

그런 일은 전에도 자기의 임무처럼 해 왔다. 사환애들이 모두 어려서 그애들로서는 외부 손님 접대를 할 수 없기 때문이었다. 물론 마음 속으로 즐겨서 하는 일은 아니었다. 내부 사람도 아닌 외부 사람들에게까지 자기의 곰보를 보이고 싶을 까닭이 없었다. 그러나 사장이나 사장 비서가 청하는 일을 거절한다면 반드시 얼굴 때문에 거절하는 것이라 생각할 것이 싫어서 이때까지 그런 일을 거절하지 않았던 것이다.

"수고롭지만 좀 맡아 봐 주십시오."

윤실은 비서에게 인사치레 같은 것이 필요 없다고 생각했다.

"몇 시에 오시는데요?"

하고만 물었다.

"열한 시쯤 오실 겝니다."

"그럼 점심까지 대접해야겠네요?"

"점심은 밖에 나가 먹을 겁니다."

윤실은 우선 주방으로 나가려 했다. 커피와 설탕이 있는가 그리고 그릇들이 깨끗이 닦여져 있는가 조사를 해 봐야 했기 때문이었다. 그래서 시계를 보며 방을 나가려 할 때,

"미스 김."

하고 비서가 그를 불렀다.

"네?"

윤실이가 발을 멈추고 뒤를 돌아보자 비서가 빙그레 웃으며,

"오늘 입은 옷이 좋은데요?"

하고 싱거운 말을 붙였다. 대단한 옷은 아니지만 소매가 없는 데다가 누런

바탕에 까만 무늬가 적절히 조화된 원피스였다. 윤실은 비서가 놀리느라고
하는 말이 아님을 알고 있다. 동시에 옷이나마 칭찬해 주는 비서가 고마워,
　"싸구련데요 뭐……."
하고 싫지 않아하는 표정을 지었다.
　비서 최일록은 윤실의 몸을 아래위로 훑어보다가,
　"살이 참 희군요."
하고 이번에는 윤실의 피부를 칭찬했다. 사실 윤실의 살결은 어떤 여자에게
도 지지 않으리 만큼 하얗다. 그렇다고 해서 투명해 보일 것 같은 불안한 색
깔이 아니고 핏줄이 조금도 드러나지 않을 만큼 안정된 빛깔이었다. 윤실은,
　"놀리지 마세요."
하고 몸을 돌이켰다.
　최일록이가 자기를 놀리는 것이라고는 생각지 않았으나 그 자리에서 만
족해하는 태도를 보일 수가 없었던 것이다.
　"할 일이 없어서 남을 놀리겠어요?"
　최일록은 자기가 그렇게 싱거운 사람이 아니라는 듯 변명을 했다. 그러나
윤실이,
　"주방을 한 번 보고 오겠어요."
하고 방을 나서려 할 때였다. 최일록이,
　"오늘 오후에 차나 마시러 갈까요?"
하고 다시 윤실을 불러 세웠다.
　일록이 자기에게 관심을 가졌다는 것은 미리부터 알고 있는 일이었지만
이렇게 단 둘이서 이야기할 기회를 가지고 싶어할 줄은 정말 꿈에도 생각지
못했던 일이었다.
　"오늘은 어떻게 그런 틈이 다 계셔요?"
　윤실은 일록이를 싫어하지는 않는다.
　그러나 여자의 체면상 첫마디에 그럼 좋다고 따라나서는 태도를 보일 수
는 없었다.
　"시간이야 낼랴면 언제나 낼 수 있는 게 아닙니까? 웬만하면 퇴근 뒤 같

이 나갑시다."

윤실은 일록이가 시간을 낼 수 있는데도 이때까지는 그런 시간을 만들려 하지 않다가 오늘에야 그런 마음을 먹었다는 게 그렇게 내키지는 않았다. 확실히 자기에 대하여 특별한 관심을 가진 증거이기는 하다. 그러나,

"남들이 보는데 같이 나가면 어떻게 해요?"

하고 같이 나가는 것만은 곤란하다는 듯이 대답했다.

"오늘 저녁땐 사장이 자동차를 쓰지 않으니까 그걸루 드라이브를 해도 좋게 됐으니까 그런 거지요."

"그래도……."

"어떻습니까? 같은 회사에 있는 사람들끼리 같이 걸어간들 누가 뭐라고 그래요? 더구나 자동차를 타고 쑥 나가 버리는데 볼 사람도 없을 거 아녜요?"

"왜 보는 사람이 없어요? 이 공장 안에 눈이 몇 개나 있게요?"

"구데기 무서워 장을 못 담그겠군요. 암말 말고 좀 있다 퇴근시간에 현관으로 나오십시오. 같이 나갑시다."

"전 몰라요."

윤실은 사장실을 뛰쳐나왔다. 그것은 일록이가 싫다는 것이 아니었다. 처음으로 즐거움을 맛보는 만족감에 어떻게 해야 할지를 몰라하는 행동이었다.

윤실은 일록을 좋은 사람이라고 생각하고 있었다. 평소에 그리 말이 많지 않다. 절대로 경솔한 사람이 아닌 것이다. 그런데다가 일 년 전 상처했다는 말도 듣고 있다. 더구나 사장의 비서니 자기 밑에 있는 여자들을 무책임하게 대하지도 않을 사람이다.

그러한 일록이가 자기와 단 둘이서 이야기를 하자고 하니 어찌 즐거운 일이 아닐 수 있겠는가?

일록은 사십이 거의 다 된 사람이다. 사람을 보는 눈도 외양만 보는 보통 젊은 사람 같지는 않다. 일록은 자기의 곰보를 아무렇지도 않게 생각할 것이다.

사실 곰보 따위가 문제될 것이 무엇인가? 마음만 고우면 그뿐이지! 윤실

은 자기에게 호감을 가지는 일록이가 존경할 만한 사람이란 생각도 들었다.

윤실은 신이 났다. 자기가 반드시 해야 할 일도 아니면서 손님 대접하기 위한 준비에 정신을 잃고 있었다.

그는 커피 준비를 다하고는 손님을 대접할 응접실로 뛰어갔다.

응접실에 들어선 윤실은 우선 응접실을 한 번 둘러보았다. 마치 자기가 초대한 손님들이 오기나 하는 것처럼 손님들에게 창피를 당하지 말아야 한 다는 그런 태도였다.

윤실은 세트의 위치를 고쳐 놓기도 하고 테이블보를 바로잡기도 했다. 그 리고 나서는 일록에게로 가서,

"손님들에게 차만 대접하고 마나요? 과일쯤은 있어야 하지 않아요?"
하고 자기의 의견을 말하기도 했다. 일록은 빙그레 웃으며,

"글쎄 과자쯤은 내놓아야 할 것 같은데요?"
하고 윤실의 의사를 존중하는 듯이 말했다.

"그럼요. 적어두 국회 손님들이라는데 차만 뎅그러니 내놓을 수 있어요?"

"곧 사 오도록 하지요."

일록도 윤실과 이야기하고 또 윤실의 의견을 받아들이는 것이 유쾌한 모 양이었다. 연방 싱글싱글 웃기만 했다.

윤실은 손님들이 왔을 때도 직접 응접실로 들어가 사환애들이 날라 오는 차를 받아 하나 하나 자기 손으로 손님 앞에 놓았다. 손님들이 자기 얼굴을 보고 무엇이라 수군거린대도 그런 것을 괘념할 필요가 조금도 없을 것 같았 던 것이다. 일록을 생각하면 그뿐이었다. 일록이 자기를 사랑해 주기만 한다 면 억만 사람이 자기를 비웃는들 무슨 상관이랴? 바삐 손님 대접을 하면서 도 윤실은 일록만 생각하고 있었다.

윤실은 이때까지 알아 온 남자 가운데서 누구보다도 성실해 보이는 일록, 그 일록만은 자기를 희롱의 대상으로 생각지 않을 것 같았다. 이때까지 윤 실에게는 윤실을 좋아하는 척하는 남자가 없지 않았다. 그러나 그것은 모두 가 진실이 아니었다. 장난이었다. 그러나 일록만은 인생을 장난할 사람이 절 대 아닐 것 같았다. 그러기에 회사 어떤 사람에게나 신망을 받고 있지 않는

가? 손님들을 보내고 난 뒤 윤실은 퇴근시간이 빨리 오기를 기다렸다. 그래서 퇴근시간 한 시간 전부터 화장을 하기 시작했다.

화장을 한대야 자기가 만족할 수 있는 얼굴이 될 수는 없다. 그러나 거울을 떠날 수 없는 심정, 그리고 오래하면 할수록 자기 마음의 안정을 얻을 수 있는 듯한 심정.

윤실은 화장을 하는 시간이 일록을 위해 최선을 다하는 시간처럼 생각되기도 했다. 퇴근시간이 되자 사환 계집애가 왔다. 일록이가 현관에서 기다린다는 것이었다.

윤실은 허둥지둥 뛰어나갔다. 그리고는 자기를 기다리고 있는 사장 차에 올라탔다. 차에 올라타자 윤실은 공연히 차창 밖을 내다보았다. 누가 자기를 보아 주었으면 하는 생각이었다.

차는 금시 구르기 시작했다. 차를 타고 공장 밖을 나오자,

"손님 접대하는데 최 선생님은 안 가셔도 괜찮아요?"

하고 윤실이가 입을 열었다. 가기는 가야 하지만 가고 싶지가 않다는 말이 듣고 싶었던 것이다. 그러나,

"조용히 할 이야기가 있다면서 나는 참석지 않아도 좋대요."

하는 것이 일록의 대답이었다. 윤실은 그 말이 약간 불만스럽기는 했으나 일록이가 그만큼 솔직한 것 같은 생각에,

"손님 대접할 때마다 참석한다는 게 귀찮으시죠?"

하고 아무렇지도 않은 듯이 말했다.

"그럼요. 기가 맥히는 때가 다 있지요."

"아무리 직업이라도 귀찮으실 거예요. 더구나 체면 없는 손님들이나 만나면……."

"요새 손님치고 체면 있는 사람이 어디 있어요? 얻어먹으면서도 세도를 쓸려고 그러지요."

이런 말을 하고 있을 때 차가 커브를 도는지 일록의 상반신이 윤실의 몸으로 쏠려 왔다. 그러자 일록은 놀라기나 한 것처럼 몸을 재빨리 뽑으며 윤실에게 미안하다는 웃음을 보였다.

윤실은 고의로 그런 것도 아닌데 놀랄 것까지야 없지 않을까 생각했다. 그래서 일록이가 얄미워 자기 어깨로 일록의 어깨를 탁 쳤다.

일록은 그것이 좋은 모양이었다. 한 번 빙그레 웃고는 자기 어깨로 윤실의 어깨를 지그시 눌렀다. 윤실도 어깨에 힘을 주어 일록의 어깨를 지그시 받았다.

체온이 흐르는 것 같았다. 팔다리에 힘이 주어졌다.

차가 명동 가까이 이르렀을 때는 어느새 그들의 손이 서로 쥐어져 있었다.

"여기서 내릴까?"

일록이가 윤실의 얼굴을 바라보았다. 윤실은 일록의 그 따뜻한 손이 놓고 싶지 않았다.

"전 명동이 싫어요. 종로로 가세요."

날이 어둡지도 않았는데 젊은 남녀가 욱실거리는 명동거리를 거닐며 자기의 얼룩진 얼굴을 보이기 싫은 것도 사실이었다. 그러나 일록은 아무런 의견도 없다는 듯이 윤실이가 하자는 대로 했다. 그러면서도 꼭 쥔 윤실의 손을 놓지는 않았다. 종로 어떤 다방에 이르자 그들의 대화는 각기의 취미에 관한 것으로부터 시작되었다. 서로들 알고 싶은 마음에서였을 것이다. 먼저 윤실이가 자기의 취미를 이야기했다. 배구, 수영 같은 운동이 제일 좋아하는 취미라고 했다. 그리고는 팥밥을 좋아하고 두부를 통 안 먹는다는 식성까지 설명했다.

그 다음은 일록의 취미였다. 일록은 할 줄은 모르나 야구 구경을 좋아한다고 했다. 음식은 무엇이나 좋아하며 그 중에서도 생선회는 한 주일에 한 번쯤 안 먹고 못 배긴다고 했다. 때로는 생선회를 먹기 위해서 남쪽 항구를 찾아간다는 말까지 했다.

두 사람의 이야기는 그 뒤에도 그칠 사이가 없었다. 서로의 이야기에 무진한 흥미를 느끼는 모양이었다.

그러나 윤실에게 있어서 가장 중요한 곰보에 대한 이야기가 한 마디도 없었다. 일록은 그것을 아무렇지도 않게 생각하고 있는 것이 분명했다. 그러나 윤실이로서는 한 마디라도 안 할 수 없는 일이었다. 그 말을 안 하면 자기는 곰보라는 것을 속이는 것이 된다. 속이는 것이라고까지는 말할 수 없다고 해도 정식으로 무관하다는 승인을 받지 않게 되고 만다. 나중에 사고가 생긴다고 해도 일록의 언질을 받아 두지 않을 수 없는 일이었다. 그러나 그 말이 차마 입 밖에 나오지 않았다.

혹시 눈이 나빠서 곰보를 가려 볼 줄 모르고 있는 일록일지도 모른다. 자기 입에서 곰보라는 말을 했다가 일록이가 깜짝 놀라 나가자빠지면 어떻게 할 것인가.

어쨌든 자기의 가장 큰 약점을 자기 입으로 먼저 말할 수가 없어 망설이고 있을 때였다. 어떤 여자 손님 하나가 다방으로 들어왔다. 두 사람은 무심 중 꼭같이 그 여자를 바라보았다. 보기가 흉할 만큼 여드름이 그득 난 여자였다.

"얼굴이 옴두꺼비 같군!"

일록이가 비웃는 조로 말했다. 물론 무심코 한 말이었으리라. 그러나 그 말을 듣는 순간 윤실의 가슴은 뜨끔했다.

조금 심하게 나기는 했으나 여드름 난 여자를 옴두꺼비라고 말할 정도니 자기의 곰보를 가지고는 무엇이라 말할 것인가. 일록이가 직접 말을 하지 않는다 해도 자기 얼굴에 대해서 불쾌감을 느끼고 있을 것이 뻔한 일이었다.

윤실의 얼굴빛이 달라진 것을 눈치챘는지 일록이가 갑자기 당황해하는 태도를 보였다. 자기가 말실수했다는 것을 느낀 모양이었다. 변명할 도리가 없어 쩔쩔매는 것이 눈에 보였다. 그러나 윤실은 마음이 아파 견딜 수 없었다.

"얼굴이 흉한 여자는 결혼을 단념하는 것이 좋겠지요?"

혼잣말 비슷한 것이었으나 일록이 대답치 않을 수 없는 질문이었다.

"천만에요. 얼굴보다는 역시 마음이 중요하지요. 얼굴이 빤빤한 여자치고 마음 고운 이가 어디 있어요. 첫눈에는 외양이 필요할지도 모르지만 서루가 알게 되면 그때는 외양이 아무 상관없다고 생각해요."

일록은 한 번 실수는 했다 해도 진심은 절대로 그런 것이 아니라는 듯 말에 힘을 주어 가며 변명했다.

"제 얼굴은 어떻게 생각하세요?"

"미스 김의 얼굴을 볼 때 처음엔 아깝다는 생각이 들었어. 그렇지만 오래오래 사귀는 동안 그것이 하나도 문제 안 된다고 생각했어. 진심이야. 나는 미스 김이 신뢰할 수 있는 여자란 생각을 가지고 있어."

"정말이세요?"

"정말이야. 사람이 좋고 나쁘다는 것은 결국 마음을 두고 하는 말이니까. 그리고 미스 김의 얼굴이 무어 그리 보기 흉하다고……."

일록의 말은 거짓이 아닌 것 같았다.

그리고 가장 옳은 말인 것 같았다.

역시 자기가 존경할 수 있는 사람 같았다.

만약 일록이도 얼굴을 가지고 여자를 택하는 사람이라면 존경할 만한 가치가 조금도 없을 것이다.

윤실은 일록을 알게 된 뒤부터 그에게 나쁜 인상을 조금도 받지 않았다. 그런 만큼 그의 말이 거짓이 아니라는 것을 믿을 수가 있었던 것이다.

"제가 마음이 나쁜 여자는 아니지요?"

윤실은 한 번 더 일록의 대답이 듣고 싶었다.

"물론이죠. 나는 미스 김의 명랑한 성격과 충직한 마음씨가 정말 좋아요."

이것으로 윤실의 얼굴에 대한 이야기는 끝을 맺어도 좋았다. 그래서 그들은 구김살 없는 얼굴로 서로를 바라보며 만족한 웃음을 웃었다. 그리고는 음식점으로 가서 저녁을 먹었다. 그 뒤부터 그들은 매일처럼 만났다. 극장 구경도 다녔고 백화점에 물건 사러도 다녔다. 어떤 날 그들은 중국요릿집으로 갔다. 일록은 요리를 시키면서,

"나 술을 좀 마셔도 좋나?"

하고 물었다.

윤실은 일록의 얼굴을 쳐다보았다. 술 먹는 것까지 자기에게 물어 볼 것이 무엇인가 하는 생각에서였다.

"잡수세요."

“주정을 해도 좋나?”

그때에야 윤실은 일록의 말귀를 알아들을 수 있었다.

“마음껏 주정을 해 보세요.”

윤실은 일록의 주정이 보고 싶었다. 어떤 정도의 주정이든 받아 줄 만한 자신도 있었다. 일록은 몇 잔 술을 마시자,

“벌써 취해 오는데…….”

하며 혀꼬부라진 소리를 했다. 그리고는,

“주정을 해도 좋다고 그랬지?”

하는 것이었다.

“네.”

그러자 일록이 윤실에게로 다가와서 윤실의 뺨에 자기 뺨을 댔다.

윤실은 아무 반항도 안 했다. 그랬더니 그때는 윤실의 입술을 더듬는 것이었다. 그래도 윤실은 아무 반항을 안 했다. 도리어 일록에게 끌려가는 자기 몸이 자지러드는 것 같은 황홀감을 느꼈다. 일록은 입술을 떼고 손바닥으로 윤실의 얼굴을 쓸기 시작했다.

“이것이 어떻단 말야. 미꾸둥미꾸둥하는 것보다 요 까칠까칠한 것이 얼마나 좋은데…….”

하고는 윤실을 힘주어 안았다. 술이 취해서까지 하는 말이니 진심이 아닐 수 없었다. 윤실은

“까칠까칠한 것이 뭐 좋나요?”

하고 만족한 듯이 웃었다.

“그게 좋은 거야. 세상 사람들은 그 좋은 걸 모르거든. 이건 내 꺼야, 그렇지?”

일록은 윤실의 얼굴을 가볍게 꼬집고 그 자리에 입술을 부볐다.

“거짓말…… 최 선생님은 아무래도 거짓말쟁이 같아…….”

“요건…… 요것이 사람을 그렇게도 믿지 못해?”

“남자란 다 그런 건데요. 뭐…….”

“그렇지만 나는 조금 다를 거야.”

윤실은 일록의 마음 속을 들여다보는 듯이 잠시 입을 다물고 일록의 얼굴
만 바라보다가,

"정말이죠?"

하고는 그의 가슴팍에 얼굴을 파묻어 버렸다.

"정말이야. 내가 왜 거짓말을 해……."

일록도 팔에 힘을 주어 윤실을 끌어안았다. 그 뒤부터 두 사람 사이는 더
욱 가까워졌다. 윤실은 일록을 자기 집으로 데리고 가서 가족들에게까지 소
개를 시켰다.

어떤 날 저녁때였다. 윤실은 일록을 데리고 자기 집으로 갔다. 다방보다
도 중국요릿집보다도 가장 자유스러운 곳이기 때문이었다. 방에 들어가자
윤실은,

"잠깐만 돌아앉으세요."

하고 일록에게 말했다. 옷을 갈아 입어야 할 텐데 딴 방으로 옷을 들고 가기
는 싫고 그렇다고 해서 일록 앞에서 옷을 벗을 수도 없었기 때문이었다. 일
록은 빙긋이 웃으며 하라는 대로 돌아앉았다. 그러나 윤실이가 몸을 돌리고
원피스를 벗은 뒤 혹시나 해서 일록을 돌아보았을 때 일록은 고개를 돌려
자기 육체를 바라보고 있는 것이 아니겠는가?

"나쁜데요. 빨리 얼굴을 돌리세요."

윤실은 반나체가 된 상반신을 옷으로 가리며 말했다. 일록은 히죽이 웃으
며 고개를 돌렸다. 그러나 윤실이가 집에서 입는 원피스 소매에 팔을 끼고
머리 위에서부터 내려입으려고 할 때였다. 슈미즈 위로 어깨가 그대로 드러
난 윤실의 육체를 일록이 와락 달려들어 몸 전체를 끌어안았다. 윤실은 부
끄러웠다. 옷을 절반도 못 입은 자기 몸이 내려다보였기 때문이었다. 그러나
팔을 소매에 끼고 엉거주춤하게 서 있는 부자유스런 몸이라 어떻게 할 도리
도 없었다. 일록이 하는 대로 내맡길 수밖에 없는 몸이었다.

그 날 밤 윤실은 일록에게 모든 것을 내맡겼다. 그래도 아까운 것은 없었
다. 윤실은 일록과 결혼하는 것이라 마음먹고 있기 때문에 점점 더 행복감
같은 것을 느꼈다.

며칠 뒤 일록이가 다시 윤실의 집으로 찾아왔을 때였다. 일록이가 윤실을 안고 키스를 하려 할 때 윤실은,

"우리 언제 결혼식을 하지요?"

하고 물었다. 그때 일록이,

"최소한도의 비용이라도 준비를 해야겠지……."

하며 윤실을 껴안았던 팔에 힘을 떨구었다.

"간단하게 하지 돈 들일 게 뭐예요?"

"그래도 그럴 수가 있어?"

"형식이 뭐 중요해요?"

"체면두 있지 않아?"

"별걸 다 생각하시는군요?"

"안 생각할 수 있어?"

윤실은 일록이가 사장 비서라는 체면을 생각하고 있는 것이라 추측했다. 그렇기도 한 일이었다.

그러나 말투로 보아 일록이가 결혼에 대해 조급해하지 않고 있다는 것만은 알 수 있었다. 사랑하는 사람들끼리라면 하루빨리 결혼식을 거행하고 싶을 텐데 웬일일까 하는 생각도 들었다. 하지만 그렇다고 해서 일록의 마음을 의심할 수는 없었다.

"좌우간 빨리 해요. 네!"

일록을 조르는 수밖에 없었다.

"빨리 해야지."

일록은 할 수 없이 대답하는 것 같았다. 말에 기운이 조금도 없었다. 며칠 동안 일록의 눈치를 살폈으나 일록은 먼저 결혼 이야기를 꺼내는 일이 없었다. 윤실은 일록을 의심하지 않을 수 없었다. 일록 역시 세상 남자들과 꼭 같은 사람이 아닌가라고 ── . 그렇게 생각하니 분한 마음이 깃들기 시작했다.

'결국 속은 것이 아닌가?'

그래서 윤실은 일록을 만나자,

　"결혼할 생각이 없는 게 아녜요?"
라고 정면으로 물었다. 만약 결혼할 생각을 안 하기만 한다면 어떻게 해서
든 복수를 해야겠다는 것까지 생각하는 윤실이었다.
　"누가 결혼을 안 한다고. 그래? 듣다가 별 소릴 다 듣겠군."
　일록은 자기 마음에 변함이 조금도 없다는 듯이 대답했다.
　"그럼 왜 결혼 이야기를 통 안 하세요?"
　"글쎄 돈 때문에 그렇다니까."
　"그만두세요. 돈이 중요해요, 결혼이 중요해요?"
　"아무리 중요해도 식은 거행해야 할 것 아냐?"
　"다 알았어요. 싫거든 그만두세요."
　윤실은 일록의 말이 전부 거짓말만 같았다. 그렇지 않고서야 그렇게까지
열이 없을 수가 없을 것 같았다.
　"사람을 의심하지 말어. 속으로는 얼마나 걱정을 하고 있는데……."
　일록은 울상을 했다. 자기를 그렇게까지 이해해 주지 못하는 데 안타까움
을 느끼는 모양이었다.
　"그만두세요. 곰보니까 결혼하기가……."
　윤실은 말끝을 채 맺지 못하고 울음을 터뜨렸다. 좀체로 울어 본 일이 없
는 윤실이었다. 커다란 눈물방울이 줄렁줄렁 떨어졌다.
　"나는 윤실 씨의 얼굴을 조금도 다르게 생각지 않어. 정말 믿어 줘──."
　일록은 어찌할 줄 몰라했다.
　그래도 윤실은 일록의 말을 믿지 않았다.
　"두구 봐요. 가만 두나……."
　일록이가 자기와 같은 곰보와 결혼할 리가 없다고 생각했던 것이다. 윤실
은 분함을 참지 못했다. 그래서 복수라도 해 주리라는 생각을 했다.
　며칠 뒤 일록이가 프레젠트를 사 가지고 집으로 찾아왔다. 윤실의 마음을
달래기 위함이었으리라. 그러나 윤실은,
　"누가 프레젠트 달라고 그랬어요. 결혼도 안 할 사람에게……."
하고 프레젠트도 고맙지가 않다는 듯이 말했다.

“왜 내 맘을 그렇게까지 몰라 주는지요? 결혼을 안 한다고 누가 그랬어?”

일록이도 사뭇 화가 나는 모양이었다. 무척 언짢은 목소리였다.

“나는 세상 남자들을 믿지 않으니까 그런 줄만 아세요.”

그때 일록이 윤실에게 다가앉으며 프레젠트로 사 온 물건을 풀기 시작했다. 그리고 감정을 느꾸어 가며,

“두 달만 참아 줘. 그 동안 내가 준비를 다 해 놓을게.”

하며 포장지에 쌌던 화장품들을 윤실 앞에 벌려 놓았다. 그리고는,

“정말 신경질을 부리지 말아 줘. 보기에는 신경질로도 생기지 않았는데…….”

하며 윤실을 끌어안으려 했다.

“왜 이러는 거예요. 한 번 속지 두 번 속을 줄 알아요?”

윤실은 일록의 팔을 뿌리쳤다. 그뿐만도 아니었다. 앞에 놓여 있는 분갑과 크림병을 집어 내동댕이를 치며,

“얼굴을 보지 않는다는 사람이 화장품을 사 들고 다니는 건 뭐예요.”

하고 소리를 질렀다.

윤실은 화장품을 사 가지고 온 일록의 마음이 싫었던 것이다. 화장을 하고 얼굴을 곱게 보이라는 것이 아니겠는가? 그러니 얼굴을 상관하지 않는다던 일록의 말을 거짓말이라 생각지 않을 수 없었던 것이다.

일록은 어이가 없어 입을 열지 못했다. 여자에게 프레젠트할 경우 화장품이 그 중 손쉬운 것이라고만 생각하고 사 왔던 것이 윤실의 마음을 도리어 건드려 놓았으니 무엇이라 변명을 할 수 있을 것인가? 그러나 지나친 윤실의 행동에 가만 있을 수도 없어,

“사람을 그렇게 의심하면 죄 되는 거야.”

하고 자리에서 벌떡 일어섰다.

“나쁜 사람을 나쁘다는 게 무슨 죄예요?”

그래도 윤실은 조금도 굽히지 않았다.

일록은 할 수 없는 여자라고 혼자 생각하며,

“그만둬! 나두 이젠 싫증이 났어.”

하고 한 마디를 남긴 뒤 돌아가 버렸다.

윤실은 일록과의 관계가 이것으로 마지막이라고 생각했다. 따라서 온갖 슬픔이 복받쳐 올랐다.

윤실은 사장을 찾아가서 일록의 행상을 보고하리라 생각했다. 말하자면 면직이라도 시켜야 시원할 것 같았다.

그러나 사장에게 이야기를 하면 자기가 처녀가 아닌 것이 드러나고야 말 것이 무엇보다도 겁났다. 혹시 그 말이 퍼져 여자 직공들의 귀에까지 들어간다면 자기는 어떻게 될 것인가. 생각만 해도 무서운 일이었다.

윤실은 사장 만나기를 망설였다. 그리고 일주일에 한 번 있는 조회에도 나가지를 않았다. 출근을 하고도 조회 지휘를 안 하면 말들을 할 것 같아 그 날은 병이라 핑계 대고 숫제 출근도 안 했다. 사람 많은 데 나가기가 싫었던 것이다.

우울한 나날을 보내고 있을 때 하루는 일록이가 윤실의 사무실로 내려왔다. 윤실은 일록의 얼굴도 보기 싫었다.

"마음이 조금 가라앉았어?"

하고 일록이 신중한 태도로 물었다.

"언제는 떠 있었나요?"

"나는 아무래도 윤실 씨의 마음을 모르겠어? 왜 화를 내는 거지?"

"왜 화를 내는지 그것을 아직도 모르세요?"

"정말 모르겠어. 내가 결혼을 안 하겠다고 그런 일도 없는데……."

"그만둬요. 듣기도 싫어요."

"내 말을 좀 들어 봐. 일전에 사장님에게 말씀을 드렸더니 반가워하시며 결혼 비용을 보조해 주시겠다고 그랬어. 그러니까 우리 같이 사장님에게 가서 인사나 드립시다."

"정말요?"

윤실은 꿈과 같은 말에 자기도 모르는 환성을 올렸다. 그것이 정말이라면 일록의 말을 의심했던 자기가 크게 실수를 한 셈이 된다. 그러나 같이 가서 사장에게 인사를 하자고까지 하는 것으로 보아 일록의 말이 거짓말일 수 없는 게 아니겠는가?

"정말이지 거짓말일라구. 이제라도 가서 사장님에게 우리가 결혼한단 말을 하자구……."

"그래요?"

윤실은 벌떡 일어섰다. 사장에게 결혼 이야기를 한다면 그때는 정말 안 하고 못 배길 결혼이 되고 말 것이 아닌가?

윤실은 우선 일록의 가슴에 안겼다.

"공연히 사람의 가슴만 아프게 해 주고서……."

윤실이가 원망스러운 듯 일록의 가슴을 꼬집어 뜯기도 했다.

"남의 속을 아프게 한 사람은 누군데……."

일록이도 윤실의 뺨을 아파라 하고 꼬집어 뜯었다.

"아이 아파."

윤실은 자기 뺨을 꼬집는 일록의 손을 잡고 피가 나도록 꼬집었다. 두 사람은 한참 동안 부여안고 감격의 키스를 했다. 잠시 뒤 윤실이가,

"그럼 빨리 사장님께 가요."

하고 일록의 손을 잡아끌었다. 그때,

"참, 사장님이 아직 안 나오셨어."

하고 일록이 주춤거렸다.

"그럼 나오신 뒤 곧 가요."

윤실은 일록을 올려보낸 뒤 혼자 앉아 일록을 생각했다. 정말 사람을 속일 그런 사람 같지는 않았다. 그런데도 자기가 그를 의심하고 못 살게 군 것은 결국 자기가 곰보라는 자격지심 때문이 아니었는가? 사실 그런 것 같았다. 나쁜 것은 일록이가 아니라 자기 자신이던 것이었다. 윤실은 사장이 빨리 나오기만 기다렸다. 그러나 점심때가 지나도 사장이 왔다는 소식이 없었다. 사장이 나오기만 하면 일록이가 가르쳐 주기로 되어 있는데……. 점심을 먹은 뒤 윤실은 더 기다릴 수가 없어서 일록에게로 올라갔다. 그러나 일록은,

"참 잊어버리고 있었네. 금방 왔다 가셨는데."

하고 그때야 생각나는 듯이 말했다. 윤실은 다시 실망을 느끼지 않을 수 없었다.

"그렇게 중요한 일을 잊어버리고 있었다니……. 그만둬요. 다 알았어요."

윤실은 그 자리에서 돌아서 버렸다. 속지를 않으려다가 또 속은 설움이 복받쳐 올랐던 것이다. 일록이 뒤따라와서

"사장님이 너무 바빠하시기 때문에 그런 말을 할 새가 없었어. 십 분도 안 있다가 나가시는 걸 어떻게 해."

하고 사정 이야기를 했다. 그런 말이 곧이 들릴 리가 없었다. 윤실은 대답도 않고 사무실을 나와 버렸다. 그 날 저녁때였다.

윤실은 심화가 나서 거리를 헤맸다. 정처 없이 그냥 걷는 것이었다.

'두 번 다시 속지 말아야지.'

속으로는 자꾸만 이런 말을 되풀이하고 있었다. 충무로 입구로 나올 때였다. 우체국 앞으로 걸어오고 있는 일록이가 눈에 띄었다. 그는 어떤 젊은 여자와 다정스럽게 이야기를 하며 걸어오고 있었다. 윤실은 생각할 여유도 없었다. 두 사람이 걸어오고 있는 쪽으로 달려가서 일록이 옆에 있는 젊은 여자의 따귀를 한 대 갈겼다. 어쩐 일인지 몰랐다. 일록의 정체를 발견하고 분노를 느낀 것이라면 일록의 따귀를 갈겨야 할 것인데 어째서 여자의 따귀를 갈겼는지……. 윤실은,

"개 같은 연놈들!"

하고 두 사람을 무서운 눈으로 노려보았다. 그때 일록이가 앞을 나서며 윤실의 팔을 붙잡았다.

"무슨 일이야? 누이동생한테……."

일록의 몸이 떨렸다.

"동생이라면 속을 줄 알아?"

윤실은 다시 여자를 때려 주려 했다. 그러나 일록의 제지에 뜻은 이루지 못했지만

"나는 안 속는다. 또 속을 줄 아니……."

하고 일록의 목덜미를 붙잡았다.

"참, 정신이 나간 모양이야. 창피하게 이게······."

일록은 어쩔 줄 모르며 윤실의 팔을 잡아 내렸다.

"어디루 가서 이야기를 해. 여기서 이러지 말고······."

일록이가 윤실의 손을 잡고 어디로든 데리고 가려 했다. 그러나 윤실은 일록의 손을 뿌리치고 도망치듯 집으로 돌아왔다.

'절대루 안 속는다.'

이런 생각을 하면서도 속으며 살아 온 자기가 슬퍼 견딜 수 없었다. 앞으로도 속으며 살아야 할 것만 같았다.

"곰보라고······."

원수처럼 곰보라는 것이 밉기도 했다. 곰보 때문에 평생을 속으며 살아야 하다니······. 윤실은 안방으로 가서 약장에 들어 있는 금계랍을 끄집어냈다. 금계랍을 가지고 자기 방으로 돌아오자 윤실은 생각할 새도 없이 금계랍 봉지를 열었다. 막 입에 넣으려고 하는 순간 일록이가 문을 와락 열었다.

그리고는 뛰어들어와 약을 뺏아 버렸다.

"정말 내 외사촌 누이동생이야. 우리 집에 가서 물어 보면 금시 알 수 있을 게 아냐?"

그래도 윤실은,

"다시는 안 속는다니까. 왜 속으며 살라는 거야? 곰보가 된 것도 서러운데."

하며 발악을 했다.

"곰보라고 누가 뭬랬어? 공연히 혼자서······."

"그만둬요. 그 약이나 주고······."

윤실은 일록의 손에 든 약을 뺏으려고 팔을 내밀고 공중을 휘적거렸다.

(원) 《신태양 65》 1958. 2.

흑색광선

십이지장충 약이 독했던 모양이었다. 약을 먹은 지 열 시간 만에 동호(徐東浩)가 실신을 했다. 영양 부족으로 빈혈을 일으킬 만한 가정환경은 물론 아니다. 평소에 가지고 있는 위장병 때문에 얼굴에 혈색이 없고 몸에 살이 붙지 않아 늘 걱정하던 불건강의 소치였을 것이다.

십이지장충 약을 먹은 뒤 세 시간 만에 설사약을 먹었다. 그리고는 변소엘 세 번인가 네 번인가 다녀왔다. 그 뒤 다시 변소엘 갔다 오는 길에 쓰러지고는 정신을 잃고 만 것이다.

"여보! 정신 좀 차려요."

아내 명영(明永)이 아무리 안타깝게 몸을 흔든다 한들 실신한 동호가 입을 열 리 만무했다.

나이 사십이 다 되었지만 죽음이란 것을 목도한 일이 없는 명영인 만큼 당황하지 않을 수 없었다.

"여보!"

맥이 살아 뛰고 피부가 싸늘하지 않으니 죽은 것 같지는 않지만 그래도 알 수 없는 일이라 명영은 남편의 몸을 함부로 흔들며 소리를 질렀다.

그래도 대답이 없었다.

명영은 가슴이 서늘해지지 않을 수 없었다.

"남편이 또 죽다니……."

명영은 자기가 두 번째 과부가 된다는 생각을 했다.

전남편이 죽었을 때는 시체도 찾지를 못했으니 그때의 아팠던 가슴이란 이루 말할 수조차 없었다. 시체도 못 보고 남편을 죽었다고 믿어야 했던 그때의 슬픔이 지금보다 못하지 않았을 것이다. 그러나 이십 년 동안 정들이고 자식을 다섯이나 낳고 살아 온 지금의 남편이 죽는다는 것 또한 하늘이 무너지는 것보다 못하지 않게 기막히는 일이었다.

"애들아——."

명영은 남편의 몸을 흔들다 못해 겁에 질려 사랑채에 있는 애들을 불러들였다.

고등학교에 다니는 큰아들 광초(光超)가 뛰어들어오자,

"빨리 가서 의사를 불러와!"

하고 소리를 질렀다.

광초도 아버지가 십이지장충 약을 먹었다는 것만은 알고 있으나 어째서 실신까지 했는지는 알지 못했다. 그래서,

"왜 그러세요?"

하고 동호 옆으로 다가앉으며 눈물을 글썽거리었다. 그러나 명영은 아들의 걱정하는 것쯤 생각지도 않고,

"빨리 가서 의사나 불러오라니까 뭘 어물거리고 있니?"

하고 아들을 호되게 꾸짖었다.

그래도 광초는 광초대로 어떻게 된 영문이나마 알아야겠다는 듯이,

"의사한테 가서 뭐라구 그래요?"

하고 의사를 핑계 대며 병상을 알려고 했다.

"회충약을 많이 잡숫고 정신을 잃었다고 그래."

명영의 말에 광초는 더 머뭇거리지 못하고 방을 뛰쳐나갔다.

의사가 올 때까지 명영은 남편의 팔다리를 주무르기도 하고 이마를 짚기도 하며 남편이 소생하기를 바랐으나 동호는 통 정신을 차려 주지 않았다.

의사가 왔다.

냉정한 얼굴로 청진기를 움직였다.

명영은 의사가 아무래도 남편의 사형선고를 내리고야 말 것만 같아 가슴
을 떨었다. 의사가 진찰을 끝내고 환자 옆에서 물러앉을 때 명영은 의사의
입이 열리고야 말 것이 겁나 고개를 폭 수그렸다.

그러나 의사의 말은 뜻밖이었다.

"곧 회복될 겁니다. 너무 걱정 마십시요."

의사는 아무렇지도 않다는 듯이 냉정한 얼굴로 주사기를 꺼내기 시작했다.

몇 가지 주사를 놓은 뒤에는,

"너 나하고 같이 가자. 약을 줄게."

하고 광초를 한 번 바라보고는 자리에서 일어났다.

"괜찮을까요?"

명영은 의사가 미덥지 못한 것처럼 따라 일어서며 물었다.

"괜찮습니다. 곧 정신을 차릴 테니까 약이나 먹이십시오. 몸이 약하신 것
같은데 수혈을 좀 해 보시죠."

의사는 방을 나가며 지나가는 말처럼 던졌다.

명영은 남편이 평소에 쇠약한 것을 누구보다도 잘 알고 있다. 그렇기 때
문에 빈혈증까지 일으킨 것이라 생각하고 있지만 수혈만 해서 그 빈혈증이
아주 없어진다면 이런 기회에 수혈을 해 줘야겠다고 결심했다.

그래서 방을 나서는 의사를 붙잡고,

"입원을 안 해도 수혈을 할 수 있을까요?"

하고 물었다.

"할 수 있고 말고요."

의사의 대답은 간단했다.

"그럼 지금이라도 할 수 있을까요?"

명영은 빨리 수혈을 하면 그만큼 빨리 회복될 것을 생각하며 다급히 물
었다.

"가서 준비를 해 와야지요."

그리고 의사는 명영을 바라보며,

"누구 피를 수혈하시게요?"

문제는 피 뽑을 사람이라는 듯이 물었다.

"제 피를 뽑겠어요."

명영은 서슴지 않고 대답했다. 사실은 자기밖에 피를 뽑을 사람도 없었다. 자식들이 있기는 하지만 아직 나이들이 어리다. 남편을 살리기 위해서 어린것들의 피를 뽑잘 수는 없는 노릇이다. 남편이 중한 것만큼 자식들도 중한 것이니까…….

"환자의 혈액형을 아시나요?"

의사의 질문에 명영은 대답을 못했다. 무슨 말인지를 알아들을 수가 없었기 때문이다. 수혈이라는 말은 들은 일이 있어도 혈액형이란 말은 금시초문이었다.

"모르는데요."

어리둥절해서 모른단 말만을 하자 의사가 다시,

"부인의 혈액부터 검사해 봐야겠군요."

하고 말했다.

명영은 그게 또 무슨 말인지 알 수가 없었지만 의사가 하는 말이라 따지고 들을 수도 없어 주저주저하고 있을 때,

"갔다 곧 오겠습니다."

하고 의사가 병원으로 돌아갔다.

광초를 데리고 의사가 돌아간 뒤 명영은 남편 옆에 앉아 지금 세상이 얼마나 살기 편한가 하는 생각을 했다.

수혈만 하면 죽어 가는 사람도 살릴 수가 있다. 웬만한 병에는 죽지 않을 만큼 좋은 약이 얼마든지 있다. 만약 전남편도 물에 빠져 죽지만 않았다면 오래오래 살 수가 있었을 것이 아닌가?

그러나 아무리 좋은 약이 있다 해도 돈이 없으면 약이 있으나마나라는 생각이 들었다. 전남편이 살았다고 하면 그는 평생 나루터의 뱃사공밖에 하지 못했을 것이다. 뱃사공쯤 가지고서야 아무리 아프다기로서니 의사나 마음대로 부를 수 있을 것인가? 하기야 지금의 남편 동호처럼 전남편 종구도 그새 돈벌이를 잘해서 부자가 될 수 있었을지 모르는 일이다.

동호도 옛날에는 종구와 같이 뱃사공이었다. 단지 6·25 때 산 속에 깔려 있는 장작을 공짜로 얻다시피 헐값으로 샀다가 파는 바람에 갑자기 부자가 되어 지금은 서울에서도 그리 빠지지 않는 재목상이 되었을 뿐이었다.

명영은 동호가 운이 좋아 돈벌이를 잘하게 된 데 대하여 신에게 감사를 드리고 싶었다. 만약 이렇게 정신까지 잃었을 때 의사를 부를 만한 돈도 없는 살림을 했다면 어떻게 되었을 것인가?

남편이 아직 정신을 차리지 못하고 있지만 죽지 않을 것만은 사실이라는 생각이 들어서 그런지 명영은 현재의 환경을 감사할 마음의 여유까지 생겼던 것이다.

얼마 뒤 의사가 간호부 한 명을 데리고 왔다. 그리고는 동호와 명영의 피를 검사한 뒤,

"전부가 AB형이로군요."

하고 명영의 피를 동호에게 수혈해도 무방하다는 말을 했다.

그때였다. 광초란 놈이,

"제 피도 검사를 해 주세요."

하며 의사에게 다가앉았다.

"왜?"

의사가 물었다.

"제가 어머니보다 건강합니다."

광초가 말을 끝내기도 전에,

"넌 가서 공부나 해!"

하고 명영은 딱 잘라 꾸짖었다.

피를 빼면 그만큼 빈혈이 된다. 아들이 남편처럼 빈혈증을 일으키면 어떻게 할 것인가 하는 생각에서였다.

"어머니두, 남자에게는 남자의 피가 좋지 않아요?"

광초는 이론으로라도 명영을 굴복시키려는 듯이 따지기 시작했다.

그 말도 그럴 듯한 것 같았다. 아무리 혈액형이 같다고 해도 남자에게는 남자의 씩씩한 피가 좋을 것 같았다.

그러나 그렇다고 아들의 피를 뽑을 수는 없었다.

"남자에게는 여자의 피가 좋을 거야. 세상 이치는 음양이 합해야 되기로 되어 있다."

명영은 자기의 주장을 내세우는 수밖에 없었다.

"아무래도 여자의 피를 넣으면 여자처럼 되기가 쉽지 뭐……."

광초는 어디까지나 불만인 모양이었다. 고등학교에 다니는 나이쯤 되었으니 그런 생각을 할 법도 했다.

"쓸데없는 소리 말고 가서 공부나 해."

명영은 광초가 다시 말을 꺼내지 못하도록 억눌렀다.

그래도 어물어물하며 나가지를 않을 때

"빨리 나가지를 못해?"

하고 광초를 내보내고야 말았던 것이다.

그러나 광초는 문 밖에 나가서도 서성거리며 자기 방으로 가지를 않았다.

"썩 못 가!"

명영이 다시 소리를 지를 때야 광초는 사랑채로 나가는 기색을 보였다. 그러나 명영이더러 들으라는 듯이,

"혈액병원에 가서 피를 팔아 버려야지……."

하며 중얼거렸다.

명영이 피를 빼고 났을 때 동호는 눈을 떴다.

눈동자를 굴리며 사방을 돌아보는 것이 자기 딴에도 큰 변화가 있는 것을 느끼는 모양이었다.

명영은 달려들어 이제야 정신이 나느냐고 몸을 만져 주고 싶었으나 골치가 띵한 것도 띵하거니와 피를 뽑았다는 공포의식이 몸을 움직이게 하지 않았다.

피를 뽑았으니 그만큼 기운을 잃었을 것만 같은 마음이 들었다.

"여보!"

눈을 떴는데도 참견해 주는 사람 하나 없는데 허전함을 느꼈는지 동호가 명영을 불렀다.

"정신이 좀 드세요?"

명영은 누운 채 동호를 바라보며 입을 열었다.

"왜 거기 누워 있어?"

정신을 잃었다 깨어난 자기를 돌보아 주지도 않고 누워만 있는 아내에게 불만스러운 눈을 보내며 동호가 말했다. 명영은,

"조금만 누웠다 일어날게요."

하고 그냥 누워 있으려 했으나 의심쩍은 눈으로 자기를 바라보는 동호가 애처로운 것 같아,

"나 여기 있는데 뭐!"

하며 동호에게로 가서 손을 잡아 주었다.

"당신두 어디가 아프우?"

"아아니. 조금 어지러워서…… 그래 이제는 아무렇지도 않수?"

명영은 남편의 이마를 짚으며 말했다.

"혼났는데…… 그 약이 그렇게 독한 건가?"

동호는 큰 변을 치르고 난 것처럼 한숨을 길게 내뿜었다.

"몸이 약해서 그렇겠지요. 앞으론 몸을 좀 조심해야겠어요."

이런 말을 하고 있을 때 의사가 수혈을 하기 시작했다. 수혈하는 것을 보자 동호가,

"누구의 피지?"

하고 눈을 감은 채 물었다.

"누구 피면 그건 알아 무엇해요."

명영이 대답하자,

"그래서 당신이 누워 있었군……."

하고 동호는 그제서야 모든 것을 알았다는 듯이 숨을 길게 내뿜었다.

수혈이 끝나고 의사가 돌아간 뒤 동호는 자기 옆에 앉아 있는 명영을 보며,

"피를 뽑고도 괜찮우?"

하고 걱정스런 얼굴로 물었다.

"아무렇지도 않은데요. 처음에는 조금 어지러운 것 같더니……."

명영은 정말 아무렇지도 않은 것을 보이기 위하여 일부러 웃음을 지어 보였다.

명영이 웃는 것을 보자 동호는 안심이 된다는 듯,

"당신의 피가 들어가서 그런지 몸이 뜨끈뜨끈한 것 같은데……."

하고 빙그레 웃었다.

이삼 일 쉰 뒤 남편은 상점엘 나가기 시작했다.

남편이 전처럼 출입을 하기 시작했어도 명영에게는 통 마음이 놓이지 않았다. 잘 걷지도 못하는 병아리처럼 남편이 자꾸만 위태롭게 생각됐던 것이다. 또 빈혈로 쓰러지지나 않을까?

만약 밖에 나가서 쓰러지면 돌봐 줄 사람도 없을 텐데, 하는 생각이 머리에서 떠나지 않았다.

명영은 동호의 고질병인 위장병을 우선 고쳐 주어야 한다고 생각했다. 위장병만 고치면 식사도 남처럼 할 수가 있다. 식사만 제대로 한다면 몸은 건강해질 수가 있다.

그래서 명영은 수소문을 해서 유명하다는 한의사를 찾아갔다. 양약을 줄창 대 놓고 먹기 때문에 이번에는 한약을 써 볼 생각이었던 것이다.

내자동으로 찾아간 한의사는 정말 유명한 사람인 모양이었다. 찾아온 환자가 어떻게 많은지 알 수 없었다.

명영은 한참 동안이나 기다리다가 한의사에게 남편의 병상을 설명했다.

한의는 환자를 진찰하지 않고 병세만 듣고도 처방을 짓는다는 것을 알기 때문에 명영은 혼자서 갔던 것이지만, 의사는 정말 본인을 보지 않고도 약을 지어 주었다.

의사는 약을 지어 주고는 다 먹은 뒤 경과를 알려 달라는 말만을 하고 딴 환자를 진찰하기 시작했다.

약을 지어 가지고 집으로 돌아오자 명영은 남편이 돌아올 시간을 계량하고 약을 달이기 시작했다. 약을 달이면서 약 냄새를 맡을 때 명영은 그 약이 꼭 효과가 있을 것만 같은 생각이 들었다.

6·25 전까지는 시골에서만 살던 명영이다. 그래서 6·25까지는 한의밖에 모르며 살아 왔지만 서울로 이사 온 뒤부터는 한의와 발을 끊고 있었다. 자격지심 때문이기도 하겠지만 한의를 찾아다니는 자기가 시골뜨기를 면치 못한 사람 같은 느낌을 주었던 까닭이다.

돈을 벌어 남 못지않게 살 뿐 아니라 자식들을 하나 빼지 않고 학교에 보내고 있는 자기로서 시골뜨기 냄새를 풍기기는 싫었던 것이다.

그래서 한의를 통 찾아다니지 않다가 오래간만에 한의사의 약을 쓰게 되니 고향에 돌아간 듯 마음이 흡족한 것 같기도 했다.

저녁때 동호가 돌아와 한약 냄새를 맡고는,

"웬 한약 냄새가 나?"

하고 이상스러운 표정을 지었다. 오래간만에 맡은 한약 냄새라 신기한 생각도 들었겠지만 한약을 먹어야 할 환자가 누구인가 하는 의심이 생기지 않을 수 없었으리라.

"당신 약을 지어 왔어요."

"내 약이라니?"

"위장병 약 말예요. 양약을 암만 먹어도 낫지가 않으니 한약이라도 먹어 봐야지 않겠어요."

"한약이라고 신통할라구?"

동호도 한약을 믿지 않는 것처럼 말했다.

사실은 동호도 한약을 한 번 써 보았으면 하고 전부터 생각하고 있었다. 그러나 원체 공부를 못한 만큼 한약을 쓴다는 말이 퍼지면 무식해서 한약만 먹는다는 말이 날 것 같아 그 말이 듣기 싫어 한약을 쓰지 않던 동호였다.

돈이 있어서 남에게 꿀리지 않고 살아가고 있기는 하지만 뱃사공이란 본바탕이 드러날 것을 무엇보다도 겁내지 않을 수 없는 동호이기도 했다.

"소문이 대단한 의사니까 약도 좋을 거예요. 사실이야 양약으로 고치지 못하는 병에는 한약이 제일인 걸 뭐——."

명영은 자기의 본심을 털어놓고야 말았다. 무식하다는 말을 들어도 병을 고쳐야 할 것이 아니겠는가?

"용한 의사의 약이라면 한 번 먹어 볼까?"

동호는 이미 약을 지어 끓여까지 놓았으니 할 수 없다는 식으로 말했으나 내심으로는 아내를 고맙게 생각했다.

좋다는 약은 모조리 써 보았으나 병이 통 낫지 않을 때, 동호는 한약을 먹어 보았으면 하는 생각을 몇 번이나 했는지 모른다.

동호는 명영이가 주는 한약을 달게 먹었다. 한약을 먹자 그 자리에서 속이 시원해지는 것 같음을 느꼈다.

'촌놈은 술도 막걸리라야 맛이 있다드니…….'

동호는 생각하는 것이었다. 지금은 양복을 입고 모자까지 쓰고 일류 신사 행세를 하고 있다. 그러나 속은 아무래도 옛날 뱃사공을 면할 수 없는 자기라고!

약을 먹은 뒤에는 적어도 한 시간쯤 지나서야 식사를 할 수 있다고 하기 때문에 동호는 애들에게 먼저 저녁을 먹으라고 했다.

담배를 피우면서 어린것들이 식사하는 것을 바라볼 때, 동호는 갑자기 자기는 지금 죽어도 한되는 일이 없다는 생각을 했다.

아들이 셋, 딸이 둘 —— 모두가 칠칠하게들 생겼다.

저 하나 구실은 다 할 수 있는 애들 같았다.

그러나 어머니를 닮아서 미인에 가까울 만큼 예쁘장하게 생긴 계집애들을 볼 때 동호는 그것들이 커도 얼굴이 변하지 않을까 하는 생각을 했다. 커서도 지금처럼 얼굴이 예쁘다면 반드시 불행해지고야 말 딸들이 걱정스러웠던 것이다.

자기 아내 명영도 얼굴만 예쁘지 않았다면 불행한 일이 없었을 것이 아니겠는가?

지금은 다 잊어버리고 사는 일이지만 명영은 결국 얼굴이 예뻤기 때문에 남편을 잃어버렸던 것이다.

딸들이 또 어머니와 같은 길을 걷게 된다면…….

동호는 계집애들이 커 가면서 얼굴이 미워졌으면 하고 속으로 빌지 않을 수 없었다.

그러나 그런 생각은 될 수 있는 대로 안 하는 것이 좋다. 동호는,

"여름방학도 끝나 가는데 숙제들은 다 했니?"

하고 자기 마음을 흐트리게 하기 위해 애들에게 말을 건네었다.

"난 벌써 다 했는 걸!"

국민학교 4학년짜리 딸애가 밥을 먹다 말고 고개를 쳐들었다.

"용타. 그럼 너는?"

동호는 고등학교에 다니는 광초를 보며 물었다. 그리고는 중학교에 다니는 둘째 아들과 국민학교 1학년에 다니는 셋째 아들에게도 꼭같이 물었다.

다들 숙제를 했다고 대답했다.

동호는 대견스런 생각에,

"방학이 끝나기 전에 들놀이나 한 번 갈까?"

하고 애들을 둘러보았다.

다들 좋아하는 얼굴이었다. 아직 학교에도 안 다니는 맨 밑 꼬마 계집애가,

"나두 가."

하고 선두에 나섰다.

"넌 다리가 아프다고 그럴 테니까 집에서 놀기나 해."

하고 슬쩍 골려 주었다. 그러자 꼬마는 그 자리에서 울음을 터뜨리고 숟가락을 내동댕이쳤다.

그 바람에 동호는 쩔쩔매는 듯이,

"그래 그래 데리고 갈게! 고년 참!"

하고 소리를 내어 웃었다.

그때 명영이 꼬마를 붙안고 머리를 쓰다듬어 주며,

"왜 널 안 데리고 가. 아버지가 부러 그러신 거지……."

하고 달래는 한편 동호에게,

"어린 걸 가지고 실없이 농담두 참!"

하고 눈을 흘기었다.

그 흘기는 눈이 번쩍했다. 매서운 눈초리였다. 농담이란 것을 알면서 흘기는 눈이기 때문에 그것은 단지 어린애를 달래기 위한 것에 지나지 않을

것이지만 동호에게는 채찍을 들고 때리려는 것보다도 무섭게 보였다.

"아무렇기로서니 숟가락을 내동댕이치는 년이 어디 있어……."

동호는 어린것을 한 번 나무라 주고는,

"언제 갈까?"

하고 들놀이의 구체적 이야기를 꺼냈다.

"내일 가지요."

광초가 성급하게 말했다.

"내일이야 갈 수 있나. 준비도 해야 하고——."

그러니까 둘째 놈이,

"그럼 모레 가요."

"모레도 바쁜데……."

"그럼 글피 가면 되지 뭐."

큰딸애가 제 의견이 제일이라는 듯 눈을 깜박이며 말했다.

"그래, 글피로 하자. 그럼 장소는?"

동호가 제의를 하자 애들의 의견은 백출이었다. 저마다 아는 곳이 제일이라고 떠들었다. 그러나 차편도 있고 멀지도 않은 우이동으로 결정이 되었다.

즐거운 저녁식사였다.

애들이 엉덩이춤을 추면서 자기들 방으로 갔다.

밥상을 치우고 있던 명영이 그때야 입을 열고,

"들놀이는 갑자기 무슨 들놀이예요. 애들도 가만 있는 걸 어른이 공연히 애들 마음을 들쑤셔 놓구……. 그건 돈이 안 드는 줄 아시우?"

불만을 털어놓기 시작했다.

"집에서 점심을 싸 가지고 가면 돈이 얼마나 들라구. 버스값두 백 환이면 될 걸. 한 번 놀러 가기도 해야 하지 않아?"

사실 따지고 보면 돈이 얼마 들지 않는 일이다. 그러나 명영은 필요 이외의 돈은 무조건 아까워하는 버릇이 있다.

"적게 들구 많이 들구가 문제 아녜요. 애들한테 돈 쓰는 버릇을 가르쳐 주는 것이 걱정이지……."

"아따 그 애들이 커 보라구. 돈 쓸 줄 몰라서 안 쓸 것 같아."

"당신은 돈을 얼마나 많이 번 줄 아시우? 애들을 생각해 봐요. 그것들 학교엘 보내고 결혼을 시킬려면 돈이 얼마나 들겠는가?"

"그만둬. 한 번 들놀이 가는 것이 무어 그리 큰일이라고……."

동호는 잠시 말을 끊었다가

"참, 목재를 싸게 살 구멍이 생겼는데 돈을 좀 돌려 주구려."

하고 말했다.

어떤 토건 사업자가 입찰을 해서 받은 것을 뒷구멍으로 돌리는 목재였다.

"가지고 있는 돈이야 몇 푼 되야지요."

명영이 난처하다는 듯이 대답했다.

"돌려 준 것 가운데서 기일이 찬 것은 없수?"

동호는 여유 있는 돈은 명영에게 맡기어 계를 하게 하거나 고리로 돈놀이를 하게 하고 있다.

대개 가게에서는 돈은 물건으로 잠겨 놓고 그것을 팔아서야 새 물건을 사게 마련인 것이다. 그렇기 때문에 갑자기 돈을 쓸 일이 있으면 명영에게 부탁하는 도리밖에 없었다.

"언제까지 써야 하는데요?"

"내일까지 써야겠는데. 돈이 늦으면 물건을 놓치게 되거든……."

"얼마나 필요한데?"

"이백만 환."

명영은 돈 준 사람들을 생각해 보는 모양이었다.

"내일까지는 안 되겠는데요."

"큰일인 걸."

동호는 잠시 무엇을 생각하다가,

"그 금붙이를 팔지. 거야 돈이 생기면 다시 살 수 있는 것이니까……."

하고 말했다. 그러나 명영은 펄쩍 뛰며,

"그건 안 되요. 돈을 조금 안 벌면 안 벌었지 그건 팔 수 없어요."

하고 대답했다.

"샀다 팔면 금시 돈이 들어올 텐데 돈 들어오는 날로 사면 되지 않나? 애들이 내일로 장가 시집을 가나?"

"그래도 그것은 안 되요. 죽어도 손대서는 안 될 물건들이에요."

"고집두. 금값이란 사고 파는데 차이가 있는 것도 아닌데 뭘 그래……."

"그래도 그것은 안 되요. 내가 살아 있는 한 그것에만은 손을 못 대요."

"그럼 내일 일은 다 틀려 버리게……."

"이삼 일 연기하시구려. 그럼 내가 돌려 보지요."

"안 될거야. 돈이 급해서 파는 사람들인데……."

어떤 말에도 명영은 애들을 위해 준비해 둔 금붙이를 팔려고 하지 않았다.

들놀이를 약속한 날이었다.

애들은 새벽부터 일어나 야단법석이었다.

물병에 물을 넣는다, 먹을 것을 사러 간다, 잠시도 방 안에 붙어 있지를 않았다. 나중에는 부엌에 나가 반찬 만드는 것까지 참견을 했다.

날씨가 흐린 것 같은데도 그런 것은 조금도 상관하지 않았다.

애들이 너무나 들썩이는 통에 명영은,

"비가 올 것 같은데 다음에 가지!"

하면서도 딱이 가지 말자는 말을 못했다.

더구나 광초가 라디오의 일기예보를 듣고,

"한때 날이 흐리겠으나 오후에는 개겠대요 뭐."

하는데는 굳이 못 간다는 말을 할 수가 없었다.

"그래두 비나 맞으면 어떡하니——."

하는 정도의 걱정을 할라치면,

"비 오면 집으로 뛰어들어가지. 거기는 집도 없을라구……."

하며 애들이 집단으로 대드는 데는 꼼짝할 수가 없었다.

날이 흐리어 걱정이 되었으나 그들은 우이동으로 떠났다.

미아리까지는 시내버스를 탔고 미아리에서는 우이동행 버스를 갈아 탔다.

우이동에 내린 것은 이럭저럭 열한 시가 지나서였다.

골짜기를 타고 올라가서 바위와 물이 있는 으슥한 장소를 정한 뒤 음식보따리를 풀어 놓았다.

점심은 아직 이르지만 과일이라도 먹으면서 놀 생각이었다.

애들은 먹는 것보다도 노는 것이 더 좋은 모양이었다. 옷을 벗어 버리고는 물 속에 들어가 가재를 잡는 애가 있는가 하면 바위 위에 올라 노래를 부르는 애도 있었다.

그런데 국민학교 4학년에 다니는 딸애는 종이로 배를 만들어 가지고 물살이 빠르지 않은 잔잔한 수면에 그것을 띄워 놓고 조용히 흘러가는 모양을 바라보며 즐기고 있다. 그때 국민학교 1학년짜리 사내애가 물 속에는 들어가지 않고,'

"누나 그거 나 줘."

하고 손을 내밀었다.

"안 돼. 사람을 싣구 바다를 건너가는 배야."

"그래두 나 줘."

그럴 때 종이배가 물결에 뒤집히고 말았다.

"파선이다. 파선이야. 사람들 다 죽었겠다."

4학년짜리 계집애가 소리를 지르며 달려가서 종이배를 건졌다. 그리고는 1학년짜리더러,

"너 물 속으로 들어와 뱃사공 노릇을 해 봐."

하는 것이었다.

바위 위에 앉아 어린것들이 놀고 있는 것을 바라보던 동호가 얼굴을 돌려 버렸다.

하필이면 계집애가 배 장난을 하며 노는 것일까?

동호의 머릿속에는 배, 뱃사공, 파선, 이런 것들이 어른거렸다. 생각해서는 안 될 것들 ——.

동호는 바위 위에 누워 버렸다. 그리고는 그런 생각을 머리에서 내쫓기라도 하려는 듯,

"앞으로는 현금을 집에 좀 둬야겠어. 요전의 그 목재 말이야. 돈만 있었

드면 한 십만 환 덜 주고도 살 뻔하지 않았어!"
하고 아내에게 말을 건네었다.

그때였다. 4학년짜리가,

"파선했다. 파선했어!"
하며 물 속에서 첨벙거렸다.

"아주 떠내려가네……."

동호는 몸을 벌떡 일으켰다. 듣기만 해도 몸서리치는 파선이란 말이 그의
온 신경을 자극시켰던 것이다.

동호는 벌떡 일어나 숲 속으로 걸어갔다. 용변을 하기 위한 것처럼 보였
으나 실은 딸애의 뱃놀이가 보기 싫었던 때문이다. 동호는 용변을 하는 척
하고는 한참 동안이나 걸어다니다가야 원위치로 돌아왔다.

침침하던 날씨가 갑자기 캄캄해 왔다. 그래도 아침부터 흐리던 날씨라 심
상히 여기고 점심을 먹기 시작했다.

애들을 모아 놓고 한참 점심을 먹고 있을 때였다.

별안간 번개가 번쩍이고 우렛소리가 요란히 울리기 시작했다.

"으악!"

동호가 그만 명영에게로 쓰러졌다.

비가 쏟아지기 전에 피신부터 해야겠지만 동호가 으악 소리를 내고 쓰러
지니 명영은 물론 어린애들까지도 어리둥절하지 않을 수 없었다.

명영은 얼마 전 동호가 졸도를 하고 정신을 잃었던 일이 생각나 또 빈혈
증을 일으키지나 않았나 하고 동호의 몸을 흔들며,

"여보!"
하고 반응을 기다렸다. 그때 동호는,

"여보, 어디루 가야 하지 않아? 응? 빨리 가, 빨리——."
하면서도 명영의 몸을 붙들고 놓을 생각을 안 했다.

분명 실신하지 않았다.

명영은 안심이 되었으나 어른답지 않게 몸을 부들부들 떠는 것이 심상치
않아,

"일어나세요. 일어나야 어디루든 가질 않아요?"

하고 동호의 얼굴을 유심히 들여다보았다.

전에도 뇌성이 나고 번개가 치면 동호는 어쩔 줄을 몰라했다. 어린애처럼 명영의 치마 속으로 기어들어 오기도 했다. 그러나 오늘처럼 기절을 하다시피 쓰러져 몸을 떨지는 않았던 것이다.

"빨리 가, 빨리 —— ."

동호는 금시 머리 뒤에서 벼락이라도 터질 것처럼 말로만 서둘렀으나 몸은 꼼짝을 못했다.

명영이 벌려 놓았던 음식들을 챙기고,

"빨리 일어나요!"

하고 독촉해도 전신불수처럼 동호는 몸을 움직이지 못했다.

"참 이상하지, 왜 이러실까?"

명영이 동호의 손을 잡아 이끌었으나 그래도 동호는 늘어진 몸을 추세우지 못했다.

광초와 함께 한 팔씩을 끼고 일으켰을 때야 동호는 겨우 바위 위에서 발을 떼었다.

그러나 명영과 광초가 동호를 부축하고 걷기를 시작한 후 몇 걸음도 못 가 번개가 번쩍 하는 순간, 동호는 다시 땅바닥에 폭삭 주저앉으며,

"번개가 또……."

하고 눈을 감아 버렸다.

그리고는 뇌성이 우르릉거리자 두 귀를 막고,

"정말 죽겠구나! 빨리 어디루 가지를 못해……."

하며 몸을 떨었다.

명영은 보통 일이 아니라고 생각했다. 잘못하다가는 정말 또 실신하고야 말 것 같았던 것이다.

"여보! 왜 자꾸 이러세요. 정신을 차리지 못하고."

동호를 나무라지 않을 수 없었다. 그러나 동호는,

"나두 몰라. 그저 무서워."

하며 정신차릴 생각을 안 했다.

빗방울이 굵직굵직하게 떨어지기 시작했다.

"여보! 빨리 일어나요. 비가 오기 시작해요."

명영이가 동호의 손을 잡아 흔들자 그때야 동호도,

"빨리 갑시다."

하고 몸을 일으켰다.

인가에도 채 이르기 전에 비가 마구 쏟아지기 시작했다.

일행은 가장 가까운 어떤 빵집으로 뛰어들어갔다.

비가 좀체 그칠 것 같지가 않아 명영은 빵 몇 접시를 시켜 놓고 비가 그치기를 기다렸다. 번개가 치고 뇌성소리가 나면 명영도 옛날 남편이 죽던 날을 생각하고 침울해지곤 했다. 남편이 나룻배를 젓다가 물 속에 끌려 내려간 것이 바로 번개치고 뇌성이 요란하던 날이었다.

이십 년이 거의 흘러가는 동안 남편의 죽음을 처음처럼 가슴 아파하지는 않는다 해도 번개치는 날이면 자기도 모르게 침울해지곤 했다.

그런데 오늘은 남편마저 이상한 증세를 보이니 마음이 한결 더 침울해질 수밖에 없었다.

"다음에 오자고 그래도 말을 안 듣더니……."

명영은 광초에게나 비아냥을 하는 수밖에 없었다.

"기상대에서 비 온다는 말을 안 했으니까 그랬지 뭐!"

광초는 자기 죄가 아니라는 듯 입을 삐죽이었다.

"좌우간 잘 됐다. 잘 됐어——."

명영은 어디가 아픈 사람처럼 나무의자에 웅크리고 앉아 있는 동호도 보는 둥 마는 둥 하며 콧방귀를 뀌었다.

동호네 가족은 저녁때가 거의 되어서야 버스를 타고 집으로 돌아왔다.

집으로 돌아왔을 때는 날씨가 아주 개고 하늘이 트이기 시작했다.

중병을 치른 사람처럼 기운 하나 없이 멍하니 앉아 있는 남편 동호를 보자 명영은

"오늘은 웬일이시우?"

하고 지난날 일이 궁금하다는 듯 물었다.

동호는 대답 대신에 긴 한숨을 내뿜었다.

"세상에 원 그런 일도 있담! 또 빈혈증을 일으키지나 않나 해서 얼마나 걱정을 했는지 아시우?"

그래도 동호는 말을 못하고 방바닥만 내려다보고 있었다.

말이라도 해 주었으면 하고 명영은,

"참 세상 살다가 별일 다 보겠어!"

하고 혼자 중얼거릴 때야 동호는 사방을 휘 둘러보고 애들이 하나도 없는 것을 확인한 뒤,

"그놈의 계집애 때문이었어!"

하고 비로소 입을 열기 시작했다.

"계집애라니요?"

"희숙이란 년 말야. 고것이 장난을 해도 하필 뱃놀이 장난을 한담. 게다가 파선이야 파선이야 하며 떠들어댈 때부터 나는 무서운 생각이 들었어!"

"애들 장난이 무서울 건 또 뭐지요?"

동호는 또 한 번 방 안을 둘러보고 나서,

"이젠 아무런 말을 해두 심상치 않겠어?"

하고 명영의 얼굴을 바라보았다.

"무슨 말씀인데요?"

"내가 세상에 못할 짓을 했다 해도 당신은 내 편이 되어 주겠지? 이제는 지나간 일이지만……."

"나 원, 내가 당신 편 아니고 누구 편이란 말이오. 별말을 다 하시네……."

동호는 한숨을 길게 내뿜고 다시 방 안을 돌아보았다.

"이십 년 전 이야기야."

"………"

"당신의 첫남편을 내가 죽였어."

“뭐요?”

명영은 놀라지 않을 수 없었다.

“무서운 눈을 뜨지 말어. 그럼 이야기를 못하지 않나?”

“무서운 눈을 뜨기는요? 거짓말을 해도 지나친 거짓말을 하니까 그렇지.”

“거짓말이 아냐. 번개가 번쩍이고 뇌성이 땅을 갈라 놓을 것 같던 그 날, 당신 전남편 종구는 물결에 휩쓸려 떠내려갔어. 그때 같은 배에 탔던 사람이 나였다는 것을 당신도 알고 있지? 배가 파선이 되어 종구가 물 속에 빠진 것처럼 되어 있지만 사실은 내가 빠트린 거야. 헤엄치어 파선이 된 것처럼 꾸미노라고 배를 뒤집어 엎은 뒤, 나도 물 속에 뛰어들어갔다가 나왔지만 다 같이 빠졌는데 어째서 종구는 죽고 나는 살았겠소?”

“정말예요?”

“오직 당신이 탐났기 때문이었어. 당신의 얼굴이 예쁜데 내가 미쳤던 거야. 그 동안 몇 번이나 이야기를 하려고 했지만 당신의 마음을 몰라 못했었어.”

그 말이 거짓말이 아님을 알자 명영은 입을 다물고 고개를 숙였다.

“이제는 다 지나간 이야기지…….”

동호는 다 지나간 이야기니까 알아도 할 수 없는 일이 아니냐는 투로 말했다.

명영은 가슴이 두근거렸고 어찌해야 할 바를 몰랐으나 금시 얼굴살을 펴고,

“그랬군요? 그렇지만 이제 어떡하겠어요. 잊어버리는 수밖에…….”
하고 알아도 할 수 없는 일이라는 듯 말했다.

동호는 그 날 너무나 심한 공포심에 사로잡혔던 마음의 충격 때문에 이십여 년 전의 살인사건을 자백했을 것이다. 그리고 애를 다섯이나 낳고 그 애들을 위해 전심하고 있는 명영을 믿는 나머지 이야기를 꺼내기도 했을 것이다.

그러나 명영은 그 날 밤부터 잠을 이루지 못했다.

자기의 정조를 바친 사람을 죽인 동호가 자기 다섯 애의 아버지가 되다니

하는 생각만이 머리에서 떠나지 않았던 것이다.

죽은 남편이 저승에서 내려다보면 지금 자기가 살고 있는 꼴을 어떻게 생각할 것인가 하는 부끄럼도 그의 가슴을 아프게 했다.

자기 남편 죽인 사람인 것도 모르고 애를 다섯씩이나 낳도록 같이 살았다고 손가락질할 고향 사람들의 얼굴과 손가락이 눈앞에 어른거리기도 했다.

명영은 사흘 동안을 꼬박 잠도 못 자고 식사를 전폐했다. 밥 안 먹는 명영을 보자 동호가,

"어디가 불편하우?"

하고 자기가 한 말은 이미 다 잊어버린 듯 물었다.

"속이 좀 나빠서요. 당신 위장병이 전염됐는지……."

명영은 밥 안 먹는 이유를 끝까지 숨겼다.

"위장병도 전염이 되나?"

동호는 소리를 내어 웃으며,

"좌우간 당신두 그 한의사의 약을 지어다 먹구려. 확실히 좋은 것 같은데……."

하고 말했다.

명영은 자기가 밥을 한 숟가락도 안 먹고 있으나 남편의 한약만은 계속해서 달여 주고 있었다.

"당신이나 부지런히 자시고 건강해지세요. 나야 이러다 낫겠지요?"

명영은 조금도 걱정할 것이 못 된다는 듯이 말했다.

그러나 나흘이 지나고 닷새째 되는 날 명영은 동호에게 친정집에 다녀오겠다는 말을 했다.

시체도 찾지 못했으니 무덤이 있을 까닭이 없다. 그러나 전남편이 죽은 고장으로 가서 그의 넋이라도 한 번 만나 보고 와야 할 것 같은 생각에서였다. 동호는 눈치를 챘는지

"갑자기 친정은 무슨 친정이야. 애들 치닥거리는 누가 하구?"

하고 친정 가는 것을 막았다.

"몇 해 동안이나 못 가 봤는데 몸이 아플 때나 한 번 가 봐야 하지 않아

요?"

"글쎄 가도 좋기는 하지만 애들이 걱정 아니우?"

"다 큰 애들이 며칠 동안 에미 없다고 못 살겠어요?"

"못 살진 않겠지만 찡찡거리는 꼴을 볼 수가 없을 것 같아 그러는 거
지……."

"찡찡거리기는? 뭐 갓난애들이라구……."

"갓난애들이라야 찡찡거리나? 자식이란 어른이 돼두 부모에게 응석을 하
는 건데……."

동호는 단순히 애들을 핑계삼아 친정엘 못 가게 했다. 그러나 속마음으로
는 어떤 일이 있어도 보내지 않을 작정이었다. 만약 아내가 친정엘 가게 되면
자기가 아내의 전남편 죽인 이야기를 장인 장모에게라도 발설할지 모른다.

만약 그 이야기가 한 입 두 입 건너가게 되면 자기는 어떻게 될 것인가?

사실 동호는 아내가 친정에 간다는 말을 하기 시작할 때부터 나루터 이야
기한 것을 후회했다. 아무리 자기를 믿고 사는 아내라 할지라도 여자란 언
제 어떻게 입을 놀릴지 모른다.

그러나 명영은 친정이나 옛날 남편과 같이 살던 고향엘 한 번 다녀와야만
죽은 남편에게 면목이 서는 것이라 생각하고 있었다.

사실은 아무것도 아닐지 몰랐다. 고향엘 간대야 성묘를 할 수 있는 것도
아니오, 제사를 지낼 수 있는 것도 아니다. 남편의 혼이 어딘가 붙어 있을
것만 같은 그 고향에 한 번 다녀오겠다는 것뿐이었다.

그런데도 동호는 한사코 보내 주지를 않았다.

남편이 가게로 나간 뒤 명영은 혼자서 울기 시작했다.

죽은 전남편이 자꾸만 불쌍하게 생각되었던 것이다.

결혼한 지 일 년도 못 되어 정말 귀신도 모르게 죽어 간 전남편 —— 세상
은 온통 모르고 있으나 혼자만이 원통한 가슴을 품고 죽어서도 눈을 감지
못했을 그 남편! 그런 것도 모르고 남편 죽인 사내와 결혼을 해서 이십여 년
동안이나 살고 있는 자기. 그러면서도 동호가 가지를 못하게 해서 원혼을
위로해 주려도 가지 못하는 자기.

모두가 억울하기만 했다. 애를 다섯씩이나 낳고 살았지만 속아 산 것밖에 없다. 만약 그 사실을 알았다면 어찌 동호와 결혼했을 것인가? 설사 결혼을 한 뒤에라도 그 사실을 알았다면 여태껏 같이 살지는 않았을 것이다.

속아 산 과거가 억울했다.

과거가 억울한 것만도 아니었다. 자기를 속여 오고도 자기가 하고 싶어하는 일, 그것마저 못하게 하는 동호가 야속하기 짝이 없었다.

사람을 죽이기까지 한 사람이니 그럴 수도 있으리라 생각되었지만, 죽은 사람의 혼을 만나러 가려는 것마저 허락지 못할 것이 무엇인가? 전남편을 물에 빠뜨려 죽였고 살아 있는 자기는 말려 죽이려 하는 것이나 아닐까?

만약 고향엘 가서 죽은 남편의 혼을 만나 원통하게 죽은 것을 알았다고 말한 뒤 자기 잘못을 사과하지 않는다면 자기는 정말 말라 죽을 것만 같은 생각이 들었다.

명영은 어떻게 하겠다는 생각도 없이 체경 앞에 앉았다. 눈물을 닦고 머리를 가다듬는 것이었다.

문득 얼굴 전체가 거울에 보였다. 옛날에는 예쁘다고 하던 얼굴이다. 그러나 잔주름이 가득한 얼굴. 이제 여자로서의 생명을 다한 듯한 얼굴이 슬퍼 보였다.

머리를 매만지고 아랫목으로 내려와 앉았을 때였다.

고등학교에 다녀온 아들 광초가 방 안으로 뛰어들어오며 명영의 치마 속에다 얼굴을 파묻었다. 그리고는

"이제 번개가 칠 거야. 번개가……."

하는 것이었다. 명영은,

"왜 그래?"

하며 아들의 몸을 잡아 일으켰다.

"번개가 친다니까……."

아들은 몸을 떨면서 자꾸만 치마 속으로 기어들었다.

명영은 그 애도 또 무슨 잘못을 저질렀는가 하고 생각했다. 아버지는 사람을 죽였으니까 번갯불을 무서워하는 것이지만 이 애는 무슨 잘못을 저질

렀기에 또 번갯불을 무서워하는 것일까?

명영은 창 밖을 내다보았다. 과연 시꺼먼 구름이 하늘을 덮고 있었다.

"괜찮아! 번갯불이 사람을 죽이나……."

치마 속에 기어드는 아들놈을 끄집어내어 달래기 시작했다. 그러나,

'무슨 잘못한 일이 있니?'

하는 말은 차마 물어 보지도 못했다. 어린애의 입에서나마,

'사람을 죽였어요.'

하는 말이 나올 것만 같아 미리 가슴이 떨렸던 것이다.

얼마 안 있어 정말 번개가 치고 뇌성소리가 났다. 후두둑 빗방울이 떨어지기 시작했다.

"얘, 가서 이불을 덮고 잠이나 자렴. 그럼 무섭지 않아!"

그러나 아들놈은 치마 밑을 떠나려 하지 않았다.

명영은 할 수 없어 안방에다 남편 이부자리를 깔고 광초를 눕히었다.

이불 속에 들어간 애는 머리까지 뒤집어쓰고 죽은 사람처럼 옴짝을 안 했다.

빗발이 세차게 쏟아졌다. 차양이 덜그렁 소리를 냈다.

명영은 눈을 감았다. 그리고 폭풍이 치던 날 동호에게 떠밀리어 강물 속에 빠져 죽었을 전남편의 죽음을 생각하는 것이었다. 물 속에 빠질 때,

"여보!"

하고 자기를 향해 손을 내저었을 것만 같은 전남편의 모습.

명영은 몸에서 소름이 끼쳤다. 그는 비 맞은 옷을 털듯 몸을 흔들었다. 그리고는 창 밖을 내다보았다.

빗줄기가 까만 빛을 내며 하늘에서 쏟아지고 있었다.

마치 까만 광선이 하늘과 땅을 연결시키고 있는 것 같기도 했다.

그 까맣게 빛나는 빗줄기 사이로 죽은 남편의 얼굴이 나타났다.

"여보 ──."

물에 빠질 때 손을 내저으며 불렀을 바로 그 음성이었다. 그리고 그 음성 속에는,

"그래 동호 그 자식과 앞으로도 같이 살 작정이오?"
하는 말이 숨어 있는 것 같았다.

명영은 벌떡 일어났다.

그리고는 우산을 쓴 채 빗속을 향해 달리었다.

까만 빗줄기.

온통 세상은 새까맣게만 보였다.

명영은 동호의 위장약을 대 놓고 사는 약방으로 가서 코데인을 샀다. 그리고는 줄달음질을 쳐 경찰서로 갔다.

동호의 살인사건을 고발한 것이다.

경찰서를 나온 명영은 똑바로 집으로 돌아왔다. 그리고는 코데인을 있는 대로 한꺼번에 다 마시고 공포에 지쳐 잠들어 있는 광초 이불 속으로 들어가 누웠다.

(원)《자유문학 12》 1958. 3, (출)『방관자』 창신문화사, 1960.

불안지대

　형이 두 다리를 절단한 지 일주일쯤 되는 날, 형이 입원하고 있는 병원으로 ××장관이 온다고 하여, 어머니가 낙주에게 열두 시까지는 병원으로 꼭 와야 한다고 몇 번이나 다진 뒤 조반상을 치우기가 바쁘게 병원으로 갔다.

　표창장을 주고 위문금을 주기 위해 장관이 일부러 형을 찾아 병원까지 온다는 것은 평범한 가족 역사에 오를 중대한 일일지 모른다. 그러나 낙주는 어머니의 말을 듣는 둥 마는 둥 하고 학교로 갔었다.

　낙주에게 있어서 그렇게까지 학교가 중요한 것은 아니었다. 애인과 하이킹이라도 가는 날이면 학교를 빠지는 것이 예사인 낙주였다.

　다만 형이 다리를 잃어버리고 표창장을 탄다는 그 사실이 싫었던 것이다. 한 장의 종이쪽지에 불과한 그 표창장이 불구자의 슬픔을 없애 주는 것이라고 생각되지가 않을 뿐 아니라 슬픔을 덜어 주지도 못하는 것을 가지고 야단법석하는 '눈가리고 아웅' 하는 식의 형식이 싫었던 것이다.

　더구나 형이 다리를 잘리면서도 기차에 치일 사람을 구출했다는 것은 자기가 손끝 하나 다치지 않고 위험 속에 들어 있는 그 사람을 구출할 자신이 있었기 때문이었을 것이다.

　기차가 달려오는 속도와 레일 위에서 소변보고 있는 노인을 끌어 낼 수 있는 시간을 순간적이나마 계산했을 것이 분명하다. 그 계산이 비틀려 노인을 구출하고도 자기 다리가 잘렸을 뿐이다.

죽을 사람을 살렸다는 것은 아무리 생각해도 잘한 일이다. 그러나 자기 다리가 잘리리라고 생각했다면 형이 달려오는 기차를 보면서 레일 위에 뛰어들었을 리는 만무하다.

더구나 지금의 형이 여생이 얼마 남지 않은 노인을 구출한 즐거움으로 자기의 다리가 잘린 슬픔을 과연 커버하고 있을 것인가?

절대로 그렇지는 않으리라고 생각되었다. 암담 속에서 절망을 느끼고 있을 것이 분명하다. 그러한 형에게 표창장을 준다는 것이 무슨 의미가 있을 것인가?

낙주는 학교에서 강의를 들으면서도 두 다리 가운데 한 다리도 남지 않은 형이 표창장을 받느라고 침대 위에 일어나 앉아 고개 숙일 장면을 생각했다. 속마음은 터질 것같이 암담하면서도 장관이 주는 표창장이라 근엄하기 짝이 없는 표정으로 두 손을 내밀 형의 모습.

옛날의 어떤 학자는 자기 머리털 한 오라기 하고라도 천지를 바꾸지 않겠다고 하지 않았는가. 두 다리를 잃어버리고 무엇이 미덕이니 희생이니 표창장이니 떠들어댈 것인가?

낙주는 만약 자기가 형이라면 자기는 죽는 것밖에 생각지 않을 것 같았다. 세상과 등을 지고 살아야 한다. 조금이라도 움직이려면 토끼처럼 깡충깡충 뛰어야 하며 또 그 움직임은 생사람의 십분 지 일의 속도도 못 된다.

무슨 즐거움으로 살 것인가? 청춘의 꿈도 잃어버리고 ——. 낙주는 생각하는 것도 귀찮아졌다. 그는 생각을 돌렸다. 경순의 육체 ——.

지난 여름 경순의 집에 갔을 때 경순이 옷을 갈아 입는다고 낙주더러 돌아앉으라 했다. 낙주는 돌아앉는 척하고 있다가 경순이 속내의까지 벗었을 순간 달려가서 통째로 끌어안았다.

"깍쟁이……."

하면서도 부끄럼 없이 나체 그대로를 내맡기던 경순.

원체 이십이 인치밖에 안 되는 허리지만 맨살 위로 껴안았을 때 한 팔 안에 완전히 들어오는 그 가는 허리.

한 열흘 전에는 자기 집으로 데리고 와서 옷도 벗기지 않고……

낙주는 열두 시를 겨냥해서 ××회사를 찾아갔다.

식모 하나밖에 없는 집에서 마음놓고 즐길 수 있는 시간을 생각했던 것이다.

낙주는 경순을 만나 잠깐 나가자고 말했다.

경순은 점심시간이라 자유로 외출할 수가 있기 때문에 누구의 양해도 구할 필요가 없이 낙주를 따라섰다.

다방으로 나가는 것이려니 하고 따라섰던 경순은 낙주가 아무 말 없이 자기 집까지 데리고 가는 데 놀라지 않을 수 없었다. 더구나 집안이 쥐죽은듯 고요한 데는 가슴이 두근거리지 않을 수 없었다.

"어머니는 어디 가셨어요?"

경순이 물었을 때,

"응, 형님 때문에 병원엘 가셨어. 요즘은 병원에서 사시는 걸……."

하고 낙주가 빙그레 웃었다. 경순은 눈을 똑바로 뜨고 이를 꼭 악물었다.

방 안에 들어서자 낙주는 예상했던 것처럼 경순을 포옹했다. 그냥 포옹이 아니었다. 몸 아래위 전체에 힘을 주어 살이 안 닿는 데가 없도록 껴안았다. 경순은,

"그만 놓으세요."

하고 몸을 뺐다. 그러나 낙주는 형이 부상을 당한 뒤 한 번도 못 만났으니 그새 또 부끄럼을 타는 것이라고만 생각하고 일단 경순을 풀어 놓았으나 웃저고리와 와이셔츠를 벗자 다시 달려들기 시작했다.

그리고는 경순을 방바닥에 눕히고 스커트 속으로 손을 집어 넣었다.

경순은 몸에 힘을 주어 벌떡 일어나서는,

"정말 이러지 마세요!"

하고 엄숙한 어조로 말했다.

낙주는 이해할 수가 없었다. 이때까지 적지 않게 육체관계를 해 왔을 뿐만 아니라 그럴 때마다 한 번도 이 날처럼 정색한 일이 없는 경순이었기 때문이었다. 그 동안 경순의 마음이 변할 이유도 만들어 준 일이 없다.

"왜 그래?"

낙주는 놀랄 수밖에 없었다.

"이젠 그러지 말아요."

경순은 이렇게 말하며 몸을 피했으나 낙주의 눈치를 살피는 표정이 마치 낙주의 반응을 공포 속에서 주시하고 있는 것 같았다.

"내가 싫어졌어?"

낙주는 실망보다도 격분에 가까운 어조로 물었다.

"아녜요."

경순이 떨리는 음성으로 대답했다. 그러니 낙주가 더 격분해질 수밖에 없었다.

"그럼 왜 그래? 갑자기……."

그때 경순은 용서라도 청하듯이,

"저 교회당에 나가기 시작했어요."

하고 대답했다.

낙주는 그 말을 듣고 잠시 아연한 얼굴로 경순을 바라보았다.

"과거가 후회스러웠던가 보군?"

하고 물었다.

"후회라기보다 잘못했다는 것을 깨달았어요."

"꼭 같은 말이지, 결국은 내가 싫어졌다는 결론이겠지."

낙주가 비양하듯이 말했다.

"그런 건 아녜요. 도리어 낙주 씨를 오래오래 사귀고 싶기 때문일 거예요."

"거짓말 말어. 그것이 잘못이라고 느껴졌다는 것은 이제까지의 모두가 아깝다는 뜻이지 뭐야?"

"아녜요. 이미 모든 것을 맡겼고 또 앞으로도 맡길 사람이라면 둘 사이를 오래오래 지속하도록 해야 할 것 같아요. 그러기 위해서는 결혼 전과 결혼 후를 구별할 줄 알아야 한다고 생각해요."

"그러면 교회에 나가야만 할 필요는 뭐야?"

"그건 결혼하기 전에 해서 안 될 일을 했으니까 그 잘못을 용서받기 위해서지요."

"자기가 잘못한 것을 깨닫고 교회당 나가면 그 잘못이 전부 구원을 받나?"

"그러리라고 믿는 거지요."

"그럼 경순 씨는 자기 행동의 출발점에서 그 잘잘못을 판단할 지능이 없었던 사람이었던가?"

"순간에는 옳다고 생각하고도 나중에 가서 잘못했다고 깨닫는 수가 있어요!"

"판단의 착각에 서 있는 그 순간을 위해 신은 존재하는 것인가 보군……."

"그런 건 몰라도 잘못을 깨닫고 용서를 청하면 사해 주는 것이 신인 것 같아요. 그리고 그 신을 믿으면 한 번 잘못한 것을 다시 되풀이하지도 않을 것 같구요."

낙주는 일주일 동안에 경순이 너무나 많이 달라진 것을 느꼈다.

하지만 그것은 소녀적인 죄의식과 공포의식에서 출발한 것이라고 생각했다.

그래서 경순이 자기를 싫어하지 않는 한 자기의 정열을 쏟기만 하면 또한 어쩔 수 없이 무너지고야 말리라는 생각에 경순을 와락 껴안고,

"그러지 마. 그럴 것 하나두 없어……."

하며 경순의 입술을 더듬었다.

그러나 경순은 오랫동안의 사고 위에서 내린 결론이라는 듯 자기의 결심을 무너뜨리지 않았다.

"그러시면 정말 싫어질지두 몰라요."

"나는 싫어진다는 그 이유를 알 수 없어."

"결혼할 때까지는 지킬 것을 지키는 것이 서로의 미덕이라고 생각해요. 그 미덕을 잃으면 존경이라는 것이 없어지지 않아요?"

"결혼이란 뭐야? 결국 공인된 행동일 뿐이지. 공인을 받지 않은 행동을 한다고 해서 그래 존경의 넘이 없어진다는 것은 무슨 논리야? 공인하는 사

람들은 어떤 사람들인데? 다 거룩하고 존경할 만한 사람들인가?”

“그래도 결혼 전에 오랫동안 그러는 것은 아무것도 아닌 것 같아요. 처음
에는 할 수 없이 그랬다고 해도 동물적인 행동에서 자각을 해야 하지 않겠
어요?”

“결혼생활은 동물적이 아닌가? 홍!”

“어쨌든 나는 세상 사람들에게서 손가락질 받는 여자가 되고 싶지 않아
요.”

“홍! 결국은 그거야. 남의 시선을 두려워할 만큼 경순 씨의 애정이 식었
다는 것뿐이야. 솔직이 말해!”

“왜 나를 그렇게까지 이해하지 못하세요. 좀 여성의 입장에 서서 생각해
보세요.”

“그만둬. 나는 애정을 구걸하는 거지가 아니니까…… 홍.”

낙주는 연방 홍 하고 콧소리를 내었다. 경순이 못마땅한 것이었다.

“다음에 또 조용히 이야기하겠어요.”

경순이 시계를 보며 일어섰다.

“이야기 안 해도 좋아.”

낙주는 경순을 붙잡으려고도 안 했다. 잘 가라는 인사도 없이 돌려 보내
고 말았다.

경순이 돌아가자 낙주는 모욕감 같은 감정에 사로잡혀 불쾌함을 참을 수
가 없었다. 그러면서도,

“세상에 여자가 저 혼자뿐인가.”

하고 냉소를 짓기도 했다.

사실 낙주에게 있어서 경순의 행동은 우스꽝스럽지 않을 수 없었다. 경순
과 관계를 맺고 있는 동안 낙주는 경순과의 결혼을 한 번도 생각해 본 일이
없다. 자기 나이 이제 스물두 살. 대학 졸업도 아직 이 년 이상이 남아 있다.
결혼을 생각할 환경도 아닐뿐더러 연애를 한다고 해서 반드시 결혼을 해야
한다고 생각지는 않는 낙주였다.

그런데 경순은 그 결혼을 무엇보다도 중대하게 생각하고 있다. 그렇게까

지 결혼이 시급하다면 연애도 할 것 없이 중매 결혼을 해 버려야 할 것이 아니겠는가?

더구나 교회에 나감으로써 죄의식을 잊어버리려는 경순의 생각이 가소롭기 짝이 없었다.

자기 육체를 가지고 자기가 하고 싶은 대로 행사했는데 거기에 무슨 죄의식이 따를 것인가? 만약 인류가 생긴 뒤 쭉 계속해서 난혼(亂婚) 제도가 실시될 만큼 사회환경이 바뀌었다고 한다면 일부일처 제도를 도리어 죄악이라고 결정지었을지도 모를 일이 아니겠는가?

신은 인간을 창조할 때 인간에게 자유를 주었다. 모든 동물은 번식기에 한해서만 성행위를 하게 했다. 성행위를 하면 반드시 생식을 하게 마련되어 있다. 그러나 인간은 성행위를 해도 생식을 안 할 수 있도록 만들었다는 것은 본시부터 자유를 부여한다는 의도가 아니었을까?

낙주는 경순을 생각한다는 것이 불쾌스러웠다.

옷을 주워 입고 자주 나가는 음악다방 '나포리'로 갔다. 남녀 대학생이 가장 많이 모여드는 다방이었다.

낙주는 다방으로 들어서자 아는 친구가 없나 해서 사방을 살펴보았다. 그러나 어떻게 된 일인지 아는 친구가 하나도 보이지 않았다. 그런데 한편 구석에 예쁜 여학생이 혼자 앉아 있는 데로 눈이 갔다. 별로 빈 자리도 없기는 했지만 그리로 가고 싶은 마음이 생겼다.

낙주는 발이 시키는 대로 그 여학생 옆으로 가서 빈 의자에 앉았다.

원체 손님 많은 다방이라 사람이 앉아 있는 박스라고 해서 빈 자리를 사양할 필요가 없는 것이 이 다방의 상식이기 때문에, 낙주는 실례한다는 말을 할 필요도 없이 그 여학생 맞은 자리에 앉을 수가 있었다.

낙주는 우선 그 여학생의 외모를 살폈다.

얼굴도 경순보다 아름다운 편이었다. 그보다도 몸차림이나 화장술이 깜찍하기 짝이 없었다.

여학생 티를 내노라고 짙은 화장은 안 했지만 연한 루즈나 뽀얀 파우더분의 흔적이 화장에 관심을 가진 것을 역력히 보여 주었다. 그리고 머리를 독특하게 짤라 이마를 반쯤 가리운 것이라든가, 손톱에 매니큐어를 한 것 등 몸치장에 신경을 상당히 쓰고 있는 여자였다.

낙주는 외양만으로 그 여학생이 보통이 아니란 것을 판단했다.

더구나 잡지책을 들고 열심히 읽는 척하는 것도 책을 읽기 위해서 읽는 것이 아니라는 것쯤 능히 짐작할 수 있었다.

낙주는 그 여학생을 속으로 비웃으면서도 유혹을 기다리는 타입의 여성이라는 데 흥미를 가지고 주의해서 살피기를 게을리하지 않았다.

여학생은 책을 읽는 척하면서도 자기에게 신경을 집중시키고 있는 것이 분명했다. 책을 읽다가도 뒤를 돌아보는 척하며 눈을 굴리다가 낙주를 힐끗 보는 것이었다. 낙주가 딴 데를 보는 척하고 있으면 얼굴을 책에 떨군 채 눈동자만 치켜 뜨고 낙주를 보기도 했다.

아는 사람을 찾는 것도 아닌 것 같은데 자꾸만 뒤를 돌아본다.

신경이 책에만 있는 것이 아님을 확실히 알 수 있었다.

낙주가 커피를 다 마셨을 때였다.

여학생이 잡지를 덮어 놓고 음악을 감상하는 척 고개를 숙이었다. 낙주는 기회를 놓치지 않고,

"책 좀 빌려 주실 수 없을까요?"

하고 말을 건네었다.

여학생은 조금 못마땅한 표정을 지었으나 손가락으로 잡지를 밀어 낙주 앞으로 보냈다. 문학잡지였다. 그런데 책 뚜껑에 M대학 송춘애라고 씌어 있는 것을 보자 낙주는 속으로 빙그레 웃었다. 역시 유혹을 기다리는 여자임에 틀림이 없다고 생각했기 때문이었다. 그러나 낙주는 이름을 읽은 척하지 않고 목차를 폈다.

목차를 처음부터 끝까지 읽은 뒤에는 시(詩)가 게재된 페이지를 펼치었다. 가장 빨리 읽을 수 있는 것이 시이기 때문이었다. 시 몇 편을 읽자 낙주는 책을 덮지도 않고,

"어떤 시인을 좋아하시나요?"

넌지시 춘애를 보았다. 춘애는 새까만 눈동자를 치켜 뜨고 낙주를 쳐다볼

뿐 대답을 안 했다. 그렇게 호락호락하지 않다는 것이리라.

낙주는 또 속으로 웃었다. 남자에게 경계심을 보이는 체하는 여자처럼 만만한 것이 없기 때문이다.

낙주는 또 몇 편의 시를 읽었다. 그리고 나서는,

"역시 모더니스트들의 시가 좋지요. 새로운 것을 발견하려는 그 노력이 우리들 생리에 맞거든요."

하고 혼잣말처럼 중얼거렸다. 그리고는 잡지를 춘애에게 돌렸다.

춘애는 책을 받으려 하지 않았다. 테이블 위에 놓아 두라는 뜻인 모양이었다. 그러나 낙주는,

"고맙습니다."

일부러 소리를 높이고 춘애 앞으로 내밀었다.

춘애는 할 수 없다는 듯이 잡지를 받았으나 낙주를 보지도 않고 잡지를 테이블 위에 그냥 놓았다.

무척 새침한 태도였다. 낙주는 무관심한 척 음악에 귀를 기울였다. 그러나 잠시 후,

"저, 김정민 교수를 아시나요?"

하고 다시 말을 건네었다. 신문에서 본 일이 있는 M대학 교수의 이름이었다.

"잘 몰라요."

춘애는 또 눈동자만 움직이며 낙주를 보았다. 얼굴을 움직이지 않고 눈동자만 치켜 뜬 뒤 사람을 바라보는 그 새까만 눈동자가 매혹적이었다.

"국문학계에서는 권위잔 것 같던데요…… 무슨 과신가요?"

낙주는 이렇게 해서 춘애가 어떤 과(科)의 학생인가를 알아 내려 했다.

"체육과예요."

낙주는 속으로 놀랐다. 그러나 실망했다는 표정을 보여서는 안 된다.

"그래서 체격이 좋으시군요?"

춘애를 치켜 올렸다.

"체육과에 다니시며 문학을 좋아하시니 취미가 다양하신데요……."

춘애는 새침한 척 얼굴을 떨어뜨렸으나 속으로는 싫어하지 않는 눈치였다.

낙주는 치근덕스러운 남자라는 인상을 주지 않기 위해 말을 삼가고 춘애의 눈치만을 살피고 있었다.

춘애는 음악을 듣는 척하며 몸을 움직이지 않았다. 나갈 생각도 안 하고 있는 것 같았다. 새침을 떼면서도 나가지 않는다는 것은 자기에게 흥미를 가진 탓이라는 것을 안 낙주는 조금도 서둘 필요가 없었다. 언제라도 춘애가 자리를 일어설 때 같이 나가면 그뿐이라고 생각했다.

두 시간이 거의 되었을 때 춘애는 자리에서 일어섰다. 낙주도 따라섰다. 다방을 나오자 낙주가,

"댁이 어떤 방향이신가요?"

하고 물었다.

"돈암동 방면이지만 어디 좀 들렀다 가겠어요."

춘애는 또 낙주를 경계하는 척 말했다.

낙주는 첫날부터 집에까지 따라갈 생각은 아니었다. 첫날의 인상을 나쁘게 할 수가 없기 때문이었다.

"시간 있으면 차라도 한 잔 더 마실까요?"

"바빠서 가야겠어요."

"나포리는 가끔 나오시나요?"

"네 가끔."

"종종 나오십시오."

이렇게 서로 이름도 알리지 않고 헤어졌지만 낙주는 춘애가 다음 날로 나포리에 나타나고야 말 것이라 속으로 단정을 했다.

춘애와 헤어지자 낙주는 형의 입원실을 찾아갔다. 표창장을 받은 형의 얼굴이 보고 싶었던 것이다.

병실에 들어서자 눈에 띄는 것은 울긋불긋한 꽃다발들이었다. 둥그렇게 만든 꽃다발이 벽에 걸리었는가 하면 전에 없던 꽃병이 여기저기 놓여 있는 것이었다. 낙주는 형 앞으로 가서,

"꽃다발이 굉장하군요?"

하고 입을 열었다.

"흥!"

형은 누운 채 아무 감동 없는 콧소리를 내었다. 그때 어머니가,

"이거 오늘 받은 표창장이다."

하며 동그란 케이스를 가지고 와서 그 속에 들어 있는 표창장을 꺼내어 자랑했다.

낙주는 표창장을 보는 둥 마는 둥 하고 형에게,

"왜 우울하시우?"

하고 물었다.

"훌륭한 양반이 찾아와 주어 고맙기는 하나 훌륭한 사람을 보니 내가 더욱 비참한 것 같아서……."

낙주의 형, 성주는 침울한 표정으로 대답했다. 형이 침울해하는 것을 보니 낙주의 마음이 언짢아졌다.

이미 두 다리는 다 잘리고 말았다. 우울 안 할 수 없는 일이지만 우울해한다고 해서 별 신통한 일이 생길 까닭도 없다. 어머니가 표창장을 집어 넣은 뒤,

"돈도 십만 환이나 가져왔더라."

하고 감격한 어조로 말했다.

"십만 환을요?"

낙주는 십만 환이 많은 돈인지 적은 돈인지를 알지 못했다. 공짜로 주는 돈이니까 십만 환이면 절대로 적지 않은 돈이다. 그러나 자기의 두 다리를 잃음으로 한 사람의 생명을 구했다고 하면 그 두 다리의 대가로는 절대로 많은 돈일 수 없었다.

'그걸루 얼마 동안이나 살까?'

낙주는 그런 것을 생각해 보았다. 기껏해야 한 달 아니면 두 달쯤 살 수 있을 것이다.

두 다리를 잃고 두 달 살 생활이 보장된 셈이다. 두 달 뒤에는 어떻게 살아야 할 것인가?

물론 이때까지도 형의 월급만을 의지해 살아 오지는 않았다. 아버지가 남

기고 간 유산이 차라리 생활의 근거였을지도 모른다. 그런 만큼 형이 직장을 잃었다고 해서 금시 생활의 위협을 받을 형편은 아니지만 그래도 생활비의 일부분이나마 보태던 형이 이제는 영원한 소비자가 되고 말았다.

어머니와 자기를 부양하여야 하는 말하자면 호주로서의 책임을 완전히 잃고 도리어 평생토록 부양을 받아야 할 입장에 놓이고 말았다.

그러한 사람에게 두 달 동안의 생활 보장이라는 것은 바다에 작은 돌 하나를 던지는 것보다 더 무의미한 일이 아니겠는가?

그러나 당장에 그 우울한 형의 얼굴을 보기가 딱해 낙주는,

"세상에는 장님 같은 불구자도 있지 않아요? 평생 광명을 모르고 사는…… 그래도 형님은 세상을 똑바로 보며 살 수가 있으니까 그렇게 답답하지는 않을 거예요."

하고 성주를 위로해 주었다.

그러자 성주가 한숨을 내쉬며,

"그렇기도 하지. 그렇지만 세상에는 불구자보다 불구자 아닌 사람이 더 많은 것이 아니냐?"

하고 마치 인류의 극히 일부분밖에 안 되는 불행한 사람 속에 속하여야 하는 자기 운명을 한탄하며 말했다.

그때 옆에 있던 어머니가,

"아까 장관께서 그러시는데 앞으로 국민학교 교과서에까지 오를 거라고 그러시더라. 그런 걸 생각하며 살아야지 어떡허니……."

하고 말했다. 성주를 위로하는 말일 것이나 교과서에까지 오른다는 말을 자랑으로 생각하는 것이 분명했다.

"그래요? 그거 굉장한데! 그렇게 되면 우리 나라 국민은 누구나 형의 이름과 얼굴을 알게 되겠네?"

낙주는 어머니보다 더 감격한 투로 말했다. 형의 면전에서 그러한 제스처라도 쓰지 않으면 형의 우울은 풀릴 길이 없을 것 같았던 것이다.

그러나 집으로 돌아올 때 낙주는 형을 위로하기 위해 가장했던 감격이 도리어 자기를 공허한 감정 속으로 빠뜨리는 것을 느꼈다. 형의 이름이 정말

교과서에 오를지 안 오를지도 모를 일이지만 설사 오른다고 해도 그것이 형의 행복과 무슨 상관이 있으랴 하는 생각에서였다.

예수나 석가 같은 사람은 자진해서 개인의 행복이라는 것을 희생시켰다. 예수는 서른세 살까지 연애 한 번 해 보지 않았으며 석가는 처자를 헌신짝처럼 버리고 고행을 했다.

그들은 그렇게 함으로 자기의 즐거움과 행복을 맛보았을 뿐 아니라 후세에까지 성현으로 추앙을 받고 있다. 그쯤 된다면 개인의 행복 같은 것을 생각 안 해도 괜찮을지 모르나, 형처럼 불가항력으로 자기를 희생시킨 경우 그 희생이 아무리 아름다운 것이라 해도 예수나 석가의 경우처럼 자기를 만족시켜 줄 수는 없을 것이 아니겠는가?

형은 일평생 자기를 불행하다고 한탄을 하며 살리라. 결혼도 못하게 되는지 모른다. 한 걸음만 움직이려 해도 앉은뱅이 걸음으로 깡충깡충 뛰어야 할 테니 그때마다 울고 싶을 만큼 안타까워할 것이 아닌가?

교과서에 이름이 나고 사진이 난다고 해서 그것이 무슨 영광스러운 일일 수 있을 것인가?

다음 날 아침 낙주가 학교에 가려 할 때 어머니가 병원에서 돌아왔다. 어머니는 형의 시중을 드느라고 병원에서 자고 다음 날 아침 잠깐 집에 돌아와서 집 안을 한 번 살펴보고는 다시 병원으로 가는 것이었다.

어머니가 집 안에 들어서며 낙주더러,

"오늘은 몇 시에 학교서 나오니?"

하고 물었다. 물어 보는 품이 무슨 일을 시키려는 모양이었다. 그래서,

"왜요?"

하고 낙주는 무뚝뚝하게 반문을 했다.

"오늘은 제발 병원엘 빨리 와서 형의 간호를 좀 해라. 나두 볼일을 좀 보게."

어제 장관이 온다고 일부러 일렀는데도 늦게서야 들른 것을 나무라는 눈치였으나 그보다도 무슨 볼일이 있는 것이 사실인 것 같았다.

"어머니두 형님이 입원해 있는데 볼일은 무슨 볼일이예요? 난 병원에 안 갈 테야."

"형이 입원했는데 병원엘 안 간다는 말은 또 무슨 말이냐?"

"가기는 해도 오래 가 있기는 싫어요."

"에미가 볼일이 있다는데 그새두 못 와 있겠니?"

"글쎄 볼일이 무어냐 말예요? 기껏해야 계하러 가시겠군요? 그까짓 거야 가서 말 한 마디 하고 돌아오면 그뿐일 텐데 뭐——."

"여자들이 모이면 어디 그렇게 되니? 늦게 오는 사람도 있고."

"그래두 나는 저녁때나 잠깐 들를 테야요."

낙주는 병원 분위기가 싫어서 병원엘 가도 절대로 오래 있지 않을 생각이었다. 어머니가 볼일이 있다 해도 할 수 없었다.

낙주는 끝내 어머니의 말을 듣지 않고 학교로 갔다.

어머니가, 애도 저런 애가 어디 있느냐 하면서 말 안 듣는 낙주를 슬픔에 가까운 눈으로 바라보았다. 원망하는 듯한 눈초리였다.

낙주는 학교에 가서도 어머니의 그 원망하는 듯한 눈초리를 눈앞에 그려 보았다. 이때까지 정숙하게만 생각했던 어머니다. 어디까지나 정숙한 어머니에 틀림없을 것이나 낙주는 그 원망하는 듯한 눈에서 이때까지 생각 못했던 어머니를 새로 발견해 보는 것이었다.

아직 오십이 못 된 어머니다. 아버지가 돌아가신 후 근 십 년 동안 자기 두 형제를 기르기에 골몰했던 어머니이다. 그러나 아직 어머니에게는 여성으로서의 본성이 남아 있을 것이 분명했다. 육체적인 고독이라든가 남편을 그리워하는 마음이 없을 수 없다. 그런 것을 낙주는 이때까지 한 번도 생각해 본 일이 없었다.

철이 없었기 때문이었을까? 그렇지 않으면 어머니를 거룩한 어머니로만 생각하려는 자식의 욕심 때문이었을까? 낙주는 어머니가 계 때문에 가끔 외출하는 것을 알고 있다. 그것도 돈을 모으기 위한 것으로만 해석해 왔었다.

그러나 오늘 아침의 그 원망하는 듯한 눈은 돈을 벌지 못해 안타까워하는 그런 눈이 아니었다. 여자로서의 고독을 풀지 못해 안타까워하는 눈초리였다. 낙주는 어머니의 마음을 알 수가 있을 것 같았다.

계를 하노라고 외출을 하고 여자 친구를 만나는 것은 단순히 돈을 모으기 위한 것이 아니라 아직까지 가슴 속에 남아 있는 여성으로서의 감정을 발산시키기 위한 것이리라.

그렇다면 하루쯤 어머니를 위해 자기가 희생해도 무방할 것 같은 생각이 들었다. 그러나 춘애를 생각하면 어머니를 위해 자기가 희생될 수는 없었다. 오늘이 춘애를 사귀는 데 가장 중요한 날이라 생각되었기 때문이었다.

낙주는 어제 나포리에 나갔던 그 시간쯤 되자 나포리 다방으로 가는 것을 잊지 않았다. 나포리에 들어서자 낙주는 우선 춘애가 와 있는가를 살폈다. 과연 춘애는 와 있었다.

어제 입었던 오버코트가 아니었다. 오버를 비롯하여 속에 입은 옷이 전부 어제와 다른 것이었다. 낙주는 약속이나 했던 사람처럼 춘애 옆으로 갔다.

마침 옆이 비었을 뿐, 맞은편에는 딴 사람들이 앉아 빈 자리가 없었다. 낙주는 빈 자리가 없으니까 할 수 없이 옆자리에라도 앉지 않을 수 없다는 듯이 고개를 끄떡해 보이고는 춘애 옆에 앉았다. 그리고는,

"일찍 오셨군요."

하고 인사를 했다.

춘애는 낙주를 한 번 쳐다보고는 고개를 숙였다. 알지도 못하는 사람이 인사는 무슨 인사냐는 듯이 ── .

낙주는 또 속으로 웃었다. 그 시간에 오면 자기를 만날 줄 뻔히 알고 왔으면서도 그런 내색을 안 하려는 춘애의 얕은 꾀가 눈에 보였기 때문이었다. 낙주는 모르는 척 아무 말도 안 했다. 거의 한 시간 동안이나 묵묵히 있었다. 춘애도 눈 하나 까딱하지 않고 들고 온 잡지책만 읽고 있었다. 낙주도 지루했지만 춘애도 지루한 모양이었다. 잡지를 들고 나갈 준비를 하고 있었다.

그래도 낙주는 말을 안 했다. 춘애가 자리에서 일어날 때 뒤따라섰을 뿐이었다. 다방을 나왔을 때야,

"어디 좀 걸을까요?"

하고 익숙한 사이처럼 말을 건네었다.

“………”

“충무로 쪽으로 걸을까요?”

춘애는 아무 말 없이 뒤따랐다.

수도극장 근처까지 왔을 때 낙주는,

“잠깐 앉았다 갈까요?”

하고 어떤 다방으로 들어갔다. 춘애는 또 아무 말 않고 따라 들어갔다.

여기서 두 사람은 처음으로 웃었다. 서로의 신원을 밝히기도 하고 ——.

낙주는 춘애가 재미있는 여자라고 생각했다. 화장에 관심을 가지고 있으면서도 그것을 눈에 보이도록 나타내려고 하지 않는 것. 마음에는 생각이 있으나 그것을 그대로 표현하지 않으려는 것.

말하자면 현대적이면서도 또 여성적인 면을 다분히 가진 여자였다. 약간 깍쟁이 같으면서도 지혜로운 여자 같았다. 그들이 다방을 나올 때는 오래된 사이처럼,

“지금 집으로 돌아가는 거지요. 이왕이면 방향도 같으니 바래다 드리지…….”

“아무래도 같은 방향이니까 같이 갈 것 아녜요?”

하고 서로 웃었다.

춘애의 집은 돈암동, 낙주의 집은 성북동이니 같은 방향이기도 했다. 낙주는 병원에 잠깐이라도 들러야 했다. 병원 생각을 안 할 수 없는 낙주였지만 그래도 춘애가 더 중한 것 같았다. 그래서 병원을 단념하고 버스를 탔다.

어떻게 탔는지 버스는 동대문 행이었다. 정신들이 없었던 모양이다. 종로 4가에서 내려 버스를 갈아 타려고 할 때 낙주가,

“이왕이면 걸어 볼까요?”

하고 제안했다.

· “저두 그게 좋아요.”

춘애가 동의했다.

플라타너스 나목(裸木) 밑을 걸어갈 때 낙주는 문득 경순을 생각했다. 지금 자기가 일종의 행복감 같은 것을 느끼고 있는 줄도 모르고 교회당이나

생각하고 있을 경순.

경순이 불쌍한 것 같은 생각까지 들었다. 그러나 그 불쌍하다는 것도 결국은 경순이 자기 손으로 만든 결과가 아닌가?

낙주는 며칠 동안 춘애를 계속해서 만나다가 하루는 자기 집으로 데리고 가는 데 성공을 했다.

텅 빈 집 안이었다.

춘애는 텅 빈 집 안을 보고 처음으로 낙주를 경계하는 표정이었지만 나중에는 도리어 다행한 것처럼,

"늘 이렇게 집이 비어 있어요?"

하고 생긋 웃는 것이었다.

"형님이 병원에 입원해 있고 어머니가 간호하러 가 계시니 집에 있을 사람이 있어야지요?"

그새 춘애는 낙주의 형이 병원에 입원해 있다는 것을 들어 알고 있기 때문에,

"참 언제쯤 퇴원하세요?"

하고 물었다.

"곧 퇴원하실 겁니다."

이런 말을 주고받는 동안 낙주는 자기의 앨범을 보여 주며 사진 설명을 하는 척하고 춘애 가까이로 가서 자기 얼굴로 춘애 얼굴을 스쳤다. 그래도 춘애가 별로 놀라는 기색을 보이지 않았기 때문에 낙주는 그냥 춘애를 포옹해 버렸다.

"그러지 마세요."

춘애는 약간 낙주의 몸을 미는 것 같았으나 그것이 완강한 거절은 아니었다.

낙주는 그 날 자기의 뜻을 전부 이룰 수가 있었다.

춘애가 내일 만날 시간과 장소를 약속한 뒤 집으로 돌아가자 낙주는 경순을 생각했다.

쓸데없는 생각에 자기를 멀리함으로 손해를 보는 경순. 낙주는 정말 경순

같은 여자가 세상에서 손해를 보는 여자라고 생각했다. 무엇 때문에 자기 육체를 학대하며 즐거움에서 멀리하려 하는 것일까.

석가는 도를 닦기 위해 처자를 버리고 일부러 고행을 했다. 그러나 수천 년이 되도록 석가의 이름이 세상 사람의 입에서 오르내리니 그쯤 되면 고생을 해도 무방할 것이다. 그러나 평범하게 살다가 평범하게 죽을 사람들이 일부러 고생할 필요가 무엇일까?

며칠 뒤 경순에게서 편지가 왔다.

사랑하는 낙주 씨.

그새 얼마나 바쁘십니까? 형님 상처는 다 아물었는지요?

한 번 전화라도 걸어 주시리라 얼마나 기다렸는지 모릅니다. 아무리 바쁘시더라도 한 번 들러 주시기 바랍니다. 낙주 씨만을 생각하며 나날을 보내는 경순이가 보고 싶지도 않으신가요? 편지 보시는 대로 소식 전해 주시기 바랍니다.

영원한 당신의 경순

편지를 읽은 뒤 낙주는 피식 웃었다.

무엇이 영원한 것이람? 자기는 이미 머릿속에서 잊어버리고 있는 경순이다. 육체관계를 했다 해서 부채(負債)처럼 그것을 잊어버리지 말아야 한다는 말인가?

자기는 지금 춘애를 사랑하고 있다. 그러나 그것도 또 얼마나 갈지 모른다. 춘애만을 사랑하리라고는 생각지도 않는 낙주다.

낙주는 그 뒤 경순에게 편지도 안 했고 전화도 걸지 않았다. 그러나 춘애가 멀어지고 딴 여자가 생기지 않는다면 그때는 경순을 찾아갈 수도 있다는 생각을 했다.

며칠 뒤 형이 퇴원을 하고 집으로 돌아왔다.

형이 전혀 외출을 못하고 어머니 역시 집에 있는 시간이 많기 때문에 낙주는 춘애를 집으로 데리고 올 수가 없었다.

그렇다고 해서 춘애의 집에 갈 수도 없었다. 춘애 집안은 대가족인데다 춘애는 동생을 둘씩이나 데리고 한 방에 있다. 간혹 놀러는 갈 수 있지만 행동의 자유는 조금도 가질 수가 없었던 것이다.

그 날도 춘애를 다방에서만 만나고 집으로 돌아왔다. 집에 돌아오니 형이 낙주를 불러,

"얘, 라디오 달린 전축이나 하나 사도록 하자."

하고 말했다. 그새 ××장관을 비롯해서 사회 각 방면에서 들어온 동정금이 적지 않았다. 그것을 가지고 전축 하나쯤 문제없이 살 수 있었지만 낙주는,

"돈을 애껴 써야지 않아요?"

하고 형의 마음을 한 번 떠 보았다.

"돈을 애껴 써야 하기는 하겠지만 어디 외로워서 살겠니?"

형이 진심을 토로하듯 한숨을 내쉬었다. 그 말을 듣자 낙주는 무엇이라고 반대할 말이 없었다. 전축보다 더한 것이라도 형의 고독을 메울 수 있는 것이라면 사다 주어야 할 것 같았다.

"내일 상점엘 들러 보지요."

그때 형이 다시,

"이젠 직업두 가질 수 없고 하니 앉아서 할 수 있는 기술이나 배워야겠다. 시계 수리 같은 거 배울 수 없는가 좀 알아 봐라."

하고 말했다.

"직장엔 나가지 않지만 월급은 계속해서 주기로 했다면서요?"

낙주는 구차스럽게 시계 수리는 배워 무엇 하느냐는 투로 말했다.

"돈이 문제가 아니다. 지루한 시간을 어떻게 보내며 사니? 아무 거라두 해야 시간을 보낼 수가 있지……."

낙주는 형이 산다는 것은 살기 위해 사는 것이 아니라 시간을 보내기 위해서 사는 것이라 생각했다.

시간이 지루한 줄 모르고 사는 자기. 그러니 육체를 온전히 가지고 그것을 향락할 수 있는 자기가 얼마나 행복하며 또 인간으로서 얼마나 가치가

있는 것일까?

낙주는 형의 말대로 시계 수리 공부하는 길을 알아보아 주겠다고 대답했다.

형과 이야기를 끝내고 안방으로 돌아왔을 때였다. 어머니가 자리에 누으려고 옷을 벗고 있었다. 저고리와 치마를 벗고 속옷을 입은 그대로 이불 속에 들어가는 어머니를 볼 때 낙주는 문득 어머니도 시간을 보내기 위해 사는 사람 같다는 생각을 했다.

형은 육체의 일부를 잃은 고독감을 느끼는 데서 시간의 지루함을 안타까워한다. 그러나 어머니는 남편을 잃음으로 해서 고독감을 느끼고 있을 것이며 그 고독을 메울 길이 없어 시간의 지루함을 안타까워할 것이 아니겠는가?

육체가 온전하면서도 그 육체의 기능을 발휘하지 못하는 안타까움 ──.

자리에 누운 어머니를 볼 때 낙주는 어머니가 아니라 한 고독한 여자로 보였다.

'저 여자의 고독을 풀어 줄 수는 없을까?'

낙주는 자기가 어머니의 고독을 풀어 주어야 할 어떤 의무감 같은 것을 느꼈다. 온 세상에서 자기 이외에 어머니의 고독을 풀어 줄 사람은 없을 것이라는 생각이 들었기 때문일지도 모른다.

낙주는 어머니 곁으로 갔다. 그리고는 무엇이라도 불러 주고 싶었다. 그러나 어머니라고 부를 수는 없었다. 그렇다고 해서 어머니의 이름을 부를 수도 없었다. 낙주는 한참 생각한 끝에,

"어머니."

하고 부르고야 말았다. 그러나 그 어머니라는 호칭의 개념 속에는 자기를 낳아 준 여자라는 뜻이 섞여 있지 않았다.

순전히 한낱 여자의 대명사로서 부른 것이었다.

"왜 그래?"

어머니가 누운 채 낙주를 쳐다보며 물었다.

"어머니 젖 아직두 있어요?"

낙주는 이불 속으로 어머니의 젖을 더듬었다.

"애두. 갑자기 젖은?"

"지금 어머니의 젖이 처녀 때 젖하구 달라요?"

낙주가 어머니의 젖을 만지려고 할 때 어머니가 낙주의 손을 잡아 낚으며,

"다 큰 것이 무슨 장난이야?"

하고 나무랐다.

"내가 먹던 젖인데 만지지도 못해요?"

"징그러운 소린 하지도 말아라."

낙주는 어머니의 얼굴을 유심히 바라보다가,

"어머니 고독하시지요?"

하고 어머니의 손을 잡았다.

"이 애가 별 소릴 다 하네, 고독하면 어쩔 셈이냐?"

"나두 어른이 다 됐으니까 말이지요."

그 순간이었다. 어머니가 자리에서 벌떡 일어나며 웃목에 있는 다듬이 방망이를 집어 들고 낙주를 향해 내던졌다. 낙주는 날아오는 방망이를 피하노라고 몸을 획 돌렸으나 어떻게 된 일인지 방망이가 관자놀이게를 딱 때렸다. 눈에선 불이 번쩍했다.

순간 낙주는 정신을 잃었다. 소위 급소라는 데를 맞은 모양이다. 따라,

"후레자식 같으니, 내가 고독하기 때문에 너희들이 살아 있는 걸 모르니……."

하는 노기등등한 어머니의 말은 듣지도 못했다.

몇 시간 뒤 의사의 응급치료로 낙주가 잃었던 정신을 도로 찾았을 때였다.

"이게 정말 죽었으면 어떡하지?"

하고 눈물 섞인 어머니의 말소리가 희미하게 들렸다. 낙주는,

'죽지 않았어요.'

하고 소리를 치고 싶었으나 말이 나오지를 않았다.

낙주는 눈을 뜨려 했다. 그러나 눈을 뜨기만 하면 다시 방망이로 자기를 때릴 것만 같은 공포에 눈을 뜰 수가 없었다.

차라리 눈을 영 뜨지 못했으면 하는 생각이 들었다. 어머니가 안타까이,

"낙주야, 이젠 그만 정신을 좀 차리렴."

하며 자기 몸을 흔드는 것이 느껴졌다.

그러나 낙주는 자기가 살아 있다는 것을 알릴 용기가 조금도 없었다. 동시에 만약 자기가 살아 있다는 것을 알리기만 하면 어머니와 형은 자기를 경멸하는 눈으로 대할 것이 분명했다.

그 눈은 자기가 죽을 때까지 변하지 않을 것이다. 낙주는 그 눈들을 볼 수가 없을 것 같았다.

그 눈들을 안 보기 위해서는 자기가 벌레로 변해도 좋을 것 같았다.

숨을 곳조차 없어 자기 육체의 일부분으로 만들어 놓은 거미줄 한가운데서 평생을 쭈그리고 살아야 하는 거미가 되어도 좋을 것 같았다. 낙주는 문득 경순을 생각했다.

경순만은 자기를 경멸하는 눈으로 보아 줄 것 같지 않다는 생각이 들었던 것이다.

경순이가 자기를 찾아오기 전에 그를 찾아가 그에게 머리를 숙이기만 하면 그는 신처럼 부드러운 눈으로 자기를 어루만져 줄 것 같았다.

그러나 어떻게 경순을 찾아갈 것인가? 무엇이라고 자기 마음을 참회할 것인가?

자기는 확실히 어떤 잘못을 저질렀다. 그러나 그 잘못은 신에게도 참회할 수가 없는 일인 것 같았다. 신이 부끄러웠다. 설사 용서를 해 줄 지극히 관대한 신이라 해도 그 앞에서조차 입을 열 수가 없을 것 같았다.

낙주는 다시 형을 생각했다.

일생을 지루하게 살아야 할 형! 그러나 형은 무엇이나 느낀 것을 떳떳하게 이야기하며 살리라. 그리고 슬픈 운명에 항거를 하며 살 수가 있으리라. 지루한 시간이나마 떳떳하게 항거를 하며 살 수 있는 형.

낙주는 자기에게 항거라는 권리가 삭탈된 것을 느꼈다. 항거할 권리와 더불어 그러할 용기마저 잃어버린 것 같았다.

'인생의 껍질 ——'

　낙주가 아직도 눈을 뜨지 못하고 있을 때,

　"앞으론 학교에두 보내지 말고 집 안에 가두어 둡시다."

하는 형의 목소리가 들렸다. 낙주는 푸른 옷을 입지 않은 수인(囚人)이 되어야 하는 것을 느꼈다.

　외출할 자유가 없는 수인. 외출할 자유가 없다는 것은 모든 자유를 일시에 잃어버렸다는 뜻이다.

　낙주는 암담함을 느끼지 않을 수 없었다. 숨이 막히는 것 같았다.

　무엇이라고 부르짖고 싶었다. 형 —— .

　낙주는 자기에게 일생의 자유마저 삭탈하려는 형을 불렀다. 그래서야 되겠느냐는 항거를 하기 위함이다.

　그러나 낙주는 그 뒷말을 꺼낼 수가 없었다. 역시 그에게는 항거할 권리와 용기가 없었던 것이다.

　"으응—— ."

　낙주는 오직 신음소리만을 연발하는 것이었다.

　　　(원) 《현대문학 40》 1958. 4,　(출) 『한국단편문학전집 6 고호』 정음사, 1964.

부부

　은실은 자기의 청춘이 꽃도 피워 보지 못하고 시들어 버리는 것이라고 생각했다. 대학에 다니는 동안 은실은 연애 한 번 못하고 졸업을 했다. 졸업을 하고는 석 달도 안 되어 결혼을 했다.

　비록 연애 결혼이 아니라 해도 결혼생활에 단꿈을 이룰 수 있었다고 하면 은실은 자기의 청춘을 슬퍼할 까닭이 없다. 행복하리라 생각했던 결혼생활이 벌써 감내할 수 없는 것으로 되어 버린 것이다.

　은실은 아무래도 이혼을 해야겠다고 생각했다. 남편 병술이 그렇게까지 자기를 싫어하는데 어떻게 부부생활을 계속할 것인가?

　그러나 이미 뱃속에 어린것이 들어 있으니 그것이 무엇보다도 걱정이었다.

　혼자서 병원엘 찾아갈 용기가 있다면 아무도 모르게 유산이라도 해 버릴 수 있으련만 은실에게는 그러한 용기가 없었다. 자기를 싫어하는 병술이니 이혼을 하자는 전제로 유산을 시키자고 한다면 그는 달갑게 자기를 병원으로 데리고 갈는지 모른다. 그러나 이왕 이혼을 할 바에는 병술에게 병술의 씨가 자기 뱃속에 들어 있다는 것을 알릴 필요가 없다고 생각했다. 필요가 없다는 것보다도 그러기가 싫었던 것이다. 처음부터 싫다고 하는 병술의 씨를 자기 뱃속에 집어 넣었다고 하는 그 자체가 은실 자신을 모독하는 것 같아 자존심이 허락지 않았다. 싫어하는 사람의 애를 배고 그 싫어하는 사람의 원조를 얻어 유산을 시키다니…… 자존심이 너무도 없는 여자의 소행이라고밖에 생각되지 않았다.

병술의 원조를 받지 않는다면 친정 식구의 원조를 바라지 않을 수 없다. 그러나 친정에서는 그것을 찬성해 줄 사람이 하나도 없다. 이혼이라는 것 자체를 허락지 않을 친정 부모들이다.

참으로 두통거리였다. 이혼을 한다면 유산을 시켜야 할 것이지만 유산을 시킨다는 것이 쉬운 일이 아니다.

그러나 그것이 쉬운 일이 아니라 해도 이혼은 안 할 수가 없다. 요즘은 병술이 숫제 집에 들어오지도 않는다. 결혼 후 석 달이 지나는 오늘까지 병술이 은실과 금실을 같이한 날이 며칠 안 된다. 딴 방에서 혼자 자는 것이었다. 그런데 요새는 그것도 싫어서 외박을 하고 있다. 그러니 어찌 병술과 부부생활을 더 계속할 생각인들 가질 수가 있을 것인가? 이미 병술과는 같이 살 수 없게 된 형편이다. 그런데다 뱃속에 들어 있는 어린것이 은실의 머리를 아프게 한다.

그러니 은실로서 어찌 자기 청춘이 시들고 말 것이라 생각지 않을 수 있겠는가?

며칠 동안 친구 집에서 잠을 잔 병술이 부모의 걱정을 생각하고 집으로 돌아갔다.

병술이 집으로 돌아간 것은 정말 부모들 때문이었다.

부모들도 병술이 은실을 싫어하는 줄 알고 있다. 그러니 아무 소식도 전하지 않고 며칠째 나가 있는데 부모들이 어찌 걱정하지 않을 것인가?

싫어하는 결혼을 시켰으니 그만한 걱정쯤 시켜도 무방하리라 생각했지만 그래도 아들된 도리로서 그럴 수가 없었다. 그만큼 부모에게는 마음이 약한 병술이었다. 그러기에 자기가 싫다고 했으나 완강히 덮어씌우는 부모들의 강권을 끝까지 거절하지 못하고 은실과 결혼했던 병술이 아닌가?

단 하나밖에 없는 아들! 부모들은 그러한 병술을 지극히 사랑한다. 아들의 이해가 미치지 못하는 것이라 해도 그것이 아들을 위하는 것이라면 뜻을 이루고야 말려는 부모들이다. 병술도 그것이 부모들의 애정이라는 것을 알고 있다. 설사 자기 비위에 맞지 않는 것이라 해도 결국은 자기를 위하는 일이라 이해한다.

그러기에 병술은 부모가 시키는 결혼을 싫어하면서도 끝내는 억지로 해 버렸고 또 은실을 사랑하려고 애도 써 보았다.

그러나 은실을 사랑하는 것만은 할 수가 없었다. 은실이에게 무슨 결점이 있어서도 아니었고 은실에게 마음이 안 갈 만큼 딴 여자를 생각하는 것도 아니었다.

그저 은실이 자기가 사랑할 수 있는 여자 같지가 않다는 것뿐이었다. 결혼 전까지 이름 한 번 들어 본 일 없는 여자다. 할 수 없이 결혼을 하기는 했으나 강제 결혼 가운데 애정이 생길 리 없다는 고착된 관념 때문일지도 모른다. 강제적인 결혼을 매체로 한 부부생활에 애정이 생길 수 없으며 애정이 생길 수 없는 생활에 부부라는 의의가 발생할 까닭이 없다는 생각이 마음 속에서 떠나지 않았던 것이다.

은실이 싫은 것은 오직 그것 때문이었다. 은실도 그런 것 같았다. 애정이 없으면서도 육체를 허락했다고 해서 남편이라고 맹목적으로 따른다는 것은 일종의 매춘 행동 이외에 아무것도 아닐 것 같았다. 적어도 대학을 나온 여자다. 낯짝 한 번도 보지 못한 사람을 오직 결혼이라는 하나의 형식으로 존경하고 신뢰하고 사랑할 수가 있을 것인가? 그럴 수가 있다면 그것은 맹목이다. 맹목이란 거짓보다도 더 큰 죄악일지 모른다.

애정이 없는 결혼생활이란 죄악이다. 노예보다도 비굴한 행동이다.

그러기에 부부생활을 계속할 수가 없다.

그러나 부모는 부모였다. 자기를 아무리 불행하게 만들었다고 해도 자식의 생명에 대해서는 누구보다도 진심으로 걱정하는 것이 부모다. 병술은 그런 생각 밑에서 집을 찾아갔다.

아버지와 어머니가 죽은 자식 살아 온 듯이 반가워했다. 은실의 이야기는 한 마디도 꺼내지 않고 그새 몸이 무고했느냐고만 물었다. 식사와 잠자리가 얼마나 불편했느냐는 걱정이 부모들의 가장 큰 걱정이었다.

병술은 조금도 불편하지 않았다고 대답했다.

부모들은 병술이 외박한 이유를 알기 때문에 그것을 캐물으려 하지 않았

다. 그러나 병술이 집으로 돌아온 것은 좋은 면으로 해석을 했던지,

"새애기가 친정엘 다녀오겠다는데 어떻게 하련?"

하고 병술의 의견을 들으려 했다.

"가겠다는 걸 막을 필요가 없지 않아요?"

병술은 은실도 죄악에 가까운 생활에 싫증을 느끼고 있는 것이라 생각했다. 그래서 일종의 안도감을 느끼며 대답했다.

그러나 부모들은,

"시집살이하는 여자는 시집에 붙어 있어야 하는 법이란다."

하며 은실이가 친정간다는 것을 반대하는 태도를 보였다.

"남의 마음을 꺾을 수 있어요? 가고 싶으면 보내야지요."

그때 부모들은,

"그 애가 뭣이 부족하냐? 인물 좋고 마음 얌전하고 학식이 풍부하고 정말 어델 내세워도 부끄럽지가 않은 색신데……."

하며 병술의 마음을 알 수 없다는 듯이 말했다.

"저도 부족한 데가 있는 여자라고는 생각지 않아요. 그렇지만 그저 싫은 걸 어떻게 해요?"

"첫번부터 좋은 사람이 얼마나 있겠니? 믿고 살아가노라면 다 좋아지는 거지. 사실 이제 어떻게 하겠니, 남의 집 귀한 딸을 데려다가 몇 달씩이나 며느리로 부려먹었으니……. 그 애가 아직 처녀라 해도 세상에서야 누가 그렇게 보겠니?"

이 말에 병술은 가슴이 뜨끔했다. 병술이가 은실을 처음부터 싫어했으니까 부모들은 은실이가 아직까지 처녀로 있는 줄 알고 있는 모양이었다. 그렇게 생각하는 것이 정당할 것이다. 싫어하면서도 육체를 건드릴 수가 있을 것인가?

그러나 병술은 결혼한 다음 날 술을 마신 탓으로 흥분한 육체적 욕망을 참지 못했다. 한 번 그러고 나서 그 다음은 문제 아니었다. 말하자면 부모들까지 이해하지 못할 행동을 하고야 만 것이다.

병술은 자기 얼굴이 붉어지는 것을 깨달았다. 동시에 은실이가 싫다고 하

는 말에 힘이 줄어들기 시작했다.

은실이 친정으로 간다고 하는 데 대해서 시부모들이 반대했으나 그 반대가 은실의 마음을 붙잡지는 못했다. 속으로는 이혼까지 각오했으나 이혼은 둘째로 하고라도 우선 시집을 떠나야겠다는 마음이 은실을 채찍질했다.

한 보름 동안이라도 갔다가 오겠다는 것이 은실의 말이었다. 부모가 보고 싶다는 것을 구실삼아.

시부모들도 병술이 때문에 가는 것인 줄 알건만 부모가 보고 싶다는 말에는 차마 반대할 수가 없는 모양이었다.

"그럼 보름 동안만 다녀오너라."

시부모들이 승낙했다.

시부모의 승낙이면 그뿐이었다. 병술은 얼굴을 대하는 일도 없으니 병술에게 간다 온단 말도 할 필요가 없었다.

은실은 친정으로 떠나는 날 가장 중요한 옷가지들을 보자기에 쌌다. 가면 다시 오지 않을 것이란 생각에서였다. 그러나 시부모들은 은실이가 아주 가는 것이라고는 생각되지가 않는지 택시를 전세내어 태워 주면서 친절을 다했다.

은실은 시부모의 친절에 눈물이 나오려는 것을 겨우 참았다. 병술도 자기가 친정 가는 것을 알고 있으련만 내다보지도 않았다.

은실은 병술에게 가서

'안녕히 계세요. 다시는 안 올 테니!'

하고 아주 간다는 뜻이라도 표하고 싶었으나 끝내 참고 말았다. 그 말을 하면 병술은 좋다 할는지 모른다. 그러나 시부모들이 못 가게 붙잡을지 모른다. 그런 것이 싫었던 것이다.

친정에 가서 편지를 내리라 생각하며 택시를 탔다.

택시에 올라앉을 때 시어머니가 뒤따라와서,

"웬만하면 나두 같이 가야 할 텐데 하는 일 없어두 바빠서……."

하며 혼자 보내는 것을 섭섭하게 말했다. 그리고는,

"너무 상심하지 말아라. 이제 병술이도 마음이 달라질 테니…… 그 애가 너를 싫어할 까닭이 있니? 공연히 그러는 거지. 그러니 아예 달리 생각 말구 마음 편히 쉬다가 오너라."
하고 말했다.

은실은 그런 말쯤 귀담아 듣지도 않았다.

자동차가 경인가도로 달리기 시작할 때 은실은 한숨을 길게 내쉬었다. 앞으로 자기의 장래가 어찌 되든 병술을 떠나 자유롭게 살 수 있게 되었다는 것이 우선 마음 편했다.

자기는 병술을 미워하지 않았다. 그러나 자기를 미워하는 병술 옆에서 산다는 그 치욕감에서 해방되었을 때 은실은 자유로움을 느꼈던 것이다.

소사(素砂) 친정집에 이르자 은실은 즉시로 자기가 병술과 이혼한다는 것을 말했다. 이혼 안 하려야 안 할 수 없다는 심정을 있는 그대로 말했다. 그러나 부모들은 꼭같이,

"무슨 소린지 통 알 수가 없다. 결혼한 지 석 달도 못 되어 그런 일이 있을 수 있담!"
하고 은실의 말을 곧이 들으려 하지 않았다. 그뿐만도 아니었다. 병술에게 마지막 편지를 쓰려는데도 반대를 했다. 얼마 동안 두고 보라는 것이었다. 두고 보다가 그래도 태도를 고치지 않는다면 그때 편지를 하라는 것이었다.

은실이 친정에 가자 병술은 가슴이 시원한 것 같음을 느꼈다. 그 날부터 병술은 집에도 일찍 들어왔다.

한 열흘을 지나자 병술은 은실이 아주 간 것이나 아닌가 하는 생각을 했다. 어머니를 통하여 보름쯤 있다가 온다고 했다는 말은 들었지만 열흘이 지나는 동안 편지 한 번도 없다는 것은 그만큼 마음이 멀어졌다는 것을 말해 주는 것 같았다.

그렇다고 해서 원통할 일은 하나도 없었다. 도리어 시원한 것 같았다. 드디어 은실도 자기의 마음을 알고 이혼을 결심한 것이라 생각하니 은실이 기특한 여자 같기까지 했다.

병술은 은실과 이혼만 하면 곧 딴 여자와 결혼하리라고 생각했다. 결혼할 여자는 얼마든지 있을 것 같았다. 같은 직장에서 일하는 여자 타이피스트만

해도 그렇다. 자기가 이혼했다는 것을 알리고 결혼을 하자고 하면 금시 승낙할 것 같았다. 갓 결혼한 줄 알면서도 틈만 있으면 차를 사라거나 저녁을 사라거나 하는 것은 자기에게 호감을 가졌기 때문이 아닐 것인가?

그런데 은실이 친정으로 간 지 한 보름쯤 되는 날이었다. 아버지가,

"내일쯤 계약금을 치르려고 하니 그 전에 너도 한 번 가 보아라."

하고 말했다. 병술을 분가시키기 위하여 집을 마련하고 있는 아버지였다.

병술은 집은 사서 무엇 하느냐고 말했다.

정말 집이 필요치 않았던 것이다. 은실이하고 같이 살기 위한 집이라면 그런 것은 생각할 수도 없는 일이다. 다른 여자와 결혼할 것을 예상하고 사는 집이라면 너무 이르다. 그러나 아버지는,

"집이란 하나의 재산이야. 쓸데없어도 사두는 게 좋다."

하며 병술의 부부생활과는 아무런 관계도 없다는 듯이 말했다. 그렇다면 그런 집을 가 볼 필요도 없다. 병술은 집 구경도 하지 않았다.

그러나 아버지는 집을 사고야 말았다. 그리고는 며칠 뒤,

"한 번 처갓집엘 다녀오너라."

하는 것이었다. 병술은 그럴 필요를 느끼지 않았다. 아주 가 버렸으면 하는 은실을 무엇 때문에 찾아갈 것인가?

그러나 어떤 일요일, 아버지가 자동차를 전세로 얻어다가 놓고,

"집도 사 놓고 했으니 가서 데려와. 집을 비워야겠니? 부부란 싫어도 살게 마련이야."

하면서 어머니가 외출옷을 입고,

"자, 어서 가자."

하는 것이었다. 병술은 안 간다고 했다. 그러나 어머니가,

"싫으면 싫다고 딱라 말을 해야지 않겠니? 좌우간 한 번 가서 이야기라도 하고 오자."

하는데는 어찌할 도리가 없었다.

병술은 그냥 싫다고만 할 것이 아니라 이혼을 하자고 딱 잘라 말해야 할 단계라고 생각했다. 그래서 소사 처갓집으로 갔다.

그런데 장모 장인이 어쩌면 그렇게도 친절한 것인가? 정말 죽었다 살아오는 아들보다도 더 반가워했다.

장모는 병술의 팔을 잡고 방 안으로 들어가 꽃방석 위에 앉히며,

"얼굴이 좀 상한 것 같은데……."

하며 친절을 다했다. 그 동안 병술의 은실에 대한 태도를 모를 리 없으련만 그런 것은 아는 척도 안 했다. 과일이 들어왔다. 차를 끓여 왔다. 입이 쉴 새 없이 자꾸만 권했다.

그러나 은실은 한참 동안 보이지가 않았다. 병술은 괘씸하게 생각했다. 어떻든 간에 남편이 아닌가? 남편이 일부러 찾아왔는데 얼굴도 안 나타내는 아내가 세상 어디에 있을 것인가? 그러나 얼마 뒤 장모에게 끌려들어오는 은실을 보자 병술은

'끝까지 들어오지 말 것이지!'

하는 생각을 했다. 만나야 할 이야기도 없다. 나중에 장인 장모에게 이혼에 대한 이야기만 하면 그뿐이다. 그러나 병술이가 앉아 있는 안방으로 들어와서도 얼굴을 돌리고 눈물 흘리는 은실을 보자 병술은

'여자란 할 수 없는 거야.'

라고 생각했다. 사람이 많은 데서 울 것이 무엇인가? 할 말이 있으면 시원하게 해 버릴 것이지, 운다고 해서 문제가 해결될 것인가?

눈물 흘리는 은실에게 조금도 동정이 가지 않았다. 정이 안 갈 뿐만 아니라 장모와 장인을 통해서 이혼 말을 하고 난 뒤 그것을 들은 은실이 더욱 슬퍼 울 것을 생각하며 속으로 통쾌하게 생각하는 병술이었다.

그러나 처가를 떠날 때까지 병술은 이혼 말을 꺼내지 못했다.

하룻밤이라도 자고 가라면서 붙잡는 장인 장모의 청을 마다하고 병술은 그 날로 왔다. 그 날로 가는 것을 진심으로 섭섭하게 생각하는 장인 장모에게 차마 그런 말이 떨어지지가 않았던 것이다.

이상한 일이었다. 은실에게는 얼마든지 냉정할 수 있는 병술이 은실의 부모에게는 어찌 냉정할 수가 없는 것일까?

병술은 나이 많은 사람들에게 대하여 마음이 위축되는 어딘가 동양적인

성격을 다분히 가지고 있는 모양이었다.

병술이 왔다 간 지 일주일도 안 되어 병술의 어머니가 은실네 집으로 다시 찾아왔다. 빨리 서울로 가자는 것이었다.

은실은 가지 않는다고 했다. 가지 않는다고 할 뿐 아니라 이런 기회에 이혼 이야기를 꺼내리라 생각했다. 그러나 시어머니가,

"집을 사 놓고 기다리고 있으니 빨라 가야지. 그리고 병술이도 네가 임신한 것을 알고 얼마나 좋아하는데……."

하는 바람에 이혼 이야기를 꺼낼 수가 없었다. 지난번 내려왔을 때 친정 어머니를 통하여 임신한 것을 알고 간 시어머니가 그런 이야기를 병술에게까지 전한 모양이었다.

병술이 임신을 즐거워하고 시부모가 딴 살림을 위해 집까지 샀다고 하니 어찌 그 자리에서 이혼 이야기를 꺼낼 수가 있을 것인가? 그러나 임신했다는 말을 듣고야 마음이 변한 병술이라면 병술은 자기를 사랑하지 않고 자식만 사랑하려는 것이 아닌가 하는 생각이 들지 않을 수 없었다. 자식 때문에 부부의 애정이 두터워진다는 말도 있기는 하나 이때까지 차돌처럼 차던 사람이 임신했다는 말을 듣고야 마음이 변했다면 그것은 은실을 경멸한다는 것을 너무나 뚜렷하게 나타내는 일이 아니겠는가?

"그이가 와서 가자고 할 때까지 기다리겠어요!"

은실은 이렇게 대답했다. 병술이 직접 찾아와서 과거를 사과하고 앞으로는 그런 일이 없을 것이라는 말을 하기 전에는 또다시 무슨 일이 생겨날지 모르기 때문이었다.

"그 애야 바빠서 올 수가 있니?"

시어머니가 딱한 듯이 대답했다.

"공일은 틈이 있지 않나요?"

"글쎄, 고집 그만 부리고 가자. 시에미 정성을 봐서라도 가야지 않니……."

시어머니는 은실 어머니에게 은실의 옷가지를 달라고 해서 제 손으로 보따리를 싸며 즉석에서 떠나자는 것이었다. 친정 부모들도 빨리 떠나라고 등을 밀었다.

은실은 할 수 없다고 생각했다. 임신한 것을 알고 마음이 변했다는 병술이 못마땅하기는 하나 한 번 만나 보고 싶은 생각이 없지 않았다. 더구나 집을 사 가지고 단 둘이서 딴 살림을 하게 되었으니 병술의 마음이 변하지 않으려야 변하지 않을 수 없을 것 같기도 했다.

만약 병술의 마음이 변하기만 한다면 같이 사는 도리밖에 없지 않겠는가?

임신이나 안 했다면 모른다. 이제는 눈으로 보고도 알 만큼 배가 부르기 시작하고 있다.

불룩해 오는 배를 보자 은실은 움직이고 있는 생명체에 대한 새로운 애착을 느끼기 시작했다. 눈 코 입을 모두 구비한 생명체다. 얼마 안 있으면 뱃속에서 나와 자기더러 '엄마' 하고 부를 그 어린 목숨. 그것을 어떻게 낙태시킬 것인가? 하루빨리 그 귀여운 생명체를 애무해 주고 싶기만 했다.

그런데 어린애는 혼자 생기는 법이 없다. 어린애를 보면 반드시 그 애의 아버지를 연상케 된다. 은실은 어린애를 낳고 기르는 것이 자기가 병술의 아내였다는 것을 세상에 공포하는 것이라 생각했다.

사실은 애정이 없는 병술이지만 병술의 애를 낳았다는 것을 세상에 공포한다면 억울한 사람은 은실이 자신밖에 없다. 참으로 억울한 일이다. 그런 억울한 일생을 살아갈 바에야 병술의 애정을 받지 못하는 한이 있다 해도 병술의 아내로서 병술 곁에 사는 것이 남보기에라도 얼마나 떳떳한 일일 것인가?

은실은 시어머니의 어거지떼를 못 이긴 척하고 받아들였다. 억지로 끌려가는 것처럼 서울로 올라왔다.

은실이 돌아오는 즉시로 부모들은 병술과 은실의 짐을 새 집으로 옮겨 버렸다. 병술은 할 수 없이 은실과 같이 새 집으로 갔다.

새 집으로 이사를 가자 은실이 물건 놓을 자리를 찾아 물건을 놓고 손질할 것을 손질하는 것이 살림에 틀이 박힌 여자처럼 보였다.

저녁때가 되자 은실은 옆집 가게에 가서 찬거리를 사다가 저녁을 지어 놓고는 이사를 도우려 온 시어머니까지 붙잡고 저녁을 대접했다.

누가 시키는 일이 아니었지만 혼자서 척척 해내는 것이었다. 저녁을 먹을 때는 시어머니에게

"반찬이 없지만 많이 잡수세요. 살림이 자리잽히면 반찬 준비도 해야지
요……."
하며 마치 살림을 도맡은 여자처럼 말하는 것이었다.
병술은 조금 아니꼬왔다. 살림을 부탁한다는 말 한 마디 안 했는데도 살
림 주인처럼 설치는 것이 못마땅했던 것이다.
그러나 어머니가 돌아간 뒤 병술은 은실더러,
"임신을 했다구?"
하고 물었을 뿐 다른 말은 한 마디도 안 했다. 그것이 알고 싶었던 것이다.
그러나 은실은 얼굴을 붉힐 뿐 대답을 안 했다.
"거짓말 아니겠지?"
병술이 재차 물을 때야 은실은,
"그런 것을 어떻게 거짓말해요? 죄 되게……."
하고 얼굴을 돌리며 대답했다.
병술은 그 말을 듣자 은실이가 대견하게 생각되었다. 자기 자식을 뱃속에
간직하고 있는 은실이란 생각이 들었던 것이다. 은실은 대단하지 않다. 그러
나 그 속에 들어 있는 자기의 자식만은 소중한 것이 아닐 수 없었다.
병술은 그 날부터 은실에게 화를 내지 않았다. 은실을 전처럼 미워하지도
않았다. 만약 자기가 은실을 미워하고 화를 낸다면 은실은 그 화낸 얼굴만
볼 것이며 따라서 뱃속에 들어 있는 어린애는 화낸 자기 얼굴을 닮아 추한
얼굴을 가지게 될 것 같았기 때문이다.
병술은 은실이가 못마땅하고 미운 생각이 들 때에는 밖으로 나가거나 자
리 속에 들어가 이불을 뒤집어썼다.
그러니 은실도 별말이 없었다. 병술이 아직까지 자기를 사랑하지 않는 줄
을 알면서도 미워하지 못하는 사람의 마음에 부채질을 할 수가 없었던 것이
리라.
이사온 지 일주일쯤 지난 어떤 날이었다. 병술이 친구를 데리고 와서 술
을 받아 오라고 했다. 그때 은실이 병술을 슬그머니 불러 내어,
"돈 가지고 계시나요?"

하고 물었다. 병술은 부모들이 살림 원조금을 은실에게 맡기고 있음을 알고 있기 때문에,

"내가 무슨 돈이 있어——."

하고 무턱 술을 사 오라고 했다.

은실은 아무 말도 안 하고 가게로 나갔다. 그리고는 술상을 차려왔다.

술상 위에는 겨우 두 홉짜리 소주병이 한 병 놓여 있었다.

병술은 인색한 아내를 속으로 꾸짖었다. 그러나 이 홉짜리를 다 마시고 사 오라면 어쩔 수 없이 또 사 올 것이라 생각하고 술을 마시기 시작했다.

그러나 술상을 들여다 놓자 은실은 다시 병술을 슬그머니 불러 내어

"아까 낮에 어머니가 오셨댔는데 밤에 한 번 다녀가라고 하셨어요."

하는 것이었다. 부모네 집이 과히 멀지 않지만 그래도 한 번 가면 그렇게 빨리 돌아올 수가 없지 않은가? 병술은 무엇보다도 모자라는 술이 걱정이었다.

"손님이 왔는데 어델 가? 내일 가지."

"돈두 한 푼 없는데 내일 아침 찬거리는 어떡허구요?"

그 말에는 병술도 무엇이라 말할 수가 없었다. 찬거리 살 돈마저 없다면 술을 사 오랄 수도 없는 일이 아닌가?

은실을 보내고 난 뒤 술이 곧 떨어졌다. 그러나 술 마시러 왔던 친구도 술이 더 나오지 않을 줄 알았던지 아무 불평 없이 그냥 돌아갔다.

그 동안 이삼십 분도 안 되었을 게다. 그런데 친구가 대문을 나서자 어디서 새들어왔는지 은실이 방 안으로 들어왔다. 그리고는,

"손님 가셨어요? 어머니한테 갔다 오다가 술 한 병을 더 사 왔는데……."

하는 것이었다.

병술은 그런 아내가 얄미웠다. 어느새 어머니에게 다녀올 틈이 있다는 말인가? 두 병을 사다 놓고는 어머니한테 갔다 온다 하고 부엌 한 구석에 숨어 있던 것이 분명했다. 그러나 병술은 화를 내선 안 된다는 생각이 들었다. 어린애가 화난 얼굴을 닮으면 어떻게 하겠는가?

그러니 알고도 모르는 척하는 수밖에 없었다. 알고도 모르는 척하자니 자

연 마음이 언짢을 수밖에 없었다. 마음이 언짢아 자리 속에 누워 있으려니 은실이 옆으로 와서,

"잘못했어요. 술을 과음하면 건강에 나쁠 것만 같아서 그런 거예요. 혈압이 높으신데 밖에서 자시는 건 할 수 없다 해두 집에서 제 손으로까지 술을 과음하시게 할 수야 있어요?"

울먹울먹 말하는 것이었다.

"응, 알았어. 고마워."

병술은 은실을 빨리 자라고 했다. 보지 않는 것이 상책일 것 같았다.

은실은 빨리 해산이나 했으면 하고 생각했다. 병술의 태도가 약간 달라지기는 했지만 만족할 만한 것은 절대로 아니었다. 그러니 병술에 대한 기대를 갖느니 차라리 해산하는 날이나 기다리는 수밖에 없었다. 어린애를 낳은 뒤의 자기가 어떻게 변할지는 자기도 모른다. 어린애에 대한 애정으로 병술에 대한 불만을 커버할 수 있을지. 그렇지 않으면 어린애에 대한 애정마저 못 느껴 절망 상태에 빠지고 말는지……. 어쨌든 해산할 때까지나 기다려 보아야 했다.

그러니 외출도 하기 싫었다. 화장이라는 것도 생각하고 싶지 않았다. 그저 집 안에 틀어박혀 해산할 날만을 기다리고 있었다.

할 일이 없어 심심하니 집안 손질이나 하고 살림 궁리나 하는 수밖에 없었다. 덕택에 집 안은 언제나 깨끗했고 살림은 살뜰하게 꾸며져 갔다.

해산할 달이 임박해 온 어떤 날이었다. 은실은 병술에게,

"친정에 가서 해산하구 오겠어요!"

하고 말했다. 그때 병술이 깜짝 놀라며,

"친정에 가서 해산해야 할 이유는 뭐지?"

하고 불평스런 표정을 지었다. 은실은 그런 병술을 결혼 뒤 처음으로 보았다.

"아무래도 친정이 마음 편할 게 아녜요?"

"여기선 마음이 불편할 게 뭐고?"

병술은 진심으로 은실을 은실의 친정으로 보내고 싶지 않은 모양이었다.

"아무데면 어때요? 애를 낳아 드리기만 하면 되지 않아요?"

은실도 불만스런 얼굴로 대꾸를 했다. 그때 병술은,

"글쎄 당신 마음대루 할 일이겠지……."

하고 시무룩해졌다.

"해산만 하고는 죽어 버릴래요."

은실은 이때까지 쌓였던 울적함을 전부 터뜨리고 싶었다.

"나두 그런 것이 걱정이 되서 그러는 거야. 혹시 잘못해서……."

"애만 살면 되지 않아요?"

"말 같지두 않은 소릴 하지 말어!"

병술은 은실의 그 냉혹한 말이 진심으로 싫은 모양이었다.

"서울 있다가 큰 병원에 가서 해산을 해."

라고까지 하는 것이었다.

병술은 은실이가 자기를 덜 믿어 주는 것 같음이 섭섭했다. 언제부터 그런 감정이 움텄는지 모른다. 은실이가 자기에게 아무런 불평도 없이 살아가는 것이라는 마음이 자기도 모르게 자리잡고 있었음이 틀림없다. 그렇다고 해서 이때까지 덤덤히 지나던 사이에 아내가 자기를 덜 믿어 준다고 해서 불평을 말할 체면은 없었다.

말 못하는 벙어리처럼 울적한 나날을 보낼 뿐이었다. 그러면서도 은실을 친정으로 보내지만은 않으리라 마음먹고 있을 때였다. 같은 직장에 있는 여자 타이피스트가,

"오늘 영화 구경이나 시켜 주세요."

하는 것이었다. 병술은 그러자고 간단하게 대답했다.

영화 구경을 갔을 때였다. 스크린에 정신을 팔고 있을 때 여자 타이피스트가 병술의 손을 잡았다. 참으로 부드러운 촉감이었다. 병술은 손에 힘을 주어 타이피스트의 손을 꼭 쥐어 줬다. 영화 구경을 끝내고는 타이피스트가 자장면을 산다고 했다. 병술은 어디든지 가자는 대로 가고 싶었다. 중국집으로 갔을 때 여자 타이피스트가 술도 한 잔 해야 할 것이 아니냐고 말했다. 더욱 고마운 일이었다. 병술은 배갈을 한 홉 마셨다. 얼근히 취했을 때 타이피스트가 요염한 눈초리를 보냈다. 병술은 사양 없이 타이피스트를 끌어안

고 키스를 했다.

그러나 집으로 돌아오는 도중 병술은 타이피스트와의 꿈 같은 키스를 감미롭게 생각하기보다 여성에 대한 환멸을 더 크게 느꼈다. 사랑하지도 않는 남자에게 키스까지 요구할 수 있는 여자. 만약 조금이라도 애정 같은 것을 표시한다면 육체까지 송두리째 바치고 말 것이 아니겠는가? 그러고도 결혼은 또 다른 남자와 할 것이다.

집으로 돌아오자 병술은 은실의 얼굴을 뚫어지게 바라보았다. 타이피스트와 어디가 다른가를 찾아보려 함이었으리라. 그때 은실이,

"아이 부끄럽게 보기는……."

하며 얼굴을 돌렸다. 결혼한 지 일 년이나 거의 되어 가는데 얼굴을 쳐다보는 것을 무어 그리 부끄러워할 것인가? 병술은 이렇게 생각하면서도,

"됐어 ── ."

하고 혼자 중얼거렸다. 그리고는 은실을 와락 끌어안고,

"나는 당신을 사랑하지 못했어. 그렇지만 신뢰는 했을 거야. 그 신뢰가 사랑을 만들어 주리라고 믿어."

했다.

"그만둬요. 친정 가서 해산을 하고는 죽어 버릴 테예요."

은실이 병술의 마음을 떠 보는 듯이 말했다.

"안 돼. 절대루 안 보낼 테야. 내가 안 보내면 못 가는 거지, 어떡할 테야……."

병술은 은실의 얼굴에 입술을 대고 함부로 부벼댔다.

(원) 《자유문학 14》 1958. 4.

유실(流失)

영(瑛)은 지금 시계를 들여다보며 시간을 재고 있다.

여기서 정거장까지 이 분, 정거장에서 입장권을 사 가지고 플랫폼까지 들어가는데 이 분, 그리고 상우를 찾아내는 데 삼 분, 도합 칠 분이면 충분했다.

그러나 기차 출발시간까지는 아직도 이십 분이 남았다. 십삼 분 동안을 이 다방에서 소비해야 했다.

영은 커피 한 잔을 더 주문했다.

영은 커피를 마시지 않고 팔 분의 최후 순간까지 기다린다는 것이 얼마나 지루한 일인가를 생각했다. 두 번째의 커피가 나왔다. 그러나 마실 생각을 안 했다.

어느새 혹혹 불지 않아도 좋을 만큼 식어 버렸다. 손바닥의 감각으로 능히 알 수 있었다. 그러나 마셔서는 안 된다. 그것을 마셔 버리면 시간은 더욱 지루해진다.

영은 문득 창 밖으로 눈을 돌려 정거장의 벽시계를 바라본다. 기차 출발 시간이 십이 분밖에 남지 않았다.

동시에 자기를 눈이 빠지도록 기다리고 있을 상우를 생각했다.

기차 출발 삼십 분 전에 만나기로 약속을 하고도 나타나지 않았으니 상우는 지금 별별 생각을 다하고 있을 것이 분명하다.

마음이 변했다고 자기를 의심하고 있을지도 모른다. 상우의 말마따나 마지막 이별 그것을 자기와 더불어 해 주지 않는다고 극도의 초조와 불만을 느끼고 있을지도 모른다.

그러나 영은 상우가 말하던 마지막 이별이란 말을 생각하며 입가에 고소를 띠는 것이었다.

취직이 되어 부산으로 떠나는 상우다. 가면 그저 가는 것이지 무엇 때문에 이별이라는 말을 써야 하는가?

영은 그 마지막 이별이란 말이 싫었다. 따지고 보면 모두가 마지막일지 모른다. 현실적 순간이란 시작인 동시에 종말이다. 종말과 시작의 연속선이 시간이다. 그러나 하필 종말을 생각하며 살아야 할 것이 무엇인가?

만약 상우가 마지막이란 말을 쓰기 좋아한다면 마지막은 마지막답게 보내도록 해 주어야 할 것 같았다.

그래서 영은 상우가 자기를 기다리고 있을 줄 알면서도 마지막을 마지막답게 하기 위하여 지금 정거장에서 이 분 동안의 거리밖에 안 되는 다방에 앉아 이별의 순간을 준비하고 있는 것이다.

마지막이란 짧아야 한다. 마지막이 지지하게 길면 거기서 더 권태로울 것이 없다. 영은 상우를 만나는 순간 손을 들어 잘 가라는 인사 한 마디만 할 수 있게 시간이 짜여지기를 바랐다.

플랫폼에 들어가 차 안을 헤매다가 상우를 만나는 순간 기차가 떠나고 자기는 기차에서 뛰어내려 손을 흔든다. 그러면 상우와 자기는 권태를 느끼지 않고 마지막 이별을 멋지게 보낼 수 있을 것이 아닌가?

영은 눈을 돌려 팔목시계를 들여다보았다. 어느덧 기차 출발시간 구 분 전이었다. 그는 나머지 일 분을 차값을 치르고 다방을 나오는 시간으로 계산하고 일 분을 자기의 시간으로 정했다. 영은 눈을 감았다. 자기 시간으로 정한 그 일 분간을 보내기 위함이었다.

눈을 감는 순간 영은 마지막이라는 것을 부정해 본다. 상대적으로 사고할 때만 있을 수 있는 마지막. 주관적인 입장에서는 마지막이란 도저히 있을 수 없다.

최후의 죽음을 생각한다 해도 죽은 뒤에는 시체가 남는다. 시체가 썩으면 흙이 남는다. 그 흙 속에서는 풀뿌리가 자라난다. 상우가 떠나간다고 해도 돌아올 날이 있다. 무엇 때문에 마지막 이별이라는 말을 써야 하는가?

영이 눈을 뜨고 시계를 보았을 때는 정각 팔 분 전이었다. 핸드백에서 커피 두 잔 값을 꺼내 들고 레지에게 내준 뒤 다방을 나왔다.

정거장으로 들어가자 입장권 파는 곳을 찾았다. 아무리 찾아도 입장권 파는 곳이 보이지 않았다. 안내계로 가서 물었다. 입장권은 발행을 안 한다는 대답이었다.

영은 자기가 그렇게까지 물정에 어둡다는 것을 새삼 느꼈다.

"꼭 전송해야 할 사람이 있는데 어떻게 하면 좋아요?"

영은 모든 계획이 틀어져 가고 있음을 느끼고 초조로웠다.

"조역실로 가 보십시오."

영은 안내계에서 가르쳐 준 그대로 조역실엘 들어갔다. 오 분밖에 남지 않았다.

조역은 인원이 초과해서 입장권을 더 발행할 수 없다고 말했다. 그러나 영은 의젓하게 물러설 수가 없었다. 자기가 모모학교 선생이라는 것을 설명하고 달라붙었다. 조역은 할 수 없다는 듯이 턱으로 한쪽에 있는 여사무원을 가리켰다.

거기 가서 사정해 보라는 것이었다.

같은 여자라는 데 영은 조금 만만한 생각이 들었다. 그러나 여사무원은 입장권 때문에 어떤 남자와 승갱이를 하고 있는 판이었다. 손님은 한 장쯤 더 발행하지 못할 이유가 어디 있느냐고 따지는 것이었고 여사무원은 정원을 초과해서 발행할 수 없는 것을 어떻게 하느냐고 핏대줄을 세우는 것이었다.

기차 출발시간은 삼 분밖에 남지 않았다. 싸움이 끝나기를 기다릴 수가 없었다. 설사 싸움이 끝난다 해도 여사무원이 순순하게 입장권을 줄 기세가 아니었다.

영은 개찰구로 뛰어갔다. 손님이 다 나간 개찰구는 텅 빈 극장과 같았다.

역원 한 사람이 가위를 들고 추운 몸을 떨고 있었다.

영은 역원 앞으로 가서 신분증이 들어 있는 지갑을 내맡기며 잠깐만 들어 갔다 오겠다고 했다. 역원은 안 된다고 한다. 그러나 역원의 말을 듣다가는 자기의 계획이 전부 틀어지고 만다.

상우가 혼자서 오해를 한다고 해도 변명할 여지가 없게 된다. 그래서 영은 지갑을 역원에게 무턱 내맡긴 뒤 개찰구 안으로 들어섰다. 그리고는 미안하다는 얼굴을 짓고 고개를 가볍게 숙이었을 때 역원도 할 수 없다고 생각했던지 지갑을 도로 내주며 그냥 갔다 오라고 했다.

영은 지갑을 뺏는 것처럼 받아 가지고 플랫폼으로 내려가는 층계로 달리기 시작했다.

그러나 층계를 내려가려고 할 때 열차의 출발 벨이 울리기 시작했다.

기차는 아직 떠나지 않았다. 벨이 그쳐야만 떠나리라. 영은 뛰기 시작하였다. 차창 속을 들여다보며 그냥 줄달음질을 쳤다.

맨 뒤에서 맨 앞을 향해 달려가는 도중 절반도 못 가서 벨 소리가 그쳐 버렸다. 동시에 기적소리가 나고 기관차 밑으로 뿜는 증기소리가 쏴 하고 들려 왔다. 열차의 출발이었다.

영은 달릴 때까지 달려 보았다. 그러나 곧 가쁜 숨을 내쉬며 몸을 정지시켰다. 결국 상우를 만나지 못하고 기차를 떠나보낸 것이다.

어처구니가 없어 멀어져 가고 있는 기차를 멀거니 바라보고 있을 때 손수건으로 코를 닦으면서 손을 내젓고 있는 여자가 눈 속에 들어왔다. 영은 기차에서 눈을 떼고 슬피 울고 있는 여자에게로 몸을 돌렸다. 누구를 보낸 것인지는 알 수 없었다. 그러나 한 번 가면 다시 돌아올 수 없는 것처럼 기차가 멀어져 가는 것을 슬퍼하는 그 젊은 여인을 볼 때 영은 동정심보다 이상스런 호기심을 느꼈다.

기껏 가야 부산일 것이다. 기차를 타고는 그 이상 더 먼 곳을 갈 수가 없다. 그렇다면 이십사 시간 이내에 갔다 올 수 있는 곳이다. 정 보고 싶으면 이쪽에서 내려갈 수도 있을 것이었다. 어째서 무덤으로 보내는 것보다도 더 슬퍼해야만 하는 것인가?

기차가 아득하게 멀리 보이는 데서 고동을 트는 그 기적소리가 찬 공기를 통해 들려 왔다.

아주 사라지려는 기차.

영은 문득 사라진다는 생각을 했다. 모든 것이 종말과 출발의 연속으로 움직이고 있다. 그러나 그 움직임은 결국 기차처럼 사라지고 만다. 물처럼 흘러가고 있는 것이다.

영은 상우도 기차와 함께 사라지고 마는 존재처럼 생각되었다. 영은 거의 보이지 않게끔 된 기차를 향하여 손을 들어 흔들었다.

사라지는 존재에 대한 어쩔 수 없는 애수였을지 모른다. 아마 옆에서 울고 있는 여인도 그러한 애수에 젖어 있을지 모른다.

영은 애수에 향기로운 내음 같은 것을 느끼며 플랫폼을 나왔다. 애수를 느낄 수 있는 것이 인생인 것 같은 마음이 든 것이었다.

개찰구를 나온 영은 향기로운 내음을 좀더 오래 맛보고 싶은 충동을 느꼈다. 애수를 묵살하고 인생을 아무것으로도 취급하지 않는 소음의 거리가 싫어졌다.

영은 구내식당으로 올라갔다. 애수가 보장되는 정거장 한편 모퉁이에서 흘러가는 시간과 좀더 오래하고 싶었던 것이다.

식당은 텅 비어 있었다. 가물에 물이 바짝 마른 모래 개천 같았다. 비가 오면 다시 물이 흘러갈지 모른다.

물이 마른 호수, 퇴조(退潮)를 한 간사지(干瀉地). 사철 메말라 있는 사막보다 얼마나 멋진 것인가? 그런데다가 식당은 천장이 높았다. 희랍의 폐허에서 보는 높은 돌기둥을 연상시켰다.

대합실의 천장도 높지가 않았던가? 사람을 보내기만 하는 집은 하늘처럼 천장이 높아야 하는 모양이었다.

높은 하늘에는 구름이 흘러가고 있다. 흘러가는 구름 밑에서 산다고 하는 것이 자기도 흘러가고 있다는 마음의 안정을 주어서 사람들은 하늘을 좋아하는지 모른다.

십이 월 초순인데도 식당 테이블에는 국화꽃이 꽂혀 있다. 테이블 위마

314

다 한 가지씩 꽂혀 있는 국화가 텅 빈 식당의 주인같이 고개를 들고 있는 것이다.

영은 넓은 식당 아무데나 골라 앉을 수가 있었다. 조금도 사양할 필요가 없었다.

그는 식당 맨 중앙의 한 자리를 차지했다. 그리고는 사방을 둘러보았다. 노래를 불러도 무어라 할 사람이 하나도 없었다.

천장이 높고 넓다란 방에 혼자 앉아 있으니 마음의 여유가 생기는 것 같아 좋았다. 플랫폼에서 받은 감정의 여운을 가로막는 장애물이 하나도 없어 좋았다.

차를 한 잔 주문해 마시자 다음 차 시간을 기다리는 사람들인지 하나 둘 모여들기 시작했다. 기차 시간에 따라 전부 흘러갈 사람들이리라.

영은 모여드는 사람들이 다 흘러간 뒤의 식당을 다시 한 번 독점하고 싶은 생각이 들었으나 흘러가기 전의 잡담을 참을 수가 없었다.

물이 들어온 간사지에는 발을 들여 놓을 공백이 없는 것이 아닌가?

상우가 떠난 지 일주일이 지났는데도 편지 한 장이 없었다. 마지막 이별이라고 하더니 마지막이라는 예감을 출발 전부터 느끼고 있던 상우인 것 같았다.

떠나는 날 설마 정거장엘 나가지 않았다고 하자. 그것이 마지막 이별의 원인까지 될 까닭이 무엇인가?

그러나 영은 틀림없이 상우를 전송하러 정거장까지 나갔었다. 그것은 틀림없는 사실이다. 그런데도 상우는 자기를 잊어버린 듯 편지를 안 한다.

영은 학교 직원실에 앉아 창 밖을 내다보고 있다.

창 밖에는 눈이 한 점 두 점 떨어지고 있었다.

영은 문득 아름다운 변질(變質)을 생각해 본다.

물이 얼면 얼음이 되는 법이다. 그런데 눈은 얼음이라고 해도 부드러운 고체(固體)다. 어째서 더운 여름에는 딱딱한 얼음인 우박이 내리고 도리어 추운 겨울에는 부드럽게 변질된 눈이 내리는가?

그러나 변질하는 데는 변질을 할 만한 상당한 이유가 있겠지.

영은 산책이나 하듯 몇 분 간에 한 점씩 떨어지는 눈을 하염없이 바라보고 있었다.

상우에게서는 두 주일이 되어도 소식이 없었다. 아름다운 변질인지 아름답지 않은 변질인지 알 수가 없었다. 어쨌든 변한 것만은 사실이었다.

영은 직원실 책상 위에서 낙서를 하고 있었다. 아무 뜻도 없는 글자들을 되풀이해 쓰는 것이었다. 그래도 마음은 지루한 시간을 메울 수가 없는지 그의 붓은 자기도 모르는 새 상우의 이름을 쓰기 시작했다. 상우 상우 상 상 우 우. 이렇게 상우의 이름을 자꾸만 쓰고 있을 때 영은 낙서하고 있는 만년필이 바로 상우가 프레젠트한 것을 생각했다.

은빛 마개에 빨간 대. 그것을 프레젠트할 때 상우는,

"욕심이 많아서──."

라는 말을 했다. 욕심이 많아서 오래오래 생각할 수 있는 물건을 프레젠트한다는 뜻이었다.

언제나 몸에 가지고 다닐 수 있으면서도 오래오래 가질 수 있는 물건을 선택하여 프레젠트한 그 욕심쟁이가 만년필의 수명보다도 길지 못한 애정을 가졌던 것이다.

영은 문득 정거장을 생각했다. 쏟아져 나오기도 하고 쏟아져 사라지기도 하는 인간들! 모여 와서는 흘러가 버리는 인간들!

영은 정거장 구내식당이 그리워졌다.

하늘처럼 높은 천장. 겨울 국화처럼 애수가 잠겨 있는 홀.

이런 것을 생각하고 있을 때 전화가 왔다.

은행에 있는 T였다. 오래 전부터 자기에게 호의를 보여 주고 있는 사람이다. T는 다짜로 크리스마스에 플랜이 있느냐고 물었다. 생각하니 크리스마스가 며칠 남지 않았다.

영은 아무 플랜도 없다고 대답했다.

그때 T가 그러면 크리스마스를 자기와 같이 보낼 수 없느냐고 물었다.

영은 정거장 구내식당에서 크리스마스를 보내는 것이 정말 멋질 것 같은 생각을 하며 마음대로 하라고 대답했다. 그럼 어디서 만나겠냐고 T가 물어왔다. 그때 영은 서슴지 않고 정거장 구내식당에서 만나자고 제의를 했다.

크리스마스 이브.

정거장 구내식당에서 영을 만난 T는 영의 그 기발한 생각에 감탄한 듯,

"크리스마스와 역 구내식당! 참 멋이 있는데요?"

하며 홀 안을 두리번 돌아보았다. 남들이 생각지 못하는 일을 한다는 것. 그것도 영의 머리에서 계획된 일이라는 데 T는 특별한 의미를 붙이며 생각할지 모른다. 두 사람의 즐거움을 독특하게 꾸미려고 계획한 것이라 생각한 T는,

"눈까지 '왔으면 더 멋이 있겠는데요."

하며 계속해서 감탄을 했다.

영은 T가 마음대로 감탄하라고 내버려 두었다. T는 T대로 자기와 같이 만족할 수 있는 사념 속에 잠기고 싶어할 것이 아닌가! 음식을 청해 먹을 때도 T는,

"어디로 여행이라도 했으면."

하며 솟구쳐오르는 낭만을 억제하지 못했다.

"글쎄 아무데라도 갔다 왔으면 좋겠어요!"

영도 그런 심정이었다. 모든 것이 흘러가는 흐름 속에 자기도 한몫 끼여보고 싶은 심정! 어디론가 사라져 버리고 싶은 심정. 식사가 끝나자 T가,

"새로 지은 남서울역을 한 번 구경 가실까요?"

하고 영을 유혹했다.

영은 신문에서 남서울역이 생겼다는 기사를 읽었을 뿐 아직 그 건물을 구경하지 못했다.

"그러세요."

식당에서 나온 그들은 오십 미터 정도밖에 떨어져 있지 않은 남서울역으로 갔다. 창문이 길게 난 현대식 건축물이었다. 형광등의 안개 같은 불빛이 기다란 유리창을 높다랗게 비추고 있었다.

매력적인 건물이었다. 낭만을 돋구어 주는 듯——. 구내에 들어서자 영이

"인천 가는 손님만 태우는 곳이군요."

하며 기차 시간표를 바라보다가,

"우리 인천이나 갔다 올까요?"

하고 말했다. T는 자기가 먼저 하고 싶던 말이라는 듯이. 그러나 영의 말이 진정인가를 의심하는 듯이,

"정말?"

하고 물었다.

"정말이지 누가 거짓말을 해요?"

T는 만족한 듯이 빙그레 웃었다. 그러나 순간적인 영의 마음이 차표를 살 때까지 지속될 것인가, 그것이 의구스러운 듯 얼른 차표 파는 곳으로 달려가 차표 두 장을 사 왔다. 그리고는,

"올 때 기차 시간이 늦으면 택시를 타고 오지."

하며 영의 마음에 변동이 생기지 않도록 안심을 주는 것이었다.

그 말에 영은 아무 대답도 안 했다. 인천까지 간 뒤의 일은 생각하고 싶지 않았던 것이다.

그냥 사라져 보고 싶은 심정뿐이었다.

골짜기를 흐르는 물은 바다를 목표로 하고 있다. 흘러가는 도중 그 물은 바위에 부딪치기도 하고 넓은 광야를 지나기도 한다. 가다가 장애물이 있을 때는 멀리 빙 돌아가기도 한다. 그러나 자기 앞에 무엇이 기다리고 있으리라는 것을 예측하지는 않으리라. 그저 흘러갈 뿐이다.

마이크를 통해 인천행 개찰을 시작한다는 소리가 들려 왔다.

그들은 플랫폼으로 나가 기차를 탔다. 기차에 자리잡고 앉으니 정말 어디론가 사라지는 듯한 마음이 푸근했다. 누가 손을 저어 주는 사람이 있으면 더욱 좋을 것 같았다.

출발 벨이 울렸다. 기적소리가 높이 소리쳤다. 정말 떠나는 모양이었다.

영은 상우가 떠나던 때를 생각했다. 자기가 손을 저으며 멀리 달아나고 있는 기차를 보냈건만 그것도 모르고 영영 사라지고 만 상우.

기차가 증기를 쏴 하고 내뿜은 뒤 달리기를 시작할 때 영은 자기도 상우

처럼 아무것도 모르고 그냥 사라지는 것이나 아닌가 생각했다. 누가 창 밖에서 손을 내젓고 있을 것만 같았다.

그러나 영은 창 밖을 내다볼 생각을 안 했다. 그런 사람이 있다고 해도 모르는 척 사라지고 싶었던 것이다.

기차가 어둠을 뚫고 한참 달리고 있을 때 옆에서 T가,

"벌써 영등포로군요. 전등이 상당히 많은데요."

했다. 기차가 영등포를 떠나 다시 달릴 때는,

"저걸 보세요. 반딧불처럼 반짝이는 농촌의 불빛을."

하기도 했다.

그러나 영의 귀에는 그런 말이 들리지 않았다. 어디론가 달려가고 있다는 사실에 자기가 살아 있다는 것을 느끼고 있을 뿐이었다. T는 또 입을 열었다.

"오늘 밤으로 돌아오기는 힘들 것 같은데요!"

그 말만은 영의 귓속에 들어왔다. 어쩐지 끝까지 가면 마지막이다라는 말과 같이 들렸던 것이다.

영은 끝까지 가서는 안 될 것 같았다. 마지막이라는 것을 생각하기 싫었던 것이다.

기차가 오류동에 멈추었을 때였다. 영은 T에게 변소엘 간다고 말한 뒤 기차에서 내렸다. 그리고는 어둠 속에서 다시 움직이기 시작한 기차를 향하여 손을 내젓기 시작했다.

T는 상우처럼 자기가 손을 젓고 있다는 사실을 모르고 있으리라.

캄캄한 어둠 속으로 기차소리가 점점 멀어지고 있을 때 영은,

'나는 역시 보내는 사람!'

하고 생각했다. 멀리 사라지고 있는 T를 향해 손을 한 번 더 저어 주고는,

'이 작은 정거장에도 천장이 높은 구내식당이 있었으면.'

혼자 생각을 하며 낯설고 어두운 정거장으로 발을 옮기는 영이었다.

(원) 《사조 1》 1958. 6, (출) 『한국단편문학전집 6 고호』 정음사, 1964.

사람과 물오리

　바람이 불고 물결이 이는 듯하여 더욱 흥겨웠다. 잔잔한 물결보다 철썩이는 파도가 얼마나 매혹적인가? 바람이 일고 있으니 돛은 부풀고 배는 쏜살같이 달아날 것이다.

　뱃사공이 얼굴을 찡그렸으나 그것이 문제 아니었다.

　목적지인 초도(草島)가 멀리 바라보이고 있지 않은가? 오십 리 길이라 하나 떠나기만 하면 금시 닿을 것 같았다.

　"자—— 빨리 떠납시다."

　해용(海庸)은 동행인 사진부장을 돌아보며 뱃사공에게 독촉을 했다.

　"바닷사람들이 겁이 더 많은데……."

　사진부장도 그만한 바람쯤 겁낼 것이 뭐냐는 듯 뱃사공을 나무랐다.

　뱃사공은 할 수 없다는 듯이 일행을 배에 오르게 하고 돛을 올리기 시작했다. 일행인 지국장 김씨는 손님들이 떠나자는데 말릴 수가 없어 행동을 같이하기는 하나 마음이 썩 내키지 않는 표정이었다. 말이 없었다.

　배가 육지를 떠나 바다 가운데로 들어갈 때까지 배 안은 침묵이 흘렀다.

　그러나 바람을 맞은 배가 물결을 헤치며 달리기 시작할 때부터 배 안 공기는 차츰 명랑해지기 시작했다.

　"몇 시간이면 갈 수 있을까요?"

　해용이 멀리 초도를 바라보며 물었을 때,

"바람이 좋으니까 서너 시간이면 가겠지요."

지국장이 웃음을 띠며 대답했다. 내친 걸음이니 딴 걱정을 할 필요가 없다는 듯한 얼굴이었다.

"세 시간은 무슨 세 시간이에요. 두 시간 반이면 충분합니다."

뱃사공도 말참견을 했다.

사진부장은 점점 멀어져 가는 육지를 바라보며 카메라 셔터를 눌렀다.

"참 빠른데요. 발동선 못지 않은 걸……."

해용은 배 꼬리에 일어나는 포말이 멀리 줄짓고 있는 것을 바라보며 혼자서 감탄했다.

"순풍에 돛을 달고……를 모르시오. 발동선보다 빠르고 말고……."

사진부장도 흥겨워하는 소리다.

정말 조그마한 범선이나마 순풍을 맞아 신나게 달리는 것이 흥겨워 견딜수가 없었다. 해용은,

"자, 사진이나 한 장 찍어 주시오."

하고 뱃전에 서서 포즈를 잡았다. 사진부장이 돛을 배경으로 하여 해용의 사진을 찍자 이번에는,

"다 같이 한 장 찍어 주시오."

하고 해용이 키 잡고 있는 뱃사공 옆으로 갔다. 그리고는 지국장을 끌어당겼다.

사진부장은 세 사람의 사진을 찍었다. 그리고는 카메라를 해용에게 주며,

"나도 한 장 찍어야지."

하며 뱃사공이 쥐고 있는 키를 잡았다.

뱃사공의 포즈였다.

이렇게 사진을 찍고 나자 해용은 갑자기 직업의식이 발동했던지,

"서울까지 우편이 며칠 걸리지요?"

하고 지국장에게 물었다.

초도에 갔다 돌아오는 즉시로 원고를 써서 신문사에 보낼 계획이었던 것이다.

"아침에 부치면 사흘 안에 갈 겁니다……."

"그래요?"

사흘 걸린다는 말에 해용은 마음을 달리 먹지 않을 수 없었다. 내일과 모레 이틀 동안 다른 섬들을 탐방할 예정이지만 볼 것을 다 보고 가도 우편으로 보내는 것보다 빠를 것 같았던 것이다.

"여기서 현상을 하느니 그럴 것 없이 서울 가서 다 합시다."

사진부장도 알지 못하는 지방에서 암실을 빌리러 다니는 것을 귀찮게 생각했던지 원고 우송(郵送)을 반대했다.

"그러는 수밖에 없겠는데요."

원고 발송 문제도 더 생각할 필요가 없게 되자 해용은 신문기자로서의 육감을 발동시키며 기사 내용될 이야기를 묻기 시작했다.

"초도에 사는 사람은 언제쯤 그리로 이사를 갔지요?"

"한 이삼십 년 됐다나 봐요?"

"아무도 안 사는 섬에 혼자 가서 산다는 데는 특별한 이유가 있겠지요? 더구나 한 식구만이 살면서 교회당까지 짓고 있다니까……."

"글쎄요."

"말하자면 굉장한 연애를 하다가 실패를 했다던가. 그렇지 않으면 사업에 실패를 하여 육지에서는 살 수가 없게 되었다던가……."

"그런 말은 들은 일이 없는데요……."

지국장이 멀리 하늘을 쳐다보며 대답했다. 지방에서나마 신문사 지국장으로 있다는 사람이 그런 것도 모르고 있다는 데서 부끄럼 같은 것을 느낀 모양이었다.

그러나 기자 노릇 십여 년을 해 온 해용이 남의 수치심을 건드릴 만큼 그렇게 눈치가 없지는 않았다. 말문을 돌려 버리고 말았다.

"식구가 몇이라고 그랬지요?"

"부인하고 어린애 셋이랍니다."

지국장은 자신 있게 말하고 나서,

"순전히 어업만 하는 모양인데 어디 가서 양식을 사다 먹는지 그 사람을 봤다는 이가 하나도 없습니다."

라고 덧붙였다.

"그래도 밥은 먹고 살겠지요."

"글쎄 생선만 먹고는 살 수가 없을 텐데요……."

이런 말을 주고받고 있을 때 사진부장이,

"저게 초도라지요?"

하고 멀리 새까맣게 보이는 조그마한 섬을 가리켰다.

그리고는 그 옆에 있는 커다란 섬을 가리키며,

"저 섬 이름은 뭔가요?"

하고 물었다.

"그게 내일 가기로 한 ××섬입니다."

"저 섬에 삼십 세대가 살고 있어요?"

"여기서 보이지 않는 남쪽에 벌판과 동네가 있습니다."

초도보다는 훨씬 크게 보였으나 그렇게 많은 사람이 살고 있을성 싶지가 않은지 사진부장은 고개를 갸웃거렸다.

어느덧 웅천(熊川)이 까마득하게 보이는 바다 한복판에 이르렀다. 배가 무척 빠르게 달린 모양이었다. 쭈뼛한 하늘은 여전히 흐리고 바람은 한결같이 세차게 불어 왔다.

"어떻게 배가 하나도 보이지 않을까요?"

정말 사방을 돌아보아도 배가 보이지 않았다. 고기 잡는 데는 풍랑이 적당치가 않은 모양이었다. 그렇게 짐작이 되면서도 해용은 한 번 물어 본 것이다.

"이런 날엔 고기가 잽혀야지요."

뱃사공이 퉁명스럽게 대답했다. 얼마를 달리고 있을 때였다. 바람이 좀더 세차가 불어 왔다. 세찬 바람 속을 뚫고 한 시간 이상이나 달려왔으나 바람 세가 조금 강해졌다고 해도 놀랄 필요는 없었다. 속으로야 걱정이 되었을지 모르나 걱정하는 말을 꺼내는 사람은 하나도 없었다.

해용은 흐린 하늘과 터질 듯이 부풀어 있는 돛을 번갈아 보았다. 돛줄이 끊어질 듯 팽팽해져 바람에 마구 떨고 있었다. 심상치 않은 일 같았다.

'괜찮을까요?'

뱃사공에게 묻고 싶었으나 고집을 세우며 떠나자고 한 자기 입으로 차마 그 말을 물어 볼 수가 없었다. 그저 돛과 하늘을 번갈아 볼 뿐이었다. 얼마쯤 지났을 때였다. 갑자기였다. 정말 갑자기 바람소리가 요란히 났다. 순간 돛이 한편 옆으로 쓰러지고 말았다. 파선이었다.

물 속에서 머리를 든 해용은 우선 한 팔을 수면 위로 내밀고 자기의 목을 살펴보았다. 틀림없는 자기 육체라 생각될 때 비로소 자기가 살았다는 것을 깨달았다. 얼마 동안 물 속에서 헤맸는지 모른다. 그러나 죽지만은 않은 것이 분명했다. 해용은 자기가 죽지 않았다는 것을 느끼면서도 사방을 돌아보았다. 어떤 현상 속에 놓여 있는가를 알고 싶었던 것이다. 창창한 바다였다. 거센 물결이 몸을 공중으로 추켜올리듯 밀려 왔다가는 몸을 물 속으로 곤두박질시키듯 가라앉았다. 그러한 파도뿐이었다. 하지만 멀지 않은 곳에 거꾸로 뒤집혀진 범선이 그 시꺼먼 배[腹]를 하늘로 향하고 떠 있음이 보였다. 확실히 조금 전까지 자기가 타고 있던 배였다. 돛대가 꺾어지지 않았다면 돛이 바다 속에서 물결의 흐름을 따라 배를 몰아 가고 있으리라.

해용은 눈을 크게 뜨고 배 주위를 살펴보았다. 일행들을 찾는 것이었다. 두 사람이 배에 달라붙어 있었다. 확실히 뱃사공과 지국장이었다. 그런데 사진부장이 보이지 않았다.

헤엄을 칠 줄 모른다던 사진부장이 보이지 않았던 것이다.

해용은 헤엄을 쳐 배 가까이로 갔다. 그때야 뱃사공이 해용을 보고 소리를 질렀다.

"빨리 와요, 빨리 ——."

빨리 와서 배를 붙잡고 있어야 산다는 뜻이리라. 뱃사공이 고함을 치자 지국장도 얼굴을 돌리고 한 손을 내젓기 시작했다. 빨리 오라는 시늉이었다. 해용은 헤엄을 치면서도 사진부장을 찾았다.

그런데 배에 거의 가까이 갔을 때에야 배 꼬리 저만치서 팔을 내젓고 있는 사진부장을 발견했다.

구해 달라고 신호를 하는 것이 아니었다. 물 속에 잠기지 않으려고 발악을 하는 것이었다.

해용은 있는 힘을 다하여 물결을 헤치며 사진부장 있는 데로 갔다. 아직 실신하고 있지는 않았다. 해용은 사진부장의 손목을 붙잡고 몸을 돌이킨 뒤 배 있는 쪽으로 수영을 하기 시작했다. 한 손만으로 수영을 하려니 통 나가지지가 않았다. 그러나 사진부장이 움직일 수 없도록 몸을 와락 껴안지 않는 것만도 다행스러웠다.

물결이 달려와서 얼굴을 때렸다. 그리고는 머리 위로 달아났다. 연거푸 계속되는 파도의 기복 속에서 해용은 물을 얼마나 마셨는지 모른다. 그러나 그는 뒤집힌 배를 놓칠 수 없었다. 오직 하나의 목표였다. 비록 뒤집혀 있기는 하지만 그것만 붙잡고 있으면 살 수가 있다. 물결 속에 파묻혔다가도 머리를 들기만 하면 배로 시선을 주며 헤엄을 쳐가는 해용이었다.

수영복을 입고 한강 왕복의 수영을 할 때도 그 목표가 상당히 멀리 있음에도 불구하고 목표를 잃을까 걱정해 본 적이 없다. 똑바로 나가기만 하면 목적지에 이르리라는 생각에 목표를 눈여겨보려 하지를 않았었다.

그러나 지금은 일 분이나마 눈을 떼면 그 목표를 잃어버릴 것만 같았다. 그리고 그 목표물을 잃으면 죽을 것만 같았다. 그 목표물이 바로 눈앞에 다가왔다. 그래도 해용은 그 목표에서 눈을 떼지 않았다. 바닷물에 눈알이 아리었다. 그래도 눈을 감으려 하지 않았다.

그것이 얼마 동안이었는지는 모른다. 뱃전을 붙잡았을 때 해용은 무한한 세월을 물결 속에서 소비했다는 생각이 들었다.

한숨이 길게 나왔다.

사진부장의 손을 뱃전에 갖다 얹혀 놓고는,

"정신을 채려요."

하고 경고했다.

아주 정신이 나간 것은 아니지만 어릿어릿한 것이 넋을 잃은 것 같아 보였다. 그래도 사진부장은 눈을 감고 몸을 움직이지 않았다. 이미 절망 속에 사로잡힌 모양이었다.

"정신만 차리면 죽지 않습니다. 걱정 마십시오."

해용이 사진부장을 격려했다. 잘못하다가는 사진부장이 죽을지도 모른다
는 겁이 들었던 것이다.

죽어도 같이 죽고 살아도 같이 살아야 할 운명이 아닌가? 사진부장이 먼
저 죽어 흘러가는 것을 볼 수가 없을 것 같았다.

그러나 그러한 고독을 느낄 수 있는 마음의 여유가 그냥 계속되지는 않
았다.

몸이 얼어오는 듯했다. 아직 4월도 안 된 바닷물이다.

물 속에 잠긴 채 몸에 달라붙은 내복과 양복이 체중을 더 가하였다.

물에 젖은 손이 스쳐 가는 바람에 얼어드는 것 같았다. 입술이 떨렸다.

'죽었다.'

하는 생각이 즉각적으로 머리에 떠올랐다. 꼼짝 못하고 죽는 것이다.

해용은 소리 한 번 질러 보지도 못하고 죽어 가야 할 자기 운명이 애처로
웠다. 육지 같다면 어떤 곳에서나 소리를 지를 수 있다. 구원의 손이 나타날
요행을 바랄 수가 있기 때문이다. 그러나 아무리 돌아보아야 사람 그림자
하나 없는 바다 한복판이다. 구원해 줄 사람이 하나도 없다는 것을 너무나
분명하게 말해 주고 있다. 파도와 파도뿐.

해용은 떠나기 싫어하는 뱃사공과 지국장을 겁쟁이처럼 취급하며 억지로
끌고 떠나온 자기의 만용을 후회했다. 그때 뱃사공의 말만 들었다면…….

해용은 배 위에서 사진 찍은 것까지를 후회했다. 오래오래 살 것처럼 거
센 바람 속에서도 기념사진을 찍던 어리석음——. 그런 것이 화가 되어 지
금 벌을 받고 있는 것이나 아닐까?

해용은 초도에서 혼자 산다는 사람에 대하여 쓸데없는 상상으로 그를 모
독했다는 자기의 부질없는 생각을 후회했다.

순수한 마음으로 초도에 가서 깨끗하게 사는 사람을 가지고 무엇 때문에
쓰라린 사랑의 상처 때문에 도피생활을 하는 것이라 추리를 했던 것일까?
결국 순수하지 못한 것은 그 사람이 아니라 자기다. 순수하지가 못하기 때
문에 죽음을 당하게 된 것이 아니겠는가?

모두가 후회뿐이었다. 따지고 보면 대단치도 않은 일들이었다. 대단치 않

은 일이 어째 죽음 앞에서는 후회스럽기만 할 것인가?

후회라는 것 이외에는 아무런 생각도 없었다. 집안 생각이니 아내 생각이니 그런 것은 지금의 그와는 아무 관계가 없는 이야기다. 오직 자기 자신의 현재뿐이었다. 현재 가운데서도 자기의 죽음을 위협하는 그 후회들뿐이었다.

이런 후회에 잠겨 있을 때였다. 뒤집힌 배의 배 위로 올라가는 사람이 있었다. 뱃사공이었다.

해용은 입 속으로,

"자 ── 식"

하고 웅얼거렸다.

죽어도 점잖지 못하게 죽는다고 뱃사공을 경멸하고 싶던 것이다. 더구나 뱃사공이 배 위에 올라가자 물 위에 떠 있던 부분이 몽땅 물에 잠겨 붙잡고 늘어질 만한 면적이 감소되었다. 나무와 나무가 겹친 틈바구니에 손가락을 찌르고 겨우 몸을 지탱해 나가는 판국이다. 이제 손가락 찌를 자리도 없게 배를 가라앉히면 어떻게 한다는 말인가?

해용은 '내려오지 못해?' 하고 고함을 지를 뻔했다. 자기 혼자만 살겠다고 기어올라간 것이라 생각되었기 때문이다. 그러나 뱃사공이 입었던 저고리를 벗어 멀리 섬이 보이는 쪽을 향해 그것을 내젓기 시작할 때 해용은 뱃사공의 지혜를 고맙게 생각했다.

꼼짝없이 죽고 만다던 생각에 가냘픈 희망이 싹트기 시작했다. 섬 속에 사는 사람들이 옷을 내흔드는 것을 보기만 하면 배를 타고 달려올 것이라는 생각이 들었던 것이다.

뱃사공은 조금도 쉬지 않고 옷을 내저었다. 그러나 반응이 있을 리 없었다. 가장 가까운 섬이 이십 리 떨어진 곳에 있다고 하니 파도 속에 휩싸여 있는 작은 반점 같은 뱃사공의 움직임이 눈에 띌 리 만무였다. 더구나 이쪽에서 보이는 곳에는 사람이 살지 않고 있다지 않는가? 설사 눈에 띄어 배를 몰고 온다 해도 십 분이나 이십 분에 달려올 수는 없다. 그래도 뱃사공은 어떤 반응이 있을 때까지 쉬지를 않을 모양이었다.

섬을 향해 옷을 내젓고 있을 때 공중으로 제트기 한 대가 날아가는 것이 보였다. 그때 뱃사공은 공중을 향하여 옷을 내흔들었다.

해용은 비행기가 자기들을 발견하면 저공비행을 할 것이라 생각했다. 그리고 무선으로 헬리콥터를 보내도록 연락해 줄 것이라 생각했다. 그러나 제트기는 그들을 본 척도 안 하고 멀리 날아가 버리고 말았다.

손은 점점 굳어 왔다. 몸은 사시나무처럼 떨렸다. 물에 빠져 죽기 전에 추위에 얼어 죽을 것 같았다. 그러나 뱃전을 잡고 있는 손에 힘을 주었다. 그것을 놓기만 하면 그만 죽고 말게 되는 것이니까…….

사진부장이 해용을 바라보았다. 슬픈 얼굴이었다. 이제는 죽고 마는 것이 아니냐는 표정이었다.

해용은 사진부장을 본 척도 안 했다. 무어라고 얼굴 표정을 지어야 할지 몰랐기 때문이었다. 용기를 내라는 눈짓을 할 수도 없었다. 틀림없이 죽은 것이라고 절망의 표정을 지을 수도 없었다.

죽는 순간을 생각한다는 것이 두려웠던 것이다.

죽음이 가까웠다는 것을 의식하면서도 죽음을 생각하고 싶지 않은 정신 상태였다.

손에 얼음이 박힌 듯 빳빳해 왔다. 한 손을 입에다 대고 김을 불어 보았다. 그래도 녹는 것 같지가 않았다. 다른 손을 입에다 대고 김을 불었다. 역시 손가락이 움직이려 하지 않았다.

파도가 좀더 높게 일어나 전신을 물 속에 잠그는 날에는 마지막이다. 한 번 놓치기만 하면 수영은 물론 뱃전을 다시 잡을 힘조차 아주 없어지고 말 것이다.

해용은 눈을 감았다. 손이 얼지만 않아 주었으면 하고 생각하는 것이었다. 그것밖에 달리 생각할 것이 없었다.

그때였다. 배 위에 올라서 옷을 내흔들던 뱃사공이,

"배가 온다!"

하고 소리를 질렀다.

정신이 번쩍 들었다. 과연 조그마한 어선이 이편을 향해 오고 있었다.

고마웠다. 눈물이 나왔다.

그러나 가까이 온 어선 위에 올라탔을 때 해용은 허탈한 상태에서 기쁜 줄도 몰랐다. 이야기할 기운이 없었다. 살았다고 하는 의식을 느끼는 것뿐이었다.

뱃사공만이 무어라고 지껄여댔다. 지국장이,

"삼십 분만 더 늦었으면 다 죽었을 거요."

하며 한숨을 내쉬었다.

"가까운 데서 고기를 잡던 모양인데 왜 보이질 않았을까."

"섬 그림자 때문에 보일 수가 있나……."

젊은 뱃사공과 늙은 어부가 웃어 가며 이야기를 했다.

그러나 해용은 입 한 번 벌리지 않고 몇십 분 동안을 보냈다. 멀거니 바다 수면만 바라보고 있었다. 그때였다.

멀리 바다 위에 새 한 마리가 보였다. 물 위에 솟아나왔다가는 다시 물 속으로 기어들어가는 것이 큰 먹을 것을 붙잡는 모양이었다. 날려고 날개를 움직이기도 했으나 금시 앉아 버린다.

배가 가까이 가도 날지를 않았다.

"물오리지요?"

해용이 입을 열었다. 살아 있는 생명에 대하여 관심을 가졌다는 것을 나타내고 싶었던 것이다.

"네, 물오립니다."

그들을 구조해 준 늙은 어부의 대답이었다.

"물오리 있는 데로 가 봅시다."

배가 접근하면 날아갈 것이 분명했다. 해용은 날아가는 물오리 모습이 보고 싶었던 것이다.

그러나 배가 물오리 있는 데를 다 가도 물오리는 날지를 않았다. 여전히 물 속에 들어갔다가는 또 솟구쳐나올 뿐이었다.

뱃사공이 물오리의 목을 잡아올렸다. 그때야 날아 보려고 지축질을 했다.

"아, 낚시에 끼였군……."

뱃사공이 물오리 주둥이에 끼여 있는 낚시를 가리켰다. 그리고는 어느새 낚싯줄을 입으로 끊어 버렸다.

"오늘 저녁 술안주가 생겼군……."

웅천에서 같이 떠나온 젊은 뱃사공이 입맛을 다시며 말했다.

"술안주 감으로 좋지!"

늙은 어부도 구미가 당기는 듯이 말했다.

해용은 젊은 뱃사공에게 붙잡혀 있는 물오리를 물끄러미 바라보았다. 뱃사공과 어부의 대화를 알아들었을 리 만무하다. 그러나 죽음의 공포 속에서 몸을 떨고 있는 눈동자였다.

낚시에 주둥이가 끼여 몸부림을 치던 물오리가 지금은 자기를 해치려는 사람의 품에서 다시 몸을 떨고 있다.

바로 몇십 분 전 죽음을 목전에 바라보며 떨고 있던 자기의 심정과 꼭 같을 물오리.

사진부장과 지국장도 물오리를 바라보고 있었다. 그들 눈에도 연민의 정이 흐르고 있었다. 그러나 무어라 말을 꺼내는 사람은 하나도 없었다.

"놔 줍시다."

해용이 참을 수 없다는 듯이 말했다. 그러나 젊은 뱃사공은 해용의 말을 들은 척도 안 했다.

"겁에 질려 떠는 걸 어떻게 잡아먹겠소?"

그때 뱃사공이,

"별말씀 다하십니다. 천 환짜리도 넘는 물건인데요. 더구나 이렇게 산 놈이야 살 수나 있습니까?"

하고 천만의 말씀이라는 듯이 대답했다.

"내가 돈을 드리지요. 그러니까 그걸 놔 주시오."

"내 손으로 잡은 놈을 어떻게 놔 줄 수가 있습니까?"

뱃사공은 자기 손으로 잡았다고 하는데 소유권 같은 애착을 느끼는 모양이었다.

"먹기야 마찬가지가 아니겠소. 제 손으로 잡은 놈이나 돈 주고 산 것이나……."

"사구팔구 할 게 있습니까? 있는 놈 그냥 잡아먹지요."

해용은 말로 해서 해결이 나지 않을 일이라 생각했다. 그래서 속주머니에서 물에 젖은 지갑을 꺼내어 천 환짜리 한 장을 집어 뱃사공에게 주고 물오리를 뺏다시피 잡아끌었다. 그리고는,

"바루 몇십 분 전에 죽음에 직면했던 우리들이오. 시간도 장소도 변하지 않은 바루 이 바다에서 비록 미물이기는 하나 물오리의 생명을 잡아 삼키겠다는 생각을 가질 수 있습니까? 우리가 살고 싶어하던 것처럼 물오리도 지금 살고 싶어할 것이오. 그런 것을 우리의 손으로 죽이려 하다니 될 말이겠소. 죽음의 공포를 망각할 때야 무슨 짓이라도 할 수 있을 것이지만……."
하고 자기의 심중을 털어놓았다.

그 말에 뱃사공은 아무 말을 못했다. 고개를 떨어뜨리고 시선을 피하는 것으로 보아 그 말이 옳다고 생각하는 모양이었다.

한참 뒤 천 환짜리를 해용에게 돌려 주었다.

해용의 손에는 물오리의 따뜻한 체온이 감촉되었다. 생명을 만지는 듯한 촉각이었다.

공포에 어린 눈을 껌벅일 뿐 꼼짝하지 않고 있는 물오리였다. 집안 생각도 처자 생각도 아무것도 생각지 않고 다만 죽음만을 직시하던 얼마 전의 자기와 꼭 같으리라 생각되는 물오리.

해용은 물오리를 물 위에 띄워 놓았다. 공중으로 날렸다가는 혹시 기운 잃은 그것이 수면에 떨어져 낙성하지나 않을까 하는 생각에서였다.

물 위에 뜬 물오리는 잠시 이쪽을 바라보고 있었다. 의혹이라기보다도 무감각 상태에 빠진 눈이었다.

날아갈 생각도 안 했다. 물결에 휩쓸려 물결과 함께 움직일 따름이었다.

해용은 물오리가 원기를 소생하여 날아가는 것이 보고 싶었다. 그러나 좀체로 날지 않았다.

앞으로 나아가고 있는 배가 물오리와의 거리를 점점 멀리했다. 오십 미터쯤 배가 전진을 했는데도 물오리는 앉은 자리에서 움직이지를 않았다.

해용은 빨리 날아가라고 소리라도 치고 싶었으나 멀어지는 물오리를 웅

시할 뿐 입을 열지 못했다.

배가 백 미터쯤 전진했을 때였다. 그때야 푸드득 소리를 내며 물오리가 수면에서 날개를 치고 하늘로 날기를 시작했다.

날기를 시작한 물오리는 수직선에 가까운 각도를 취하고 하늘을 향했다. 하늘의 끝까지 날을 작정인 모양이었다.

하늘을 향해 수직선을 그으며 날아가던 물오리가 감감한 공중에 올라가서야 방향을 바꾸고 수면을 따르기 시작했다.

해용은 미소를 띠었다. 쑥스럽거나 부끄러운 감정이 조금도 섞이지 않은 순수한 미소였다.

길가에 쓰러져 있는 거지애에게는 쑥스러운 생각이 들어 외면을 해 오던 해용이었지만 자기 손으로 놓아 준 물오리가 공중을 날아가는 데 미소를 지을 수 있는 해용—.

해용은 문득 신문에 쓸 기사의 제목을 생각했다.

'절박속의 순수.'

그때 뱃사공이 비행기처럼 공중을 날고 있는 물오리를 향해 손뼉을 치고 있었다.

(원제) 절박 속의 순수, (원)《신태양》 1958. 6.

「사람과 물오리」로 개제(연도 출전 불명).

몽현기(夢現記)

6·25 동란 서울을 도망쳐 고향인 P항구로 돌아가던 때부터 9·28까지의 몇 달 동안 창숙은 자기가 갑자기 어른이 된 것 같음을 느꼈다. 이때까지 한 번도 생각해 보지 못했던 죽음과 삶에 대하여 창숙은 얼마나 심한 것을 느꼈던가?

서울서 P항구까지 천릿길을 이십여 일이나 괴뢰군의 눈을 피하며 산 속을 헤매던 때 열아홉 살밖에 안 된 창숙은 몇 번이나 합장을 하고 기도를 드렸는지 모른다. 생명에 대한 애착이었다.

그리고 죽어도 고향에 가서 죽기를 얼마나 바랐는지 모른다. 그것은 부모에 대한 애정이었다.

목숨이 붙어 있기 때문에 살아 있는 것이라고도 생각해 왔지만 그전엔 목숨에 대한 애착심을 몰랐던 창숙이었다. 부모의 애정 속에 무서운 것을 모르고 자라 왔건만 그 애정의 따뜻함을 느끼지 못하며 살아 온 창숙이기도 했다.

동란 동안 지하실에 감추어 두었던 나머지의 습기찬 책들을 햇볕에 말리고 떨어져나간 책뚜껑을 풀칠하고 있는 창숙은 아버지의 살에 닿았던 옷을 꿰매기나 하듯 그 손을 조심스럽게 움직였다.

책장 한 장마다 아버지의 체온이 스며들어 있는 것 같아 습기에 부풀어오른 책들을 함부로 다룰 수가 없었던 것이다.

곰팡이를 터는 걸레도 깨끗한 것으로 했다. 비록 못 입게 되었다 해도 깨끗하게 빨아 놓은 흰 와이셔츠로 곰팡이를 쓸었으며 한 권씩 쓸고 난 뒤에는 반드시 그 걸레를 힘껏 턴 뒤에야 다른 책을 닦았던 것이다. 책이 귀해서가 아니었다. 아버지의 정을 가슴 속에 느끼는 마음에서였다.

9·28이 되고 피난 갔던 아버지와 오빠가 돌아온 뒤 며칠 동안 창숙의 임무는 책을 말리는 일이었다.

따뜻한 햇볕에서 책을 말리고 곰팡이를 쓸고 있을 때였다.

육군 장교 한 명이 아버지를 찾아와 이야기를 하고 갔다. 창숙은 그 육군 장교가 찾아올 때 일부러 외면을 해 버렸다. 다 큰 처녀가 함부로 남과 대면할 수 없다는 생각에서였다. 그렇기 때문에 그 장교의 얼굴도 보지를 못했다.

그런데 다음 날 현관 옆 빈방으로 그 장교가 이사를 왔다는 것이었다.

그래도 창숙은 그 장교가 어떻게 생긴 사람인가 알아볼 생각을 안 했다.

알아보는 것만도 부끄러운 일인 것 같았고 또 물어 본댔자 하등 소용이 없는 일인 것 같았던 것이다.

장교가 이사 온 다음 날 오후 햇볕에 말린 책들을 응접실 책꽂이에 꽂아 놓고 아버지가 좋아했다는 니체의 철학책을 읽고 있을 때였다.

현관문이 사르르 열리는 소리가 들렸다. 그리고 발끝으로 복도를 걷는 발 소리가 들렸다. 그 뒤에는 장교가 들어 있는 방 미닫이 열리는 소리가 들렸다.

창숙은 그것이 육군 장교라고 생각했다. 그런데 적을 죽이고 살리고 하는 군인이 어찌하여 현관문도 소리를 나지 않게 여는 것이며 복도를 걷는데도 발끝으로 소리를 죽여 가며 걷는 것일까?

창숙은 이상한 생각이 들었다. 이상하다기보다도 그 육군 장교가 좋은 사람일 것이라는 생각을 했다.

얼굴도 보지 못했으나 확실히 좋은 사람일 것 같았다.

그런데 사흘째 되는 날이었다. 그 육군 장교가 출근을 하지 않고 누워 있었다.

연락병이 왔다 가고 간호병이 왔다 가는 것으로 보아 몸이 아픈 모양이었다.

창숙은 얼마 남지 않은 눅진 책들을 말리느라고 뜰 한가운데 앉아서 그 육군 장교의 동정을 살필 수가 있었다.

장교는 대단한 병이 아닌 모양이었다.

간호병(여자 군인)과 재미있게 이야기하는 소리가 들렸다.

간호병이 꽃을 가져다가 병에 꽂아 놓은 모양이었다.

"참 좋군……."

하는 소리가 들릴 때 창숙은 자기도 모르는 새 몸을 일으켜 장교의 방 안을 엿보았다.

맥주병 같은 데 코스모스와 국화가 빽빽하게 꽂혀 있었다.

꽃병을 보고 난 창숙은 다시 책 옆에 앉으며 뜰 안에 무성하게 핀 코스모스와 국화를 바라보았다. 그리고 바로 뜰 안에 피어 있는 꽃이 얼마든지 있는데 간호병들은 어째서 꽃을 일부러 꺾어 가지고 왔을까 생각했다.

창숙은 그것이 하나의 질투라는 것을 알지 못했다.

다음 날이었다.

몸이 아파 출근을 못하는 동안만은 부대에 가서 식사를 할 수가 없기 때문에 집에서 밥을 제공하기로 했다.

그런데 점심때가 되자 어머니가 창숙에게 장교의 밥상을 갖다 주라고 했다. 식모가 찬거리를 사러 시장에 가고 없었기 때문이었다.

그러나 창숙은 싫다고 했다. 간호병들이 와서 놀던 방에 자기가 들어간다는 것이 께름칙했던 것이다.

그렇다고 해서 그런 말은 할 수 없고 그냥 싫다고만 했다.

"애두! 벌써 뭐가 부끄러워 그런 심부름도 안 할려구 그러니?"

어머니가 창숙을 어린애로 취급하며 말 안 듣는 애는 나쁜 애라는 듯이 말했다.

그 말을 듣자 창숙은 아무 말도 않고 밥상을 차려 가지고 장교 방으로 갔다.

미닫이가 닫혀 있었다.

창숙은 밥상을 복도에 놓고 노크를 했다. 말로 미닫이를 열어 달랄 수가 없었던 것이다.

그런데 노크를 했는데도 대답이 없었다. 창숙은 두 번째 노크를 했다. 그래도 대답이 없었다.

창숙은 세 번째에도 대답이 없을 것 같은 생각을 하면서도 문을 힘껏 두들기지 못했다. 겨우 소리가 날 정도로 노크를 했는데 이번에는,

"예——."

하는 대답소리가 들렸다.

창숙은 대답소리가 나자 갑자기 얼굴이 빨개졌고 동시에 자기도 모르는 동작으로 미닫이를 콱 열었다. 미닫이를 열자 밥상을 들고 방 안으로 들어갔다.

장교는 야전 침대 위에 누워 있다가 창숙을 보고 놀란 표정으로 벌떡 일어났다. 담요로 아랫도리를 감추는 것이 몹시 당황해하는 것처럼 보였다.

창숙도 당황했다. 어떻게 밥상을 놓았는지 수저가 소리를 냈다. 소리를 낸 수저가 방바닥에 떨어지지는 않았지만 밥상에서 굴러 함부로 놓여졌다.

그러나 창숙은 흩어진 수저를 간추려 놓을 경황도 없이 그 방을 뛰쳐나왔다.

그 방을 나와서는 뜰로 나갔다. 뜰에 나가서는 아름답게 핀 코스모스와 국화를 바라보았다. 장교의 방에 꽂힌 꽃들이 시들어졌을 것이라 생각했다.

뜰에 피어 있는 꽃을 꺾어다 꽂아 주었으면 하는 생각도 했다. 그러나 창숙은 한 송이도 꺾지 않았다. 간호병들이 갖다 놓은 병에 왜 자기가 자기 꽃을 꽂아 주랴 하는 생각에서였다.

나흘째 되는 날이었다.

부대에 나갔던 장교가 돌아와서 서울로 이동하게 되었다는 말을 했다.

닷새째 되는 날 아침 아버지가 어머니에게 이런 말을 했다.

"서 대위가 내일 출발한다는데 오늘 저녁에는 음식을 좀 특별히 준비하시오. 며칠 안 되는 동안이지만 서 대위와는 정이 들었어. 사람이 참 착해."

그래서 어머니는 식모와 창숙에게 시장에 가서 무엇 무엇을 사 오라고 명령했다.

창숙이 커다란 장바구니를 들고 현관문을 나서려 할 때였다. 뜻밖에도 서

대위가 자기 방 미닫이를 열고,

"나 좀 봐──."

하고 창숙을 불렀다.

창숙은 서 대위가 부르는 것을 등으로 알고 얼굴이 붉어졌으나 뒤를 돌아보았다.

"이것 받아."

서 대위가 내민 것은 봉투였다.

창숙은 영문도 모르고 봉투를 받았다.

그리고는 현관문을 나서서 봉투를 겉으로 만져 보았다. 편지 아닌 것이 들어 있는 것 같았기 때문이었다.

과연 그 속에는 만년필이 들어 있었다. 물론 편지도 있었지만──.

그러나 창숙은 만년필만 꺼내어 보았다. 고급 만년필이었다. 서 대위가 쓰던 만년필이었으리라.

창숙은 세상에 나서 처음으로 값나고 소중한 물건을 소유했다는 즐거움을 느꼈다. 그러면서도 편지는 읽지 않았다. 오랫동안 가지고 있다가 읽어야 더 즐거울 것 같았던 것이다.

그래서 장을 다 보고 집으로 돌아와 편지를 읽으려고 응접실에 들어가려고 할 때였다.

미닫이를 열고 복도로 고개를 내민 서 대위가,

"나 좀 봐──."

하고 손짓을 했다.

창숙은 서 대위가 따로 할 말이 있는 것이라 생각하고 편지를 호주머니에 넣은 채 서 대위 방으로 들어갔다.

방 안에 들어가자 서 대위는,

"편지 읽었어?"

하고 물었다.

창숙은 편지를 아직도 안 읽었다는 것이 죄를 지은 것 같아 대답을 못하고 고개만 흔들었다.

“왜?”

“읽을 새가 없었어요.”

그러나 서 대위는 그 자리에서 편지를 읽으라고는 하지 않았다.

그 대신 창숙의 이야기를 묻기 시작했다. 어떤 학교에 다니고 있으며 나이는 몇 살이냐는 등.

창숙은 있는 그대로 설명했다.

그랬더니 서 대위는,

“내가 아는 여자로 6·25 때까지 E여자대학교에 다니던 여자가 있어. 풍편에 들으니까 죽었다나 봐. 창숙이 비슷하게 생겼댔지…….”
하고 창숙을 천천히 들여다보았다.

그 순간 서 대위의 눈동자는 정말 별처럼 반짝이었다. 몸이 눈 속으로 끌려들어갈 것 같은 빛나는 시선이었다.

창숙은 그 여자 이야기가 더 듣고 싶었다. 그것은 질투가 아니었다.

자기보다 오륙 년이나 위인 서 대위다. 나이 많은 남자.

나이가 많다는 것이 자기와의 거리를 멀리 해 주는 것 같았던 것이다.

그런데 말하자면 어른인 서 대위가 그런 여자 이야기까지 해 준다는 것이 즐거웠다. 자기를 어린애로 생각한다면 그런 이야기를 들려 줄 까닭이 없다.

서 대위는 어른, 자기는 소녀——. 그러한 생각이 해소되는 순간이었을지 모른다.

창숙은 그 여자 이야기가 더 듣고 싶어 그 여자의 나이를 물으려 했으나 그때는 창숙의 얼굴이 빨개져 입을 열 수가 없었다. 그런 것은 여자로서 삼가야 할 일일 것 같았던 것이다.

창숙이 입을 열지 못하고 있을 때 서 대위가,

“이제 서울을 수복했으니 학교에 다니러 가겠구만. 그때는 다시 만날 수 있겠지.”
하고 할 말을 다한 듯이 창 밖을 내다보았다.

창숙은 편지 못 읽은 것이 후회스러웠다. 편지만 읽었다면 반드시 할 말이 있을 것 같았던 것이다.

　창숙은 편지가 읽고 싶어 서 대위 방을 나와 응접실로 들어갔다.

　'얼마 안 되는 동안이지만 친절을 베풀어 준 고마움을 잊을 수 없소. 감사의 표시로 내가 애끼던 만년필을 주니 받아 주오.

　부대에서 일을 하면서도 곰곰이 생각한 끝에 이 편지를 쓰는 것이오. 어디를 가나 창숙을 잊지 않을 것이니 창숙이가 나를 미워하지만 않거든 회답을 써 주오.

　모르고 지난 지 나흘, 알고 지난 지 사흘—— 그러나 그것은 영원일지도 모를'것이오. 영원히 아름다운 꿈일지도 모르오.

서완구'

　편지를 다 읽은 창숙은 완구가 자기를 어린애로 취급하지 않은 것이 무엇보다도 기뻤다. 그리고 영원히 아름다운 꿈이란 말을 한 것이 그의 가슴을 설레이게 했다.

　창숙은 이제 자기가 여자로서 무엇이나 다 할 수 있는 나이가 되었음을 알았다.

　편지를 가슴에 안은 창숙의 눈에는 즐거운 눈물이 고여 있었다.

　중학교 3학년 때 처음으로 맨스를 하고 공포의 눈물을 흘린 일이 있다. 처녀로 성숙해 간다는 즐거움보다는 막연한 두려움에 가슴을 떨었던 것이다. 그러나 지금 소녀에서부터 성숙한 여자라는 것을 자각하는 순간 창숙은 두려움이 조금도 섞이지 않은 즐거움에 가슴을 떨었다.

　그 날 저녁 집안 식구가 한자리에 모여 서 대위와 소위 송별의 만찬을 했다.

　식사가 끝나자 서 대위를 중심으로 환담이 시작되었다.

　창숙은 서 대위 옆에 앉아 서 대위의 이야기를 듣는 것이 즐거웠다. 그러나 가슴 속에는 편지 회답을 써야 한다는 초조한 마음이 일시도 떠나지 않았다.

　내일 아침에는 떠나갈 서 대위. 떠나기 전에 회답을 써서 주어야 할 것이 아닌가?

그러나 이야기는 좀체로 끝나지가 않았다. 열 시가 지나서야 각기 자기 방으로 헤어졌다.

안방으로 들어온 창숙은 그때부터 회답을 쓰려고 했다. 그러나 아버지가 불을 끄고 일찍 자라는 명령을 내렸다. 옆방의 서 대위가 일찍 자야 일찍 일어난다는 것이었다.

명령을 어길 수가 없어 불을 껐다. 불을 껐으니 어떻게 편지를 쓸 수 있을 것인가?

창숙은 초를 찾아 가지고 몰래 응접실로 갔다. 삼면을 커다란 책으로 가리고 불빛이 흩어지지 않게 한 뒤 종이와 펜을 찾았다. 그러나 6·25 동란 내내 텅텅 비었던 응접실에 종이와 잉크가 있을 리 만무했다.

창숙은 책들을 뒤졌다. 아무것도 인쇄하지 않은 안표지 한 장을 뜯을 수 있었다.

그러나 잉크와 펜이 없으니 무엇으로 쓸 것인가?

창숙은 서 대위가 준 만년필을 생각하지 못했다. 어째서 그것이 생각나지 않았을까?

창숙은 책상 빼다지 속에서 먹 한 조각과 연필 꽁지 하나를 주웠다. 참으로 다행한 일이었다.

물을 떠다 책상 위에 몇 방울을 떨어뜨리고 책상 위에다 먹을 갈았다. 벼루는 찾을 생각도 할 수 없었던 것이다. 창숙은 연필 끝에 먹물을 묻혀 편지를 쓰기 시작했다.

'편지를 읽고 즐거웠습니다.'

이까지는 썼으나 무슨 말로 그 뒤를 계속해야 할지 통 생각이 나지 않았다.

사랑한다거나 그립다거나 한다는 말은 써서 안 되는 것 같았다. 그런 말을 쓸 나이가 채 못 된 것 같았던 것이다. 더구나 모르고 나흘, 알고 사흘 도합 일주일밖에 같이 있지 않은 사람에게 어찌 그런 말을 쓸 수 있을 것인가?

그렇다고 아무 의미도 없는 말을 쓰고 싶지는 않았다. 그래서 생각하던 끝에

　'생전 처음으로 느끼는 즐거움이었습니다. 장님이 눈을 뜬 것보다 더 즐거웠습니다. 그러나 그 이상 더 무슨 말을 쓰겠습니까?
　제가 푸르다는 것을 스스로 느꼈을 따름입니다. 하늘처럼 제가 푸른 것 같습니다. 그러니 선생님도 제가 푸르다는 것만 언제까지나 생각해 주십시오. 푸름을 잃어버리지 않겠습니다.
강창숙 올림'

　편지를 다 쓰고는 접어 가슴 속에 넣은 뒤 안방으로 들어갔다. 모든 식구가 잠들어 있었다.
　그러나 창숙은 완구의 편지와 그리고 자기가 쓴 편지를 한 줄 한 줄 외며 잠 한잠을 자지 못했다.
　다음 날 새벽에 일어난 창숙은 우선 완구의 방 앞으로 가서 미닫이를 살그머니 밀고 편지를 집어 넣었다.
　조반을 먹자 서 대위의 짐을 실으려고 스리쿼터가 왔다. 사병들이 짐을 실어 냈다.
　모든 식구가 나와서 금시 떠날 서 대위를 둘러쌌다.
　창숙은 서 대위와 작별인사도 할 기회가 없었다.
　짐을 다 실은 뒤 서 대위가 가족 전체를 향하여 모자를 벗고 절을 했다.
　그때 창숙은 그 인사가 자기에게 하는 것이라 생각했다. 따로 인사를 할 수가 없어서 전체에게 인사하는 척하면서도 마음으로는 자기만을 생각하는 것이려니 생각했다. 그래서 창숙은 머리를 숙이고
　'안녕히 ——.'
　속으로 인삿말을 보냈다. 그러면서도 자기 편지에 회답을 안 하고 가는 서 대위가 원망스러웠다. 다만 한 마디라도 적어 주어야 할 것이 아니겠는가?
　스리쿼터가 발동을 걸었다. 아주 떠나는 순간이다.

창숙은 눈물이 핑 돌아 몸을 돌렸다. 그때였다. 짐을 실으러 왔던 하사관 한 명이 창숙에게로 뛰어와서 종이 조각 하나를 주었다.

'믿음이 사랑, 사랑은 믿음.'

한 줄만이 씌어진 종이 조각이었다. 그러나 창숙은 기뻤다. 서 대위는 자기를 잊지 않고 있는 것이다.

'믿음이 사랑, 사랑은 믿음.'

그러니 서 대위는 자기를 믿고 있으며 또 사랑하고 있는 것이다.

서 대위가 떠난 뒤 일 년 동안 창숙은 애타는 나날을 보냈다. 부산으로 가서 피난학교에 편입하여 고등학교를 졸업하고 대학에 입학했으나 창숙은 서 대위 생각에 시험공부도 변변히 못했다.

대학교에 다니면서 서 대위를 그리워하는 시(詩)를 몇 편이나 썼는지 모른다.

그러나 서 대위에게서는 아무 소식도 없었다.

거리에 나갈 때마다 서 대위를 만나지나 않나 하고 가슴을 졸인 것은 일이 년 동안만이 아니었다. 팔 년이 지난 오늘까지 계속되고 있다.

대학교 4학년 때 어떤 남자에게서 결혼 프로포즈를 받았고 그 남자와 교제도 해 보았으나 결국은 서 대위의 환영 때문에 결혼이 성립되지 않고 말았다.

'서완구……'

그도 자기를 잊지 못하고 있으리라. 그러기를 사 년째 되던 겨울 그는 P항구로 창숙의 집을 찾아왔다. 그러나 창숙을 만나러 왔다는 것을 말할 수가 없었던지 창숙의 아버지와 오빠만을 만나 옛날에 신세를 졌다는 인사를 한 뒤 그냥 돌아가고 말았던 것이다.

그때 그는 제대했다고 한다. 그러나 군인을 지낸 사람이 어쩌면 그렇게까지 용기가 없었을까? 만약 그때 창숙의 소식을 묻고 학교 이름만 알고 갔다면 두 사람의 사랑에는 꽃이 피었을 것이 아니겠는가?

환도를 해서 대학교를 졸업하고 여자고등학교에 취직한 뒤에도 창숙은 완구를 잊지 못했다.

그러나 완구가 옛날의 완구 그대로 있으리라고는 생각되지 않았다.

E여자대학교에 다녔다는 그 여자도 영영 죽고 말았는지? 그러나 딴 여자하고라도 결혼을 하고야 말았을 것이다. 결혼을 했다면 어린애가 몇씩 있을지도 모른다.

그러나 창숙의 눈앞에 나타나는 완구는 고향에서 보던 얼굴 그대로였다. 주름살 하나 잡히지 않은 윤기 있는 얼굴과 그 별처럼 빛나던 눈동자였다.

'믿음은 사랑.'

마지막 쪽지에 썼던 그 말이 잊히지가 않았다. 아직까지도 자기를 믿고 자기를 사랑하리라고는 생각지 않으면서도 그 말이 죽지 않고 머릿속에 살아 있는 것이다.

창숙은 지금 스물일곱. 남들이 올드 미스라고 한다. 그러나 창숙은 자기 자신을 아직 푸르다고 생각하고 있다. 완구에게 편지를 쓰던 그때와 꼭같이 푸르다고 생각하는 것이었다. 그러나 완구는 '믿음'을 잃어버리고 있을 것만 같았다.

수업을 끝내고 하숙집으로 돌아오려고 할 어떤 날 오후였다.

미술선생 명욱이가,

"강 선생! 같이 나갑시다."

하고 소리를 질렀다.

창숙이가 제일 싫어하는 선생이다. 명욱은 실내화인 고무 운동화를 신고도 어떻게 발소리를 내는지 모른다. 말발굽 소리처럼 마루를 울리며 걷는다.

그렇게 우습지도 않은 일에 소리를 내어 웃기를 잘한다. 웃기 시작하면 유리창이 울릴 만큼 커다랗게 소리를 낸다. 그림은 잘 그리는지 모르지만 화가 티를 내느라고 머리를 덥수룩이 기르고 있다. 어떤 때는 베레를 쓰고 다니기도 한다.

완구와 너무도 차이가 나는 사람이다. 그러한 명욱이 소리를 지르며 창숙이와 같이 나가자고 했다. 그렇게 말할 아무 관계도 없는 사람이다.

창숙은 못 들은 척하고 혼자서 사무실을 나오기 시작했다.

그때 명욱이가 뒤따라오며

"같이 가자는데 듣지 못했어요?"

했다.

창숙은 딴 선생들이 있는 데서 명욱과 승강이가 하기 싫어 못 들은 척 현관을 향해 걸었다.

말발굽 소리 같은 명욱의 발소리가 뒤에서 들려 왔다. 체면도 없이 같이 가자고 소리를 지른 명욱이가 자기를 모욕하는 것 같아 분한 생각이 들어서 그런지 발소리가 유달리 신경을 쑤셨다.

'저런 사람이 어디 있을까?'

창숙은 혼자 속으로 뇌까리며 현관 안으로 실내화를 벗고 구두를 갈아 신었다.

구두를 신고는 그냥 모르는 척 운동장을 걸어 나오고 있을 때 명욱이,

"바쁘신 일이 있어요?"

하고 마치 쌀쌀한 이유를 모르겠다는 표정을 지으며 물었다.

창숙은 그 말에도 대답할 의무를 느끼지 않았다. 그래서 명욱을 못마땅한 눈으로 흘겨보기만 했다. 그랬더니 명욱이,

"그럴 거 없지 않아요? 같이 가서 차나 한 잔 사겠다는데……."

도리어 창숙을 못마땅하게 말했다.

"저, 차 마시고 싶지 않아요."

창숙은 무언으로 명욱을 떨쳐 버리기가 곤란할 것 같다. 처음으로 입을 열었다.

"너무 재지 말아요."

무슨 권리로 이런 말을 하는지 몰랐다. 창숙은 그저 불쾌하기만 했다.

교문을 나와 큰길로 나왔을 때였다. 바로 길가에 있는 다방 앞을 지나려 할 때 명욱이 창숙을 밀다시피 다방으로 몰아 넣었다.

차를 사겠다는데 그렇게까지 잴 것이 없지 않느냐 하는 것이 명욱이 창숙을 다방까지 몰아 넣는 구실이었다.

창숙은 승강이를 하는 것이 더욱 창피스러울 것 같아 할 수 없이 다방까지 들어갔다.

다방에 들어가자 명욱은 금시 레지를 불러 놓고 창숙에게,

"무얼 드실까요?"

하고 물었다.

창숙은 먹고 싶은 것도 없어 잠잠히 있으려니까 명욱이가,

"제일 비싼 것으로 가져와. 파인쥬스 있나?"

하고 레지를 쳐다보았다. 레지가 고개를 끄덕이고 돌아가자 명욱은 창숙에게,

"하숙하고 계시다지요? 나도 하숙생활을 하고 있는데 지금 있는 데가 지저분해서 이사를 할 생각이지요. 그 근처에 좋은 집 있거든 하나 소개해 주십시오."

하고 말했다.

"그런 걸 내가 어떻게 알아요?"

"모르시면 할 수 없지요."

명욱은 그것으로 하숙 이야기를 끝낸 뒤,

"그림을 좋아하지 않으세요?"

하고 딴 이야기를 꺼냈다. 창숙은 어디까지나 냉정한 태도를 보여야 한다는 생각에,

"통 좋아하지 않아요."

하고 대답했다.

"그림을 몰라서야 현대인이랄 수가 있나요! 내일부터는 그림 강의를 좀 해 드려야겠군……."

"안 들어도 좋아요. 그림과는 거리가 먼 사람이니까요."

"이야기를 듣고 자주 보면 좋아지는 겁니다. 특히 현대 여성은 색채에 민감해야 하는 것이니까, 미술을 몰르고야 무식을 면할 수 없지요?"

"무식해도 좋아요."

창숙은 그 미술선생과는 어떤 인연도 맺고 싶지 않았다.

설사 미술을 몰라서 무식한 층에 속하는 사람이 된다고 해도 그 미술선생에게는 미술 이야기를 듣지 않을 생각이었다. 그러나 미술선생은

"그럼 다 틀렸군! 나는 그래도 강 선생에게 프로포즈를 한 번 해 볼까 했는데……."

하고 담배를 피워 물었다. 미술에 대해서 흥미가 없다는 말에 실망을 느낀 모양이었다. 창숙은 한 마디 해 주고 싶었다. 떡 줄 사람은 생각도 않는데 김칫국부터 마시는 사람이라고——. 그러나 저편에서 이미 단념한 것처럼 말하는데야 더 긴말을 할 필요가 없다고 생각했다.

파인쥬스를 마시고, 쥬스값을 꺼내 테이블 위에 놓고 일어섰다. 제일 비싸다는 파인쥬스를 미술선생에게 얻어먹고 싶지가 않았던 것이다. 미술선생은,

"쥬스값입니까?"

하고 야릇한 눈초리를 던졌다.

"네."

그랬더니 미술선생은 잠시 무엇을 생각하다가,

"이왕이면 두 잔 값을 다 내시지요. 무척 인색하신데……."

하는 것이었다. 그러나 창숙은 그의 쥬스값까지 내고 싶지는 않았다.

"내가 오자고 한 것은 아니니까 내 것만 내겠어요."

"그래요? 이백 환 굳었군……."

미술선생은 창숙의 돈을 집어 가지고 레지에게로 갔다.

그새 창숙은 먼저 다방을 나와 인사도 없이 집으로 돌아왔다. 다음 날부터 창숙은 교원실에서 미술선생과 시선이 마주쳐도 본 척을 안 했다. 그 웃음소리와 그 발소리만 들어도 등골이 싸늘해질 정도로 그가 미웠던 것이다.

미술선생도 창숙에게 말을 건네는 일이 별로 없었지만 창숙은 미술선생이 교실에서 나오는 발소리를 들을 때마다 완구를 생각했다. 발소리를 죽여가며 걷던 완구!

그는 지금 어디서 무엇을 하고 있을까? 죽기 전에 또 한 번이라도 만났으면 하는 생각이 들었다.

그와 결혼하리라는 생각은 가질 수 없다 해도 만날 기회가 언제든 한 번쯤은 있음직도 하지 않은가?

그런 기회가 오기만 한다면 자기는 스물일곱 살까지 그를 위하여 푸름을

간직하고 있었다는 것을 알려 주고 싶었다. 그것만으로 족할 것 같았다. 자기가 처음으로 사랑한 사람—— 자기 마음 속에 믿음이라는 것을 넣어 준 사람—— 그 사람에게 믿음을 배반하지 않았다는 것만 알려 준다면 그 뒤는 아무래도 좋을 것 같았다. 그러나 팔 년 동안 기다려도 나타나지 않은 완구가 창숙의 그러한 기원을 풀어 주기 위해 나타날 리는 없었다.

창숙은 고독을 느꼈다. 최후의 기원도 이룰 수 없다는 고독이었다. 창숙은 '완구가 아니라도 좋다고 생각했다. 완구와 비슷한 사람만이라도 나타나기를 바랐다. 그런 사람이 나타나기만 하면 창숙은 완구라는 사람을 위하여 자기가 스물일곱 살까지 푸름을 지켜 왔다고 자랑을 해 주고 싶었다. 그리고 그 남자와 결혼을 하고 싶었다. 그러나 그런 사람도 나타나지를 않았다. 완구와 비슷한 사람마저 평생 나타날 것 같지 않은 심정이었다.

어쩌면 그럴까? 자기의 교제 범위가 너무나 좁기 때문일까? 창숙은 미술 선생 같은 사람도 세상에는 그리 많으리라고 생각지 않았다. 그러나 자기에게 결혼을 프로포즈할 사람은 어쩐지 전부가 미술 선생 같은 남자일 것만 같았다.

창숙은 자기가 평생 결혼을 못하는 것이나 아닌가 생각했다. 그런 며칠 뒤 창숙에게로 전화가 왔다. 남자에게서였다. 창숙은 혹시나 완구에게서 온 것이나 아닌가 하고 가슴을 조이며 수화기를 들었다.

"저, 강창숙입니다."

창숙은 일부러 자기 이름을 똑똑히 발음했다. 그때 저편에서,

"나, 서완구라는 사람입니다. 혹시 기억이 나시는지요?"

하는 것이 아닌가?

창숙은 반가웠다. 왜 잊어버렸겠느냐고 소리라도 지르고 싶었다. 그러나 '혹시 기억이 나시는지요?' 하는 말이 그의 가슴을 꽉 막히게 했다. 팔 년 동안이나 기다리고 있은 사람에게 첫마디 말이 그런 것일 수 있겠는가?

"글쎄요? 어디서 뵌 분인지요?"

창숙은 완구의 말대로 기억이 희미한 것처럼 말을 해 버렸다. 그랬더니 완구는 팔 년 전 P항구에서 창숙의 집에 일주일 동안 묵은 일이 있는 사람

이라고 자기를 설명했다. 그때 창숙은,

"그럼 서 대위님이시로군요? 참 오래간만인데요."

하고 대답했다.

"저도 지금 학교 선생 노릇을 하고 있는데 아는 친구를 통해 미스 강이 거기 계시다는 것을 알고 전화를 걸어 본 겁니다."

완구는 자기가 미혼이라는 것까지 알고 있는 모양이었다. 그래서 창숙은 미혼 여자보고 미스라고 하는 대신 미혼 남자에게 부르는 명칭이 없는가 생각해 보았다. 생각날 리가 없었다. 그래서,

"제가 여기 있는 걸 언제 아셨어요?"

하고 딴 말을 물었다.

"한 보름쯤 됩니다."

이 말에 창숙은 그만 실망을 느끼고 말았다.

"그런데 왜 이제야 전화를 거세요?"

"혹시 나를 잊어버리고 계시지나 않나 해서……."

"네……."

"언제 틈을 내실 수 없을까요? 옛날 이야기라도 한 번 해 보게……."

창숙은 잠시 생각했다. 자기의 거처를 알고도 보름 동안이나 전화를 걸어 주지 않은 완구다. 그런 사람에게 팔 년 동안이나 그를 생각하며 푸름을 지켜 왔다는 말을 해도 좋을 것인가? 그런 말을 해 줄 가치가 있는 사람 같지가 않았다.

창숙이 대답을 못하고 있을 때 완구가,

"아직 결혼을 안 하셨다지요?"

하고 물었다.

"예 ── . 그렇지만 곧 할까 해요."

창숙은 어떻게 이런 말을 할 수 있는 용기가 솟아났는지 모른다. 그때 완구가

"그래요. 그럼 많이 바쁘시겠군요?"

하고 힘이 없는 어조로 물었다.

"바쁘면 아는 사람 만날 새도 없나요?"

이 말에 완구는 창숙이 약혼을 한 것이 분명하다고 단정했던지

"미스 강의 행복을 빌겠습니다."

하고 말했다. 창숙은 그 말에 아무 대답도 않고 어떤 학교에 근무하느냐는 말만 물었다. 완구는 자기 학교 이름을 말해 주었다. 그리고는 전화를 끊었다.

그 뒤 창숙은 며칠을 두고 생각했다. 완구는 아직 결혼을 안 했을지도 모른다. 그러나 팔 년 동안이나 잊지 못하고 있던 완구라 해도 그와 결혼할 마음이 앞서지가 않았던 것이다. 자기는 오로지 그를 생각하는 마음에서 자기를 지켜 왔건만 기억을 하고 있느냐고 묻던 말, 그리고 거처를 알고도 보름 동안 전화를 걸지 않았던 것을 생각할 때 그는 자기를 믿지 않고 있었음이 분명했다. 자기를 믿지 못하는 사람에게 자기의 과거를 보고해 줄 가치조차 느끼지 못한 것이었다.

그러나 사흘이 지난 어떤 날 창숙은 완구에게 전화를 걸고 한 번 만나자고 했다. 아무래도 한 번쯤 만나는 봐야 할 것 같았다. 얼마나 그리워하던 사람인가?

다음 날 어떤 다방에서 완구를 만났을 때였다. 창숙은 어떻게도 할 수 없는 비애를 느끼고 말았다. 어쩌면 완구의 키가 그리도 작은 것인가? 팔 년 전에는 그의 키가 작다는 것을 조금도 느끼지 않았었다. 그런데 그새 키가 줄었단 말인가? 그렇지 않으면 창숙의 키가 커졌다는 말인가? 어쨌든 창숙은 완구의 키가 작은 데 놀라고 말았다. 사실은 키가 작은 편이기도 했으나 몸이 가늘어 더욱 작게 보였을지 모른다. 완구는 팔 년 전보다 몸이 작아진 것만은 사실이었다. 얼굴에 살 한 점이 없었다. 그뿐 아니라,

"E여자대학에 다녔다던 그분은 정말 돌아가셨나요?"

하고 물었을 때,

"확실히 죽었습니다."

하며 수심에 찬 듯한 얼굴로 대답하는 것을 보자 창숙은 완구가 진심으로 자기를 사랑한 것이 아닐지도 모른다는 생각을 했다. 자기 얼굴에다 그 여

자의 환상을 살리기 위해 임시로 자기를 이용했을지도 모른다.

"안됐군요! 마음 아프시겠습니다."

"할 수 없지요. 6·25가 가져다 준 비극이니까……."

완구는 그 여자의 죽음을 슬퍼하는 데 조금도 숨김이 없었다. 확실히 완구는 그 여자를 사랑했다. 그 여자를 그리워하는 마음을 창숙에게 한 번 비쳐 보았을 뿐이다. 창숙은 팔 년 동안 헛생각을 하며 살았다고 생각했다. 그때 완구가,

"그 동안 나는 미스 강을 잊지 못했어……."

하고 말했다. 애절한 하소를 하는 표정이었다.

E여자대학생이 죽었으니 창숙을 생각했을지 모른다. 그러나 창숙은

"고맙습니다."

했을 뿐이었다. 그 기회에 자기도 완구를 잊지 않고 있었다고 한 마디쯤 해 주고 싶었으나 끝내 그 말은 안 하고 말았다.

그 뒤 완구는 팔 년 전의 일을 회상하며 여러 가지 말을 했으나 창숙은 아무 흥미도 느끼지 못했다. 완구와 작별하고 하숙으로 돌아올 때 창숙은 혼자 생각했다.

'결국 내가 변한 것이지…….'

완구는 조금도 변하지 않았을지 모른다. E여자대학생이 죽었다는 것을 확인하기 전부터 완구는 자기를 사랑했다. 아직도 자기를 사랑하고 있는지 모른다. 그러나 그를 사랑할 수 없는 자기다. 팔 년 만에 전화를 걸면서도 혹시 기억이 나느냐고 희미하게 물은 것이나 거처를 알고도 보름이나 있다가 전화를 건 것 모두가 소리를 죽여 가며 걷는 그의 성격과 합치되는 행동이 아니겠는가? 그런데도 완구에 대한 마음이 달라졌다는 것은 확실히 창숙 자신에게 변동이 있기 때문일 것이다.

이렇게 생각하면서도 창숙은,

"푸름, 누구를 위한 푸름이었던가 ── ."

하고 되뇌이는 것이었다.

(원) 《여원》 1958. 6.

지붕 밑

승표(承杓)는 그래도 아버지 편이었다. 그러기에 아버지를 버리고 나간 어머니가 만날 때마다 승표를 자기에게로 오라 했으나 승표는 어머니에게로 가지 않고 아버지와 삼 년 동안이나 함께 살고 있다.

승표는 돈이 아쉬울 때마다 어머니를 찾아가서 용돈을 타다 쓰면서도 어머니는 어머니로서의 정을 포기한 여자라 생각하고 있었다.

그것은 그가 열아홉 살이던 고등학교 3학년 때 어머니가 아버지를 헌신짝처럼 버렸고 또 자기 자식들을 칼로 자르듯 떼 버린 그때의 감정이 아직도 머릿속에 남아 있기 때문이었다.

당시 승표는 어머니의 애정이란 절대적인 것이라고 생각하고 있었다. 나이 사십이 다 된 여자다. 비록 남편에 대한 불만이 있다 해도 자식들을 위하여 희생하는 마음을 가져야 하는 것이라 생각했던 것이다. 그래서 자식들에 대한 애정도 돌보지 않고 집을 나간 어머니를 증오로 대했고 홀로 남게 된 아버지를 동정하는 마음으로 대했었다.

승표가 대학에 입학하고 3학년생이 되는 동안 연애를 한두 번 해 봄으로 어머니를 어머니만으로 보지 않고 여성으로 보는 눈이 새로 생기기는 했지만 삼 년 전의 증오심이 아직도 머릿속에 남아 있는 때문인지 어머니에게 갈 마음을 가지지 못했었다.

그러나 최근에 와서는 갑자기 어머니에 대한 증오심이 동정으로 변하고 아버지에 대한 동정심이 증오로 변하여 차라리 어머니에게로 가는 것이 자기를 위하여 유리한 일이나 아닐까 하고 생각하기 시작했다.

더구나 자식들을 위하여 평생 재혼을 안 한다고 하던 아버지가 몇 달 전 놀아 먹던 젊은 여자를 집에 데리고 온 뒤부터 승표는 아버지를 경멸하기 시작했다.

자기와 나이가 한두 살밖에 차이가 없는 여자를 더구나 소행이 좋지 않은 그런 여자를 데려다가 어머니라 부르게 하는 아버지를 경멸하는 것은 다 큰 자식으로서 어쩔 수 없는 일이라 생각했다.

아버지를 경멸하기 시작하자 승표는 어머니의 행동을 이해하게 되었고 나아가서는 경멸받을 인격의 소유자로부터 일찌감치 떠나간 어머니를 현명하다고 생각하게까지 되었다. 그러면서도 승표는 아버지에 대한 의리로 아버지 밑을 떠나서는 안 되는 것이라 생각해 왔다.

성격적으로 아버지와 맞지가 않았다.

아버지의 행동이 비위에 맞지 않았다. 그러나 승표는 아버지를 자기 마음의 보루(堡壘)로 생각했다. 아버지를 떠난다는 것은 자기가 세상에 가장 큰 반역을 행하는 일이라 생각했다. 그래서 어머니가 자기에게 오란 말을 계속적으로 하고 있고 자기 역시 아버지에 대한 불만이 적지 않으나 아버지를 배반하려는 생각만은 가지려 하지 않았다.

그러나 요 며칠 전 경옥이가 집으로 찾아왔을 때였다.

그 전에도 몇 번 찾아왔었지만 아버지가 집에 있을 때 온 것은 이것이 처음이었다. 새로 들어온 계모에게 이야기만 들었을 때도 아버지는 젊은 여자가 남자의 집을 찾아다니는 법이 어디 있느냐고 꾸중을 해 왔다. 그런데 이날은 공교롭게도 아버지가 집에 있을 때 경옥이 찾아왔으니 승표의 가슴이 약간 떨리지 않을 수 없었다.

아버지는 남이 있건 없건 떠들고 싶은 대로 떠들고야 마는 성격이다. 만약 경옥 앞에서, 경옥이가 창피할 정도로 떠들어대면 어떻게 하나…….

승표는 목소리를 죽여 가며 안방에 귀를 기울였다. 경옥이가 온 것을 알고 있는 아버지니만큼 무슨 소리든 하고야 말 것이다.

잠시 동안은 아무런 말이 없었다. 승표는 아버지가 아직 모르고 있는가도 생각했다. 그래서 아버지 모르게 경옥을 돌려 보낼까 하고도 생각해 보았다. 불안한 분위기 속에 있느니보다는 차라리 돌려 보내는 것이 마음 편할 것 같았던 것이다.

그러나 승표는 그럴 수는 없다고 생각했다. 못할 짓을 하는 것이 아닌 이상 아버지의 눈을 피하는 그런 행동은 할 수가 없다. 더구나 경옥에게 돌아가 달라고 말할 이유가 생각나지 않았다.

아버지가 완고하니까 뭐라고 말하기 전에 돌아가는 것이 좋겠다는 말은 차마 할 수가 없었다. 그밖에 달리 꾸며 댈 말은 더욱 없다.

승표는 견디어 보는 수밖에 없었다. 아버지가 뭐라고 하면 그때 가서 적당한 조치를 취하면 된다. 지금부터 미리 겁낼 것은 없다고 생각했다.

"미스 손, 우리 내일 어디 놀러 갈까?"

놀러 가고 싶은 생각에서가 아니라 따분한 분위기를 메우기 위해 일부러 꾸며 댄 말이었다.

"어디루요?"

"글쎄……."

승표는 왼편 손바닥에 침을 뱉고 오른편 두 손가락으로 그것을 딱 쳤다. 침이 동쪽으로 튀어갔다.

"동쪽으로……."

"동쪽이면 어딘데요?"

경옥은 승표의 행이 우스워 견딜 수 없었으나 웃음을 참아 가며 물었다.

"동쪽이면 청량리 방향이지 그러니까 동구능, 금곡, 다 동쪽 아냐?"

"그럼 금곡으루 갈까요?"

"글쎄……."

계획이 있어서 꺼냈던 말이 아닌 만큼 승표는 어물거리지 않을 수 없었다.

바로 그때였다. 안방에서,

"승표야 ──."

하는 소리가 창문을 울렸다.

승표는 올 때가 왔다고 생각했다. 그러나 두 번째 부를 때까지 그는 대답을 안 했다. 두 번째 고함소리가 날 때야,

"네."

하고 대답했으나 몸은 움직이지 않았다.

"누가 왔니?"

안방에 들어서기가 바쁘게 아버지가 고함을 치기 시작했다.

승표가 아무 대답도 안 하자,

"요전에 애비가 한 말을 잊었니? 글쎄 계집애가 사내 집을 찾아다니는 법이 어디 있단 말이냐? 빨리 돌려 보내!"

하고 아버지가 호령을 했다.

승표는 아버지가 그런다고 해서 경옥을 돌려 보낼 수는 없었다. 그렇다고 아버지와 승강이 할 수도 없었다. 그저 잠자코 있어야만 했다.

승표가 아무 말도 안 하고 있을 때 아버지가,

"그래, 넌 그 애하고 결혼을 할 셈이냐?"

하고 물었다. 그 말에만은 대답 안 할 수가 없었다.

"결혼 같은 건 생각지 않아요."

"그럼 결혼도 안 할 계집애를 집으로 끌구 다녀? 정말 집안 망신을 톡톡히 시키고야 말 작정이구나? 응."

"결혼 안 할 여자하고는 같이 놀지도 못하나요?"

"그럼 결혼을 생각지 않고 어떻게 여자와 사귄단 말이냐?"

"전 아직 결혼이란 걸 생각지 않구 있어요."

"그럼 결혼할 생각두 않는 여자를 집으루 데리고 오면 어떡하느냐 말이다. 철이 없어두 분수가 있지. 그래, 애비 에미가 결혼두 안 할 여자를 네 애인으로 인정을 해야만 하니?"

"누가 인정을 해 달랬어요?"

"그래 집에 찾아오는 걸 보구두 그냥 내버려 두면 그게 인정하는 거지 뭐냐?"

"아는 동문데 집에 놀러 오지두 못해요?"

"아는 동무? 말 같지도 않는 소리 말어, 계집애가 동무야?"

"그 이상 아무것도 아녜요."

"아무거래두 좋다. 좌우간 집에 오질 못하게 해. 만나고 싶거든 밖에서 만나란 말야, 나는 그 꼴 못 보겠으니!"

"밖에서 만날라면 돈이 있어야 하지 않아요?"

"돈? 네 에미한테 가서 달래렴."

승표는 참을 수가 없었다. 아버지만 아니라면 주먹 다툼이라도 하고야 견딜 것 같았다.

"엄마한테 가서 살겠어요."

승표는 이 말 한 마디를 남기고 풀쩍 일어났다.

"가렴, 가. 누가 무서워할 줄 아니? 오늘루래두 가거라."

이런 말을 하는 아버지를 돌아보지도 않고 자기 방으로 돌아온 승표는

"나갑시다."

하고 경옥을 데리고 집을 나섰다. 사실 오늘로라도 집을 아주 나가고 싶었다.

아들을 이해해 주려고 하지 않는 아버지. 세대의 차이를 인정해 주지 않으려는 아버지. 그런 아버지가 정말 싫었다. 부자의 혈육적인 관계란 어쩔 수 없는 것이리라. 그러나 이해가 없는 부자 관계란 주인과 하인과의 관계보다도 거리가 더 먼 것이다.

아버지는 어머니에게도 그랬었다. 조금만 외출을 해도 참지를 못하고 큰 소리로 떠들어댔다. 옷 한 벌을 사도 무엇이라고 잔소리를 했다. 좌우간 사건건 모르는 척 넘겨 준 일이 없다. 말하자면 어머니를 이해하려고 하지 않은 것이다. 그러니 아버지와의 관계가 점점 멀어졌을 것이며 아버지와의 거리가 멀어지자 딴 남자를 사랑하게 되었을 것은 자연스런 일이 아니겠는가?

경옥과 같이 길을 걷는 동안 승표는,

"미안해, 우리 아버지란 그런 사람이니까. 그런 줄만 알아 줘요."

하고 경옥에 대한 미안한 마음을 피력했다.

"이젠 댁으루 놀러 가지 않겠어요."

"나두 집에서 나올 테야."

"집을 나오심 그 뒨 어떡허시게요."

"엄마한테 가지?"

"엄마라니요?"

"친엄마가 계시지. 아버지와 싸우고 따로 나가 사는 엄마가……."

"그래요?"

"이럴 때 필요하라고 그런 엄마가 있답니다."

그런 이야기를 처음 듣는 터라 경옥은 승표 어머니에 대한 이야기를 알고 싶었다. 그때 승표는,

"다음에 만나게 될 테니까 직접 보면 다 알 겝니다."

라고 승표는 어머니 이야기를 그 이상 더 하지 않았다.

밤늦게까지 경옥과 같이 거리를 싸다니며 승표는 여러 가지로 생각을 했다. 자식을 자기 마음대로 만들려고 하는 아버지, 자식에게는 자기가 절대적인 것처럼 생각하는 아버지, 아들의 개성을 조금도 이해치 않으려는 아버지 그러면서도 남을 교육시키는 고등학교 선생이다.

승표는 고등학교를 졸업할 때 법과대학에 입학하려 했다. 그러나 아버지는 승표를 의과대학에 시험을 치르게 하고야 말았다. 그리고 지금은 승표가 지망하는 이비인후과를 반대하고 외과를 지망하라고 하고 있다.

모두가 독단이다. 독단에서 만족을 느끼는 성격이다.

밤늦게야 집으로 들어갔다. 내일로라도 어머니에게 가야 한다고 생각하며. 그런데 대문을 열러 나왔던 계모가,

"아버지가 걱정하시지 않아요? 일찌감치 들어오지를 않고……."

하며 사뭇 꾸지람하는 듯한 말을 했다.

"일찍 들어오게 됐어요?"

승표가 퉁명스럽게 대답하자 계모는,

"그래두 아버지 대접을 해 드려야 하지 않아요?"

하고 마치 철없는 애를 타이르듯 말했다. 승표는 울컥 치밀어오르는 분노를

참을 수가 없었다.

"옳소, 당신이나 아버지 대접을 잘해 드리시오."

이 말이 끝나기도 전이었다. 안방에서 엿듣고 있던 아버지가,

"승표야, 이리 좀 오너라. 그래 당신이라구? 그게 누구한테 하는 말투냐 응──."

하며 고래고래 소리를 질렀다.

승표는 벙어리가 되지 않을 수 없었다. 그랬더니 아버지는 더욱 기세를 높여,

"저런 놈을 이때까지 먹여 살렸담……. 저 자식이 이제는 애비 멱살을 잡으려 할 걸……. 애, 빨리 없어져. 정말 창피해서 못 보겠다."

하는 것이었다.

그래도 승표는 대꾸를 못했다. 아무리 젊은 계모라 해도 계모에게 당신이라고 한 것은 자기의 흥분 때문이었으니까.

그러나 계모더러 당신이란 말을 했다고 해서 그렇게까지 화를 낼 것은 무엇인가? 계모의 체면을 세워 주고 싶기 때문이리라. 자식보다도 계모의 위신이 더 중요한 아버지다.

다음 날 아침 승표는 어머니에게로 가서 오늘 안으로 이사오겠다는 말을 했다. 어머니는 무슨 일이 있었느냐고 물었다. 그때 승표는,

"엄마를 이해하게 됐어요. 그래서 오늘부터 엄마 편이 될래요."

한 마디 했다.

어머니는 대환영이었다. 만세를 부를 듯이 좋아했다.

승표는 집으로 돌아와 책과 옷들을 싸서 짐꾼에게 실리었다. 집을 나올 때 승표는 계모를 만나려 했다. 최소한도 집을 나간다는 말이라도 아버지에게 전달해야 할 것 같았기 때문이었다.

그러나 계모는 통 얼굴을 나타내지 않았다. 짐 싸는 것도 알았을 것이며 짐꾼 불러온 것도 보았으련만 끝내 얼굴을 내밀지 않았다.

승표는 그러한 계모를 구태여 불러 내고 싶지가 않았다. 비록 아버지와 같이 사는 여자라 해도 계모는 연령으로 보아 자기와 같은 세대에 속해 있

다. 서로 통하는 젊음이 있을 것이다. 그러나 이해관계로 자기의 세대를 포기한 여자다.

승표는, 퇴근해서 돌아와 빈방을 보고 자기를 더욱 괘씸하게 생각할 아버지를 눈앞에 그려 봤으나 말 한 마디 남기지 않은 채 집을 떠났다.

어머니가 사는 집은 순 한국식이었다. 대청마루에 응접세트를 놓는 둥 화려한 장치를 했건만 다닥다닥 붙은 방들이 숨가쁘게 연달아 있었다.

어머니는 대청마루에 붙어 있는 건넌방을 쓰라고 했으나 안방과 너무 인접해 있다는 데 구속감 같은 것을 느낀 승표는 뜰아랫방을 자기 거처하는 방으로 정했다. 고개를 내밀면 안방의 일부가 들여다보이기는 했으나 그래도 안방과 거리가 멀기로는 그 방밖에 다른 방이 없었다.

"넓은 방을 두고 하필 좁은 방을 쓸 게 뭐냐?"

어머니는 아주 소탈한 마음으로 이렇게 말했으나,

"혼잔데 좁으면 어때요?"

하고 승표는 굳이 고집을 세웠다.

그러는 수밖에 없었다. 비록 나이는 들었으나 어머니는 화려한 생활을 하고 있는 여자다. 그새 양장점을 개업하여 서울에서 일류 가는 양장점을 경영하고 있다. 수입도 수입이려니와 '패션쇼' 같은 것을 열어 양장에 관심을 가지고 있는 사람들의 주목을 받고 있는 만큼 아는 사람도 적지 않다. 넓은 범위의 사교를 가지지 않을 수 없는 만큼 찾아오는 사람도 적지 않을 것이다.

승표는 어머니의 생활 속에 휩쓸려 들고 싶지가 않았다. 어디까지나 자기의 생활을 고수해 나가고 싶었다. 그러자니 결국 될 수 있는 한 어머니와 격리된 곳에서 살아야만 했다.

그것은 어머니를 이해하는 태도일지도 모른다.

이사온 지 며칠째 되는 날이었다. 저녁을 먹고 응접세트에 앉아 있을 때 어머니가,

"너, 이왕 우리와 같이 살 바에는 형식적으로라도 이분을 아버지라 불러

야 하지 않겠니?"

하고 승표와 어머니의 남편이라는 남자를 번갈아 보았다.

그 말을 들었을 때 승표는 속으로 빙그레 웃었다. 어머니가 멋이 있다고 생각했던 것이다. 형식적으로라도 하는 말이 얼마나 솔직하고 담백한 것인가? 억지로 그 남자를 보고 아버지라고 부르라 한다면 승표는 반드시 반발을 하고야 말았을 것이다. 그러나 '형식적으로라도' 하는 데는 손을 들지 않을 수 없었다.

'그 정도쯤이야!'

하는 생각이 들었다. 동시에 어머니도 자기를 그 정도로 대해 주기를 바라기도 했다.

"아버지 ── ."

승표는 어색하기는 했으나 그 남자를 보며 고개를 숙였다.

"허허. 내가 아버지 소릴 다 들어 보고…… 그렇지만 원체 점잖지를 못한 사람이 돼서 거북한데…… 적당히 지내기루 해……."

남자도 어지간히 쑥스러운 모양이었다.

"도덕을 지킬 줄 아는 것이 인간 아녜요. 인간 노릇하기가 그리 쉬운 줄들 아는가 부지……."

어머니가 생긋 웃으며 말했다. 모르는 것이 없다는 여자의 태를 풍겼다.

그런 만큼 승표는 조금도 정신적 부담 같은 것을 느끼지 않으며 살 수가 있었다. 아버지라고 부르라 했지만 그런 말을 입 밖에 꺼내지 않아도 어머니는 불평을 말하지 않으리라고 생각했다.

사실 그 뒤 승표도 그 남자에게 아버지란 말을 한 번도 쓰지 않았다. 어머니도 그것을 속에 새겨 두고 불만스러운 표정을 짓는 일이 한 번도 없었다. 승표는 승표대로 살면 그뿐이었다. 경옥이도 마음대로 데려다 놀 수가 있었다.

한 번은 경옥이가 놀러 왔을 때 승표와 경옥을 응접실로 불러들였다.

커피와 과실을 대접했다. 그리고는 경옥더러,

"잠깐만 일어서 봐요."

하고 경옥을 일으켜 세웠다. 그리고는 경옥을 아래위로 훑어보다가 경옥의 양 옆구리를 두 손으로 쓸면서,

"체격이 참 좋은데……."

하고 감탄하는 표정을 지은 뒤,

"옷이란 개성을 살리도록 져야 해. 이 옷은 내성적인 미스 손의 성격과 조금 어울리지가 않는 것 같은데, 어때? 아무래도 외향적인 맛이 나지 않아?"

하고 경옥의 대답을 기다렸다.

경옥이 그런 것 같다고 긍정을 하면서도 확실한 대답을 못할 때 어머니는

"한 번 우리 가게엘 와. 내 실력을 한 번 발휘해 보일게……."

했다. 그래도 경옥이 대답을 못하자,

"걱정 말어. 우리 승표가 좋아하는 아가씬데 내가 그만한 서비스도 안 하면 어떻게 해……."

하고 웃었다.

승표는 만족스런 웃음을 속으로 웃을 뿐이었다. 아들의 애인인 줄 알면서도 '미스 손'이란 말을 쓰는 어머니다. 또 아들이 좋아하는 여자니 몸에 어울리는 옷을 안 지어 줄 수 없다는 어머니다. 아버지처럼 결혼할 생각을 하고 사귀는 여자냐 따위의 말을 물어 보는 일도 없다.

얼마나 교양이 있고 얼마나 트여 있는 여자인가?

승표는 어머니를 어머니로만 생각하고 싶지가 않았다. 그야말로 아무나가 존경할 수 있는 훌륭한 여성으로 생각하고 싶었다.

아버지와 비교도 해 보았다. 이러한 어머니를 이해 못하여 집을 나가게 만든 아버지는 어머니와 비교도 안 되는 것이 아닐까? 만약 아버지가 어머니의 성격을 이해하고 그 개성을 발전시켜 주기만 했다면 더 훌륭한 어머니가 되었을지도 모른다.

다만 한 가지 불평은 어머니의 새 남편이라는 그 남자다. 부족한 데가 없는 여자가 어째서 그렇게까지 무능한 남자를 사랑하게 되었을까? 이 점에 대해서만은 어머니를 이해할 수 없었다.

아무 직업도 없다. 그러면서도 밤낮 거리에서 살고 있다. 어머니의 호주머니로 살아가면서도 밤낮 술이다.

그저 말이 없다는 것, 그러니까 큰소리 할 줄 모른다는 것이 그 남자의 장점이라고나 할까? 무골호인이라고밖에 달리 말할 아무것도 없는 남자를 사랑하게 된 것은 아버지에게 없는 것을 그리워한 나머지일지도 모른다. 아버지와 대조적인 성격이기 때문에 좋아했을지 모른다.

그렇다면 어머니에게도 맹점(盲點)이 없다고 할 수가 없다. 역시 맹점을 가진 여성이란 말인가?

그렇다고 해서 어머니가 불평을 하지 않는 이상 승표가 그 남자에게 불평을 말할 수는 없는 일이다. 그저 멀리서 바라볼 뿐이었다.

그새 아버지에게서 편지가 몇 번 왔다.

승표는 아버지의 편지가 싫어서 학교에 가고 싶지 않을 때가 있을 정도로 아버지에 대한 감정은 변함이 없었다.

아버지는 사내자식이 꾸지람을 들었다고 해서 아버지에 대한 의리를 잊어버리는 법이 어디 있느냐고 했다.

그리고 아무리 못난 자식이기로서니 불의의 어머니한테 매달리는 법이 어디 있느냐고 위협하기도 했다.

그러나 최근에는 아무래도 아버지는 아버지가 아니냐고, 불의의 어머니 곁을 떠나 빨리 돌아오라는 호소를 해 왔다.

아버지의 마음을 알 수가 있었다.

그러나 승표는 어머니에 대한 존경을 버릴 수가 없었다.

동시에 아버지에 대한 경멸감은 가셔지지가 않았다.

며칠 뒤였다.

집으로 찾아온 경옥이가 한숨을 폭폭 내쉬었다.

"무슨 일이 생겼어?"

승표의 물음에 경옥은,

"참 세상을 믿을 수가 없어요."

하며 대학교 교수인 자기 아버지가 파면당한 이야기를 꺼냈다. 즉 금년 봄

입학시험에 자기 아들을 입학시켜 달라고 찾아다니던 친구로부터 투서가 들어와 어제 학교 당국의 파면 선고를 받았다는 것이었다. 그리 가깝지는 않으나 옛날부터 아는 친구라 자기 힘으로는 도저히 책임질 수 없는 일인 줄 알면서도 어디 두고 보자는 식으로 냉정한 태도를 보이지 못했었는데 그 학생이 다행히도 제 실력으로 입학이 되었다. 그러나 아버지의 친구라는 사람은 순전히 아버지의 힘으로 입학이 된 줄 알고 돈 사십만 환을 가져왔는데 경옥 아버지는 그것을 받지 않으려 했으나 받지 않을 수가 없었다. 그런데 그 학생이 깡패와 어울려 나쁜 짓을 하다가 경찰서에 붙들려 들어갔다. 학생의 아버지는 다시 경옥 아버지를 찾아와 학교에서는 아직 모르고 있는 일이지만 퇴학만은 시키지 말도록 해 달라고 간청했다. 그러나 공교롭게도 그 학생이 석방이 되는 날 학교에서는 퇴학 처분을 내렸다.

그러나 학생의 아버지는 경옥 아버지가 이야기를 함으로 그 학생이 경찰에 들어갔다는 사실을 학교에서 알게 되었고 따라서 무사했을 일이 퇴학 소동까지 일으켰다고 격분한 나머지 사십만 환 준 사실을 학교 총장에게 투서했다는 것이었다.

"참 믿을 수 없는 세상이죠."

경옥의 이야기를 듣자 승표는 인간사가 모두 아리송하게 생각되었다. 있을 수 없는 일이 얼마든지 있는 세상이다.

"그러니 아버지는 영 매장을 당한 셈이 아녜요?"

경옥이가 답답해할 것도 당연한 일이었다.

"그래도 아는 사람은 알아 주겠지……."

"그렇지만 파면당했다는 사실 때문에 다른 학교에도 취직할 수가 없지 않아요."

딴은 그렇기도 했다. 그러나 이미 그렇게 되고 만 일이다. 한탄만 해서 무엇할 것인가?

"어떻게 살아나갈 구멍이 생기겠지요."

"아버지는 통 주변이 없는 분예요."

경옥은 이런 말을 한 뒤 쿨적쿨적 울기를 시작했다.

"울기는? 세상이 다 그런 걸— ."

"아버지가 불쌍해요."

이 말을 듣자 승표는 갑자기 반발심을 일으켰다.

"이 세상에 불쌍한 사람이 누구야?"

정말로 불쌍한 사람이 없지 않을 것이다. 그러나 경옥의 아버지는 절대로 불쌍한 사람 같지가 않았다. 받아서 안 될 돈을 받지 않았는가? 결국은 그 돈 때문에 사건을 일으킨 것이다. 그렇다면 투서를 한 그 사람도 나쁘기는 하나 경옥 아버지도 옳다고는 말할 수 없다.

"죄 없이 죽는 사람도 있는데 불쌍하기는……."

승표는 청옥이가 불쾌하게 생각할 것도 개의치 않고 말을 해 버렸다.

"그럼 우리 집안이 못 살게 되어도 좋단 말이에요?"

경옥이가 반항조로 말했다. 그제야 승표는 자기 말이 심했다는 것을 생각하고,

"경옥 씨가 자꾸 우니까 그랬지? 누가 못 살기를 바랄라구……."

사뭇 딱하다는 투로 말했다. 그리고 나서는,

"지성을 잃어버린 사람들 때문에 착한 사람도 살 수가 없는 세상이야." 하고 투서했다는 사람을 비난했다.

투서한 사람을 비난한 것은 결국 경옥 아버지에게 죄가 없다는 것을 표시하여 경옥으로 하여금 불쾌감을 풀도록 하자는 것이었지만 지성을 잃었다는 말에서 승표는 지성의 상실이 모든 불안을 발생시킨다는 생각을 가지게 되었다.

지성의 상실. 지성의 기준을 잃은 지성. 거기에서 혼돈이 생기고 거기에서 불안이 생긴다.

"정말 지성이 없는 사회예요."

경옥도 동감이란 듯이 승표의 말을 외었다. 그러나 자기 아버지는 포함시키지 않은 말이리라.

승표는 자기 아버지는 어디까지나 지성적이라고 생각하는 듯한 경옥을 한 번 흘겨보았다. 그러나 경옥과 승강이를 할 필요는 없었다.

입을 다물고 다른 화제를 꺼내려고 할 때였다. 안방에서 커다란 소리가 들려 왔다.

"쌍년 같으니라구……."

처음으로 듣는 어머니의 남편 강배의 높은 목소리였다.

"뭐라구요?"

"쌍년이지 뭐야? 동무들하구 온양온천엘 갔다구? 벼락맞을 짓을 하구 게다가 거짓말까지 해? 나를 뭘루 아는 거야?"

"창피하게 떠들지나 말아요. 내가 뭘 잘못했다는 거예요."

"나두 이젠 못 참겠어. 나갈 테야. 내일루라도 나가게 해 줘——."

그 뒤부터는 목소리가 낮아졌다.

어머니에게 무슨 일이 생긴 것이 분명했다. 그러나 승표는 못 들은 척했다. 다음 날도 그는 모르는 척했다.

그리고 어머니 역시 아무 일도 없었다는 듯 말을 통 안 했다. 이삼 일 뒤 강배가 승표도 모르게 나가고 없어져 버렸으니 더 이야기할 건덕지도 없었을지 모른다.

강배가 없어진 데 대해서도 승표는 아무 말도 하지 않았고 어머니 역시 그런 이야기를 들려 주려고 하지 않았다.

그러나 강배가 없어진 지 며칠도 안 되어 밤마다 남자들이 어머니를 찾아들기 시작했다. 그 중에는 밤잠을 자고 가는 남자도 있었다. 밤잠을 자고 가는 남자도 한 사람만은 아닌 것 같았다.

승표가 집에 있는 날이면 안방 창문을 통하여 남녀가 껴안고 있는 전등 그림자를 가끔 볼 수 있다.

승표는 그 남자들이 어떤 사람인지를 알 수 없다. 알려고도 하지 않았다.

그러나 전등불에 비치는 그 껴안은 그림자가 눈에 보일까 겁이 나서 밤마다 외출을 했다. 집에 들어오기만 하면 이불을 쓰고 누워 버리곤 했다.

어떤 날 아침이었다. 초가을 산들바람으로 몸에 소름이 끼쳤지만 수돗가에 나가 세수를 하고 들어올 때였다.

어떤 젊은 남자가 안방에서 나오며 구두를 신고 있었다.

승표는 그리로 눈을 돌리려고 하지 않았으나,

"좀 있다 또 만나요── ."

하는 어머니 목소리에 자기도 모르는 새 고개를 돌려 버렸다.

어디서 본 남자였다. 이름은 기억이 나지 않았지만 얼굴만은 확실히 낯익은 얼굴이었다.

승표는 자기 방으로 들어와 그 젊은 남자의 얼굴을 생각해 보았다. 생각 안 해도 좋을 일이라고 자기를 타이르면서도 그 얼굴에 대한 기억을 더듬게 되고야 마는 승표였다.

오래 생각지 않아도 알 수 있었다. 어떤 영화에 나오는 배우였다. 잡지에서도 보았고 상품 광고에서도 본 최근의 인기배우였다.

승표는 그 이상 더 생각지 않기로 했다. 그리고 어머니가 자기를 간섭 안 하듯이 자기도 어머니를 간섭하지 않으리라 생각했다.

그러나 점점 집이 싫어지는 것만은 어찌할 도리가 없었다. 될 수 있는 한 집에 붙어 있지를 않았다. 그리고 될 수 있는 대로 어머니와 얼굴을 대하지 않으려 했다. 노력한 것이 아니라 저절로 그렇게 되었다.

교양이 있고 여성으로서 누구보다도 가슴이 트여 있는 어머니. 누구에게나 존경을 받을 만큼 이해력이 풍부한 어머니다. 그런데도 승표는 왜 그러한 어머니와 얼굴을 대하게 되지가 않고 이야기를 안 하게 되는 것일까?

승표는 어머니를 나쁜 여자라고 생각지 않으려 한다. 그것은 의식적인 노력이었다. 모든 남녀에게서 인기를 끌고 있는 남자에게 호기심을 가진다는 것은 여성들에게 얼마든지 있을 수 있는 일이다. 어머니는 얼마든지 있는 일을 하는 것뿐이다.

그러나 그러한 노력을 하면서도 어머니의 얼굴을 대할 수는 없었다.

하루는 학교엘 가느라고 일찌감치 집을 나서려고 할 때 어머니가 승표를 불렀다.

"경옥의 스으쯔가 다 됐더라. 오늘 데리고 가게로 오렴."

그 말을 듣고도 승표는,

"그래요."

했을 뿐 어머니의 얼굴을 쳐다보지 않았다. 보면 안 되는 얼굴 같았다.

그 날 경옥을 만나,

"오늘 가게에 가서 옷을 찾아와."

하고 경옥을 혼자 보냈다. 경옥을 보내면서도 자기는 가기가 싫었던 것이다.

전번 여름 '원피스'를 만들어 줄 때는 자기가 앞장을 서서 어머니의 양장점으로 갔던 승표였지만…….

그리고도 며칠이 지난 어떤 날 밤 승표는 술을 마시고 집으로 돌아갔다.

대문 안에 들어서는 순간 승표는 그만 눈을 돌려 버리고 말았다. 얼마 전에 와서 자고 간 그 남자가 발을 대야에 담그고 있었다. 그리고 어머니는 그 남자의 발을 씻어 주고 있는 것이 아닌가?

승표는 자기 방으로 들어가 누워 버렸다.

그의 눈에서는 눈물방울이 흘러내렸다.

'사랑하면 노예가 된다지…….'

이런 생각을 하면서도 눈물을 계속 떨구었다.

다음 날 아침 승표는 늦게까지 자리에서 일어나지 않았다. 잘못하다가 그 남자의 얼굴과 다시 부딪칠 것이 무서웠기 때문이었다.

그 남자가 돌아갔으리라고 생각되는 때에야 자리에서 일어나 세수를 했다.

'가야지 —.'

그는 조반을 먹으면서도 이런 생각을 했다. 아무래도 가야 할 것 같았다. 그러나 어디로 갈 것인가?

생각이 꽉 막혔다.

조반을 다 먹고 집을 나설 때도

'가야지 —.'

(원) 《사상계 61》 1958. 8.

유전(流轉)

기차가 P시에 가까워질 때 권지호는 아차 하는 생각을 했다. 최 교장이 대구에 왔다가 돌아갈 때 지호더러 몇 일날 부임하겠느냐고 묻기에 무심코 몇 일날 부임하겠다고 했고 또 몇 시 차로 오겠느냐기에 아침 차가 제일 좋을 것이라고 대답했던 일이 머리에 떠올랐기 때문이었다.

그때 최 교장은 확실히,

"그럼 그 날은 틀림없이 부임해 주십시오."

하고 당부를 했던 것이다.

그런 말을 하고 헤어진 지 일주일이나 되는 오늘까지 지호는 수업 관계로 부임하는 날을 확실하게 알려는 것이려니만 생각해 왔다. 그러나 기차가 P시에 가까워질 때 지호는 최 교장이 정거장으로 마중 나오려고 해서 떠나는 시간까지 물은 것이 아닌가 하는 생각을 했다.

꼭 그럴 것 같았다. 좌천되어 시골 학교로 내려가는 지호를 더구나 옛날의 스승이었던 지호가 다른 학교 아닌 바로 자기 학교로 부임하게 되었다는 소식을 들었을 때 최 교장은 일부러 지호를 찾아와 당황한 태도를 보였었다.

상부의 명령이라 어떻게도 할 수 없는 일이지만 제자가 교장으로 있는 학교에 스승인 지호를 평교원으로 모신다는 것이 최 교장으로선 얼마나 난처한 일이었겠는가? 최 교장은 도청으로 가서 교섭을 해야겠느니 자기가 딴 데로 전근을 가야겠느니 하며 진심으로 걱정을 했다.

그러한 최 교장이니만큼 이미 내린 발령을 움직일 수가 없어 그냥 부임하게 된 지호를 다른 사람과 달리 친절하게 대접하려는 것 또한 짐작할 수 있는 일이다.

그러나 지호로서는 남의 눈을 꺼리지 않을 수 없었다. 사제지간이기 때문에 교장되는 사람이 평교원을 환영하러 정거장에까지 나왔다는 말이 부임하는 날부터 남들의 입에 오르내린다면 자기가 얼마나 면구스러울 것인가?

지호는 생각이 채 미치지 못했던 자기를 후회했다. 만약 최 교장이 정거장까지 나와서 자기를 데리고 학교로 간다고 하면 딴 선생들은 지호와 최 교장과의 사이를 아름답다고 보기 전에 얼마나 못생겼으면 제자가 교장 노릇하는 학교로 부임해 오는가 하고 자기 얼굴을 유심히 바라볼 것이 뻔한 일이었다.

그러나 이제 후회한들 무슨 소용이 있으랴? 기차는 P시를 바라보며 달리고 있다.

기차가 정거장에 멎을 때 지호는 가슴이 약간 동요됨을 느꼈다. 제자가 교장 노릇 하는 학교로 부임하는 것쯤 아무렇게도 생각지 않으려던 지호였다. 그리고 지금에 와서 그런 것을 가려 생각할 만한 지호도 아니었다. 근 십 년 동안 불우한 생활을 계속해 온 만큼 모든 것이 만성이 되기는 했지만 막상 제자가 교장인 학교 대문 앞에 이르렀다는 생각을 할 때 그냥 무감각한 상태로만 있을 수는 없었던 모양이다.

기차가 정거를 하자 지호는 차창으로 밖을 내다보았다. 혹시 최 교장이 보이지 않았으면 하는 생각에서였다. 최 교장이 정거장에만 나오지 않는다면 그뿐일 것 같았던 것이다.

그러나 차창 밖을 내다볼 때의 광경은 지호가 상상하던 그런 정도의 사태가 아니었다. 최 교장은 물론 선생 같은 사람이 두서너 명이나 나와 있었고 선생들 뒤에는 검은 제복을 입은 커다란 학생 오륙십 명이 열을 지어 있지 않은가?

지호는 가슴이 뜨끔했다. 열등의식 같은 것이 머리를 아찔하게 했던 것이다.

늙은 평교원 한 사람이 부임하는데 이렇게까지 성대한 환영이 있을 것인가? 시골 학교라 있을 수도 있는 일이기는 하겠지만…….

마중 나온 낯모르는 선생과 학생들에게 무엇이라 인삿말을 해야 할지 우선 그런 것이 겁났다.

"사람도……."

지호는 최 교장의 지나친 호의를 나무라고 싶었다.

지호는 될 수 있는 대로 동작을 느리게 했다. 하차를 안 할 수는 없다. 그러나 그들과 대하는 시간을 조금이라도 연장하여 마음의 안정을 구하려는 생각이었다.

기차 손님이 다 내릴 때까지 자리에 앉아 있다가 맨 마지막에야 출입문으로 나갔다.

목을 빼고 사방을 돌려 보던 최 교장이 대뜸 지호를 발견하고 달려왔다. 그리고는 모자를 벗어,

"선생님 오셨군요?"

하고 인사를 했다. 지호는 여러 시선을 집중하고 있는 가운데서 다른 기색을 보일 수는 없었다. 최 교장과 꼭 같은 태도로 모자를 벗어 머리를 숙인 뒤,

"마중은 무슨 마중인가?"

하고 말을 했다. 그러면서도 지호는 최 교장이 학생들 앞에서 교장의 권위를 잃지 말아 주었으면 하고 속으로 바랐다.

어떤 선생의 구령이 났다. 쉬고 있는 학생들이 차렷 자세를 취했다. 이제는 자기의 권위를 세워야 할 때가 왔다고 생각했다. 아무리 제자가 교장인 학교로 부임해 온다고 해도 학생들 앞에서까지 열등의식을 보일 필요는 없는 것이니까…….

지호는 선생들 앞으로 가서 일일이 인사를 한 뒤 학생들 앞에 나서서,

"귀중한 시간에 이렇게 정거장까지 나와 주어 고맙소. 자세한 말은 다음 학교에서 하기로 하고 우선 고맙다는 인사만을 하오."

하고 정중한 인사를 했다.

　학생들이 선생의 구령에 의해 거수경례를 할 때 지호는 모자를 벗어 올리며 젊은 사람마냥 씩씩하게 답례를 했다.

　정거장을 나오자 최 교장이 대기시켰던 자동차로 안내하며 지호더러 올라 타라고 했다. 지호는,

　"다들 같이 걸어가지……."

하고 사양을 했다. 선생들이 전부 한 차에 탈 수 없을 것 같았기 때문이었다. 그때 최 교장이,

　"학생들만 걸어가고 선생들은 전부 차로 가실 겁니다."

하고 말하자 그때야 지호는 안심을 하고 차에 올랐다.

　최 교장과 단 둘이 앉아 차를 몰 때 지호가,

　"학생들은 뭘할려고 데리고 나왔나? 앞으로는 남의 눈에 뜨일 친절을 베풀지 말아야 해. 그것이 최 군과 나를 위하는 일일 거야. 나두 앞으로는 최 군을 교장선생으로 모실 테니까……."

하고 말했다. 그래야만 편할 것 같았다. 그리고 또 그래야만 할 것이기도 하고.

　"별말씀을 다 하십니다. 직책이야 어떻게 할 수 없는 일이지만 그렇다고 사제지간에……."

　최 교장은 그럴 수가 없다는 말투였다.

　"그래서는 안 되는 거야. 나는 하나의 평교원이고 최 군은 여러 평교원 위에 있는 교장이니까 나를 한 평교원으로 대해 주게. 그래야만 나도 편할 거야. 그렇지 않으면 도리어 가시방석에 앉은 것 같을 터이니까……."

　"선생님의 말씀은 잘 알겠습니다만 어떻게 다른 선생과 똑같이 대할 수가 있겠습니까."

　"그런 생각을 버려야만 자네도 어른 노릇을 할 수 있는 거야. 자네는 학교의 어른이 아닌가? 나 때문에 자네가 어른 노릇을 못한다면 내가 자네를 망치고 나아가서는 학교를 망치게 되는 것이니까!"

　이것은 지호의 진심이었다. 오랫동안 있을 생각은 아니지만 그래도 있는

동안만은 다른 선생들에게 눈총을 받을 필요가 없다고 생각했다.

"네 알겠습니다."

최 교장도 스승의 말을 거역할 수가 없는지 지호 말에 추종하는 태도를 보였다.

그러나 학교에 이르러 선생들을 집합시킨 뒤 최 교장은,

"권지호 선생은 일제 시대 저의 전문학교 은사이십니다. 때를 잘 타시지 못하여 제자가 교장을 하고 있는 학교에까지 오시게 되었습니다만 해방 직후에는 군정청 ××국장까지 지내신 분입니다. 연령으로 보나 또는 나와의 관계로 보나 절대로 소홀하게 대할 수 없는 분임을 알아 주시기 바랍니다." 하고 지호를 선생들 앞에 소개했다.

지호는 그러지 말라고 부탁했는데도 일부러 그리고 공공연히 두 사람의 사적 관계를 밝히는 최 교장을 눈흘겨보았다. 그러나 남이 눈치챌 정도로 못마땅한 표정을 지을 수는 없었다. 다만 자기가 인사할 차례가 왔을 때,

"최 교장은 어떤 학교의 교장보다도 우수한 분이라고 생각합니다. 그렇기 때문에 나는 최 교장 밑에서 일하게 된 것을 무한히 기뻐합니다. 여러분과 함께 최 교장 선생을 받들고 열심히 일하겠습니다." 하고 딱한 자기의 태도를 밝혔을 뿐이었다. 최 교장이 그런 말을 했다고 해서 자기까지 두 사람의 관계를 꺼낸다면 어떻게 될 것인가? 자기가 교장의 스승이라고 뽐내는 것밖에 아무것도 아니다.

지호는 교장을 기댈 것도 없었다. 그렇다고 해서 열등의식을 느낄 필요도 없었다. 그저 평교원으로 자기 할 일만 다하면 된다고 생각했다.

그래서 시간 담당을 할 때도 교무주임이 열다섯 시간만 맡으라는 것을 지호가 우겨서 다른 선생들처럼 스무 시간을 맡기로 했다. 그리고 최 교장과 만나는 일은 극력 회피하고 일반 선생들과 어울리도록 노력했다.

부임한 지 사흘째 되는 날이었다. 지호는 퇴근하는 선생들의 눈치를 살피다가 술 마시러 가는 듯한 선생들 패를 뒤따랐다.

직원들의 환영회가 있다는 말을 들었다. 그렇기 때문에 그 날만 되면 자연 선생들과 어울리게 되어 술을 마시는 것이라 속으로 기다리던 지호였다.

그것이 바로 내일로 박두했다. 그러나 지호는 그 내일까지 기다리기가 힘들었던 것이다. 술자리가 아니어서 그런지 선생들은 지호에게 접근해 오지를 않았다. 늙었다고 그러는 것인지 교장의 스승이라고 해서 그러는지 어쩐지 친해지려는 선생이 없었던 것이다.

그러나 그것보다도 지호는 우선 술이 마시고 싶어 견딜 수가 없었다. 여관에서 반주로 한 잔씩 마시고 있지만 비록 빈대떡 집이라 해도 여럿이 어울려서 마시는 술이 그리웠던 것이다.

네 사람이 어울려서 나가는 것을 보자 지호는 그들이 술집으로 가는 것이 분명하다 단정한 뒤 어슬렁어슬렁 그 뒤를 따르다가 교문을 나서기가 바쁘게 바싹 다가 걸으며,

"댁들이 이쪽 방향에 있는가 보군요? 내가 들어 있는 여관도 이쪽인데……."

하고 말을 붙였다.

"참, ××여관에 계시다지요."

어떤 선생이 물었다.

"여관에서 불편하시겠습니다."

또 딴 선생이 말을 붙였다. 이렇게 서로 말을 건네는 것으로 보아 그들도 지호를 경원하는 눈치가 아니었다. 지호는 묻는 말에 대답할 생각은 안하고,

"심심한데 술이나 한 잔 하러 가실까요?"

하고 자기가 한턱 낼 의사를 표시했다.

그때 한 선생이,

"그렇지 않아도 술을 할까 해서 나오던 길입니다. 같이 가시지요."

하고 지호를 자기네 패에 붙여 주겠다는 의사를 표시했다. 그러나 딴 선생한 사람이,

"권 선생님이 어떻게 저희들과 함께……."

하고 지호가 자기네들과 어울릴 술동무가 못 되지 않느냐는 듯이 말했다.

"허허, 나를 따돌리실려구? 술이야말로 노소가 동락하는 건데 늙은이가

끼는 것을 꺼려하는 걸 보니 아직 술꾼은 아니신 모양이로군. 허허……."

지호는 농담조로 웃어넘겼다. 그리고는 그들과 어울려 어떤 약주집으로 들어갔다. 약주집으로 가서는 일부러 명랑한 척 꾸미고 술잔을 부지런히 돌렸다. 그리고는,

"나를 따돌리려구들 했지요? 인심이 고약들 하신데……."

하고 소리를 내어 웃었다.

"그런 게 아니라……."

어떤 선생이 변명을 하려고 할 때,

"사흘 동안이나 술을 못 마셨더니 지옥 같아서 살 수가 없군요. P시의 술맛이 좋다는 건 벌써부터 듣고 있었는데……."

하고 지호는 변명은 필요 없다는 듯이 가로막아 버렸다.

"어려워서요……."

어떤 선생이 또 변명조로 말을 시작했다. 그러나 지호는 다시 그 말을 막고,

"어려울 게 있습니까? 다 같은 인간인데 ──. 나는 그렇게 생각합니다. 어려운 것도 어렵지 않게, 까다로운 것도 까다롭지 않게 생각하며 살려구요. 그러니까 저는 언제나 태평하지요."

하며 자기의 심정을 토로했다.

그러자 한 선생이 지호의 심정을 이해할 수 있다는 듯이,

"사실 제자 밑에서 일하신다는 게 거북하실 거야."

하고 친구들의 얼굴을 둘러보았다.

"거북한 걸 거북하지 않게 생각하면 그뿐 아닙니까? 나는 제자 아니 그보다 더한 사람 밑에서라도 일할 수가 있습니다."

이렇게 말하는 순간 그의 머릿속에서는 다른 곳으로 전임시켜 달라고 도학무과에 갔던 일이 떠올랐다.

일제 시대엔 전문학교 교수였다. 교육에 대한 일제의 탄압에 견딜 수 없어 만주로 넘어가 농장을 경영했다. 그때 거대한 재산을 소유할 수 있었다. 그 뒤 8·15가 되자 공수로 귀국하여 해방된 조국을 위해 일할 뜻을 품고

군정청으로 들어갔다. 그러나 역시 마음에 맞지가 않아 어떤 지방의 고등학교 교장으로 취임했다. 그때부터 지호의 생활은 시들어 가기 시작했다. 의욕을 잃어버렸던 것이다. 즐긴 것은 오직 술뿐이었다. 그 결과 그에게는 좌천이란 것만이 붙어 다녔다. 교장에서 교감, 교감에서 훈육주임, 훈육주임에서 평교원, 그것도 이곳에서 저곳으로 떠돌아다니는 신세가 되고 말았다.

그러니 별별 꼴을 다 보고 살아 온 셈이지만 제자 밑에서 일해 보는 것만은 이번이 처음이었다.

처음인 만큼 견디기가 힘들 줄 알았었다. 그래서 부임해 오기 전에 도 학무과로 가서 사정 이야기를 해 보았던 것이다.

그러나 부임해 온 지 사흘이 지난 오늘

'거북한 것을 거북하지 않게 생각하면 그뿐이 아니오.'

라는 말을 할 수 있는 지호였다. 아무데서나 살면 산다는 생각을 가진 지호였었다. 내쫓지만 않는다면 살아갈 수도 있을 것 같았다.

"그래도 피차 어려우실 텐데요."

또 한 선생이 지호를 이해하려는 성의를 보였다.

"나는 명예나 지위나 그런 것을 잊어버린지 오랩니다. 일도 그렇지요. 하는 데까지나 할 생각이지요. 태만한다고 해서 여러분이 싫다고 하지 않는다면 아무 생각 없이 있을 생각입니다."

지호는 체념 위에서 사는 사람처럼 대답했다.

며칠 뒤였다. 새벽부터 비가 내렸다. 조반을 먹고 출근을 하려니 우산이 없었다. 지호는 하늘만 쳐다보았으나 비는 좀체 그칠 것 같지가 않았다.

할 수 없이 비를 맞으며 출근을 했다. 학교에 이르렀을 때는 옷이 몽땅 젖고 말았다. 거기다 지나가는 자동차에 흙탕물이 튕기어 옷이 지저분하기 짝이 없었다.

지호는 젖은 옷을 입고 교실에 들어가는 수밖에 없었다. 학생들이 수군덕거렸으나 할 수 없는 일이었다.

"우산이 없어 옷이 젖었다."

그는 학생들을 내려다보며 의젓이 말했다. 사실 우산이 없으니 비를 맞을 수밖에 없지 않은가? 웃을 일이 하나도 없었다. 그러나 학생들은 소리를 내며 더 웃어댔다. 그때 지호는,

"사람에게는 입이 하나밖에 없는데 눈과 귀는 두 개씩 달렸다. 왜 그런지 아느냐? 보고 듣는 것은 많이 하고 말하는 것은 적게 하라는 뜻이야. 왜 입들이 그렇게 수다스러우냐?"

하고 학생들을 꾸짖었다. 그래도 학생들은 참지를 못하고 웃기를 계속했다.

"다들 책을 펼쳐! 웃으며 공부를 하면 살이 마르지 않는 법이다."

지호는 강의를 시작했다. 그런데 수업을 끝내고 교실을 나올 때 어느 학생 하나가 따라오며,

"선생님 흙탕물을 털어 드릴게요."

하고 자기 손수건을 꺼내었다.

그러나 지호는,

"마른 뒤에 털어서 비벼야 잘 떨어지는 거야, 그냥 내버려 둬!"

하고 교원실로 돌아와 버렸다.

교원실로 들어가자 지호가 나오기를 기다리고 있던 최 교장이,

"선생님!"

하고 지호를 불렀다.

지호가 멈칫 서자 최 교장은 눈이 둥그래지며 지호 곁으로 와서 지호의 옷을 아래위로 훑어보았다. 비에 젖었는데다가 아래위가 모조리 흙탕물 투성이가 된 것이 보기 흉했던 모양이다. 그러나 교장은,

"제 방으로 잠깐만 와 주십시오."

하고 곧 돌아서서 걷기를 시작했다.

지호는 최 교장이 할 이야기가 있나 보다 하고만 생각했다.

교장실로 들어가자 교장은,

"옷이 많이 젖었군요. 저고리를 벗으십시오."

하고 지호 뒤로 와서 옷을 벗기려고 했다.

"괜찮아. 입고 있으면 저절로 마르겠지."

지호는 옷을 벗으려 하지 않았다.

그때 최 교장은 그런 것이 아니라는 듯,

"흙탕물이라도 좀 털어 드릴게요."

하고 그냥 옷을 벗기려 했다. 지호는 귀찮은 듯이 옷을 벗어 주었다.

최 교장이 솔과 수건을 가지고 문지르고 털고 하다가 한참 만에야 저고리를 돌려 주며,

"학교란 말썽이 많은 데가 돼서요."

하고 근엄한 어조로 말했다.

지호는 옷 같은 것에 일일이 신경을 쓰기가 싫었던 것이지만 교장이 손수 흙탕물을 닦아 주는 데는 약간 미안하지 않을 수 없었다. 그러나,

"여학교도 아닌데 뭐 괜찮아……."

하며 아무렇지도 않은 듯이 옷을 꿰입었다.

최 교장은 지호에게 옷 모양에 대한 것까지 말할 수는 없었을 것이다. 단정(端正)이라는 것을 학교 표어의 하나로 내세우고 있는 최 교장이라고 해도——. 만약 다른 선생이 그런 꼴을 하고 교실에 들어갔다고 하면 최 교장은 그 선생을 사양 없이 꾸지람했을 것이다.

그러나 교장은 지호를 소파에 앉히고,

"선생님——, 가족은 언제 모셔 오실 생각이신가요?"

하고 딴 이야기를 꺼냈다.

"글쎄——."

지호는 무엇 때문에 그런 말을 꺼내는지 최 교장의 의도를 알 수 없기 때문에 대답을 못했다.

"혼자 여관생활을 하시기가 불편하실 것 같아 드리는 말씀입니다. 집을 하나 구할 수가 있을 것 같은데요."

최 교장은 벌써 집을 구해 보고 있는 모양이었다.

"사실은 여기 오래 있을 것 같지가 않아 가족 데려올 생각을 안 했었는데 아무래도 데려와야 할 것 같아……."

"그러믄요. 혼자서야 불편해 계실 수 있습니까? 그리고 딴 데 가시는 것

보다는 차라리 제가 모시고 있는 것이 좋을 것 같습니다.”

“자네 말이 옳아! 아무도 모르는 데 가는 것보다는 의지할 사람이 있는 데서 사는 것이 마음 편할 것 같아!”

“그럼 제가 집을 구해 보겠습니다.”

지호는 부탁한다는 말을 하고 싶었다. 그러나 부탁을 안 해도 해 주려니 하는 생각에 아무 대답도 안 했다.

사실 자기 힘으로는 방 하나 구할 수가 없다. 학교 사택을 준다면 모르지만 사택이 비어 있을 리 만무하다. 그렇다면 셋방을 얻어야 하는데 셋방을 얻으려면 최소한도 십만 환은 있어야 한다. 그 십만 환을 어디서 돌릴 수 있을 것인가? 결국 최 교장에게 부탁하는 수밖에 없는데 돈을 빌려 달라느니보다는 숫제 집을 부탁하는 형식으로 그 책임 전부를 최 교장에게 맡겨 두는 것이 얼마나 편한 일이겠는가?

“좋도록 해 주게…….”

지호는 책임을 지우면서도 자기 체면을 지키느라고 부탁한다는 말 대신 마음대로 하라는 뜻의 말을 했다.

교장실을 나온 지호는 역시 제자가 좋다는 생각을 했다. 최 교장이 전근을 가지 않는 한 지호는 죽을 때까지라도 그 밑에서 일했으면 하고 생각했다.

교수를 다하고 돌아가려 할 때는 사환애가 우산 하나를 가지고 와서,

“교장선생님이 드리래요.”

하고 우산을 지호에게 주었다.

“아직 비가 오니?”

지호는 비가 이미 멎은 것으로만 생각하고 있었다. 그래서 창 밖을 내다보았다.

그러나 비는 아직 부슬부슬 내리고 있었다.

지호는 우산을 받아 드는 순간 마음이 흐뭇해짐을 느꼈다. 비록 불우한 일생을 보내고 있는 자기지만 이렇게까지 따뜻한 마음씨를 보여 주는 최 교장을 생각할 때 이때까지 산 것이 헛산 것 같지 않음을 느끼기도 했다. 역시

나쁜 짓을 안 하고 살면 좋은 일이 오는 법이다. 지호는 정말 그런 것 같았다. 육십 년 가까이 살고 있지만 자기는 그렇게 나쁜 일을 안 했다. 나쁜 일을 안 했으니 남의 온정을 받아도 무방하다는 생각까지 들었다.

지호는 문득 술 생각이 났다. 이런 때 술을 한 잔 안 할 수가 있을 것인가?

그러나 주머니에 돈이 한 푼도 들어 있지 않았다. 몇 번 어울려 같이 술을 마신 일이 있지만 아직까지는 술을 사 내라고 말할 수 있을 만큼 친한 선생이 없다. 누가 술을 산다고 같이 가자는 사람이 없는가 하고 직원실을 둘러보았으나 술을 사겠다고 자청하는 사람은 하나도 없었다.

결국 술을 굶는 도리밖에 없었다.

지호는 최 교장에게 가서 술을 사 내라고 떼를 쓰고 싶은 마음이 들었다. 아무에게서라도 술을 얻어먹어야만 할 것 같았던 것이다.

그러나 그것만은 안 하기로 했다. 술을 즐기는 지호였지만 이때까지 남보고 술 사 달라는 말을 해 본 적이 없는 지호였다.

더구나 제자보고 술 사 달라는 말을 할 수 있을 만큼 그렇게까지 자존심을 잃은 지호는 아니었다.

'여관에 가서 반주나 하지——.'

이런 생각을 하며 학교를 나서려고 할 때였다. 어떤 젊은 사람 하나가 지호를 찾아왔다.

"권 선생님! 저 기억 못하시겠습니까?"

젊은 사람은 인사를 받고도 알아보지 못하는 지호에게 자기를 설명하기 시작했다. 옛날 군정청 국장 시대 지호 밑에서 일보던 사람이라고 말했다. 밑에서 일을 했을 뿐 아니라 취직할 때도 지호의 힘을 크게 입었다는 것이었다.

"오, 그렇군……."

그때야 기억이 난다는 듯이 머리를 끄덕이었으나 지호는 그 사람의 성도 기억할 수가 없었다.

"박치경입니다. 총무과에서 서무 일을 봤지요. 그때 저를 권 선생님에게

378

소개하고 취직을 부탁해 주신 강선명 선생은 6·25 때 돌아가셨구요."

이 말에야 지호는 박치경의 이름을 기억할 수 있었다. 옛날 동창생 강선명이 박치경의 취직을 부탁하던 일이 생각났기 때문이었다.

"참 강선명 군이 죽었다지? 아까운 사람인데 안됐어!"

이래서 이야기는 오고 가기 시작했다.

"선생님이 여기 부임해 오셨다는 소식을 며칠 전에 들었습니다만 오늘에야 찾아왔습니다. 하는 일은 없어도 공연히 바빠서요."

치경은 늦게야 찾아온 것을 죄송하다고 말한 뒤,

"나가실까요? 저녁식사라도 같이 하시며 말씀을 듣게요."
하며 자리에서 일어섰다.

지호는 해롭지 않다고 생각했다. 이 지방에 살고 있다니 술 한 잔쯤 먼저 내는 것이 당연한 일이라 생각되었기 때문이다.

지호는 치경이 안내하는 대로 어떤 음식점으로 갔다. 그리고 술을 맛있게 마셨다.

한참 술을 마시고 있는데 치경이,

"저는 그새 뜻한 바 있어 월급쟁이를 그만두고 정치를 하기 시작했습니다. 이번 도의원에 출마를 했습지요."
하고 자기 이야기를 꺼내기 시작했다. 지호는 갸륵한 일이라는 듯이 치경을 칭찬해 주는 눈으로 바라보며 권하는 술만을 받아 마셨다. 남이야 정치를 하거나 법률을 하거나 아랑곳 할 바 아니었다. 자기는 술만 마시면 그뿐이었다. 그런데 지호가 얼근해지자 치경이,

"해롭게는 안 해 드릴 테니 학교 선생님들에게 제 선전을 좀 해 주실 수 없을까요?"
하고 지호를 뚫어지게 쳐다보았다.

술이 치밀어올라오려 했다. 결국 뜻이 있는 술이었구나 하는 불쾌감이 들었던 것이다.

"이 사람, 그런 이야기는 술이 깬 뒤에 하게. 아무 뜻도 없는 술이래야 맛이 있는 거야. 뜻이 있는 술일수록 맛이 쓰거든……."

지호는 우선 좋은 말로 치경을 거절했다. 사실 나중에야 어찌 되었든 우선 술맛을 더럽히고 싶지 않은 것이 지호의 본심이었다.

"네! 잘 알겠습니다."

치경은 미안하다는 뜻을 표하면서도 지호 이외에는 달리 부탁할 선생이 없다느니 지호라야만 젊은 선생들이 움직일 수 있다느니 하며 자기 이야기를 끊으려 하지 않았다.

"술맛이 없어진대두 그러눈? 돈이 아깝지 않은가 응……."

그래도 치경은,

"선생님은 제 마음을 못 알아 주시겠다는 겁니까? 그러시리라고는 생각지 않는데요……."

하며 도리어 지호를 불만스러운 눈으로 보았다.

이야기가 끝날 것 같지가 않았다. 술도 엔간히 마신 참이라

"내가 왜 박군의 마음을 모르겠나. 힘자라는 껏 해 보지! 걱정 마."

하고 지호는 자리에서 일어섰다.

"선생님 꼭 부탁하겠습니다."

"알았다니까……."

지호는 음식점을 나와 여관으로 돌아왔다. 여관으로 돌아오며 지호는,

"죽일 놈! 그래 술 한 잔으로 나를 매수할려구…… 고얀 놈 같으니. 나를 뭘로 보는 거야."

하고 몇 번이나 되뇌었는지 모른다.

그러나 치경은 지호를 큰 목표물의 하나이기나 한 것처럼 집요하게 붙잡으려 했다.

다음 날 넷째 시간 수업을 끝내고 직원실로 돌아왔을 때였다.

최 교장이 옆으로 와서 잠깐만 보자고 했다.

지호가 교장실로 들어가자 최 교장이,

"박치경 씨를 잘 아신다지요?"

하고 물었다. 지호는 깜짝 놀랐다. 놀랐다기보다는 치경이 거머리와 같은 존재라는 것을 느꼈다. 자기 살에 붙어 다니며 피를 빨아먹으려 덤벼드는

아귀.

그러나 최 교장 앞에서 흥분할 수는 없었다.

"좀 알지. 그래서?"

"아까 찾아왔었는데 선생님이 자기의 은인이라고 하며 저녁을 한 끼 대접하겠다고 초청을 했습니다."

"나를 초청하면 직접 내게 말을 할거지, 왜 최 군을 통해서 말할까?"

"선생님 혼자만 초청하면 선생님께서 서먹서먹해하실까 봐 저와 교무주임을 같이 초청한다나요?"

"그래 승낙을 했나?"

"오늘 밤엔 선생님 환영회가 있으니까 내일로 미루었지요."

그때 지호는,

"난 참석 못하겠네."

하고 딱 잘라 말했다. 그 말하는 태도가 심상치 않았으나 최 교장은,

"왜 무슨 사정이 계신가요?"

하고 침착하게 물었다.

"그 사람은 정치를 하는 사람이야. 그리구 나를 등쳐먹을려구 그래. 순수하지가 않단 말야."

지호는 저으기 흥분한 어조였다. 최 교장이,

"세상에 순수한 사람이 몇 명이나 되겠습니까. 살기 위해서는 남을 이용 안 할 수 없는 세상이니까요."

아주 냉정한 어조로 말할 때 지호는,

"글쎄 나는 그런 것이 싫다니까. 싫은 걸 어떡하노? 비렁질을 해 먹어두 순수한 게 좋아."

점점 더 언성을 높였다.

"그렇지만 그 사람은 정당에 가담하고 있는 사람입니다. 홀홀히 대접할 수가 없지 않아요?"

"교육자가 정당과 무슨 관계가 있담. 제 할 일만 하면 되지……."

"어디 세상이 그렇습니까?"

잠시 말이 끊어졌다가,

"좌우간 내일 나는 안 가겠네."

하고 지호가 교장실을 나오려 했다.

그랬더니 최 교장이,

"선생님 잠깐만."

하고 지호를 불렀다. 무슨 일인가 해서 도로 의자에 앉았을 때 최 교장이

"집은 결정났으니까 내주 안에 가족들을 모셔 오도록 하십시오."

하고 집 이야기를 꺼냈다.

지호는 하루빨리 가족을 데려오고 싶었다. 가족만 있으면 그래도 마음이 안정될 것 같은 생각이 들었던 것이다.

"그러지."

최 교장 말에 무조건 복종하는 투로 말하고는,

"그래 집은 어떤 집인가?"

하고 집에 대한 이야기를 묻기 시작했다.

"네 ──. 사택입니다. 그러니까 돈도 들 게 없지요.

"어떤 선생이 들었던 집인데?"

"영어선생인 김경환 선생이 들었던 집입니다."

"김 선생은 어디루 가고?"

"전근가게 됐습니다. 오늘 내일 발령이 나기루 되어 있습니다."

"학기 중간에 전근이 있을 수 있나?"

"있을 수 없는 일이 세상에 있습니까?"

"착실한 선생이라구 생각했는데……."

"성적이 나빠서 전근되는 건 아닙니다. 이곳이 고향이 아닌데다가 가족이 단출해서 전근하기가 편리하지요. 그리고 이번 전근이 영전이니까 본인도 좋아하고 있습니다."

말하는 투로 보아 최 교장이 일부러 김경환 선생을 전근시키는 것이 분명했다. 비록 본인이 불만을 품지 않고 있다고 해도 지호로서 가슴이 편할 까닭이 없는 일이었다.

"나 때문에 전근시키는 것은 아닌가?"

"천만의 말씀입니다. 오륙 년을 계속해 있으니 전근할 때가 된 것이지요."

"오륙 년이 되었다구 학기 도중에 전근 보내는 법이 있나?"

"그럴 수도 있는 것이 아닙니까? 좌우간 선생님은 아무 말씀 마시고 제가 하라는 대루만 해 주십시오."

"암, 자네가 시키는 대루 할 수밖에 없지. 그렇지만 내 집을 마련해 주느라고 남을 희생시켜서야 되겠나?"

"그런 일은 절대 없습니다. 조금도 걱정 마시고 가족이나 모셔 오도록 하십시오."

지호는 구태여 김경환 선생의 전근 이유를 캐서 물어 봐야 할 일이 없다고 생각했다. 자기는 교장이 하라는 대로만 하면 된다. 그것이 또한 평교원으로서의 마땅한 태도일지도 모른다.

그러나 그 날 밤 지호의 환영회가 열렸을 때 지호는 김경환 선생의 입에서 이런 말이 나오는 것을 들었다.

"내 송별회두 해 줘야지? 빨리 먹구 빨리 가게!"

누가,

"정말 가게 되었소?"

하고 물을 때,

"종이 한 장이면 목숨이 왔다갔다 하는 신센데 안 갈 수 있어?"

하고 김경환 선생이 최 교장을 노려보는 것이었다. 최 교장의 말과 달리 본인은 P시를 떠나는 데 상당한 불만이 있는 모양이었다.

지호는 문득 자기 신세를 생각했다. 종이 한 장에 목숨이 왔다갔다 하는 것을 누구보다도 뼈아프게 느끼는 것은 지호 자신이다. 종이 한 장에 몇 번이나 전근이 되었고 몇 번이나 좌천이 되었는가? 그리고 앞으로는 그 종이 한 장이 자기 운명을 어떻게 변경시킬 것인가?

환영사니 답사니 하는 것을 다 끝내고 술만 마시는 시간이었지만 지호는 자리에서 벌떡 일어나,

"우리 다같이 종이 한 장에 운명이 좌우되는 사람들입니다. 더구나 불초 부덕하기 때문에."

하고 연설투로 이야기를 꺼냈을 때 최 교장이 지호의 말을 중단시켰다.

"오늘은 즐거운 날입니다. 맛있는 술을 마십시다. 만약 할 이야기가 있거든 다음에 나와 조용히 이야기를 하면 되지 않겠습니까."

사실 그랬다. 술맛을 일부러 쓰게 할 것이 무엇인가?

지호는 다음에 김경환 선생을 조용히 만나리라 생각하고 술만을 마시기 시작했다.

그런데 뜻밖에도 치경이란 작자가 여름 등잔에 불나비 뛰어들듯 방 안으로 들어왔다.

"옆에서 술을 마시고 있노라니 선생님들이 오신 것 같아서……."

하는 것으로 보아 옆방에서 술을 마시고 있던 모양이었다.

치경의 얼굴을 보자 지호는 갑자기 얼굴이 뜨거워짐을 느꼈다. 치경의 치사스런 술을 얻어먹었다는 표식이 자기 얼굴 어딘가에 드러나고 있는 것처럼 느꼈기 때문이었다.

더구나 치경이가 자기 옆으로 와서,

"제 은인입니다. 저를 자식처럼 사랑해 주시지요."

하며 자기와의 관계를 여러 사람 앞에서 선전할 때 지호는 일종의 불안감에서 술이 활짝 깨는 것을 느꼈다. 자기를 앞에 내세움으로 자기를 이용하려는 치경! 정말 거머리 같은 존재가 아닐 수 없었다.

지호는 갑자기 구속감 같은 것을 느끼기도 했다. 치경의 의사에 따라 움직이어야 할 사람! 술맛이 완전히 달아났다.

지호는 치경을 뿌리치고 최 교장 옆으로 가서 술잔을 내밀었다.

"최 교장! 술 한 잔 부시오."

지호는 최 교장이 부어 주는 술을 단숨에 들이키고는,

"최 교장! 아무래도 나는 P시에서 맛있는 술을 마시지 못할 것 같소. 맛있는 술을 마실 수 있는 곳으로 가야겠어……. 그러니 김경환 선생 전근을 중지시키시오."

하고 난 뒤 다시 계속해서 이번에는 여러 선생을 향해,

　"술을 맛있게 마실 수 있는 게 제일입니다. 맛없는 술을 아무리 마신들 무슨 재미가 있겠소. 쓴술이라도 맛있게 마시며 살면 굶어 죽어도 태평 아니겠소. 자——, 맛있는 술들을 마십시다."

라고 자기 술잔을 번쩍 들고 단숨에 그것을 들이키는 것이었다.

(원) 《현대문학 46》 1958. 10.

파도 속에서

　수영강습회에 참가한 회원 백여 명이 K신문사 깃발을 선두로 대천(大川) 해수욕장에 도착한 것은 비가 내리는 오후 네 시경이었다.

　버스에서 내린 일행들은 신문사에서 지정한 호텔로 가서 방을 잡느라 수선했다. 배당된 방은 얼마 되지 않는데 일행의 인원수가 많아 합숙하지 않을 수 없기 때문에 회원들은 서로 아는 사람들끼리 같은 방에 유하려고 떠들썩했다.

　그러나 아무 동행도 없이 단신으로 가담한 조상우(趙尙祐)는 어느 방이라도 무관했다. 신문사측에서 지정해 주는 대로 아무 불평도 없이 2층 모퉁이 방으로 올라갔다. 상당히 넓었다. 같이 합숙하게 된 사람들의 얼굴을 보니 모두가 대학생들이라 그 수효가 적지 않게 여섯 명이나 되었건만 상우는 어느 정도 안심을 하고 짐을 풀기 시작했다.

　같은 방에 유하게 된 사람들이니 우선 통성명이라도 해야 할 것이지만 상우는 바다에 들어가는 것이 바빠 통성명할 사이도 없이 수영복을 입고 호텔을 나섰다.

　비가 와도 좋았다. 수영 팬티 하나만을 입었으니 옷이 젖을 걱정을 안 해도 좋았다. '샤워'하는 기분이었다. 비를 맞으며 백사장을 달려 바닷속으로 뛰어들었다. 몇몇 사람이 비를 맞으며 수영을 하고 있었으나 상우는 그 사람들을 바라볼 필요도 없었다.

준비운동도 하지 않고 바닷속으로 뛰어들어 헤엄을 치기 시작했다. 바람 없이 비만 내리고 있어서 그런지 수면이 잔잔했다. 그래서 마음껏 헤엄을 칠 수가 있었다. 그러나 이백 미터쯤 나갔을 때 상우는 방향을 돌렸다. 처음 헤엄쳐 보는 바다라 끝없이 넓은 데 그만 겁이 들었던 것이다. 더구나 오래간만에 수영을 해서 그런지 몸도 피곤한 것 같았다.

모래사장으로 나오자 상우는 사장에 벌떡 누웠다. 빗줄기가 얼굴을 때렸다. 무엇보다도 빗방울이 눈 속에 들어갈 것 같다. 눈을 감았다.

물결소리와 빗소리가 조화되어 상우의 가슴을 시원하게 해 주었다. 모든 것을 잊어버릴 수가 있었다.

얼마 동안을 누워 있다가 일어난 상우는 다시 바닷속으로 뛰어들어가 또 한 번 헤엄을 쳤다. 그러나 이번은 백 미터도 못 가서 돌아오고야 말았다. 이 날 상우는 멀리 헤엄쳐 나가는 것보다도 바닷속에 뛰어들 수 있다는 것으로 만족했던 것이다.

작년 여름에도 오고 싶었던 대천이었다. 그러나 부모들이 승낙해 주지 않았다. 대학 입학 준비 때문에 고등학교 시절에는 방학도 모르고 공부한 상우였다. 그런 만큼 지원한 대학교에 입학했으니 그 해 여름쯤 여행을 시켜 주어도 좋으련만 부모들은 공부가 중하다고 하여 대학교에 입학한 뒤에도 여행을 보내 주지 않았다.

금년 여름도 역시 부모들은 집에서 공부나 하라고 하며 여행을 반대했으나 상우가 우겨서 겨우 떠나 왔다. 떠날 때도 강습회에 납부하는 가입금을 제하고는 돈 천 환을 주었을 뿐이었다.

상우는 대천에 도착하는 순간까지 우울을 견딜 수 없었다. 공부 공부 하면서 자유스런 생활을 조금도 생각해 주지 않는 그 인색한 부모들에 대한 불만이었다. 방학 때 조금 즐겨도 무방하지 않은가? 다만 일주일이라도 공부를 잊고 자유스런 공기를 마시는 것 또한 다음에 할 공부를 위해서라도 유익한 것이 아니겠는가?

아무튼 지금 바닷속에 있다. 비가 와도 우산이 필요치 않은 바닷속에 있다. 모든 우울이 저절로 해소되는 것 같았다.

상우는 비를 맞고서 저녁때까지 바다에서 놀았다.

상우가 호텔로 돌아와 '샤워'를 하고 나왔을 때는 일행들이 식당에서 저녁을 기다리고 있었다. 상우는 2층으로 올라가 옷을 갈아 입으려 했으나 식당에 모여 앉은 일행들의 아랫도리가 속팬티 하나만임을 보자 수영 팬티를 입은 채 식당 한편 구석자리에 앉았다.

상우는 식당을 둘러보았다. 남자들의 울긋불긋한 남방셔츠나 여자들의 고가(高價)한 가운들이 눈이 부실 정도로 화려했다. 마치 옷 자랑을 하려 온 사람들 같았다.

상우는 배꼽도 가리지 않은 자기가 부끄러웠다. 그러나 자기는 입고 온 흰 노타이 하나밖에 없다. 그것은 그대로 두었다가 갈 때 입어야 한다.

상우는 약간 예의에 벗어난 일을 하고 있다고 부끄럽게 생각하면서도 해수욕장과 호텔과 그리고 거리의 구별 없이 해수욕 복장으로 통용되는 대천의 습관에 눈을 감는 수밖에 없었다.

신문사 사원에게서 식권을 받아다가 식탁 위에 놓고 보이가 오기를 기다릴 때였다. 대여섯 식탁을 사이로 한 저쪽 식탁의 손애희(孫愛姬)와 시선이 부딪쳤다. 기차에서 서로 마주앉아 트럼프를 하며 같이 온 여학생이었다. 역시 자기들 부모와 한 식탁에 앉아 있었다. 옷은 기차에서 입었던 원피스를 벗고 그린색 고급타올제의 가운을 입고 있었다.

애희와 시선이 마주칠 때 상우는 벌거숭이의 자기 몸을 생각하며 고개를 떨구었다. 그러나 다시 고개를 들고 그 편으로 시선을 보냈을 때 애희의 티 없는 미소가 눈 속으로 들어왔다. 깨끗하고 주름지지 않은 미소였다. 대학교 1학년이라는데 어른처럼 의젓한 데가 있어 보이는 얼굴이기도 했다.

상우는 그 뒤부터는 의식적으로 시선을 돌렸다. 애희의 시선과 부딪친다는 것이 민망스러운 일 같았던 것이다.

식사를 할 때는 식사를 핑계로 고개를 들지 않았다. 식사가 끝난 뒤에는 애희에게 시선을 보내는 일없이 식당을 나와 버렸다.

상우는 자기 방으로 돌아와 팬티만을 갈아 입고는 자리에 누워 버렸다.

비는 아직도 계속해 내리고 있었다.

다음 날 아침 조반을 먹자 신문사측에서 열 시부터 개회식이 있고 이어
반(班) 편성이 있다면서 회원은 한 명도 빠짐없이 출석해야 한다고 했다.
  상우는 개회식에 참석해야 한다고 생각하면서도 우선 바닷속으로 뛰어들
어갔다. 한참 수영을 하다가 호각소리에 바다를 나왔다.
  회원 전원이 모여 서 있었다. 사장의 간단한 인사에 뒤이어 수영 강사라
는 육십이 다 되어 보이는 늙은이가 나왔다.
  강사는 '수영의 목적' '수영의 신비성' 그리고 바다로 진출해야만 우리
민족이 발전할 수 있다고 이야기를 길게 늘어 놓았다. 그리고는 수영의 종
류를 설명하고 그 중에서도 개구리헤엄[平泳]에 대한 수영법을 가르치기 시
작했다.
  상우는 듣지 않아도 좋은 이야기들이었다. 그래서 그런지 이야기하는 시
간이 지루해 견딜 수 없었다.
  수영법을 이야기한 뒤에도 장년부, 청년부, 대학생부, 고등학생부, 중학생
부 그리고 초등학생부 등의 반을 편성하는데 도합 한 시간 반이나 걸렸다.
  반 편성을 끝내자 수영선생은 단체생활에는 질서가 있어야 하는 만큼 회
원들은 반장의 명령을 절대로 복종해야 한다는 말을 했다.
  상우는 자기의 대학반 반장을 보았다. 색안경을 쓰고 반장의 위신을 보이
려는 듯 반원들을 훑어보고 있었다.
  상우는 몸을 돌려 바다로 향해 앉았다. 해수욕하러 와서까지 남의 명령에
의해 행동을 구속받는다는 것이 싫었던 것이다.
  "쳇!"
  혀를 한 번 차고는 모랫바닥에 있는 조개껍질 하나를 집어 공중으로 던졌
다. 밤새 내리던 비가 그쳐 파란 하늘에 흰구름이 몇 점 떠 있었다.
  바다로 나온 사람들이 마구 소리를 지르며 물 속으로 들어갔다가 모래사
장으로 뛰어나오는 것이 보였다.
  상우는 바다로 뛰어들고 싶은 충동을 느꼈다. 그러나 반장이 '일어섯'의
구령을 내렸다. 그리고는 차렷을 시키고 번호를 부르게 했다.
  상우는 발바닥이 근질거려 견딜 수 없었다. 까다로운 절차를 무시하고 마

구 뛰고 싶기만 했다.

인원 보고가 끝난 뒤에야 겨우 해산을 시켰다.

거의 두 시간 동안이나 인내라는 미덕 속에 자기 자신의 괴로움을 느끼던 상우는 해산 명령이 내려지자 누구보다도 앞서 바다로 달려갔다. 그리고는 물 속에 풍덩 몸을 던졌다.

비가 그치고 바람도 잦은데 물결은 어제보다 한결 거셌다. 상우는 하얀 거품을 날리며 몰려드는 파도를 헤치고 바다로 바다로 나아갔다.

'오백 미터쯤' 나아갔을 때 그는 사방을 둘러보았다. 자기만큼 깊숙이 들어온 사람은 하나도 없었다. 그러나 십 리나 거의 되어 보이는 저쪽 작은 섬까지 가고 싶었다. 그러나 혼자서는 불안했다. 몸을 놀려 모래사장을 향해 돌아오기 시작했다.

모래사장 근처까지 나왔을 때였다. 애희가 물 위로 뛰어오며,

"어떡헐려구 그렇게 멀리 나가세요?"

하고 꾸중 비슷 걱정의 말을 했다.

"홍——."

상우는 가슴께까지 차는 물 속에 서서 그런 걱정은 안 해도 좋다는 듯이 웃음을 지어 보였다. 어제 저녁 식당에서처럼 부끄러워할 필요가 없었다. 남보다 뛰어난 수영 솜씨를 자랑하고 싶은 마음이었다.

"물결두 센데 멀리 나가지 마세요."

"물결이 셀수록 신이 나는걸요……."

역시 상우는 웃음을 지으며 대답했다.

"그래두 위험해요."

그렇게까지 걱정할 필요가 무엇인지 몰랐다. 그렇다고 해서 간섭할 필요가 뭐냐는 투로 말할 수도 없어,

"돌아갈 임시에는 저 섬까지 갔다 올려는데요……."

하고 웃었다.

"큰일나면 어떡헐려구……."

"죽으면 그만이죠……."

"건 만용이에요."

상우는 그 이상 더 그런 이야기를 하고 싶지 않았다.

"아까 배운 수영법을 좀 연습해 보았어요?"

상우가 화제를 돌리자 애희가 팔을 내밀며,

"좀 연습시켜 주세요."

하고 다가왔다.

상우는 할 수 없이 애희의 손을 잡고 애희의 다리 놀림을 가르쳐 주기 시작했다. 얼마 동안을 가르쳐 주고 있을 때 상우는 자기가 언제부터 애희와 이렇게 친해졌던가를 생각했다. 어제 기찻간에서 사귀고 저녁에 식당에서 시선을 마주쳤을 뿐인 애희가 아니었던가?

물결이 말려 흰 물살을 번뜩이며 몰려올 때 상우는 애희의 손을 잡아 뺐다. 동시에 애희가 물결에 싸여 디굴디굴 굴렀다.

애희는 물을 좀 먹었는지 캑캑거리며 일어나 얼굴을 닦고는 상우를 보고 웃었다. 그래도 유쾌한 모양이었다.

"혼났다……."

하면서도 물결이 밀려올 때마다 싱싱한 물고기마냥 팔딱팔딱 뛰면서 파도와 대항하는 애희였다.

다음 날 아침이었다. 식당에서 조반을 먹고 있는데 대학반 반장이 옆으로 와서,

"어제 오후 강습 때 안 나왔었지요?"

하고 물었다. 상우는 반장의 얼굴을 쳐다보았다. 식당에서까지 선글라스를 쓰고 있는 것이 더욱 비위에 거슬렸다. 그러나 무엇이라 반항할 수도 없었다. 아침 강습시간에 너무나 지루함을 느꼈기 때문에 오후에는 아무 말도 않고 출석을 안 했다. 그것은 정당한 일이 아니다.

그래서 대꾸를 안 하고 있을 때 반장이,

"오늘부턴 잘 나와요."

하고 상우를 째려본 뒤 돌아갔다.

그러나 그 지루한 시간만 지나면 유쾌했다. 바닷속에서 그리고 모래사장에서 얼마든지 즐거울 수가 있었다. 수영을 하다가는 사장으로 나와 발리볼을 치고 그러다가는 모래바닥에 앉아 들어왔다 나갔다 하는 물결을 발길로 차기도 하고——.

상우는 모래사장에서 조개껍질과 소라껍질을 줍기도 했다. 물결에 부딪쳐 모난 곳이 하나도 없이 매끄러운 소라껍질——. 대천 프레젠트라고 해서 가져다 줄 사람 하나 없었건만 그저 귀여워 그것들을 줍고 있을 때,

"많이 주웠어요?"

하며 애희가 옆으로 왔다.

상우는 부끄럼이라도 당한 것처럼 소라껍질과 조개껍질을 뒤로 감추며 애희의 얼굴을 쳐다보았다.

"뺏지 않을게요!"

애희가 생긋 웃으며 옆에 앉았다. 수영복만을 입은 벌거숭이었다. 그래도 부끄럼없이,

"참 예쁘지요."

하며 자기가 주운 조개껍질을 상우에게 내밀어 보였다.

빨간 줄이 간 조개껍질이었다. 투명체처럼 맑아 보였다.

"예쁘군요."

"몇 해 동안이나 물결에 밀려 다니면 이렇게 매끄러워질까요?"

"몇십 년 걸렸을지 모르죠."

"참 여기 모래는 전부가 조개껍질이 부서져 된 거라죠?"

"그렇다더군요."

"그럼 이 모래알들은 몇백 년 몇천 년 물결에 시달린 것들이겠죠?"

"조개껍질은 시달려서 아름다운 모래가 되는데 사람은 시달릴수록 빤질거린다구들 그러죠?"

"사람은 조개껍질이 아니니까……."

"사람두 조개껍질 같으면 역사가 오랠수록 아름다워질 텐데……."

"아름다워질 수만 없는 데 인간의 매력이 있지 않을까요?"

“미스터 조, 참 그렇게 부르고 보니 좀 이상스러운데요. 이름이 뭐라고 하셨죠?”

“상우……."

“전 애희예요. 그런데 상우 씨는 약간 야생적인 것 같아. 아름다워질 수 없는데 무슨 매력이 있어요?”

“인간은 다 아름다운 거지요. 그러나 아름다워질 수 없는 데 고민이 있는 거거든요. 그런 고민하는 매력이 없어도 무슨 맛이 있나……."

“모래알은 한결같이 아름답게 빛나는 데 그 맛이 있지 않을까요?”

“저 바다를 보세요. 물결의 기복이 있으니까, 모두 바다를 좋아들 하잖아요? 물결이 하나도 없다면 죽은 바다라고 경멸할 겁니다……."

애희는 아무 말 않고 모래를 한 줌 쥐어 그것을 솔솔 뿌리기 시작했다. 한 번 또 한 번──. 그러기를 몇 번이나 하다가 고개를 들어 바다 쪽을 향하여

“참, 저 섬 이름은 뭐예요?”

하고 바다 가운데 솟아 있는 작은 섬을 가리켰다.

“이름도 없는 섬인가 보든데요.”

“이름도 없다니 더 외로워 보이지요? 안 그래요?”

“글쎄──.”

“우리 이름을 지어 줄까요?”

“우리가 이름을 져 준다고 해서 그것이 다른 사람의 입에까지 남을라구……."

“어때요? 우리만이라도 이름을 붙여 저 섬을 외롭지 않게 보면 되잖아요?”

“그것도 좋겠지. 이름이란 제가 짓는 게 아니고 언제나 남이 져 주는 것이니까. 그리고 짓는 사람에 따라 이름이 각기 다르기도 하고.”

“우리 나라에서는 종달새라 부르는 것을 미국에서는 스카이라, 일본에서는 히바리, 각각 다르지 않아요?”

“그럼 애희 씨가 이름을 하나 져 보시지요.”

"글쎄요."

애희는 잠시 고개를 갸우뚱거리며 생각을 하다가,

"은행 섬 어때요?"

하고 상우를 쳐다보았다.

"그 뜻은?"

"은행나무는 서로 마주 모여 서 있다면서요? 그래야 열매를 맺는대요. 저 섬은 은행나무처럼 이 대천을 바라보며 고독을 혼자 소화시키고 있는 것처럼 보이지가 않아요?"

"됐어! 은행 섬. 우리 배를 타고라도 은행 섬에 한 번 갔다 올까?"

이렇게 맞은편 섬 이름을 지은 뒤 마주 웃으며 헤어진 다음 날이었다.

수영 강습이 있은 뒤 바닷속에 들어갔던 상우가 점심을 먹으러 호텔 식당으로 가고 있을 때 식당 근처 모래사장에서 박수를 치며 노래하는 소리가 들렸다.

젊은 대학생들이었다. 대여섯 명이 둘러서 춤추는 시늉을 하며 박수소리에 맞추어 저속한 유행가들을 부르고 있었다. 상우는 얼굴이 찡그려졌다. 하필 놀 데가 없어서 사람의 눈에 가장 잘 띄는 호텔 앞에서 떠드는 것일까? 못마땅한 눈으로 노래하는 젊은 사람들을 보았을 때 상우는 그 속에서 색안경을 쓴 반장을 발견했다. 맨 가운데 서서 노래를 지도하고 있는 그 색안경의 모습을 보자 상우는 가슴이 메스꺼운 것 같음을 느꼈다. 그 이상 가는 홍이 어디 있느냐는 듯 저속한 유행가를 신이 나서 부르고 있는 대학생——.

상우는 눈을 돌리고 호텔로 들어갔다. 그러나 남들에게 경멸받는 대학생의 일원이 된 듯한 생각에 상우는 한편 구석에서 숨을 죽여 가며 식사를 했다. 그리고는 종일토록 강습 회원이 없는 북쪽 바위 근처에서 수영을 하며 놀았다. 저녁때까지도 우울했다. 저녁을 먹고 모래사장으로 나왔다. 둥근 달이 떠오르고 있었다.

상우는 갑자기 애희가 보고 싶어졌다. 조금만 더 있으면 달빛에 빛나는 바다를 볼 수 있다. 애희와 같이 거닐며 그 바다를 바라보면 얼마나 즐거울 것인가?

상우는 다시 호텔로 가서 애희를 찾으려 했다.

그러나 호텔까지 다 가기 전에 애희가 어떤 남자와 같이 걸어 나오고 있음을 보았다. 다정한 사이 같았다. 두 사람의 간격이 무척 가까웠다. 이야기도 유쾌한 이야기를 하고 있는 것 같았다.

상우는 실망하지 않을 수 없었다. 더욱이 그 남자가 색안경 쓴 바로 그 대학생임을 알았을 때 상우는 애희의 얼굴에 침을 뱉고 싶을 만큼 그를 경멸하고 싶었다.

상우는 되돌아서서 바다 쪽으로 걸었다. 서양인 별장이 있는 곳으로 자꾸만 걸었다. 달빛에 바다가 훤하게 보일 만큼 날이 깊어졌다. 달빛이 비치지 않는 먼 바다는 무서운 마귀(魔鬼)처럼 무서워 보였다.

상우는 모래 위에 주저앉아 출렁이는 물결을 바라보았다. 보름이 가까운 만조 때가 되어 그런지 물결이 거세게 밀려 왔다. 하얀 물거품이 달빛에 번쩍이고는 땅을 훑는 듯 모래 위로 기어오르는 물결이 싱싱해서 더욱 좋았다.

백 번이고 천 번이고 한결같이 밀려 왔다 밀려 가는 물결이 모든 상념을 삼켜 주어 좋았다.

몇 시까지 앉아 있었는지 모른다. 물결에 밀려 텐트들이 쳐 있는 모래사장 맨 위까지 쫓겨 올라오며 바다를 바라보고 있었다.

만조 때의 밀물이 되어 그런지 파도는 텐트까지 삼킬 듯 무작정 기어올라 왔다. 텐트 속에서 자던 사람들이 뛰어나와 걱정스런 눈으로 파도를 바라보고들 있었다.

다음 날 아침도 파도는 요란했다. 산더미 같은 물결이 휘날리며 날아왔다. 중국 쪽에서 불어 오는 태풍 관계란 말을 하는 사람들도 있었다.

아침 수영 강습시간이었다.

파도가 세기 때문에 물 속에 들어갈 수가 없으니 그 대신 인공호흡법을 가르친다고 하며 강사선생이 연설을 시작했다.

그런데 그 이야기가 왜 그렇게 긴지를 몰랐다. 삼십여 년 동안 수영 지도를 해 왔기 때문에 거기에 대한 체험과 지식이 풍부한 것만은 사실이었다.

그리고 아는 것을 조금이라도 많이 알려 주고 싶어하는 마음도 알 수 있었다. 그러나 상우는 지루해 견딜 수가 없었다.

상우 이외에도 젊은 학생들은 모두가 지루함을 느끼는지 수군거리며 강사선생의 이야기를 잘 듣지들 않았다.

수군거리는 학생들을 보자 강사선생은 중요한 이야기를 안 들으면 어떻게 하느냐 하며 대학반 이하 학생반만을 호령하여 강사선생의 손뼉에 맞추어 손뼉을 치게 했다.

손뼉을 한참 치다가 맨 마지막에는 딱 딱 딱 세 번 소리를 합쳐 동시에 끝나도록 하는 것이었다. 그러나 그 손뼉이 맞아떨어지지가 않았다. 그랬더니 강사선생은 맞아떨어질 때까지 몇 번이고 반복을 시켰다.

가벼운 기합이었지만 상우는 대학생들을 어린애로 취급하는 것 같아 속이 찌뿌듯했다. 더욱이 이러한 기합이 색안경을 쓴 무교양의 반장 같은 학생들 때문에 받는 것이나 아닌가 생각하니 더욱 불쾌했다.

불쾌한 생각으로 손뼉을 치며 시선을 돌렸다. 다른 회원들이 어떤 눈으로 자기들을 보고 있나 하는 것이 알고 싶었던 것이다.

그런데 얼핏 보인 것이 애희의 얼굴이었다. 여자 회원들 틈에 끼여 앉아 있는 애희가 이쪽을 바라보고 있었다. 아주 상쾌한 얼굴이었다.

애희는 상우와 시선이 마주치는 순간 웃음을 웃었다. 티없는 웃음이었다. 그러나 상우에게는 그 웃음마저 불쾌하게 보였다. 벌서는 것을 통쾌하게 생각하는 야비스런 웃음 같았던 것이다.

상우는 그만 고개를 돌려 버렸다. 벌이 끝나고 인공호흡법도 끝나자 상우는 바다로 마구 달려갔다.

수영선생이 오늘만은 바닷속으로 들어가지 말고 여울 근처에서 놀기만 하라고 몇 번이나 당부했지만 상우는 집채 같은 파도를 뚫고 바닷속으로 헤엄을 쳐 나갔다.

한참 나가고 있을 때 위에서 호각소리가 났다. 더 나가지 말고 들어오라는 수영선생의 호각소리가 분명했다.

그러나 상우는 들은 척을 안 했다. 은행 섬까지라도 나가고 싶었다. 나가

다 죽어도 좋을 것 같았다.

상우는 조그마한 나뭇잎처럼 물결 위에 남실거렸다. 산더미 같은 파도가 달려올 때는 둥실 떠올랐다가 그것이 가라앉을 때는 미끄러지듯 쑥 내려갔다. 통쾌했다.

파도 위에 떠오를 때마다 멀리 은행 섬이 아득하게 티없는 웃음을 웃는 애희처럼 보이기도 했다.

뒤에서는 연방 호각소리가 들려 왔다. 그러나 상우는 뒤를 돌아보지도 않고 자꾸만 앞으로 나아갔다. 숨이 차기 시작했다. 격심한 파도 속이라 힘이 드는 모양이었다. 그래도 상우는 자신 있게 파도를 뚫고 나아갔다. 삼사백 미터쯤 나아갔을 때였다. 갑자기 오른쪽 다리가 뻣뻣해짐을 느꼈다. 쥐가 난 것이었다.

상우는 곧 배영(背泳)의 자세를 취했다. 몸을 하늘로 향하고 물결 위에 누운 다음 한 팔로 배영을 하며 한 팔로 오른 다리의 발가락을 주무르기 시작했다.

그러나 그 순간 산더미 같은 물결이 몰려오며 상우를 휩쓸어 물 속에 집어 넣었다.

상우는 그 뒤 어떻게 되었는지를 모른다.

누가 등을 내리누르고 있음을 느꼈다. 등을 누를 때마다 숨이 획획 내쉬어졌다.

정신이 돌아온 모양이었다.

이렇게 잃었던 정신을 도로 찾았을 때 상우는 자기가 모래사장에 엎드려 있음을 알았다.

등을 눌렀다 놓았다 할 때마다 숨이 저절로 쉬어졌건만 상우는 자기 등을 누르고 있는 것이 수영선생임에 틀림없다는 것을 인식하는 순간 이마를 모래 속에 박고 눈을 꼭 감았다.

바닷속에서 빠진 것을 구해 낸 것도 수영선생이었으리라.

상우는 인공호흡을 시키고 있는 수영선생이

'호각소리를 못 들었어?'

하며 역증을 내는 것처럼 느꼈다.

인공호흡에 열중한 수영선생이 그런 말을 할 리가 만무했다. 그러나 상우는

'왜 호각소리를 듣고도 돌아서지를 않았어?'

하고 야단치는 것만 같았다.

상우는 고개를 번쩍 들었다. 그리고 눈을 떴다.

맨 처음으로 눈에 들어온 얼굴이 있었다. 삥 둘러선 사람들 맨 앞에서 걱정에 찬 눈빛으로 상우를 바라보고 있는 애희 ── .

상우는 다시 눈을 감았다.

'큰일날 뻔했지. 죽었으면 어떡할 테야!'

꾸짖는 수영선생의 목소리가 귓속을 파고드는 것 같았다.

상우는 이마를 괴었던 팔을 내뻗치며,

"남의 생사에 대해 무슨 상관야!"

하고 부르짖었다.

그러나 그의 눈에는 눈물이 고이기 시작했다.

산더미 같은 물결은 육지를 집어삼키고야 말 듯이 소리를 내며 멍석처럼 밀려 오고 있었다.

푸른 하늘밑 저쪽에 서 있는 '은행 섬'은 그래도 육지가 그리운지 이쪽을 향하고 있는 그 모습이 아련하게 보였다.

(원) 《자유문학 21》 1958. 12.

심연의 밑바닥

종인의 서른두 번째 생일이었다. 귀영은 그 생일을 위하여 흰 백합과 버스데이 카드와 그리고 버스데이 케이크를 사 들고 종인의 집을 찾아갔다.

귀영만을 초대한 종인의 생일축하인 만큼 식탁에는 종인과 종인의 어머니 그리고 귀영이 세 사람뿐이었다.

귀영이 촛불을 켜고 종인이 케이크를 잘랐을 때였다.

"미나, 선물 고마워요."

종인이 약간 붉어진 얼굴로 그러나 자기가 지어 준 애칭을 부르며 귀영을 응시했다. 언젠가 귀영이가,

"미스터 김 생일날에는 미스터 김이 깜짝 놀랄 프레젠트를 할게요."

하던 말을 머리에 두고 하는 말임에 틀림없었다. 그러니까 이게 겨우 놀랄 만한 프레젠트냐고 힐난하는 어조로 들릴 수밖에 없었다.

"진짜 선물은 아직 안 드렸어요. 조금만!"

귀영은 종인의 마음을 알았다는 듯이 가볍게 웃으면서 부끄러운 얼굴을 떨어뜨렸다.

그러나 종인의 어머니가 옆에 있는 동안 귀영은 자기가 종인의 생일을 축하하기 위하여 벌써부터 준비하고 있던 그 말을 입 밖에 꺼낼 수가 없었다.

저녁식사를 다 끝내고 종인의 어머니가 안방으로 건너간 뒤에야

"해피 버스데이 투유 ──."

하고 우선 생일축하의 노래를 가볍게 불러 주었다. 노래부르는 귀영의 얼굴을 빤히 바라보고 있는 종인의 표정이 점점 굳어졌다. 깜짝 놀랄 프레젠트가 바로 이 노래였던가 하고 초조해하는 얼굴이었다.

귀영은 그러한 종인의 얼굴을 바라보면서도 침착하게 끝까지 노래를 불렀다. 노래가 끝나자 종인은 가볍게 박수를 치고는,

"그게 깜짝 놀랄 프레젠튼가요?"

하고 묻는 것이었다. 그때 귀영은,

"이제부터 드릴게요. 그럼 눈을 감으세요."

하고 종인의 눈을 감게 한 뒤 종인의 귀에 입을 댄 뒤,

"아이 러브 유——."

하고는 종인의 뺨에다 입을 가볍게 눌렀다. 그러자 종인은 눈을 번쩍 뜨고

"정말 일생에 두 번도 없을 프레젠트——."

하며 귀영을 끌어안았다. 그리고는,

"삼십이 년 동안 그 말 한 마디를 들으려고 산 셈이야. 미나가 깜짝 놀랄 프레젠트를 주겠다고 말할 때부터 나는 그 말을 기다렸어. 그러나 정말 그 말을 해 주리라고는 믿지를 못했어."

하고 귀영을 끌어안은 팔에 힘을 주었다.

"그만큼 오래 사귀면서도 제 마음을 그렇게 몰라요?"

귀영은 도리어 불만스럽다는 듯이 그러나 행복에 겨운 듯한 눈으로 종인을 쳐다보았다.

"알았어. 이제는 확실하게 알았어. 그러니까 나는 오늘 죽어두 행복스러워!"

"이런 날 하필 죽는단 말을 하세요?"

"행복이란 절대루 긴 것은 아닐 테니까."

"그럼 우리의 행복이 순간적이란 말씀예요? 기분 나쁘게. 그럼 그 프레젠트 취소할 테예요."

귀영이 신경질적으로 몸을 빼고 종인을 노려보았다.

"그런 뜻은 아냐. 그저 황홀하구 감격해서 졸도를 할 것 같은 심정에서

나온 말이야.”

　종인은 다시 귀영에게로 다가와서 포옹을 했다. 후끈후끈 달아오르는 얼굴로 귀영의 뺨을 문지르기도 했다.

　“미나! 아이 러브 유——.”

　그때 귀영도,

　“미 투.”

하고 종인의 가슴에 얼굴을 묻었다.

　종인은 잠시도 귀영을 놓지 않았다. 그리고는 아이 러브 유라는 말을 몇 십 번씩이나 거듭했다. 정말 미친 사람 같았다. 일 년 이상 가까이 사귀어 오며 서로의 감정이 무르익을 대로 무르익었을 때도 사랑한다는 말 한 마디 못하던 종인이었다. 그렇듯 내향적이던 종인이가 귀영의 말 한 마디로 이렇게까지 변했을 때 귀영은 무엇이라 말할 수 없는 공포감에 사로잡히지 않을 수 없었다.

　“이젠 그만——.”

　종인의 팔에서 풀려나려고 애를 썼다. 그래도 종인은 놓아 주지를 않았다.

　“내일이면 푸른 하늘로 날아가고 싶어할 거야. 그러나 오늘 밤만은 안 돼!”

　종인은 그냥 뺨을 부비는 것이었다. 종인은 서서 포옹하다가 피곤을 느끼면 의자에 앉아서 귀영을 안았고 거기서도 피곤을 느끼면 침대 위로 가서 끌어안았다.

　“이젠 이야기나 해 주세요.”

　귀영은 약혼이라던가 결혼이라던가 그런 이야기를 해야 한다고 생각했다. 그러나 종인은 아홉 시가 지날 때까지 황홀의 도취 속에서 귀영을 놓아 주지 않았다.

　그러나 귀영이,

　“늦었으니까 이젠 돌아가야지요.”

할 때 시계를 본 종인이 귀영을 멀리한 자리에서,

　“너무 늦었나요…….”

하고 풀죽은 목소리로 말했다. 실망한 어조였다.

"내일 다섯 시 애천에서 기다릴게요."

귀영은 종인에게 실망을 주지 않기 위하여 내일의 약속을 선명히 하고 종인의 집을 나왔다.

종인은 귀영의 집 앞까지 귀영을 바래다 주며,

"오늘이 아주 가지 말았으면! 영원한 오늘이여——."

마치 술 취한 사람의 푸념 그것과 비슷한 독백을 외는 것이었다.

귀영이 세수를 하고 자리에 들어가려 할 때 종인에게서 전화가 왔다.

"아이 러브 유. 잘 자요. 이 밤이 영원토록——."

하며 광증에 걸린 사람처럼 지껄였다.

귀영은 약간 실망을 느꼈다. 키가 후리후리하고 스포츠 머리를 한 멋진 종인이다. 음악도 모르는 것이 별반 없다. 한낱 회사원이라고만 보기에는 취미가 고상할 뿐 아니라 다방면이라 문학도 알고 미술도 안다. 그러면서도 말이 없고 침착성 있는 성격에는 호감을 안 가질 수가 없는 사람이다. 그런데 오늘은 어째서 전과 달리 저렇게까지 흥분하는 것인가? 이때까지는 자기를 사랑하면서도 믿을 수 없었단 말인가?

자기를 완전히 믿지 못했었기 때문에 그렇게까지 흥분해하는 것이라 생각하니 실망과 더불어 불쾌감까지 치밀어올랐다. 만약 결혼을 한 뒤에까지 자기를 믿지 못해 준다면…….

귀영은 가벼운 초조와 불안감을 느꼈다. 그러나 내일부터 가슴이 조금씩 식어지면 옛날과 같은 종인으로 돌아가려니 생각하며 눈을 감았다.

다음 날 아침 귀영이 눈을 떴을 때였다. 전화소리가 요란하게 울렸다. 귀영은 아직까지 종인의 흥분이 가라앉지 않았나 하고 이맛살을 찌푸리면서 수화기가 있는 데까지 갔다.

그러나 종인의 목소리가 아니었다.

"종인이 죽었소."

종인 어머니의 비통한 음성이었다.

"네?"

귀영은 놀라지 않을 수 없었다. 그렇게까지 행복에 도취되었던 종인이 하룻밤도 채우지 못하고 죽다니? 도시 영문을 모를 일이었다.

종인의 집으로 달려간 귀영은 종인의 시체를 덮은 요를 들치고 하얗게 퇴색된 그의 육신을 보자, 그 자리에 쓰러지고 말았다. 정신이 들었을 때는 그의 손에 종인이 남겨 놓은 편지가 쥐여 있었다.

'사랑하는 미나.

향기 높은 미나의 이오니아빛 두 동공이 내게 사랑을 속삭여 준 오늘 밤 나는 나의 목숨을 다 산 것이오. 이제 무슨 욕망이 더 있겠소. 나는 충족된 이 감정 속에서 이 밤을 영원히 잠들까 하오. 미나는 영원한 나의 미나——.'

종인이 죽은 뒤 귀영은 넋을 잃고 말았다. 단 하나의 진실을 송두리째 잃어버린 가슴의 공허는 날이 갈수록 커 가기만 했을 뿐이다. 어디를 가나 자리에 앉기만 하면 귀영은 눈물을 흘렸다. 그러나 그 눈물도 슬퍼서 흘리는 눈물인지 귀영 자신은 의식을 못했다.

한 달이 지난 뒤부터는 눈물도 흘리지 않았다. 그냥 창공만 바라보는 것이었다.

부모들과 모여 앉아 이야기를 주고받으면서도 귀영은 딴눈만을 팔았다.

친구가 찾아와서 다방으로 가는 일이 있어도 귀영은 친구와 이야기할 생각을 안 했다.

두 달쯤 지난 뒤부터 조금씩 제 정신으로 돌아간 듯 했으나 귀영은 자기에게 아무 욕망도 없음을 의식했다. 욕망이라든가 기대라든가를 완전히 상실한 것이었다. 이십이 년 동안 안일하고 행복스런 환경 속에서 아무런 장해도 없이 성장해 온 귀영의 지주(支柱)가 송두리째 부러지고 만 것이었다.

가끔 귀영의 입에서 흘러나오는 노래는,

'그리워 그리워 눈물납니다.

그리워 그리워 눈물납니다.'

의 바위고개뿐이었다.

　종인이 죽은 지 석 달 하고도 며칠이 더 지난 어떤 날 뜻밖에도 어릴 적 동무 현주(賢周)가 찾아왔다. 그 동안 군대에 들어가 있었으나 몸이 약해 제대하고 돌아왔다는 것이었다.

　초등학교 때 같은 반에서 공부를 했고 중학교에 올라가서도 가끔 만나던 동갑이다. 대학교엘 다니다가 군대에 들어갔다는 말은 들었으나 그 뒤 잊어버릴 정도로 소식을 전하지 않다가 제대를 알리기 위해 찾아온 것이었다.

　귀영은 부모들까지 잘 알고 있는 현주였지만 자기 부모를 만나기 위해서 찾아온 현주가 아닐 것을 알고 있다. 그러나 현주를 반가워할 줄 모르는 귀영이었다.

　"몸은 어디가 약한데?"

　"가슴이 조금 나쁜 것 같지만 괜찮아."

　그 정도 묻고는,

　"그래?"

하고 별 관심 없다는 듯이 아무 말도 묻지 않았다.

　달가워하지 않는 기색을 보자

　"그새 많이 달라진 것 같은데?"

하고 현주가 의아스런 눈으로 물었으나 귀영은,

　"달라지기는…… 아무것두 달라진 게 없어——."

할 뿐 긴 이야기를 하려 하지 않았다.

　"다음에 또 올게."

해도,

　"그래?"

하고는 가려거든 가라고 자기가 먼저 자리에서 일어섰다.

　귀영은 현주가 돌아간다고 하는데도 자기 방문 안에서 인사를 했을 뿐 현관 앞까지도 배웅하지 않았다.

　현주는 귀영과 작별한 뒤 안방으로 들어가 귀영 어머니와 한참 동안이나 이야기를 하다가야 돌아갔다. 그러나 귀영은 그런 것 일체를 아랑곳하지 않왔다. 그 뒤에도 현주가 몇 번이나 찾아왔으나 귀영은 여전했다.

네 번째 찾아온 날이었다. 현주가,

"영화구경이나 갈까요? 심심하실 텐데!"

하고 경어를 써 가며 정중하게 말했다.

"구경은 해서 뭣 해요? 뭣이 즐겁다고…….."

귀영은 여전히 흥미 없다는 태도로 대답했다. 정말 귀영은 세상에 자기를 즐겁게 해 줄 것이 하나도 없다고 생각했다.

그러나 현주는 얼굴을 약간 붉히며,

"돌아간 분이 생각나시는가 보군?"

하는 것이 아니겠는가?

귀영의 눈이 날카롭게 빛났다. 종인의 이야기를 꺼내는 현주를 뚫어지게 쏘아보았다. 그리고는 금시 고개를 숙이고,

"그런 것두 아녜요."

하고 변명조로 말을 했다. 따지고 보면 귀영은 종인을 생각하고 있지 않았는지도 모른다. 그러나 종인을 생각하고 있었는지도 모른다.

'그런 것도 아녜요' 하고 대답할 때부터 귀영은 종인을 생각하고 있는 자신을 발견했다.

'돌아간 분이 생각나시는가요?' 하던 현주가 '내일부터는 파란 하늘로 날아가고 싶어할지 모르지만……' 하던 종인으로 보이기도 했다. 키도 비슷했다. 성격도 비슷하다. 어쩌면 말투까지 비슷한 것 같았다.

"구경시켜 주시겠어요?"

귀영은 현주를 따라 극장까지 갔다. 그 뒤 며칠 동안 현주가 찾아오지 않을 때 귀영은 현주의 집으로 현주를 찾아가기까지 했다.

그러나 현주는 잠들고 있었다. 병이 악화돼서 자리에 누운 지 벌써 며칠째 된다는 것이었다.

귀영은 잠들어 있는 현주 옆으로 갔다. 그리고는 현주가 차 헤치고 있는 누비이불을 조심스럽게 덮어 주었다. 그 순간 어느 틈에 잠이 깨었는지 현주의 깡마른 손이 귀영의 손을 힘껏 잡아 이끄는 것이 아닌가?

무엇이라도 파열시키고야 말 듯한 현주의 강렬한 눈초리와 마주칠 때 귀영은 항거의식과 경멸의 감정으로 현주를 노려보며 손을 잡아 뺐다.

그러나 현주는,

"귀영——, 귀영이."

하며 전신의 힘을 다하여 귀영을 잡아 이끌었다. 귀영은 무엇에 의한 감정의 항거인지도 채 의식치 못한 채 다급해 오는 현주의 얼굴을 향해 손바닥으로 후려치기 시작했다.

현주는 아무 항거도 안 하고 자리에 쓰러졌다. 그가 쓰러진 곳에는 붉은 피가 토해져 있었다.

며칠 뒤 마산 요양원에서 현주의 편지가 왔다. 편지를 받자 귀영은

'또 한 사람이 죽는구나!'

하고 종인을 생각했다. 죽어서는 안 될 사람인데도 종인은 죽었다. 자기를 이렇게까지 비참하게 만들어 놓은 그 죽음!

귀영은 다시 한번 죽음에 대한 공포를 느끼지 않을 수 없었다.

이제 현주도 죽는다. 현주가 죽음으로 말미암아 자기가 슬퍼질 것은 아무것도 없다. 그러나 귀영은 죽음이라는 공포 때문에 현주가 죽는다는 것도 싫어졌다.

현주는 무엇 때문에 죽어야 하나? 현주는 종인에 비해서 나이도 젊다. 아직 삼십도 못 된 사람이 죽어 버리다니…….

귀영은 현주의 병세가 차도를 보인다는 편지 구절을 읽으면서도 현주는 죽어 가는 사람이란 생각을 버리지 못했다.

그렇기 때문에 얼마 전 현주의 집에서 지나치게 흥분했던 일을 사과하는 대목을 읽으면서도 귀영은 죽기 바로 전 '아이 러브 유' 하던 종인을 생각했다. 사랑이 끝이 아니련만 종인은 무엇 때문에 죽었을까?

'한 번만 내려왔다 가 주구려. 나를 용서해 주는 뜻에서라도!'

이런 편지 구절을 읽을 때 귀영은 벌써 서울 떠날 생각을 했다.

귀영은 종인이가 며칠 뒤에는 죽을 테니 한 번이라도 만나 보고 싶다고 말하는 것처럼 생각했다.

죽는다는 사람을 어찌 만나 주지 않을 수 있겠는가?

다음 날 귀영은 마산 요양소로 현주를 찾아갔다. 이국(異國)에라도 가는 감상이었다. 종인이 흔들고 있는 손을 바라보며 달려가는 것 같기도 했다.

그러나 현주를 만났을 때 귀영은 죽음을 앞둔 사람——, 종인처럼 내일이면 죽을 사람이려니 하는 생각밖에 다른 생각을 가지지 못했다. 그러면서도 슬퍼할 줄을 모르는 귀영이었다. 결정적으로 죽게 된 사람이니 슬퍼해도 소용이 없을 것이 아니겠는가?

현주가 해변으로 나가자고 할 때도 귀영은 아무 항거도 없이 그냥 따라나갔다.

남해의 잔물결이 이는 밤바다는 고요하기만 했다.

"귀영 씨! 이렇게 와 주어서 고맙습니다."

현주가 감격에 넘친 말을 해도,

"고맙기는요. 오고 싶어서 왔을 뿐인데!"

귀영은 시신(屍身)과 대화하는 것처럼 아무런 감흥이 없었다.

"귀영 씨! 나는 죽어도 한이 없을 것 같소. 이 밤을 영원히……."

종인이 죽기 직전에 하던 말과 꼭 같은 말이었다. 그러나 귀영은,

"죽지 않으면 안 되나요?"

총총한 별만을 바라보며 말했다.

"죽어야 하는 것이 운명이라면 어찌할 수가 없지 않을까요?"

"그래도 죽지는 말아요."

만약 종인에게 이런 말을 했다고 하면 종인은 죽지 않았을지도 모른다고 생각했다.

"죽지 말까요?"

환희에 찬 그러나 떨리는 음성으로 현주가 물었다.

"왜 죽어요? 죽음이란 비참만을 남기는 것인데……."

귀영의 눈은 여전히 검은 하늘로만 향해 있었다. 거기서 종인의 얼굴을 찾아 내고 있는지도 몰랐다.

"귀영——."

현주가 귀영을 힘주어 끌어안았다. 귀영은 현주의 품에 안긴 채 말했다.

"정말 죽지를 말아요."

그의 눈에는 눈물이 흐르고 있었다. 현주는 그것도 모르고 귀영의 이마에 입술을 문지르며,

"나는 귀영을 사랑해. 초등학교 다닐 때부터 사랑했어."

하고 귀영을 안은 팔에 힘을 주었다.

"알아요. 다 알구 있으니까 죽지를 말아요."

"안 죽을게. 절대로 안 죽을게. 귀영을 위해서라도 살 거야."

귀영은 현주가 죽지 않는다는 것이 좋았다.

"나를 위하지 않아도 좋아요. 좌우간 죽지만 말아 주세요."

종인에게도 이런 말을 했더라면 죽지 않았을지 모른다고 생각했다.

'종인 씨가 다시 살아난다면 죽지 말아 달라고 애원을 할 텐데…….'

그 날 밤 귀영은 현주가 하자는 대로 했다. 현주의 방으로 돌아갔을 때 귀영은 종인에게 못다 준 것을 현주에게 주고 말았다. 그러면서도 귀영은 그때 종인에게 모든 것을 바쳤다면 종인이가 죽지 않았을지도 모른다는 생각을 했다.

다음 날 현주를 떠나 서울로 돌아올 때 귀영은 종인의 몸을 잡아 흔드는 그런 환상으로 현주의 몸을 흔들며,

"죽어서는 안 돼요. 응 ── ."

하고 목메인 소리를 했다.

"죽지 않기 위해서 요양원까지 오지 않았어요. 우리의 행복을 위해서 나는 절대로 죽지 않을 테야."

현주는 살아야 한다는 굳은 의지를 보여 주었다.

그 뒤 몇 달 동안 현주는 정말 회복되어 가고 있는 자기 건강을 자랑삼아 편지를 써 보냈다. 귀영은 현주가 죽지 않게 되었다는 안도감에서 현주를 격려하는 회답을 쓰곤 했다.

그런데 어떤 날 백화점엘 갔다가 층계를 내려딛는 순간 귀영은 덜썩 계단 위에 주저앉았다. 눈앞이 아찔한 채 정신을 차릴 수가 없었다. 가슴이 울컥

울컥하는 것이 토할 것 같기만 했다.

귀영은 내과병원으로 가서 진찰을 받았다.

임신 삼 개월.

그러나 귀영은 놀라거나 당황하지를 않았다. 어떤 계시라도 발견하려는 듯 벽에다 정착시킨 그의 깊은 두 동공은 오히려 어느 때보다도 차분히 가라앉아 있었다.

집으로 돌아온 귀영은 자기 배를 만져 보며 무엇인가 야릇하도록 엄숙함을 느꼈다. 죽은 종인의 혼이 현주의 육체를 통하여 자기 몸 속에 스며든 것 같은 신비감까지 느꼈다. 그런데 그 날 현주에게서 편지가 왔다. 갑자기 병세가 악화했다는 것이었다.

귀영은 놀라지 않을 수 없었다. 자기가 임신했다는 것을 안 날 현주는 어찌해서 병이 악화됐다는 소식을 보냈을까?

귀영은 그 자리에서 회답을 썼다. 임신 삼 개월이라는 진단을 받았으니 기뻐해 달라고——. 그러면 현주는 죽지를 않을 것이라 생각했다.

귀영은 자기 어머니에게도 임신 삼 개월이라고 자랑삼아 이야기를 했다. 그러나 그 말에 어머니는 펄쩍 뛰었다.

"뭐?"

어머니는 놀라는 것만이 아니었다. 빨리 유산을 시켜야 한다는 것이었다.

"싫어요. 그런 짓을 하면 현주 씨가 죽을 거예요."

귀영의 깊은 동공에는 윤기가 돌았다.

"아버지가 아시기 전에 빨리 손을 쓰도록 해."

그러나 귀영은,

"제가 죽어두 좋아요?"

하며 까만 눈썹 위로 눈물을 떨어뜨렸다. 뱃속의 생명을 죽이는 날 그 날은 자기가 죽어야 할 것만 같았던 것이다. 종인을 죽이고 현주를 죽이고 또 종인의 혼을 죽이면 그 다음 차례는 자기밖에 죽을 사람이 없을 것 같았다.

어머니는 미친 소리를 말라고 야단쳤으나 귀영은 말을 듣지 않았다.

귀영은 현주가 자기의 임신을 알고 건강이 호전되어 간다는 회답을 보내

주기만 기다리고 있었다. 그리고 빨리 칠 개월이 지나 종인의 혼이 숨을 쉬
며 나오기를 기다렸다.

그러나 일주일쯤 뒤 마산 요양원에서 온 편지는 귀영의 기대를 너무나 비
참하게 짓밟아 주었다. 현주를 간호해 주는 간호부가 현주의 병이 위독하니
빨리 내려와 달라고 한 사연이었다.

편지받는 날로 귀영은 서울을 떠났다. 그러나 다음 날 마산에 도착했을
때는 현주가 이미 이 세상 사람이 아니었다.

귀영은 현주의 시체 위에 쓰러졌다. 가슴이 메어 울지도 못했다. 정신 잃
은 사람처럼 한참 동안 숨을 몰아쉬며 흐느끼기만 하고 있다가,

"그렇게도 죽지 말아 달라고 했는데 왜 죽어야 한담."
하며 소리를 내어 울기를 시작했다.

"내가 좋아하는 사람들은 다 죽어야 하나……."

그러나 귀영은 뱃속에 들어 있는 보이지 않는 생명을 생각지 않을 수 없
었다.

보이지 않는 생명은 현주의 혼일지도 모른다.

"그만 울음을 그치자."

귀영은 억지로 일어나 눈물을 닦기 시작하였다.

(원)《자유공론》 1959. 1.

교회당이 있는 마을

캄캄한 오밤중에 잠이 깨었다. 소변이 마려웠기 때문이었다. 눈을 뜨나 감으나 어둡기는 마찬가지기 때문에 일수(一洙)는 눈을 지그시 감은 채 발더듬을 해 가며 변소로 가고 있었다. 변소에 채 이르기 전에 갑자기 기침이 나왔다. 감기도 든 것이 아닌데 밤바람이 기관을 자극시켰던 모양이다.

한 지붕 밑에 같이 살고 있는 사람들의 잠을 깨울까 해서 일수는 손으로 입을 막고 기침소리가 요란히 울리지 않도록 조심을 했는데도 용변을 다하고 나오고 있을 때 어떤 방의 미닫이 열리는 소리가 들렸다. 불을 켜고 자는 방이 하나도 없기 때문에 미닫이 열리는 소리가 나기는 했으나 어떤 방의 미닫이가 열렸는지를 알 수가 없었다. 일수는 자기의 기침이 남의 단잠을 깨운 데 미안감을 느끼면서도 잠옷을 입고 나왔던 것을 다행하게 생각했다. 만약 짧은 팬티 바람으로 나왔다고 하면 미닫이를 연 사람이 알몸뚱이의 자기를 보고 있을 것이 아니겠는가? 더구나 여자가 내다보고 있다면…….

그러면서도 일수는 미닫이 열린 방을 찾아볼 생각도 않고 자기 방으로 돌아가려고 할 때였다. 성냥불이 켜지는 소리가 났고 흙칠한 것처럼 어두운 뜰 안이 번쩍 빛났다. 반사적으로 성냥불이 켜진 곳으로 눈이 돌아갔다.

대문 옆에 따로 붙어 있는 설희(雪姬)의 방 미닫이 틈으로 불빛이 비쳐 나오고 있었다. 그리고 성냥불을 켜 들고 있는 설희가 왼손을 살래살래 흔들고 있는 것이 보였다.

일수는 집안을 한 번 휘둘러 보았다. 자기 방은 물론 주인네 안방도 쥐죽은듯 고요했다. 자기 기침소리에 잠을 깬 사람은 설희 이외에 아무도 없는 것 같았다. 일수는 발소리를 죽여 가며 설희의 방문 앞까지 걸어갔다.

"왜?"

할 때는 설희가 이미 성냥불을 끄고 손만을 내밀고 있었다. 그래도 일수는 어떻게 하겠다는 결심을 못하고 있을 때 설희의 손이 자기 손목을 잡아끌었다. 일수는 설희가 성냥불을 켜고 자기를 부른 것이 무엇을 의미하는 가를 알았다. 그러나 손목을 잡아끄는데도 한 번쯤은,

"가서 자야지."

하고 가느다란 목소리로 말했다. 손목은 뿌리치지를 못하면서.

설희는 아무 말도 않고 손목을 좀더 힘있게 끌었다. 일수는 할 수 없다는 듯이 방 안으로 끌려들어갔다.

만 오 년 이상 여자라는 것을 모르고 지내 온 서른 다섯 살의 일수였다. 설희가 성냥불을 켜고 자기를 부른 순간부터 그는 자기의 이성을 완전히 잃어버리고 말았다. 육체가 떨리기 시작했던 것이다. 그러나 조금 뒤 설희의 방을 나와 자기 방으로 돌아왔을 때, 일수는 아차 하는 생각을 했다. 그리고는 잠을 이루지 못했다.

창문이 훤히 밝았을 때, 밥하는 소녀 명순이가 자리에서 일어나 밖으로 나가며 자기에게로 시선을 던지는 것이 보였다.

몇 시간 동안 일수는 혹시 그때 누가 자기의 발소리를 들었으면 어떻게 하나 하는 것만을 걱정했다. 그것 때문에 잠을 못 이루었다. 그런데 밥하러 나가는 명순이가 자리에서 일어나자마자 자기에게로 시선을 던지는 것은 무엇 때문일까? 명순은 잠을 자는 척하고 있었지만 변소에 간 자기가 지나치게 오랜 뒤에야 돌아왔다는 사실을 모조리 알고 있는 것 같았다. 잠귀가 무딘 애가 아니다. 더구나 사춘기에 들어 있는 명순인 만큼 특히 그런 데는 신경이 날카로울지도 모른다. 자기를 쳐다보곤 하는 명순의 눈동자가 작년과 아주 다르게 움직이고 있다. 확실히 무엇인가를 갈망하는 눈동자의 소유자인 명순이다.

그러한 명순인 만큼 잠귀가 무디다 해도 자기가 설희의 방을 침범하는 순간 자기도 모르게 눈을 뜨고 귀를 기울였는지 모른다.

오물(汚物)을 보듯 그 시원치 않은 시선을 던지고 밖으로 나간 명순을 생각할 때 일수는 집 주인 내외와 그들의 자녀들도 설희의 방에 들어가던 자기 발소리를 들었음에 틀림없으리라 추측되었다. 그리고 자기를 대할 때 명순이처럼 시원치 않은 시선을 던질 것 같았다.

'하필 기침이 났담?'

일수는 기침만 하지 않았던들 설희가 잠을 깰 리 만무했으리라 생각했다. 설사 그때까지 잠을 못 이루고 있었다 해도 기침소리만 안 났다면 발소리만 듣고 자기라는 것을 알아 낼 수가 없었을 것이 아닌가? 자기라는 것만 알지 못했다면 미닫이를 열거나 성냥불을 켜거나 했을 까닭이 없다.

사건의 시발이 자기 기침에서 생겨난 것을 생각하니 운명이란 어디까지나 내재적이며 동시에 자기 자신 이외에 아무도 탓할 것이 못 된다는 것을 느끼게 되었다.

오 년 동안이나 느껴 온 생리적 고통만 없었더라면 아무리 설희가 성냥불을 켜고 손짓을 했다 해도 결코 그 문지방까지 가지는 않았을 것이 아니겠는가? 나쁜 것은 과오의 가능성을 품고 있는 자기뿐인 것이었다.

그러나 일수는 인간이 어째서 과오의 가능성을 내포해야만 하는가를 생각했다. 절대로 과오를 범하지 않으려고 노력해 온 일수였다. 의식이 밝은 때는 자기가 과오를 범하리란 우려를 한 번도 가져 보지 못했다.

처녀로서 성숙해 가고 있는 명순이가 속치마 하나만을 입고 불룩한 가슴을 할딱이며 잠들고 있음을 볼 때 일수는 억누르고 있던 생리적 욕망이 불길처럼 무섭게 일어나기가 일쑤였다. 그러나 자위행위를 하면서라도 명순을 침범할 생각은 안 했었다. 만약 명순을 침범하는 날에는 자기는 죽는 것이란 생각을 했다. 국민학교 선생으로 도저히 있을 수 없는 일이다. 뿐만 아니라 어린 세경(世敬)을 위하여 재혼 안 하는 자기의 결심이 돌각담처럼 무너지고 만다.

그러기에 최근에 와서는 명순의 반 이상 노출된 육체를 보는 경우에도 일수는 마음의 동요를 그리 느끼지 않고 지날 수가 있었다.

그런데 생각지도 않았던 일이 똑똑한 의식의 판단을 기다리지 못하고 육박해 왔을 때, 일수는 그만 과오를 저지르고야 말았던 것이다. 그것은 결국 자기가 과오의 가능성 속에 젖어 있는 불순의 종합물이라는 것을 말해 준 것밖에 아무것도 아니었다. 썩어 가는 곰팡이 속에서 열병을 치료하는 페니실린을 만들어 낸다고 하지만 과오와 범죄의 가능성을 내포한 불순의 종합체인 인간 내부에서 무엇을 찾아 낸단 말인가?

그러나 인간은 죄를 저질렀을 때 자기 의사를 약한 것으로 인정받으려는 꾀가 있다. 그럼으로 해서 연민의 정으로 죄의 무게를 가볍게 처벌받으려 한다.

'어째서 성냥불을 켜 가지고 자기를 불렀을까?'

설희의 행동을 연약한 자기의 유혹자로 단정하려는 생각이었다. 설희가 유혹하지만 않았더라면 자기는 아무런 과오도 범하는 일 없이 용변만을 하고 돌아올 수가 있었을 것이 아닌가?

하루에도 몇 남자를 받아들이는지 모르는 설희다. 한 달에 몇 번 외국 군인들의 외출이 허락되지 않는 날이 있다. 그런 날에는 허탕을 치는 수가 있지만 한 달에 한 번이나 두 번밖에 없는 그 날을 참지 못해 자기를 불러들인 설희는 광적일 정도로 성적도착자란 말인가?

설희는 틈만 있으면 자기 방으로 들어오곤 했다. 미군들에게서 받은 초콜릿이나 껌 같은 것을 아들 세경에게 아낌없이 준다. 일수에게는 무슨 말이건 해 보고 싶어한다. 확실히 일수에게 호감을 가진 여자임에는 틀림없으나 군인을 불러들이던 수단으로 자기를 불러들이는 법이 있을 수 있는 일일 것인가?

하고 싶어서 한 도박이지만 주머니 속의 돈을 다 잃고 난 때처럼 후회스럽기만 한 일수였다.

설희에게서 오 년 동안의 욕망을 풀었다. 그러나 생리적으로 느껴지는 변동이라고는 아무것도 없다. 어제 아침과 다름이라곤 조금도 없었다. 도리어 공허감을 느낄 뿐이었다.

명순이가 밥을 다 지어 놓고 세수를 하라고 했다. 그 바람에 세경이 녀석이 눈을 떴다. 눈이라야 한 눈밖에 없는 것이지만 눈을 뜨고는 오줌이 마려운지 칭얼거리기 시작했다. 그러자 어느새 눈치를 챘는지 명순이가 들어와 옷을 입힌 뒤 밖으로 끌고 나가 오줌을 뉘었다.

오줌 누고 들어가는 세경을 보자 세수를 하고 있던 일수는 다시 또 자기가 약하게 된 이유를 세경에게서 발견하려고 했다.

'저 녀석만 아니라면 나는 재혼할 수가 있었을 것이 아닌가? 재혼만 했더라면 설희의 유혹쯤 문제도 아니었을 것을…….'

일수는 세경을 미워하는 것이 아니다. 세경이 때문에 자기의 운명이 자기도 모르는 방향으로 흘러 버렸다는, 말하자면 자기 과오의 원인을 세경에게서 발견하려는 것뿐이었다.

동시에 몸이 약하다고 소파수술을 하자던 아내에게 그럴 수가 없다고 수술을 못하게 고집부리던 그때부터 오늘의 운명의 그 가능성을 만들고 있었다는 사실을 수긍해 보는 것이었다.

그때 아내 말대로 수술만 했더라면 눈이 하나밖에 없는 세경이가 세상에 나오지도 않았을 것이고 또 아내가 그 애를 낳다가 죽는 일도 없었을 것이다. 운명은 오늘이 있도록 미리부터 마련되고 있었던 것이다.

일수는 우울할 뿐이었다. 세경에게도 명순에게도 말 한 마디 안 하고 학교로 출근을 했다. 뜰을 걸어 나올 때 설희가 미닫이를 열고 눈짓으로 인사를 했으나 일수는 그것을 본 척도 안 했다.

아무리 운명적이라 해도 현실을 부정하고 싶은 일수였기 때문이었다. 다시는 설희를 본 척도 안 하리라 그는 결심했다.

학교에 있는 동안 일수는 얼굴에 묻은 밥알을 보듯 자기 얼굴을 유심히 보는 듯한 교장과 동료들에게 신경을 썼다.

밥 먹은 뒤 밥알이 붙듯 자기 얼굴에 변화가 생길 리 만무했건만 일수는 자기 얼굴에 설희와의 관계가 드러나고 있지나 않은가 하는 불안을 느꼈던 것이다.

'양갈보와…….'

이런 말이 한 마디만 터지는 날이면 말 많은 부동부락(浮動部落)에서 자기는 영 매장을 당하고 만다. 바로 일 년 전 같이 있던 김명규 선생의 일이 머리에 떠올랐다. 그 선생은 조심스럽게 인생을 살아가고 있었다. 그러나 자기를 견제하는 죄의식이란 언제라도 한 번은 꺾어지고야 마는 위험성을 가지고 있다. 고무풍선이 긴장상태에 있으면 언제라도 터지고야 말듯이. 술을 마신 뒤 자기 옆집에 있는 양부인을 찾아갔었다. 무의식중의 행동이라고 했다. 그러나 수많은 양부인 가운데 그 여자만은 다른 데가 있다고 학교를 내쫓긴 뒤에도 그 여자를 칭찬하는 말을 한 것으로 보아 전부터 그 여자에게 관심이 있었던 것 같다. 어쨌든 김명규는 그 사건으로 면직을 당했으며 지금은 떠돌아다니는 몸이 되고 말았다.

일수는 김명규를 생각하며 면직을 당하고 화제의 인물이 되기 전에 미리 교장에게 사표를 내고 이 동네를 떠나 버릴까 하는 생각을 했다. 그렇게 하면 죄의식도 불안감도 자연 해소될 것이다. 김명규는 포항에서 해산물을 사서 그것을 작은 도시로 가지고 다니며 장사를 한다고 했다. 그런 생활을 한다면 자기의 과거를 물을 사람도 없을 것이고 설사 과거를 묻는 사람이 있다 해도 양부인과의 관계로 해서 그것을 허물할 사람은 없을 것이다. 바다 맨 밑바닥에서 살고 있는 심해어(深海魚)는 망각의 세계에서도 자유롭게 움직이고 있다.

아무리 자유롭게 움직이고 있다 해도 윤리나 양심이 기대되지 않는 망각의 지역.

일수는 그런 생각을 하면서도 맡은 수업은 그냥 계속했다. 판잣집의 자녀들. 교실에 들어서기만 하면 코를 찌르는 듯한 악취. 거기다 한 교실에 두 학급이 수용되어 있다.

한 학급에는 산수 자습문제를 내놓고 딴 학급생에게는 국어를 가르치고 있을 때였다. 맨 뒷구석 자리에서 쿨적이는 소리가 들렸다.

혼혈아 안섭이었다.

"왜 우니?"

일수는 교단에 선 채 구석자리로 시선을 보내며 날카롭게 물었다. 전 같으면 혼혈아에 대하여 동정적인 태도를 취해 오던 일수다. 그리 많지는 않지만 한 학급에 한 명 꼴은 되는 혼혈아를 대할 때마다 일수는 오금을 펴지 못하고 자라나는 그 어린것들에 대하여 세상에는 그들의 편이 되어 주는 사람도 있다는 인상을 갖게 하도록 노력해 왔다. 그러나 이 날만은 혼혈아에 대한 의식적인 노력보다 혼혈아를 낳은 양부인들에 대한 악감정이 앞섰던 것이다.

일수가 날카롭게 소리를 질렀기 때문인지 안섭은 고개를 숙인 채 대답을 못했다. 재차,

"왜 우느냐 말야?"

하고 질책에 가까운 목소리로 물었을 때 옆에 앉았던 딴 아동이,

"지 엄마가 달아났대요."

하고 대답했다.

대답 여하에 따라 야단을 칠 예정이었던 일수는 엄마가 달아났다는 말에 입을 다물어 버렸다. 어머니가 달아나서 울고 있는 애에게 울지 말라는 말을 할 수 있으리 만큼 잔인하지 못한 일수였다.

"다들 책을 봐."

안섭이 한 놈 때문에 수업을 중단할 수도 없어 어머니가 달아나지 않은 애들은 공부를 해야 한다는 표정으로 공부를 시켰다.

쉬는 시간이 되자 일수는,

"홍안섭 사무실로 와."

역시 무뚝뚝하게 명령했다.

안섭이 일수를 뒤따라 사무실로 왔을 때, 일수는 그 애가 미워서 불렀는지 측은해서 불렀는지 그것을 알지 못했다. 담임선생으로서의 의무감 때문이라는 것밖에 인식지 못했다.

"정말이냐?"

"네!"

"왜 달아났니?"

여덟 살 날 때까지 길러 온 자기 아들을 내버리고 혼자 도망갔다는 안섭

엄마의 마음을 이해할 수 없었지만 양부인의 세계에는 있을 수 있는 일이라고 짐작이 안 가는 것은 아니었다. 그런데도 일수는 안섭이 도망간 어머니에 대하여 원망의 감정을 취입시키기나 하듯 왜 달아났느냐고 그 이유를 물었다.

"몰라요."

모르는 것이 당연할 것이다. 그래서 일수는,

"도망가는 엄마를 왜 붙잡지 못했어."

하고 안섭을 다른 각도로 질책했다.

"학교 왔다 가니까 없어요."

안섭은 울기만 했다. 울 수밖에 없으리라. 그러나 일수는,

"자아식, 울기는? 울면 도망간 어머니가 돌아올 줄 아니?"

또 역정을 냈다. 역정을 내기는 했으나 교장에게로 가서 보고를 하지 않을 수 없었다.

"지서루 데리구 가서 고아원으루 보내도록 하시오."

교장의 대답은 간단했다. 일수도 그러는 수밖에 없다고 생각했다.

그래서 수업을 다 필하고 난 뒤 일수는 안섭을 데리고 지서를 향해 걷기 시작했다.

"할 수 없지. 네 엄마가 돌아올 때까지 고아원에 가 있거라."

남에게 경멸받는 존재임을 스스로 알고 있을 안섭인 만큼 일수는 안섭이 어떠한 현실도 감수할 것이라 생각했다. 그러나 고아원에 가라는 말에 안섭은 발버둥을 치며 땅바닥에 주저앉았다.

"그럼 다른 데 갈 데가 있니?"

갈 데가 있을 리 만무할 것이지만 일수는 안섭의 대답을 기다렸다. 안섭이 대답을 못하고 발버둥만 칠 때 일수는 안섭의 팔목을 잡아 일으키고는,

"굶어 죽을래?"

하고 지서로 향했다.

"안 갈 테예요."

안섭이 팔목을 빼려고 악을 썼다. 팔목만 빼면 어디로라도 도망갈 눈치

였다.

"자아식, 넌 거지 노릇두 못해."

다른 애와 달리 얼굴색이 희고 눈동자가 파란 안섭은 거지 노릇도 못할 것이 뻔했다.

그 말에 기가 죽었는지 안섭은 팔목을 빼려 하지 않고 순순히 따라오기 시작했다.

안섭을 지서에 맡기고 집으로 돌아오는 길에 일수는 자기의 어린 아들 세경을 생각했다. 눈이 하나 없으니 거지로 나서기만 하면 안성맞춤 거지였다. 일수는 몸서리가 쳐졌다. 만약 자기에게 불행이 온다면 거지 신세를 면하지 못할 세경!'

집에 이르자 마루에 걸터앉아 있던 설희가 누구보다도 일수를 먼저 보고 힐쭉 웃었다. 소름이 끼치는 웃음이었다. 일수는 설희를 본 척도 않고 자기 방으로 들어가 저녁을 먹었다. 저녁을 먹자 세경의 손을 잡고 두 마정쯤 되는 철로 둑으로 걷기 시작했다. 세경은 아버지와 함께 산보하는 것이 즐거운지 일수의 손을 놓고 한참 동안 달음질을 치다가 다시 뒤돌아서서 일수에게로 달려와서는 할딱이는 숨소리로,

"아빠!"

하는 것이었다. 불행이 무엇인지도 모르는 어린것은 마음이 충족한 순간을 즐거워하고 있을 뿐이었다. 눈이 하나 없어도 아버지 옆에 있는 것으로 만족하는 세경!

일수는 지금쯤 낯선 고아원에서 혼자 웅크리고 있을 안섭을 생각했다. 미국에 양자로 가서 운이 좋게 양육된다면 어른이 되어 일류 국민이란 자존심에 황색인종을 경멸하며 살지도 모르는 안섭이다. 그러나 지금은 울고 있을 것이 분명하다. 내일 배부를 것보다 오늘 배고픈 것이 당장 눈물나는 일이 아닌가? 일수는 철로까지 가서 레일 위에 앉았다. 수많은 사람이 통과했을 레일. 기관차만이 있고 레일이 없다면 아무도 통과하지 못했을 지점. 그러나 기차를 타고 있는 시간 이외에는 실리(實利)적인 존재로가 아니라 낭만적인 시선으로만 바라보게 되는 레일.

일수는 레일 위에 앉아 그 어느 한끝에서 현재도 기차가 달리고 있을 것을 생각했다. 그 속에는 망각된 존재로 정처 없는 여행을 하는 사람도 있으리라.

일수는 문득 눈을 들어 조그만 언덕을 빽빽이 덮고 있는 판잣집들을 바라보았다. 지명도 없는 붉은 언덕에 새로 생긴 마을. 언덕 뒤에 자리잡은 미군 군용 비행장과 더불어 사방에서 몰려들어 온 수천 명의 뜨내기들. 만약 비행장이 폐쇄되는 날이면 그 날로 장마비에 쓸려나간 채소밭처럼 붉은 언덕으로 환원될 지역.

거기에는 기와집이 한 채도 없다. 양부인들이 서식하기에도 얼굴을 찡그려야 할 만큼 게딱지 같은 판잣집들뿐이었다.

그러나 언덕 맨 꼭대기에 하늘을 찌를 듯, 뾰죽한 고딕식의 벽돌 건물 한 채가 있다. 판잣집들을 경멸하듯 맨 꼭대기에 위치하고 있는 그 건물은 교회당이었다.

일수는 대조적인 판잣집들과 교회당을 보며 지옥과 천당을 생각했다. 지옥에서 살면서도 천당을 바라볼 수 있는 마을. 일수는 교회당과 비슷하게 큰 국민학교 교사가 보이지 않는 언덕 너머에 자리잡고 있는 것을 다행하게 생각했다. 만약 학교가 교회당 근처에 있다고 하면 지옥과 천당의 대조적 풍경이 흐려질 우려가 있을 것 같았기 때문이었다.

선과 악이 확연히 구별되는 곳에 대조의 미(美)가 성립된다. 미군부대의 정직한 노무자를 빼면 거의 전부가 부대의 물자를 빼내다 팔거나, 빼내다 파는 물자를 다시 돌리는 그런 협잡배와 양부인의 등을 쳐먹고 사는 사람들의 특수 부락이었다. 그러나 맨 꼭대기에 교회당이 서 있지만 않다면 지저분하기는 하나 그 부락을 지옥으로 생각지 않아도 좋을지 모른다.

일수는 지옥을 자루 속에 넣고 그것을 쥐어짜면 구정물이 나오다가도 마지막 한 방울의 맑은 물, 그것이 언덕 꼭대기에 서 있는 교회당 같기도 했다. 구정물들이 한 방울의 맑은 물이 되려고 협잡꾼도 사기꾼도 그리고 양부인도 무시로 드나드는 교회당.

일수는 멀리 보이는 교회당 속에서 쪼그리고 앉아 기도드리는 사람들의 영상을 생각해 본다. 살기 위해 옳지 않은 일은 하나 그것이 옳지 않다고 느껴지기 때문에 기도를 드리는 불쌍한 사람들! 기도를 드리고 교회당 문밖을 나오는 순간부터 다시 또 속죄할 자료를 만들지 않을 수 없는 무리들!

일수는 문득 교회당에 앉아 있는 설희를 생각했다. 혹시 설희는 아무도 모르게 교회당엘 나가고 있을지도 모른다. 그것은 일수의 한낱 희망일지 모른다. 만약 설희가 남모르게 교회당엘 나간다고 하면 설희는 마음의 세척(洗滌)을 꾀하는 여자임에 틀림없는 동시 현실 생활에 항거하는 여인이라고 말할 수 있을 것이다. 지저분한 생활을 하고 있다 해도 진정한 설희는 현실 속의 설희가 아니라 교회당 안의 설희일 것에 틀림없다. 일수는 교회당 안에 앉아서 고개를 다소곳이 숙인 뒤 손을 모아 기도드리는 설희가 자기의 환상에 그치지 않았으면 하고 바랐다. 그러기만 하다면 설희는 최대한의 속된 생활을 한다고 해도 절대로 속된 인간이 안 될 것이다.

교회당 밑 지옥의 부락 속에서 사는 뭇 사람들이 낮에는 어떤 일을 하든, 고요한 밤 시간에 교회당엘 나가기만 한다면 그들 전체가 설희처럼 속되다고는 말할 수 없을 것 같은 생각도 들었다. 그렇다면 가장 속된 인간은 누구보다도 일수 자신이었다. 생활의 안정성을 주는 직업을 빼앗길까 두려워 하루종일 전전긍긍 불안 속에서 지내지를 않았는가? 어떻게 해서라도 마음의 오점을 세척하려는 생각은 않고 교장이나 동료가 자기를 의아스러운 눈으로 보면 어떻게 할까 하는 것만을 걱정했다. 통속 이하의 속물인 자기를 생각할 때 일수는 자기야말로 지옥 속에서 사는 인간임에 틀림없다고 느꼈다.

자기가 속물이라고 자기를 경멸하면서도 일수는 지난 밤의 일이 누설되지 않아 동네 사람들이나 교장이 모르고 지나게 되면 자기는 면직을 당하는 일이 없게 될 것이 아닌가 하는 생각을 했다. 비밀이 누설되지 않고 면직이 안 된다면 자기는 아무에게도 부끄럼을 느끼지 않고 과거와 같은 생활을 할 수 있을 것이다.

일수는 제발 그렇게 되어 주었으면 하고 생각했다. 그렇게 되어 주기만 한다면 뜨내기 장사꾼이 되어 정처 없이 떠돌아다니지 않아도 좋다. 그리고 남에게 망각된 존재로서 살아가지 않아도 좋을 것이다.

“아빠, 집에 가.”

날이 어두워 왔다. 아버지 옆에 있으면서도 어둠이 무서운 모양이었다.

“가자——.”

일수는 어린 세경의 손을 잡고 철로에서 일어섰다. 세경의 손을 잡고 집으로 돌아올 때, 세경이 취한 사람처럼 비틀거렸다. 잠이 오는 모양이었다.

일수는 세경을 업었다. 잔등에 업힌 세경은 몇 걸음도 안 가서 잠들어 버렸다.

잠든 어린애를 업고 어두운 길을 걸으려니 꼭 거지 부자(父子) 같은 생각이 들었다. 엄마 없는 어린애를 업고 구걸다니는 홀아비 거지.

일수는 왜 그런 불길한 생각을 하는지 몰랐다. 학교에서 쫓겨날 것만 같은 불안의식의 산물일까!

집으로 돌아왔을 때였다. 설희가 자기 방 마루에서 어떤 미군과 희희닥거리는 것이 보였다. 일수는 못 본 척 안 할 수 없었지만 속으로는 차라리 잘되었다고 생각했다. 미군과의 생활이 바빠 자기를 유혹하는 일이 다시 있지 않기를 바라는 마음이었으리라. 그러나 자기 방으로 들어섰을 때였다.

일수는 전보다 위치가 변해져 있는 이부자리로 눈이 갔다.

전 같으면 자기 이부자리가 미닫이 있는 맨 아랫목 그 다음이 세경의 이부자리 그 다음 맨 웃목이 명순의 자리로 되어 있었다. 그런데 이 날의 순서는 그와 아주 반대였다. 자기 이부자리가 맨 윗목이고 명순의 이부자리가 미닫이 있는 아랫목이었다.

일수는 그 이유를 눈치챌 수 있었다. 밤중 소변을 보러 나갈 때 명순의 몸 위를 건너가도록 하게 함이었다. 그렇게라도 해서 명순이 어제의 비밀을 알고 있다는 사실을 알리려는 계산이리라.

그렇다면 어젯밤 일을 전부 알고 있는 것이 분명하다.

일수는 아무 말도 못하고 명순이 깔아 놓은 대로 세경을 눕힌 뒤 웃목으로 가서 자리에 누웠다. 그러나 잠이 좀체 오지 않았다. 어떤 의미에서든 간에 명순에게 감시를 당하고 있다는 생각이 일수를 서글프게 했다.

잠자는 자리의 위치도 명순의 의지에 의해 결정되었다. 식모애에게 복종을 해야 하고 식모애에게 감시를 당해야 하다니…….

떳떳치 못한 사람은 자기의 권리마저 삭탈당해야 하는 것인가?

불이 꺼졌다. 명순이 잠을 자려는 모양이었다. 일수는 죽은 사람처럼 눈을 감은 채 몸을 움직이지 않았다. 몇 시간이나 잠 못 이룬 채 누워 있었는지 모른다. 이제는 정말 잠이 들어야겠다고 초조로운 마음으로 잠들 궁리만 하고 있을 때 명순이가 가까이 왔다. 일수는 눈을 뜨지 않았지만 명순이가 세경의 이불을 덮어 주는 것 그리고는 자기 가까이로 와서 자기의 동정을 살피고 있음을 알 수 있었다.

명순은 일수 옆으로 와서 일수의 코에 귀를 대는 것이었다. 잠이 들었는가를 확인하는 모양이었다.

일수는 잠든 사람의 숨소리를 가장했다. 가장을 하다가 조작이라는 것이 드러나지나 않을까 걱정했지만 일 분 동안의 가장은 그리 힘들지가 않았다. 코에 귀를 대고 숨소리를 듣고 있던 명순이 입술을 일수 뺨에 댔다. 따뜻한 입술이 피부에 간지러웠다.

일수는 눈을 뜨고 알은 척을 하고 싶었다. 그러면 명순이 자기에게 취한 행동과 자기가 설희에게 취했던 행동이 서로 상쇄(相殺)될 것이 아니겠는가? 그렇게 되면 명순은 자기를 명령도 할 수 없고 감시할 수도 없게 될 것이다. 그러나 일수는 끝내 눈을 뜨지 못했다. 명순의 행동과 자기의 죄과의 차이가 지나치게 크다는 것을 느끼기 때문이었다. 명순은 잠들어 있는 사람에게 애정의 감정을 일방적으로 표시했을 뿐이다. 자기의 행동과는 비교도 할 수 없는 순수한 행동이다. 그러나 자기는 돌이킬 수 없는 죄과를 완전히 범해 버렸다.

뺨에 입술을 댔던 명순은 그것이 일방적인 행동으로 그친 것이라 안심을 했던지 자기 자리로 돌아가 버렸다. 맹랑한 일이었다. 그러나 일수는 모르는 척하는 도리밖에 없었다.

생각하면 우습기 짝이 없는 일이었다. 나이 서른다섯에 그래 열일곱 살밖에 안 된 처녀에게 무능력자 이상으로 피동적인 태도를 취해야 하다니.

일수는 자기가 의지를 잃어버린 인간이란 생각을 했다. 명순이가 발설을 하면 자기 운명이 파멸케 될 것이란 공포심에서 명순의 행동을 알고도 모르는 척 눈을 감아야 한다는 것은 의지뿐만이 아니라 감정마저 상실한 사람의 태도가 아닐 수 없다.

잠을 못 이루고 세경과 명순의 숨소리만 지키고 있던 일수는 명순에게로 달려갈까 하는 생각을 했다. 오 년 동안 지켜 오던 금욕의 생활을 어젯밤 설희로 말미암아 깨뜨렸기 때문인지 뺨에 키스를 하던 명순에게 충동을 느끼고야 만 것이다. 그러나 그보다도 명순과 육체관계를 하게 되면 명순이가 약점을 잡히게 된다. 그렇게 되면 명순은 설희와 자기와의 관계를 발설할 자격이 없게 된다. 명순이 발설할 자격을 상실하게 되면 자기는 명순에게 피동적인 태도를 취하지 않아도 좋게 된다. 의지를 상실한 상태 속에서 살지 않아도 좋게 된다.

일수는 두 팔에 힘을 주어 일어설 태세를 취했다. 그러나 그것은 허망한 생각이었다. 양부인인 설희와의 관계에서도 죄의식을 느끼고 괴로워하고 있는 일수가 어찌 열일곱 살밖에 안 된 앳된 처녀를 범할 수가 있을 것인가? 지척 사이에 누워 있는 명순이건만 일수는 강 하나를 사이에 두고 멀리 떨어져 있는 것처럼 마음을 돌려 버렸다.

그러나 명순이 자기 뺨에 키스했다는 생각을 할 때 그 따뜻한 감촉이 자꾸만 되살아나는 것 같아 잠이 오지 않았다.

일수는 하나 둘 셋 하고 숫자를 외기 시작했다. 삼백까지 세도록 잠이 오지 않았다. 그 뒤에 얼마까지를 세었는지 기억할 수 없는 것으로 보아 사백을 채우지 못하고 잠이 들어 버린 것이 사실이었다.

그러나 얼마 안 가서 다시 눈이 떠졌다. 어젯밤 변소에 가던 그 시간이었을지 모른다. 눈을 뜨자 소변이 마려운 것을 느꼈다. 그러나 차마 나갈 수가 없었다. 우선 미닫이 옆에 누워 있는 명순을 넘어갈 수가 없었다. 열려지지 않는 관문이 가로놓여 있는 것 같았다. 그 관문을 통과할 수가 없을 뿐 아니라 밖에 나가면 또다시 기침을 하고 기침소리를 내면 설희가 성냥불을 켜고 손짓을 할 것이 아닌가?

일수는 마려운 소변도 참는 수밖에 없었다. 참으면 참을 수 있는 것인지 일수는 변소엘 가지 않고도 다시 잠이 들었다. 그러나 조반하러 나가는 명순의 부스럭거리는 소리에 눈을 떴을 때는 방광이 터지는 것 같았다.

알을 밴 암탉처럼 어기적거리며 변소로 가는 도중 일수는 생리적 고통까지 참아야 하는 자기의 무기력을 스스로 경멸했다.

의지를 상실하면 이렇게까지 무기력하게 되는 것일까…….

조반을 먹고 학교로 갔을 때 일수는 어제와 같은 불안은 느끼지 않았다. 명순이 발설을 안 한 것이 사실인 만큼 교장이나 동료가 자기와 설희와의 관계를 알 수 없으리라는 안도감이 들었기 때문이었으리라. 교장을 대해도 교장이 자기를 의아한 눈으로 보는 것 같지가 않았다.

일수는 시간이 흘러감에 따라 자기의 불안이 완전히 사라질 것이라 믿었다. 그래서 이 날은 별달리 초조감을 느끼지 않고도 수업을 끝마칠 수 있었다.

그러나 수업을 끝내고 집으로 돌아왔을 때 설희가 염치없게 자기 방으로 들어오는데 일수로서 새로운 불안감을 안 느낄 수 없었다.

설희는 미제 초콜릿 하나를 들고 들어와 세경에게 주었다. 다른 뜻이 있어서 온 것이 아님을 가장하는 것이었으나 일수는 설희가 자기 방에 무엄하게 드나드는 것을 집 주인이나 동네 사람들이 알게 되면 어떻게 할까 걱정스러웠던 것이다. 그러나 들어온 사람을 나가라고 하면 설희가 도리어 반발하게 될지를 몰라 쓴 오이 보듯 얼굴만 찡그리고 있을 때 설희가,

"더운데 산보나 가실까요?"

하는 것이 아닌가? 밤도 아닌데 산보를 가다니. 그것은 설희와 자기와의 관계를 동네 사람들에게 광고하는 행동 이외에 아무것도 아니다.

"피곤해서 좀 누워 있어야겠어."

일수는 설희의 반발을 사지 않게 하기 위해 듣기 좋은 구실을 내세웠다.

"심심해서 그래요. 잠깐만……."

설희는 자기와의 관계를 남에게 광고하고 싶다는 말인가?

"글쎄 피곤하다니까……."

"아무리 피곤하대두 잠깐 동안이야……."

"산보를 가면 갈 데나 있어? 손님이나 기다리고 가만 있어."

"흥!"

설희는 콧소리를 내고는 두말 없이 자기 방으로 돌아가 버렸다. 시비를
하지 않고 돌아간 것은 고마우나 어젯밤 일을 애정의 교류로 생각하고 그
애정을 지속하려는 설희가 밉기 짝이 없었다.

불안의식과 더불어 오 년 동안 지켜 오던 절제를 깨뜨렸다는 억울함이 슬
픔 같은 감정을 자아내고 있는데 설희는 그래도 자기의 애정을 구하려 하다
니…….

일수는 설희가 미워졌다. 그래서 다시는 만나지 않도록 해야 할 것을 생
각했다. 그러나 이쪽에서 만나지 말아 달라는 의사를 표시했다가 설희가 반
발적 행동을 취한다면 어떻게 할 것인가? 설희는 그런 세계로 발을 들여 놓
은 여자다. 두려울 것도 창피할 것도 없다. 교장을 찾아가서 두 사람의 관계
를 털어놓고 이야기할 수도 있는 여자다.

일수는 누워서 머리를 앓고 있었다. 그때였다. 명순이,

"저걸 봐요."

하며 턱으로 설희 방을 가리켰다. 일수는 그쪽으로 눈을 돌리지 않을 수 없
었다.

언제 미군 손님이 왔는지 모르나 설희가 마루에서 미군과 희롱하고 있는
것이 아닌가? 밀고 치고 하던 끝에 나중에는 포옹을 하고 키스까지 했다.

자기에게 보라고 일부러 보이는 데서 그러는 것이라 생각하며 일수는 고
개를 돌려 버렸다. 그때 명순이,

"이살 가요. 창피해서 살 수 없어요."

했다. 자기도 하고 싶은 말이었다. 그러나,

"어떤 집엘 가면 그런 꼴 안 볼 줄 아니?"

방을 빌려 주고 있는 집치고 양부인이 들어 있지 않은 집이 어디 있는가?
그것도 그러려니와 이때까지 아무 말 없이 있던 집을 나간다는 것은 도리어
남에게 의심을 사는 행동이다.

"그래두……."

명순이 조르듯 말했다. 그것이 창피하다는 단순한 뜻으로 하는 말이 아님을 알 수 있었다. 그렇기 때문에 일수는 강경한 말로 반대할 수는 없었다.

"나두 이살 가구 싶다. 그렇지만 신통한 데가 있을 것 같지 않아서 그러지."

명순이 설희와 자기와의 관계를 알고 그것을 불쾌하게 생각하고 있다 해도 당장에 이사갈 수는 없는 일이 아닌가?

"제가 구해 보겠어요."

"그래라. 좋은 집만 있다면야—."

일수는 자기도 이사갈 의사가 있다는 것을 표시했다. 그것은 자기의 진심이기도 했으나 명순에 대한 하나의 아첨이었을지도 모른다. 명순의 비위를 상하게 할 수 없는 일수이니까…….

그러나 저녁을 먹고 나자 일수는 어제처럼 또 세경을 데리고 철로 있는 데로 산보를 갔다.

자기의 의지대로 살 수 없는 자기 생활이 일수의 마음을 자꾸만 혼란하게 만들었기 때문이었다. 명순에게 아부를 하며 살아야 한다는 것을 생각할 때 산다고 하는 것이 지나칠 정도로 지저분한 것 같았다.

'산다고 하는 것을 포기해 버릴까?'

밥짓는 애에게까지 아부를 해야 한다는 것은 자기 자신을 무시하는 행동 이외에 아무것도 아니다. 산다는 자존심이 어디에 있는가?

그러나 손목을 잡힌 채 좋아서 깡충깡충 뛰는 세경을 볼 때

'거지, 안성맞춤의 거지.'

자기가 없으면 천성 거지밖에 안 될 세경을 생각지 않을 수 없었다.

'내 의지로 사는 것이 아니라 해도 살기는 살아야지…….'

일수는 문득 어제 고아원으로 끌려간 안섭을 생각했다. 고아원 한편 모퉁이에서 울고 있을 안섭을!

철로까지 걸어간 일수는 다시 레일 위에 앉아 판잣집 부락을 올려다보았다. 높은 교회당 건물, 발 아래서 숨도 제대로 못 쉬는 듯한 판잣집들! 지금 그 판잣집들 속에서는 어떠한 흉계들이 꾸며지고 있을지 모른다. 어떠한 추

한 행동들이 벌어지고 있을지도 모른다. 그러나 알면서도 모른 척 눈을 감고 살아가는 사람들!

꼭같이 눈을 감고 살아가는 사람들이나 그 중에는 교회당을 잊지 않고 사는 사람들도 있다.

일수는 교회당 안에 쪼그리고 앉아 있을 사람들의 영상을 생각했다. 아름다운 자태였다. 아무리 죄에 눈을 감고 살아간다 해도 진심으로 무릎을 꿇고 앉았을 순간의 그 자태란 아름다운 것이 아니겠는가? 그 아름다운 자태를 보고야 어찌 신인들 죄에 대한 용서를 냉혹히 할 수가 있을 것인가?

일수는 자기도 교회당엘 한 번 가 보리라 생각했다. 한 번도 발을 들여놓은 일이 없는 교회당이다. 삶에 대한 자존심마저 잃은 자기를 용서해 줄 곳은 오로지 교회당이 아닐까 하는 생각이 들었던 것이다.

그러나 집으로 돌아오는 도중 일수의 마음은 다시 변했다. 교리를 아는 것도 아니요, 신을 긍정해 본 적도 없는 자기다. 그러한 자기가 교회당을 찾아간다는 것은 자기가 교회당을 이용하는 것밖에 아무것도 아니다. 사람으로 하여금 가장 아름다운 자세로 돌아가게 해 주는 교회당을 이용하다니…… 그것도 일수의 감정이 아직 최고의 절정에까지 이르지 못했기 때문인지 모른다. 어쨌든 일수는 교회당 근처에도 가지 못하고 집으로 돌아왔다.

집으로 돌아왔을 때 설희의 방에는 아직도 미군이 그대로 있었다.

일수는 일찍부터 불을 끄고 자리에 누웠다. 전 같으면 양부인이니까 그러려니 하고 신경을 그리 쓰지 않던 일이지만 그저께 밤의 일이 있어서 그런지 설희가 자꾸만 추하게 생각되었던 것이다. 추한 여자 때문에 자기의 결심이 깨지고 말았다는 억울함이 설희의 방을 차마 들여다볼 수 없게 했다.

일찍부터 누워서 그런지 어젯밤보다는 잠을 일찍 이룰 수 있었다.

얼마쯤 잤는지 모르나 일수는 어두운 밤중 눈을 떴다. 명순이 다시 자기 뺨에 키스를 하는 것이었다. 일수는 한 번 떴던 눈을 감고 다시 어제처럼 모르는 척 내버려 두었다. 그러나 명순은 어제와 달리 뺨에 키스를 하고 제 자리로 돌아가는 것이 아니었다. 일수의 머리를 통째로 쓸어안았다. 그리고는 전신을 일수의 몸에 갖다 대었다.

일수는 갑자기 정욕이 발동하는 것을 깨달았다. 그러나 모르는 척해야 한다는 의식이 정욕까지를 누르지 않을 수 없었다. 그러면서도 명순이 일수의 몸을 위에서부터 아래로 쓸어 내려갈 때 일수는 잠자고 있는 시늉을 하고 있을 수가 없었다.

몸이 비틀어졌던 것이다.

자기가 잠에서 깨어났다는 것을 명순에게 알리는 순간 일수는 어떠한 행동이거나 행동을 취하지 않을 수 없었다. 그러나

'빨리 가서 자.'

라는 말은 나오지 않았다. 그 순간에까지 비굴할 수는 없었다.

솔직히 말하면 그러한 생각보다 앞서는 욕정이 그를 사로잡았다. 명순은 항거하지 않았다. 그러나 잠시 후 뜻밖에도 명순의 울음소리를 들었을 때 일수는 잃어버렸던 의식을 도로 찾았을 때처럼 자기의 주변을 둘러보았다.

확실히 자기 방이었다. 그리고 확실히 명순이 자기로 말미암아 울음을 터뜨리고 있는 것이었다.

"잘못했어!"

명순의 울음을 달래는 말이었으리라. 일수는 명순의 흐느끼는 어깨를 흔들었다. 그러나 명순은 악몽에서 채 깨어나지 못한 것처럼 일수의 말을 들은 척도 안 했다.

"잘못했다니까. 다시는 안 그럴게……."

자기가 사과해야 할 경우가 아닐지도 모른다. 그러나 일수는 잘못했다는 말밖에 다른 말을 할 줄 몰랐다.

"엄마 ——, 난 몰라."

명순은 계속해서 울었다. 양부인들의 생활을 목격하며 살고 있는 사춘기의 처녀로 알지 못하는 세계에 대한 꿈을 이루어 보고 싶었으리라. 그것은 오직 하나의 호기심이었을 것이다. 그러나 그 호기심이 현실로 자리를 바꿀 때 호기심이 아름답다던 생각은 안개처럼 사라지고 만다. 오직 현실만이 눈에 보일 뿐이다.

"글쎄 다시는 안 그런다니까. 남들이 들으면 어떡해."

일수는 명순의 울음을 알 수 있기 때문에 명순을 나무라지 못했다. 역시 잘못은 자기에게만 있는 것이다.

일수는 명순을 안아다가 명순의 자리에 눕힌 뒤,

"자구 나면 괜찮아……."

그것이 정말 명순에게 위로가 될 말인지 아닌지도 모르며 그런 말을 했다.

명순은 울음소리를 그치었으나 밤새 속울음을 울고 있는 것 같았다.

일수는 명순의 울음을 보며 잠들 수가 없었다. 밤새 한숨의 잠도 못 이루었다.

'죽일 놈.'

일수의 입에서는 자책하는 말밖에 나오지 않았다. 만약 명순이 용서해 주는 마음만 보여 준다면 명순 앞에서 손가락을 짤라 다시 그러지 않겠다는 자기의 의지를 보여 주고 싶었다.

일수는 혼자서 자기의 머리털을 쥐어 뽑았다. 아픈 줄도 모르게 한 옹큼 뽑혔다.

일수는 날이 밝을 때 그것을 명순에게 보여 주려 했다.

머리털을 뽑았으니 용서를 해 달라고. 그러나 피부를 홀딱 벗겨도 명순은 자기를 용서해 줄 것 같지가 않았다.

의지를 상실했다거나 생에 대한 자존심을 잃었다거나 따위의 생각쯤 문제가 아니었다. 그저,

"죽일 놈!"

하는 소리만이 입 안에서 맴돌 뿐이었다.

"저 울음소리만 안 들려 주었으면…….

울음소리를 내는 것이 아니었지만 일수의 귀에서는 명순의 울음소리가 떠나지 않았다. 그리고 그 울음소리는 자기가 죽을 때까지 그치지 않을 것만 같았다.

"어떻게 하나……."

해답이 있을 수 없는 질문을 하며 스스로 오열하고 있을 때였다. 교회당

에서 새벽 종소리가 들리기 시작했다. 가난한 교회당의 종소리는 우렁차지가 않고 가냘프기 짝이 없었다. 가냘픈 종소리였으나 일수에게는 가슴 찌르는 음향이었다.

일수는 자기도 모르게 자리에서 일어났다. 그리고는 옷을 입은 뒤 지옥의 부락 맨 꼭대기에 있는 교회당으로 걸어갔다.

그러나 교회당 출입문 앞에까지 이른 일수는 열려져 있는 문 안으로 들어가지를 못했다.

명순의 울음소리가 또 들렸던 것이다.

'용서를 받겠다는 체면이 있느냐?'

명순의 울음소리가 저주로 바뀐 것은 아니었다. 일수의 마음 속에서 우러나온 일수 자신의 부르짖음이었다.

'이번 경우 용서를 받겠다는 것은 자기 기만이다. 어울릴 수 없는 허영이며 사치스런 화장술이다.'

일수는 딴 사람들이 모여들기 전에 교회당 앞을 떠나야 했다. 문 안에 들어갈 수도 없는 사람이 어찌 문 앞에서 서성거릴 수 있을 것인가?

그 날 일수는 학교에도 가지 못했다. 명순의 옆에 앉아 있을 수가 없어 집을 나와야 했지만 차마 학교 갈 용기가 나지 않았다.

학교에 간다는 거짓말을 한 뒤 일수는 철로가로 나갔다.

갈 곳이라고는 그곳밖에 없었기 때문이었다. 그러나 부락을 채 나가기 전 일수는 어떤 집 처마 밑에 쪼그리고 앉아 있는 안섭을 발견했다.

혹시나 자기 어머니가 돌아왔을까 해서 고아원을 도망쳐 나온 안섭이. 일수는 거지 노릇도 못할 것이 어쩌자고 고아원을 도망쳐 나왔을까 하는 생각으로 안섭 가까이로 가려 했다. 역시 안섭에게는 고아원이 그의 어머니보다도 중요한 것이란 생각 때문이었다. 고아원에만 있으면 미국으로 보내 줄 것이 아니겠는가?

그러나 안섭이 일수를 알아보기도 전에 일수는 발을 돌려 버렸다.

"죽일 놈이……."

자기 자신에 대한 질책이 앞섰던 것이다.

"더러운 손——."

일수는 자기의 손바닥을 들여다보았다. 더럽기 짝이 없는 손이었다. 그 더러운 손으로 남의 장래에 때를 묻힐 수가 있을 것인가?

일수는 곧장 철로께로 걸어갔다. 그것은 자기가 차마 들어가지는 못했으나 아름다운 자세로 돌아오는 사람들을 기다리고 있는 그 우뚝 솟은 교회당을 멀리서나마 바라보기 위함이었다.

때마침 기차가 철로 위를 달려가고 있었다.

그것이 부산으로 가든 서울로 가든 일수는 알 바 아니었다. 앉을 자리마저 잃고 자기가 발들여 놓지 못한 교회당을 향수에 가득 찬 눈으로 멀리 바라볼 뿐이었다.

(원)《사상계 74》 1959. 9,　(출)『방관자』 창신문화사, 1960.

유성

“아, 저기 별똥이……."

“………"

“별똥을 세 번 보면 소원을 성취한다던데……."

“참 네 소원이 뭐였지?"

“내게 무슨 소원이 있어요?"

“한국은행 총재 될 소원이나 가져 보렴."

“아이 오빠두 누가 그런 걸 해요."

“그럼 결혼할 소원이나 이뤄 보지."

“오빠두 시시하게. 아—— 별똥이 또 흐르네, 어떡허지……."

두 번째 별똥이 흐르는 것을 보자 성애가 툇마루에서 응접실로 뛰어들어 갔다. 보아서는 안 될 것을 피하는 듯 뛰어가는 성애의 뒷모습을 보자 성주(成周)는 성애가 운명적인 것을 꺼려한다고 생각하며 혼자 빙그레 웃었다. 그리고는 하늘을 쳐다봤다. 성애는 운명적인 것을 피했으나 자기는 피하지를 않고 도리어 무시한다는 태도였다.

유난히 많아 뵈는 별들. 은하수까지가 푸른 나뭇잎에 흰 솜을 씌운 것처럼 하얗게 보이는 하늘이었다.

시야를 넓게 하느라고 고개를 될 수 있는 한 뒤로 젖히고는 셋째 번의 별똥이 흐르기를 기다리는 것이었다.

얼마 안 되어 동북쪽에서 남쪽으로 흘러 떨어지는 별똥을 보았다. 세 번째의 별똥을 보자 성주는 툇마루에서 몸을 일으키어 응접실로 들어갔다.

응접실에 들어서자 성애가,

"세 번째 별똥을 보았수?"

하고 물었다.

"응——."

"그럼 소원이 성취됐게?"

"못 이룬 소원이 있어야지……."

"자유의 성(城)?"

"너 같은 소리로구나. 너 나를 꿈꾸는 사람으루 생각했다간 오해다. 꿈이 솟아날 여유가 없는 세상이야. 너두 꿈을 버려."

"설사 꿈을 꿀 수 없는 세상이라 해두 꿈을 가진다는 그 자체가 아름다운 것 아녜요? 난 오빠의 꿈을 가끔 생각해 봐요. 어떤 영화에서 본 이야기지만 막막한 사막을 지나거든요. 그 사막 끝에 고대(古代)를 연상시키는 성이 하나 있어요. 그 성문을 들어서면 화초가 만발했구요. 화초가 만발한 그 성의 주인이 누구냐 하면 그게 바루 오빠예요. 그 성 안에 있는 사람은 모두가 오빠의 시중을 드는 사람들이고. 호화로운 옷과 끊일 줄 모르는 술 그리고 아름다운 미녀들."

"그만둬. 지금은 사막 위에도 비행기가 떠 다니니까 그런 성이 숨어 있을 수 없어. 아마 네가 그런 고궁의 왕녀 꿈을 꾸고 있는가 부다……."

"흥! 오빠두. 나 같은 건 꿈을 꿔두 조그만 꿈을 꾸는 거예요. 꿈이 없다는 오빠 같은 이가 되려 큰 꿈을 갖는 거구……."

"좌우간 너는 꿈을 가지고 있는데두 별똥이 세 번 흐르는 걸 왜 끝까지 보지 않았니? 난 그걸 모르겠다."

"꿈이 아름다운 것이기는 하지만 현실을 알기 때문이겠죠."

그때였다. 안방에서 새어머니의 목소리가 새어 나왔다.

"왜 딴 일을 못 시키는 거예요 글쎄. 그런 거야 낸들 못할라구."

분명 불만에 찬 목소리였다. 그러나 그 말에 대답하는 아버지의 목소리는 부드러웠다. 무사하게 살아갈려는 아버지의 성격이리라.

"그런 일두 안 시키면 정말 할 일이 없을 게 아니요. 암말 말구 그냥 내 버려 둬."

새어머니는 목소리를 더 높여,

"그건 자식을 못쓰게 만드시는 거예요. 혼자서 해 나갈 일을 시켜야지 밤 낮 집세나 받으러 다니면 그 애가 나중엔 뭣이 되지요?"

하고 따지는 것이었다.

"아무것두 안 할려는 걸 어떡허우? 그거나마 해 주는 게 다행이지. 아무 리 제 자식이라두 목을 끌구 다닐 수두 없구……."

성주는 그까지만 듣고 귀를 돌려 버렸다. 이미 다 알고 있는 이야기이기 때문에 더 들을 흥미가 없었던 것이다.

성주는 라디오 스위치를 돌려 방송음악이 유리창을 울리도록 높게 틀어 놓았다가 금시 스위치를 끄고 성애에게,

"가서 자자."

한 뒤 자기 방으로 돌아와 버렸다.

라디오를 틀었다 껐다는 것이 그들의 이야기를 들었다는 표시가 되기 때 문에 아버지와 새어머니의 이야기가 중단되었으리라고 생각되었지만 성주 의 귀에는 새어머니가 말하던 음성이 메아리처럼 되살아 오는 것이었다.

'그런 일야 낸들 못할라구…….'

새어머니는 확실히 가정의 재정권을 장악하려 하고 있다. 지금도 집의 현 금은 자기가 취급하고 있지만 그런 움직이는 돈이 아니라 말하자면 부동산 까지 자기 소유로 갖고 싶어하는 것이다. 이제 서른두 살밖에 안 된 젊은 여 자가 쉰다섯이나 된 늙은 남자에게 후처로 들어올 때야 그런 야심을 가졌으 리라는 것을 짐작 못할 바 아니지만 그 야심이 표면화하기 시작할 때 성주 로서 유쾌할 수 없었다.

"안 될 말이지……."

아버지가 살아 있고 또 맏아들인 자기가 살아 있는 한 부동산에 대한 권 리가 새어머니에게 넘어갈 리는 만무하다. 어떤 일이 있다 해도 있을 수 없

는 일이다. 그런 만큼 성주는 재산권에 대한 걱정을 안 하는 것이지만 그 대신 성립 안 될 문제를 성립시키려는 새어머니 안달에 시달릴 아버지가 불쌍하게 생각되었다.

만년의 고독쯤 참으려면 참을 수도 있는 일이련만 무엇 때문에 재취를 하여 여자에게 시달리는 그 어리석은 일을 시작했을까? 돈에 탐심을 내는 것이 당연할 새어머니의 마음을 모르고 재취한 아버지가 어리석게만 생각되었다.

재산이라야 빌딩 하나뿐이기는 하지만 그 빌딩에서 들어오는 집세만도 한 달에 오십 환이 넘는다. 말하자면 먹을 걱정이 없는데도 얼마 안 되는 월급생활을 버리지 못하여 아직까지 말단 공무원 노릇을 한다는 것부터가 아버지는 구속받는 생활만을 생활로 생각하는 머리를 가진 사람이다. 재혼을 했다는 것도 또 하나의 굴레를 가정에서까지 뒤집어써야만 자기 존재를 인식할 수 있기 때문일지 모른다.

"만약 새어머니 말대로 집세 받아 오는 일을 새어머니에게 맡긴다면 아버지가 만족해할까?"

만족해할는지도 모른다. 왜냐하면 성주에게서 받는 돈을 자기 손으로 예금하는 대신 새어머니가 자기 손으로 예금까지 하여 살림을 맡아한다면 새어머니를 그만큼 살림 잘하는 여자라고 생각할 터이니까…….

아버지가 만족해하고 안 하고는 둘째로 하고 귀찮은 일을 면할 것 같은 생각에 성주는 가정에서 유일한 임무인 그 집세받는 일까지 포기해 버리고 싶었다. 그러면 자기는 정말 아무 걱정 없이 편한 생활을 할 수 있다. 정신적으로나 시간적으로나 아무런 구해 없이 자기 마음껏 살 수가 있다.

두 번 세 번 가야 겨우 받을 수 있는 그 집세를 위해 쓴소리 단소리 가릴 것 없이 지껄여대야 하는 것도 하나의 고역이 아닐 수 없다. 그 고역을 참는다는 것은 결국 자기 억압에 지나지 않는다. 밸이 틀려도 참아야 하고 밸이 곤두서도 화를 내는 대신 얼러야 한다는 것은 자기의 생리조직을 구속시키는 일 이외에 아무것도 아니다.

'모든 것을 다 주어 버리자. 결국 포기만이 자신에 대한 해방이 아닌가.'

이런 생각을 하고 있을 때 아버지가 잔기침을 하며 성주방으로 들어왔다.

필경 새어머니의 특사로 파견되어 왔을 것이다. 성주는 아버지의 얼굴에서 '집세받는 일 네 어머니한테 맡겨라. 네가 너무 귀찮아해서 내가 어머니한테 부탁했다.'

이런 말을 읽었다. 성주에게보다도 새어머니에게 구속을 받아야 하는 아버지인 만큼 새어머니를 위해서는 거짓말도 사양치 않을 것이다.

성주는 아버지의 입이 떨어지기도 전에,

"집세받는 일을 어머니에게 맡기라는 거죠?"

하고 되지도 않을 말이라는 듯이 시비를 걸었다.

"응 그래. 귀찮은데 이 달부터 맡겨라."

틀림없이 아버지는 그 용건으로 찾아온 것이었다.

"안 됩니다. 집안 경제를 여자에게 맡길 수 있어요?"

"돈은 여자에게 맡겨야 틀림없다. 결혼한 지 일 년두 안 되어 가정살림을 맡겠다는 게 얼마나 기특하냐?"

"그건 맡는 것이 아니라 뺏는 것입니다."

"뺏으면 어딜 가지구 간단 말이냐? 말을 함부로 하지 말아. 그래 어머니가 이혼할 것을 생각하구 있단 말이냐?"

"이혼하리라는 것은 저두 생각지 않습니다. 그렇지만 어머니에게는 자기 친정에 대한 체면과 책임감이 있지 않습니까?"

성주는 새어머니가 무엇 때문에 아버지와 결혼했을 것이냐고 그것을 반문하고 싶었다. 그러나 아버지의 체면을 위해서 그 말만은 참고 말았다.

"속이 비틀어진 생각을 말구 남을 좀 믿어 봐라. 한집안끼리 믿지 않구 어떻게 사니?"

"좌우간 제가 맡았던 일은 제가 그냥 하겠어요."

싸움이 벌어질 것을 예상했던 아버지는 그 말을 중단하고,

"참, 오늘 어떤 친구를 만났는데 얌전한 색시가 있다더라. 집안이 엄격해서 마음대로 집을 나오지도 못하는 그야말로 시세 여자 같지 않은 여자래드라. 한 번 보지 않을래?"

하는 것이었다.

성주는 생각할 것도 없이 대답했다.

"당분간 결혼 안 하겠어요."

"그 당분간이라는 게 대체 언제까지냐?"

"모르겠어요. 시간이란 눈에 뵈는 것이 아니기 때문에 자로 잴 수가 있어야지요."

"이젠 자식두 낳을 생각을 해야 할 나이가 아니냐?"

자식이라는 말에 성주는 코웃음이 나왔다. 결혼이라는 것도 자기 구속을 의미하는 것인데 게다가 자기 몸을 총총 감아 놓는 자식까지 바라다니…….

"가서 주무시기나 하세요."

더불어 이야기하고 싶지가 않았다.

아버지는 순순히 안방으로 돌아갔다. 고마운 일이었다. 아버지의 자격으로 명령을 행세하려 하지 않는 것은 아버지가 그만큼 선량하다는 것을 말해 주는 것이리라.

아버지가 돌아가자 성주는 아버지를 경멸하고 미워해야 할 것인가, 그렇지 않으면 존경하고 흠모해야 할 것인가를 생각했다. 자기 뜻에 어긋나는 행동을 한다는 점에서 경멸하고 미워해야 할 것 같았지만 어딘가 선량한 점이 숨어 있는 것을 느낀 뒤라 그냥 경멸할 수만 있을 것 같지가 않았다.

아무리 부족한 사람이라 해도 그 사람이 가진 선량만은 미워할 수가 없을 것이 아닌가?

성주는 구속받기를 좋아하는 사람일수록 마음이 선량한 것이나 아닌가 생각했다. 그렇다면 선량하지 못한 것은 아버지보다도 자기일 것이 분명했다.

'그러나 나는 무엇이 선량치 못할까?'

성주는 문득 집세받는 직책을 새어머니에게 넘겨 주지 않는 것이 선량치 않은 증거처럼 생각되었다. 직책이라는 것, 그 직책에서 오는 의무감 그리고 직책을 수행하기 위한 데서 오는 조직적 명령 계통이 싫어 자기는 취직도 안 하고 있다. 집세받는 직책도 결국 자기를 얽어매는 일에 틀림이 없다. 조금도 원하는 바가 아니다. 그런데도 그 직책을 요구하는 사람에게 넘겨 주지 않는 것은 요구하는 사람을 미워하기 때문이다. 남을 미워할 수 있는 사람처럼 선량치 못한 사람이 어디 있을 것인가?

다음 날 아침 성주는 출근하는 아버지를 대문까지 배웅하면서

"어젯밤에 하시던 말씀 아버지 생각대루 하십시오."

하고 말했다.

아버지는,

"혼삿말 말이냐?"

그런 말을 하는 성주가 기특하다는 듯이 빙그레 웃었다.

"아닙니다. 집세에 대한 것 말입니다."

"그래? 혼삿말두 잘 생각해 봐라. 세상에 그런 처녀가 얼마나 있겠니?"

아버지는 집세 문제보다도 성주의 결혼 문제가 더 중요하다는 듯이 집세 문제는 '그래?' 한 마디로 넘겨 버렸다.

성주는 아버지에게 잘 다녀오시라는 인삿말만 하고 결혼 문제는 입 밖에도 꺼내지 않았다. 그저 출근시간에 늦지 않으려고 총총걸음으로 골목길을 빠져 나가는 아버지의 뒤를 한참 동안이나 바라보았다.

어머니가 돌아가셨을 때 그렇게도 슬퍼하던 아버지였지만 장례식이 끝나자 다음 날로 출근을 하던 일이 머리에 떠올랐다.

젊었을 때부터 쭉 계속해 온 직장생활이 아버지에게는 벗고는 못 살 의복처럼 하나의 습성이 되었다. 잘 때에도 옷을 벗으면 허전해서 잠이 안 올 만큼 옷이 필요한 아버지다.

성주는 멀어지는 아버지의 뒷모습에서 옷을 입은 허수아비를 생각했다. 옷을 안 입고는 안정감을 느끼지 못하는 허수아비.

성주는 정년이 되어 직장생활을 못하게 될 때에도 아버지는 또 무슨 일이든 하고야 견디리라고 생각했다. 불쌍하지 않을 수 없었다.

끈에 옭매여 있는 고무풍선(애드벌룬)은 절대로 날아갈 수가 없다. 그래도 의젓하게 안정되어 바람이 부는 대로 움직이고 있다.

성주는 자기 방으로 돌아와 자리에 누웠다. 언제라도 누울 수 있도록 종

일 깔려 있는 자리지만 성주는 그 자리가 좋았다. 둥근 뿔이 땅 위에 놓이면 지면과 접촉하는 면적이 극히 적기 때문에 늘 불안하다. 그러나 평면의 물체가 지면에 놓일 때는 그 물체의 면적 전체가 지면에 닿아 안정감을 느낀다.

자리에 닿는 피부가 피곤을 느끼면 위치를 달리하여 눕는다. 오래 누워 허리가 피곤을 느낄 때에는 일어서서 서성거리면 된다.

성주는 하루종일 아니 최소한도 저녁때까지 누워 있을 그 자리에 몸을 눕히는 것이었다. 잠은 오지 않아도 좋았다. 차라리 잠은 오지 않는 편이 좋다. 수면 부족이 아닐 때 자고 나면 깰 때가 유쾌하지 않다.

그래도 육체가 편안한 자리에 놓이면 잠이 오게 마련인 모양이다. 성주는 잠이 들었다. 그리고 꿈을 꾸었다. 누에 못지않게 많이 꾸는 성주의 꿈이라 그것을 하나하나 해몽해 볼 필요는 없다. 군대에서 지나던 일. 실지로 여러 번 겪은 중대장으로부터의 기합. 이런 꿈을 꾸고 있을 때 성주는 꿈 속에서나마 잠이 깨기를 바랐다. 가위에 눌려 몸부림을 칠 때 성애가 성주의 몸을 흔들었다.

"오빠——, 밤낮 무슨 꿈이시우?"

그렇게 괴로운 꿈도 아니었지만 성주는 가슴이 시원했다. 성애가 고마웁게 생각되었다.

"무슨 꿈을 꾸었수?"

성주는 아무것도 아닌 그런 꿈을 다시 생각하고 싶지가 않아 대답도 안하고 있을 때 성애는,

"누구한테 두들겨 맞았수?"

무료한 시간에 그보다 더 흥미 있는 이야기가 어디 있느냐는 듯이 생긋 웃었다.

"맞지는 않았어두 기합을 받구 있었어."

성주는 흥미 있다는 태도로 대답했다.

"군대에서?"

"응."

"오빠가 상관한테 기합받는 걸 한 번 봤으면…… 분하면서두 꼼짝 못하구 기합받는 게 볼 만할 거야……."

"악취미……."

"아냐. 결혼한 동무들한테 가 보면 살림하느라구 쩔쩔매는 것이 참 재미있어요. 저런 것이 꿈꾸던 결혼생활이었던가 해서 진절머리가 나기는 하지만 쩔쩔매면서도 불만없이 해 나가는 게 볼 만해요. 아마 사람에게는 남이 곤궁에 빠진 걸 관람하면서 박수 치려는 악취가 있는가 보지요."

"나중에는 자기도 남에게 관람을 제공하는 재료가 되면서도……."

"그러니까 오빠나 나나 생활이라는 것을 못 가지게 되는가 봐요. 남의 관람거리가 될 것이 무서워서……."

성애는 생활이란 말을 결혼생활과 관련시켜서 하는 모양이었다. 그래서 성주는 그 말에 대답을 않고 화제를 돌렸다.

"나 이 달부터 집세받는 일을 우리 집 마담에게 양도했다."

성주는 성애와 단 둘이서 이야기할 때는 새어머니를 마담이라고 부르고 있다.

"뭐요? 그럼 마담의 실권이 점점 더 커지는 거 아녜요? 그렇게 되면 우리는 어떡허지요?"

"그걸 내가 아니? 설마 내쫓지는 못하겠지. 좌우간 나는 완전히 자유의 몸이 되어서 시원하다."

"시원도 하겠수. 남자가 일 안 하는 걸 자유라 생각하면 어떡해요? 그리구 집안도 좀 생각하셔야지……."

"아무 말도 말어. 난 아무것도 모르니까……."

"남자가 모른다는 말루 통해요? 참 오빠두 시시하셔……."

"시시해두 좋아. 나에게는 하루에 커피 한 잔과 술 두 잔만 있으면 충족해."

어느덧 점심때가 되었다. 점심상이 들어왔을 때 성애가,

"오빠, 우리 영화구경이나 가요."

하고 딴 말을 꺼냈다. 해야 끝이 없는 말을 계속하느니 구경이나 가는 것이

편하리라 생각했던 모양이다.

"싫어. 너하구는 같이 안 다녀."

성주는 무자비하게 거절했다. 그러나 그러한 성주의 마음을 전부터 잘 알고 있는 성애이기 때문에 새삼스럽게 화를 낼 수가 없었다.

"아는 사람을 만나면 내가 말할게 걱정 마세요. 남매간이라구⋯⋯."

"아는 사람에게나마 어떻게 그런 설명을 다 하니? 좌우간 귀찮은 일은 안 하는 게 좋아."

성주는 결혼할 생각을 안 하고 있다. 그런 만큼 자기가 연애를 한다던가 결혼을 했다던가 그런 오해를 세상 사람들에게 주고 싶지가 않았다. 누이동생이라고 써 붙이고 다니지 않는 한 누가 성애를 자기 동생이라고 보아 줄 것인가?

"오빠는 평범 이하야. 평범 이상이라구 생각하시는 것 같지만 절대루 평범 이하니까."

"아무래도 좋아. 나는 내 맘 편하게만 살면 그뿐이니까⋯⋯."

"퍽두 편하겠수⋯⋯."

상상할 수 없는 일이지만 어쨌든 성주는 성애와 같이 구경을 가지 않았다. 성애가 대한극장에서 하는 《카라마조프 형제》를 구경한다고 집을 나간 뒤 몇십 분 지나 성주도 대한극장엘 가기는 했지만―.

혼자서 구경을 한 뒤 늘 다니는 다방에서 커피 한 잔을 마시고 거리를 배회하다가 술집에 들러 술 몇 잔을 마신 뒤 밤이 이슥해서야 집으로 돌아왔다.

집으로 돌아오자 성애가 기다리고 있었다는 듯이 성주 방으로 달려오며

"오빠―, 나 오늘 선모(善模) 씨를 만났어. 정말야. 이야기까지 했으니까 틀림없는 선모 씨야."

하고 성주의 호기심을 북돋우었다.

성주는 놀라지 않을 수 없었다. 6·25 사변 때 군대에 나가 전쟁을 할 때부터 선모를 잊어 왔지만 그때까지는 잠시도 잊지 못해하던 선모다. 그가 이남으로 넘어와 서울서 살고 있다니⋯⋯.

그러나 성애는 성주가 선모를 좋아했다는 사실만 막연하게 알 뿐 그 이상의 것은 아무것도 모른다. 그것도 오래 전 어렸을 때의 일이다. 이제 선모 이야기를 들었다고 해서 놀라는 표정을 보일 수가 없었다.

"봤으니 어떡허란 말이냐?"

"아아주. 속으로는 듣고 싶어 못견뎌하면서…… 다 알아요."

아닌게아니라 듣고 싶었다. 그러나,

"듣고 싶을 건 뭐냐? 그이는 그이대루 자기의 길을 걷구 있을 텐데……."

하고 냉정한 태도를 보였다.

"그럼 그만두세요. 나도 흥미 없어하는 이야기 지껄이고 싶지가 않으니까요."

성애는 토라진 입술을 비쭉이며 자기 방으로 돌아가려 했다. 그러면서도 붙잡으리라 기대했던지 몇 번이나 성주를 뒤돌아보았으나 성주는 체면상 붙잡지를 못했다. 자기에게도 자존심이라는 것이 있다는 것을 보이려는 듯이.

성애가 아주 가 버리자 성주는 성애를 붙잡지 않은 자기를 후회했다. 자기의 길을 걷고 있을 선모지만 선모가 걷고 있는 길이 궁금했던 것이다. 반드시 불행한 길을 걷고 있을 것 같았다. 그 불행한 길이 어떤 정도의 것인지는 모르나 자기와 관련성이 있는 불행임에 틀림없다.

의식적이건 무의식적이건 6·25 이후 근 십 년 동안 완전에 가까울 만큼 성주의 머리에서 사라졌던 선모에 대한 상념이 가지가지로 되살아났다. 선모의 그 탐스럽게 생긴 소녀적 얼굴이 눈앞에 떠오르기도 했다.

성주는 노이로제에 걸린 사람처럼 발작적으로 몸을 일으켰다. 그리고는 밖으로 뛰어나가 술 한 병을 사 들고 들어왔다. 선모에 대한 상념을 머릿속에서 지워 버리려는 노력이었다.

이제 어떻게도 할 수 없는 선모였다. 그리웁다 해도 어쩔 수 없고 책임감을 느낀다 해도 어쩔 수 없는 사람을 생각한다는 것은 결국 머리에 부담을 주는 결과 이외에 아무것도 가져오지 않는다.

성주는 술을 마셨다.

그러나 선모를 잊기 위해 마시는 술이란 의식이 술잔을 들 때마다 머리에 떠올라 선모에 대한 생각은 점점 더 선명해졌다.

선모에 대한 생각을 지워 버리려고,

"에익!"

하고 선모를 생각하는 자기를 부정하는 소리를 질러 보기도 했다.

그러나 효과는 없었다. 성주는 선모의 이야기를 끝까지 듣지 않았기 때문이나 아닐까 생각했다. 선모가 불행하건 행복하건 성애가 본 대로 그 이야기를 듣기만 했다면 선모 생각이 이렇듯 강렬하지는 않을지 모른다. 모르는 데서 오는 궁금증, 성주는 성애가 선모의 이야기를 끝까지 들려 주지 않은 것을 힐책하고 싶은 생각이 들었다. 그래서 성애 방으로 달려가려고도 했다.

그러나 그 뜻도 이루지 못했다.

이야기를 듣고 못 듣고 간에 잊어버려야 한다는 마음이 솟아났기 때문이었다.

생각해야 소용 없는 일이라고 단정했다면 아무런 조건도 없이 생각을 말아야 할 것이다. 또 생각 안 할 수 있는 의지력을 길러야 한다.

체력이 술의 힘을 이기지 못할 때까지 술을 마시고 잠을 이루었다.

그러나 어느 때보다도 일찍 잠을 깼다. 그리고 잠을 깨기 직전에는 선모에 대한 꿈을 꾸었다. 산꼭대기 판잣집에서 헐벗고 굶주린 생활을 하는 선모의 꿈이었다.

눈을 뜨자 성주는 선모에게 매달 얼마큼씩의 생활 보조를 하리라고 생각했다. 남편이 알아도 달리 생각 안 할 방법으로 도와 준다. 그러면 자기는 선모를 깊이 생각 안 해도 좋게 될 것 같았던 것이다.

그러나 성주는 금시 그런 생각도 할 필요가 없다고 그 생각을 부정한다. 매달 보조를 해 준다면 거기에는 의무감이 따른다. 의무감이란 자기를 얽매 놓는 쇠사슬이다.

"좌우간 생각을 말아야지……."

생각하는 것부터가 자기를 얽매는 일임을 느꼈다.

성주는 뜰로 나가 언제 사다 놓았는지 기억도 없는 아령을 집어 들었다. 빨갛게 녹이 슨 아령을 들고 운동을 시작했다.

그러나 아령은 기계적으로 올라갔다 내려왔다 할 뿐 머릿속에는 선모 생각이 그대로였다. 성주는 아령을 던지고 채 밝지도 않은 골목길로 뛰쳐 나갔다. 그리고는 마라톤 연습이나 하듯 숨이 가쁠 때까지 달음질을 쳤다.

숨이 가빠 가슴이 답답해 오면서도 눈앞에는 선모의 얼굴이 떠올랐다.

잊겠다는 노력이 왜 반작용을 일으키는 것일까?

성주는 집으로 돌아왔다. 그리고는 아직 자리에서 일어나지도 않은 성애한테로 갔다.

"선모를 어디서 만났니?"

선잠에서 깨난 성애가 눈을 동그랗게 떴으나 오빠의 맘을 알겠다는 듯이 샐쭉 웃으며,

"밤새 어떻게 주무셨수? 궁금해서……."

성주의 약을 올렸다.

"잔말말구 이야기나 해."

성애는 자리에 누운 채 이야기를 시작했다.

종로 3가에서 2가로 오는 도중 조그만 골목길에 과자 부스러기를 놓고 장사하고 있는 선모의 모습을 능히 상상할 수 있을 만큼 자세하게 설명했다.

"남편은?"

"남편두 있대요. 자기를 사랑해 주고 있다나요."

"그래 행복하다드냐?"

"그런 장사를 하구 있어도 행복스럽대요."

그것은 거짓말임에 틀림없다고 생각했다. 아내를 길가에서 과자장사 시키는 남자가 어찌 아내를 행복스럽게 해 줄 수 있을 것이랴.

귀머거리는 아니라 해도 소리를 질러야 알아듣는 선모로서 그러한 선모를 행복하게 해 줄 남자가 결혼했을 리가 만무하다.

"그래 언제 월남했다던?"

"1·4 후퇴라나 봐요."

"종로 3가에서 2가로 오는 오른편 길가랬지?"

"그래요."

성주는 직접 만나 보는 수밖에 없다고 생각했다.

조반을 먹자 성주는 종로로 나갔다. 그러나 삼가와 이가 사이를 대여섯 번 돌았건만 선모는 보이지 않았다. 삼가와 이가 사이뿐 아니라 파고다공원에서 종로 네거리까지도 살폈다. 반나절을 헤맸으나 결국은 선모를 찾지 못했다. 성애가 거짓말할 리가 없다고 생각했기 때문에 성애를 만나려 하지는 않았다.

어떤 다방으로 들어가 종적을 감춘 선모의 심경을 생각해 보았다.

선모는 자기가 찾아갈 것을 예상하고 자리를 옮긴 것이 분명했다. 그것은 행복하지도 않으며 행복하다는 거짓말을 했기 때문이리라. 아니 불행한 꼴을 자기에게 보여 주고 싶지 않기 때문이리라.

결국은 선모가 불행한 것임에 틀림없다.

성주는 그 날 밤 일이 머리에 떠올랐다.

중학교 시절인 어떤 여름방학. 고향으로 돌아간 성주는 선모가 보고 싶어 선모의 집을 찾았다. 그러나 선모는 환경 때문인지 냉정하게 성주를 만나 주지도 않았다. 어느 날 밤이었다. 교회당에 다니는 선모를 골목길에서 기다리다가 문득 선모를 놀라게 해 주고 싶은 생각이 들었다. 그래서 가마때기를 뒤집어쓰고 전선주 뒤에 숨어 있다가 혼자서 걸어오고 있는 선모 앞으로 달려가 '악' 소리를 질렀다.

그때 선모는 정신을 잃고 넘어졌다. 성주는 모른 척 뺑소닐 쳤지만 그 뒤 선모는 자리에 누워 앓았다. 열병이었다. 그래서 귀가 멀었다.

미안한 생각에서 그 뒤는 선모를 만날 생각도 못하다가 집안이 서울로 이사왔다. 그러나 성주는 자기가 선모를 사랑했다는 사실을 잊을 수 없었다. 선모도 자기를 사랑하고 있을 것이라고 생각했다.

지금은 그런 생각을 버릴 수가 없다. 만약 선모가 자기를 사랑하지 않았다면 불행하면서도 행복하다는 말을 했을 리가 없지 않겠는가?

성주는 그만 집으로 돌아갔다. 집으로 돌아가자 성애가,

"만났수?"

하고 물었지만 성주는,

"만나서 뭣 해?"

마치 찾아다니지도 않았다는 듯이 대답했다.

"아무리……."

그럴 수가 있겠냐는 듯이 성애가 말했으나,

"그만둬."

하고 그 말을 더 꺼내지도 못하게 했다. 그리고는 언제나 육체를 안정케해 주는 자리 속으로 들어갔다.

그러나 몸이 조금도 안정감을 느끼지 못했다. 이리 뒤치고 저리 뒤치고 있을 때 새어머니 목소리가 귀에 들려 왔다.

"집세 문서들이 이 방에 있죠?"

집세받는 권리를 정식으로 이동해 달라는 뜻이었다.

성주는 벌떡 일어나 책상서랍을 열고 서류 일체를 내주었다. 그리고는,

"수고하십시오."

하고 시원한 웃음을 지어 보였다.

시원하지 않을 수 없었다. 집안이 어떻게 되든 성주에게는 성주를 구속할 아무것도 없다.

자기를 구속할 아무것도 없으나 저녁때까지 자리에 누워 있다 일어난 성 주는 자기의 체중이 하루 동안에 한 관 이상이 줄었을 것이라고 생각했다. 마음이 그렇게까지 무거울 때는 몸이 그냥 있을 수 없을 것 같았던 것이다.

저녁을 먹은 뒤 툇마루에 나와 앉았을 때 성애가 옆에 앉았다. 아버지도 가까이 와서 부채질을 하기 시작했다.

"날이 무더웁군. 장마가 들려나……."

아버지는 무념(無念)의 자세로 부채질만 했다.

성주는 무념의 상태 속에서 아무런 불편도 느끼지 않는 아버지를 하나의 기적처럼 물끄러미 바라보았다.

부채질을 하면서 아버지가,

"너희들 정말 결혼을 안 할 생각이냐?"

하고 또 결혼 이야기를 꺼냈다.

그때였다. 밤하늘에 높이 떠 있는 뭇 별 가운데 똥을 갈기며 흘러내리는 놈이 있었다.

성애는 하늘이 보이지 않는 뒷구석으로 옮겨 앉았다. 흐르는 별이 무섭기나 한 것처럼.

그러나 성주는 다시 또 흐를 별을 기다리고 있었다. 흐르는 별을 무시하려는 마음은 아닌 것 같았다. 무수한 별 속에서 선모의 얼굴을 보는 성주였다. 그리고 선모를 잊어야겠다는 생각도 없이 별만을 쳐다보고 있는 것이었다.

두 번째 별똥이 떨어졌다.

성주는 세 번째 별똥이 기다려졌다. 오늘 밤에는 세 번째 별똥이 떨어질 때 무언가를 기원하게 될 것 같은 마음.

무엇을 기원하게 될지 그것은 성주도 알 수 없었다.

(원) 《문예 2》 1959. 12.

천직

    남편 없이 혼자서 자식 넷을 길러야 하는 만큼 을순(乙順)의 머리에서 잠시도 떠나지 않는 것은 오직 돈걱정뿐이었다. 직업이 조산원(助産員)이고 또 수입이 조산료(助産料) 이외에 달리 없으니 누구보다도 조산료를 많이 받고 싶은 것이 또한 숨길 수 없는 을순의 본심이다. 더구나 인근에 을순이 말고도 조산원이 두 명이나 있으니 애 낳을 사람이 많이 걸려야 한 달에 네 댓이 고작이다. 협정가격 만 환씩을 받는다고 해도 한 달 수입이 사오만 환밖에 안 된다. 매달 그만큼씩 수입이 있다 해도 대학에 다니는 맏자식을 비롯해서 고등 중등 국민 차례차례로 학교에 다니는 자식들의 학비와 생활비를 감당해 내기가 힘든 판이다.

    그러나 자기 욕심이 그렇다고 해서 조산료를 협정가격대로만 받을 수는 없었다.

    해산하는 사람이 한 달에 네댓 된다고 해도 그 중에서 제 집을 쓰고 사는 사람이 한둘이 못 된다. 대부분이 셋방 살림하는 사람들이다. 그것도 해산하게 되었으니 조산원을 대겠다고 미리부터 의논해 오는 사람들이 아니었다. 대부분이 혼자 해산을 하다가 정말 힘이 들어 할 수 없이 조산원을 부르는 사람들뿐이다. 그러니 조산을 해 주고 난 뒤 남편이 수입 없는 관리라든가 군인이라든가 또는 막벌이 장사꾼이라고 사정을 할 때면 만 환은 고사하고 오천 환이라도 받지 않을 수 없었다. 자기 눈으로 보아도 그 이상 낼 수가 없을 것 같았다. 빌 수 없는 사람보고 억지를 쓴댔자 결국은 돈도 못 받고 인심만 잃게 될 것 같아 주는 대로 받지 않을 수가 없었다.

그래서 을순에게는 가난한 사람만이 찾아오는지도 모른다.

그런데 이 날만은 집도 커다란 집을 쓰고 사는 사람이 부르러 왔다. 을순은 대문을 들어서면서부터 이번만은 만 환쯤 받을 수 있으려니 생각했다.

살림 차림도 근사했다. 없는 것이 없었다. 우선 산모(産母)를 진찰하고 아직 몇 시간 있어야 해산할 수 있다는 이야기를 하고 있을 때 과일과 커피가 나왔다. 그리고 계란까지 깨 주는 것이었다. 조산을 하기 힘들 테니까 힘을 돋구라는 것이었다.

을순은 조산원이 힘들어할 것까지 생각해 줄 줄 아는 집이니까 청구를 하지 않아도 만 환 이상 주리라는 것을 생각했다.

몸에서 기운이 나는 것 같았다.

을순은 끙끙 앓고 있는 산모의 몸을 쓸어 주며 어린 딸을 달래듯 산모를 달래기도 했다. 산모의 진통이 잦아지면서부터는 산모가 힘을 쓰기 쉽게 하느라고 손을 궁둥이에 대고 힘껏 밀어 주었다. 팔이 아프도록 오래오래 밀어 주었다. 그러나 나올 듯 나올 듯하면서도 애는 좀체로 나오지 않았다. 머리카락이 보였다가도 쑥 들어가 버리곤 했다. 산모의 힘이 부족한 모양이었다.

을순은 사람을 불러다가 산모 머리맡에 앉게 했다. 산모가 힘을 쓸 수 있도록 산모의 손을 잡아 주라는 것이었다.

산모가 자기 머리맡에 앉은 사람의 손을 잡아당기며 용을 쓸 때 어린애 머리가 쑥 내밀었다. 해산을 한 것이다. 그러나 애는 하나뿐이 아니었다. 팔하나가 다시 쑥 나왔다.

을순은 깜짝 놀랐다. 쌍둥이라고 해서가 아니었다. 팔부터 내미는 어린애는 난산(難産)에 속하기 때문이었다. 더구나 쌍둥이가 난산이니 걱정 안 할 수 없었다.

을순은 몇십 년 동안의 경험으로 팔을 먼저 내민 어린애를 슬슬 굴려 가면서 오랫동안 산고 끝에 그 애를 끄집어내는 데 성공을 했다.

그러나 끄집어낸 어린애가 울지를 못했다. 오랫동안 산고를 하는 바람에 가사(假死) 상태에 빠진 모양이었다. 을순은 애를 거꾸로 들어 흔들기도 했고 아직 미끈미끈한 볼기를 두들기기도 해서 애를 살려 놓았다.

두 애를 나란히 눕혀 놓았을 때야 옆방에서 기다리고 있던 애 아버지가 들어왔다. 와서 물어 보는 첫마디가,

"무업니까?"

하는 것이었다. 을순은 못 봤을 리가 없었지만 경황 중에 기억이 희미해져서 애의 이불을 들춰 보고 나서야 둘다 계집애라는 것을 말해 주었다.

을순의 말을 듣자 애 아버지의 얼굴이 금시 변해지며,

"그걸 쌍둥이까지 낳……."

하는 것이었다.

"딸은 어떤가요? 선생님두……."

을순은 위로하듯이 말했지만 얼핏 머리에 떠오르는 것이 있었다. 쌍둥이에다 딸만 낳았다고 해서 조산료를 적게 줄 것 같다는 생각이었다. 딸을 낳은 사람이면 누구나 아들이기나 했으면 좀 생각해 줄 것처럼 말한다.

그러나 을순은 난산인 데다가 돈 있는 집안인 만큼 한 애에 만 환씩 이만 환을 안 주면 받지를 않으리라고 생각했다.

그러나 다음 날 어린애 목욕을 시켜 주러 갔을 때 산모가 눈물이 글썽해 가지고,

"애 아버지가 어떻게나 섭섭해하는지 아침껏 술만 마시다가 돈 만 환을 내던지고 나갔어요."

할 때는 무어라고 할 말이 없었다.

집안이 침울한 분위기에 있는데 조산료 때문에 말썽을 일으키게 할 수가 없었던 것이다. 더구나 산모가 미안해서,

"다음에 남편 모르게라도 좀더 생각해 드리겠어요."

하고 말할 때,

"형편대루 해야지 어떻게 하겠어요!"

하고 만 환도 고맙다고 듯이 받았다. 사실은 만 환 받아 보기도 처음이었다.

돈을 받아 가지고 집으로 돌아가니 대학에 다니는 맏아들이 신문을 들고

큰일이 났다고 하며 뛰어왔다.

“내년부터 학교 등록금이 구만 환이래요!”

“뭐?”

을순은 놀라지 않을 수 없었다. 단번에 두 배로 오른다는 사실. 그것보다도 그런 돈을 한꺼번에 내놓아야 할 일이 난감했기 때문이었다. 맏아들은 신문기사를 가리키며 한 번 읽어 보라는 것이었다.

“쌀값두 자꾸 오르기만 한대요.”

하고 마치 보아라는 듯이 빈정거렸다.

“큰일났구나…….”

을순은 점점 더 살기가 힘들어 가는 것 같아 한숨을 길게 내쉬었다. 그랬더니 뜻밖에도 아들이,

“그러니까 공연히 선심만 쓰구 다니지 마세요. 남처럼 받을 만큼 받으면 되지 않아요!”

하는 것이었다.

을순은 아들의 얼굴을 쳐다보았다. 마치 남에게 좋은 일 하느라고 집안 살림을 돌보지 않는 것이 아니냐는 듯한 눈초리였다.

“누구는 돈이 싫어서 조금씩 받는 줄 아니…….”

어이가 없어서 하는 말이었다. 그러나 아들은 소리를 지르며 떠들어대는 것이었다.

“다른 조산원들이 뭐라구 그러는지나 아세요? 자기네 단골들까지 뺏을려구 일부러 돈을 적게 받는단 말을 퍼뜨리구 다녀요. 오늘두 동무네 집엘 갔다가 그런 말을 들었어요.”

을순은 할 말이 없었다. 아들까지가 자기 편이 되어 주지 않는 것 같은 슬픔이 눈앞을 어둡게 했다.

“그럼 돈은 네가 받으러 다니려므나…….”

이렇게 말은 했지만 을순이도 앞으로는 돈을 받는 데 좀더 냉정해야겠다는 것을 속으로 생각했다.

집안 살림도 살림이려니와 근처에 있는 조산원들의 시비가 무서웠기 때

문이었다. 을순이도 언젠가 그런 소문을 들은 일이 있었다. 삼십 년 동안 조산원 노릇을 해 오고 있지만 무엇보다도 불쾌한 말이었다. 돈을 일부러 적게 받아 남의 손님까지 뺏으려 한다니…….

만약 그런 일이 있다면 그것은 자기가 아니라 아무라 해도 비난을 받아 당연할지 모른다. 을순은 무엇보다도 같은 동네에 사는 같은 조산원들의 경멸을 받지 않으리라 생각했다.

그러나 그런 생각을 가지면서도 조산료만은 악착스럽게 받을 수 없었다.

어떤 눈오는 날 밤이었다.

대문 두들기는 소리에 을순은 옷을 갈아 입고 산모 있는 집으로 달려갔다.

데리러 온 사람이 하도 빨리 가자고 서두르는 바람에 을순은 혹시 그새 애가 나오지나 않았을까 하는 생각에 발걸음이 더욱 초조했다.

그러나 집에 들어가 산모를 보았을 때 아직도 몇 시간이나 더 있어야 해산할 것을 알고 안심을 했다.

초산에는 진통하는 시간이 길다는 것을 모르고 집안 사람들이 난산인 줄 알고 놀랐던 모양이었다.

마음의 여유가 있게 되자 일순은 집안을 살펴보기 시작했다. 조산료를 얼마나 받을 수 있을까 계산해 보는 것이었다.

그러나 을순은 금시 눈을 산모에게로 돌려 버렸다. 무슨 식구가 그렇게 많은가——. 방 안에 있는 여자만도 셋이다. 그런데 마루에서 떨고 있는 남자와 어린애들까지 합해서 너댓 명은 될 것 같았다. 그 많은 식구가 한 방에서 사는 모양이었다. 그것도 자기 집이 아니라 셋방인 것이 분명했다.

'받는 대로 받지…….'

이런 생각이 안 들 수가 없었다.

그런 생각을 하며 산모를 바라보고 있을 때 옆에 앉았던 늙은이가,

"조산원 노릇을 오래 하시니까 손자까지 보시누만요."

하고 싱긋 웃었다. 자세히 보니 옛날 조산해 준 일이 있는 노파였다.

"그때 받아 주신 아들이 장가를 가서 지금 애를 낳게 됐다우……."

을순은 세월이 빠른 것을 느꼈다. 그리고 자기는 빠른 세월을 계산하기

위해 살아 오고 있는 듯한 생각이 들었다.

그러면서도 자기가 받아 준 어린애가 지금은 아버지가 되었으며 자기는 그 아버지의 자식을 받아 주게 되었다는 것을 생각할 때 자기가 너무나 오래 산 것 같음을 느끼기도 했다.

불쾌한 일은 아니었다.

초산이라 웬만한 난산보다도 힘이 들었지만 힘든 줄을 몰랐다.

밤새 꼼짝 못하고 산모 옆에서 시중을 들다가 새벽 동이 틀 때가 되어서야 어린애를 꺼냈지만 피곤한 줄도 몰랐다. 더구나 사내애라 마음은 더욱 흐뭇했다.

'이 애가 커서 어린애를 날 때두 내가 조산을 해 줄 수 있을까?'

을순은 혼자서 이런 것을 생각해 보았다.

멀리서 노랫소리가 들려 왔다. 아마 크리스마스의 새벽 찬송가인 모양이었다.

찬송가 소리를 들으니 마음이 더 넓어지는 것 같았다.

산고를 다 치르고 그 집을 나오려 할 때 주인 집 마누라가 뒤따라와서,

"부끄러워 어떡허지요……."

하며 어쩔 줄을 몰라했다. 돈이 적어 내놓을 수가 없는 모양이었다.

"형편대루 하지 뭘 걱정하세요."

"그래두…… 보시다시피 사람 꼴을 하구 살아야지요."

을순은 주는 대로 받았다. 그래도 오천 환은 되리라고 생각하며…… 그러나 그것은 단 천 환뿐이었다. 섭섭하지 않은 것은 아니었다.

"길에서 뵈두 뵐 낯이 없어서……."

애 아버지되는 남자가 울상을 하면서 말했다. 진정 미안한 모양이었다. 자기가 옛날에 받아 준 애였다.

을순은 애 아버지 손목을 잡았다. 꼭 아들의 손목을 잡는 것 같았다.

"내 손주를 받아 주는데……."

을순은 아무 걱정도 말라는 듯이 그냥 돌아서 집으로 걸었다. 성탄 찬송가 소리가 여기저기서 들려 왔다.

"성탄둥이를 받아 줬군……."

올순은 예수가 탄생하시던 바로 그 시간에 받았을지도 모를 어린애가 예수처럼 훌륭해질 것 같은 마음이 들어 손에 쥔 천 환도 잊어버리고 눈길을 더듬어 집을 향해 걷고 있었다.

(원) (출)『방관자』창신문화사, 1960.

살인자

명배(明培)는 아내를 죽였다. 법률상으로는 살인범이 안 되었지만 확실히 아내를 죽인 것이다. 법률적으로 살인범 취급을 받지 않기 때문에 행동에 있어서는 전과 조금도 다름없이 부자유스럽지가 않다. 집에서 잠을 자고는 전처럼 관청에 출근을 하고 있다. 밤이 되면 술도 마시고 작부들과 농담도 한다. 그러나 한시나마 자기가 살인했다는 사실을 머릿속에서 떨쳐 버리지 못하고 있다.

아내가 죽은 지 한 달도 못 되는 동안 명배는 자기의 살이 하루하루 말라가고 있는 것을 느낀다. 전에는 둥그스럼하던 얼굴에 광대뼈가 불쑥 드러나고 뾰죽한 턱이 더욱 날카로워졌다.

한 옴큼하고도 버금이 나던 팔목이 이제는 한 옴큼이 모자란다.

명배는 아내의 죽음을 그렇게 계속해서 생각하다가는 끝내 자기가 말라 죽지나 않을까 하고 생각했다. 사실은 그렇게 살고 싶은 것도 아니지만 살기 싫다고 해서 죽을 수도 없으니 더욱 안타까운 노릇이었다.

만약 자기가 자살이라도 하면 세상 사람들은 자기를 살인범이라고 의심할지 모른다. 의심할지 모르는 것이 아니다. 아내가 어떻게 해서 죽었다는 것을 뻔히 알고 있는 아들 병수(炳洙)가 살아 있는 한, 그 녀석이 끝까지 입을 다물고 있지 않을 것이 분명하다. 법률상으로 살인범이 아닌 아버지를 고발할 수가 없어 아직까지는 입을 벌리고 있지 않으나 자기가 일단 죽기만 하면 어떤 기회에라도 그 사실을 누설하고 말 것이 분명하다.

아내가 죽은 뒤 병수는 확실히 옛날과 달라졌다. 성격이 변하기라도 한 것처럼 말이 없어졌다. 말을 안 할 뿐 아니라 자기도 모르는 한숨을 내뿜곤 한다. 어머니가 죽었다는 슬픔 때문만은 절대로 아니다. 아버지를 증오하고 아버지를 저주하는 한숨이었다. 그것은 병수가 무의식중에 그에게 보내는 시선으로 능히 짐작할 수 있었다. 방 안에서나 뜰에서 우연히 마주칠 때 병수의 시선은 적개심에 불타는 무서운 것이었다.

그러한 시선을 볼 때 명배는 그 자리에서 졸도할 것 같음을 느낀다. 언제나 긴장되어 있는 가슴이기는 하였으나 그 긴장이 최절정에 달해 그 이상 더 견디어 낼 수가 없을 것 같았다.

말하자면 자기 자식이면서도 병수가 무서웠다. 그놈만 없다면 망각이라는 것을 찾아볼 가능성이 없지도 않을 것 같았다.

그러나 병수는 망각이라는 것이 명배의 머릿속에 스며들지 못하도록 항상 감시를 하고 있다. 그 감시를 하기 위해 존재하고 있는 것 같기도 했다.

명배는 술을 마신다. 취하도록 마신다. 그러나 집으로 돌아오기만 하면 술이 깨고야 만다. 병수가 집에 있거나 없거나 자기를 감시하는 병수의 눈이 면전에 육박해 옴을 느끼기 때문이었다.

그러면서도 명배는 병수가 적개심에 불타는 시선을 보내지 않고 또 자기를 감시하는 위치에서 떠날 수 있게 하는 방법을 생각해 낼 수가 없었다. 그렇게 해야겠다는 마음조차 가질 수 없었다.

그것은 명배가 자기 아내를 죽였다는 사실을 조금도 부정할 수 없었기 때문이었다.

확실히 자기는 아내를 죽였다. 만약 자기가 미쳐서 내가 내 아내를 죽였다고 떠들 때 아내를 치료하던 의사나 아내의 시체를 매장하도록 허가해 준 관리들이 네 아내는 장질부사로 앓다가 죽은 것이라고 자기를 옹호해 준다 해도 명배는 그 말을 받아들일 수가 없다. 부부싸움이란 누구에게나 있는 일이 아니냐? 싸움이 없는 부부생활이란 도리어 애정이 없는 부부다. 만약 부부싸움에서 매를 맞았다고 해서 그것으로 죽기까지 했다면 그 책임은 때린 사람에 있는 것이 아니라 죽은 사람에게 있다고들 말할지 모른다.

그러나 명배는 아내의 목을 졸랐을 때 허옇게 뒤집어졌던 그 아내의 눈을 잊을 수 없다. 그때 아내는 절명을 했던 것이다. 다시 살아나기는 했지만 목이 졸리는 순간 기절했던 것만은 사실이다.

실신을 했다가 살아나기는 했다고 해도 커다란 타격을 받은 그 뒤 장질부사를 앓게 되었고 그 장질부사로 실신한 지 열홀도 못 되어 죽기까지 했으니 근본적으로 자기는 살인자에 틀림없다.

살인자에 틀림이 없다고 자인 안 할 수 없는 마음이 아들의 눈초리를 더욱 무섭게 느끼게 하는지도 모른다.

어쨌든 명배는 아내를 죽였다는 자인(自認)과 또 아들 병수의 무서운 눈초리에 살이 내릴 대로 내렸다. 그러면서도 살이 눈에 보이도록 마르게 하는 그 괴로움에서 벗어날 방법을 생각하지 못하는 명배였다.

아들 병수의 그 무서운 눈초리와 마주칠 때마다 죽어 버렸으면 하는 생각을 해 본다. 말하자면 괴로움을 없애는 방법은 오직 자살하는 길밖에 없을 것 같았다. 그러나 차마 자살할 수는 없었다. 목숨하고 바꿀 만큼 그 괴로움이 크다고 생각지 않는 것은 아니었다. 다만 세상이 자기를 살인자로 취급하지 않는 한 세월만 지나면 그 괴로움이 자연 소멸될 것이나 아닌가 하는 희망을 가졌던 것이다.

자기 외에 병수밖에는 자기가 살인자라는 것을 아무도 모른다. 병수도 자기가 직접 아내를 죽이지 않았다는 것은 알고 있다. 명배가 평소에 아내와 사이가 좋지 않았다는 것을 잘 아는 병수로서는 목을 졸랐던 순간 아내의 실신을 목격한 만큼 간접적이나마 자기가 아내를 죽인 것이 틀림없다고 생각할 것이다. 더구나 병수는 평소 아버지보다도 어머니를 더 좋아했다. 명배는 아내와의 애정이 없기 때문인지 술을 좋아했고 또 아내 이외의 여자를 좋아한 일이 몇 번이나 있다.

그러나 아내는 그러한 명배에게 불만을 느끼면서도 자기 감정을 외부에 발산해 본 일이 한 번도 없다. 극장구경 한 번 가지 않고 꼭 집만을 지켰다. 명배가 딴 여자를 집으로 데려다가 동거생활을 한다고 해도 반발할 여자가 아니었다. 참지 못하는 성격을 가지고 있으면서도 반발을 안 하고 말하자면 가장 봉건성을 가진 여자였다. 그래서 그런지 병수는 아버지보다 어머니를 좋아했다. 고등학교에 입학한 뒤부터는 아버지를 이해하는 눈치도 보였지만 어렸을 때부터 품고 있던 어머니에 대한 애정은 변하지 않았던 것이다.

그런 만큼 명배가 죽이지 않았다고 해도 어머니의 죽음으로 정신적 타격을 크게 받지 않을 수 없는 병수다. 그러나 그러한 병수라 할지라도 나이가 들어 자기의 세계를 갖게 되고 따라서 결혼을 하여 가정을 이루게 되면 어머니의 죽음도 잊어버리게 될 것이다. 그렇게만 된다면 명배는 아들의 무서운 시선을 받지 않아도 좋게 된다. 말하자면 시간만 흘러가면 자기의 괴로움도 자연 소멸하게 될 것이니 자살까지는 안 해도 좋을 것이 아닌가?

그 밖에 명배가 자살을 안 하는 또 하나의 이유는 직접적인 살인자가 아닌 이상 애정 없던 아내의 죽음에 자기 목숨을 바칠 필요까지는 없다는 생각이다. 사랑하던 사람이 죽었다면 그것이 설사 순전한 병사(病死)라 해도 그 죽음에 자기 생명을 바칠 수가 있다. 그러나 목을 조르기 전에도 명배는 아내가 죽어 주었으면 하는 생각을 했다. 결혼한 지 십칠 년 동안 몇 번이나 생각했는지 모른다. 이혼을 하고 싶으나 차마 이혼만은 할 수가 없으니 자연 이별(自然離別)이나 바랄 수밖에 없었기 때문이다.

이혼을 하고 싶어도 머리에 박힌 옛 윤리 때문에 이혼을 못하는 만큼 명배의 성격은 그만큼 악독하지가 못하다. 악독하지 못한 명배인 만큼 아내를 죽일 수는 물론 없다. 죽일 수 없으면서도 죽기를 바란다는 것은 자기 의지(意志)가 아닌 다른 의지로서나마 자기의 운명을 변혁시켜 보고 싶다는 가장 약한 자의 소망일지 모른다. 싸움할 때마다 명배는 아내가 죽어 주었으면 생각했다. 그것은 아내가 그리 건강하지 못한 데도 원인이 있다. 소화불량으로 언제나 찡그리고 있는 아내다. 죽을 때는 언제나 그 위장병 때문에 죽을 것 같았고 또 그 위장병은 아내를 오래 살도록 내버려 둘 것 같지가 않았다.

그러니 죽을 바에는 하루빨리 죽어 주었으면 하는 생각을 갖고 있었던 것이다.

그렇다고 해서 싸움 끝에 아내의 목을 누를 때 아내를 죽이겠다는 살의(殺意)가 있었던 것은 절대 아니다. 정말 죽이려는 생각으로 목을 누른 것도 아니었다. 십칠 년 동안 여러 번 싸웠지만 한 번도 손질을 못해 본 명배다. 어떤 이유로 싸우던 한 번도 잘못했다는 말을 해 본 일이 없는 아내라 싸울 때마다 싸움을 중단하고 자 버리거나 집을 나가는 것이 명배였다. 싸워야 시원할 것이 하나도 없다는 것을 잘 알기 때문이었다. 남자들과도 주먹으로 싸워 본 일이 없는 명배다. 아내에게도 손질할 엄두를 못 냈지만 만약 손질을 할 때 아내의 발악이 어떠리라는 것을 생각할 경우 더욱 손질할 수는 없었다. 말로 싸울 때도 아내는 명배의 몇 배나 말을 많이 한다. 그 말도 명배의 속을 호비는 듯한 말이다. 그런데 손질을 하면 잡아먹으라고 대들 것이 분명하다. 참을 수 없이 안타깝도록 대든다면 정말 살인을 하게 될지도 모른다. 말하자면 때린 뒤가 더 무서워 손질을 못해 온 것이지만 그 날만은 자기도 모르게 아내의 목을 누르고야 말았다.

언제나 그랬지만 그 날도 명배가 방 안에 들어섰을 때 아내는 자리 속에 누워 일어나지를 않았다. 잠을 자는 것도 아니었다.

명배는 그 날 유쾌한 기분으로 집엘 돌아갔다. 관청에서 자기의 직위가 한 급 올랐던 것이다. 그래서 술을 한 잔 하고 들어갔는데 그런 날에도 아내가 자기를 못 본 체 그냥 누워 있는 것이 비위를 틀리게 했다. 그래서,

"잠을 깨워 미안하구만……."

하고 비꼬는 소리를 했으나 아내는 그 말도 들은 척 안 했다. 명배는 말을 해야 자기 속만 상할 것 같아 옷을 벗고 자리 속으로 들어가려 했다.

옷을 벗고 아내 곁으로 가니 불현듯 아내를 애무해 주고 싶은 생각이 났다. 무엇 때문에 토라졌는지는 모른다. 그러나 언제나 못마땅한 얼굴로 살고 있는 아내인 만큼 한 번 애무만 해 주면 날카로웠던 신경이 풀리리라고 생각했다.

웬만한 싸움을 하고도 한 번 포옹만 하면 싸우던 감정을 잊어버리게 되는 것이 부부의 생활이다. 명배는 아내를 애무해 줌으로 오는 부드러워질 분위기를 생각했다. 좋아하면서도 싸울 필요는 없다. 하루라도 싸우지 않고 지냈

으면 하는 순간적 염원이었다.

그러나 명배의 손이 어깨에 닿자 아내는 버러지라도 털듯 몸을 흔들고 신경질적인 목소리로 명배를 경멸하듯

"놔 둬요."

했다. 명배는 화가 안 날 수 없었다. 부드러운 분위기를 만들려는 노력에 경멸적인 태도를 보이다니 ── .

"도대체 뭣 때문에 이러는 거야?"

그래도 아내는 눈 하나 까딱하지 않았다. 명배를 아주 무시하는 태도였다.

"이게 정말……."

명배는 싸우려거든 정식으로 싸워야 할 것이 아니냐는 듯이 아내의 얼굴을 자기 편으로 돌리려 했다. 그때였다. 아내는 아내 얼굴 가까이 간 명배의 손을 또 신경질적으로 탁 쳤다. 그리고는,

"귀찮다니까……."

했다. 정말 모욕적인 태도였다.

명배는 참을 수가 없었다. 사람을 모욕해도 이만저만이 아니었기 때문이었다. 명배는 몸을 부들부들 떨면서,

"이게 정말 죽고 싶은가……."

하고 금시 따귀라도 갈길 것처럼 입술을 떨었다.

"흥! 이제는 살인까지 하려는 거로군……."

아내의 조소적인 목소리에 명배는 그만,

"네 까짓 거쯤 못 죽일 거 있어?"

했다. 정말 아내쯤 못 죽일 것이 없을 것 같았다. 십칠 년 동안 같이 살아왔지만 그 십칠 년을 억울한 세월처럼 후회하게 만드는 아내다. 청춘과 의욕과 꿈과 모든 희망이 아내와 같이 사는 십칠 년 동안에 허공으로 날아올랐다는 생각을 갖게 하는 아내다.

'이런 것과 십칠 년 동안이나 같이 살다니…….'

명배는 자기의 인생이 너무나 억울한 공간 속에서 세월을 허송한 것처럼 생각되어 분한 마음을 참을 수 없었다. 억울한 인생을 살도록 자기를 구속

한 아내, 싸우지 않을 때도 이런 생각을 하고 있는 명배지만 이 날만은 유달리 참을 수가 없었다.

명배는 아내를 한 대 갈겨 주어야 할 것 같았다. 사실은 그러한 사고를 차근차근히 할 마음의 여유도 없었다. 그저 분통이 터져 주먹을 불끈 쥐고 아내의 얼굴 앞에 내밀었다.

그러나 주먹을 내민 것은 분김에 취한 하나의 시위(示威)였을지 모른다. 자기의 분통을 가라앉게 할 정당한 표정이나 대답을 기다렸던 것이다. 그런데도 아내는

“죽이구려. 죽여…….”

하고 앙탈을 쓰는 것이 아닌가? 명배는,

“죽이라면 못 죽일 줄 알아?”

하고 아내 옆으로 더욱 다가앉았다.

아내는 그때 눈을 감고,

“홍, 죽여 보라니까…….”

하고는 명배를 아주 무시하는 듯 몸을 돌려 누웠다. 그 순간 명배는 아내의 목을 눌렀다. 누워 있는 사람을 때리기보다는 그것이 편리했기 때문이었다. 그리고 요란스러운 소리를 내며 때리느니 혼이 나게 목만 한 번 눌러 주는 것이 더 효과적일 것 같기도 했다.

명배가 두 손으로 아내의 목을 누를 때 아내는 조금도 반항하지 않고 죽이면 죽는다는 겁 없는 태도를 취했다. 명배는 그것이 더 싫었다. 악을 쓰며 반항을 한다면 눌렀던 손을 놓아 버렸을 텐데 조금도 반응이 없으니 계속하고 누를 수밖에.

어디 죽어 보아라 하고 목을 누른 시간이 일 분도 못 되었을 것이다. 그런데 아내가 묵사발처럼 흰자위를 굴리지 않는가? 명배는 손을 놓았다. 그리고는 아내의 얼굴을 주시했다. 아내는 딸꾹질 같은 소리를 하다가 숨까지 끊어 버렸다.

명배는 당황해서 아내를 끌어안았다. 그리고는 딴 방에 있는 병수를 불러 냉수를 떠 오라고 했다. 병수가 냉수를 뜨러 부엌으로 나간 동안 명배는 자

462

기가 아내를 죽였다는 것을 생각했다.

'사람을 죽이다니……'

상상도 못했던 일이었다. 그러나 이미 죽은 것을 어떻게 할 것인가? 가슴이 뛰었다.

병수가 가져 온 냉수를 먹이고 몸을 흔드는 동안 명배는 자기 정신이 아니었다.

"자식. 빨리 가서 의사를 데려오지 못해?"

죄 없는 아들까지 야단쳤다. 그러나 병수가 병원으로 가기 전에 아내가 숨을 내쉬었다. 되살아난 것이다.

그런데, 명배는 다시 살인을 했다. 이번에는 아들 병수를 죽인 것이다. 병수 역시 아내의 경우처럼 법률상으로 살인범이란 죄명을 명배에게 남겨 놓지 않고 죽어 버렸다. 그러나 아내는 죽었다가 일단 깨어난 뒤 병이 들어 죽었는데 아들은 앓아 누워 있다가 명배 때문에 목숨을 거두었다. 말하자면 아내는 간접적으로 죽였는데 아들은 직접적으로 죽인 셈이다.

사람을 둘씩이나 죽이다니…….

아내는 사랑하지 않은 사람이니 죽였다고 해도 죄의식밖에 남는 것이 없다. 그러나 혈육인 아들이 죽고 나니 연민의 정과 미련의 감정이 뒤섞여 생각을 수습할 길이 없었다.

명배는 꼭 미칠 것만 같았다. 밥이 먹히지 않는 것은 물론 잠도 오지 않는다. 머리는 팽창할 대로 팽창하여 두개골이 터질 것 같았고 뇌장(腦漿)이 분화처럼 솟아나올 것 같았다.

정말 악한 사람으로 자기보다 더한 사람이 있을 것 같지 않았다. 가족과 더불어 일가가 온통 자살했다는 말은 들었다. 첩 때문에 아내를 죽였다는 사람의 이야기도 들었다. 그러나 제 자식을 죽였다는 아버지 이야기를 들은 일은 없다.

그리고 누구든 사람을 죽였으면 그는 일단 살인범으로 징역을 살아야 한다. 그런데 명배는 아내와 자식을 죽이고도 천연스럽게 집에서 살고 있다.

어떠한 사람도 자기를 살인범이라 의심하지를 못한다.

아내도 죽기 전에 얼마 동안을 의사에게 치료받았고 병수도 의사에게 죽음의 선고를 받은 뒤 죽었다. 그러니 의사들의 사망진단서를 허위의 것이라고 생각할 사람이 하나도 없다.

명배가 자기 괴롬을 참지 못하여 경찰에 가서 자수를 한다 해도 경찰은 명배를 정신이상자로 취급할지언정 그 자수를 정말로 받아들이진 않을 것이다.

살인범으로 취급되지 않는 살인자!

그러나 감옥 속의 죄수보다도 더 마음의 자유를 느끼지 못하는 명배다.

죽어야 한다고 생각했다. 그 길밖에는 자기를 처리할 방법이 없다고 생각했다. 악한 사람 가운데도 가장 악한 자기가 살아서 무슨 낙을 볼 수 있을 것인가?

어디 가서 용서를 구할 데도 없다. 누가 용서를 해 줄 것인가? 설사 용서를 해 주는 사람이 있다고 해도 그것은 아무런 효과가 없다. 결국은 자기가 자기를 용서해야 할 것이다. 그러나 명배는 자기가 용서받을 수 없는 사람이라고 단정하고 있다. 말하자면 자기가 자기를 용서할 수 없다고 생각하고 있다.

병수를 매장한 지 열흘이 지날 때까지 명배는 자기가 죽어야 한다고 생각했다. 요는 어떻게 죽어야 하느냐가 문제였다.

목을 매어 죽는가? 칼로 심장을 찔러 죽는가? 혈관을 잘라 출혈로써 목숨을 끊을 것인가? 극약을 먹을 것인가?

어떤 사람은 백합꽃을 방 안에 가득 쌓아 놓고 그 속에서 잠이 들면 아름다운 향기를 맡으며 포근히 죽을 수가 있다고 했다. 그러나 이제 죽음의 고통이 무서울 것은 없다. 아무런 방법으로라도 신속하고 정확하게 죽기만 하면 그뿐이다.

가장 정확한 방법이 무엇인가? 명배는 그것만 생각하고 있다. 죽으려다 죽지를 못하면 그것은 정말 창피한 노릇이다. 남들에게 창피한 것이 아니라 자기 자신에게 창피하다. 죽으려다가 죽지 못하면 생명에 대한 애착이 더

커진다고 한다. 죽음을 각오했던 사람이 악착같이 살려고 한다면 그것보다 더 추한 일이 어디 있겠는가? 명배는 그때의 자기를 생각하기 싫었다. 남들은 고사하고 자기 자신에게 경멸받을 추한 생명!

명배는 권총이 있었으면 했다. 그것이 가장 정확하고 통쾌한 죽음을 가져다 줄 것 같았다. 그러나 그것은 구하기가 쉽지 않다.

그것을 어디서 구할 수 있을까?

명배는 군인과 경관들의 허리에 달려 있는 권총을 생각한다. 그리고 자기가 아는 군인과 경관을 생각해 본다. 자기에게도 아는 군인과 경관이 있다. 그러나 그것을 빌려 줄 사람이 있을까?

좀체로 있을 것 같지가 않았다. 빌려 달랄 구실도 없지만 다른 구실을 꾸며 빌려 달라고 해도 눈치를 채고 권총을 깊은 곳에 감춰 둘 것이다.

'친구네 집으로 가서 권총을 구경하는 척하다가 그 자리에서 사용해 버릴까?'

그것만은 능히 할 수 있는 일일 것 같았다.

명배는 먼 일가가 되는 어떤 경찰관을 생각했다. 그 집을 찾아가기로 했다.

그러나 그 경관을 찾아가려고 옷을 갈아 입고 있을 때 명배는 죽으러 가는 사람이 와이셔츠를 입고 넥타이까지 매야 하는가 하고 생각했다. 죽으러 가는 도상(途上)에서까지 형식을 구비해야 하다니……. 인간은 형식 속에서 살다가 형식 속에서 죽는 것 같았다.

아내와 부부생활을 한 것도 결국은 남자와 여자는 결혼을 해야 한다는 하나의 형식 때문이었다. 그 형식이 빚어 낸 비극으로 죽음을 택하게 된 지금 알몸뚱이가 되지 못하고 또 하나의 형식을 갖추어야 하다니…….

형식! 허영!

여자는 자살할 때도 화장을 하고 입술에 루즈를 칠하리라. 신(神)이 그런 허영까진 만들어 주지 않았을 텐데…….

명배는 넥타이를 풀고 와이셔츠를 벗어 버렸다. 그리고는 속옷 위에 양복 저고리를 걸친 뒤 집을 나섰다.

친척집은 버스를 타고도 삼십 분이나 걸리는 곳에 있었다. 삼십 분 동안 명배는 오늘이 마지막 날이란 것을 생각했다. 마지막이라면 유서라도 있어야 할 것이 아닌가? 명배는 유서의 내용을 생각해 보려 했다. 그러나 누구에게 유서를 남길 것인가? 아내도 자식도 아무도 없다. 재산이라고 집 한 채와 동산 얼마가 있을 뿐인 그까짓 것쯤 아무나 가지면 어떻단 말인가? 지나가던 거지가 차지해도 무방하다.

명배는 유서도 쓰지 않기로 했다. 그러나 자기가 아내와 아들을 죽였다는 사실만은 죽은 뒤에나마 세상에 알려야 할 것 같았다. 유서라면 그런 것이어야만 한다.

명배는 수첩을 꺼내어 혼들리는 버스 안에서나마 커다랗게

‘나는 아내와 아들을 죽였다’

라고 썼다. 그 이상 긴말을 쓸 수도 없었으나 쓸 필요도 없을 것 같았다.

다만 그 말 한 마디만 남긴다고 해도 신(神)은 자기를 용서해 줄 것 같았다. 세상 사람들은 도리어 자기를 욕하고 모멸할 것이다. 그러나 이십 억이 넘는 모든 사람이 자기를 욕해도 무방할 것 같았다. 자기가 진심으로 뉘우치는 마음으로 쓴 유서에 대하여 신 한 분만이 용서를 내린다면 그뿐일 것 같았다. 그리고 최후의 회개를 신은 받아 줄 것 같기도 했다.

그래서 그런지 버스에서 내려 친척집으로 걸어가는 발걸음이 한결 가벼운 것 같았다. 그리고 이제 죽기만 하면 한될 것이 없을 것 같았다.

그러나 공교롭게도 권총의 소유자인 친척이 집에 있지 않았다. 숙직이라는 것이었다.

명배는 맥이 탁 풀렸다. 오늘 죽지를 못하면 내일은 어떻게 될지 예측할 수 없는 일이다.

돌아오는 길에 명배는 버스를 타지 않고 한참 동안 걸었다. 정신나간 사람처럼 얼마를 걷고 있을 때였다. 권총을 찬 군인이 앞에서 걸어가고 있는 것을 보았다. 군인의 권총을 보자 명배는 그것을 빼앗을까 하는 생각을 했다. 그러나 뺏으려다가 실패를 하는 날이면 어떻게 할 것인가? 뺏는다는 것이 거의 불가능한 일처럼 생각되었다. 그러나

‘민첩하게 빼냈는데도 그것을 도로 뺏으려 하면 우선 군인부터 죽여 버리

지.’

하고 생각을 했다.

자기는 악할 대로 악한 사람이다. 아내와 아들까지 죽인 사람이 또 다른 한 사람쯤 못 죽일 것이 어디 있는가? 명배는 아들이 살아서 자기를 괴롭힐 때 아들마저 죽여 버려야겠다는 생각을 한 적이 있다. 한 번 악한 짓을 하면 두 번 세 번 거듭하는 것과 마찬가지다.

그뿐만 아니라 인간이란 어느 정도까지 악해질 수 있을 것인가, 그것을 한 번 시험해 보고 싶었다. 아내를 죽였다는 괴로움에 대한 반발이었을지는 모르나 한 번 더 악한 행동을 해서 신과 인간들을 비웃어 보고 싶었다. 아내의 경우처럼 죽이기는 하고도 법률상 살인범이 되지 않도록 한다. 그러면 인간들은 감쪽같이 속아 넘어간다. 그리고 신은 모든 인간을 속이며 살고 있는 자기를 어쩔 수 없는 인간이라며 자기 의지가 인간에게 아무런 영향도 끼치지 못한 데 슬퍼할 것이다.

그래서 아들이 병원에 입원하기 전 그 아들을 죽여 볼까도 생각했었다.

명배는 군인 가까이로 다가갔다. 권총을 뺏을 기회를 노리기 위함이었다. 그러나 가까이 갔을 때 명배는 그 군인이 너무 건장한 것을 알았다. 키도 크려니와 몸집이 대단하다. 자기 같은 것은 셋을 합쳐도 당해 낼 것 같지가 않았다.

명배는 섣불리 손을 댔다가 봉변만 당하고 말 것 같은 겁이 들어 권총 뺏을 것을 단념하고 집으로 돌아왔다.

자기 방으로 들어서자 명배는 쓰러지듯 방바닥에 누워 버렸다.

사고력을 완전히 상실한 채 눈을 감고 누워 있을 때,

“아버지!”

하는 소리가 희미하게 들려 왔다. 죽은 아들 병수의 목소리였다. 그 목소리는 어째서 죽지를 못하느냐고 힐난하는 그런 음조(音調)였다.

“아버지!”

또다시 병수의 목소리가 들렸다. 이번에는 죽지 않고 어떻게 하겠느냐고 안타까이 부르는 목소리였다.

병수는 자기가 죽어야만 한다고 생각하는 모양이었다. 죽어야만 용서를 받을 수 있다고 생각하는 모양이었다.

‘죽으면 용서를 해 줄 것인가?’

만약 용서를 하기 위하여 자기를 부르는 것이라면 얼마나 반가운 일일 것인가?

“죽지! 죽고 말고!”

명배는 병수를 타이르듯 중얼거렸다. 그리고 자기에게는 아직도 자살할 의지가 그대로 남아 있다는 것을 스스로 확인했다.

명배는 밤이 채 가기 전에 죽으리라는 것을 생각했다. 칼로 심장을 찌르거나 끈으로 목을 매거나 어떤 방법으로든 죽으리라 생각했다.

명배는 벌떡 일어나 부엌으로 가서 식도를 가져왔다. 그러나 식도를 들고 방으로 들어서는 순간 죽은 아내의 얼굴이 보였다. 묵사발처럼 흰자위를 뜨고 기절하던 순간의 얼굴이었다. 동시에 병원에서,

“아버지!”

하고 운명하던 그 가련하고도 처절한 병수의 얼굴이 보였다.

모두가 무서운 얼굴들이었다. 용서는커녕 잡아먹어도 시원치 않겠다는 얼굴들이었다.

‘죽는다 해도 용서를 못하겠다는 건가?’

‘죽음 따위로 용서할 사람이 어디 있느냐는 건가?’

사실 죽는 것은 간단한 일이다. 그 죽음을 가지고 모든 죄를 용서받겠다는 것은 어린애의 욕심과 다름이 없는 일이다.

‘그러면 병수도 자기의 죽음을 독촉한 것이 아니었던가?’

명배가 조금 전 자기를 부르던 병수의 목소리를 분석하려고 했다. 그때였다.

“아버지!”

확실히 병수의 목소리에 틀림없는 목소리가 이번에는 전과 달리 아주 부드럽게 들렸다. 부드럽다고는 말할 수 없을지 모르나 어쨌든 기력이 없는 나지막한 목소리였다. 기진맥진해서 아무것도 모르겠다는 그런 음조였다.

호소하는 것 같기도 하고 저주하는 것 같기도 하고 무념(無念) 속의 염불 같기도 하던 임종 때의 그 목소리와 비슷했다.

"그러니 나를 어쩌란 말이냐 응."

죽지도 말라고 한다면 어떻게 하라는 것인가?

명배는 식도를 발치에다 놓고 전등불을 껐다. 전등불이 켜져 있기 때문에 아내와 병수의 얼굴이 나타나 보이기도 하고 병수의 목소리도 들리는 것이라 생각되었기 때문이었다. 불을 끄고 좀더 마음을 진정시킨 뒤 평온한 마음으로 심장을 찌르리라 생각했다.

눈을 감고 모든 사념을 내쫓으려 할 때였다. 병수의 목소리가 다시 들려올 것 같은 예감이 들었다. 조금 전에도 자기를 불렀지만 임종할 때에도 자기를 부르던 병수다. 자살하기 직전의 자기를 그냥 내버려 둘 것 같지가 않았다.

'이번에는 무슨 표정으로 자기를 부를 것인가?'

명배는 문득 병수가 죽던 날 자기를 부르던 목소리를 연상했다.

그 날 병수는 먼저,

"어머니!"

하고 아내를 불렀다. 그것은 애절한 목소리였다. 그렇게도 억울하게 죽다니……. 그렇게도 불쌍하게 죽다니 하고 제 어머니를 그리워하는 음성이었다. 어머니의 죽음을 억울하게 생각하는 그 음성 속에는 아버지인 자기를 저주하는 뜻이 숨어 있었을 것이 분명했다.

병이 위독하다는 의사의 선고를 받고 조마조마한 시간을 보내고 있을 때 자식된 녀석이 그래 아버지 앞에서 어머니를 그리워하고 또 아버지를 저주할 수가 있을 것인가?

어머니가 기절한 현장을 본 아들로서 어머니를 그리워한다는 것은 어머니를 죽인 아버지를 증오하는 것이라고밖에 해석할 수가 없다.

그런데 병수는 어머니를 부르다가,

"아버지!"

하고 자기를 부르는 것이 아닌가?

명배는 놀라지 않을 수 없었다. 자기를 부르는 음성이 어머니를 부르던 음성과 너무나 달랐기 때문이었다. 아버지 하고 목이 터지게 부르는 목소리는 틀림없이

'왜 어머니를 죽였어요?'

하는 것 같았다. 증오와 원망과 저주가 섞인 그야말로 오열(嗚咽)이었다.

명배는 반사적으로 의자에서 일어섰다.

아무리 무의식중에 부르짖는 오열이라 해도 아버지란 말을 다시 들을 수 없었던 것이다.

명배는 병수가 무의식중에 그러는 것이라 생각하고 병수를 흔들어 깨우려 했다. 정신만 똑똑하다면 그래도 아버진데 아버지 앞에서 아버지를 저주하는 태도를 보일 수 있을 것 같지 않았기 때문이었다.

그러나 병수는 명배의 심경도 아랑곳없이 다시,

"아……."

하고 입을 벌리려 하는 것이 아닌가?

명배는 순간 병수의 목을 눌렀다. 입만 막아도 좋았을 것이지만 자기도 모르게 목을 눌렀던 것이다. 그것은 아내의 목을 눌렀던 체험이 무의식중에 되풀이하여 움직였기 때문인지 몰랐다. 어쨌든 목을 한 번 누르자 병수는 잠잠해졌다.

병수가 아무 반항도 없이 잠잠해진 것을 보자 명배는 안심을 하고 도로 의자에 앉았다. 그러나 그것이 병수의 마지막 순간일 줄이야 누가 알았을 것인가? 한참 동안이나 지나칠 정도로 잠잠한 데 놀라 병수를 살펴보았을 때 명배는 병수가 죽은 것을 알았다.

명배는 놀라지 않을 수 없었다. 자기 아들의 목숨을 자기 손으로 끊었다는 너무나 무서운 일에 그만 기절을 하고 말았다.

아내가 죽은 뒤 몸이 지나치게 쇠약한 탓도 있겠지만 아내를 죽였을 때보다도 더욱 돌발적인 일이었기 때문이었다.

병수가 자기를 향하는 눈에 적의가 품겨 있는 것을 볼 때 아들마저 죽었으면 하는 생각을 한 때가 없지 않았다. 한 번 죄악을 저지른 바에야 최고의

죄악을 저지른들 어떠랴는 생각에서였다. 그러나 진심으로 병수를 죽이려고 하지는 않았다. 폐렴이 걸렸을 때 어느 때보다도 당황하여 병원에 입원시킨 것도 명배였다. 아들이 입원하자 매일 밤 병수를 지키며 옆에서 자기까지 했다.

병수가 지나치게 쇠약했을 뿐 아니라 신경이 과민하여 회복할 가능성이 없다고 할 때 명배는 아들 앞에서 울었다.

병수가 죽는 것도 결국은 자기 때문이라는 자책이 들었기 때문이었다. 그뿐만도 아니었다. 그 동안 명배는 불행하게 죽은 어머니를 못잊어하는 아들을 따뜻하게 대해 주려고 아들에게 애정을 쏟기 시작했던 것이다.

진심으로 애정을 느끼던 아들을 자기 손으로 죽여 버리고 말았으니 기절을 안 할 수 있을 것인가?

정신을 차렸을 때 명배는 오직 자기 자신이 미워졌을 뿐이었다. 아내와 아들을 자기 손으로 죽여야만 하는 숙명을 타고난 자기.

정말 숙명이라고밖에 달리 할 말이 없었다. 그것도 너무나 어처구니없는 숙명이었다.

아내가 실신했다가 깨어난 뒤 장질부사에 걸렸을 때 아내는 명배가 목을 누르도록 흥분하게 만든 것은 그 날부터 달거리가 시작했기 때문이었다고 말했다. 생리적 작용으로 신경이 예민했던 때문에 벌어진 싸움으로 아내를 죽게 했으니 얼마나 어처구니없는 살인의 동기였던가?

병수도 마찬가지다. 임종을 하기 직전, 하고 싶던 말을 한 마디 하려고 입을 벌렸을 것인데 임종 때 하려던 말을 막기 위해 그 아들을 죽이고 말다니…….

불을 끄고 누웠으나 병수의 환상이 떠오르고 그 목소리가 들리는 것 같은 착각이 좀체 사라지지 않았다. 병수는 한시바삐 죽음으로 그러한 회상을 없애 버려야 한다고 생각했다. 생각할수록 괴롭기만 한 일들이다.

명배가 전깃불을 켜고 발치에 있는 식도를 찾기 위해 방바닥에서 일어나려 할 때였다. 살그머니 열리는 방문소리가 들렸다. 이상한 일이었다. 밤에 자기 방으로 들어올 사람은 없다. 집 안에 같이 사는 사람이라고는 늙은 식모 할머니밖에 없다. 식모 할머니가 밤중에 들어올 까닭이 없다.

명배는 자기가 또 착각을 일으킨 것이나 아닌가 하고 귀를 기울였다. 구둣소리가 들렸다. 그리고 어둠 속에서나마 양복 입은 남자의 모습을 찾아낼 수 있었다.

명배는,

"누구냐?"

하고 소리를 지르며 벌떡 일어섰다.

"조용해!"

남자는 침착한 목소리로 명령을 한 뒤 플래시를 켜고 권총을 내밀었다. 강도에 틀림없었다.

명배는 겁도 나지 않았다. 자살 직전의 심경이 되살아났기 때문인지 아들과 아내를 죽인 죄의식이 발악을 했기 때문인지 강도가 권총을 내밀고 있는데도 식도를 더듬어 잡아 쥔 뒤 강도를 향해 던져 버렸다. 어디를 어떻게 맞았는지 강도는 그 자리에서 쓰러지고 말았다.

명배는 전등을 켰다. 그리고 쓰러진 강도의 얼굴을 들여다보았다. 그 얼굴을 들여다보는 순간 명배는 또다시 자기를 후회했다. 상처도 보이지 않고 피 한 방울 흘린 혼적도 없는데 정신을 잃고 쓰러진 강도는 나어린 소년이었다.

고등학교 2학년인 자기 아들 병수 또래의 소년이었던 것이다. 그리고 그 소년의 얼굴이 어딘가 병수 비슷한 데가 있었다. 더구나 한편 손에 잡고 있는 권총은 쓸모없이 녹슨 고물이었다. 명배는 그 소년이 죽은 것이나 아닌가 하고 그의 몸을 흔들었다. 그러자 소년은 금시 신음소리를 내며 손으로 한 팔을 부여잡았다. 식도가 소년의 바른 팔을 스친 모양이었다. 팔에서 붉은 피가 흘러내리고 있었다. 명배는 부엌으로 뛰어가 냉수 한 사발을 떠 왔다. 그리고는 소년에게 먹이었다. 소년은 냉수를 마시자 대뜸,

"용서하세요."

하고 애원을 했다. 그때 명배는,

“자아식, 도둑질은……. 그냥 달라고 하면 이 집이라도 그저 줄 텐데…….”

하고 하마터면 자기가 다시 살인자가 될 뻔한 그 무서운 순간을 생각했다.

“학비가 없어서 그랬어요. 용서해 주세요.”

목소리는 다르나 겁에 질린 커다란 눈이 꼭 병수의 눈이었다.

“학비가 없다고 이런 짓을 해서 돼?”

명배는 타이르듯이 말했으나 그 목소리 속에는,

‘머리에 맞지 않아 고맙다.’

라는 안도감이 스며 있었다.

“정말 한 번만 용서해 주십시오.”

소년은 놓아 주기만 바라며 뛰쳐 나갈 궁리를 했다. 그때였다. 명배는 소년의 팔목을 잡고 말했다.

“가지 말어. 이 집에 있다가 이 집에서 살아. 주인이 없는 집이니까…….”

병수 같으면 혼자니까 외로울지 모른다. 그러나 소년에게는 부모가 있을 것이 아닌가? 그 부모들을 데려다가 같이 산다면 외롭지도 않을 것이다.

“제발 한 번만 용서해 주십시오.”

소년은 그 자리를 떠나고 싶은 일념밖에 없는 모양이었다.

“정말이야. 이 집은 주인 없는 집이야. 부모들하고 같이 살아.”

명배는 집문서를 주어야만 소년이 안심해할 것 같아 소년의 팔목을 잡은 채 의장 있는 데로 갔다. 의장 문을 열고 있을 때 명배는 병수의 얼굴을 생각했다. 웃고 있을 병수의 얼굴이었다. 왠지 모르게 그 순간 병수는 웃고 있을 것만 같았던 것이다.

명배는 의장 문을 열고 집문서를 꺼내 소년에게 주었다. 그러나 소년이 그것을 받으려 할 까닭이 없다. 명배도 구체적인 설명을 않고 그런 것을 주는 것이 비정상적이라는 것을 생각했다. 그래서 소년을 앉히고,

“부모가 다 계시지?”

하고 묻기 시작했다.

“네.”

“아버지가 돈을 못 버니?”

“불구자입니다.”

“어디가?”

“반신불숩니다.”

“어머니는?”

“어머니는 성하시구요.”

“그럼 너 아무 말 않구 우리 집에 와서 나하구 같이 살래? 나는 가족이 한 명두 없으니까 말이다.”

“부모는 어떡허구요?”

“글쎄 같이 와서 살라니까? 내 월급으루 네 식구는 살 수 있다.”

그 뒤부터 소년은 말을 안 했다. 명배의 말을 어느 정도 진실로 받아들이는 모양이었다.

“네 학비두 대 줄게——.”

그때 소년은 의아한 눈초리로 명배를 바라보았다. 그러나 그 시선 속에는 보이지 않는 웃음이 깃들어 있는 것 같았다.

“나를 못 믿겠거든 내가 네 부모에게 가서 직접 이야기를 하마.”

명배는 소년이 자기를 살리기 위해 병수가 보낸 사람같이 생각되었다. 그 소년을 놓치면 자기는 영영 멸망하고 말 것 같기도 했다. 그리고 그 소년에게는 병수에게도 주지 못했던 사랑을 베풀어 줄 수 있을 것 같았다.

얼마 뒤 동이 훤히 텄을 때 두 사람은 소년의 집을 향해 거리로 나왔다. 길을 걸으며 명배는 부상당한 소년의 팔을 어루만졌다.

“집에 들러서 병원엘 가자——.”

명배의 발걸음이 자꾸만 빨라졌다. 소년을 위해 무엇인가 자꾸만 해 주고 싶은 마음이 앞섰던 것이다.

‘학비도 주고 옷도 사 주고.’

아니 그보다도 소년이 더 좋아할 것을 알아야 할 것 같았다.

—— 사랑 ——.

명배는 사랑이라는 어휘가 아름답게 생각되었다. 그 글자를 만져 보고 싶은 충동이 일어났다.

길을 걷는 동안 명배는 소년의 손목을 꼭 쥐었다. 자기를 용서해 줄 수 있는 단 한 사람의 그 소년을 놓치지 않기 위해서만은 아니었다. 소년의 따뜻한 체온이 자기의 말라 빠진 육체를 살찌게 해 주는 것 같았기 때문이었다.

따뜻한 소년의 손을 잡고 걷는 동안 명배는 하늘 저편에서 아내와 병수가 흡촉한 얼굴로 자기를 내려다보고 있으리라는 자신이 생겼다.

—— 신(神)은 인간을 용서하기 위하여 자기 자신이 직접 내려오는 것이 아니라 자기의 분신(分身)을 보내어 인간으로 하여금 스스로가 자기들의 일을 처리하게 하는 모양이다 ——.

(원) 《현대문학 64》 1960. 4,　(출) 『방관자』 창신문화사, 1960.

궁극의 위치

천호(天浩)는 자기가 알지 못할 지구의 어떤 지점에 내던져졌다고 느꼈다. 어디를 찾아가던 도중에 그러한 곳에 이른 것은 아니었다. 적을 피하여 안전한 지대를 찾아온 것은 더욱 아니었다.

끝없이 넓은 숲, 상공에서 누가 자기를 내동댕이쳐 지금 숲 속 한 지점에 내려떨어진 것만 같았다.

하늘도 잘 보이지 않았다. 십 미터 전방은 검은 밤처럼 어둡다. 어디를 보나 나무와 나무뿐이었다.

천호는 사방을 둘러보며 여기는 동물 이외엔 아무것도 서식하지 못할 곳이라고 생각했다. 동물 가운데도 맹수 같은 것만이 서식할 것 같았다. 호랑이 그렇지 않으면 곰들이 사람을 꺼리어 사람이 얼씬도 않을 이런 곳에 안식처를 정하고 마음대로 종족을 번식하는 곳이라 생각했다.

그러나 눈앞에 나타나 보이는 동물은 호랑이가 아니라 먼 눈으로 자기를 바라보며 도망칠 곳을 궁리하는 한 쌍의 사슴이었다. 인간이라는 것을 본 적이 없는 사슴들이 자기를 보고 놀란 표정으로 코를 벌름거린다.

천호는 사슴보다도 더 놀랐다. 사슴이 자기를 해칠 만한 동물이 못 되는 줄 알면서도 몸에 소름이 끼치고 머리털이 쭈뼛 하늘로 솟는 것을 느꼈다. 사슴이 아니라 조그마한 산토끼보다도 더 작은 다람쥐가 나타났다고 해도 천호는 놀라지 않을 수 없었을지 모른다.

천호는 지금 쫓기고 있는 사람이었다. 어디로라도 도피를 해야 한다는 의식 속에 사로잡혀 있다.

생명을 가진 물체는 모두가 자기끼리 위협하고 있는 것이라 생각되었던 것이다. 그러면서도 천호는 코를 벌름거리고 있는 사슴을 향해 총을 쏘려고 하지는 않았다. 눈을 부릅뜨고 사슴을 주시할 따름이었다. 사슴이 자진하여 자기 시야에서 사라지기를 바라는 것이었다.

눈을 크게 떴을 때였다. 천호는 거기에 사슴도 아무것도 없음을 알았다. 환각이었던 것이다.

천호는 안심을 했다. 아무리 맹호가 살고 있는 무시무시한 산 속이라 해도 다람쥐 '한 마리 눈앞에 나타나 주지 않기를 바라며 하늘에서 떨어진 듯한 자기 몸을 살펴보았다.

어깨에는 여전히 엠원 소총이 메어져 있었다. 군복은 물론 군모까지 모두 갖추고 있었다. 군화도 제대로 신고 있었다. 부상당한 곳이라고는 한 군데도 없었다.

전우들과 같이 전투를 한 것이 까마득한 옛일처럼 생각되었건만 아직까지 군인의 자세를 그대로 지니고 있는 자기를 경탄의 눈으로 보지 않을 수 없었다. 적어도 이틀 이상을 혼자서 헤매고 있다. 어디를 어떻게 헤매는지는 기억할 수 없다. 불안한 위치에서 안전한 위치를 찾아 헤맨 것만은 틀림이 없었다. 그 동안 먹을 것을 조금도 못 먹었다.

그런데도 자기는 아직 깨끗한 군인의 모습을 그대로 가지고 있다. 자기가 하늘에서 광막한 한 지점에 떨어졌다는 생각이 드는데도 불구하고 신체의 어떤 부분도 다친 곳이 없이 완전하다는 것을 생각할 때 천호는 오직 경이 (驚異)만을 느끼는 것이었다.

커다란 독 속에 붕어 한 마리가 혼자서 살고 있음을 보는 듯했다. 붕어는 독 속에 갇혀 있으면서도 그래도 지느러미를 움직이며 물을 마시고 있다. 독 밖으로 뛰어나갈 생각은 아예 단념하고.

그러나 천호는 어디로든 가야 한다고 생각했다. 그래야만 산다고 생각했다. 맹수에게 잡혀 먹힐지, 적에게 맞아 죽을지 그렇지 않으면 굶어서 죽을

지 어쨌든 움직이지 않고 있다가는 죽고야 말 것은 분명했다.

'가자. 어디로든 가자——.'

천호는 잡목들의 이파리를 살펴보았다. 같은 잎이라 해도 광선을 받아들인 부분과 광선을 받아들이지 못한 부분이 다르다. 그것을 감별함으로써 동서남북의 방향을 가릴 수 있다.

천호는 남쪽을 알아 냈다. 아군이 있는 곳은 남쪽이었다. 남쪽으로 가자.

나무와 나무 사이에는 어째서 풀까지 무성한 것일까? 한 발자욱 내디디기가 물 속에서 걸어가는 것보다도 힘들었다.

그러나 흔들리는 풀에 시선을 보내지 않는 한 누구도 자기를 볼 수 없으리라는 것이 안심스러웠다. 풀이 키보다도 높았던 것이다.

얼마를 걸었는지 모른다. 배가 고프고 목이 말라 왔다. 소용이 없는 줄 알면서도 천호는 사방을 둘러보았다. 소나무라도 있으면 했다. 그것은 껍질을 벗겨 먹을 수가 있고 진도 빨아먹을 수 있다. 그러나 잡목만이 들어선 곳에는 소나무가 없는 법이다. 칡넝쿨이라도 있었으면 뿌리를 뽑아 먹을 텐데 그것도 찾아볼 수가 없었다.

잘못하다가는 굶어서 죽을 것 같았다. 굶어 죽기 전에 인가를 찾거나 아군을 만나도록 해야 했다. 배를 움켜쥔 채 또 걸었다.

얼마를 걸어가고 있는데 어디선가 새소리가 들려 왔다. 천호는 울고 있는 새를 찾아보려 했다. 그놈을 잡기만 하면 생으로라도 먹을 수 있을 것 같았기 때문이었다. 그러나 어떤 곳에 숨어 있는지 새는 발견되지가 않았다.

천호는 문득 새 말고도 잡아먹을 동물이 얼마든지 많을 것이라고 생각했다. 맹수가 잡아먹고 사는 동물이라면 무엇이나 먹을 수 있을 것이 아닌가? 그러나 그런 동물도 눈에 띄지가 않았다. 보이기만 하면 총으로 쏘아 잡을 텐데…….

얼마를 더 걸었을 때 천호는 온몸에서 식은 땀이 흐르고 사지가 노곤해졌다. 앞길은 조금도 트이지 않은 채 꼭 선 자리에 주저앉게 될 것만 같았다. 앉기만 하면 그대로 죽을 것이었다. 죽으면 개미떼가 모여들 것이다. 그 밖에는 아무도 자기의 죽음을 알아 줄 사람이 없다.

천호는 이를 악물고 또 걷기를 시작했다. 걷다가 죽어도 죽을 때까지는 걸어야 했다.

천호는 문득 가족들을 생각했다. 자기가 산 속에서 죽는다 해도 부모나 형제들은 아무것도 모르고 그냥 일을 하고 밥을 먹고 잠을 잘 것이다. 가족들만이 아니었다. 서울 거리에서 득실거리는 모든 사람이 전부 그럴 것이다. 억울한 것 같았다. 자기는 나라를 위해서 싸우다가 지금 이 모양이 되었는데 자기가 고생하고 있는 것을 알아 주는 사람이 하나도 없다.

천호는 움직이고 있는 사람들을 보아야 할 것 같았다. 죽어도 사람의 무리들이 보이는 데서 죽어야 할 것 같았다.

그러나 발이 무거웠다. 목은 바짝바짝 타들어가기만 했다.

손가락이라도 깨물어 버릴까 생각했다. 깨물면 손가락에서 피가 나올 것이다. 피라도 마시면 목이 축여질 것이 아닌가?

그러나 손가락을 입 속에 넣고도 그것을 힘껏 깨물지는 못했다. 아픔을 느꼈던 것이다.

천호는 죽어도 할 수 없다고 생각했다. 더 걸을 수가 없었다. 털석 풀 위에 앉아 버렸다. 그리곤 쓰러지듯 누웠다. 풀 위에 눕자 천호는 하늘을 보았다. 파란 하늘이었다. 이때까지 본 일이 없는 듯한 파란 하늘이었다.

천호는 벌떡 일어나 앉았다. 하늘이 보인다는 것은 나무가 성기게 서 있다는 것이 된다. 나무가 성기게 서 있으면 들이 가까울지 모른다. 천호는 죽을힘을 다해 일어섰다. 또 걸었다.

그러나 몇 걸음도 걷지를 못했다. 다리가 휘청거렸다. 몸이 어쩌자고 이렇게도 무거울까? 앞길이 트이기 시작했는데 이래서야 될 수 있겠는가? 그래도 할 수 없었다. 이제는 고요히 죽는 수밖에 없다고 생각했다. 쓰러졌다. 눈을 감았다. 이제부터 천호는 죽는 것이다. 제발 죽는 시간이 길지 말았으면 하고 생각했다. 적탄에 맞아 그 자리에서 절명한 전우들처럼 당장에 죽었으면 좋을 것 같았다.

그런데 어디서 포탄 터지는 소리가 들렸다. 그리 먼 곳 같지가 않았다.

천호는 눈을 번쩍 떴다. 포탄이 터지는 곳에는 적이든 아군이든 어느 편이든 간에 사람이 있을 것이다. 거기까지만 가면 살 수 있을 것은 분명했다.

천호는 일어났다. 다시 걷기 시작했다. 아까보다는 몸이 훨씬 가벼워진 것 같았다. 적어도 포탄이 터진 곳까지는 걸어갈 수 있을 것 같았다.

몇 걸음 걸었을 때 오십 미터도 못 되는 지점에서 풀숲이 흔들리고 있음을 발견했다. 동시에 흔들리는 풀숲 남쪽이 훤하게 트여 있는 것을 발견했다. 어두운 밤이 새고 동녘이 트이는 것 같은 느낌이었다.

천호는 순간 살았구나 하는 생각을 했다. 조금만 더 걸으면 살 수 있다고 생각했다. 그래서 기운을 내어 걷고 있는데 아까 그 자리에서 또 풀들이 움직였다.

천호는 총을 어깨에서 내렸다. 적이 아니면 동물이리라 생각했던 것이다. 어쨌든 쏘아야 했다. 동물일 경우에는 잡아서 먹기라도 해야 했다. 그런데 풀숲은 움직이나 풀숲을 움직이게 하는 물체가 보이지 않았다. 보이지 않을 뿐 아니라 조금도 위치가 변경되지 않았다.

총을 맞은 동물이나 아닌가 생각했다. 만약 그런 것이라면 천호는 총소리를 내지 않고도 동물을 잡아먹을 수 있다.

발소리를 죽여 가며 조금씩 조금씩 접근해 갔다. 거의 다 접근했는데도 저편에서는 자기를 보지 못한 것 같았다. 풀숲이 여전히 움직이고 있는 것이었다.

무엇인가가 누워 있는 것 같았다. 유심히 들여다보았다. 확실히 사람 같은 것이 누워 있었다.

"으흥."

가느다란 신음소리가 났다.

틀림없는 부상병이었다. 천호는 총구를 삐쭉 내민 채 누워 있는 부상병 앞으로 갔다.

무엇 때문에 부상병에게 호기심을 가졌는지 모른다. 수통이라도 가졌다면 하는 생각은 추호도 없었다. 먹을 것이 있으리라는 기대도 갖지 않았다. 그런데도 무엇 때문에 그는 부상병 가까이 가는 것일까? 그냥 모른 척 지나가 버리면 부상병이 자기를 쏠 리가 없다. 그리고 다만 한 걸음이라도 더 앞으로 나갈 수가 있다.

그런데도 천호는 부상병 옆으로 갔다. 가슴이 두근거렸다. 아군인지 적인지를 알 수 없었으나 하나의 생명체임에는 틀림없다. 이 막막한 천지에서 생명체에 접한 것은 오직 새소리뿐이었다. 새소리를 들었을 때는 그것을 잡아먹고 싶었다. 그러나 지금 하나의 인간을 대했을 때 천호는 생명감을 느꼈다. 자기가 살아 있다는 것을 느꼈던 것이다. 생명감을 느낀다는 것은 생명의 위험감에서 오는 것인지도 모른다. 자기를 방어해야 한다는 의식이 자기의 존재를 인식케 했을 것이다.

만약 그 인간이 자기의 생명을 위협하지 않는다면 그 인간과 더불어 이야기를 할 수 있을지도 모른다. 만약 이야기를 주고받을 수 있다면 자기는 고독하지가 않을 것이다.

사실 천호는 이때까지 고독했었다. 너무나 큰 고독이었기 때문에 그것을 고독이라 느끼지 못했을 뿐이었다.

이야기를 할 수 있는 인간이라면 얼마나 좋을 것인가?

가슴이 두근거리지 않을 수 없었다.

천호는 총대에 힘을 주며 쓰러져 있는 부상병 옆으로 갔다.

부상병은 이미 삶을 단념하고 있는 모양이었다. 신음소리를 내면서도 옆에 서 있는 천호를 쳐다보지 않았다. 살리러 온 사람인지 죽이러 온 사람인지 그것조차 식별하려 하지 않았다.

"여봐."

천호는 총을 쥔 채 자기가 옆에 있다는 것을 알렸다. 그러나 부상병은 대답을 안 했다. 생명의 위협감을 느끼지 않는 모양이었다. 동시에 살아 있다는 생명감도 느끼지 못하는 모양이었다.

천호는 총을 왼쪽 손으로만 잡고 부상병 옆에 쪼그리고 앉았다. 이제는 총이 필요 없다고 생각했던 것이다. 다만 이야기만 하면 그뿐이라고 생각했다.

"어디가 아파?"

그래도 부상병은 대답을 안 했다.

천호는 부상병의 몸을 흔들었다.

"정신차려. 조금만 가면 살 수 있잖나?"

그때야 부상병은,

"난 못 가요. 이제 곧 죽어요!"

하고 기진맥진한 소리로 겨우 대답했다. 이것은 체념의 목소리가 아니었다. 약자의 오열이었다. 자기는 반말을 했는데 부상병은 무엇 때문에 존칭어를 쓰는 것일까? 생명에 대한 발언권을 상실한 약자의 태도가 분명했다.

"어디를 다쳤는데?"

물어 보나마나였다. 오른편 다리가 피에 엉켜 있었다. 그러나 천호는 그보다도 더 중요한 곳에 부상을 입지 않았는가 하는 생각 때문이었다.

부상병은 한 손으로 자기의 다리를 가리켰다.

"내가 업고 가지."

천호는 그래야만 한다고 생각했다.

"안 돼요. 빨리 가기나 하세요."

부상병은 여전히 냉정했다. 그러나 가기나 하라는 말은 결국 조금만 가면 살 수 있다는 뜻이 아니겠는가? 부상병은 자기보다 이곳 지리에 밝을 것이 분명하다. 낙오한 지 얼마 안 되었을 것이니까!

새벽 동이 트는 것처럼 훤히 밝은 전방을 내다보았다. 얼마 멀지 않은 곳에서 또 포탄소리가 들려 왔다. 격심한 전투가 벌어진 것은 아니다. 경계사격이었다.

천호는 빨리 가야 한다고 생각했다. 생명이 다하기 전에 어떤 지점에까지고 이르러야 한다고 생각했다.

"일어나 봐. 내가 업을게……."

그것은 사치일지 모른다. 혼자 걸으면서도 허둥지둥하던 자기가 어찌 남을 업고 갈 수 있을 것인가? 천호는 자기가 남에게 베풀 수 있는 최대의 친절이라고 생각했다. 최대의 친절을 베풀었는데도 부상병이 싫다고 하면 그뿐이었다. 부상병을 나무랄 것도 없다. 혼자서 떠나면 된다. 어떤 경우에라도 자기는 앞으로 가야 하니까…….

그런데 이번에는 부상병이 아무 대답을 안 했다. 차라리 조금 전처럼 자기는 안 된다고 거절을 했다면 그냥 떠나 버릴 수가 있는 것이 아닌가? 그런데 부상병은 어째서 묵언으로 자기 발을 붙잡아매는 것일까? 자기 발을 붙잡는 부상병을 떨쳐 버리고 갈 수는 없었다.

"빨리 일어나라니까……."

천호는 부상병이 자기 힘으로 일어날 수 없다는 것을 알았다. 그런데도 일어나라는 말을 한 것은 부상병의 입에서 한 번 더

'빨리 가기나 하세요.'

하는 언질을 받기 위함이었는지 모른다.

"난 십 분도 더 못 살아요."

부상병이 입을 열었다. 고마운 말이었다. 죽어 가는 사람이 거짓말을 할 수 없다. 십 분밖에 더 못 살 생명에 연민의 정을 느낄 필요는 없다.

천호는 부상병을 한 번 훑어본 뒤 앞으로 발을 옮겼다.

생명을 위협하던 존재에 대하여 이제는 공포감을 느낄 필요가 없었다. 자기가 돌아섰다고 해도 총을 쏠 사람이 아니란 안도감에서 몇 걸음을 옮겨 놓았을 때였다.

"으흥."

부상병의 신음소리가 뒤에서 들려 왔다.

천호는 그것이 부상병의 마지막 신음소리라고 생각했다. 아무도 보아 주는 사람이 없는 곳에서 혼자 죽어 갈 모습이 눈앞에 떠올랐다.

천호는 얼마 전 자기가 혼자서 죽기 억울해하던 것을 생각했다.

확 소름이 끼쳤다. 동시에 발이 뒤로 돌았다. 사람이란 아무 생각 없이 행동을 하는 때가 있다. 생각할 필요가 없다고 느껴질 때 말이다.

천호는 부상병 옆으로 다시 갔다. 그리고는 말 대신 무조건 부상병의 한 팔을 잡아끌었다. 그리고 포옹을 하듯이 안아 일으켰다.

"업혀!"

그러나 말보다도 행동이 앞섰다. 어느새 부상병을 업고 일어섰던 것이다.

천호는 다리가 휘청거리는 것을 느꼈다. 그러나 걸을 수 없다는 생각은

안 했다. 아무 생각도 안 했다. 그저 걸을 뿐이었다.

온몸에서 땀이 흘러내림을 느꼈다. 그러나 부상병을 내려놓으면 땀이 그렇게까지 흐르지 않으리라는 것은 생각조차 안 했다.

무의지(無意志)의 의지였다.

한참 걸었을 때야 부상병이 혹시 적병(敵兵)이나 아닌가 하는 생각이 들었다. 그래서,

'소속이 어디야?'

하고 묻고 싶었다. 그러나 그것을 물은 뒤에는 어떻게 할 것인가. 적병이란 것을 알면 내던지고 혼자서 가겠단 말인가?

천호는 그 생각이 무서웠다. 눈앞에 나타난 적병이 자기를 향해 방아쇠를 잡아당기려는 순간보다도 더 무서운 것 같았다.

계속해서 걸었다. 그러면서도 부상병이 바지 이외에 아무것도 입지 않은 것을 다행하게 생각했다. 부상을 당했을 때 부상병은 출혈을 막으려고 윗도리를 벗어 그것으로 상처를 감았는지 모른다.

천호는 이때까지 부상병이 어째서 윗도리를 벗었을까 하고 생각해 본 일이 없었다. 그러나 적과 아군을 구별할 수 없도록 윗도리를 벗었다는 것이 처음으로 다행한 일이라고 생각되었다.

다행한 일이라고 생각하며 걷고 또 걸었다. 정말 걸어지지가 않았다. 천근만큼 무거운 짐을 진 것 같았다. 한 걸음 내디디기가 태산을 움직이는 것 같이 힘들었다.

그러나 천호는 걸어가야 한다는 데 대하여 조금도 의혹을 품지 않았다. 걸으면 걸을 수도 있고 또 걸을 수 있는 한 걸어야 한다고 생각했다.

등에 업혀 있는 부상병을 귀찮다고 생각하지도 않았다. 안 하려고 해서가 아니라 그런 생각이 머리에 들지 않았던 것이다. 자기가 살아 있는 한 부상병도 살 것이고 부상병이 살아 있는 한 자기도 살아 있을 것만 같았다.

얼마를 걷고 있을 때였다. 무엇에 걸렸는지 다리가 휘청 하고 몸이 앞으로 거꾸러졌다. 부상병을 업은 채 쓰러졌다. 풀줄기에 걸린 것이었다.

천호는 일어나려고 했다. 다시 걸어야 했기 때문이었다. 그러나 몸이 말

을 들어 주지 않았다. 일어서려고 악을 써 보았지만 헛수고였다. 부상병을 업은 몸이 꼼짝달싹 안 했다.

천호는 이제 죽는 것이라 생각했다. 죽어도 할 수 없는 것이라 생각했다. 허무해도 할 수 없었다. 자기가 죽은 뒤에도 해는 동쪽에서 떠올라 서쪽으로 기울어질 것이다. 사람들은 행복이라 또는 불행이라 하며 삶을 주체하지 못해할 것이다. 그러나 천호는 죽어야 했다. 살 것을 체념한 것이었다. 등에 업힌 부상병이 벌써 체념했듯이.

그러면서도 천호는 등에 업혀 있는 부상병을 밀어뜨리려 하지 않았다. 그럴 필요가 없었던 것이다. 자기도 죽을 몸, 부상병도 죽을 몸 그러니 공동운명체다. 공통운명체라기보다도 두 목숨이 합하여 한 목숨이 되었고 그 한 목숨이 지금 죽음을 부르고 있다. 떼려야 뗄 수 없는 한 목숨 같았다.

천호는 얼굴을 지면에 대고 다가오고 있는 죽음을 바라보았다. 아버지 생각도 어머니 생각도 아무 생각도 나지 않았다. 야금야금 가까워 오는 죽음에 홀려 공포도 불안도 초조도 없는 그저 혼몽한 상태 속에 빠졌을 뿐이었다.

'이제 죽는구나.'

하고 생각할 때였다. 멀지 않은 곳에서 또 경계사격의 포탄이 터져 울려 왔다. 동시에 자기 등 위에서 짓누르고 있는 부상병이,

"아——."

하고 신음소리를 냈다.

죽은 것이라고 확인했던 것은 아니지만 죽었으려니 했던 부상병의 신음소리를 들었을 때 천호는 다시금 자기가 살아 있다는 것을 깨달았다. 자기도 아직 죽지 않고 있는 것이다.

천호는 고개를 들어 앞을 내다보았다. 아직 숲 속을 완전히 빠져 나온 것이 아니지만 개활지가 눈앞에 보였다. 툭 트인 개활지. 거기는 농부가 일하던 곳일지도 모른다. 그리고 개활지 근처에는 군인들이 참호를 파고 숨어 있을지도 모른다.

천호는 가야 한다고 생각했다. 목적했던 곳을 눈앞에 내다보면서도 그저 엎드려 죽을 수는 없었다. 부상병도 아직 죽지를 않고 있다.

최후의 발악이었으리라.

천호는 일어서고야 말았다. 등에는 여전히 부상병이 업혀 있었다.

몇 걸음 내옮겼을 때였다. 천호는 걷고 있는 자기 다리가 자기 다리 같지 않음을 느꼈다. 몽둥이처럼 뻣뻣했던 것이다. 몇 걸음도 못 가서 꺾어지고야 말 것 같았다. 그런데 등 뒤에서는 부상병이 또,

"아유——."

하고 신음소리를 냈다.

천호는 자기가 부상병 때문에 더 걷지 못하게 되는 것이나 아닌가 생각했다. 부상병 때문에 빤히 내다보이는 개활지에까지 이르지를 못하고 죽을 것 같았던 것이다.

천호는 부상병을 떨쳐 버릴까 생각했다. 그래도 괜찮을 것 같았다. 그렇다고 해서 부상병이 무어라 말할 것 같지도 않았다.

그러나 천호는 부상병을 내려놓지 못했다. 아직 살아 있는 생명을 혼자 죽으랄 수가 없었던 것이다. 남은 죽고 있는데 혼자서 살겠다고 개활지를 향해 걸어갈 수가 없을 것 같았다.

천호는 그냥 계속해서 걸었다. 부상병을 미워하거나 귀찮게 생각지도 않고 그냥 걷고 있는 자기가 어쩐지 신(神)인 것 같은 생각이 들었다. 신의 마음은 언제나 이런 것이 아닐까 생각했다.

'내가 신인가?'

이런 생각을 하며 걷고 있을 때였다.

"손들엇!"

멀지도 않은 곳에서 찢어질 듯한 목소리가 들려 왔다.

천호는 멈칫 섰다. 그러나 가만히 서서는 몸을 지탱할 수가 없었다. 전신이 앞으로 꼬꾸라지려고 하기 때문이었다. 한 걸음 앞으로 나가고 있을 때 다시,

"손들엇!"

소리가 났다.

천호는 들 손이 없었다. 손을 들자면 부상병을 내려놓아야 한다. 그러나

부상병을 내려놓을 수는 없다고 생각했다.

"손을 못 들어?"

손은 들어서 무엇 하겠다고 자꾸만 들라고 하는 것일까? 자기에게는 무기
도 없다. 엠원 소총은 언제 어디다 내버렸는지 모른다. 총이 있다고 해도 쏠
생각은 아예 없다. 지금 천호는 아무도 미워하지 않는다. 아무도 무서워하지
않는다. 오직 자기 생명을 누구에게서 확인받으면 그뿐이다. 살겠다는 의욕
을 받아 주는 사람만이 있다면 그뿐이다.

천호는 손들라고 하는 사람에게로 접근해 갔다. 그는 적일지도 모른다.
그러나 천호는 자기 생명을 맡을 사람이란 생각에 손을 들 생각은 염두에도
두지 않고 그냥 걸어가는 것이었다. 불안도 공포도 없었다. 자기가 부상병을
아무런 공포감과 불안감 없이 업고 있듯이.

끝내 천호는 손을 들 수가 없었다. 정녕 시신(屍身)마냥 등에 늘어져 업힌
부상병을 내려놓을 수 없었기 때문이었다.

이때였다. 따——따——요란한 총성과 함께 쓰러진 천호의 심장에선 붉
은 피가 솟구쳐 흐르기 시작했다.

신의 의지는 아니었으리라.

(원)《자유문학 41》 1960. 8, (출)『방관자』 창신문화사, 1960.

그늘 밑에서

창우(彰雨)는 마룻방 소파에 앉아 창 뒤 한길에서 떠들고 있는 어린애들의 대장놀이에 귀를 기울이고 있었다.

"내가 대장이다. 내 명령에 복종해. 알았지?"

한 놈이 소리를 지르자 딴 놈이,

"넌 이승만야. 넌 이화장으로나 가라. 내가 대장이다."

"왜 내가 이승만이야? 난 아니야."

"너의 패가 하나도 없지 않니? 우리 패를 봐. 절대 다수야."

"그럼 우리 패 데리구 올 테야."

한 놈이 자기 패를 데리러 간 모양이었다. 한참 동안 잠잠하고 있더니 얼마쯤 뒤

"자아식 봐. 하나 둘 셋."

여섯을 셌다.

"우리두. 하나 둘 셋."

딴 패도 여섯까지 셌다.

"그럼 쎄임쎄임. 장갱을 하자."

"그래 장갱!"

가위바위보를 하며 저마다 대장이 되겠다는 두 녀석이 손을 내미는 모양이었다. 그런데 가위바위보를 채 시작하기 전에 어떤 놈이 새로 하나 나타

난 모양이었다.

"동수야, 너 우리 패지?"

한 녀석이 묻자 다른 한 녀석이,

"너 우리 패지? 똑똑히 말해."

했다. 동수란 놈은 이쪽저쪽 눈치만 살피며 좀체 대답을 안 하는 모양이었다.

"우리 패 되지? 좀 있다 껌 하나 줄게."

한 녀석이 이런 말을 하자 딴 녀석이,

"너 우리 패 안 되면 좋지 않다. 너 그때 아이스케키 사 준 거 도루 내놔."

동수란 놈을 협박했다.

"너 협박하기냐?"

"남이 아무렇게 하믄 어때?"

"자아식. 깡패는 어떻게 되는 줄 알지?"

"자아식. 누가 깡패야? 네가 깡패지."

"이거 정말 스타일 버리겠는데 ── ."

이런 말이 나자 투닥거리는 소리가 들렸다. 싸우는 모양이었다. 한참 싸우더니 한 놈이,

"항복했지?"

"웅! 민주주의 원칙에 의해서 말야, 오늘은 내가 졌다."

"그럼 내가 대장이지? 그리구 동수도 우리 편이구?"

"웅!"

"그럼 모두 차렷. 앞으로 나란힛. 번호!"

그리고 나서는 '앞으로 갓' 구령에 모두들 딴 골목길로 행진해 가는 것이었다.

창우는 국민학교 사오 학년 또래의 어린애들이 보무 당당히 걸어가는 발소리를 멀리 들으며 얼마 전 죽은 자기 맏아들 성무(成茂)를 생각했다. 성무도 어렸을 때 지금의 소년들처럼 대장놀이를 했을 것이다. 대장이 되었던

일도 있었다고 생각했다. 어른이 되어서도 대장이 되려던 애는 아니었지만 4·19 혁명 때 데모대의 앞장을 섰다가 희생이 되었다. 창우는 서재로 쓰고 있는 건넌방으로 들어갔다. 최근에 사들인 헤겔의 『역사철학서론』 원문을 읽기 위함이었다. 창우는 C대학의 역사학 교수다. 그렇기 때문에 읽는 책이라고는 언제나 역사에 관한 것들이었다. 그 역사책들을 읽은 것은 하나의 직업의식 때문일지 모르나 어쨌든 책을 대하고 앉기만 하면 마음이 차분히 가라앉는 창우였다. 책을 몇 줄 읽고 있을 때였다. 학교에 갔던 막내딸 금혜(錦惠)가 돌아왔다. 금혜가 아버지의 서재를 기웃해 보더니,

　"아버지── ."

하고는 책가방만 안방에 내던지고 창우에게로 왔다. 창우에게로 오자 금혜는,

　"아버지. 우리두 전화를 놔요, 응── ."

하고 다짜로 조르기를 시작했다. 갑자기 전화 타령이 웬 까닭인가 해서

　"전화 걸 데가 많이 생겼니?"

하고 물었다. 그랬더니 금혜가,

　"오늘 우리 선생님이 전화 있는 애 손들라구 했는데 절반이나 손들지 않아. 나만 창피하게 못 들었어."

하는 것이었다.

　"남들이 다 있으니까 우리두 있어야겠단 말이구나?"

　"그럼요. 창피하지 않아요?"

　"전화 없는 것이 창피한 시대가 왔구나!"

　창우는 허탈한 웃음을 웃었다.

　창우는 전부터 전화를 가설할까 생각한 때가 있다. 체신부에 제자가 있어서 신청만 하면 애써 주겠다는 말까지 한 일이 있었으나 이때까지 가설하지 않고 있다.

　물론 전화야 누구에게나 필요한 것이다. 필요한 줄을 모르지는 않는다. 그러나 일반적으로 보급되지 않은 전화를 가설해 놓아 특수계급처럼 보여지는 것이 싫었다. 그리고 전화가 꼭 필요하지도 않았다. 전화가 있으면 학교나 신문잡지사 같은 데 연락하기가 편할 것이지만 학교는 매일처럼 나가는

곳이라 전화가 없어도 불편을 느끼지 않는다. 신문사나 잡지사에 일이 많다면 몰라도 역사를 전공하는 사람이라 잡지사의 원고청탁도 별로 많지 않다. 전화를 가설하면 친구들이 편리할지 모른다. 그러나 전화를 걸고 싶어하는 친구들이란 대부분 술을 좋아하는 사람들일 것이다. 술을 그리 좋아하지 않는 창우인 만큼 전화는 필요할 때보다도 필요하지 않은 데 더 많이 쓰여질 것을 걱정하지 않을 수 없었다. 그래서 전화를 가설치 않고 있는데 뜻밖에도 '금혜로부터 전화 긴요론이 제기된 것이었다.

"전화란 것은 필요에 의해서 가설하는 것이지 체면유지를 위해서 가설하는 게 아냐."

창우는 금혜가 중학생이란 생각 밑에서 점잖게 타일렀다. 그래도 알아들을 줄 알았던 것이다. 그러나 금혜는,

"싫어요. 남들이 다 있는 걸 우리만 왜 없어요? 우리 아버진 대학교 교수라구 나두 뽐내구 있는데……."

"대학교수는 가난뱅이야. 가난뱅이하구 돈 많은 사람하구 같을 수 있니?"

"우리가 뭐 가난해요?"

"가난하지 않은 건 조상 덕분이지 아버지는 가난뱅이야."

"그럼 우리 재산두 아버지 마음대루 못 쓰시나요?"

"쓸 수는 있지. 그렇지만 돈벌이를 못하면서 마구 쓸 수는 없어."

"아버지 깍쟁이야."

"깍쟁이는 아냐. 글쎄 생각을 해 봐라. 전화를 놓구두 쓸 데가 없어서 녹이 슬면 어떡허니?"

"우리 동무들한테 전화를 하는데 왜 녹이 슬어요."

"글쎄 그것만은 조르지 말아라."

그래도 금혜는 창우가 책을 읽을 수 없도록 창우의 어깨를 밀치고 팔을 잡아당기며 전화를 놓자고 엉석을 부린다. 금혜의 청이라면 대개 들어 주는 창우였지만 전화에 대해서만은 창우도 좀체 고집을 꺾지 않았다.

회사에서 퇴근하고 돌아온 맏딸 명혜(明惠)가,

"넌 왜 밤낮 조르기만 하니."

하고 금혜를 잡아끌고 안방으로 들어가는 바람에 금혜의 떼가 겨우 잠잠해
졌다.

　명혜는 금혜를 데리고 안방으로 가서 옷을 갈아 입게 하고 세수를 시켰
다. 금혜는 명혜가 언니임에도 불구하고 언니가 어머니 대신 어머니 역할을
하고 있기 때문에 명혜의 말을 아버지의 말보다 어렵게 생각하고 있었다.
그것은 아버지보다 명혜가 더 딱딱하게 대하기 때문일지도 모른다. 금혜를
세수하라고 밖으로 내보낸 뒤 명혜가 창우 서재로 들어왔다.

　"오늘 우리 회사 여사무원들이 4·19 혁명에 부상한 학생들을 위문하러
××병원엘 다녀왔어요."

　명혜는 퇴근하고 돌아오면 반드시 아버지에게 하루의 경과보고를 한다.
그래서 오늘의 경과보고를 한 것이었지만 이야기가 부상학생 위문이라는 데
창우의 표정이 굳어졌다. 무엇이라 말은 안 했지만 죽은 아들 생각이 났던
것이다. 명혜라고 해서 동생 생각이 안 났을 리 없겠지만 표정이 굳어진 창
우의 얼굴을 보자,

　"성무 생각이 났어요. 부상당하고 입원해 있는 학생들이 모두 성무 또래
의 청년들이 아녜요?"
하며 금시 울먹울먹했다.

　"죽은 걸 어떡허니? 백사십칠 명 가운데 한몫 끼었으니 그걸 영광으루 생
각해야지."

　몇 번이나 했을 말을 또 되풀이하며 명혜의 울음을 막는 창우였다. 명혜
도 동생이 죽은 뒤 몇 번이나 거듭한 말을 다시 되풀이하기가 싫어,

　"세수를 좀 하구 오겠어요."
하고 자기 방인 뜰 아래 방으로 나갔다. 창우는 죽은 아들 이야기로 한참 동
안 침울해 있었으나 세수하고 들어온 금혜가,

　"아버지. 실내화를 사게 내일 아침 오백 환만 주세요 네?"
하고 딴 떼를 쓰기 시작하는데 그만 웃고 말았다. 이런 때 금혜는 창우에게
없어서 안 될 존재였다.

"넌 밤낮 돈타령뿐이구나? 오늘 아침엔 무엇 한다구 삼백 환 가져갔지?"

줘야 할 것인 줄 알면서도 일부러 금혜의 마음을 건드려 보는 것이었다.

"교실 장식비지 뭐예요. 오백 환 가져온 애두 있는데 뭐."

"그 대신 한 푼도 안 가져온 애두 있겠지?"

"그런 애는 선생님이 미워하시는걸."

"넌 아버지가 미워하는 것보다 선생님이 미워하는 걸 더 겁내지?"

"몰라요."

"난 네가 미워서 돈 안 줄테다."

"그럼 양말이 해져두 난 몰라요. 해진 양말을 그냥 신구 다닐테니까……." '

"식모 아주머니보구 기워 신기라지."

안 해도 좋을 말을 일부러 해 보는 창우였다. 금혜와 승강이를 하고 있으면 아무 생각도 없어진다. 그저 재미가 있을 뿐이었다.

"정말 안 줄 테야?"

금혜가 창우의 팔을 꼬집었다

"아야. 요게 아버질 다 꼬집네……."

창우는 금혜를 피해서 도망을 친다. 금혜가 쫓아온다. 숨박꼭질이었다. 한참 동안 쫓기고 쫓고 있을 때 명혜가 또 들어와 금혜의 손목을 잡고

"또 무슨 떼니? 아버지보구 누가 그러던?"

하며 금혜를 꼼짝 못하게 했다.

"놔요, 참 별나다. 언니가 무슨 상관이라구……."

"그래 내가 아무 상관이 없니?"

명혜는 너무 어른 행세를 하는 게 탈이었다. 재미로 그러는 것까지 늘 참견을 했다.

"그만둬. 자 이제는 밥이나 먹자."

때마침 저녁상이 들어와서 모두들 저녁상에 둘러앉았다.

두 딸과 아버지. 있어야 할 사람이 빠져 있지만 그들은 단란한 가정을 이루고 있었다. 근 십 년 동안 창우는 단란한 분위기를 조성하는 데 노력해

왔다. 있어야 할 사람이 없는데도 이 빠진 것 같은 느낌을 주지 않도록 세심한 노력을 해 왔기 때문에 지금은 그런 방면의 선수가 되었다고 말할 수가 있다.

밥을 먹을 때 말이 없으면 창우가,

"이번 여름방학에는 금혜를 데리구 대천 해수욕장에나 갈까? 금혜 입학 축하루……."

하고 일부러 말을 만들어 낸다.

"정말? 아이 좋아. 언난?"

"명헨 바빠서 못 갈걸."

그러면 명혜도,

"휴가를 맡음 되지 왜 못 가요? 나두 갈 테예요."

하며 흥분한다. 이래서 방학이 아직 멀었는데도 피서 이야기로 분위기를 흥성하게 만들어 놓는다.

저녁을 먹은 뒤에는 라디오를 틀어 놓고 음악과 방송극 같은 것으로 즐거운 시간을 만든다. 그리고 나서는 금혜의 공부시간이다. 금혜의 공부시간에는 셋이 다같이 안방에 있는다. 창우는 책을 읽고 명혜는 소설 같은 것을 읽으며 금혜가 심심치않도록 동무를 해 준다.

열한 시가 넘으면 명혜가 자기 방으로 돌아가고 창우와 금혜가 안방에서 잠을 잔다. 열한 시가 지났다.

"자자."

창우가 말하자 명혜는 곧 자기 방으로 돌아갔다. 그러나 금혜는,

"숙제 마자 하구 잘게요."

하며 잘 생각을 안 했다. 금혜는 국민학교 때부터 공부를 열심히 했다. 그래서 언제나 일등을 했고 금년 봄에는 모두들 힘들다는 K여자중학교에 우수한 성적으로 무난히 입학했다.

"몸두 생각하며 공불 해야지."

창우는 금혜의 건강을 걱정하는 것이었다.

"조금만 더 하구 잘게 아버지 먼저 주무세요."

"오냐, 나두 책을 좀더 읽다 자겠다."

이래서 열두 시 가까이까지 앉았다가 잠을 자게 된다.

잠잘 때는 창우가 금혜의 자리까지 깔아 준다. 그러면 금혜는 옷만 갈아입고 이불 속으로 들어온다. 이불 속으로 들어오는 금혜의 가슴이 잠옷을 불룩하게 했다. 늘 보는 일이기는 하지만 창우는 그것을 볼 때마다 금혜가 여자로 장성하고 있음을 느낀다. 여자로 장성하면서도 같은 여자인 언니와 한 방에서 잘 생각을 안 하고 자기와 같이 자는 금혜의 심정을 생각한다. 아직 이성(異性)을 느끼지 못하기 때문에 아버지에게서 도리어 따뜻한 정을 느끼고 있는 철모르는 소녀. 그러기에 간혹,

"새엄마를 하나 얻어 올까? 그럼 너두 엄마가 생기게 되지 않니?"
하면,

"엄마보다두 난 아버지가 좋아요. 엄만 해서 뭣 해."

주저하지 않고 이런 말을 하는 금혜였다. 그러기에 오늘 밤뿐 아니라 언제라도 재혼하지 않은 것을 잘한 일이라고 생각하는 창우였다. 만약 창우가 재혼을 한다면 금혜는 물론 명혜까지도 불안해할 것이다. 설사 애정을 느낄 만한 어머니가 들어온다 해도 그 애정에 불안감을 느낄 것이다. 그러기에 명혜는 자기가 엄마 일을 다 한다고 하면서 은근히 창우의 재혼을 반대해 오고 있다. 그렇기 때문에 명혜는 지금 스물다섯이면서도 결혼이야기를 꺼내지 못하게 하고 있고 또 남자 교제를 스스로 금하고 있다.

창우는 아내가 죽은 지 십 년, 그러니까 혼자를 지켜 온 지 십 년 동안 불편한 일이 적지 않았지만 아무 불평 없이 장성해 가고 있는 금혜를 볼 때 자기가 잘한다는 것을 스스로 느끼기도 한다. 창우가 자기 생활에서 통쾌감을 느끼는 일은 손을 꼽을 만하다. 학생들이 자기 강의에 충실하다든가 자기가 가르친 학생이 사회에 나가 출세를 한다든가 그렇지 않으면 자기가 쓴 논문이 호평을 받는다든가 할 경우뿐이다. 그러나 그러한 통쾌감에 비해 십 년 동안 재혼을 안 함으로 자식들을 비굴하지 않게 길렀다는 통쾌감이 얼마나 큰지 알 수 없었다. 동시에 창우가 자기 일생에 있어서 위대한 일을 했다면 오직 그것뿐이라고 혼자 자긍하고 싶을 정도였다. 어느새 금혜가 새근새

근 잠이 들고 있었다. 조금도 괴로움이 내포되어 있지 않은 숨소리였다. 그 평화스러운 숨소리를 들을 때 창우는 그 숨소리가 오직 자기 손으로 만들어진 것 같아 마음이 흡족했다. 창우도 잠을 자야 했다. 아침이었다. 창우가 눈을 뜨고 옷을 갈아 입으려 하는데 금혜가 잠꼬대를 하고 있었다. 똑똑지는 않았으나 추려 보면 다음과 같은 것이었다.

"인숙이 아버진 중학교 선생인데두 집에 전활 걸었다는데……."

말하자면 전화에 대한 잠꼬대였다. 창우는 금혜가 전화 때문에 마음으로 앓고 있음을 알았다. 그리고 그 앓는 마음이 자기 마음 바로 근처에서 신음하고 있음을 느꼈다. 즉 금혜의 마음을 자기가 마음해 보는 것이었다. 다들 일어나 세수를 하고 조반을 먹을 때 창우는,

"글쎄 금혜가 잠꼬대를 하지 않니! 전화를 놓자구."

금혜를 놀려 주는 것처럼 그의 머리를 툭 치며 말했으나 속으로는 금혜의 욕망을 아름다운 욕망처럼 생각하는 창우였다. 조반을 먹은 뒤 학교 갈 준비를 하고 있을 때 창우는,

"이 속치마 입은 지 며칠이지?"

하고 물었다.

"댓새 됐어요."

"댓새가 뭐냐. 일주일도 넘었을 게다. 오늘은 갈아 입어."

창우는 금혜의 속치마를 갈아 입게 했다. 학교에 갔다 돌아오는 길에는 체신부에 들르는 것을 잊지 않았다. 체신부에 있는 제자 경시 군을 만나자 창우는,

"집에 딸애가 하나 있는데 이게 전화를 놓자구 어찌나 조르는지 견딜 수가 있어야지. 가능하거든 하나 수속해 주게."

딸에게는 꼼짝을 못한다는 자기 약점을 자랑하듯이 말했다.

"네, 과히 힘들지 않습니다. 요새 새 국(局)이 하나 생겨서요. 그렇지 않아두 벌써 놓으셨어야 할텐데요."

경시 군은 전화신청 용지를 가져다가 손수 글자를 써 넣고 창우에게 도장만 찍으라고 했다. 그뿐만이 아니었다.

“한 번 찾아가서 인사라도 드리려 했는데, 오늘 저녁이나 같이 드세요.”

저녁까지 내려 했다. 창우는 사양을 해 보았지만 오래간만에 옛 제자와 자리를 같이하는 것도 나쁜 일이 아니라 생각하고 경시 군의 안내에 따르기로 했다. 어떤 그릴에서 저녁을 먹었다. 그리고는 어떤 바에까지 갔다.

창우는 청탁을 하면서 자기가 돈을 쓴다면 비굴한 행동이 아닐 수 없다고 생각했다. 그래서 할 수 없이 제자의 술을 얻어마시는 것이지만 술맛이 단 것 같지가 않았다. 그러나 경시 군은 명랑한 태도로 창우의 비굴감을 없애 주었다.

“사학과를 졸업하고 체신부에 취직했다고 비웃으시겠지요?”

하며 경시가 웃었다.

“천만에. 사학과를 졸업하고 영어선생 노릇 하는 사람두 있는데, 살아가기 위해서는 팔 수 있는 지식을 아무거나 팔면 되는거야. 사학을 전공했다구 사학만 팔아야 한다는 법은 없으니까…….”

물론 사학과 졸업생이 딴 방면으로 나갈 때 자기 학문을 버리는 것 같아 섭섭한 느낌을 안 가지는 것이 아니지만 이십여 년의 대학생활에서 그런 편견은 이미 버린 지가 오랜 창우다. 경시 군도 그런 이야기를 오래 하고 싶지 않은지,

“드시지요.”

하고 술을 권했다.

“암, 마셔야지.”

창우가 기분 좋게 술을 마시고 있는데 옆에 앉았던 여급이,

“저두 한 잔 주셔야죠.”

하며, 창우의 팔을 끼는 것이었다. 젊은 여자의 부드러운 손길이 팔에 와 닿을 때 창우는 높은 데서 떨어지는 것 같은 아찔함을 느꼈다. 오랫동안 잊어 버렸던 촉감이었다. 창우는 젊은 여급을 슬머시 바라보며,

“자—— 한 잔 드시지.”

하고 술잔을 내밀었다. 술잔을 받아 한숨에 마셔 버린 여급은 빈 잔과 창우의 손을 겹쳐 잡았다.

"허 형, 영감이 늦바람 나면 어떡헐라구……."

창우는 일부러 노인티를 내며 말했다.

"선생님두. 뭣이 영감이에요? 아직 정정하신데……."

여급이 창우에게 찬찬 감겼다.

"그러지 말구 젊은 친구한테나 가——."

창우는 여급을 경시 군 옆에 앉히려고 여급의 손을 잡아 뗐다. 그 순간이었다. 창우는 자기가 아주 늙지 않았다는 것을 느꼈다. 성적인 충동을 느꼈던 것이다. 그러나 젊은 제자 앞에서 주책없는 일은 할 수가 없었다. 그래서 여급을 자기 옆에서 경시 군 앞으로 보내려 할 때 경시 군이,

"선생님. 이런 데서야 노소의 구별이 있습니까? 미인들과 재미를 좀 보십시오."

하는 것이었다. 전에도 술좌석에서 어울린 일이 있었다면 또 모른다. 처음으로 술을 같이 마시는 경시 군으로부터 여자와 장난을 하라는 말을 들었을 때 그는 여자를 더 가깝게 할 수가 없었다. 정말 경시 군만 없다면 젊은 여자를 한 번 안아라도 보고 싶었다. 그러나 제자 앞에서 차마 주책을 떨 수가 없었다.

술좌석에는 상하와 노소가 없다고 하지만 제자는 스승을 어디까지나 스승으로 존경하고 싶어하는 것이다. 창우는 끝까지 점잖게 술을 마시다가 바를 나왔다.

바를 나와 경시 군과 작별을 한 뒤 집으로 돌아오는 길에 창우는 혼자서 색시집엘 한 번 가 보리라 생각했다. 아무도 보지 않는 데서 젊은 여자를 즐긴다면 거리낄 것이 없다. 그리고 십여 년 동안의 외로움을 한 번쯤 풀어 봄도 해로운 일이 아닐 것 같았다. 그러나 곧 마음을 달리 먹었다. 경시 군이 뒤따라오는 것 같았고 어디선가 낯모르는 제자가 불쑥 나타날 것만 같았기 때문이었다.

며칠 뒤였다. 역사 교수들만의 회의가 있어 밤늦게 종로 거리를 지나올 때였다. 어떤 여자가 뒤에서,

"선생님——."

하고 창우를 불렀다. 창우는 발길을 멈추고 뒤를 돌아보았다. 젊은 멋쟁이 여자였다. 그러나 얼굴은 기억할 수가 없었다. 창우는 어떤 대학에서 자기 강의를 들은 여잔가 하고,

“어떤 학교를 나왔지?”

하고 물었다. 그랬더니 젊은 여자가,

“저를 따라오세요.”

하며 앞장을 서서 걷기를 시작했다. 창우는 문득 이것이 거리의 여자라고 생각했다. 그래서 그렇지 않아도 찾아가려던 참인데 잘 되었다 생각하고 못 견디는 척 뒤를 따랐다.

골목길로 들어가서 어떤 납작한 대문 앞에 이르렀다. 여자의 뒤를 따라 대문 안으로 쑥 들어서면 그뿐이련만 창우는 한참이나 머뭇머뭇했다. 그리고 사방을 몇 번이나 두리번거리며 돌아보았다. 혹시 제자라도 보고 있으면 어떻게 하나 하는 겁 때문이었다. 아무도 보는 사람이 없었다. 창우는 용기를 내어 대문 안으로 들어갔다. 그리고는 색시가 인도하는 방으로 들어갔다. 좁다란 방이었다. 여자 치마가 걸려 있고 경대가 놓여 있었다. 그러나 벽에 구멍이 숭숭 뚫어져 있는 것 같았다. 여기저기서 들여다보고 있는 것 같았다. 가슴이 두근거리기 시작했다. 색시가 옷을 벗으라고 했다. 들어왔으니 그냥 갈 수가 없어서,

“얼마지?”

하고 물었다.

“천 환예요.”

창우는 얼른 천 환을 내주었다. 그러자 색시는 옷을 벗기 시작했다. 채 벗지는 않았으나 탐스러운 육체가 창우의 눈을 끌었다. 그러나 옷을 벗고 있는 색시가 바로 자기의 딸 명혜와 나이가 비슷하다는 생각이 들었다.

창우는 눈을 감았다. 사방에서 구멍을 뚫고 엿보고 있는 것만 같은 그 좁은 방에서 딸과 같은 나이의 여자와 잠을 잘 수는 없다고 생각했다. 명혜가 들여다보고 있을지도 모른다는 겁도 없지 않았다.

창우는 그냥 나오는 수밖에 없다고 생각했다. 그러나 색시가 옷을 거의

다 벗고,

"불을 끌까요?"

하며 자리에서 일어서려 할 때 창우는 거의 전신이 드러난 그 젊은 색시를 한 번만 만져 보고 싶은 충동을 느꼈다.

"불 끄지 말어."

불을 끄면 여자의 육체를 구경할 수가 없게 된다.

"그래두 꺼야지요."

"난 불을 끄지 않는 습관이야. 그냥 둬."

"영감님두."

색시는 할 수 없다는 듯이 도로 주저앉았다. 그때 창우는,

"빨리 벗어."

색시를 독촉했다.

"영감님두 벗어야지요?"

"글쎄 내 걱정은 말구……."

여자는 또 할 수 없다는 듯이 옷을 벗었다. 그때 창우는 색시 가까이로 가서 그 탄력 있고 부드러운 색시의 육체를 한 번 쓸어 보고는,

"좋은데…….

하고 뒤로 물러앉았다. 그리고는 욕망이 더 일어나기 전 자리에서 벌떡 일어나서는 그 집을 나와 버렸다. 오래간만에 여자를 만져 봤다는 쾌감이 적지 않았다. 그러나 이왕 들어가서도 목적을 달성하지 못한 것을 아쉽게 생각했다. 그러면서도,

"그만했으면 됐지."

혼자서 중얼거리는 것이었다.

집에 돌아오자 명혜가 어디서 늦게까지 있었느냐고 물었다.

"웅, 회의가 좀 있어서──."

이렇게 대답하는 창우의 얼굴은 명혜 모르게 붉어져 있었다. 혹시 그 색시집에 가는 것을 지켜 보고 있지나 않았을까 하는 불안이 가슴을 두근거리게 했다. 그리고 만약 자기가 그런 데를 다녀왔다는 것을 안다면 명혜가 자

기를 얼마나 경멸할 것인가 생각하니 아무 일 없이 돌아온 자기를 칭찬해
주고 싶었다.

그러나 이불 속에 들어 잠을 청하고 있을 때 창우는 자기가 자유를 삭탈
당한 인간이란 생각이 들었다. 아내를 잃고 재취를 안 한 것도 자식들을 위
함이었다. 색시집에 가서도 하고 싶은 것을 못한 것 역시 자식들 때문이 아
니겠는가? 자발적으로 취한 행동이라 해도 자발적 의사를 강요한 원인이 따
로 있다면 그 자발적 행동은 구속 속에서 배출된 행동이라 말하지 않을 수
없었다. 그렇게 생각하니 자기 자신이 불쌍한 존재가 되고 있는 것 같았다.
그러나 불쌍한 존재라고 해도 할 수 없는 일이었다. 무리를 하지 않는 가운
데 자기는 마음의 평화를 유지하고 있다. 마음의 평화를 유지한다고 하면
불평을 말할 수가 없다.

다음 날 아침부터 창우는 전과 다름이 없는 마음의 상태를 회복할 수 있
었다. 그 날은 학교에 갔다 일찌감치 돌아왔다. 금혜도 방금 돌아왔는지 세
수를 하고 있었다. 창우가 들어서는 것을 보자 금혜가 세수하다 말고 쫓아
나오며,

"아버지. 정말 전화 안 놀래?"
하고 또 다시 전화이야기를 꺼냈다.

"너 보기 싫어서두 전화는 안 놀테다."
창우는 금혜의 약을 올려 주려고 했다.

"참 미치겠어. 아버지가 어쩜 그러실까?"
금혜가 남학생들이 유행어처럼 쓰는 미치겠다는 말을 했다.

"정말은 내가 미치겠다. 쓸 데두 없는 전활 놔서 뭘 해."

"난 이제부터 밥두 안 먹을테야."

"경제되구 더 좋지……."

"아버지 싫어. 싫어."
금혜가 약이 올라 창우의 팔을 잡아끌며 놓지를 않았다.

"싫은데 왜 잡구 놓질 않을까."
그러면서도 창우는 속으로 웃기만 하고 있었다. 그러는 것이 다 즐거웠던

것이다.

창우가 세수를 하고 응접실로 쓰는 마룻방에 들어왔을 때 금혜는 안방 한 모퉁이에 쪼그리고 앉아 있었다. 단단히 화가 난 모양이었다.

"금혜야."

해도 대답을 안 했다.

"요게 화났나?"

창우가 곁으로 가서 옆구리를 간지럽게 했으나 금혜는,

"난 몰라요."

몸을 뿌리칠 뿐 웃을 생각을 안 했다.

"너 화내면 신청했던 전화두 취소할테다."

그때야 금혜는,

"신청했어요?"

하며, 창우 옆으로 왔다.

"안 할래다가 네 년이 보기 싫어 했다."

"아이 좋아라."

금혜는 참새처럼 통통 뛰었다. 그때였다. 식모가 손님이 왔다고 했다. 창우는 누군가 하고 밖을 기웃했다. 뜻밖에도 고향 사는 순규(淳圭)였다.

"최 교수님 안녕하십니까? 참 오래간만입니다."

몇 해 만인지 모른다. 창우가 고향에 내려간 일이 없고, 순규와의 관계도 끊어진 지 오래였으니 피차 잊어버릴 정도로 격조하였던 사이였다.

"웬일이십니까?"

그렇게 반가운 손님은 아니지만 찾아온 손님을 푸대접할 수는 없었다.

"혁명에 자제분을 잃으셨단 말씀 듣고도 진작 올라와 인사를 드리지 못해 죄송합니다."

창우는 순규가 자기네 사음으로 있던 관계로 그 사람을 잘 알고 있다. 그래서 속으로는 무슨 수다를 떨려고 서울까지 왔을까 의아심을 품으면서도,

"혼자만이 당한 일이 아니니까요."

하며 순규를 응접실로 안내했다. 응접실에 들어서자 순규는 거의 동갑나이인

데도 방바닥에 엎드려 창우에게 큰절을 한 뒤 이야기를 꺼내기 시작했다.

"훌륭한 자제분을 두셨습니다. 덕택에 독재정권이 물러나고 민주주의가 살았지 않습니까? 자유당 정권 밑에서는 정말 살 수가 없었습니다. 시골서 두 삼인조니 구인조니 해서 자유당 판을 만들지 않았어요? 먹는 놈만 살이 찌구 나머지 백성들은 굶주려야 했으니까요. 농촌은 정말 말이 아닙니다. 고무신 한 켤레 똑똑히 신은 사람이 없으니까요. 참 이번 학생들이 훌륭했습니다. 학생들이 아니었더라면 혁명이 일어날 수 있었겠습니까? 사월공원이니 순국탑이니들 하지만 그보다 더한 걸 만들어서 영원히 기념해야지요. 보십시오. 우리 나라에 이번보다 더 큰 정변이 어디 있었습니까? 최 교수님 자제분도 우리 나라 청사에 영원히 남을 것입니다."

전보다도 말이 더 는 것 같았다. 창우가 미처 대답도 하기 전에 순규는

"묘소는 어디지요?"

하고 물었다.

"망우리 공동묘지에 묻었습니다."

"그러세요? 내일 참배를 가야겠습니다. 가야 하구 말구요."

창우는 참배라는 말에 웃음이 나왔다. 일제 시대에 배운 말이다. 유식을 가장하기 위하여 있는 지식을 다 털어놓는 순규의 얼굴을 바라보며 무엇 때문에 찾아왔을까 하고 궁금히 여기고 있을 때,

"참! 변변치는 못합니다만 시골 선물이라 생각하시고 받아 주십시오."

하며 가지고 온 몇십 년 전 트렁크 속에서 커다란 강엿덩이를 꺼내 놓았다.

"그건 왜 또……."

"시골에야 뭐 있습니까? 집에서 만든 것이니까 정성만 받아 주십시오. 서울 엿보다는 맛이 좀 날 것입니다."

엿까지 고아 가지고 온 것을 보니 단단한 청이 있는 모양이었다. 그러나 순규는,

"금년 농사는 대풍입니다. 모를 못 꽂은 논이 하나두 없구만요. 학생들의 피가 농사에까지 미친 것 같습니다."

하며 좀체로 용건을 꺼내지 않았다. 창우는 순규가 혹시 자기 집에 유할 생

각이나 아닌가 해서,

"어떻게 서울엘 올라오셨지요? 그새 감투라두 쓰셨나요?"

하고 유도심문을 시작했다. 웬만한 일이면 빨리 이야기를 끝내고 저녁 전에
돌려보내고 싶었던 것이다.

"감투가 뭡니까? 나 같은 것이 감투를 쓰면 세상이 망하게요?"

그래도 자기가 자기를 알고 있다는 말이었다. 한참 뒤 헛기침을 한 번 하
고 몸을 바로잡은 뒤 순규가 다음과 같은 말을 했다.

"저두 나라를 생각하구는 있지만 원체 힘이 있어야지요. 그래서 나랏일을
할 수 있는 분을 도와 드리기나 하려구 합니다. 아는 사람은 많으니까 말씀
입니다. 내 말이면 모두 잘 들어 주지요. 그래서 이번 상경한 것은 최 교수
님이 나라를 위해 한 번 출마해 주시면 제가 뒤에서 도와 드리려고 하는 것
입니다. 이런 때 안 나오시면 나오실 때가 없습니다. 교수님은 학자이시고
또 이번 혁명에 자제분을 희생시켰습니다. 그리고 우리 군 출신으로 가장
덕망이 높으십니다. 사실 정치꾼들한테 나라를 맡겨서는 안 됩니다. 나라를
진정으로 사랑하는 학자님들이 나오셔야지요. 나오시기만 하면 틀림없습니
다. 제 말이라면 곧이 들으실 것 같지 않아 전에 군청 주임으로 있던 김치환
씨를 데리고 같이 왔습니다. 보시면 아실 겝니다. 오늘은 바쁜 일이 있어 딴
데 잠깐 들렀습니다만 내일 아침 같이 오겠습니다. 그이한테 들으셔두 아시
겠지만 교수님이 승낙만 하시면 저희들이 틀림없이 해 놓겠습니다. 정말 자
신이 있습니다. 교수님 같은 분이 어디 또 있겠습니까? ××당의 강모란 작
자가 벌써 운동을 하구 있지만 중학교도 못 나온 친구가 어림이나 있습니
까?"

이야기를 다 듣고 난 창우는 할 일이 없으니까 선거 대리점이나 열어 돈
을 뜯어 쓰자는 것이 순규의 내심임을 알았다. 순규가 그럴 듯하게 이야기
했는데도 얼핏 이런 생각부터 했다는 것은 창우가 국회의원에 흥미를 가지
고 있지 않다는 증명도 된다. 사실 창우는 그런 것에 흥미가 없을 뿐 아니라
생각해본 일도 없다. 순규의 이야기를 듣자

'내가 그렇게두 어리석을라구.'

하는 생각을 가지는 창우였다.

"내가 정치할 자격이 있나요?"

창우는 점잖게 거절했다. 그것은 신념에서 우러나오는 말인지도 모른다. 그러나 순규는 가지가지의 이야기로 창우가 나와야 한다고 했고 나오기만 하면 절대로 이긴다는 말을 했다. 창우에게는 백 마디의 말도 소용없었다. 국회의원 선거를 하나의 도박처럼 생각하는 만큼 미쳐 날뛰는 사람들 축에 끼고 싶지 않다는 것이 창우의 신념이었다.

"왜 출마 안 하십니까? 군민을 위해서 또 나라를 위해서 하시는 일인데 안 하실 까닭이 있습니까?"

순규는 불만인 모양이었다.

"사람은 제각기 자기 맡은 일을 잘해야 합니다. 나는 공부하는 사람인데 자기 일을 버리고 그런 데 몸을 던진대야 나라가 잘될 리 있겠습니까. 그렇지 않습니까?"

"그러니까 그런 분이 나서야 한다는 겁니다. 보십시오. 국회에 출마하는 사람들은 대부분이 논밭과 집을 팔아 가지고 나옵니다. 무엇 때문에 집까지 팔아 가지고 나오겠습니까. 제사보다도 젯밥에 마음이 있거든요. 교수님처럼 그런 걸 싫어하시는 분이 나와야 나라가 섭니다. 안 그렇습니까?"

밤을 새워도 이야기가 끝날 것 같지 않았다. 우선 돌려보내고 싶기만 했다. 그래서 창우는,

"좌우간 좀 생각해 보지요. 내일 다시 만나십시다."

라고 이야기를 끊으려 했다. 순규도 같이 온 사람과 함께 이야기를 하는 것이 유리하다고 생각했는지,

"내일 그분과 같이 찾아뵙겠습니다."

하고 자리에서 일어섰다. 창우는 반가운 마음에 순규의 트렁크를 바라보았다. 그걸 가지고 빨리 떠나 주었으면 하는 생각이었다. 그때 순규가,

"참 죄송합니다만 이걸 좀 맡아 주십시오. 별루 든 것두 없습니다만 내려가는 날 와서 찾아가겠습니다."

했다. 그것쯤이야 마다할 수가 없었다. 가 주는 것만이 고마왔다. 순규 때문

에 저녁도 늦었고 명혜와 금혜를 상대하는 시간도 전부 뺏기고 말았다.

저녁상을 대했을 때야 명혜 얼굴을 보게 되었지만 어찌된 일인지 명혜의 눈이 좀 부어 있었다. 버러지에게 물린 것 같았다. 대낮에 버러지에게 물린 다는 것도 이상한 일이어서 유심히 바라보니 물린 것이 아니었다. 운 것이 었다. 말도 않고 침울해 있는 것이 분명 운 것이었다.

"무슨 일이 있었니?"

창우가 묻지 않을 수 없었다. 그러나 명혜는,

"아녜요."

할 뿐 이야기하기를 회피했다. 차마 운 것 같다고는 말할 수가 없어

"좀 다른 것 같은데……."

해도 명혜는

"아무 일두 없었어요."

하고 통 말을 안 했다. 이상스러운 일이었다. 전 같으면 조그만 일이 있어도 빼놓음이 없이 전부를 털어놓던 명혜다. 버스에서 말을 걸고 수상한 눈짓을 한 남자 이야기까지 자상히 해 왔던 것이다. 그런데 이 날은 웬일일까? 창우 에게까지 숨겨 오고 있는 비밀이 있었단 말인가?

그러나 이야기 안 하는 것을 강제로 시킬 수는 없었다. 가만 보기만 하고 있으려니 명혜는 저녁을 먹자 자기 방으로 돌아갔다. 전 같으면 상을 내보 내고도 라디오를 듣거나 이야기를 하다가 책을 읽으면서 열한 시까지 앉아 있던 명혜다. 수상하지 않을 수 없었다. 창우는 명혜 방으로 따라갔다.

"아무래두 이상한 것 같다. 애비한테까지 숨기는 일이 있니?"

"그런 것 없어요."

"이야기를 하면 그래두 도움이 될 거다. 아버지가 너를 나쁘게 하지는 않 을테니까……."

그래도 명혜는 말을 안 했다. 울고 싶은 것을 억지로 참는 듯 얼굴을 찡 그리면서도 입을 다물고만 있었다.

자기 어머니가 죽은 뒤 이때까지 심적 타격을 받는 일 없이 살아 온 명혜 다. 대단치 않은 일이기 때문에 이야기는 하기 싫고 혼자서 처리하기는 힘

들고 해서 그러는 것이려니만 생각하고 창우는 안방으로 돌아와 버렸다. 이야기하기 싫어하는 것을 강요해서 들으려고 하면 수치심을 일으킬지도 모른다는 생각에서였다.

그런데 가만 보니 명혜가 밤외출을 하는 것이었다. 창우는 그것도 모르는 척 내버려 두었다. 괴로운 일이 있을 때는 자기 편한 대로 하게 해 두는 것이 좋을 것 같았기 때문이었다.

명혜는 밤 열한 시가 지나서야 돌아왔다. 그래도 창우는 아는 척을 안 했다. 자꾸만 간섭한다는 인상을 주지 않기 위함이었다. 그런데 다음 날 아침 일어날 시간이 지났는데도 명혜가 일어나지를 않았다.

매일 아침 금혜의 세수를 독촉하던 명혜다. 그런데 금혜가 세수를 다 하고 난 뒤에도 명혜는 일어나지 않았다. 창우는 불길한 생각이 들어 금혜더러 명혜 방에 가 보고 오라 했다. 금혜는 방 앞에 이르기 전부터 '언니' 소리를 지르며 달려갔다. 그런데 명혜 방을 들여다본 금혜가 질겁을 하고,

"아버지 ——"

소리를 치며 뛰어왔다.

"왜 그래?"

"언니 무서워 ——"

창우의 가슴이 서늘해졌다. 명혜 방으로 달려가는 창우의 다리가 떨려 왔다. 명혜는 무서운 꼴을 하고 누워 있었다. 아무리 흔들어도 정신을 차리지 못했다.

창우는 명혜가 독약을 먹었다고 단정했다. 그래서 병원으로 달려가 의사를 데리고 왔다. 응급치료를 한 의사가 수면제를 다량으로 먹었으나 생명에는 이상이 없을 것 같다고 말할 때야 창우는 겨우 안심을 하고 자살하려던 이유를 궁금히 생각하기 시작했다. 창우는 혹시 유서라도 써 놓은 것이 있지 않나 해서 방 안을 살피다가 체경 앞에서 편지 한 장을 발견했다. 바로 창우에게 쓴 편지였다.

존경하는 아버지!

저는 아버지를 존경합니다. 그리고 사랑합니다. 그래서 아버지를 걱정시키는 일은 절대로 안 하려고 했습니다. 아버지께서는 십 년 동안 우리 삼 남매를 위하시어 재혼을 안 하셨습니다. 그리고 우리에게 아버지와 어머니의 두 가지 역할을 다해 주셨습니다. 그런 점을 생각하여 저는 당분간 결혼을 안 할 생각이었습니다. 제가 결혼을 하면 아버지를 배신하는 일이라고 굳게 마음먹었습니다. 배신뿐 아니라 아버지를 사랑하는 마음이 아니라고 생각했습니다. 그래서 사랑하는 남자가 생겼을 때도 그것만은 아버지께 말씀드리지 않았습니다. 사실은 결혼을 하지 않기로 결심했기 때문에 결혼 못할 남자를 골라 사귀었던 것이지만 결혼 못할 연애라면 그것이 길지도 않으리라 생각했었습니다. 그 남자도 아마 저와 동감이었으리라 생각합니다. 그러나 사랑을 하게 되고 보니 그것은 뜻대로 되지가 않았습니다. 하루도 떨어질 수가 없게 되었습니다. 같은 회사에 있는 사람이기 때문에 매일 만났습니다. 한 주일에 한두 번 이외에는 회사 밖에서 만난 일이 없습니다만 사랑은 자꾸만 굳어 갔습니다. 벌써 일 년 전부터의 일이었습니다. 그런데 지금은 그 남자도 저 없이는 살 수가 없다고 합니다. 이혼을 하고라도 저와 결혼을 해야겠다고 합니다. 저 내심은 그와 결혼을 하고 싶습니다. 그러나 아버지를 생각할 때 그것은 절대로 할 수가 없는 일입니다.

제 심정을 말했지만 그이가 말을 듣지 않습니다.

아버지께 일 년 동안이나 숨겨 두었던 일을 이제 어찌 이야기나 드릴 수 있겠습니까?

십 년 동안 고독을 숨기시며 오직 저희들의 장성만을 바라고 살아 오신 아버지께 제 개인의 행복을 말씀드린다는 것은 죄악이 아닐 수 없습니다. 죽은 동생 성무에게도 면목이 없고 철은 없으나 아버지를 더없이 사랑하고 있는 금혜에게도 면목없는 일입니다.

용서하십시오. 살았을 때 사랑해 주신 그 마음으로 저의 죽음을 용서해 주십시오.

아버지와 그리고 그 분을 두고 죽는 몸이 어찌 슬프지 않겠습니까만
어쩔 수 없는 일이라고 생각합니다.

편지를 다 읽은 창우는 눈물을 떨어뜨렸다. 죽음까지 생각하며 괴로워한
딸의 마음을 들여다보지 못했던 자기가 인간으로서 관찰력이 부족했다는
것을 느끼지 않을 수 없었다. 아버지로서의 제한된 애정을 보여 줌으로 만
족했던 자기의 잘못을 뉘우치지 않을 수 없었으며 인간으로 장성하고 있는
딸의 일면을 몰각하고 있었던 자기의 편견을 후회하지 않을 수 없었다.
그러나 다행하게도 명혜는 절명하지 않았다. 살 수가 있다. 자기의 잘못
과 부족을 보충할 기회가 있는 것이었다. 창우는 금혜를 학교에 보내고 자
기만이 명혜 옆에서 병간호를 했다.
아직 정신을 회복하지 못했으나 명혜의 얼굴은 옆에 있는 자기보다도 같
은 회사에 있다는 그 남자를 그리고 있는 것같이 보였다. 창우는 밖으로 나
가 명혜 회사로 전화를 걸었다. 그 남자의 이름을 모르기 때문에 그 남자를
부를 수 없었으나 서무에라도 알리면 그 남자가 알고 찾아올 것 같았기 때
문이었다.
과연 그 남자는 얼마 안 있어 나타났다. 창우는 모든 것을 다 알고 있다
는 식으로,
"위독하지는 않으니까 걱정 마시오."
하고 그 남자를 안심시켰다. 그 남자가 몹시 당황해서,
"어젯밤 조금 이상하기는 했지만 이럴 줄은 몰랐습니다."
하고 자기가 둔감했다는 것을 밝혔다. 그리고 나서는,
"뵐 면목이 없습니다."
모든 책임이 자기에게 있다는 듯이 말했다. 창우는 무엇이라고 말할 수
없었다.
"그런 이야기는 차후에 하기루 합시다. 우선 이 애가 살아나야 할테니
까!"
그때야 그 남자는,

"제 친한 친구 중에 의사가 있는데 데려와두 좋겠습니까?"

손을 달리 써 보고 싶은 생각이 든 모양이었다.

"좋도록 하시지요. 친절한 의사가 있으면 더 좋을 겁니다."

이 말에 그 남자는 밖으로 나갔다가 십 분도 되기 전에 의사 한 명을 데리고 왔다. 그 의사도 생명에는 지장이 없다는 말을 하고 여러 가지 주사를 놓았다. 창우는 안심해도 좋다고 생각했다. 동시에 명혜가 정신을 회복할 때 자기가 옆에 있는 것은 명혜를 위해 잘하는 일이 아니라 생각하고,

"내 안방에 가 있으리다."

한 뒤 명혜 방을 나와 버렸다. 서글퍼할 일도 아니었다. 다 큰 처녀라면 남자를 아버지보다 더 좋아할 것이 사실이다. 그리고 그 애정은 아버지에 대한 애정과 질이 다르다. 질이 다른 애정을 가지고 질투할 필요가 없다. 그렇게 생각하면서도 창우는 자꾸만 딴 생각이 들었다. 사랑한다는 것이 힘든 일이라는 것 그리고 자기와 같은 사랑은 결국 보람 없는 것으로 그치고 말 것인가 하는 생각들이 머리에서 떠나지 않았다.

얼마 뒤 그 남자가 안방으로 건너왔다. 명혜가 정신을 차렸다는 것이었다. 창우는 명혜 옆으로 가서 괴로운 호흡을 하고 있는 명혜의 손을 잡았다. 그리고는,

"잘 됐다. 네 옆에는 네가 좋아하는 사람들이 전부 있지 않니?"

하고 빙그레 웃어 보였다.

순규와 군청의 주임이었다는 사나이가 찾아왔다.

창우는 그들이 귀찮게만 생각되었다. 그래서 긴말을 하지 않고 돌아가도록

"나는 정치에 흥미가 없을 뿐 아니라 정치할 자격도 없습니다. 나를 생각해 주시는 것만은 감사하나 단념하시고 돌아가 주시면 고맙겠습니다."

확고한 태도로 말했다. 그러나 그들은 대학교수들이 적지 않게 출마하는 것 같다느니 정계에 나서는 것이 애국하는 일이라거니 하며 창우의 마음을 뒤집어 놓으려고 했다.

"우리 나라 정치가들이 모두 순수한 애국적 입장에서 정치를 한다는 인상을 줄 때가 오겠지요. 나는 그런 때가 오기만 바라고 있습니다. 딴 사람이

하니 나도 해야 한다는 생각은 버려야 할 줄 압니다.”

“그럼 몇 해 뒤에야 나오시겠단 말씀인가요?”

“나는 죽을 때까지 출마를 안 하겠습니다.”

“나라는 아무렇게 돼두 무방하단 말씀인가요?”

“천만에요. 정계가 승화되어 국민에게 좋은 인상을 주게 되면 누가 정치를 해도 옳은 정치를 하게 될 것입니다.”

“좌우간 이번에 나오셔야 합니다. 벌써 다 준비되어 있는데 안 나오시면 어떡헙니까? 국민들도 의거학생의 아버지에게 투표를 안 해 주고 누구에게 투표하겠느냐고 공론이 돌고 있습니다.”

“나는 학문이나 죽은 아들의 이름을 팔아먹고 싶지 않습니다. 절대로 안 합니다.”

그래도 그들은 물러나지를 않았다. 몇 시간을 두고 졸랐다. 그렇게도 조르는 이유가 무엇일까? 창우는 그들의 속이 들여다보이어 정말 이야기도 하기 싫었다. 그러나 그들은 다음 날도 또 그 다음 날도 또 그 다음 날도 찾아왔다. 끝내는 그들도 단념을 했는지 순규가,

“원통합니다. 그럴 법이 있어요?”

하고 시골로 내려갈 이야기를 했다. 그러면서 하룻밤만 집에서 재워 달라고 했다. 창우는 그것마저 거절할 수가 없어 자기 서재를 제공했다. 다음 날 학교에 갔다가 일찌감치 집에 돌아오니 식모 아주머니가 얼굴이 파래가지고

“큰일났습니다.”

하는 것이었다. 창우는 명혜가 또 무슨 일을 저질렀는가 하고 가슴이 뜨끔했다. 그러나 식모는 서재에 있던 고려자기가 없어졌다는 말을 했다.

“어떤 자기가?”

창우는 고려자기와 이조백자를 적지 않게 가지고 있었다. 그 중에는 대단치 않은 것도 섞여 있지만 국보라고 할 수 있을 만큼 진귀한 것도 몇 개 있었다.

“두 겹으로 된 주전자가 없어졌어요.”

식모의 말에 창우는 그보다 더 진귀한 진사 항아리가 무사한 것을 다행하

게 생각했다. 그러나 두 겹 주전자도 다시는 구할 수 없는 진품이다.

"어느새 도둑이 들어왔었을까?"

그때 식모가 목소리를 죽여,

"안 되기는 했지만 어젯밤 묵은 손님 가방을 들쳐 보았어요. 그랬더니 그 속에 들어 있지 않겠어요."

하는 것이었다.

"그럼 그 분 아직 안 떠나셨소?"

"잠깐만 나갔다 온다구 갔는데요."

"그래요."

창우는 서재로 들어가 순규의 트렁크를 열었다. 신문지로 싸고 또 싼 고려자기가 트렁크 맨 속에 들어 있었다. 창우는 재빨리 그것을 꺼내어 신문지채 안방 옷장에 넣어 두고 그 대신 돈 오만 환을 트렁크 속에 넣어 두었다. 그 일이 끝나자 순규가 돌아왔다.

"이렇게 일찍 돌아오십니까?"

순규는 창우가 일찍 돌아온 데 놀란 모양이었다.

"강의가 없는 날은 종일 집에서 쉬기도 하지요."

순규는 찻시간이 되어 나가 봐야겠다면서 트렁크를 들고 당황히 나가 버렸다.

명혜가 완쾌되어 다시 회사에 출근한다고 했다. 정신적으로도 어느 정도 안정이 된 모양이다.

그러나 창우는 명혜가 회사에 나가는 것이 좋은지 나쁜지를 알지 못했다. 아버지로서 말하자면 회사를 그만두고 그 남자와 결혼이나 하라고 해야 할 것 같았다. 그러나 명혜가 회사에 나가고 싶어하는 마음을 막을 수가 없었다. 명혜는 자살미수 사건이 있은 관계로 집에 있기를 면구스럽게 생각할 것이다. 그리고 자유스런 시간이 필요할 것이다. 창우는 자유스런 시간이 명혜를 위하여 좋은 것이 아니라고 생각했다. 또 다시 어떤 사고가 생기리라고는 생각지 않으나 그래도 예측치 못했던 변화가 일어날지 모른다.

환경이 복잡할수록 예측 못했던 일이 발생하는 법이다. 차라리 집 안에 박혀 있으면 단순한 환경 속에서 변화 없는 생활을 할 수 있다. 그래서 창우는,

"그 남자가 결혼할 수 있는 조건을 다 준비했다던?"

하고 명혜에게 물어 보았다.

"곧 된대요."

명혜가 힘들지 않게 대답했다. 자신이 있는 모양이었다.

"그렇다면 회사를 그만두고 집에 있으려무나."

"그래두 나가야지요."

그래도 나가야 한다는 이유가 무엇인지를 알 수 없었다. 이유 없이도 나가고 싶어할지 모른다. 창우는 명혜에게 자유를 주는 수밖에 없다고 생각했다. 그것만이 아버지로서의 위치를 떠나 인간적으로 취할 수 있는 최선의 길이라고 생각했다. 자유롭게 해 주면 그 뒤에는 어떤 일이 있어도 자살소동은 일으키지 않을 것이 아닌가?

"좋두룩 해라."

창우는 명혜에게 마음대로 하라고 했다. 그래도 명혜는 잘못하는 일이 없을 것이라 생각했다. 조반을 먹고 학교 갈 준비를 하고 있는데 금혜가,

"아버지—— 돈 오십 환만."

하고 창우 앞으로 와서 손을 내밀었다. 창우는 그럴 때마다 아무 말 없이 돈을 주곤 했다. 오십 환짜리가 없으면 백 환짜리를 주는 경우도 있다. 그러나 이 날은 그냥 주기가 심심했다. 금혜하고라도 장난을 치고 싶었다.

"뭣 하게?"

뻔히 알면서도 묻는 말이었다. 그러나 껌이나 사탕을 사 먹겠다는 말을 순순히 할 수 없는 금혜였다.

"아버지두…… 빨리 주세요."

"못 주겠는데. 뭣에 쓰는지두 모르구 어떻게 줘."

"까짓 거 오십 환 가지구 뭘 그러세요."

"오십 환이 어딘데. 시골 가면 밭이 반 평이야."

“그래 정말 안 주실 테예요?”

“못 주겠다. 어떡허겠니?”

금혜가 창우의 몸을 잡아혼들며,

“빨리 주세요.”

했다.

“글쎄 뭣 하겠다구 말을 해야 준다니까……”

“지각해두 난 몰라.”

금혜는 끝내 돈의 용처를 말하지 않았다.

“지각하는 걸 내가 알게 뭐냐?”

그때야 금혜는,

“껌 사 먹게——.”

했다. 창우는 그 말을 듣고야 주머니에서 백 환짜리를 한 장 꺼내서,

“거스름돈은 가지구 와야 해.”

했다. 금혜는 돈을 받고 창우를 흘기었다. 그까짓 것을 가지고 사람을 골릴 것이 무어냐는 듯.

창우는 금혜를 붙잡았다. 그리고는,

“고맙단 말두 안 해?”

금혜가 고맙단 말을 할 턱이 없다. 그냥 가려 했다. 그때 창우는,

“금혜야——”

금혜를 부른 뒤,

“아버지두 껌 한 개 사다 줘.”

했다. 그때야 금혜는 뿔난 목소리로,

“그래요.”

하고 학교로 갔다. 금혜가 화를 내건 말건 한참 동안 골려 주고 나니 그냥 웃음이 나왔다.

학교에 가서 강의를 하고 교수실로 들어오고 있는데 딴 교수들이 낚시 이야기들을 하고 있었다. 일요일마다 낚시질을 간다고 사십밖에 안 된 K교수가

“지난 번에는 아홉 치짜리 붕어를 잡았지요. 그 놈을 끌어 낼 때 낚싯대
가 휘청하는 게 참 멋있더군요.”

몸짓을 해 가며 자랑을 했다.

“붕어가 그렇게 많은가요?”

어떤 선생이 물었다.

“낚시꾼이 어떻게나 많은지 서울 근처에는 고기가 없습니다. 그래서 대개
수원 이남으로 가지요.”

창우도 귀가 솔깃했다. 서울 근처라면 자기도 한 번 가 보고 싶은 생각이
들었다.

“낚싯대는 얼마나 주면 삽니까?”

창우가 물었다.

“이삼천 환짜리두 있지만 좋은 건 이삼만 환짜리까지 있습니다.”

그 말에 창우는 비싼 것을 살 필요가 무엇인가 생각했다. 집으로 돌아오
자 창우는 금혜에게,

“이번 일요일에는 아버지하구 낚시질이나 갈까?”

하고 물었다. 금혜가 같이 간다고 하면 한 번 떠나 볼 생각이었던 것이다.
낚시질이란 혼자서 하는 것이라지만 그래도 금혜가 옆에 있다면 덜 심심할
것 같았다. 그런데 금혜가,

“이번 일요일에는 동무들하구 하이킹 가기루 했는걸요.”

하며 낚시질에는 흥미도 느끼지 않았다.

창우도 꼭 가려고 했던 것이 아닌 만큼,

“그래?”

하고는

“너 아버지 껌 사 왔니?”

하고 딴 소리를 꺼냈다.

“어른두 껌을 씹나요 뭐?”

금혜는 껌을 사 오지 않은 모양이었다.

“그럼 오십 환 내 놔.”

“다 사 먹었는걸 뭐 ── .”

“요 사기꾼!”

창우는 금혜의 뺨을 꼬집어 주었다. 즐거운 장난이었다. 그러나 창우는 금시 서재로 갔다. 혼자 있고 싶었던 것이다. 그렇게까지 생각할 것이 못 되지만 창우는 어린 금혜도 자기를 멀리하고 있는 것 같음을 느꼈다. 서재에 앉아 책을 읽고 있는데 어떤 부인이 찾아왔다. 4·19 때 아들을 잃은 어머니라고 했다. 그리고 나라꼴이 잘 되어 가는 것 같지가 않으니 4·19 혁명 때 희생된 학생들의 유가족회의를 만들어 일을 좀 해 보자는 것이었다. 창우는 고개를 흔들었다.

“못난 애비 꼴을 광고시키고 싶지 않습니다.”

창우는 내 자식이 죽었으니까 나에게도 그만한 권리가 있다고 나설 체면이 없었다. 옛날 배급제(配給制) 시대 같으면 권리를 행사하고 배급이나 더 타련만 지금은 그런 혜택도 있을 턱이 없다.

“우리가 발언을 하면 다른 사람들보다 효과가 있을 것이 아니겠습니까?”

그 여자는 제법 말도 잘했다. 그러나 창우는,

“죽은 학생들의 공적을 생각할 줄 아는 사람들이라면 우리가 무어라 말을 안 해두 나랏일이 잘 되겠지요.”

하고 거기 가담하기를 거절했다.

“말로만 떠들지만 학생들의 죽음을 뼛속에 간직하고 있는 사람이 몇이나 되겠습니까? 우리가 일깨워 줘야지요.”

“다시 또 학생들이 피를 흘리지 않게 돼야겠는데요.”

“아무래두 꼴이 시원치가 않은 것 같습니다. 이번에는 우리가 피를 흘릴 각오루 나서야 할 것 같아요.”

“좋은 말씀입니다만 그래서 일이 될 세상일까요?”

창우는 아들의 죽음을 내세우고 또 아들의 이름으로 자기의 발언권을 행세하고 싶지가 않았다. 그래서 어떤 효과가 있을 것 같지도 않았고 ── .

“그럼 그런 것을 만들지 말까요?”

그 여인이 창우의 결론을 요구했다.

"만들어도 좋습니다. 그러나 저는 이래라저래라하고 싶지 않습니다. 다만 나만은 아무 데두 나서기가 싫습니다."

여인은 다른 사람들을 만나 보고 결정하겠다고 한 뒤 돌아갔다.

얼마 뒤 신문에서 스무 살도 못 된 처녀가 임신한 것을 낙태시키다가 죽은 것을 그의 아버지가 의사와 결탁하여 4·19 혁명 때 부상받았다가 죽은 것처럼 보고를 하여 추도금까지 받아먹었다는 기사를 보고 창우는 유가족회의에 적극 참여하지 않은 것을 잘했다고 생각했다.

여름방학이 거의 가까왔다. 제2공화국의 첫 민의원과 참의원을 뽑는 선거 운동이 절정에 달해 있었다.

신문마다가 선거전에 대한 기사로 가득 차 있었다. 선거법 위반으로 기소되었다는 사람의 이름도 적지 않고 많았다. 머리가 터져라 하고 선거 싸움들을 하는 것이었다.

창우는 만약 자기도 출마를 했다면 지금쯤 고향에 내려가 혈안이 되어 싸울 것을 생각했다. 선거에는 꼭 잘난 사람만이 뽑히는 것이 아니다. 선전이 반 이상의 효력을 발생한다. 돈을 써 가며 자기는 잘났고 상대방은 못났다고 선전을 해야 이긴다.

창우는 방학 동안에 낚시질이나 다닐 것을 생각했다. 금혜가 같이 안 간다면 혼자서라도 다니리라 생각했다. 그래서 낚시도구를 한 가지씩 사 들이고 있을 때 전화국에서 나와 전화를 가설해 주었다.

금혜가 좋아했다. 하루에도 몇 군데나 전화를 거는지 몰랐다. 모두 자기 집에도 전화가 가설되었다는 광고였다. 금혜뿐 아니라 명혜도 좋아했다. 사실은 금혜보다도 명혜가 전화를 더 필요로 느끼는 것 같았다. 전화벨이 울리기만 하면 전화기로 달려가는 것이 명혜였다. 하기야 금혜는 전화의 필요성보다도 동무들에 대한 체면을 세우기 위해 그것을 가설하자고 했을 뿐이었으니까!

실제로 전화를 사용하는 이는 명혜였다. 그 남자와 이야기하는 것을 여러 번 보았다.

그런데 요즘 며칠 동안은 명혜가 눈이 빠지도록 전화기를 지켜 보고 있는

데도 명혜에게 전화가 안 왔다. 그런 날이 길어질수록 명혜의 얼굴이 자꾸만 창백해 갔다. 명혜의 얼굴이 창백해 가고 있을 때 하루는 명혜가 창우를 불렀다. 조용히 이야기할 것이 있다는 것이었다.

창우가 명혜를 데리고 서재로 들어갔을 때 명혜가 얼마 전 자살미수하던 날 밤 못지않게 침울한 얼굴로 이야기를 시작했다.

"전 어떡하면 좋겠어요?"

그리고 나서 하는 말이 다음 같았다.

그 남자와 계속해서 사랑을 하며 결혼에 대한 구체론을 진척시키고 있는 동안 그만 명혜가 임신을 했다는 것이었다. 임신을 하자 그 남자는 태도가 달라지기 시작하더니 최근에 와서는 이혼할 수가 없기 때문에 결혼을 못하겠다고 한다는 것이었다.

"이번에야말로 꼭 죽고 싶어요. 그렇지만 두 번씩 그럴 수도 없는 일이고 또 아버지께 말씀드리기 전에……."

명혜는 슬프게 울기를 했다. 창우는 명혜에게 자유를 주었던 것이 또 실패의 원인이 아니었는가 생각했다. 그러나 지금 그런 것을 생각할 여유가 없었다.

"죽기는 왜 죽어. 사람의 일이니 해결하는 방법이 있겠지. 너 다시 죽는단 말을 했다가는 내가 용서 않는다 알았지?"

창우는 우선 명혜가 자살하지 못하도록 다짐을 해 놓은 뒤,

"내가 그 남자를 만나마. 결혼을 할 수만 있다면 하도록 해야지. 그렇지만 정 못할 경우라면 어떡허니? 유산을 시키구라두 너 살 궁리를 해야지. 그 남자두 일부러 너를 속인 것은 아니리라구 생각한다. 세상일이 마음대루 안 되니까 그렇겠지. 어쨌든 네가 그 남자를 사랑하는데 불순하지 않았고 또 네 진심을 다 바쳤다면 후회할 것 없어. 부끄러울 것이 없을테니까 말이다. 손해를 봐두 부끄럽지만 않으면 되는 거야. 알았지——."

이렇게 강하게 말하면서도 창우의 눈에서는 눈물이 흘러내렸다.

"아버지 하라구 하시는 대루 하겠어요."

명혜는 창우 무릎에 쓰러졌다.

"그래. 아버지 하라는 대루만 해라."

"회사두 그만두겠어요."

"그만둬야지. 먹을 것 없어 다녔니?"

다음 날부터 명혜는 회사에 나가지 않았다. 주부처럼 부엌에 나가 식모와 같이 일을 했고 창우의 출근과 금혜의 등교 준비를 도와 주었다.

창우는 명혜가 철이 든 것 같이 느꼈다. 너무나 의젓한 것 같았던 것이다. 그러나 슬픔을 맛본 뒤에 철이 든 것 같아 가슴이 허전함을 느꼈다. 창우는 학교에 갔다가 돌아오는 길에 명혜의 회사에 들러 그 남자를 만났다. 조용한 중국집에 가서 술을 마시며 그 동안의 경과를 조용히 물었다. 그 남자는 죄를 지은 사람이 법관 앞에 나선 것처럼 고개도 들지 못하고 자기의 잘못을 순순히 고백했다. 아직도 명혜를 사랑하고 있지만 사랑하기 때문에 결혼을 할 수가 없다는 것이었다. 즉 가정형편상 절대로 이혼이 안 될 것을 알면서 명혜와 결혼한다는 것은 결국 명혜를 불행하게 만드는 일이라는 것이었다.

창우는 잘 알았다고 대답했다. 그런 줄을 모르고 왜 남의 딸을 못 쓰게 만들었느냐고 힐책을 한댔자 소용없음을 알았기 때문이었다. 다만 한 가지만 묻고 싶었다.

"그래 명혜를 진정으로 사랑한 거요, 그렇지 않으면 농락하기 위해 술책을 꾸민 거요?"

그때 그 남자가 눈물 먹은 목소리로,

"농락을 했다면 벼락을 맞겠습니다. 가능만 하다면 명혜 씨와 외국으로라도 도망쳐서 같이 살고 싶은 것이 저의 솔직한 심정입니다."

안타깝게 대답했다.

"알았소."

창우는 더 이야기를 하지 않기로 하고 의자에서 일어섰다. 그러나 그 남자는 눈물을 흘리는지 고개를 숙인 채 일어서지를 않았다. 창우는 그 사내가 정말 못났다고 생각했다. 못났다고 생각하니 울컥 증오심이 치밀어올랐다. 울 짓을 무엇 때문에 했다는 말인가?

창우는 정말 참을 수 없었다. 사지가 부들부들 떨렸다. 그렇게도 못난 자식 때문에 딸 명혜가 불행한 운명을 짊어져야 하다니. 창우는 일어선 참에 한 다리를 들었다가 그 남자의 발등을 내려 밟았다. 그 남자가 몸을 꿈틀거렸다. 그러나 창우는 못 본 척 요릿집을 나와 버렸다.

여름방학이 되자 금혜가 자기 동무에게마다 전화를 걸었다. 방학 때 어디 놀러가느냐고 묻는 것이었다. 그리고 자기는 아버지와 함께 해수욕장엘 간다고 했다.

창우는 금혜가 하는 전화를 하나도 빼지 않고 들었다. 그래서 낚시질을 못 가는 한이 있다고 해도 아무 데고 해수욕장에는 가야 할 것으로 생각했다. 이제 안 간다고 하면 금혜가 얼마나 낙망을 할 것인가?

그러나 명혜를 남겨 두고 갈 수는 없었다. 명혜더러 셋이서 같이 대천엘 가자고 했다. 명혜는 집에 있겠다고 했다. 슬픈 체념에서 나오는 말처럼 거절하는 것이었다.

그러니 창우로서는 명혜를 남기고 갈 수가 더욱 없었다. 억지로라도 끌고 가야 할 것 같았다.

"가서 바람이나 쏘이고 오자. 사람 많은 데가 좋지. 사람 없는 데 가면 적적해서 못써. 사람이란 그저 그렇게 사는 거야."

창우는 피서행이 금혜를 위하기보다도 명혜를 위해 필요한 것이라 생각했다. 그러나 명혜는,

"이번 여름만은 조용히 있고 싶어요."

하고 말을 듣지 않았다. 그때 창우는,

"너, 나 하라는 대루 하겠다구 그랬지? 그 말 한 지가 며칠 안 된다구 생각하는데……."

하고 명혜가 딴 소리를 못하게 했다. 만리포로 떠나는 날 아침이었다. 여행 준비를 열심히 하고 있는 명혜와 금혜를 바라볼 때 창우는 갑자기 자기는

무엇 때문에 바다엘 가는가 하고 생각했다. 화려하고 복잡하다는 만리포 해수욕장. 남자나 여자나 할 것 없이 나체 전시회 같다는 해수욕장. 막상 떠날 시간이 되니 창우는 해수욕장에 대한 혐오증을 일으켰다. 그러나 명혜와 금혜가 떠날 준비를 다 해 놓았다.

"바다엘 다녀와서는 혼자서 낚시질이나 가야지."

창우는 혼자 생각하며 명혜와 금혜를 따라 만리포를 향해 집을 나섰다.

1960. 8. 창작, (원) (출)『한국단편문학전집 6 고호』정음사, 1964.

배회

술을 좋아하면서도 경호는 열한 시 지나도록 귀가 안 한 일이 별반 없었다. 아내가 술 마시는 것보다 늦게 돌아가는 것을 더 싫어하기 때문이었다.

그 날도 경호는 열 시 반쯤 해서 술좌석을 뛰쳐 나오려 했다. 그런데 교무처장이라는 사람이 꼭 붙들고 놓아 주지를 않아 그만 열한 시를 넘겨 버리고야 말았다.

보통 때 같으면야 교무과장 아니 총장이라고 해도 빨리 가 봐야 한다고 한 뒤 슬쩍 빠져 나올 수 있는 경호다. 그러나 이 날만은 빠져 나올 수가 없었다. 부교수로 최소한도 사 년은 있어야 교수가 되는 규정인데도 경호는 삼 년 만에 교수로 승진이 되었다. 물론 총장이 잘 보고 특별 승진을 시켜 준 것이지만 교무처장이 자기 공로처럼 생색을 내며 한 잔 내라고 해서 마시기 시작한 술이다. 자기가 술을 사면서 일찍 돌아가자는 말을 하기가 안 되었지만 열 시 반쯤부터 경호는 내일의 강의를 구실삼아 돌아가기를 종용했다.

술이 얼근한 교무처장이 별소리를 다한다고 하며 마치 자기가 술을 내는 것처럼 경호를 붙잡는 데는 정말 빠져 나올 수가 없었다.

그래서 열한 시가 지나서야 합승 타는 곳까지 나왔지만 통금시간이 가까운 터라 합승 손님이 너무 많아 합승을 탈 도리가 없었다. 그래도 요행수를 바라며 차가 도착할 때마다 그리로 달려갔지만 대부분이 다른 방면으로 가는 합승이어서 번번이 허탕을 쳤다. 종암동 합승이 오기는 하나 종암동행임을 알고 달려들면 밀렸던 손님들이 좁은 구멍으로 물이 빨려들어가듯 자기가 들어갈 틈새를 주지 않았다.

이러다가는 합승을 못하게 될지도 모른다. 전차나 버스는 이미 흔적을 감추었으니 잘못하다가는 집에 가지도 못하고 여관에서 자야 할지도 모른다.

그렇게 되면 아내가 얼마나 걱정을 할 것인가? 아내는 고사하고 집을 두고도 여관 신세를 지는 자기 자신이 얼마나 답답할 것인가?

경호는 택시라도 잡아 타야 한다고 생각했다. 그래서 합승 정류소 조금 위로 가서 택시를 잡으려고 하는데 지나가는 택시에 손을 드는 사람이 또 얼마나 많은지 경호는 잘못하다가는 택시도 얻어 타지 못할 것 같은 불안을 느꼈다. 시계를 보니 열한 시 이십 분이었다. 통금시간까지 사십 분이 남기는 했지만 원체 먼 곳이라 택시가 가려고 할지 모른다.

그래도 지나가는 택시에 연방 손짓을 하고 있을 때 어떤 젊은 여자가,

"어디까지 가세요?"

하고 물었다. 합승 손님이 합승을 할 수 없을 때 택시를 불러 합승으로 타고 가는 일이 있기 때문에 경호는 이왕이면 동행이기를 바라며,

"종암동 갑니다."

하고 선뜻 대답했다. 그랬더니 여인은,

"그럼 동행하실까요?"

하고 물었다. 경호는 생각할 것도 없이 좋다고 대답한 뒤 택시 붙잡기에만 열중했다.

대개의 택시들이 종암동에는 안 간다고 하는데 한 택시만은 암말 않고 요금을 말했다. 천 환이라고 했다.

천 환이면 조금 비싼 폭이었다. 그러나 그것을 가지고 승강이질을 할 수가 없어 젊은 여인에 눈짓을 하며 올라타게 했다. 천 환이라도 둘이서 내면 오백 환 꼴밖에 안 된다는 생각을 하며……

택시 잡기에 열중해서 술 취한 줄도 모르던 경호가 자동차에 올라 이때까지의 불안을 일소하고 나니 갑자기 취기가 얼굴로 오름을 느꼈다.

경호는 술이 취한다는 생각을 하며 몸을 길게 뻗고 쿠션에 비스듬히 기대
었다.

그때 경호는 자기 옆에 앉아 있는 여인을 처음으로 유심히 바라보았다.
행색이 바나 댄스홀에 있는 여자 같기는 했으나 그렇게 천해 보이지 않았
다. 얼굴도 곧잘 생겼다. 경호는 몸을 도사리고 똑바로 앉았다.

"댁이 어디시라구요?"

이런 말을 묻는 자기 마음을 웃어도 보았지만 할 수 없었다.

"종암동예요."

"종암동이란 건 아까 들었는데 종암동도 넓지가 않소?"

"고려대학교 뒤예요."

여자의 대답은 간단했다. 너무 간단하기 때문에 간단하지 않은 대답이 나
올 말을 묻고 싶었다. 그래서 직장이 어디냐고 묻고 싶었지만 취중에도 그
것은 실례가 되는 말임을 알고 다른 말을 꺼내려고 하는데 여인이,

"선생님 댁은요?"

하고 질문해 왔다.

"나는 상대 옆입니다."

경호는 여인과 비슷하게 대답했다. 그랬더니 여인이,

"상대 옆 어디쯤이신데요?"

하고 캐어묻기를 시작했다. 경호는 묻는 대로 대답해서는 안 된다고 생각했
다. 자기는 대학교수다. 그리고 아내를 사랑하는 남자다. 잘못하다가 여인이
자기 집을 찾아오게 되고 추문이 퍼져나가게 되면 집안 일도 걱정이지만 사
회적 면목이 문제된다.

"상대 동쪽이죠."

이렇게 대답했을 때 여인이,

"사실은 저두 상대 옆이예요. 동쪽이 아니라 서쪽이지만요……."

하고 샐쭉 웃었다. 거짓말에 대한 사과의 웃음이었다. 경호는 무엇 때문에
거짓말을 했느냐고 힐문할 생각은 없었다. 가는 데까지 유쾌하게 가고 싶었
을 뿐이었다.

"매일 늦게 돌아가시나요?"

경호는 경어를 써 가며 화제를 돌렸다.

"직업이 직업이니까 할 수 없지요."

여인이 자기 직업의 윤곽을 밝히자 경호는,

"어떤 집에 나가는데요?"

라고 물었다.

"××바예요."

여인은 직업의식을 발동시키는 것인지 직장을 숨기지 않았다.

"그래요? 그럼 앞으론 종종 놀러 가야겠군?"

"한 번 오세요."

"이름을 알아야 부를 수가 있을 텐데……."

"미원이라구 불러요. 성은 송이구요."

"미원? 좋은 이름이군 물론 본명은 아니겠지만……."

"이름이 여러 개 있으면 불행한 여자라지요? 저는 이름이 여러 개 있어요."

"직장을 바꿀 때마다 이름을 가는 모양이군."

경호는 이런 말을 하면서도 미원이 비교적 솔직한 여자라고 생각했다. 그러나 남의 비밀을 캐어 물을 필요가 없어서 얼굴만 바라보고 있을 때 미원이,

"선생님은 어떤 대학에 나가시죠?"

하고 물었다.

"내가 대학교에 나가는 것은 어떻게 알아?"

"냄새루 알지요! 사냥개는 아니지만……."

"시시한 대학에 나가지."

경호는 의식적으로 직장을 밝히지 않았다. 그때였다. 자동차가 신설동 로터리를 돌면서 차체를 기울이는 서슬에 경호의 몸이 미원의 몸에 얹혀졌다. 그런데 눌리운 미원이 경호를 떠밀지를 않고 눌리운 감촉을 음미하듯 가만히 있었다.

경호는 미안을 느끼고 몸을 바로잡는 척했으나 미원의 몸에서 몸을 아주

떼진 않았다. 그런데도 미원은,

"술을 좋아하시는가 부지요?"

하고 딴 이야기를 꺼냈다. 경호는 미원이가 자기에게 호감을 가진 것이라고 해석하지 않을 수 없었다.

"술만 안 마시면 돈을 벌었을거요."

경호는 슬그머니 술 잘한다는 자랑을 했다. 미원에게는 그런 말이 가장 매력적일 것이라고 생각했기 때문이었다.

"부인이 무척 고생하시겠군요?"

이 말에 경호는,

"것두 팔자겠지."

하고 아내가 중요한 존재가 아니라는 것을 암시했다. 미원에게 호감을 사기 위한 말이었다.

"그래서 돼요? 살림하시는 분이."

진정으로 경호를 걱정해 주는 미원의 말이었다. 입에 침칠을 하고 일부러 하는 말 같지가 않았다.

경호는 그러한 미원이가 더욱 좋았다.

"내 이삼 일 내루 ××바에 갈게요."

딴 소리 할 것이 없이 자주 만나기나 하자는 투로 경호가 말하자,

"기다리구 있겠어요. 허탕칠 각오를 하구요."

하며 남자란 믿을 수 없는 것이라는 것을 잘 알고 있다는 듯 야릇한 웃음을 지었다.

"왜 이래? 사내의 약속인데……."

경호는 슬쩍 미원의 팔을 꼬집으며 자기만은 그런 남자가 아니라는 것을 밝혔다.

"그럼 한 번 믿어 볼까요?"

모든 남자에게 기대를 갖지 않고 있으나 한 번만 기대를 가져 보겠다는 듯이 말할 때 경호는,

"밑지는 셈치고 그래 봐요."

하고 미원의 손을 잡았다. 잡힌 미원의 손도 경호의 손을 힘주어 잡았다.

경호는 기분이 좋았다. 손을 잡았으니 그 다음 단계에서는 몸을 만질 수가 있다. 그리고 다음 다음 관계는……. 자기 아내에 비해서 근 이십 년이나 아래가 될 미원의 육체가 얼마나 탐스러울 것인가? 그것도 돈을 주고 하룻밤 사는 그런 여자가 아니라 서로가 애정을 느끼는 사이가 될 것이다.

경호는 이런 기회를 놓치면 평생 늙어 가는 아내밖에 여자를 모르고 지나는 남자가 될 자기를 생각했다.

"모레 밤 꼭 갈게."

경호는 날짜를 정해 줌으로 미원이 자기를 기다리도록 잡아 두고 싶었다.

"그럼 약속……."

미원이 새끼손가락을 내밀고 깍지를 청했다. 경호는 선뜻 자기 손가락을 내밀어 미원이 아프다는 소리를 내도록 힘껏 잡아 흔들었다.

"오케, 오케."

경호는 젊은 애인이 생기는 것이라 생각했다. 자기 앞날이 다채로워지는 것 같았다.

그런데 택시가 상대 정문 가까이까지 왔다. 그러니 상대 서쪽이라던 미원의 집 근처에 도착했을 것이다.

"어떤 골목인데?"

경호가 묻자 미원이,

"좀더 가요."

하고 집이 아직 먼 것처럼 말했다. 그래서 경호는 자기 집 있는 방향으로 차를 몰게 하고 있는데 차가 경호 집 근처에 왔는데도 미원이 정차해 달라는 말을 안 했다. 상대 남쪽을 올라 동쪽을 돌고 있는데도 내리려 하지 않는 것은 무엇 때문일까?

경호는 문득 자기 집을 알아 두려는 것이 아닌가 하는 생각을 했다. 경호를 따라 집까지 간다고 하면 정말 산통이 깨지고 만다. 아내가 무엇이라 할 것인가? 화류계에 있는 여자인 만큼 어떤 일을 할는지 누가 알 것인가?

경호는 슬그머니 겁을 먹으며 집 근처까지 왔는데도 자동차를 멈추지 않았다.

"집이 어디야?"

공연히 미원의 집만을 물었다.

"선생님댁부터 가세요. 전 나중에 내려두 좋으니까요."

미원이 자기 집을 가르쳐 주지 않는 것이 더욱 수상했다.

"숙녀를 모셔다 드려야 하지 않아. 대관절 어디야?"

"글쎄 선생님이 먼저 내리시라니까요."

어느새 자동차는 상대를 한 바퀴 돌았다. 운전수가 어디서 내리느냐고 하며 차를 멈추었다.

"조금만 더 갑시다."

"한 바퀴를 돌았는뎁쇼!"

경호는 운전수가 미안해서라도 빨리 내려야만 했다. 운전수의 집이 종암동 근처인 것만은 틀림없는 일이기 때문에 돌아갈 것을 걱정 안 한다 해도 같은 길을 두 번 이상 돌게 한다는 것은 운전수에게 미안한 일이 아닐 수 없었다. 그래서 경호는 어떤 일이 있던 자기 집 앞에서 내릴 생각을 했다.

택시가 아까 지나간 자기 집 앞에 이르렀을 때,

"내립시다."

하고 차를 멈추었다.

차를 내리며 차비를 내는데 미원이 따라 내렸다. 경호는 이 여자가 내 집까지 따라갈 작정이구나 생각하고 가슴이 덜컥 내려앉음을 느꼈다. 그러나 미원이 오백 환을 내면서 받으라고 할 때 경호는 미원이 그만큼 경우가 빠른 여자란 생각을 했다. 다른 여자 같으면 빈말이나마 돈 내겠다는 말을 하지 않을 것이다.

그러나 두고 보는 수밖에 없었다. 전혀 알 수 없는 여자이니까. 집 대문 앞에까지 이르렀을 때 경호는,

"이게 바루 내 집입니다."

될 대로 되라는 듯이 말했다. 내가 신세를 망치게 되면 자기도 망신을 하는 거겠지.

그때 미원이 경호에게서 한 걸음 멀리하며,

"어마나……."

하고 뜻있는 웃음을 웃었다. 경호는 만약 자기 집 대문 앞만 아니라면 그를 껴안았을지도 몰랐다. 그만큼 미원은 상냥하고 귀여워 보였던 것이다.

"우리 집은 바루 두 집 건너예요."

미원은 몸을 돌려 자기의 길을 향해 걸으려다 말고 경호를 돌아보았다. 상대 서쪽이라고 하던 미원을 알 수 없는 여자라고 생각할 수밖에 없었다. 그러나 자기 집으로 따라오지 않는 것이 분명하기 때문에,

"다음 만납시다."

한 마디를 한 뒤 대문을 두들기기 시작했다.

집 안에 들어가자 아내가 늦었다고 걱정을 했지만 경호는 아내에게 미안감을 느낄 여유가 없었다. 그의 가슴 속에는 알 수 없으면서도 솔직해 보이던 젊은 미원으로 가득 차 있었던 것이다.

다음 날 아침 학교로 출근을 할 때였다. 아내가 가방을 가지고 대문 밖에까지 나와 배웅을 해 주었다.

언제나 있는 일이라 경호는 대문 밖에서 가방을 받고 다녀오겠다는 말을 남긴 뒤 뒤도 돌아보지 않고 걷기 시작했다. 바로 그때였다. 저편에서 대여섯 살짜리 사내애의 손목을 잡고 오는 미원과 부닥쳤다.

경호의 얼굴이 홍당무처럼 붉어졌다. 그러나 그런 때 당황한 기색을 보일 수는 없었다.

경호는 모자를 벗어 정중하게 머리를 숙인 뒤,

"안녕하십니까? 오래간만입니다."

뒤에 서 있는 아내가 들을 수 있도록 굵은 목소리로 인사를 했다. 그리고는,

"깜빡 잊은 게 있군……."

혼자 중얼거리며 아내가 서 있는 대문 앞으로 걷기 시작했다.

"영어사전을 잊어버렸어……."

아무렇지도 않게 아내 앞을 지나 방 안으로 들어갔다.

경호는 필요치도 않은 사전 한 권을 꺼내 가방 속에 넣으면서 혼자 생각
했다.

'하필 그렇게 만날 것이 뭐람.'

그때 아내가 옆으로 와서,

"그 여자가 누구지요?"

하고 물었다.

"응——, 옛날 제자야."

경호는 쓴웃음으로 대답했다.

1961년 창작, (원) (출) 『한국단편문학전집 6 고호』 정음사, 1964.

수염

　정·부통령(正·副統領) 선거 투표가 끝나고 개표를 시작할 때였다. K면(面) 면장 백성우(白聖祐)는 시험치르는 학생처럼 가슴이 조마조마하기 시작했다. 민주당의 대통령 후보자인 조병옥(趙炳玉) 박사가 급서함으로써 이승만(李承晚) 박사가 단독 입후보로 당선될 것은 확실한 일이다. 다만 문제는 부통령 선거였다. 만약 이 투표에서 이기붕(李起鵬) 씨가 민주당의 장면(張勉) 박사보다 한 표라도 적게 나오면 군수에게 강제로 제출당한 사직원이 유효하게 될 것이다.

　단독 입후보로 당선된 이승만 정권이 최소한도 사 년 간 더 집권을 하게 된 이때 직무태만으로 면장을 물러나게 되면 어디 가서 동장 자리 하나 차지할 수 없게 된다.

　성우는 실직자가 된 자기를 생각해 보았다. 남들은 자유당을 배경으로 떵떵거리며 잘들 살고 있을 때 자기는 곡괭이를 메고 농사나 지어야 한다.

　면장을 하던 사람이 일개 농부가 되다니…….

　성우는 새까맣게 여덟 팔자로 쭉 뻗은 수염을 쓰다듬었다. 면장이 되면서 기르기 시작한 수염이었다. 사색에 잠길 때 남들은 곧잘 담배를 피운다. 그러나 성우는 그럴 때마다 수염을 쓰다듬는다. 수염을 쓰다듬고는

　'그럴 수가 있는가?'

　고개를 좌우로 흔들었다. 수염의 체면을 보아서라도 일개 농부가 될 수는 없다.

　민주당의 선거위원들은 한 명도 얼씬하지 못하게 하고 선거의 총책임자인 지서주임이 버티고 서 있는 만큼 문제는 없다. 이기붕 이름 밑에 지장을 찍은 투표용지를 지서주임이 미리 무더기로 투표함 속에 넣었던 것이다.

　다만 문제는 반공청년단원들에게 납치되어 간 민주당 선거위원들이 개표가 끝나기 전 개표장으로 밀려 오지나 않는가 하는 일이다.

　개표장 앞에도 반공청년단원이 물샐틈 없이 지키고 있기 때문에 그런 일은 있을 수 없지만 그래도 성우는 민주당 선거위원들이 제일 겁났다.

　사실은 민주당 선거위원들이 입회를 한다고 해도 이미 무더기 표를 집어넣은 후인 만큼 그들 입회하에 개표를 한다 해도 문제는 안 될 것이다. 또 무더기 표가 모자라면 그땐 개표장에서 다른 방법을 쓸 것이다. 지서주임만 믿으면 된다. 지서주임은 믿어도 좋은 사람이라고 생각했다. 투표하기 전 그는 가가호호를 방문하고 이기붕에게 도장을 찍으라고 강요했다. 만약 그의 말에 거역했다가는 어떠한 화가 미치리라는 것쯤 면민들은 누구나 다 알고 있다. 밉게만 뵈면 세금을 안 냈다는 이유로라도 잡아다가 치도곤을 멕인다. 조금만 반항하는 기세를 보이면 빨갱이라고 몰아 반쯤 병신을 만들어 놓는 지서주임이었다.

　그런 만큼 그는 어떻게 해서든지 이기붕의 표가 절대 다수가 되도록 만들고야 말 것이다.

　만약 개표가 완료된 후의 결과가 좋지 못하다면 지서주임은 장면 박사의 투표수를 영(零)으로 하고 이기붕 씨 표를 백으로 해서 상부에 보고할 수도 있다. 지금 입회하고 있는 자유당 선거위원들도 그렇게 해 주기를 바라고 있을 것이니까.

　성우는 안심해도 좋다고 생각했다. 군수에게 제출당한 사표는 접수되지 않은 채 돌아올 것이다.

　개표가 진행되어 가고 있는 것으로 보아 더욱 안심할 수가 있었다. 첫 투표함부터 이기붕 씨가 압도적으로 이기고 있기 때문이었다. 투표함 몇 개를 개표했는데도 장면 박사의 표는 바닷물에 좁쌀 같은 것이었다. 이기붕 씨가 수천 표를 넘었는데 장면 박사는 백 표도 되지 않았다.

지서주임을 비롯하여 자유당 선거위원들의 얼굴이 모두 화색을 띠었다. 만약 민주당 선거위원들이 참석해 있다면 그들의 표정은 말이 아니었을 것이다. 얼굴 표정이 달라질 뿐 아니라 그냥 가만 있지 않았을 것이다.

참으로 다행한 일이라 아니 할 수 없었다. 동시에 성우는 권력이라는 것이 그렇게까지 위대하다는 데 놀라지 않을 수 없었다. 만약 자유당이 세력을 잡지 못했다고 하면 이런 일은 있을 수 없다.

경관들이 압력으로 자유당 사람에게 투표하도록 할 수도 없지만 투표함 속에 무더기 표를 집어 넣을 수는 더욱 없다. 그러한 일을 하기 위하여 민주당 선거위원을 개표소에 얼씬도 못하게 하는 일도 능히 상상할 수 있는 일이다. 그저 '마음대로다. 세력만 있으면 무엇이나 마음대로였다.

대세가 이기붕 씨에게 기울어져 더 볼 필요가 없게 되었을 때 성우는 자기 옆에 앉아 있는 지서주임에게 수고했습니다 하고 미소를 보냈다.

이런 때 지서주임에게 한 마디라도 찬사의 말을 해 두는 것이 좋을 것 같았던 것이다.

"면장님이 수고하셨습니다."

지서주임이 사양하는 태도로 도리어 성우에게 감사를 했다.

지서주임에 비하면 자기는 아무 일도 안 한 셈이다. 면직원들을 각 부락에 출장 보내어 선전 공작을 한 번 한 것밖에 없다.

그러나 지서주임이 자기의 공적을 인정해 주는 것이 고마웠다. 이렇게 되면 자기는 면장직(職)을 더 오래 가질 수 있을 것이 틀림없는 일이다.

민주당 선거위원들이 끝까지 참석하지 못한 가운데 해가 떨어지기 전 개표가 끝났다. 투표함이 시골에서 소나 말에 실려 오는 관계로 투표한 지 하루가 지난 다음 날 아침부터 개표를 시작했기 때문이었다.

비교가 되지 않을 숫자로 이기붕 씨가 압도적이었다. 입회했던 사람들은 물론 개표하던 사무원까지 만세를 불렀다.

그러나 만세를 부른 뒤 지서주임이,

"장면의 삼백 표는 어떤 놈들의 투푤까? 그놈들을 잡아서 혼을 내 줘야지……."

이기붕의 일만구천 표에 겨우 삼백 표밖에 안 되는 그 숫자에도 대단한 불만인 듯이 말했다.

그때 자유당 선거위원의 한 사람이,

"그쯤 있어야 민주주의적 선거 같은 감을 주지 않습니까? 더 많이 나왔다면 우리 체면이 문제되겠지만 그것쯤이야……."

하고 문제시 말자는 뜻의 말을 했다.

"그놈들은 빨갱일 겁니다. 어떤 세상이라구 빨갱이를 그냥 둬요?"

지서주임이 처음보다 더 높은 소리로 말했다.

그러자 자유당 선거위원들이,

"가서 축배나 드십시다. 다 준비됐을 겁니다."

하며 지서주임을 끌었다.

지서주임은 더 떠들 필요가 없다고 생각했는지 지서에 가서 전화보고를 하고 오겠다면서 지서로 갔다.

성우는 민주당 선거위원들이 말썽을 부리지 못한 데 무엇보다도 안심을 하고 자유당 선거위원들과 그리고 자유당 간부들과 면에서 그 중 크다는 술집으로 갔다.

모두들 좋아서 야단들이었다.

"이럴 줄 알았더면 민주당 선거위원들두 입회시킬 걸 그랬어……."

어떤 사람이 말하면,

"민심이 천심이라구 다 하늘의 뜻대루 되는 거죠."

이번 선거를 가장 공정한 것으로 말하는 사람이 있었다. 지서주임이 무더기 표 집어 넣은 일을 말하는 이는 한 사람도 없었다.

성우도 물론 그들과 보조를 맞추었다.

그러나 지서주임이 와서 술이 시작된 지 얼마 안 되었을 때였다.

"여기 지서주임 있지요?"

거칠은 목소리가 좌중의 공기를 긴장케 했다.

성우는 무슨 일이 터지고야 말았다고 생각했다. 가슴이 덜컥 내려앉았다. 있을 수 있는 일이었다. 그러나 일이 다 끝난 뒤 불상사가 일어났다고 하면

상부에 대한 면목이 없게 될 것을 걱정하고 있을 때 지서주임이 문짝을 박차고 나가며,

"어떤 놈이야?"

하고 고함을 질렀다. 누군가를 알아볼 생각도 않고 적처럼 취급하는 것이었다.

"접니다. 반공청년단에게 애매한 매를 맞고 이렇게 터졌습니다. 세상에 이럴 수가 있습니까? 네? 죄두 없는 사람을 —— ."

그는 그곳 우체국장이었다. 주임은 물론 그 고장 사람치고 모르는 이가 별로 없을 것이다. 본시 말이 적고 얌전하기로 이름 있는 우체국장이 죄 없는 매를 맞고 지서주임을 찾아온 것이다.

그러나 지서주임은 상대방의 직위도 생각지 않고,

"잘못한 일이 있으니까 매를 맞았겠지…… 나를 찾아와서는 뭣 해?"

상대도 안 하려는 태도였다.

"그래두 이런 일을 주임으루 방임할 수가 있습니까? 내가 뭣을 잘못했기에……."

우체국장은 집으로 돌아가는 길에 개표소 앞을 지나가다 개표 기록판을 보고 너무 차이가 심한데…… 하는 말 한 마디밖에 한 것이 없다고 억울한 사정을 호소했다. 그의 말에 의하면 그 말을 하다 어디 있었던지도 모르는 젊은 청년 한 명이 앞으로 나서며 차이가 많으니 어떻단 말이냐고 시비를 걸더라는 것이었다. 그러더니 국장이 그저 그렇다는 것이라는 말을 하자,

"장면이 되길 바라구 있지?"

하며 갈기기 시작하는데 젊은 친구 대여섯이 뼹 둘러서서 몰매를 때렸다는 것이었다.

성우는 우체국장이 맞을 수도 있는 사람이라고 생각했다. 그는 자유당에 입당을 안 했을 뿐 아니라 지서주임이나 면장인 자기와 접근하려 하지 않는 사람이었기 때문이다. 물론 민주당도 아니기는 하지만 어쨌든 자유당에 협력하지 않고 있는 사람임에는 틀림없다. 그런 사람이니 반공청년단에서 곱게 봤을 리가 없다.

그러나 문제는 지서주임이었다. 그 지방의 관청이라고는 불과 몇 개가 안
된다. 몇 개 안 되는 관청의 장(長)인 우체국장에게,

"그러니 어떡허란 말야? 고소를 할려거든 정식으로 해 봐."
하고는 상대도 안 하는 것이었다.

성우는 지서주임이 너무 지나치다고 생각했다. 혹시 민주당이라면 모르
나 그렇지도 않은 사람을 그렇게까지 마구 대할 수 있을 것인가?

그러나 성우는 그런 데에 나설 수는 없었다. 공연한 오해를 받게 된다. 그
는 자기에겐 상관없는 일이란 생각만을 갖고 귀를 밖으로 기울이고 있었다.
그때,

"나두 관리요. 관리가 이런 봉변을 당해두 좋단 말이요?"
하고 우체국장이 언성을 높였다.

"관리두 매맞을 놈은 맞는 거지 할 수 있어?"

"그래 같은 관리루 그래두 좋아?"

"같은 관리? 편지배달부가……."

지서주임이 침을 뱉으며 갈겨 주기라도 할 듯이 말할 때 그 중 나이 먹은
자유당 위원장이 주임 앞으로 가서 그를 끌어다 방에 앉혔다. 그리고는 우
체국장에게로 가서,

"그냥 돌아가십시오. 일수가 사나워서 그렇게 된 걸 어떡하겠소. 치료비
는 우리가 담당할 테니 병원엘 가시든가……."
하고 우체국장을 돌려 보냈다.

그 뒤로부터 성우는 사뭇 술맛이 썼다. 자기와 아무 관계없는 일이지만
자기도 언제 그런 일을 당할지 모를 것이라는 생각이 들었던 것이다.

자기도 지서주임에 비한다면 자유당에 충실한 사람이 못 된다. 면민(面
民) 전부가 자유당을 좋다고 한다면 모르지만 그렇지도 않은 세상에 남의
미움을 살 필요가 없다는 생각에 될 수만 있으면 자유당의 앞잡이가 되지
않으려는 마음으로 살아 온 성우다. 그런 만큼 우체국장의 일이 남의 일 같
지가 않았다.

술을 마셔도 취하지가 않았다.

축하연이 끝나자 성우는 집으로 돌아가는 대신 그 지방 초등학교 교장인 경해(慶海)의 집을 찾아갔다.

일이 있건 없건 바둑 친구로 밤낮 만나는 사람이다. 심란한 때는 으레 찾아가는 곳이기도 했다.

"춘우(春雨) 계시우?"

춘우는 경해의 호(號)였다. 성우가 경해를 부르며 그 집 마당으로 들어서자 경해는 반갑게 문을 열며,

"어서 오시오. 그렇지 않아두 기다리구 있었는데……."

성우를 맞이했다.

"나 술 한 잔 했습니다. 축하연이 있어서요."

성우는 취기가 있는 것을 민망히 생각하며 술 마신 변명을 했다.

"잘했습니다."

경해는 당연한 일이라는 듯 대꾸했다. 그 말에 성우는,

"오늘, 일을 본 사람들끼리 한 잔 했죠. 정식 축하연은 다시 있겠지요. 교장선생을 빼놓구 축하연을 할 수 있습니까?"

자기 말을 정정했다.

"뭐 나야……."

경해는 말을 다 끝내지 않고,

"그렇게 차이가 날 수 있습니까? 대체 어떻게 된 일이죠?"

하고 개표 결과를 믿을 수 없다는 듯이 물었다.

"아따. 춘우! 그런 건 알아서 뭣 하시우? 다 그런 게 아니우? 세상일이."

성우는 흥미 없는 일이라는 듯이 대답을 피했다. 사실은 경해하고는 무슨 말이나 숨기지 않고 이야기해 왔다. 경해는 민주당이 아니기는 하지만 자유당을 싫어하는 사람이다. 자유당이라기보다도 교육자는 정치에 간섭 안 한다는 주의를 가지고 있는 사람이었다. 그러나 자유당 연설이 있을 때에도 학교는 정치 도구로 사용될 수 없다는 주장으로 장소도 빌려 주지 않은 것으로 보아 반 자유당 계열이라고 볼 수 있는 사람이다. 그러나 성우는 그러한 경해를 미워하거나 경계하지를 않는다. 우선 둘도 없는 바둑 친구다. 그

리고 그러한 경해가 도리어 자유당 계열의 사람들보다 좋은 것을 어찌할 수 없었다. 그러나 그렇다고 해서 자유당 비밀을 자기 입으로 발설했다가 나중에 책임 문제가 생기면 큰일이다. 그런 만큼 개표 상황만은 경해에게도 이야기할 수가 없었다.

“아무렇기로서니 민주당 입회인을 하나두 입회 안 시키는 법이 어디 있담! 고얀 놈들 같으니…….”

경해가 흥분한 어조로 말하기 시작했다.

“고얀 놈들이기는 하지만 어떡합니까? 할 수 없잖소?”

고얀 놈들 가운데는 자기도 끼여 있을 것이지만 성우는 그 고얀 놈들이란 말을 따지려 하지 않았다. 자기도 분명 고얀 놈들 속에 끼는 것만은 틀림없다고 생각하고 있기 때문이었다.

“그래, 면장님은 무데기 표 넣은 것을 보셨겠군요?”

성우는 우선 경해가 개표 내막을 잘 알고 있는 데 놀랐다. 웬만한 관심쯤이야 누구나 다 가지고 있는 일이지만 그렇게까지 자세히 알고 또 남보다도 더 흥분해 있는 것이 수상쩍었다.

그러나 경해를 의심할 필요가 없었다.

“허허. 내가 그런 걸 어떻게 봅니까? 설사 그런 일을 한다기로서니 내게 뵈여 줄 까닭이 있습니까?”

경해의 비위를 거슬리게 할 필요가 없다고 생각했다. 사실 자기는 말만 들었을 뿐 목격한 일도 없고——.

“우체국장이 반공청년단에게 맞았다면서요?”

경해는 그냥 흥분한 상태에서 마치 성우를 힐난하기라도 하듯이 물었다.

“맞은 모양입니다.”

“참 고얀 놈들이야.”

경해도 차차 냉정해 가기 시작했다. 그냥 탄식조로 혼잣말 비슷이 중얼거렸다.

경해가 냉정해지는 것을 보자 그때야 성우는 사실은 자기도 할 말이 있다는 듯이 이야기를 시작했다.

"다른 것은 몰라두 지서주임이 우체국장을 대하는 태도만은 너무 심합디다. 다 같은 기관장으루 그럴 수가 있겠소?"

하고 지서주임이 우체국장에게 야단치던 이야기를 했다. 그리고는 자기의 수염을 점잖게 쓰다듬었다. 하루종일 마음놓고 쓰다듬어 본 적이 없는 수염이었다.

아마 경해 앞에서 비로소 자기의 자존을 살릴 수 있다는 마음이 들었던 모양이다.

"그래요? 그래서야 어떻게 백성이 마음놓구 살 수 있담……."

"우체국장이 오래 갈 것 같지 않은데요?"

"그럴지 모르겠는데요. 사실은 나두 위태위태하지만."

"춘우야 어떻겠소? 누가 감히……."

"천만에요. 자유당 쪽에서 나를 나쁘게 보구 있는데."

"그래두 잘못이 없는 한 설마……."

"하기야 무서울 건 없지요. 기껏해야 좌천시킬 것뿐인데 아무데루 보내면 어때요. 올바르게 살면 그뿐이지……."

"그러지 마시구 춘우두 좀 협력하는 척하십시오. 공연히 손해볼 필요야 없잖습니까?"

"밤낮 저의 세상일라구요? 바뀌는 때두 있겠지……."

그들은 바둑을 두기 시작했다. 바둑을 두기 시작하자 성우는 수염을 쓰다듬는 도수가 늘었다. 바둑은 경해보다 성우가 셌기 때문이었다. 호구(虎口)를 짓고 흑점을 딸 때마다 성우는 수염을 쓰다듬었다.

바둑을 끝냈을 때 성우는,

"에헴."

헛기침을 하고 수염을 쓰다듬었다. 수염의 권위를 과시(誇示)하기나 하듯이. 그리고는,

"이제부턴 여섯 점을 놓으시지. 암만 해두 안 되겠는걸."

하고 너털웃음까지 웃었다.

“에헴——.”

한 달이 조금 지난 뒤였다. 어느 날 성우는 아내 앞에서 헛기침을 하며 수염을 쓰다듬었다.

4·19 혁명 뒤 과도정부가 자유당 간부와 고급관리들을 숙청할 무렵이었다. 자기도 면장을 내놓아야 하겠다는 말을 하자 아내가 무슨 큰 죄를 졌다구 그만두라는 말도 있기 전에 자진해서 그만두느냐고 반대했기 때문이었다.

“그래 쫓겨나는 걸 봐야 시원하겠어? 사내자식이 남이 쫓아 낼 때까지 기다리구 있는 놈이 어디 있담.”

“글쎄. 쫓아 낼는지 안 쫓아 낼는지야 두구 봐야지 않아요?”

“지서주임이 벌써 좌천당한 걸 봤지? 나라구 가만둘 게 어디 있어?”

“당신하구 지서주임하구 같우? 참 속이 상해 못 살겠군.”

“나두 자유당원이야. 자유당이 나라를 망쳐 왔다면 자유당원은 누구나 다 책임을 져야지. 여편네는 가만히 보구만 있는 거야.”

“보구만 있으면 굶어 죽지 않우? 뭘 해서 자식새낄 먹여 살리지요?”

“농사짓지. 농사지으면 밥 굶나?”

“당신 기운에 농사를 짓겠수? 밤낮 수염만 쓰다듬고 앉아 있으면서.”

“왜 내가 남만큼 기운이 없단 말인가?”

“기운두 기운이지만 농사는 손바닥에 짓는답디까?”

“오리골 사촌형이 있잖아? 소작을 하겠다는데 나라구 땅을 안 줄라구…….”

“그만둬요. 할 만한 사람이 그런 말을 해야 곧이 듣지…….”

“정 뭣하믄 성두의 집에 가서 같이 농사를 하지.”

“그 동생은 땅이 넉넉하답디까? 저희 농사두 모자라하는데…….”

“그럼 굶지…….”

“굶읍시다. 나 혼자 굶나…….”

“에헴——.”

그래도 성우는 또 헛기침을 하고 수염을 쓰다듬었다. 자기 생각이 옳다고 생각되었기 때문이었다.

그러나 헛기침을 하면서도 성우는 면장을 그만둔 뒤의 생활을 걱정 안 하는 것이 아니었다.

아내에게 큰소리를 치기는 했지만 동장(洞長)입네 면장입네 하며 이때까지 남의 위에서 살아 왔다. 적고 많고 간에 월급을 받아 먹으며 살아 왔다. 이제 면장을 그만두면 다시 월급살이는 할 수 없다. 또 격이 너무 낮은 곳에는 들어갈 수가 없다. 그리고 격이 높은 곳에서는 써 줄 사람이 없고. 결국 농사나 지어야겠는데 농사를 지으려면 우선 땅이 있어야 한다.

오리골 사촌형이 지주 노릇을 하고 있기는 하나 자기에게 주기 위해 땅을 묵혀 두고 있을 리가 만무하다. 동생도 남의 소작살이를 하고 있다. 그런데다가 자기는 농사를 지어 본 경험이 없을 뿐 아니라 사실에 있어서 농사지을 기운도 없다.

그러면 삼 남매나 되는 자식들을 무엇으로 먹여 살릴 것인가? 그렇다고 해서 아무때든 쫓겨날 신세에 멍충이처럼 눌러 붙어 있을 수는 없다.

며칠 동안 생각하던 끝에 아내에게 심정을 털어 보았으나 아내가 동의를 해 주지 않는다. 자기 말에 거역을 안 한다면 찬성해 주는 것이라 생각하고 마음이 좀 편하련만 아내가 끝까지 반대를 하니 마음이 또 뒤숭숭했다. 헛기침을 하기는 했으나 사표를 써 넬 용기가 나지 않았다.

성우는 바둑이나 두러 가는 수밖에 없었다. 바둑을 두며 경해와 의논을 해 볼 생각이었다.

경해는 집에 있었다. 어딜 나갔다 돌아온 길인지 막 옷을 갈아 입고 있었다.

"잘 오셨소."

경해는 역시 반갑게 맞이해 주었다.

"그렇지 않아두 한 번 만나구 싶던 참인데……."

성우는 경해에게서 반가운 말이 나올 것 같은 예감이 들었다. 4·19 뒤 한두 번 만났었지만 한 번도 자기를 냉대하지 않은 경해다. 더구나 경해는 4·19 뒤 자유당 시대보다 활기를 띠고 분주히 지내고 있다. 물고기가 물 속으로 뛰어든 느낌이었다.

그런데 그런 경해가 자기를 만나고 싶어했다니 좋은 말을 들려 주려는 것이 아니고 무엇이겠는가? 그래서,

"요새 어딜 그리 바쁘게 나다니시지요?"

하고 경해의 눈치를 떠 봤다.

"허허. 좀 바쁘게 됐죠."

경해는 자리에 도사리고 앉아 담배를 피워 물었다. 그 품이 자유당 시대보다 훨씬 격이 높아진 것처럼 보였다. 어쩐지 그렇게 느껴졌다.

경해는 담배연기를 천천히 뿜어 내며,

"진작 이야기를 하려구 했는데 그만……."

말투가 느려서 더 점잖아 보였다.

"무슨 말씀인데요?"

"실상은 면장님을 속인 것처럼 되어."

경해는 말을 계속하지 않고 중도에서 끊었다. 그리고 담배를 몇 모금 빨고 나서야,

"미안한 일이지만 그때야 그럴 수밖에 없었죠."

또 담배를 몇 번이나 빨아들이고 난 뒤 자기가 그 동안 민주당 비밀당원으로 있었다는 것 그리고 이번에 국회가 해산을 하고 새로 총선거를 하는 기회에 민주당 공천으로 입후보할 생각이라는 이야기를 했다. 그리고 나서

"그러니까 면장님두 나와 손을 잡구 일을 해 주셔야겠소."

하는 것이었다.

있을 수 있는 일이었다.

성우는 귀가 솔깃해졌다.

면장으로 칠팔 년이나 지내 온 자기다. 자기가 발벗고 나서기만 하면 경해에게 큰 도움이 될 것이다. 자기 힘으로 경해가 당선만 된다면 경해가 자기를 괄시하지 않을 것도 사실이다. 면장은 고사하고 군수 자리라도 맡겨 줄지 모른다.

경해가 당선이 안 된다고 해도 민주당 세상이 될 앞날에 발언권이 강해질 것만은 틀림없다. 그러니 경해가 자기를 봐 주기만 하면 밥걱정쯤이야 없게

될 것이 아닌가?

땅이 무너져도 솟아날 구멍은 있는 모양이다. 그러나 성우는,

"그래요? 등잔 밑이 어둡다구, 이거 참 내가 멍충이 노릇을 했군요. 반갑습니다."

경해에게 축하하는 말만을 했을 뿐 자기를 어떻게 해 달라는 말은 안 했다. 안 한 것이 아니라 그런 말이 입 밖에 나오지 않았던 것이다.

"면장을 그대루 유임하게 할 테니까 나하구 손을 잡읍시다."

침칠을 한 말이 아니었다. 진심으로 그래 주기를 바라는 말 같았다.

"난 오늘 내일 안으루 사표를 제출하려 했는데요."

"그럴 필요가 뭡니까? 아마 국장급까지는 처벌하겠지요. 그렇지만 말단 공무원이야 큰 죄가 없는 한 별일 없을 겁니다. 특히 면장님 같은 분이야 내가 잘 압니다. 자유당 앞잡이 노릇하신 것두 없구……."

"글쎄요. 세상일을 누가 압니까? 자유당 시대에는 급사까지두 자유당 빽이라야만 했는데……."

"민주당이 자유당과 같을 수 있습니까? 면장님은 내가 책임을 질 테니까 걱정 마십시오."

"글쎄요."

성우는 반신반의의 태도를 취하지 않을 수 없었다. 어쩐지 대뜸 잘 봐 달라는 말을 할 수가 없었던 것이다. 그럴 체면조차 없는 것 같았다.

그때 갑자기 재채기가 나왔다. 재채기를 하자 수염 있는 데가 근지러웠다. 그러나 손가락을 수염에 대고 부볐을 뿐 수염을 내려 쓰다듬지를 못했다. 에헴 하고 수염을 쓰다듬을 체신이 못 되는 것 같았다.

또 한 번 재채기가 나왔다. 성우는 또 수염 위에서 근지러운 곳을 긁기만 하고 전체로 내려 쓸지를 못했다.

"바둑이나 한 번 두실까요?"

성우는 경해의 말을 좀더 두고 생각해 보기로 했다. 당장에 대답할 수 있는 일이 아닌 것 같았기 때문이었다.

"그럽시다. 그렇지만 앞으루 나와 의논해서 행동하실 것을 약속해 주시겠

지요?"

"네. 상의해서 하겠습니다."

상의해서 한다는 말만온 해도 좋을 것 같았다. 협력을 안 하는 경우에도 사전에 상의하는 형식으로 말하면 그뿐일 테니까…….

경해가 바둑판을 가져왔다.

바둑판을 마주하자 그때야 성우는 기가 펴지는 것 같음을 느꼈다.

"그럼 여섯 점을 놓으셔야지."

성우는 처음으로 수염을 천천히 내려 쓰다듬었다.

그리고 헛기침을 한 번 했다.

"몇 번만 더 두구 하지요."

경해가 승복(承服)을 안 했다.

"천만에. 벌써 몇 번째 내리 지시기만 했는데. 오늘부턴 안 됩니다."

성우가 고집을 세웠다.

"글쎄 한 번만 그냥 두구 또 지면……."

"그럴 수 없습니다. 상단자의 명령에 복종하셔야지."

성우의 고집에 경해는 할 수 없는 모양이었다.

"이번에 이기면 도루 넉 점으루 합니다. 아시겠지요?"

"그러지요."

경해가 여섯 점을 먼저 놓자 성우는,

"에헴——."

하고 수염을 쓰다듬으며 흰 말을 놓기 시작했다.

첫판에는 성우가 졌다. 그래서 경해가,

"역시 여섯 점은 무리죠?"

할 때 성우는,

"그럼 두 번만 넉 점을 놓구 두십시다. 두 판 다 지시면 도루 여섯 점을 놓으셔야 합니다."

"그러죠."

"아마 지실 걸요."

그래도 성우는 바둑알을 놓으면서 수염을 쓸었다. 연승할 자신이 있었던 것이다.

그러나 두 번을 두었는데 두 번 다 지고 말았다. 원통했다. 질 까닭이 없는데 지고야 말았기 때문이었다.

"오늘은 머리가 흐려서…… 그렇지만 다음에는 지지 않을 걸요."

졌다는 사실을 인정하지 않을 수 없었지만 그래도 성우는 자기의 실력이 약하다고는 생각지 않았다.

"허허. 다음에 보십시다. 만만치 않을걸요."

경해도 자신 있게 말했다.

바둑에 지고 나오면서도 성우는 수염을 쓰다듬었다. 졌어도 진 것 같지가 않았기 때문이었다.

그러나 경해가 대문까지 따라나오며,

"이젠 우리두 잘 살 세상이 왔습니다. 면장님두 고생하셨지……."

할 때 성우는 눈만 껌뻑껌뻑했다. 경해의 말이 너무나 크게 성우의 마음을 찔렀던 것이다.

'면장님두 고생하셨지…….'

정말 자기는 면장 노릇을 하면서도 그리 잘 살지를 못했다. 열일곱 살 난 둘째 아들이 밤낮 라디오 한 대만 사 달라고 조르던 것을 끝내 못 사 주고 말았다.

"이젠 우리두 잘 살 세상이 왔습니다."

경해와 손만 잡으면 자기도 잘 살 수가 있을 것 같았다.

'아들놈에게 라디오를 사 주고 아내에게는 재봉틀을 사 주고…….'

성우는 자기도 모르는 새 허리를 굽혔다. 그리고,

"부탁합니다."

하고 애원하는 듯한 어조로 말했다.

"종종 들러 주십시오."

며칠 뒤였다. 면사무소에서 일을 보고 있는데 군청에 출장갔던 직원이 돌아와 군수가 면직당했다는 말을 전했다. 그리고 정부의 방침이 면장까지 정리할 예정 같다는 말을 덧붙였다.

아직 총선거가 끝나지 않았으니까 자세히는 모를 일이지만 민주당이 정권을 잡을 것만은 틀림없는 사실이다. 자유당 시대에 급사까지 자유당 빽으로 인선을 했으니 민주당이라고 그렇지 않는다고 보장할 수 없는 일이다. 면(面) 직원의 말이 얼마만큼 신빙할 만한 것인지는 모르나 일리가 있는 말임에 틀림없었다.

그 말을 듣자 성우는 가슴이 덜컹 내려앉았다. 경해 말만을 믿고 질펀하니 앉아 있던 자기가 어리석다는 것을 느꼈던 것이다.

모르기는 하나 경해가 당선만 되면 자기도 잘 살게 될지 모른다. 그러나 그렇다고 해서 경해만 믿고 끝까지 앉아 있을 수가 있겠는가?

총선거는 칠 월 말일 경이라고 한다. 그때까지 자기의 운명이 어떻게 될지도 모르는 일이다.

성우는 자기가 세상을 잘못 타고났다는 생각을 했다. 얼마나 많은 고난을 겪으며 살아 왔던가? 한일합병. 3·1 운동. 8·15, 6·25, 거기에다 4·19.

앞으로 또 어떠한 일을 겪어야 할지 모른다.

'어떻게 하면 고난을 고난으로 생각지 않고 살 수 있을까?'

이런 생각을 하고 앉아 있을 때였다.

동생 맏아들이 숨을 헐떡이며 성우를 찾아왔다.

"어떤 사람이 우리 아버질 마구 때려요."

빨리 가서 자기 아버지를 때리지 못하게 해 달라는 것이었다.

"무슨 일루?"

"모르겠어요. 공연히 그러는 것 같아요."

모를 일이었다. 농사나 짓고 사는 동생이 남에게 이유 없이 맞을 까닭이 없다.

"공연히 사람을 때릴 수가 있니?"

그러나 이제 열두 살밖에 안 된 소년은 싸움의 이유를 알지 못하는 모양이었다. 그저 빨리 가자는 말만을 했다. 안 갈 수가 없었다.

조카의 뒤를 따라 급히 동생 집으로 갔다.

정말 동생은 어떤 사람과 싸우고 있었다.

성우는 두 사람 사이에 들어 쌈을 말렸다. 그리고,

"왜들 싸우는 거야."

하고 날카로운 목소리로 동생부터 나무랐다.

"글쎄 말(馬)보구 뭐라 했더니 달겨들지 않아요."

동생이 분해서 가만 있을 수가 없다는 듯이 주먹을 널름거렸다. 맞기는 동생이 더 맞은 것이 분명했다. 그러니 분해하는 것도 무리는 아니었다.

성우는 동생을 때린 사람을 쏘아봤다. 읍에서 살며 농사를 짓는 한편 말로 품삯을 뫼는 황용제였다. 대단치도 않은 사람이 대단치도 않은 일에 동생을 때렸다는 분한 마음이 들어,

"말보구 뭐랬기에 사람을 때리는 거야?"

하고 성우는 꾸짖기 시작했다.

용제는 허리를 굽신한 다음,

"면장님이시군요."

하고 미처 몰라 봐 죄송하다는 듯이 인사를 했다. 그리고는,

"글쎄 죄 없는 말을 개보다두 작다고 시비를 걸잖아요. 그리군 저런 걸 말이라구 대로루 끌구 다닌다지 않아요? 그래 가만 있을 수 있어요."

고분고분 변명을 했다. 그러나 성우는 소리를 높여,

"짐승보구 그런 소릴 했기루서니 사람을 때리는 법이 어디 있어. 고얀 놈이로군……."

하고 꾸짖었다. 성우 생각에는 큰소리로 눌러 놓으면 잔소리를 못하고 그냥 돌아갈 줄로만 생각했기 때문이었다. 그러나 용제는 대뜸,

"체, 면장이면 제일인가? 얼마나 해 먹겠다구."

하고 성우를 노려봤다. 참을 수가 없었다.

"이놈, 어디서 그런 말버릇을, 웅."

정말 한 대 갈겨라도 줄 듯 눈알을 부라렸다.

그러나 용제는 참대로 만든 말채찍을 굽혔다 폈다 하며,

"말버릇? 홍. 그래 하나밖에 없는 말을 욕하는데 가만 있을 사람이 어딨어요? 어떤 놈이 저 말을 죽여 봐요. 나두 그놈을 죽여 놓구야 말 테니까……."

자기는 잘못한 것이 하나도 없다는 듯 투덜댔다.

"말이 귀하다 해두 사람을 때리는 법이 어디 있나 말야?"

성우는 조금도 굴하지 않는 용제에게 더 큰소리를 할 수 없었다. 더구나 며칠이나 면장 노릇을 해 먹을 것 같으냐고 야료하듯이 한 용제의 말이 가슴에 걸려 될 수만 있으면 그 자리에서 사라졌으면 하는 생각만 들었다.

"홍, 짐승도 혼이 있어요. 짐승이라고 함부로 말해도 되는 줄 아세요?"

용제는 면장의 체면을 생각해 주는지 싸우려 하지는 않았다. 그 대신 지려고도 하지 않았다. 채찍 끝에 달린 가죽 오래기를 살랑살랑 흔들며 장난을 치고 있었다.

손때가 묻은 채찍이었다. 그리고 곰살맞게 가는 대나무 두 개를 새끼 꼬듯 꼬아 만든 보기 드문 채찍이었다. 그리고는 채찍 끝에 가죽끈을 달아 말을 때리기 위한 것이라기보다 하나의 장식품처럼 보이는 채찍이었다.

성우는 그 채찍을 보자 언젠가 지서주임 집에서 본 고려자기를 생각했다. 대단치 않은 항아리 같은데 몇백 년 전 것이라고 하며 가보(家寶)로 소중히 여기던 고려자기.

지금 용제 손에 들려 있는 채찍은 확실히 용제의 가보일 것 같았다.

말에는 어울리지 않는 채찍이었다. 재래종의 거무틱틱한 좀스런 말에는 부지깽이 같은 채찍만이 어울릴 것이지만 용제는 야단스런 채찍을 가지고 있었다.

성우는 퍼뜩 길 옆에 서 있는 용제의 말을 보았다. 역시 보잘것 없는 말이었다. 그러나 그 말 머리에 빨간 헝겊이 매어져 있었다. 용제는 혼삿집 일을 갈 때는 붉은 천으로 말 머리를 장식하고 말 목에는 방울을 단다. 그래서 성우는 용제가 인촌(隣村) 혼삿집 신랑을 태우거나 혼삿집 의장 같은 것을 운반해 주러 갔다 오는 길이라 생각했다.

그렇게 말을 장식하고 남의 경사에 갔다 오는 용제에게 말 욕을 했으니 용제가 화를 내고 싸우자고 덤볐을 만도 했다.

성우는,

"좌우간 이젠 그만두구 가."

하고 용제를 돌려 보냈다.

용제는 그 이상 더 싸울 필요는 없다는 듯이,

"짐승이라구 깔보지들 말아요."

한 마디를 남긴 뒤 말 고삐를 바싹 쥐고 말방울을 울리며 걸어가기 시작했다. 한 손에 든 채찍으로 말 배를 때리는 시늉을 하며…….

성우는 면사무소로 돌아가지 않았다. 집으로도 돌아가지 않았다. 경해에게로 가는 것이었다.

용제가 말 배를 때리는 시늉을 하며 채찍을 휘두르던 모습을 먼발치로 바라보는 순간 성우는 문득 자기의 수염을 깎아 버려야 한다는 생각을 했다.

자기도 용제가 채찍을 아끼고 사랑하듯 자기의 수염을 아끼고 사랑해 왔다. 그 수염에 자존을 느끼며 살아 왔다. 그러나 이제는 수염의 자존을 느낄 수 없을 것만 같았다. 무식한 용제까지도 자기의 운명이 멀지 않다는 것을 말했다. 세상 사람들이 다 그렇게 생각하고 있을 것이다.

설사 자기가 경해 밑에서 연명을 한다고 해도 자유당 밑에서 벼슬하던 사람이라 손가락질할 것이 분명하다. 자유당원으로 면민에게 큰소리를 치던 때의 위신이 땅 위에 떨어진 자기에게 수염을 쓰다듬으며 살아갈 면목이 없다.

용제는 죽을 때까지 채찍과 말을 사랑하며 살아가리라.

그러나 경해가 당선되기 전에 정리될지도 모르는 자기다. 죄를 짓고 쫓겨난 뒤 설사 전보다 잘 사는 일이 있다 한들 수염의 권위가 설 수야 있을 것인가?

어떤 부정행위로나마 이기붕 씨가 당선된 것을 다행한 일로 생각했던 자기다. 그런 부정행위로 당선되었던 이기붕은 민족의 부르짖음 속에서 일가 전멸의 역사를 남겼다.

부정선거를 조장한 이승만 박사는 대통령직을 내놓고 하와이로 도망을
갔다.

성우는 경해의 집을 향해 걸어가며 어렸을 때 즐겨 부르던 '사(死)의 찬
미(讚美)' 가사를 생각했다.

'이래도 한 세상 저래도 한 세상'

이런 구절도 생각났다.

'칼날 위에서 춤추는 인생'

경해를 만났을 때 성우는,

"아무래두 사표를 내야겠습니다."

단도직입적으로 말했다. 사실은 경해에게 그런 말도 하지 않고 사표를 내
고 싶었으나 의논을 하고 행동하겠다는 약속이 있었기 때문이었다.

"갑자기 건 또 무슨 말씀이죠?"

"갑자기가 아닙니다. 아무래두 그래야겠으니까요."

"글쎄 괜찮다니까요. 다 말해 두구 있는데……."

"그래두……."

"그래두가 아니라니까요……."

"그래두……."

성우는 경해가 다시 더 말을 못하게 경해의 집을 나왔다. 경해의 집을 나
와 면사무소로 가는 도중 성우는 자기도 모르는 새 수염을 내려 쓸었다. 마
지막일지도 모르는 일이었다.

그리고 면장실에서 사직원을 쓰면서 성우는 수염을 깎고 오리골에서 농
사를 짓는 자기 모습을 생각해 보는 것이었다.

(원) 《현대문학 73》 1961. 1.

서울행 열차

부산발 서울행 열차는 부산역에서부터 만원이다. 초량역과 부산진역을 지나면 발들여 놓을 곳이 없을 만큼 초만원을 이룬다. 하루에 한 번밖에 없는 열차여서 그런지 만원으로 출발한 기차는 최종역에 도착할 때까지 만원으로 그치고 만다. 그만큼 승객이 많아서 그런지 철도 이동경찰에게 있어서는 하루도 무사한 날이 없다. 차내의 도난사건, 무임승차 사건, 증명서 없는 한강 도강 사건 등등 비슷비슷하면서도 내용이 다른 사건들이 매일처럼 골치를 아프게 한다.

열차가 출발하기 전에 찻간을 돌아다니며 도난 가운데서도 특히 열차 출발 전후의 도난에 대하여 승객들의 주의를 환기시킨 권 순경은 열차가 움직이기 시작하자 자기의 첫 임무를 다했다는 듯이 제 자리로 돌아와 가느다란 한숨을 내쉬고 창 밖만을 내다보았다.

자기의 눈치를 살피며 다른 찻간으로 도망치는 김밥장수, 빵장수, 담배장수 하는 어린애들. 못 본 척 담배를 한 대 꺼내어 입에 물고는 그대로 창 밖만을 내다보았다.

권 순경은 문득 열차 안의 승객들이 움직이는 인간이 아니라 하나의 그림이었으면 하고 생각해 본다. 행동 없는 벽화라면 자기는 그저 바라만 보는데 그치고 마는 행운아가 될 것 같았기 때문이었다.

사실 권 순경에게 있어서 이 날만은 유달리 우울했다. 서울에 도착할 때

까지 발생할 여러 가지 사건을 미리부터 생각했기 때문에 침울해진 것은 아
니었다. 승객들의 여행을 명랑하게 하기 위해서 질서를 유지하도록 일 분의
여유도 없이 차내를 순시하여야 하는 것이 짜증나기 때문에서도 아니었다.

어쩐지 자기의 임무를 수행할 수 없을 것만 같은 불안이 도리어 그의 마
음을 우울케 했던 것이다.

어쩐지 죄를 지은 듯한 우울이 그의 마음을 불안케 하기도 했다.

열차가 사상(沙上)역을 지나 구포(龜浦)역에 들어갈 때까지도 권 순경은
창 밖으로 향한 고개를 돌리지 못했다.

창 밖에서 숱한 여자와 어린애들이,

"배 사이소, 배요."

하고 떠들어댈 때야 권 순경은 마음 속으로,

'죄 될 일은 아니지.'

하고 자리에서 일어서려 했다.

그러나 그의 다리는 경련이 일어날 때처럼 말을 듣지 않았다.

"경산역까지만 ── ."

그는 다시 이렇게 혼잣말을 하고는 자리에 앉아 버렸다.

그러나 구포에 닿았던 열차가 다시 달리기 시작할 때 차장 조수의 승차권
검사가 있다는 말에 그는 할 수 없이 차장 뒤를 따르고야 말았다. 한 사람
한 사람씩 차표를 검사하기 시작할 때 권 순경은 갑자기 자기의 동료 한 사
람을 불러 자기 대신 입회해 주기를 청했다. 동료는 이유도 묻지 않고 쉽게
승낙해 주었다.

권 순경은 자리에 앉자 빨리 경산역을 지나 주었으면 하고 속으로 바랐
다. 경산만 지나고 또 아내가 내려만 준다면 그 뒤에는 마음이 가벼워질 것
같았던 것이다.

그러나 열차가 삼랑진역을 향해 열심히 달리고 있을 때였다. 어떤 찻간에
탔었는지도 모르는 아내가 하애진 얼굴로 다리들여 놓을 틈도 없는 승객 사
이를 부비고 찾아왔다. 그리고는 금시 기절이나 할 것처럼,

"여보 ── ."

하고 요란스럽게 불렀다.

"왜 떠들어요."

권 순경은 얼굴이 빨개 가지고 아내 못지않게 흥분했다. 그렇지 않아도 아내 때문에 죄를 지은 듯 기를 못 펴고 있는 판인데 많은 사람 가운데 나타나 떠들기까지 하니 권 순경으로서는 어찌할지를 몰랐던 것이다.

"돈을 잃었어요. 빨리 가서 내 옆에 앉은 사람들을 조사해 줘요."

아내는 입에 거품까지 물고 말했다. 그러나 권 순경은,

"떠들지 말어."

하고 아내를 욱박아 놓은 뒤 언제 잃었느냐고 조용히 물었다. 아내는 언제 잃었는지 모르나 지금 막 자루를 만져 보니 그 속에 들었던 돈이 송두리째 없어졌다고 말했다.

"언제까지 있었는데……."

"찻간에 올라와서 만져 봤을 때두 있었어요."

"그럼 같이 가."

권 순경은 아내를 앞세우고 아내가 앉았던 찻간으로 갔다.

무임승차권으로 바로 자기가 탄 차에 아내를 태우고 장사하러 보낸다는 것이 어쩐지 죄스러워 마음이 불안했던 권 순경이지만 사과장사라도 하겠다는 아내의 말을 물리칠 수가 없어서 친구에게 빚을 얻어 주었던 그 돈을 잃었다는 것은 권 순경에게 있어서 큰 타격이 아닐 수 없었다. 사과 두 접 값을 가지고 대단한 돈이라 말할 수는 없지만 한 달 월급보다 많은 돈이다.

월급을 가지고는 도저히 갚을 도리가 없는 일이다.

그리고 도난 사건을 알고도 그대로 내버려둘 만큼 그의 직업의식이 그렇게 무디지도 않았다.

권 순경은 아내 자리로 가자 아내 자리 옆에 앉아 있는 사십이 훨씬 넘은 부인을 보고 어디까지 가느냐고 물었다. 풀이 다 죽은 광목 옷을 아래위로 입고 비녀를 꽂은 구식 부인은 떨리는 목소리로 왜관까지 간다고 하며 바지주춤에서 가진 돈 전부를 내놓았다. 그리고는 이만 원이 될까 말까한 돈에 대하여 설명하기를 시작했다. 팔십 먹은 친정어머니가 벌써부터 방에 누워

죽기 전에 한 번만 다녀가라는 것을 차비가 없어 못 갔다가 죽었다는 기별을 듣고 십 년 만에 처음으로 친정엘 간다는 것이었다. 전보 칠 돈이 없어 보통 편지로 알렸기 때문에 장례가 지난 뒤에야 편지를 받고 성묘라도 해야겠기에 옆집에서 왕복 차비를 꾸어 가지고 지금 가진 돈은 돌아올 때의 차비라고까지 설명했다.

권 순경은 더 묻지를 않고 그 옆에 앉아 있는 시골 노인에게로 옮겨 어디까지 가느냐고 또 물었다. 두루마기도 못 입고 베바지저고리에 고무신을 신은 육십 노인이었다. 집에서 들로 나갈 때 차림 그대로였다.

노인은 청도까지 간다고 대답을 하고 긴 한숨을 내쉰 뒤 허줄한 보따리를 내놓아 풀었다. 천 원짜리 지폐가 백만 원은 들어 있음직했다.

"웬 돈입니까?"

권 순경은 외모와 달리 많은 돈을 가졌다는 데 이상한 생각이 들었다. 그때 노인은 다시 돈보따리를 보면서,

"딸을 판 돈입니더——."

하고는 마치 일이 끝났다는 듯이 장죽을 입에 물었다.

"딸을 팔다니요?"

권 순경은 아내의 도난 사건을 잊어버리고 노인의 이야기를 듣기 시작했다.

노인은 시선을 멀리 창 밖에 두고 천천히 대답했다. 즉 열일곱 살 난 딸을 부산에 데리고 가서 부잣집 부엌데기로 맡긴 뒤 백만 원을 얻어 온다는 것이었다.

권 순경은 의심스러운 생각에 정말이냐고 물었다. 노인은 정말이라고 대답했다. 그리고는 담배를 홈빽 빨아다가 내뿜으며 식량이 떨어진 지 벌써 몇 달이나 되었으니 어쩌겠느냐고 덧붙였다.

권 순경은 가슴이 찌르르했다. 찻간에서 농촌 사람들이 쌀 대신 풀뿌리로 연명한다는 말을 여러 번 들어 왔다. 이제 먹을 것이 없어 딸까지 팔아 먹는 노인을 직접 눈으로 볼 때 뭐니뭐니해도 밥을 굶어 본 적이 없는 자기가 부끄러워지기까지 했다.

　권 순경은 노인에게서 몸을 돌리고 아내와 맞은편 자리에 앉은 사람들을 조사하려고 했으나 세 사람 전부가 여자인 데다가 보아하니 모두가 쌀이나 과일을 사다 파는 장사꾼들임에 틀림없음을 알고 조사를 중지하고 말았다.

　몇 푼 안 남는 장사를 하기 위하여 새벽차를 타고 가서 무거운 짐을 지고 돌아올 그 여자들을 생각할 때 혐의도 없이 조사한다는 것이 마음을 괴롭혔던 것이다. 그것도 자기의 돈이 아니라면 모른다. 자기의 돈을 잃었다고 해서 누구에게 잃었는지도 모르는 아내의 불찰을 죄 없는 여자들에게 전가시킨다는 것이 못할 짓만 같았다.

　권 순경은 조사를 중단하고 그 대신 아내를 데리고 승강구 있는 데까지 왔다.

　"내 조사해서 찾아 줄게, 오늘은 그냥 돌아가."

하고 다음 정거장에서 내려 부산행 열차를 타고 돌아갈 것을 말했다. 아내는 속이 타서 죽을 듯이 종알거렸으나 권 순경은 열차가 삼랑진에 정거하자 아내를 끌고 내려가 그곳 철도경찰대에 맡겨 버리고 말았다.

　아내를 내려놓은 뒤 기차가 다시 출발했으나 권 순경은 아내가 잃은 돈을 찾으려 하지를 않았다. 딸을 팔아야 하는 사람도 있는데 돈 이삼만 원을 잃고 남을 괴롭힐 것이 어디 있느냐 하는 생각이 들었던 것이다. 아내도 찻간에서 없어지고 말았으니 잊어버릴 수도 있는 일 같았다. 그 대신 그 노인이 자꾸만 눈앞에 보였다. 좀더 이야기라도 해 보고 싶었고 좀더 그 마음 속을 들여다보았으면 하는 생각이 들었다. 그러나 사람 많은 데서 다시 그런 이야기를 꺼낸다는 것이 노인에게 미안한 것 같아 그것마저 잊어버린 척 차내를 왔다갔다 할 때였다.

　바로 노인이 앉은 찻간을 지나갈 때 뒤에서 떠드는 소리가 들렸다. 권 순경은 고개를 돌려 소리나는 곳을 향해 보았다. 바로 그 노인이 어떤 양복입은 젊은이와 승강이를 하고 있었다.

　권 순경은 승객의 틈새를 헤치고 노인 가까이로 걸었다. 그러나 거의 다 갔을 때 젊은 사람은,

　"어디 봐, 찻간 안에서 찾아 내구야 말 테니……."

하며 앞엣 찻간으로 가고 있었다.

　권 순경은 노인 앞에 이르자 무슨 일이냐고 물었다. 그랬더니 노인은 흥분한 어조로,

　"글쎄 나더러 내 딸을 내놓으라누만요. 어젯밤 맡기고 온 딸이 도망을 쳤다나요……."

하고 말했다.

　권 순경은 다시 이상한 생각이 들었다. 그래서 그 남자는 누구이며 또 어떻게 알고 이 차를 탔는가를 물었다.

　노인은 딸이 일하러 간 집 주인과 인척 관계가 되는 사람인데 어젯밤에 돈도 그 사람이 주었다고 말했다. 그리고 밤에 딸이 도망했기 때문에 부녀가 공모하고 도망친 것이라 생각하여 이 차를 타고 찾아다니다가 만났다는 것이었다.

　"흐흠!"

　권 순경은 육감으로 느껴지는 것이 있었다. 그래서 그 젊은 친구의 뒤를 쫓아 앞으로 걸었다. 한 찻간을 지나 다음 찻간에 이르렀을 때였다. 그 젊은 친구가 차 한가운데서 한 소녀를 붙잡고 또 떠들고 있었다.

　"요 앙큼한 계집애, 그래두 네 애비하구 같이 떠나지 않았어. 그럼 가자 네 애비한테루……."

　떠드는 것뿐 아니라 소녀의 팔목을 잡아끌기까지 했다.

　권 순경은 속으로 잘 됐다는 듯이 청년 앞으로 가서,

　"떠들것 없이 이리 오시오."

하고 소녀까지를 경관실로 데려왔다. 그리고는 두 사람에게서 이야기를 듣고 청년이 사기 중개업자라는 것을 확인했다.

　소녀의 말에 의하면 어젯밤 일할 집으로 데리고 간다고 하면서 간 곳이 영도(影島) 사창굴이었으며 어젯밤으로 손님을 받으라고 하는 바람에 속아 온 것을 깨닫고 밤으로 도망쳤다는 것이다.

　권 순경은 청년에게 뺨을 보기 좋게 한 대 갈기고서는,

　"그래 그게 식모살이냐?"

하고 눈을 부릅떴다. 그러나 청년은 잘못한 것이 없는 듯,

"돈을 받고 허락한 것을 뭐 제 죄가 있습니까?"

하고 버젓이 대답했다.

"잘못했으면 잘못했다고 솔직하게 말을 해. 그래 젊은 놈이 할 짓이 없어 그런 짓을 해 먹어……."

권 순경은 한 번 더 얼러 보았다. 그러고 청년은,

"할 수 있습니까. 용서하십시오. 그렇지만 알돈 백만 원을 뺐겼으니 이거 억울하지 않습니까. 그 돈 받아 주시면 저두 생각이 있습니다."

하고 권 순경의 양복저고리를 슬쩍 잡아당겼다.

"쓸데없는 소릴 마라."

권 순경은 청년의 주소와 성명 등을 물어 수첩에 기록했다. 그리고 노인을 데리러 나가려 할 때였다. 청년은 남이 못 보게 십만 원짜리 지폐뭉치 하나를 권 순경 주머니에 넣어 주며,

"그 돈만 받으면 좀더 드리겠습니다."

하고 머리를 끄덕끄덕했다.

권 순경은 못 들은 척 나가서 노인을 데리고 왔다. 그리고는,

"딸을 화류계로 팔았소? 식모루 팔았소."

하고 따져 물었다.

"자식을 팔다니요. 일 년 동안 일해 주기루 하구 돈을 미리 받은 거지요."

노인은 눈물이 글썽했다. 그러나 어린 딸을 보자 분통이 터진 듯

"이년의 계집애야, 그래 하루두 못 참아 애비를 망신시킨단 말이냐."

하고 삿대질을 했다. 그 뒤에는 청년을 향해서 기운 없이 말했다.

"철이 없어 그랬나 보우. 내 잘 타이를 테니 다시 데리구 가시우."

"죽어두 난 안 가요."

딸의 발악이었다.

"뭐? 이년……."

노인이 장죽을 들어 딸을 때리려 할 순간이었다. 권 순경은 노인의 손을 붙잡아 내리면서 생각을 했다.

주머니에는 십만 원이 들어 있고 또 노인 보따리에도 백만 원이 있다. 노인에게도 해롭지 않게 해 주고 청년에게도 억울하지 않게 해 준다면 몇십만 원은 떼 놓은 당상이다. 집을 나설 때마다 쌀 걱정을 하다가 정 할 수 없어 사과장사로 떠났던 첫날에 빚 얻은 밑천을 송두리째 잃고 울며 돌아간 아내의 얼굴이 눈앞에 나타나고는 했다.

'협박도 사기도 아닌데……'

그는 이렇게까지 생각했다.

그러나 이런 것을 생각하고 있는 동안 노인이 돈 보자기를 내놓으며,

"이걸 돌려 주구 내 딸을 데리구 가도록 해 주십시오."

하고 간청을 했다. 눈가에는 눈물이 질적질적했다.

노인의 눈물! 이것은 권 순경이 처음으로 보는 것이었다. 울고는 싶으나 눈물이 없어 울지 못하는 듯한 그 얼굴! 오늘부터 다시 굶는 일을 계속한다 해도 돈 대신 자식을 데리고 가려는 노인의 구슬픈 마음!

권 순경은 그러한 눈물 앞에서 자기를 생각할 수가 없었다. 노인에 비하면 자기는 너무나 작은 존재 같기만 했다.

아니 그 사건 앞에서 자기의 존재란 있을 수도 없는 것 같았다.

사실 하나의 사건을 처리하는데 그 속에 자기란 것이 있을 수는 없었다.

"노인님! 여기서 죄인은 청년 하나뿐입니다. 사회를 좀먹는 자입니다. 노인님은 따님도 데리고 또 돈도 그대로 가지고 가십시오."

권 순경은 엄숙한 태도로 말했다. 그리고 나서는 청년을 향해서 달리 말을 하려고 할 때 청년이 권 순경의 소매를 잡아끌며 손가락 두 개를 펴 보였다.

이십만 원을 더 주겠다는 뜻이었다.

권 순경은 손을 들어 따귀를 갈겼다. 모욕을 해도 이만저만이 아니었다.

"너는 지금 이미 뇌물증여죄에 걸려 있다 돈을 더 내면 그만큼 죄가 중해질 뿐이야. 잔말 말구 가자는 데까지 가!"

그리고는 수갑을 꺼내어 청년의 손목에 채웠다.

이 광경을 본 노인이 보따리를 다시 내밀며,

"제발 무사하게 해 주십시오. 잘못은 내 목구멍에 있었으니까요. 잡아가려거든 나를 잡아가시오."

하고 애원을 했다.

권 순경은 못 들은 척 대답을 안 했다.

서울행 열차는 지금쯤 어디를 지나고 있는지 몹시 성급하게 속력을 내고 있었다.

자기 때문에 사건이 발생되었다는 사실 그 자체가 하나의 죄를 저지른 것이란 듯이 노인은 권 순경을 붙잡고 무사하게 해결지어 달라고 애걸을 했다. 딸은 도로 돌아왔고 돈은 그대로 있으니 이제 돈만 돌려주면 아무 일도 없지 않느냐는 것이었다. 사람을 속여 사람을 팔아 먹었다 할지라도 아무 일이 없이 딸이 돌아온 이상 젊은 사람에게도 죄가 없을 것이며 딸을 팔아 먹었다 하기로서니 그렇게 팔라고 해서 판 것도 아니었던 만큼 자기에게도 죄가 없다는 것이었다.

권 순경은 될 수 있는 대로 못 들은 척하려고 했다. 죄를 구성하지 않은 사람이 불안을 느낀다고 해서 그를 안심시키려는 필요 이상의 설명을 베풀어 줄 만한 친절이 없어서는 아니었다.

조국의 운명을 걸고 판갈이 싸움을 하고 있는 마당에서 저 혼자만이 살겠노라고 동포를 속여 동포를 팔아 먹는 인간도 있다는 사실이 그저 머리를 무겁게 했기 때문이었다.

인간에게서 악한 마음을 빼내 버릴 수는 없을까 하는 생각도 들었다. 한편에서는 자기의 생명이란 털끝만치도 생각할 여유가 없이 싸우는 사람들이 있다. 한편에서는 자기의 생활을 잊고 국가나 사회나 민족을 위하여 희생을 당하고 있는 이도 있다. 자기도 그러한 사람의 하나일 수 있는지는 모르나 어쨌든 국가의 일을 보고 있다는 자기가 생활이 곤란하여 마누라에게 사과 장사까지 시키려고 했다는 것은 자기도 국가를 위하여 희생하고 있다는 자부심을 가지게도 했다. 그러나 자기가 그러한 자부심을 가졌다고 해서는 아니었다. 자기보다 몇 배나 희생을 당하고 살면서도 악한 마음을 내지 않고 살아가는 사람이 얼마든지 있을 것이다. 그러나 기찻간에는 왜 이리도 악한 마음을 들여다보이게 하는 사람이 많을까?

권 순경은 갑자기 자기의 직업을 탓해 보기도 했다. 자기가 철도순경이 아니었다면 그런 죄악은 안 보아도 좋을 것 같았기 때문이다. 그러나,

"보이소. 청도가 다 왔는데 퍼뜩 놔 주이소."

하고 노인이 다시 권 순경의 팔 소매를 잡아당겼다.

"영감님은 딸을 데리구 집으루 가시게 될 테니까 걱정 마세요."

권 순경은 귀찮다는 듯이 대답했다.

"이 양반두 죄가 없지 않수?"

"그건 상관 마세요."

이때 수갑을 채운 젊은 친구가,

"정말 죽을죄를 졌습니다. 한 번만 용서해 주십시오."

하고 빌기를 시작했다. 그러나 권 순경은 그 젊은 친구가 참으로 미웠다. 민족을 위하여 조금도 필요가 없을 뿐 아니라 마땅히 없어야 할 인간 같았다.

"잔소리 말어!"

그의 언성은 증오 그대로였다. 더불어 이야기하고도 싶지 않다는 표정이었다. 어느덧 기차가 정거장 홈으로 미끄러지며 속력을 죽였다. 바로 청도역이었다. 권 순경은 세 사람을 앞에 세우고 기차에서 내려 역 파경대에게 그들을 인도했다. 사건의 전말을 보고한 뒤 주머니에서 십만 원짜리 지전을 꺼내 주면서,

"이놈은 돈으로 나를 매수하려구까지 했습니다. 증회죄의 증거품이니."

하고 그야말로 악질이라는 것을 부언했다.

세 사람을 인계하자 권 순경은 젊은 친구가 최소한도 십 년 이상의 징역을 받았으면 하고 생각했다. 죄악에 대해서는 가혹하게 해야만 악한 사람이 없어질 것 같았기 때문이었다.

기차는 다시 달렸다. 경산도 지났다. 아내가 그대로 타고 왔더라면 그대로 지나칠 수 없는 곳이려니 생각하니 아내가 중도에서 돈을 잃고 내렸다는 것이 얼마나 다행하게 생각되었는지 모른다.

경산을 지나자 대구에서 내릴 손님들은 벌써 어수선하기 시작했다.

권 순경은 한 바퀴 기찻간을 돌아보려고 마음먹었다. 중간 역 가운데 가장 큰 대구역을 손앞에 두고 그냥 앉아 있을 수가 없었기 때문이었다. 앉았던 자리에서 몇 걸음도 못 걸었을 때 여남은 난 소년이 그의 가슴을 탁 받고 손에 들었던 달걀꾸러미를 손님 의자 밑에 숨긴 뒤 그의 등 뒤에 찰싹 붙어 섰다. 숨바꼭질하는 애들이 숨을 자리를 찾은 때처럼 소년은 권 순경 뒤에 자기 몸을 완전히 감추었다.

앞을 내다보니 앞에서도 그러한 소년과 소녀들이 한 여남은 명 손님들 틈바구니에 끼여들고 있었다. 뒤따라 강생회 판매원이 카라멜 상자를 어깨에 메고 들어왔다. 그러나 비록 강생회 판매원의 눈이 무섭다 할지라도 사실에 있어서는 판매원보다도 더 무서워해야 할 자기에게 도리어 몸을 감추려는 소년을 볼 때 권 순경은 무의식적으로 그 소년을 감추어 주었다. 사실은 차내에서 강생회 이외의 음식판매원은 취체하기로 되어 있으나 아무것도 모르는 풋내기여서 그런지는 모르지만 자기를 보호해 줄 사람으로 생각하고 몸을 맡기는 데는 그 몸을 끌어 낼 수가 없었다. 그래서 판매원이 다음 찻간으로 사라질 때까지 권 순경은 그 소년을 위하여 몸을 움직이지 않았다. 그러나 소년이 안심한 듯이 숨겼던 계란 꾸러미를 다시 꺼내 들고 힐끗힐끗 앞뒤를 보며 장사를 시작하려 할 때 권 순경은 소년의 팔목을 붙잡고 주소와 이름과 부모의 직업을 물었다. 심문조가 아니라 그저 알고 싶은 마음에서 동정하듯이 물었다. 소년은 고분고분 대답했다. 다만 아버지의 직업을 말할 때만 조금 어색한 듯이 아저씨와 같은 순경이라고 했다.

권 순경은 뱀장어를 잡으려 게구멍에 손을 디밀었다가 뱀을 잡아 낸 때처럼 소년의 몸에서 손을 떼어 버렸다. 학교에 보내야 할 자식을 학교에 보내는 대신 기찻간에서 계란을 팔러 내보낸 그 부모의 마음을 들여다보는 것이 무서웠기 때문이었다.

권 순경은 물건 파는 애들을 될 수 있는 대로 보지 않으려고 생각하며 순찰을 시작했다. 그러나 찻간을 한 바퀴 돌기도 전에 기차는 대구역에 들어섰다. 그는 내리는 사람보다 오르는 사람이 더 많은 아우성 속을 헤치고 홈으로 나왔다. 사무 연락이 있을까 해서 역 구내 이동계 사무실로 들어간 권

서울행 열차　561

순경은 상관들에게 인사만 하고는 빈 의자에 앉아 버렸다. 전과 달리 피곤을 느꼈던 것이다. 대구역까지 이르는 동안에 발생한 사건들이 상상도 못할 특별한 일들은 아니었다. 그래도 전과 달리 피곤을 느낌은 무엇 때문일까?

권 순경은 십오 분 동안 텅 빈 머리로 우두커니 앉아 있다가 발차의 종이 울 때야 자리에서 일어섰다. 피곤이 조금 회복된 듯하기도 했으나 서울까지 가야 하는 임무의 수행에 대한 직업의식이 살아났는지도 모른다.

그러나 찻간에 발을 들여놓자 왜 남의 발을 밟느냐 또는 나가려거든 나가고 들어가려거든 들어갈 것이지 왜 엉거주춤하고 서 있느냐 떠들어대는 여자들의 살기 오른 목소리가 신경을 찔러 주었다.

더구나 찻간 안에 들어서자 첫눈에 보이는 것이 어떤 젊은 신사와 나이든 여자와의 자리 싸움일 때 그는 그만 얼굴살을 찌푸리고 말았다. 그들은 사람이 많은 찻간이란 것도 잊어버린 듯 고성을 내며 싸우고 있었다.

"그래 먼저 올라온 사람이 앉는 자리요 밖에서 말만 하구 올라온 사람이 앉는 자리요?"

근 사십된 여자의 목소리였다.

"아모데서라두 짐을 놓구 자리를 잡았으면 그 사람의 자리지요."

삼십이 넘었을 남자의 목소리다.

"차에 앉은 사람들보고 물어 보시오. 누가 앉아야 하나, 나는 못 일어서겠소."

"글자나 배웠을 여자가 왜 이 모양일까?"

"거기두 무식해 뵈지는 않구만요."

"빨리 일어서기나 해요. 남의 짐을 치우구 앉는 법이 어디 있소. 양심이 있으면……."

"난 양심이 없어 못 일어서겠소."

보아하니 좀체로 끝이 날 것 같지가 않았다. 권 순경은 귀찮기는 했으나 공중도덕을 너무나 무시하고 떠드는 데 그야말로 심장이 상해 가까이로 걸어갔다.

법규로 따질 수도 없는 문제요 사리를 가려 타이를 수도 없는 문제지만 내버려둘 수도 없는 일이었다.

"이야기는 들어서 알았습니다. 잘잘못을 가릴 것이 아니라 우선 떠들지는 말아야 하지 않겠습니까? 보아하니 남자분이 나이도 적은 것 같고 또 여자 손님이 이미 먼저 앉은 바에야 여자를 위하여 일부러라도 자리를 사양한다는 습관을 생각해서라도 참으시는 게 어떻겠습니까."

절대로 명령조가 아니었다. 양보의 미덕(美德)을 환기(喚起)시키는 태도였다. 그렇게 말하자 남자도 무안한지,

"글쎄 그런 것두 압니다만 권리를 따지려구 드니까 목소리가 자연 높아졌습니다."

하고 누그러지고 말았다.

권 순경은 그래도 첫마디에 알아들어 주는 것이 고마워,

"고맙습니다. 불편한 여행을 하시게 해서 죄송합니다만 시국이 그래 그런 것이니까 참아 주십시오."

하고 자리로 돌아왔다.

자리에 돌아와 앉기가 무섭게 옆에 섰던 젊은 여자 하나가 양담배 한 개를 내밀고 라이터를 켜려고 했다. 무슨 영문인지 몰라 그는 담배 내미는 여자의 얼굴을 쳐다보았다. 그렇게 흉칙하게 화장은 안 했어도 첫눈에 양부인에 틀림없었다.

"한 대 피우세요."

마치 아는 사람에게 권하는 태도였다.

"방금 피웠습니다."

권 순경은 담배 한 개를 내밀고 무슨 청을 하려는 것이냐고 힐책하듯이 한 번 더 눈을 부릅뜨고 보았으나 말만은 또한 그럴 수가 없었다.

"손이 부끄럽지 않아요."

양부인은 끝내 손을 거두어 들이지를 않았다. 권 순경은 정말로 받고 싶은 생각이 없었으나 주는 사람의 체면을 보아 받지 않을 수도 없었다.

담배를 얻어 피우자 권 순경은 자리를 일어섰다. 오래 앉아 있으면 필시 그 여자 입에서 어떤 종류건 부탁의 말이 나올 게 싫었던 것이다. 세상에는

담배 한 대나마 공것이 없다. 더구나 취체하는 입장에 선 사람에게는 더욱 그러하다.

권 순경은 바쁜 일이 있는 것처럼 허둥지둥 발을 빼면서 승객 틈을 비비고 나아갔다.

다음 찻간에까지 이르렀을 때였다. 콩나물처럼 빽빽하게 겹치는 승객 가운데서 수상한 여자 한 명이 눈에 띄었다. 수상하다는 것은 용모가 수상하다는 것이 아니라 며칠 전에도 서울행 열차에서 보았다는 기억에 이상스런 육감이 떠올랐던 것이다.

삼십여 세 되어 보이는 여자로 교양도 없지는 않아 있어 보였다. 부유한 생활을 하는 것 같지는 않았으나 그래도 가난한 집 여자도 아니었다.

권 순경은 심상치 않은 여자라는 육감에 그 여자 옆으로 가서 어디까지 가느냐고 물었다.

서울까지 간다고 대답했다. 도강증이 있느냐고 물을 때에는 도강을 못하면 영등포까지만 가겠다고 대답했다. 죄를 진 게 없으니 아무 말을 물어도 좋다는 듯한 도도한 태도였다.

권 순경은 시민증을 보여 달라고 했다. 그리고는 가지고 가는 짐을 내놓으라 했다.

조그마한 보따리를 마지못해 내놓을 때야 여자는 얼굴색이 조금 붉어졌으나 그래도 어디까지나 떳떳한 태도였다.

권 순경이 보자기 속에서 백만 원 돈 뭉치와 미군 지폐 한 뭉치를 꺼내들고 이건 뭐냐고 물었을 때 여인은,

"미 군표지 뭐예요."

하고 그래도 잘못이 없다는 듯 도리어 설명조로 말했다.

"무엇 하려는 미국 돈이지요?"

"누가 좀 갖다 달래서 심부름하는 겁니다."

조금도 꺼릴 것이 없다는 말투였다.

"한국 돈은요?"

"우리 집에 가지구 가는 겁니다."

　권 순경은 더 묻지를 않았다. 승객들이 많은 데서 심문할 수가 없었기 때문이었다.

　도강증 없이 서울 간다는 것부터가 벌써 위법행위인 데다가 미군 돈을 적지 않게 가지고 다닌다는 것도 위법행위이다. 그러면서도 떳떳한 태도를 가진다는 것은 이력범임에 틀림없다.

　권 순경은 기차가 멎기를 기다려 여인을 끌고 내렸다. 여인은 무슨 죄가 있기에 내리느냐고 손을 뿌리쳤으나 잠깐만 물어 볼 것이 있다고 그의 손을 잡아끌었다. 여인을 끌고 김천역에 내린 권 순경은 여인을 철도경찰 지대에 인계하고 달러밀매업자라는 설명을 붙였다.

　여인을 내맡기자 권 순경은 기차가 다시 떠날 때까지 홈을 왔다갔다 하다가 기적소리가 날 때에야 찻간에 올라탔다. 찻간에 오르니 어쩐지 모든 여자들이 모두가 달러밀매업자처럼만 보였다. 누구나 붙잡고 뒤지면 달러를 가졌을 것만 같아 한 번 더 취체해 보고 싶었으나 덮어놓고 심문할 수도 없어서 새로운 육감이 떠오르기만 기다리며 사람 틈박을 뚫으며 걸어갈 때였다.

　어떤 여자 한 사람이 권 순경을 불렀다. 권 순경은 머리를 돌리고 여자를 바라보았다. 스물댓 되어 보이는 어수룩한 여자였다. 모양도 낼 줄 모르는 수수한 여자였다. 자기를 찾는 바람에,

　"뭐요?"

하고 반문은 했으나 권 순경은 신통한 일일 것 같지가 않아 대견치 않게 눈만을 돌렸다. 여인은 부끄러운 듯이 말문을 터뜨리지 못하고 한참 동안 머뭇머뭇하다가야,

　"저두 도강증이 없는데 어떻게 할까요?"

하고 그야말로 무겁게 말을 꺼냈다.

　"도강증 없으면 서울엔 못 들어가지요 뭐."

　권 순경은 간단히 대답했다. 사실 간단한 일이었다. 도강증 없으면 못 들어간달밖에…….

　그러나 여인에게 있어서는 그렇지가 않았다. 그는 권 순경 앞으로 한 발자국 다가서며,

"서울 계신 어머니께서 위독하시다는 전보가 와서 올라가는데요 어떻게
안 될까요?"
하며 권 순경에게 매달렸다. 그리고는 남편은 일선에 나갔다가 전사를 했고
자기는 어린애 하나를 데리고 대구서 품팔이를 하며 살아간다는 말까지 했
다. 사람된 품이라든가 말투라든가 거짓말이 아닌 것만은 틀림없었다. 그러
나 권 순경은,
  "난 모르겠소."
하고 그만 여인을 뿌리친 뒤 자기 자리로 돌아왔다. 그런 사정을 보아 주려
면 한이 없을 뿐 아니라 자기에게는 아무런 권한도 없는 일이다.
  그러나 자리에 돌아와 앉자마자 조금 전에 양담배를 내밀던 양부인이 교
태를 부리며 생긋이 웃었다.
  권 순경도 그만 웃어 버렸다. 왜 웃었는지는 자기도 모른다. 그 뒤 양부
인은,
  "좀 끼일까요."
하고 권 순경을 밀면서 옆에 앉으려 했다. 권 순경은 그래도 하는 대로 내버
려두었다. 부드러운 옷에서 감촉되는 감각이 마치 여자의 피부를 만져보는
듯 유쾌하기도 했다.
  기차가 대전을 지나 평택 수원까지 이르는 동안 양부인은 양담배를 줄곧
대었으며 껌과 과자와 그리고 저녁밥까지 샀다. 권 순경은 이런 것을 안 받
아 먹으려 했으나 안 받을 수가 없었다.
  그러나 기차가 수원역을 출발하자 양부인은 귀에 입을 대고 넌지시 말을
꺼냈다.
  "영등포에서 트럭을 타구 들어갈 수두 있지만 기차루 그냥 들어가게 좀
해 주세요 네……."
  권 순경의 몸을 어깨로 누르기까지 했다.
  "글쎄요!"
  적지 않게 얻어 먹은 것이 결국 걸릴 때가 온 것을 느끼자 권 순경은 소
름이 오싹 끼쳤다.

566

'공짜가 없더라니……'

그는 혼자 생각했다. 그리고는 얻어 먹은 것들을 그 자리에서 토해 버리고 싶어졌다. 부드럽게 느껴지던 여인의 옷에서 오는 감촉이 갑자기 뱀 허물이 닿는 것처럼 싸늘해지기도 했다.

권 순경은 다른 칸으로 도망하는 수밖에 없었다.

그러나 기차가 영등포역에 도착하자 그의 옆에는 두 여자가 와 서 있었다. 하나는 유엔 부인이요 하나는 어머니를 만나러 간다는 여자였다.

권 순경은 벙어리가 되고 싶었다. 두 사람을 꼭같이 대하기는 싫었으나 두 사람을 달리 취급할 수도 없었다. 그러나,

"내한테는 아무 힘이 없으니까 빨리들 내리시오."

하고 허공을 보며 몇 번이나 되풀이했다. 꼭같이 두 사람이 졸라도 마찬가지의 말밖에 안 했다.

양부인은 드디어 내렸으나 한 여인만은 정말 살려 달라는 듯이 붙잡고 늘어졌다.

권 순경은 양부인이 내린 것을 다시 한번 확인한 뒤 그 여인에게 말했다.

"엠피에게 내 가족이라구 말할 테니까 자리에 가서 앉으시오."

불법인 줄 알면서도 할 수 없었다.

그 뒤 약 한 시간만에 열차는 어둠에 쌓인 한강철교를 요란하게 건넜다.

서울역에 도착하자 권 순경은 멀리서 그 여인의 뒷모습을 찾아보고 긴 한숨을 내뿜었다.

연도 출전 불명.

난항

"글쎄, 이혼을 왜 못하는 거니? 다른 여자 같으면 벌써 해 버렸을 건데."

"………"

"앞으루 희망이 있다면 모르지만 사기나 해 먹는 남자에게 무슨 희망이 있단 말이냐?"

"………"

"현대 사람들은 이혼을 떡 먹듯 한다는데 넌 별나기두 하다……."

그래도 딸 주혜(珠惠)는 말이 없었다. 어머니가 자기의 행복을 위해서 진심으로 걱정하고 있음을 모르지 않는다. 그리고 어머니의 말이 그른 것이 아님도 잘 알고 있다.

하기야 친정어머니를 찾아올 때 주혜도 남편과 다시 만나지 않으리라는 생각을 가졌었다.

일 년이면 열 번 이상 이사를 가야 한다. 어디로 이사를 가거나 기류계를 못하고 산다. 그런데도 남편은 잠깐 잠깐 다녀갈 뿐 지긋이 집 안에 붙어 있는 날이 하루도 없다. 불안한 나날이 아닐 수 없었다. 치욕의 나날이 아닐 수 없었다.

오늘도 오래간만에 돌아온 남편이 내의를 갈아 입자 금세 나가려고 했다.

"그러다가 얼굴까지 잊어버리겠수. 하루쯤 집에 있으면 어때요?"

주혜로서 불만의 말을 안 할 수 없었다.

"내가 놀러 다니는 줄 알아? 오늘두 약속이 있단 말야."

남편은 도리어 주혜를 이해심 없는 아내로 취급하려 했다.

"대체 무슨 일이 그렇게 바쁘죠?"

"쉴 새 없이 돌아다녀야 돈벌이가 되는 걸 어떡해?"

"돈을 얼마나 벌어다 줬죠?"

"돈을 한꺼번에 벌 수 있어?"

"돈하구 살지, 여편넨 무엇 하러 데려왔죠?"

주혜는 어디까지나 비양조였다. 그 이상 남편을 바라보고 있기만 하기에는 부앗줄이 견뎌 내지를 못했던 것이다. 그랬더니 남편은,

"뭐? 이 따위가 있어?"

하고는 보기 좋게 뺨을 후려쳤다. 주혜는 잘 되었다고 생각했다. 매까지 맞고야 어찌 살 수 있으랴는 생각이었다.

"뭘 잘한다구 손질까지 해?"

실컷 맞고 그것을 이혼의 구실로 삼으려는 뱃심이었다.

"계집년이 주둥아리질은…… 재수없게."

남편은 사정없이 발길질까지 했다. 그리고는 집을 나가고야 말았다.

남편이 나갈 때 주혜는 말 잘 듣는 여편네를 얻어다 재미있게 잘 살라고 한 마디 해 준 뒤 자기도 친정집으로 돌아왔다.

말하자면 남편과 이혼할 것을 결심하고 돌아온 것이었다. 그런데도 어머니가 이혼을 하라고 강권하다시피 말할 때야 주혜는 이혼이라는 것에 대하여 근본적인 생각을 하기 시작했다.

주혜는 그 동안 남편과 이혼할 것을 몇 번이나 생각했었다. 그러나 그 이혼이란 결국 남편의 곁을 떠나는 것이었다. 남편의 곁을 떠난 뒤의 자기를 생각하지 못했던 것이다. 오늘도 남편과 헤어지면 어디 시집갈 곳이 없으랴 하는 막연한 생각뿐이었다.

그러나 정작 어머니에게서 이혼하라는 말을 들을 때 주혜는 어머니가 어째서 자기 이혼은 못하고 남의 이혼을 권유하는가 생각했다.

아버지는 무위도식을 하고 있다. 그러면서도 어머니가 동대문 시장에서

벌어 오는 돈으로 첩을 얻어 살림하고 있다.

그러한 남편이 세상에 다시 어디 있을 것인가? 그런데도 어머니는 아버지의 첩살림 비용을 꼬박꼬박 대고 있다.

어머니는 딸의 남편에게 희망을 걸 수 없다고 한다. 그럼 어머니의 남편에 대해서는 무슨 희망을 가질 수 있단 말인가? 주혜 남편은 좋은 일이든 나쁜 일이든 자기 힘으로 돈벌이를 하려고 한다. 그런데 아버지는 어머니의 돈을 뜯어다가 나쁜 일을 하고 있다.

주혜 남편은 집을 나가 돌아다니긴 하나 첩은 얻지 않았다. 다같이 생과부 살림을 하지만 어머니와 주혜의 처지가 본질적으로 다르다. 그런데도 어머니는 왜 이혼을 하지 못하는 것일까?

"어머니는 왜 이혼을 안 하시죠?"

주혜는 어머니의 대답이 듣고 싶었다.

"다 늙은 게 이혼을 해서 뭣 하니?"

"뭣이 늙었어요? 이제 사십이 겨우 넘으셨는데……."

"사십이면 다 늙었지 뭐야?"

"칠십이라도 이혼할 조건만 있으면 하는 것 아녜요?"

"글쎄 하면 할 수두 있겠지. 그렇지만 귀찮아서……."

"귀찮다는 건 무슨 말씀이시죠?"

"이혼을 한 뒤 재혼을 한다구 해서 무슨 신통한 수가 생기겠니? 신통한 수가 안 생길 게 뻔한 걸 가지구 이혼이네 하고 떠들썩하고 굴 게 뭐 있니?"

결국 어머니는 새로운 생에 대한 꿈을 가지고 있지 않은 모양이었다.

"신통한 수가 생길지 안 생길지야 두구 봐야 알지 않아요?"

"두구 봐야 알겠지. 그렇지만 보나마나 뻔한 거야."

"그럼 저두 마찬가지 아녜요?"

"너는 애가 없구 나이가 젊으니 어미하구 다르지……. 봐라. 어미가 네 아버지와 이혼을 하구 딴 남자와 재혼을 한다면 넌 누구를 찾아가겠니? 아버지두 어미두 다 잃는 셈이 아니냐?"

"애가 없다구 반드시 행복해진다는 법이 있나요? 저두 처음 결혼할 때야 이런 일이 있으리라구 누가 생각이나 했어요?"

"생각 못했던 일을 당했으니 이혼을 하는 거지."

"그럼 재혼을 했다가 또 그 비슷한 일이 생기면 그땐 어떡허지요?"

"설마 그럴라구……."

"한 번 불행한 여자가 두 번 불행해질 수 없을라구요?"

"모르겠다. 그것까지는…… 그렇지만 한 번 갈아 보는 것두 좋지 않겠
니……."

"못 살겠다 갈아 보잔가요? 갈아 봐두 신통치가 않았잖아요?"

어느새 주혜는 어머니의 말을 되풀이하게 되었다.

"글쎄, 그렇기두 하더라만……."

이런 말을 주고받을 때 아버지가 들어왔다.

아버지는 주혜를 보고 너 왔니 식의 지나가는 인삿말 한 마디를 한 뒤 어
머니에게,

"돈 좀 줘."

했다. 자식이 부모에게 돈을 달라는 그런 식이었다.

"얼마나요?"

어머니는 아무 불만도 없이 액수를 물었다.

"이만 환만 줘."

어머니는 의장 속에서 돈을 꺼내 순순히 내주었다. 첩과 살림하기 위해
필요한 돈을 가져가는데도 당연한 일을 당연하게 하는 사람들 같았다.

돈을 받자 아버지는,

"놀다 가거라."

한 마디를 남긴 뒤 아무 일도 없었다는 듯이 돌아갔다.

주혜는 눈을 가리고 싶었다. 아무것도 보지 않고 아무것도 듣고 싶지 않
았다.

산다는 것이 그런 것일까 하는 생각뿐이었다.

"어머니, 왜 돈을 주시는 거유?"

주혜는 울음섞인 목소리로 어머니를 힐난했다.

"안 주면 어떡허니? 굶어 죽으랄 수 있어?"

"어머니!"

주혜는 어머니가 다시 말을 하지 못하게 소리질렀다.

아버지가 돌아간 지 얼마 안 되어 주혜의 남편이 찾아왔다.

"여기 왔을 줄 알았다. 그래 이혼을 한다구 그랬지? 어디 해 봐라."

남편이 다시 손찌검을 할 듯이 달려들었다.

"죽어두 당신하구는 못 살아요. 마음대로 해 봐요."

주혜는 차라리 남편의 손에 맞아 죽기라도 했으면 했다. 살아야 정말 별 신통한 수가 없을 것 같았던 것이다.

"딴 서방이 생겼단 말이지? 얼마나 잘 사나 보자. 너 죽구 나 죽으면 그뿐일 테니까……."

"생사람 잡지 말아요. 하나두 지긋지긋한데 새서방을 얻어요?"

남편은 잠시 묵묵히 있다가,

"내일까지 돌아오지 않았담 봐라. 죽어두 가만두지는 않을 테니까."

하고 돌아갔다.

남편이 돌아가자 어머니가,

"애, 그 사람은 너를 사랑하는가 부다. 사랑하면 그래두 살 수 있잖니?"

하고 이때까지와 달리 주혜의 이혼을 재고할 가치가 있는 것처럼 말했다.

"싫어요. 뭐 잘했다구 협박을 한담……. 그런 꼴 두 번두 보기 싫어요."

주혜는 도리어 재고할 여지가 없는 것처럼 말했다.

그런데 다음 날 아침이었다. 조간 신문에 주혜 남편이 ××장관 비서를 사칭하고 다니다가 체포되었다는 기사가 커다랗게 실려 있었다.

"애, 마음 단단히 먹어라. 이런 남자하구야 어떻게 사니?"

어머니가 다시 이혼을 권했다. 주혜는 그래도 울기만 했다.

"창피해서두 같이 못 살겠다. 빨리 딴 서방을 구하도록 해."

어머니가 재삼 이혼을 권유할 때 주혜는 눈물을 닦으면서,

"가 보겠어요. 빈 집이라두 지켜 줘야지 않아요. 감옥에 갔다 오면 정신을 차릴지두 모르는데 잡혀간 사람 몰래 어떻게 딴 서방을 얻어요."

하고 난 뒤 남편과 같이 살던 집으로 돌아갔다.
　돌아가는 도중 주혜는 그래도 자기가 어머니보다는 희망이 있다고 생각
했다.

연도 출전 미상.

남교사의 수기

1

남학교 선생 노릇을 해야만 제자들의 덕을 볼 수 있다면서 남학교로 전직하라는 친구들이 적지 않다. 그러나 제자들에게 덕을 보면 얼마나 덕을 볼 것인가?

여학생 제자들도 사회의 중진과 결혼하는 이가 적지 않다. 그렇지만 나는 그들에게 덕을 본 일이 한 번도 없다. 또 덕을 보겠다는 생각조차 가져 본 일이 없다.

제자들에게서 덕을 보겠다는 생각이 없어서 그런지 나는 나대로 남학교보다 여학교를 좋아한다. 그래서 십오륙 년 동안을 여학교 선생으로 있는 것이지만 여학교에 오래 있으면 여학교 독특의 '스릴' 있는 일이 적지 않다.

학교 안에서는 남학교보다 더 신경을 써야 한다는 데 귀찮은 점이 없다고 말만 할 수 없을지 모르나 내가 가르쳐 졸업을 시킨 제자들을 가끔 길에서라도 만날 때의 흥미로운 내 감정은 여학교 선생 아니고서는 도저히 맛볼 수 없는 쾌감이다.

나는 결혼한 내 제자를 길에서 만나면 우선 그의 옷차림을 살핀다. 어떤 부류의 가정생활을 하고 있는가를 알기 위함이다.

그런데 재미있는 것은 호화로운 옷차림을 한 제자는 대개가 재학시 성적이 좋지 못한 여학생들이었다는 것이다.

십중팔구는 대개가 그런 계산 속에 들어맞는다. 그래서 재학하고 있는 여학생들에게 가끔 공부벌레가 될 필요가 없다는 이야기를 해 준다. 그러면 여학생들은 마치 내가 정신에 이상이 있기나 한 것처럼 깔깔댄다.

그런데 그와 반대로 재미있는 일은 수재라고 평을 받던 여학생들이 졸업 후에는 대부분 비참한 생활을 하고 있다는 것이다. 나는 술을 좋아하기 때문에 가끔 술집에를 가지만 일 년에 한두 번씩은 술집에서 내 제자를 만난다. 그런데 그런 곳에서 만나는 제자들은 대부분이 재학 시절 성적이 우수했던 학생들이다.

그래서 나는 술집에 갈 때마다 혹시나 제자를 또 만나지나 않는가 하는 생각을 갖는다. 차라리 보지 않는 것이 편할지 모른다. 보지 않기 위해서는 그런 데를 가지 말아야 할 것인데도 나는 그런 데를 가끔 가고야 만다. 만나면 서로 딱하고 거북할 뿐이다. 그러니 안 만나는 것이 편할 텐데도 나는 그러한 제자를 새로 발견하고 싶어하는 것처럼 술집에 가기를 좋아한다.

그러나 최근 내가 술집에 다니는 이유는 막연하게 불행한 제자를 발견하겠다는 그런 생각 때문은 아니다. 좀더 고정된 한 사람의 여인을 만나고 싶은 충동이 일어났기 때문이다.

그의 이름은 손미혜(孫美惠)다. 미혜를 한 번 만나고 싶은 것이다.

내가 작년에 아내를 잃고 고독한 생활을 하기 때문일지도 모른다. 사실은 아내가 죽기 이전에는 미혜를 생각한 일이 별반 없었다. 술집에서 옛날 제자를 만날 때 미혜도 그런 생활을 하고 있으려니 정도로밖에는 달리 생각지를 않았었다.

그러나 요즘에는 미혜가 그리울 정도로 그에 대한 일이 궁금하다. 그래서 술집에 갈 때마다 혹시나 미혜를 만나지나 않는가 하는 막연한 기대를 가지게 된다.

오늘도 '마돈나'라는 '스탠드바'에 들어설 때 나는 혹시나 미혜를 만나지 않는가 하고 생각했다.

미혜를 만난다 해도 어떻게 하겠다는 생각은 없다. 홀아비가 되었다고 해서 그와 결혼하고 싶다는 생각은 가져 보지를 않았다. 그러면서도 미혜가 보고 싶은 것은 무엇 때문일까? 불행한 사람을 바라봄으로써 내 고독을 잊어버리겠다는 것일까?

2

솔직히 이야기해서 내가 미혜를 그리워하는 이유를 나는 알지 못하고 있다.

먼 길을 걸어갈 때 앞에 걸어가는 사람이 있으면 피곤을 잊을 수 있다는 그런 심정인지 그것조차 나는 알지 못한다. 혹시 그가 학생 때 나에게 사랑을 고백했었다는 사실 때문인지는 모른다. 그러나 내가 그를 사랑한 일이 없고 또 현재의 직업이 추측되는 만큼 그런 감정을 되살려 보겠다는 생각은 절대로 아니리라고 생각한다.

어쨌든 바 '마돈나'에 들어서는 순간부터 나는 처음 발을 들여 놓은 그 바의 여급들을 하나 하나 눈여겨보았다. 그러나 미혜는 보이지 않았다. 같이 갔던 친구들이 술을 권했으나 술맛이 나지 않았다. 술은 안 마셔도 좋으니가 보지 못한 '바'를 모조리 순례하고 싶은 심정이었다.

그렇다고 해서 친구들을 물리치고 혼자 빠져 나올 수는 없었다. 억지로나마 술을 마셔야 했다. 술을 마시게 되니 자연 술기운이 퍼져 술 기분을 낼 수밖에 없었다. 말하자면 미혜 생각도 잊고 술만 마시게 된 것이다.

그런데 얼만큼 얼큰했을 때였다. 바의 출입문이 열리며 젊은 여자가 들어섰다. 나는 그 뒤에 따라오는 남자의 얼굴을 볼 여유가 없었다.

그 여자가 바로 손미혜였기 때문이었다. 내가 찾던 미혜였다.

그는 학생 때부터 그러했지만 체격이 좋았다. 얼굴도 물론 좋았다. 옷차림이 직업 여성이라는 것을 말해 주었으나 그래도 보통 여자들처럼 천한 태를 보여 주지 않았다.

"미혜——."

나는 술김이겠지만 손을 번쩍 들고 아는 척을 했다. 그리고는 그미 가까이로 가서 끌다시피 빈 자리로 데리고 갔다. 같이 온 동행을 생각할 여유가 없었다. 나중에 안 일이지만 동행해 온 남자는 바텐 앞으로 가서 혼자 술을 마시고 있었다.

"선생님 웬일이세요?"

미혜는 명랑한 목소리로 반가워했다. 졸업한 뒤 처음 만났을 때와는 아주 다른 태도였다.

오 년 전의 봄방학 때 나는 처가에 볼일이 있어 밤차를 타고 대전(大田)으로 가고 있었다. 그 야간열차에서 나는 미혜를 그미가 졸업한 뒤 처음으로 만났다.

컴컴한 찻간이라 멀리 앉아 있는 사람은 누가 누군지 알아볼 수가 없었다. 알아보려고 할 필요도 없었다. 나는 원체 사람을 그리 좋아하지 않는 성격이기 때문이다.

그래서 댓 시간만에 내릴 것이니까 그새 책이나 보리라 생각하고 가방에 넣어 가지고 가던 책을 끄집어냈다. 그리고 그 책을 읽으려고 하는 순간 내 눈은 나도 모르게 내 옆 앞자리에 앉아 있는 어떤 여인에게로 옮겨 갔다.

첫눈에 낯이 익은 여자라는 것을 알았다. 그러나 고개를 푹 수그리고 있는 그 여자가 누구인지를 생각해 내지 못했다. 더구나 첫인상이 '바'의 여급이나 그렇지 않으면 '댄스홀' 같은 데 있는 여자 같아 그저 술집에서 본 여자가 아닌가라고 생각했다.

어떤 데 있는 여자든 기억이 있는 듯한 여자일 경우 그 여자의 신원을 밝혀 보고 싶어하는 것이 남자들의 습성일지 모른다.

나는 그 여자를 어디서 만났던가 하고 내가 다닌 술집이나 '바'를 모조리 생각해 보았다. 그러나 '바'에서 보았다는 기억은 떠오르지가 않았다.

나는 생각을 돌려 내 학교를 졸업한 내 제자들을 더듬기 시작했다. 그런데 제자들의 얼굴을 더듬기 시작하자 나는 일 분도 안 되어 그가 미혜라는 것을 알았다.

수재라고 불리우던 손미혜. 그뿐만이 아니었다. 미혜와 나는 특별한 인연까지 있다.

6·25 뒤 미혜는 6·25 때 서울서 부역을 했다고 해서 경찰에 검거되어 있었다.

그때 경찰에서는 철없이 남의 말에 따라다닌 정도라고 해서 확실한 보증인만 있으면 석방을 해 주겠다고 했다. 그 말을 들은 교장선생이 나를 불러 미혜의 보증인이 되어 달라고 했다. 교장선생 자기가 보증인이 되어도 좋으나 앞으로의 지도도 있고 하니 담임선생인 나더러 보증서라는 것이었다.

나는 그것을 거절할 수가 없었다. 학업이 출중한 것은 물론 얼굴이나 체격이 누구에게도 빠지지 않는 미혜였다. 더구나 보증 정도로 석방될 만큼 큰 죄를 진 것도 아닌 이상 무서워할 필요가 없었다.

3

그래서 미혜의 보증인이 되어 그를 석방케 해 주었을 때 미혜는 나의 집으로 찾아와서 내 무릎에 얼굴을 파묻고 흐느껴 울었다. 고맙다는 것이었다. 덕택에 그 무시무시한 유치장을 나올 수 있었다는 것이었다.

그미는 다시 잘못을 저지르지 않겠다고 맹세를 했다. 그리고는 가끔 사무실로 찾아와 진심으로 고마워하는 뜻을 표하곤 했다.

졸업하기 얼마 전 미혜가 사무실로 찾아와 할 이야기가 있다고 했다. 조용히 해야 할 이야기인 모양이었다. 그래서 내가 퇴근할 시간에 교문 밖에서 기다리라고 했다.

퇴근 뒤 나는 교문 밖에서 그미를 데리고 어떤 과자집으로 갔다. 그랬더니 미혜는 거기서,

"저 졸업한 뒤에도 좋은 사람이 되겠어요. 졸업 뒤에도 지도를 해 주시겠어요?"

하는 것이었다.

"거 무슨 소리야. 선생이란 학생을 졸업시키면 그만이라구 생각하는 줄 알아? 필요에 따라서는 일생 동안의 스승도 될 수 있는 거야."

나는 아무에게나 할 수 있는 말을 해 주었다. 미혜는 그런 나의 대답이 불만인 모양이었다.

"아무에게나 할 수 있는 그런 지도를 바라는 게 아녜요."

그래도 나는 언질을 주지 않으려고,

"사람이 다른데 꼭 같은 지도야 할 수 있나? 특별히 할게."

이런 정도로 대답을 했더니 미혜는 아무 말 않고 책가방 속에서 흰 봉투 한 장을 꺼내어 내 앞에 놓는 것이다.

앞에는 또박또박 정성어린 글씨로 내 이름을 적었고 뒤에는 미혜 올림이라 씌어 있었다.

나는 직각적으로 느껴지는 것이 있었다. 그러나 그 자리에서 당황해하는 태도를 보일 수는 없었다. 여유 있게 봉투를 뜯고 그 속에 들어 있는 종이를 꺼냈다.

흰 편지지에 노란 은행나무 잎과 단풍잎 하나가 붙어 있었다. 그것도 빨간 '스카치' 테이프'로 곱게 붙어 있었다. 그리고 한가운데 '구르몽'의 '낙엽'이란 시가 적혀 있었다.

'시몬' 하고 시작된 그 시는 확실히 연애시였다.

시 한 구절이 있을 뿐 다른 말은 한 마디도 없었다.

그것을 보자 나는 얼굴이 붉어졌지만 태연한 태도로 빙그레 웃으며,

"고마워. 그렇지만 우리는 사제지간이라는 걸 한시두 잊어서는 안 돼. 내가 미혜를 미워하지는 않아. 미혜의 순진성을 죽을 때까지 마음 속에 간직해 둘지도 몰라. 미혜의 아름다운 마음을 내 가슴 속에 곱게 간직해 두게 해 줘."

이렇게 말했다.

미혜는 얼굴을 붉히고 아무 말도 안 했다. 내가 저녁을 산다고 하는데도 따라오지를 않았다.

어쨌든 그 뒤 졸업할 때까지 우리는 아무 일이 없었다. 도리어 전보다 더 서먹서먹하게 지냈다. 그러니 졸업한 뒤 서로 만났을 리가 없다.

오 년 동안 나는 미혜의 소식도 모르고 있었다.

그러한 미혜를 일 미터 거리도 안 되는 곳에 앉혀 놓고 나는 그가 미혜라는 것을 첫눈에 알아 내지 못했던 것이다.

미혜가 너무나 성숙한 여인이 되었기 때문이었을까? 그렇지 않으면 미혜가 그렇게까지 비참하게 되리라는 생각을 전혀 하지 못했기 때문이었을까?

어쨌든 그미가 미혜라는 것을 알아 내자 나는 미혜가 내 쪽을 바라보아 주기만 기다렸다. 그래서 서로 인사를 한 뒤 그 동안의 이야기나 듣고 싶었던 것이다.

학생 때 성적이 우수하던 학생이 더 많이 불행해지고 있는 사실을 알고 있는 나라 해도 미혜가 설마 그렇게 되리라고는 꿈에도 생각지를 못했기 때문에 그미와 이야기를 하고 싶었을 지도 모른다.

나는 그미가 내게 '구르몽'의 시를 써 주었다는 사실 같은 것은 까마득히 잊고 있었다. 그저 눈앞에 앉아 있는 미혜와 이야기가 하고 싶었던 것이다. 그런데 미혜는 고개를 들지 않았다. 고개만 들면 나와 시선이 부닥칠 것을 알고 일부러 그러는 것이 분명했다.

일부러 고개를 숙이고 있다는 것을 알면서야 그미를 부를 수가 없었다. 그미는 분명 부끄럼을 느끼고 있을 것이다. 부끄럼을 느끼고 있기 때문에 나를 보지 않으려 하는 것이다.

4

그러한 미혜를 불러서 나를 보게 한다는 것은 짓궂은 심사라고밖에 달리 해석되지가 않을 것 같아 나는 책을 의자 구석에 밀어 넣고 시선만을 그미에게 보내고 있었다. 아무리 부끄럽다고 해도 스승과 제자의 사이가 아닌가? 아무리 불량하고 부끄러운 생활을 한다 해도 이야기만 하면 이해할 수 있는 나다.

내가 이제 그미를 지도할 아무 힘도 없다. 그러나 졸업 직전 특별한 지도를 바란다고 하던 미혜가 아닌가?

나는 미혜와 이야기를 하고야 말겠다는 생각으로 미혜에게서 눈을 떼지 않았다. 그러나 미혜는 기차가 천안에 도착할 때까지 두 시간 반이나 고개를 들지 않았다. 간혹 고개를 드는 일이 있었으나 그때는 창 밖으로 눈을 보내곤 했다.

나는 미혜가 지독한 여자라고 생각했다. 나를 원망하고 나를 미워할지 모른다. 그렇지만 그렇다고 해서 오 년이나 세월이 흘렀는데 나를 본 척도 안

580

하려고 하다니?…….

그런데 기차가 천안역에 도착하자 미혜 옆에 앉아 있던 사람이 짐을 가지고 내렸다. 나는 그 기회를 놓칠 수 없었다. 그것을 보자 나는 재빠르게 그 자리로 가서 앉아,

"미혜 아냐?"

하고 그미를 바라보았다. 미혜도 그때는 할 수 없었던지,

"미안합니다."

하고 보고도 인사 안 한 잘못을 사과했다.

"그런 법이 어디 있어?"

내가 나무라는 말을 하자 미혜는 그 자리에서 울기를 시작했다. 나는 말을 잘못했다고 생각했다. 만약 내가 좀더 너그러운 태도를 보여 주었다면 그미는 울지를 않았을지도 모른다. 사람들이 많은 기차 안에서 만나자 울기부터 하는 것이 얼마나 창피한 일인가?

나는 늦었으나마 태도를 달리하지 않을 수 없었다. 우선 미혜의 울음을 그치도록 해야 했기 때문이었다.

"미혜. 참 오래간만이로군 그래. 그새 얼마나 고생을 했지? 나는 미혜의 소식을 전혀 모르고 있었어. 얼마나 궁금했는지 알아?"

그래도 미혜는 대답을 안 했다. 안 하는 것이 아니라 숨이 막혀 입을 열 수가 없을 것 같았다. 그래서 나는,

"이렇게라도 우연히 만나니 얼마나 반가워? 세상에서 제일 반가운 사람을 만난 것 같아."

라고 입을 쉬지 않았다. 그러노라면 미혜도 자연 입을 열리라 생각했던 것이다.

"난 대전까지 가는데 어디 가는 거지?"

그때야 미혜는,

"조치원에 가는 길예요."

하고 대답했다.

"조치원이 고향이었던가?"

"네. 어머니가 편찮아서요."

그 뒤부터 미혜는 이야기를 하기 시작했다. 그새 아버지가 돌아가셨다는 것, 그래서 대학에 입학하자 곧 중퇴를 하지 않을 수 없었다는 이야기를 했다. 그러면서도 서울을 떠나기가 싫어 혼자서 친구집 신세를 지다가 다방 레지로 들어갔고 나중에는 이 꼴이 되었다고 했다.

"어쩔 수 없었어요. 그래서는 안 된다고 생각했지만 제 힘으로는 어쩔 수 없었어요."

미혜는 눈물을 그치고 어머니에게 매달 돈을 부쳐야 하는 딱한 사정까지 이야기했다.

"미혜가 나쁜 게 아냐. 사회가 책임이 있는 거지."

나는 미혜를 위로하려 했다. 그러나 그새 기차는 조치원에 도착하고 있었다. 할 수 없이 미혜의 서울 주소만 물어 적고는 미혜와 헤어지지 않을 수 없었다.

나는 대전을 다녀와서 미혜의 주소를 찾아갔다. 그러나 미혜가 아직 돌아오지 않았다고 했다. 며칠 뒤 다시 찾아갔을 때에는 미혜가 하숙을 옮겼다고 했다.

5

그 뒤 삼 년 동안 소식을 모르던 미혜를 지금 '마돈나' 바에서 만난 것이다.

"그새 쭉 서울에 있었나? 그때 미혜의 주소루 찾아갔더니 어느새 이사를 갔더군."

내가 삼 년 전 이야기를 꺼내니까,

"다 옛날 얘기지요. 그런 얘기는 그만두시구 술이나 한 잔 주세요."

미혜는 놀아 먹은 여자임을 숨기려 하지 않았다.

"응, 사지. 뭘루 할까?"

나는 우선 그미의 기분을 맞춰 주고 그 동안의 이야기를 들으려 했다.

"스트레이트루 화이트 호스."

미혜는 손을 들어 '빠텐'에게 소리를 질렀다.

나도 미혜와 같은 것을 청하여 둘이서 '글래스'를 소리나게 맞부딪쳤다.

"축복합니다."

미혜는 양주 한 잔을 단숨에 들이켰다.

두 잔째를 청해 놓은 뒤 나는 다시 이야기를 꺼냈다.

"그새 여러 번 생각했어. 우연이라두 만났으면 하구."

그랬더니 미혜는 모두가 다 우습기만 하다는 듯이,

"만나서는 뭣 하죠? 이제는 선생님의 지도를 받을 나이두 아닌데."
하며 핸드백에서 담배를 꺼내 물었다.

"그새 나는 상처를 했어."

"그래요? 많이 우셨겠군요?"

"미혜가 써 준 '구르몽'의 시를 몇 번이나 생각했는지 몰라."

그것은 나의 거짓말이었을지 모른다. 어쨌든 무슨 말을 해서라도 미혜의 진실된 말을 한 마디나마 듣고 싶은 것이 나의 심정이었다.

"그때가 제게는 가장 아름다운 시절이었지요."

미혜는 처음으로 진실한 태도로 돌아왔다.

"그래 지금은 무얼 하구 있어?"

"저요? 지금은 카바레에 있어요. 전번에 만났을 때보다는 조금 급이 높아졌달까요?"

"오늘은 휴일인가?"

"춤추러 왔던 사람이 술 먹으러 나가자구 해서 나왔지요."

"내가 도울 수 있는 일은 없을까?"

아무리 미혜가 의식적으로 타락한 생활을 하고 있다고 해도 그에게 도움되는 일을 해 주고 싶어서 한 말이었다.

"이젠 저대루 살아갈 능력이 생겼어요."

말하자면 나의 도움 같은 것은 필요가 없다는 말이었다.

"졸업할 때 좋은 사람이 되겠다구 그랬지? 그 말을 다 잊어버렸어?"

"잊지는 않았어요. 그렇지만 인생이 어디 마음대루 돼야지요."

"그럼 모든 것을 체념했다는 말인가?"

"모르겠어요. 물결 위에 떠 있는 이파리는 물결이 움직이는 대루 움직일 뿐이니까요."

나는 더 할 말이 없었다. 스스로를 불행하게 생각하는 미혜라면 무슨 말을 해서라도 그미를 울렸을지 모른다. 그러나 미혜는 이미 나 같은 옛날 스승의 이야기로 눈물 흘릴 여자가 아니었다.

"같이 오신 손님이 있는데 가 봐."

나는 미혜 옆을 떠나려 했다. 그때 미혜가,

"저 선생님, 아니 미스터 최. 제가 보구 싶거든 ××카바레에 와서 이백팔 번을 불러 주세요. 오실려거든 일찍 오셔야 할 거예요. 손님이 늘 많으니까요."

하고 손을 내밀었다.

나는 미혜의 손을 잡아 흔들었다. 그러나 입에는 쓴웃음이 돌고 있었다.

내가 친구들에게로 돌아가 술을 마시는 동안 미혜는 같이 온 남자와 술을 마셨다. 나 같은 것은 있거나 말거나 문제가 안 되는 모양이었다.

내가 찾아다니던 행복이나 지금의 불행 모두 아무것도 아니다. 정말 아무것도 아니었다.

유치장에서 나와 울던 때의 미혜는 아름다웠다. 기찻간에서 울던 때의 미혜도 아름다웠다. 새로운 희망을 가졌을 때의 여자와 슬픔 속에 잠겨 있을 때의 여자는 꼭같이 아름다울지 모른다. 그러나 희망도 슬픔도 갖고 있지 않는 여자는 아름답지가 않았다. 그것은 아무것도 아니었다. 숯덩이만큼도 흥미가 없었다.

나는 불쾌해서 친구들을 독촉하여 바를 나왔다.

바를 나오려 할 때 미혜가 내 옆으로 와서,

"제가 철없을 때 선생님을 사랑했어요. 철이 없었기 때문에 그 사랑의 타격으로 고향에도 가지 않았지요. 그러다가 결국은 요꼴이 됐지만 모두가 철이 없은 때문이었어요."

하는 것이었다. 담배를 든 한편 손을 건들거리며 하는 소리였다. 상당히 취한 모양이었다. 취할 만큼 미혜도 옛날 생각이 컸던 모양이었다.

그러나 나는 그미의 따귀를 갈기고야 말았다. 따귀를 때리고는,

"불행을 느끼거든 아무때나 찾아와. 그때 가서 이야기를 해."

하고는 '마돈나'를 나와 버렸다.

집으로 돌아온 나는 미혜가 기찻간에서 울던 때처럼 눈물을 흘렸다. 내가 불행하고 부끄럽다는 것을 느꼈기 때문이었다.

그리고 미혜가 나에게 외면했던 것처럼 나는 세상을 외면하고 싶은 생각에서 전등불을 끄고 방바닥에 누워 버렸다.

여학교 선생이 아주 싫어지고 말았다.

연도 출전 불명.

사제(師弟)

　　조항구가 C여자대학교에서 강의를 시작하게 된 첫날 첫째 시간이었다. 대학원을 졸업한 뒤 한 해 동안이나 여자고등학교에서 교편을 잡고 있었지만 그래도 대학교 여학생 그리고 대학생 가운데서도 상급반 강의에 들어간다는 생각이 그의 마음을 두근거리게 했다.

　　출석부를 들고 복도를 걸어가고 있는 향구는 미지의 여궁(女宮)으로 들어가고 있는 듯한 착각도 느꼈다. 아직 삼십 미만의 총각이기에 그러한 환상이 떠오를지도 모른다. 아름다운 처녀들이 박수를 치며 자기를 환영해 줄 것 같기도 하고 뜻있는 눈초리를 던져 줄 처녀들이 여기저기 앉아 있을 것 같기도 했다.

　　그러나 향구는 금시 마음 속으로 고개를 흔들었다. 자기가 선생이라는 위치를 잊어서 안 된다는 생각이 그의 환상에 매질을 했던 것이다.

　　향구는 냉정한 얼굴을 지었다. 처음 보는 선생이라고 해서 지나가는 학생들이 유심히 바라보았지만 향구는 고개를 번쩍 든 뒤 정면만을 내다보았다. 걸음걸이도 묵직묵직 안정된 감을 보였다.

　　교실 문을 열고 쑥 들어설 때도 그는 고개를 쳐든 뒤 사방을 한 번 둘러보았다. 교단에 올라서서는 위엄 있는 태도로 학생들을 훑어보았다. 그리고 나서는 출석을 부르기 시작했다. 출석을 부를 때 향구는 여러 시선이 자기 얼굴을 따끔거리게 하는 것 같아 일부러 출석부에만 눈을 대고 고개를 들지 않았다. 조용한 교실이었지만 향구는 학생들이 자기에 대한 이야기를 소근거리고 있으리라고도 생각했다.

향구는 하나하나 학생들의 이름을 부르기 시작했다. 아직 얼굴은 모르지만 이름만 보고 아름다운 학생이 적지 않구나 하는 생각도 했다. 정말 여자다운 이름과 글자만 보아도 아름다운 이름들이 적지 않았다.

한참 이름을 불러 가고 있을 때 임정화(任貞和)란 석자가 눈에 띄었다. 향구는 자칫하면 다음 학생 이름 부를 것을 잊고 방금 대답을 한 임정화란 학생의 얼굴을 쳐다볼 뻔했다. 그러나 그는 눈을 한 번 감았다 뜨고는 계속해서 다음 이름을 부르기 시작했다.

출석을 다 부르고 나자 향구는 교실을 다시 한번 훑어보았다. 임정화를 찾아보려는 것이었다. 그러나 첫째 시간부터 어떤 한 학생과 시선을 교환한다는 것이 강사로서 할 수 없는 일이란 자책에서 정화를 찾으려는 생각은 단념해 버렸다.

전부가 자기를 향하고 있는 수십 명의 시선 가운데서 정화의 시선을 골라 내기도 그리 쉬운 일은 아니었다. 더구나 십 년 전 정화가 열두 살 때 마지막으로 보았으니 그 동안 성숙한 처녀로 변했을 그 얼굴이 첫눈에 드러나 보일 까닭이 없다. 그뿐도 아니었다. 세상에는 이름이 같은 사람도 적지 않다. 이름만 같은 처녀일지도 모른다.

그렇게 생각하면서도 향구에게는 정화의 이름이 가슴 속에서 지워지지가 않았다.

첫 시간이라 정식으로 강의를 시작하지 않았다. 인사 정도의 잡담을 하면서도 임정화가 바로 그 임정화일까 하는 생각을 버리지 못했다. 동시에 학생들의 눈에 드러나지 않을 정도로 정화를 찾아 내는 데 게을리하지 않았다.

그러나 자기가 아는 임정화는 끝내 발견해 내지 못했다.

종이 울리고 교수실로 돌아왔을 때 향구는 임정화가 자기의 아는 임정화라면 그가 자기를 찾아 주려니 생각했다. 그것은 야릇한 심정이었다. 임정화를 생각하는 데서 오는 죄의식도 아니었다. 과거를 사과해야겠다고 생각할 만큼 죄를 지은 것은 아니었으니까 ── . 그저 과거에 대한 하나의 향수였을

지도 모른다.

어렸을 때의 자기를 미화(美化)시키려는 하나의 낭만일지도 모른다.

어쨌든 임정화가 바로 그 임정화라면 자기를 찾아 주려니 하고 기다리기로 했다. 그러나 교수 시간이 전부 끝나고 학교를 나올 때까지 정화는 자기를 찾아오지 않았다.

향구는 이름만이 같은 딴 사람이라고 단정했다. 그 임정화라면 자기를 찾아 주지 않을 수가 없을 것 같았기 때문이었다.

그렇게 단정을 내리고 나니 만약 그 임정화가 자기의 아는 임정화였다면 얼마나 극적일까 하는 생각이 들었다. 십 년 전 부산에 살고 있을 때 임정화네 집 방 한 칸을 빌려 들어 있던 자기네 집안, 정화를 골려 주다가 집안 전체가 쫓겨나게 되어 그것을 기회로 서울에 이사오던 일, 십 년 후에는 선생과 생도라는 위치에서 다시 만나게 되는 우연성——.

향구는 자기 인생에도 그런 우연성이 있었으면 하고 생각했다. 대단한 일은 아니지만 그러한 우연성이 인생에 흥미를 주는 것이 될 것 같았다.

그래서 그런지 다음 날 그 교실에 들어가 출석을 부를 때는 임정화의 이름을 부르는 순간 대답하는 학생의 얼굴을 찾아 보기에 그의 눈이 바빴다. 출석을 다 부르고 난 뒤 강의를 시작하고도 임정화의 얼굴을 몇 번이나 내려다보았다.

그렇게 생각해서 그런지 십 년 전의 임정화와 비슷한 모습이 있었다. 꼭 같다고는 말할 수 없지만 어딘가 닮은 데가 있었다.

향구는 임정화를 불러다 확인을 해 볼까 하고도 생각했다. 선생으로서 학생을 부른다는 것은 힘든 일이 아니다. 그렇게 하면 수수께끼는 간단하게 풀리고 만다. 그러나 향구는 시간을 필하고 교실을 나올 때 임정화를 불러내지 않고 말았다.

남의 오해를 받을 것이 두려울 만큼 다른 생각을 가진 것이 아니기 때문에 그런 것이 두려워서는 아니었다. 임정화가 자기를 찾아오기 전에 자기가 먼저 그를 부른다는 것이 자존심을 꺾는 듯한 야릇한 심정을 발동시켰기 때문이었다.

과거에는 임정화의 집에 사글세로 들어 살던 자기지만 지금은 임정화를 가르치는 선생이다. 하잘 것 없는 자존심이지만 그런 자존심쯤 나무랄 수도 없는 자연적 현상일 것 같았다.

며칠이 지나도록 임정화도 자기를 찾아오지 않았다. 정화 역시 자기 비슷한 자존심을 고집하고 있을지 모른다.

자기를 울리고 또 못 살게 굴던 향구를 지금 그가 자기의 선생이 되었다고 해서 그러한 과거를 아름다운 추억으로 돌려야만 할 의무감을 느끼지 않을지도 모른다.

확실히 그런 것 같았다. 열흘이 거의 지난 어떤 날 두 사람이 같은 버스를 탔을 때였다. 향구는 자리에 앉고 정화는 향구 앞에 선 채 자리를 잡지 못했다. 마주 얼굴을 대하지 않으면 안 될 만큼 만원 버스였다. 향구는 임정화가 옛날 자기가 알던 그 임정화임에 틀림없다고 마음을 다졌다. 그러면서도 입을 열지 않고 있을 때 임정화가,

"저 모르시겠어요?"

하고 이것은 묻는 것이 아니라 항거하는 태도로 입을 열었다.

한 자도 못 되는 거리에 얼굴을 마주하고 서 있지 않으면 안 되는 기구한 운명에 항거하는 태도였다.

"글쎄 비슷하기는 한데 확실치가 않아서 —— ."

향구는 어물어물했다. 알고 있으면서도 먼저 말을 걸지 않았다고 하면 자기가 소견 좁은 인간이 되고 말기 때문이었다.

"저 임정화예요."

아직까지도 화가 난 목소리였다.

"이름은 나두 기억하구 있지만 너무 오래돼서 얼굴을 알아보지 못했어……."

이것으로 두 사람은 서로가 아는 사람임을 다같이 확인했다.

그러나 확인한다는 그 자체만이 운명을 측정하는 듯한 호기심을 주었던 모양이다. 확인을 하자 그 뒤에 오는 흥미는 아무것도 없었다.

서로가 말이 없었다. 사실은 할 말도 없었을 것이다.

향구는 하나의 선생과 하나의 학생이 '버스' 안에서 서로 만났다는 그런 아무것도 아닌 상태에서 벗어나지를 않았다.

오래 전부터 알던 학생을 오래간만에 만나고도 말이 없다는 것이 도리어 부자연한 것 같다.

"공부 잘해?"

하고 선생으로서의 냄새만을 뽑어 보았다.

정화가 대답을 안 한다고 괘씸하게 생각할 것도 없었다. 사실은 대답을 바라고 물어 본 말도 아니었으니까…….

다만 정화가 십 년 전에 품었던 감정을 아직도 잊어버리지 못하고 있다는 것을 생각하여 얼굴에 미소를 띨 뿐이었다.

화를 낸다고 해도 어쩔 수 없는 일이다. 그리고 그 화라는 것도 지금 생각하면 웃을 수밖에 없는 것이다.

향구가 앞마당에서 철봉을 하고 있을 때 정화가 옆에서 구경하고 있었다. 집간이나 쓰고 있다고 해서 집안 식구 전체가 향구네를 행랑살이처럼 취급하는 것이 싫었던 향구인지라 철봉대를 돌면서 정화를 한 번 걸어찼다. 운동을 하다가 모르고 한 행동이라는 구실을 스스로 머릿속에 생각하여 일부러 찬 것이었다. 그런 기회를 벌써부터 기다리고 있던 향구였다.

정화가 픽 쓰러졌다. 굳은 땅 위에 쓰러졌기 때문에 가슴이 울렸는지 잠시 동안은 숨도 쉬지 못했다.

향구는 잘못했다는 표정을 지었으나 속으로는 고소하다고 생각했다. 잠시 뒤 정화가 울면서 일어날 때는,

"남 운동하는데 옆으루 올 게 뭐야?"

하고 도리어 못마땅한 태도를 보였다.

정화는 울면서 집으로 뛰어들어갔다. 이어 정화 아버지가 달려와서 향구의 목덜미를 붙잡고 때리고 차고 했다. 향구는 맞을 수밖에 없었다. 그러나,

"내가 뭘 잘못했어요. 운동하는데 제가 와서 채였지."

하고 말로만은 버틸 대로 버텼다.

그 날 밤 정화의 부모가 향구의 부모를 불러다 놓고 향구 때문에 정화가

병신이 되었다고 하며 당장 이사를 가라고 했다. 그 바람에 향구 아버지는 향구를 함부로 두들기며 향구 때문에 집안 망신을 한다고 입에 거품을 물었다. 그리고는 자식 잘못 둔 탓으로 보따리를 싸매고 쫓겨나야 한다고 했다.

그때도 향구는,

"까짓 거 이사를 가믄 그만 아녜요. 집이 무슨 동이 났다구……."

하며 못마땅하게 대꾸했다.

사실 겁날 것이 없을 것 같았다. 사글세라면 그 집에만 방이 있는 것이 아니었으니까.

그렇다고 그 집에서 쫓겨나지는 않았다. 쫓겨나지는 않았다고 해도 향구의 가슴은 풀리지가 않았다. 정화네를 못 살게 굴고 싶은 마음이 더욱 간절해졌다.

정화가 자기 아버지의 술을 사러 밤마다 가게로 나갔다. 향구는 새끼줄에다 똥칠을 해서 들고 골목길을 지키고 있다가 정화가 지날 때쯤 해서 그것을 쳐 놓았다. 정화의 턱에 닿을 만한 높이로 쳐 놓았던 것이다. 어두컴컴한 골목길을 타박타박 걸어가던 정화가 새끼줄에 걸렸다. 그리고는 턱주가리에 묻은 똥을 똥인 줄도 모르고 손으로 부볐다. 그러다가 지독한 냄새에 그만 울고 집으로 들어갔다.

향구는 그렇게 해서라도 정화네 집안을 골려 줘야 했다.

잠자리 속에서도 향구는 혼자 킥킥거리며 다음 날도 그렇게 유쾌한 일을 꾸미리라 생각했다.

몇 번을 똥 새끼줄로 정화를 울렸으나 그것이 마침내는 발각이 되어 향구네는 그만 그 집을 쫓겨나고야 말았다.

그 집을 쫓겨나고 서울로 이사온 뒤 향구는 십 년 동안 오늘까지 정화를 만나 본 일이 한 번도 없었던 것이다.

지금 생각하면 그저 웃을 수밖에 없는 일이었다. 그런데 정화가 아직까지 화를 내고 있다면 그것은 정화가 아직 소녀 그대로 있다는 것밖에 아무것도 아니다.

향구는 정화가 아직까지도 화를 내고 있다는 그 사실까지 웃음 속에 파묻고 까부는 ‘버스’에 몸을 흔들거리고 있었다.

어느새 ‘버스’가 광화문에 이르렀다.

“안녕히 가세요.”

정화가 이런 말을 남기고 홀짝 내렸다. 조금도 웃음이 있는 얼굴이 아니었다. 다시는 만나지 않아도 좋다는 그런 투의 인사였다.

향구는 또 미소를 띠었다.

“과연 소녀로군…….”

상대방이 아무리 화를 낸다고 해도 그것이 웃음의 재료밖에 되지 않을 때는 그 화가 도리어 아름다운 것으로 보이게 된다.

그러나 다음 날 학교에 가서 정화의 교실로 들어설 때였다. 방안에 들어서서 문을 닫고 손잡이에서 손을 놓으려고 할 때 손이 손잡이에서 떨어지지가 않았다. 달걀보다 조금 더 큰 손잡이 전체가 자기의 손바닥을 잡아끌었다. 이상하다 생각하며 손가락에 힘을 주어 손바닥을 펴면서 손을 잡아당겼다.

손이 겨우 떨어졌다. 그러나 손바닥 전체에 껌이 달싹 붙어 있었다. 이건 손수건으로 문지를 수도 없었다. 두 손바닥을 맞부비는 수밖에 없었다. 그러나 손바닥이 서로 달라붙어 부벼지지 않았다.

향구는 모른 척하고 교단에 올라서려는데 학생들이 와르르 웃기 시작했다.

향구는 무어라고 말할 수가 없었다. 화를 낸다고 하면 결국 자기가 지고 마는 것이다.

향구는 껍진껍진한 손바닥을 어쩔 수가 없어서 주먹을 쥔 뒤 바지주머니 속에 집어넣고 말았다. 그리고는 정면을 향하여,

“내가 화를 내면 더 통쾌해할 것 같아서 화를 내지 않을 테야.”

하고 강의를 시작했다.

강의를 하면서도 끈적끈적한 손바닥의 감촉을 느낄 때마다 정화의 얼굴을 내려다보지 않을 수 없었다.

정화의 복수라고 생각했기 때문이었다.

정화의 복수라고 생각하니 웃음이 또 나왔다.

‘십 년 전의 원한을 지금 와서 복수하는 소녀——.’

그러나 강의를 하면서 웃을 수도 없는 일이라 정화의 표정만을 살필 뿐 향구는 얼굴의 표정을 죽이기에 한 시간을 고생했다.

시간을 마치고 교수실로 돌아와 세숫물에 손을 씻으면서도 향구는

‘좀더 통쾌한 복수는 없었을까…….’

하고 혼자 생각했다. 좀더 근사한 복수가 없지도 않을 것 같았던 것이다. 그러나 앞으로도 기회는 얼마든지 있을 것이니까 방심할 수는 없다고 생각했다.

향구는 근 달포 동안 정화네 반에 들어갈 때마다 어떤 흉계가 자기를 기다리고 있을지도 모른다는 생각에 마음을 긴장시켰다. 긴장했던 마음이 되어서 그런지 아무런 사고도 없이 교실을 나올 때는 도리어 싱거운 것 같음을 느꼈다. 자기에 대한 정화의 관심이 아주 없어진 것 같은 섭섭한 감도 없지않았다. 그러고 있을 어떤 날 정화가 교수실로 찾아왔다.

얼굴을 약간 붉히고,

“아버지가 주세요.”

하고는 편지 한 장을 던지듯 책상 위에 놓고 쏜살같이 나가 버렸다.

향구는 정화의 뒷모습을 보며 혼자 빙그레 웃었다. 복수를 단단히 해 주고 싶은데도 선생이라는 위치 때문에 어쩔 수 없어 가슴 답답해하는 정화였다. 얼굴을 붉혔다는 것은 부끄러움에서 온 것이 아니라 어쩔 줄 모를 만큼 답답한 데서 온 것이라 해석되었기 때문이었다.

향구는 정화가 그렇게까지 답답해하는 것이 도리어 통쾌했다.

그러나 향구는 웃고만 있을 수가 없었다. 아버지 편지라고 하며 내던지고 간 편지 속에 정화의 복수가 숨어 있는 것 같은 마음이 들었기 때문이었다.

자기의 주소와 이름까지 똑똑히 쓴 정화 부친의 편지였다. 향구는 정화네도 서울로 이사를 왔던가 하는 것을 생각하며 봉투를 뜯어 읽기를 시작했다.

옛날 자기네들을 내쫓을 때처럼 무서운 말이 튀어나올 것 같았다. 향구는 가슴을 두근거리며 읽어 내려갔으나 편지 내용은 상상과 아주 딴판이었다.

대학교 교수가 되었다는 향구를 축하하는 글이 대부분이었고 마지막에

가서 가족들과 저녁을 같이 하고 싶다는 내용이 적혀 있었다.

향구는 점잖은 말로 꼬여다 불러 놓고는 한바탕 야단을 치려는 것이나 아닐까 하는 생각이 들었다. 그러나 아무리 무서운 정화 아버지기로서니 다 지나간 일을 다시 끄집어낼 만큼 그렇게 무식할 것 같지는 않았다.

편지를 어떻게 해석해야 좋을지 몰라 망설이고 있을 때 정화가 다시 들어와서,

"오시겠어요? 안 오시겠어요?"

하고 싸움투로 물었다.

향구는 안 간달 수가 없었다.

"가지."

"그럼 모레 오후 다섯 시까지 와 주세요."

"그래."

아무래도 야단을 치기 위해서 청하는 것 같지는 않았다. 그런 만큼 향구로서는 옛날의 장난꾸러기 시절을 사과하는 뜻에서도 찾아가기는 해야 할 것 같았다.

그래서 오라고 청을 받은 날 향구는 과자상자를 사 들고 정화네 집 주소를 찾아 안국동으로 갔다.

정화 어머니가 대문을 열어 주며 반갑게 맞이해 주었다. 정화 아버지도 점잖게 몰라보게 되었다고 하며 제법 반가워했다. 야단을 칠 것 같은 생각이 조금도 들지 않았다. 그래서 향구도 마음을 놓고 그새 공부를 해서 대학에 나가게 되기까지의 이야기를 하다가 십 년 전 정화를 울리던 이야기를 꺼냈다.

"그땐 제가 너무 철이 없어서 미안했습니다."

하고 정식으로 사과를 하자 정화 아버지가,

"어렸을 땐 그럴 수두 있는 거야. 좌우간 그때 일은 다 잊어버리세……."

하고 향구네 내쫓은 것을 민망히 여기는 태도였다.

"성미가 급해서 좋지 않게 헤어지구 난 뒤 이때까지 얼마나 속을 썼었는지……."

정화 어머니도 미안해 견딜 수 없다는 뜻의 말을 했다. 그러자 오래 할 이야기가 아니라는 듯 정화 아버지가,

"애들 교육 때문에 우리두 재작년 서울로 이사를 왔네!"

하고 화제를 돌렸다.

"정화를 좀 잘 가르쳐 줘요. 아직 철이 있어야지……."

정화 어머니가 향구를 쳐다보며 말했다.

"제가 뭐 아는 게 있습니까……."

"천만에…… 정화가 조 선생이 참 잘 가르친다구 매일처럼 칭찬인데……."

그 말에 향구는 놀라지 않을 수 없었다. 정화가 자기 칭찬을 하다니……. 그런데 정화는 어딜 갔기에 통 보이지를 않을까…….

향구는 정화가 궁금스러웠다. 어쩐지 보고 싶기까지 했다. 그때였다.

"상 들여갈까요?"

하는 정화 목소리가 부엌에서 들려 왔다. 음식을 만들고 있는 모양이었다.

정화 어머니가 빨리 들여오라는 대답을 하자 하얀 행주치마를 입은 정화가 행주를 들고 방안으로 들어왔다.

"애, 선생님이 오셨는데 인사두 안 하구 뭐야?"

어머니가 꾸중 비슷이 말하자 정화는 향구를 향해 고개만 까딱했다. 얼굴이 약간 붉었다. 아버지 편지를 내놓을 때와 꼭 같았다.

향구는 빙그레 웃었다. 그리고는,

"요리두 만들 줄 아는가 보군……."

하고 정화를 쳐다보았다.

"저는 그새 대학교 선생까지 되구서……."

정화가 불평스럽게 말했다. 그 말을 듣자 향구는 또 한 번 웃지 않을 수 없었다. 자기가 대학교 강사까지 됐는데 정화는 그대로 어린애랄 법이 어디 있을 것인가?

"애두 버릇없이 그게 무슨 말투냐?"

어머니가 나무랐으나 향구는 정화가 조금도 싫지 않았다.

정화는 아무 말 없이 큰 상을 옮겨 놓고 행주질을 한 뒤 음식접시를 가져
다 놓기 시작했다.

저녁을 먹을 때는 정화가 향구 바로 옆자리에 앉았다. 한참 식사를 하는
도중 향구가,

"정화는 그때 일을 아직 잊지 않구 있지?"

하고 웃었다. 향구는 옛 이야기는 그대로 흘려 버리자는 뜻이었다. 그러나
정화는,

"두구 보세요. 한 번 단단히 혼을 내구야 말 테니까……."

하고 절대로 안심해서는 안 된다는 듯이 말했다. 그러나 진심으로 화를 내
는 듯한 그런 표정은 아니었다.

"기다리구 있을게……."

향구가 또 빙긋이 웃고 있을 때,

"요즘 애들은 좋아하는 것이 화내는 것인가 봐……."

하고 어머니가 향구를 보았다. 그러자 정화 아버지가,

"그래 자네 결혼은 했나?"

하고 점잖게 물었다. 향구는 대답하기가 거북스러웠다.

"아직 결혼하구 싶은 생각이 없습니다."

향구가 어물어물하고 있을 때 정화 어머니가,

"공부만 하느라구 그랬겠지. 정화한테서 결혼 안 했을 것 같단 말은 들었
어……."

하고 뜻이 있는 듯한 눈초리로 향구를 보는 것이었다.

향구도 거북스러웠지만 모두가 말이 없었다. 한참 뒤에야 정화 아버지가,

"그래 우리 정화는 어떤가? 아직 철은 없지만……."

하고 입을 열었다.

향구는 난처했다. 무엇이라고 대답을 해야 잘하는 대답일지 통 생각나지
가 않았다. 한참 궁리하다가야,

"사제지간인데요."

하고 고개를 떨어뜨렸다. 그때 정화 어머니가 그 말을 받아,

"졸업하구 식을 올리면 돼잖나…… 밤낮 사제지간일라구……."

하는 것이었다. 향구는 얼굴을 돌려 정화를 보았다. 정화는 얼굴을 숙이고 또 빨개져 있었다.

"안 그래? 사제지간인데……."

향구가 정화에게 말하자 정화도,

"그럼 사제지간인데……."

하고 얼굴을 저편으로 돌려 버렸다.

"요즘에 사제지 옛날두 사제였나? 별소릴 다하눈……."

어머니가 샐쭉했다.

"배우구 배워 주니까 사제지간 아니구 뭐야요? 내가 학교 그만두면 그뿐이지만……."

정화의 토라진 목소리에 향구는 또 빙긋이 웃었다. 웃음이 나올 뿐이었다.

연도 출전 불명.

흑색광선—만우 박영준전집 3/단편

2002년 1월 10일 초판 인쇄
2002년 1월 15일 초판 발행

지은이 · 박영준
펴낸이 · 백규서
펴낸곳 · 도서출판 동연
출판등록 · 1992년 6월 12일 제2-1383호
주소 · 서울시 종로구 와룡동 116-1 4층 (우)110-360
전화 · 3675-2122 / 팩스 · 3675-2124

값 15,000원

무단 전재와 복제를 금합니다.
ISBN 89-85467-34-4 04810
ISBN 89-85467-31-X (세트)